위스퍼 네트워크

WHISPER NETWORK
by Chandler Baker

위스퍼
네트워크

**챈들러 베이커
장편소설**

이동교
옮김

문학동네

일러두기

1. 주석은 모두 옮긴이주다.
2. 본문 중 고딕체는 원서에서 이탤릭체나 대문자로 강조한 부분이다.

나와 혹은 세상과 이야기를 공유해준 그녀들을 위해, 여기 이 책에 담긴 공동의 목소리와 증인을 요하는 변화의 움직임에 힘을 실어준 그녀들을 위해, 우리가 당신의 말을 듣는다.

차례

프롤로그

당신이 우리 말에 귀기울였더라면 이런 일은 생기지 않았을 거야.

목격자 진술

4월 12일

목격자 1: 밖으로 막 나오던 참이었는데 번쩍하고, 뭔진 몰라도 하여튼 뭔가가 지나갔어요. 광장 저편이었던 것 같은데, 처음엔 거대한 새인가 했다가 폭탄 테러인가 하는 생각까지 들었죠. 그러다 한순간에 그게 사람이었단 걸 깨달았어요. 남잔지 여잔지는 저도 모르겠어요. 이 동네 사람들 전부 꽤나 구식이거든요. 아직도 슈트를 입어요. 옛날식으로. 검은색 바지에 헐렁한 블레이저 같은 거요. 어쨌든 꽤나 요란한 추락이었죠.

목격자 2: 오후 한시 반경이었을 겁니다. 다코타스에서 고객과 점심을 하고 나오던 길이었어요. 점심으로 먹은 스테이크 샐러드를 토할 뻔했습니다.

목격자 3: 딱하지 않다는 게 아니에요. 저도 안됐다고 생각해요. 끔찍한 일이죠. 하지만 꼭 그렇게 이기적일 필요가 있었을까요? 제 말은, 거리에 사람들이 있었어요. 점심시간이 막 지난 때였다고요. 정 그래야 한다면, 달리 도리가 없다면, 주변에 사람이 없고 혼자 있을 때 그래야죠. 제가 할 말은 그게 답니다.

1

삼 주 전:
그 일이 시작된 날

3월 20일

그날 이전까지 우리의 삶은 눈에 보이지 않는 롤러코스터 트랙을 따라 질주했다. 차고 넘치는 우리의 학위로도 전혀 헤아릴 수 없는 기술과 동력이 선로에 고정된 카트를 밀어붙였다. 통제된 혼돈 속을 나아가는 기분이었다.

우리는 드라이샴푸 브랜드의 감별사였다. DVR에 녹화한 리얼리티쇼 〈배철러〉 한 편을 다 보는 데 나흘이 걸렸다. 노트북이 내뿜는 열기에 허벅지가 달아오르는 것도 모르고 잠에 빠졌다. 하루에 두 시간은 짬을 내어 걸음마를 시작한 아이의 자리맡에서 책을 읽어주었고, 엄마와 직장인으로 보낸 총 시간을 따로 계산하지 않으려고 노력하면서 무엇이 우선인지 혼란스러워했다. 자격은 넘치지만 제대로 인정받지 못하는 우리는 명령하길 좋아했고 언제나 옳았다. 직장에선 자신감 넘치는 악수를 했고 신용카드의 청구 금액은 과도하게 높았다. 부엌 조리대에 올려놓은 점심식사는 깜빡하기 일쑤였다.

하루하루가 똑같았다. 그날 이전까지는. 회사의 CEO가 죽은 그 날 아침, 갑자기 고개를 쳐든 우리는 롤러코스터의 한쪽 바퀴가 불량이라는 것과 머지않아 우리가 선로 밖으로 내동댕이쳐질 운명이라는 것을 깨달았다.

실용적인 이탈리아제 웰메이드 구두를 신고 다니는 타고난 인내와 극기의 소유자 아디 밸디즈가 눈앞에 닥친 탈선 위기를 맨 처음 눈치챘다. 소식을 들은 그녀는 우선 몸을 피하기로 했다. "그레이스?" 아디는 호사스러운 그림이 걸린 개성 없는 복도에 서서 젖소 모양 자석이 붙은 소박한 수유실 문을 두드렸다. "나야, 아디. 들어가도 될까?"

그녀는 귀를 기울이며 문 저편에서 인기척이 나기를 기다렸다. 법적으로 설치가 의무인 걸쇠가 홱 풀렸다.

아디는 몸을 숙여 작은 방으로 들어선 뒤 걸쇠를 잠갔다. 어느새 가죽 소파에 다시 자리를 잡은 그레이스의 젖혀진 실크 블라우스 안쪽으로 플라스틱 깔때기 두 개가 양쪽 가슴에 매달려 있었다.

아디는 수유실 안을 둘러보았다. 미니 냉장고 한 대. 그레이스가 앉아 있는 낡아빠진 소파 하나. 소형 텔레비전에선 〈엘런 쇼〉가 방영되고 있었다. 밖에서는 사람들의 목소리, 바쁜 발걸음소리, 전화 받는 소리, 복사기 소리가 들려왔다. 아디는 자못 만족스러운 듯 얼굴을 찡긋거렸다. "여긴 꼭 너만의 작은 은신처 같다."

그레이스가 손을 뻗어 유축기의 다이얼을 돌리자 윙윙거리는 정교한 기계음이 났다. "아님 나만의 작은 무덤이거나." 그녀는 대수롭지 않다는 듯 말했다.

그레이스의 까칫한 유머 감각은 언제나 아디의 허를 찔렀다. 그레이스는 외면적으로 매우 단순해 보였다. 옅게 탈색한 금발을 한껏 부풀렸고, 트라이델타* 졸업생 클럽의 정회원이었으며, 키 크고 까무잡잡한 피부에 체크무늬 셔츠를 입은 남편 리엄을 대동하고 프레스턴할로우 장로교회에 다녔다. 그레이스 부부는 조지 W. 부시 대통령 도서관 개관식의 초청 명단에 이름을 올렸고, 이른바 '인정이 있는 보수주의자'로 통했다. 아디한테는 동성 결혼은 찬성하되 세금은 가능한 한 적게 내길 바라는 사람들이란 말이었다. 또한 부부는 벽장 속 선반 한 칸을 차지한 금고에 적어도 권총 한 자루는 보관하고 있었다. 그런데도 아디가 그레이스를 좋아한다는 건 그녀에게 뭔가가 있다는 뜻이었다.

"그나저나 젖먹이는 대체 얼마나 먹는 거야? 난 항상 유축기를 달고 살아. 제기랄, 아디, 내 꼴 좀 봐. 이 시간에 〈엘런 쇼〉나 보고 앉았잖아."

평소에 그레이스는 '제기랄'이란 말을 쓰지 않았다.

아디는 아들 마이클이 몇 시간마다 잠에서 깨던 그 시절이 얼마나 길게 느껴졌는지를 떠올렸다. 칫솔질하지 않은 치아처럼 온몸에 얇은 더께가 내려앉은 듯 전신이 무겁고 꾀죄죄하게 느껴졌었다.

아디는 토트백을 뒤적거려 표면에 물기가 맺힌 라크로이 탄산수 두 캔을 꺼내 하나를 그레이스에게 건넨 뒤 소파 맞은편 바닥에 앉았다. 아디에게 회사에서 맨바닥에 앉는 건 일도 아니었는데 그건 그녀가 포기했기 때문이다—그 사실을 처음 인정한 것도 아디 자신이었다. 실은 이미 몇 년 전에 손을 들었다. 이제 그녀는 아침에

---

* TriDelta. 1888년 미국 보스턴대학에서 설립된 국제 여학생 단체.

머리를 매만지고 화장을 하는 데 시간을 들이는 대신 잠을 더 잤다. 쇼핑은 거의 하지 않았다. 소중한 시간을 필라테스 클래스에서 허비하지도 않았다. 그동안 아디 스스로 한 일 가운데 가장 큰 해방감을 느끼는 일이었다.

그녀는 휴대폰 화면을 내려다보았다. 여전히 아무 연락이 없었다.

"듣자 하니, 뱅콜이 죽었나봐." 아디가 말했다. "오늘 아침에 집에서 출근 준비를 하다 그랬대." 그녀는 있는 그대로 소식을 전했다. 달리 전하는 법은 알지 못했다. 우리 엄마가 암에 걸렸대. 혹은 나 토니랑 이혼해. 늘 이런 식이었다.

"뭐라고? 어쩌다?" 그레이스는 수유브라 아래로 비쭉 튀어나온 요상한 깔때기 모양 기계에 튜브를 다시 꽂으려고 무던히 애쓰다 떨어뜨렸다.

"심장마비로. 아내가 욕실에서 발견했대." 무릎에 팔꿈치를 괴고 앉은 아디가 그레이스를 쳐다봤다. "나도 방금 들었어."

아디는 회사의 CEO인 데즈먼드 뱅콜을 엘리베이터에서 딱 한 번 만나 악수를 나눈 적이 있었다. 그가 회사 건물에서 일하는 사람들은 말단 청소원까지도 한 번은 전부 만나봐야 한다고 고집했기 때문이다. 그는 치아가 아주 하얬다. 아디가 생각했던 것보다 키가 작았고 슈트 재킷 아래로 가냘픈 손목이 살짝 드러났다.

"그나저나 난 여기 숨은 거다." 아디가 말했다. 그리고 그레이스가 미처 묻기도 전에 덧붙였다. "에임스를 피해서. 슬론은 어디 있냐고 자꾸 물어보잖아. 점심 먹으러 나간 것 같다고 했더니 자기는 슬론한테 점심 먹으러 다녀오라고 허락한 적이 없대. 그래서 내가 그랬지. 슬론은 북미 법무팀의 수석 부대표이니 점심 정도는 당신

14

허락 없이 먹으러 갈 수 있다고."

"진짜 그렇게 말했어?" 그레이스가 일어나 앉았다. 슬론은 그들의 친구이기도 했지만 엄밀히 말하면 직장 상사였으니 에임스는 그들에게 상사의 상사인 셈이었다.

"당연히, 그렇게는 말 안 했지. 내가 미쳤니?"

"아." 그레이스가 눈을 끔뻑거렸다. 그녀는 목걸이에 걸린 작은 다이아몬드 십자가를 만지작거렸다. 윙윙거리는 유축기 소리가 둘 사이에 어색하게 흐르는 시간을 쟀다.

"어쨌거나 난 겁쟁이처럼 여기 숨어 있을 거야. 슬론이 나한테 전화할 때까지." 보통 때 같으면 에임스 같은 남자는 아디를 거들떠보지도 않았다. 그는 눈을 즐겁게 해주지 않는 사람의 말을 들어야 하는 상황을 꺼렸다. 슬론의 행방을 물을 때 에임스는 아디의 정수리 주변으로 눈길을 보냈고 용건을 마친 후에는 가능한 한 서둘러 자리를 떴다. 아디도 그런 부분까지는 그레이스에게 언급하지 않았다.

아디는 민망한 기분이 들었다. 좁은 수유실 안에서 그레이스의 젖가슴을 외면하기란 쉽지 않았기 때문이다. "그렇게 짜대니까 무슨 어뢰처럼 보인다. 아프진 않니?" 아디가 아들 마이클을 입양한 건 거의 사 년 전의 일로, 불임으로 고생했던 몇 년의 세월에 종지부를 찍는 해피엔딩이었다. 직접 모유 수유를 한 경험은 없지만 아디는 늘 평화로운 수유 장면을 상상해왔다. 아주 조신한 여인처럼 헐렁한 수직 스카프를 둘러 가린 채 살과 살을 맞대는 탐스러운 접촉. 지금 눈앞에서 벌어지는 것처럼 폭력적으로 잡아뜯기는 광경은 아니었다.

"솔직히 말해서 딸애한테 물리는 것보단 덜 아파." (사람들은 말한다. 수유는 아프지 않다고. 수유는 아름다운 거라고. 어디 자기 젖꼭지도 아스팔트 바닥에 한번 문질러보라지. 생각만큼 그렇게 아프지 않고 아름답기만 한지.)

"맙소사, 인간이 스마트 칫솔도 발명했는데." 아디가 말했다. "우리집 로봇 청소기도 밤에는 제집을 찾아가서 잠을 잔다고. 근데 그것보다 좀더 쉽게 젖 짜는 뭐시기는 못 만든다니?" 기이하게도 유축기는 시선을 잡아끄는 데가 있었다.

"이빨은 남자들한테도 있잖아. 바닥도 있고." 그레이스가 눈썹을 치켜세웠다.

아디가 자몽맛 탄산수를 벌컥벌컥 들이켜는 동안 텔레비전에서는 엘런 디제너러스가 무대로 나오는 젊은 남자를 맞았다. 십대처럼 보였는데 아디는 누군지 짐작도 가지 않았다. 그녀는 휴대폰 화면을 또 한번 두드려보았다. 아무 소식도 없었다.

"방금 무시무시한 생각이 떠올랐어." 아디가 말을 꺼냈다. "에임스가 차기 CEO가 되는 거야."

"설마. 그렇게 생각해?"

"왜, CEO처럼 생겼잖아. 키도 크고. 사람들은 키 큰 사람을 좋아해." 아디는 주먹을 쥐었다 펴면서 손목 건강을 위협하는 수근관절을 풀어주었다. "내가 장담하는데 그 개자식이 CEO가 되면 회사를 망쳐놓을 거야. 그럼 우린 어디로 가야 할까?"

인턴을 둘러싼 소문 때문만은 아니었다. 이 년 전 바이런 넬슨 골프 시합에서 그의 비서와 있었던 일 때문도 아니다. 그 일로 해고된 사람이 누구였던가? 다음은 스포일러니까 조심! 에임스는 아니었다. 회사 문화가 상명하복식이라는 것과 에임스가 조종대를 잡은 트루비브는 이제 대놓고 사냥터가 될 거라는 사실도 문제가 아니었다.

문제는 바로 에임스 개릿이 아디를 싫어한다는 데 있었다.

"난 모르겠어. 나한텐 항상 친절한걸." 그레이스가 말했다.

아디는 더 말하지 않았다. 아디나 슬론보다 몇 살 어린 그레이스는 사람들이 어떻게 행동하건 '좋은 사람'일 수도 있다는 생각을 여전히 고수했다. 행동이 그 사람의 성격을 보여주는 지표는 아니라는 듯이 말이다. 아디는 에임스 개릿의 행동을 지켜봐온 터였다.

하지만 친구끼리도 말하지 않는 문제가 있었다. 종교와 돈, 그리고 어쩌면 에임스 같은 문제가 그랬다.

그레이스는 유축기의 다이얼을 돌려 강도를 높였다. 그 바람에 튜브 하나가 튕겨나가 바닥에 나뒹굴었다. 흰 모유가 그레이스의 스커트에 방울져 떨어졌다. 좌절한 그녀가 눈을 감고 고개를 뒤로 젖히자 동굴 같은 콧구멍이 드러났다. 다시 눈을 떴을 때 그녀의 두 눈이 빛났다. 그레이스는 손목으로 코를 문지른 뒤 결의에 찬 침착한 손길로 길 잃은 튜브를 주워들었다. 튜브를 구멍에 다시 끼울 때는 두 번이나 실패했다. 세번째 시도 만에 튜브 재연결에 성공한 그녀는 조심스레 소파에 몸을 기댔다. "그나저나 뱅콕 소식은 정말 우울하다." 그녀의 멀건 시선이 텔레비전 화면에 꽂혔다. "우리가 더 슬퍼하지 않는 게 잘못된 걸까?"

아디는 아무 대꾸도 하지 않았다. 실은 그레이스가 꽤 슬퍼 보였기 때문이다.

다시 휴대폰을 확인했다. 수신 상태를 나타내는 막대기가 하나

뿐이었다.

슬론은 대체 어디에 처박힌 걸까?

2

3월 20일

슬론은 엘리베이터를 재촉하는 심정으로 천장을 올려다보다가 15층에서 문이 열리는 순간 경주마처럼 밖으로 돌진했다.

"다들 회의실에 모여 계십니다……" 비서인 비어트리스가 안내창구 밖으로 몸을 내밀었다. 돌돌 말린 전화선이 그녀의 귀를 압박하는 헤드셋에서 죽 늘어져 있었다.

"나도 알아, 비어트리스. 안다고." 슬론은 그녀를 지나쳐 정신없이 복도를 가로질렀다. "안 그래도 이미 제대로 망했어."

참고로 말하자면 두어 시간 전만 해도 모든 게 괜찮았다. 그녀는 남편과 함께 열 살짜리 딸 애비게일의 학교장과 마주앉아 있었다. 책임감 있게 휴대폰은 가방 깊숙이 넣어둔 슬론은 그야말로 좋은 엄마였다. 학교 같은 데서는 방해받지 않는 엄마란 말이었다. 혹은 클라크 교장 앞에서 그녀가 보여주려고 작정했던 면모가 바로 그런 것이었다.

그런데 보라!

상담을 마치고 휴대폰을 꺼내니 아디한테서 문자메시지가 와 있었다.

> 데즈먼드가 오늘 아침에 급사했어.
>
> 심장마비래.
>
> 에임스가 널 찾아.
>
> 나 심각해, 대체 어디야??
>
> 슬론??

슬론은 심지어 남편한테 인사할 정신도 없었다.

마침내 노스 회의실 밖에 선 그녀는 심장이 너무 격렬하게 요동쳐서 자신도 심장마비에 걸리는 건 아닌가 하는 걱정이 들었다. 사십 세 이상 여성의 사망 원인 1위! 그렇다고 어디선가 들었다. 아마 〈더 뷰〉 토크쇼였을 것이다. 그녀는 손잡이를 당기고 회의실 안으로 들어갔다.

회의실 탁자에는 임원급이거나 더 높은 직위의 변호사 일곱 명이 빙 둘러앉아 있었다. 대표 변호사인 에임스와 커뮤니케이션팀의 쿠널, 인사팀의 마크, 세무팀의 아디, 필립은 위기관리팀을 대표했고, 소송팀의 조와 감사팀의 팀장인 그레이스가 보였다. 그리고 밤색 픽시커트 머리에 백설공주처럼 뺨이 하얀 젊은 여자가 있었는데 슬론은 안면이 전혀 없는 사람이었다. 회의실에 앉은 사람

20

들이 일제히 고개를 돌려 안으로 들어오는 슬론을 지켜보았다.

"늦어서 죄송합니다." 그녀는 에임스 옆의 빈 의자에 미끄러지 듯 앉았다. 픽시커트 머리의 여자가 그녀를 향해 공손한 미소를 지었다.

에임스는 서류 더미 너머로 슬론을 쳐다보았다. 흰머리 한 가닥 이 구불구불 가로지르는 그의 숱 많은 두발은 귀 언저리에 갓 돋아 나기 시작한 새치를 제외하면 블랙커피처럼 검었다. "여태 어디 있 었나?"

"저는⋯⋯" 슬론은 잠시 머뭇거리며 문장을 어떻게 마무리할 지 고민했다. (우리 모두 해본 적 있는 일이다. 데이트에서든 직장 에서든 아이의 존재를 숨기는 것의 위력을 새삼 깨닫는다. 남자는 아들과 온종일 낚시했다고 말할 수 있어도 엄마는 애를 병원에 데 려가느라 점심시간을 넘겼다는 말은 하지 않는 편이 대체로 더 낫 다. 아이 덕에 남자는 영웅 소리를 듣지만 여자는 변변찮은 직원으 로 전락한다. 그러니 우리가 가진 패를 제대로 써야 한다.) "잠깐 나갔다 왔어요." 그녀는 헛기침을 했다.

"휴대폰도 없이?" 에임스는 종잇장을 넘기려고 손끝에 침을 묻 혔다. 탁자에 둘러앉은 좌중은 불편한 듯 자세를 바꾸었다.

"잠시 안 터지는 곳에 있었어요. 수신 상태가 말썽이네요." 썩 훌륭한 변명은 아니다, 그녀의 세계에서는.

에임스는 알아들을 수 없는 소리를 내더니 붉은 계피사탕 하나 를 입에 넣었다.

그런 그를 지켜보면서 슬론은 자신에게로 쏟아지는 일곱 쌍의 시선에 전부 눈을 맞추고 싶은 욕구를 억눌렀다.

그때 에임스가 윙크를 했다. 언제나 그러듯 왼쪽 눈으로. 그의 미세한 눈꼬리 주름이 순식간에 관자놀이까지 뻗쳤다. 에임스는 슬론이 아는 한 아직도 윙크가 먹힌다고 생각하는 유일한 남자였다. 실제로 그의 윙크는 먹혔다. 그것은 우리는 괜찮다는 뜻이기도 했지만 여기서 대장은 나야라는 의미이기도 했다.

그는 좌중을 향해 손바닥을 펼치며 말했다. "슬론 글러버입니다, 여러분." 무대로 등장하는 코미디언을 소개하듯이. 그녀는 속으로 발끈했지만 겉으로는 평정을 지켰다. 에임스와 일하는 건 탁자 밑에서 끊임없이 정강이를 걷어차는 사람 옆에 앉아 있는 것과 같았다. "드디어 시작하게 되어 기쁘군요. 그럼 시작해볼까요?"

동의를 뜻하는 어색한 고갯짓이 뒤따랐다. 옆자리에 앉은 필립이 조용히 리걸 패드와 펜 한 자루를 슬론 앞으로 밀어주었다. 그녀는 갈비뼈 사이를 손바닥으로 누르며 숨을 내쉬었다. 고마워. 슬론이 입 모양으로 말하자 넥타이를 늘 비뚤게 매고 다니는 필립이 별일 아니라는 듯이 어깨를 으쓱했다. 이 회사 남자들이 모두 필립만 같으면 얼마나 좋을까.

"지금쯤이면 우리 회사 최고 경영자인 데즈먼드 뱅콜 씨의 유감스러운 사망 소식을 다들 들었을 거라 생각합니다." 에임스가 회의를 시작했다. "조만간 추도식 일정이 발표될 겁니다. 여러분 대부분을 장례식에서 뵈리라 생각해도 무방하겠지요."

그가 뱅콜의 업적을 읊는 동안 슬론은 사무실로 달리는 차 안에서 머릿속으로 정리한 실행 목록을 펜으로 정신없이 써내려갔다.

에임스가 그런 슬론을 노려봤다.

그녀는 펜을 내려놓았다.

"다 같이 좀 합심해봅시다." 그는 깍지 낀 두 손을 탁자 위에 올렸다. "미리 그레이스한테 상장기업인 트루비브의 법적 의무에 관한 논의부터 시작해달라고 부탁했습니다. 준비됐나요, 그레이스?"

그레이스가 자세를 바로잡았다. 슬론은 자신도 회사에서 어떤 사안에 대해 권위가 있는 척해야 할 때 얼굴에 저런 변형의 과정이 드러나는지 종종 궁금했다. 이십대 때는 그랬다. 그 시절에는 자신감의 가면을 뒤집어쓰고, 목소리를 깔고, '저기, 저기' 하는 말투를 버리고, 무릎을 얌전히 두고, '그래, 난 충분히 자격 있어'라고 스스로 되뇌었다. 그레이스의 신호들은 좀더 미묘했다. 슬론은 그레이스가 턱을 치켜드는 모습을 보았다. 어깨도 쭉 폈다. 하지만 슬론은—우리 대부분과 마찬가지로—남자 동료들에게선 그런 사소한 자기확신의 현시를 거의 발견할 수 없었다. 남자한테는 그런 게 없어서일까? 아니면 그걸 알아볼 만큼 우리가 남자들과 친하지 않아서일까?

"물론입니다." 그레이스는 대답한 뒤 증권거래위원회에 8-K*를 제출하는 문제와 관련한 논의를 시작으로 회사 홈페이지의 업데이트를 제안했다. 예기치 못한 CEO의 부재 상황에서는 투명성이 관건이라는 게 그녀의 설명이었다. "나눠드리는 제안서를 보시면 이해가 쉬울 겁니다." 그레이스는 발표를 마무리했다.

"그리고 저희는 성명서를 준비중입니다." 쿠널은 손가락으로 탁자를 두드리며 강조했다. "준비를 마칠 때까지는 언론사의 전화를

---

* 기업의 예상치 못한 변화에 관한 보고서로, 인수합병이나 파산 혹은 이사진 교체 등 미국 증권거래위원회나 주주의 입장에서 중요한 내용을 기록한다.

받으면 개인적으로나 회사 차원에서나 데즈먼드 대표님의 죽음을 깊이 애도한다고 답해주십시오." 쿠널의 커다란 갈색 눈동자가 회의실 안 얼굴들을 일일이 훑었다. "무슨 일이 있어도 '노코멘트'로 응대하면 안 됩니다. 주주들은 '노코멘트'를 질색해요. 아시겠죠? 내일 아침까지는 성명서가 준비될 겁니다. 그래도 괜찮을까요, 슬론?"

슬론은 의자 깊숙이 앉아 있었다. "좋습니다." 그녀의 대답은 단호했다. 남자는 얼버무려도 빠져나갈 수 있다. 그러면 사려 깊게 느껴진다. 하지만 슬론이 미적거렸다간 자기가 뭘 하는지도 모르는 사람처럼 보이기 십상이다. "성공적인 승계 계획을 강조할 필요가 있어요. 이를 위해선 최근 CEO의 죽음이나 병환에 특별히 잘 대처했던 회사들을 참고해야겠죠. 한두 회사가 떠오르는데, 그중에서 맥……"

"사실," 에임스가 말을 잘랐다. 슬론의 발가락이 반사적으로 오그라들었다. "맥도널드 사례를 들여다볼 필요가 있겠어. 거기도 비슷한 상황을 겪었지. 이 년 새에 CEO가 둘이나 죽었거든. 첫번째는 급사였고. 또 이메이션도. 쿠널, 나라면 그 두 회사를 참고하겠네."

슬론은 치솟는 짜증을 삭였다. 이쯤 되면 그녀 정도의 커리어에서 보일 수 있는 반응은 이미 다 써먹었다. 그녀가 가장 선호하는 반응은 예의를 차리는 것이었다. 이를테면 "재밌는데요, 제가 방금 한 말이랑 아주 비슷하잖아요"라고 특유의 남부 억양으로 받아치는 것이다. 그러나 이번에는 "좋은 생각이네요, 에임스"라고만 간단히 말했다.

에임스는 손바닥을 마주 비비며 만족해했다. "자, 그럼 모두한 테 전진 명령이 떨어졌군요. 내 사무실 문은 항상 열려 있으니 필요한 사람은 언제든지 찾아와요."

모두 자리로 돌아가기 위해 일어섰다. 슬론은 볼펜 뚜껑을 달각 눌러 닫았다. 잉크 얼룩이 오른손 검지 안쪽에 점점이 묻었다. 맞은편에 나란히 앉아 있던 아디와 그레이스가 나가는 길에 회의실을 빙 돌아 그녀에게 다가왔다. 아디는 몸을 살짝 기대고 천천히 고개를 저으며 속삭였다. "괜찮아?"

입술을 굳게 다문 그레이스는 슬론의 손을 잠깐 꼭 쥐었다. 슬론은 그레이스의 실크 블라우스에 묻은 축축한 얼룩이 지워지지 않으리라는 걸 바로 알았다. 굳이 생각해볼 필요도 없었다. 수유중에 실크는 뭘 어떻게 입어도 남아나지 않았다. 그레이스한테도 말해줘야 한다.

"캐서린." 에임스가 손가락을 들더니 새로 온 여자한테 말했다. 모두가 회의실을 빠져나가는 와중에도 그녀는 자리를 지키고 있었다. "잠깐만 여기서 기다려. 책상에 있는 연설문 초안만 슬론한테 전해주면 되니까." 그는 슬론을 쳐다봤다. "내 사무실에 잠시 들르지."

실제로 에임스의 사무실 문은 그의 말마따나 항상 열려 있는 건 아니었다. 말 그대로나 비유적으로나. 슬론은 두 발짝 앞서가는 에임스를 따라 좁은 복도를 걸었다.

그가 사무실 문을 열었고 둘은 함께 이른바 '성지'로 들어갔다. 성지는 에임스가 유명 운동선수와 찍은 사진들을 벽에 죽 걸어둔 갤러리였다. 주식회사 트루비브는 세계 최고의 스포츠 의류 브랜드로, 미국의 거물급 운동선수를 후원했다. 한 사진에서는 에임스가 타이거 우즈와 골프를 치고 있었다. 다른 사진에서는 부상당한 케빈 듀랜트와 나란히 코트사이드에 앉아 있는 그가 보였다. 그리고 보라! 저스틴 벌랜더와 케이트 업턴 부부가 그와 함께 캐치볼을 즐기는 자연스러운 사진도 있었다. 벽에 기념사진으로 남은 사람들이 그와 친구가 된 이유가 오로지 트루비브에서 발행하는 막대한 후원금 수표 때문이란 사실을 깨닫는다 해도 에임스는 개의치 않을 것이다. 어쨌거나 슬론의 눈에 성지의 사진은 사회적으로 약간 더 용납할 수 있는 성기 사진이나 마찬가지였다.

"그래서," 에임스가 뒤로 돌아 책상에 기대며 말을 꺼냈다. 잿빛 슈트를 차려입은 그는 나이에 비해 젊게 꾸밀 줄 아는 중년 남성이었다. 슬론도 객관적으로는 인정했지만 그의 잘난 외모가 더는 눈에 들어오지 않았다. 그 역시 슬론이 여간해서는 믿지 않는 에임스에 관한 또하나의 사실이 돼버렸을 뿐이다. "데즈먼드가 죽었어." 에임스는 엄지로 눈구멍을 깊숙이 누르고 눈가를 문질렀다. "거기까진 나도 예상 못했던 일이야."

"저는…… 맞아요. 정말 유감이에요." 어느새 슬론은 감정의 문턱을 넘었다. 소식을 들은 이후 처음으로 그녀는 마음속으로 CEO의 죽음을 애도의 측면에서 바라보고 있었다. 끔찍한 일이었다. 그에게는 아이들이 있었다. 애비게일보다 겨우 몇 살 많은 아이가 둘일 것이다. 오늘밤 그녀는 남편 데릭과 함께 와인―냉장고에 모셔둔 최고급 샤르도네―을 나누며 그의 죽음을 곱씹을 예정이었다. 회의실에서 그녀가 이사진을 앞에 두고 분기 보고를 하는 동안 탁자 왼편 첫번째 의자에 앉아 경청하던 데즈먼드의 사려 깊은 얼굴이 종종 떠오를 것이다.

"자네를 항상 '미스 슬론'이라고 부르던 거 기억하나?" 에임스가 팔짱을 꼈다. 소리 없이 부드럽게 웃는 그의 어깨가 들썩거렸다. "유치원 선생님을 부르듯이 말이야."

그 기억에 슬론의 입가에도 엷은 미소가 번졌다. "그랬죠, 세상에. 그렇지만 전혀 거슬리지 않았어요."

"자네를 아꼈어." 에임스는 몸을 일으켜 책상 반대편으로 돌아가 의자에 앉지도 않고 컴퓨터 자판을 치기 시작했다. 슬론은 그가 컴퓨터 앞에서 뭘 하든 간에 얼마나 기다려야 할지 몰라 잠시 대기했다.

"말을 돌려서 죄송하지만 그 여자는 누구죠?" 슬론이 물었다. "캐서린이라고 했나요?"

그는 서랍을 열고 계피사탕—흡연 충동을 꺾기 위해 입에 물고 다니는—두 개를 꺼냈다. "캐서린 벨이야. 내 소개하지. 지금 돌아가는 상황 때문에 깜빡했어. 잠깐만 기다려." 그는 자판을 몇 번 더 두드린 뒤 고개를 들어 다시 슬론을 쳐다봤다.

슬론은 이따금 에임스가 그들의 초창기 기억만 골라서 잊은 건 아닐까 하는 생각이 들었다. 그러다 어떤 때는 그 시절의 기억이 그녀에 대해 기억하는 전부인 양 굴었다. 오늘은 과거 따윈 없었던 척하는 분위기가 분명했다. "새로 영입한 변호사야." 그가 말했다. "기업 관련 경험이 아주 풍부해. 앞으로 자네 부서에서 일할 거야. 자네도 굉장히 유능한 인재라고 느끼게 될 걸세."

"제 부서요?" 슬론은 잘못 들었다는 듯이 에임스 쪽으로 한쪽 귀를 들이대며 굳이 되물었다.

"그래."

"제 부서에 사람을 고용하면서 저랑 상의할 생각은 못하셨어요?" 그녀의 목소리가 지나치게 높아졌다. 에임스는 고함이라고 할지도 몰랐다. "제가 그 부서의 수석 부대표라고요."

에임스가 이런 식으로 슬론을 가지고 논 게 한두 해가 아니었다. 벌써 몇 년째다! 갑자기 치밀어오르는 순전한 분노와 함께 여태껏 냉정을 유지하며 에임스와 그의 일등급 헛소리를 참아냈던 오랜 시간의 앙금이 한꺼번에 터졌다.

에임스는 구부정하게 서서 다시 컴퓨터 화면을 들여다봤다. "그리고 난 대표 변호사지. 우리가 이력서까지 교환해야 하나?"

슬론은 오늘밤에 거울 앞에서 양치질하며 이 대화를 곱씹으면서 그렇게 말하지 말 걸 하고 후회하리란 걸 이미 예감했다.

"캐서린의 사무실은 어디죠?" 그녀가 화제를 바꿨다.

"그건 자네가 알아서 해줬으면 하는데. 어쨌거나 자네가 수석 부대표니까." 그가 상대를 힘 빠지게 하는 미소를 짓자 턱에 움푹한 보조개가 생겼다.

"그렇게 하죠." 슬론은 깊게 숨을 들이마신 뒤 머릿속으로 상황을 정리했다. 요청한 적 없는 인원이라 해도 변호사 한 명을 회의실에서 영영 놀게 둘 수는 없는 노릇이었다. 그녀는 팔뚝으로 리걸 패드를 받치고 실행 목록의 오른쪽 상단에 캐서린의 사무실 배정을 추가했다. 첫 출근부터 얼마나 불길한가. 게다가 어려 보이고 피부까지 매우 촉촉해 보였다. '순진한 처녀'라는 표현이 떠올랐지만 말도 안 된다. 적어도 서른은 되었을 것이고, 그럼 슬론이 이 회사에 입사했을 때보다 나이가 많았다.

슬론은 애초에 자신이 여기 온 이유도 잊은 채 사무실을 나가려고 돌아섰다.

"슬론, 초안 가져가야지." 마침내 자리에 앉기로 한 에임스는 틀어진 모니터 각도 때문에 그녀 쪽에서는 보이지 않는 뭔가를 계속 클릭했다. 그가 책상 위에 놓인 리걸 패드를 향해 고개를 까닥했다. "내가 얼개는 잡아놨어. 발표 전에 한번 더 보여줘."

슬론은 그의 책상으로 걸음을 옮겼다. 리걸 패드 위에 양날이 펼쳐진 가위가 놓여 있었다. 노란색 종이 위에 은빛 가윗날이 폭력적인 엑스 모양을 그렸다. 순간 슬론의 머릿속에 수면 부족과 뜯지도 않은 청구서 더미와 분노가 한꺼번에 밀려들었다. 그녀의 손가락이 차가운 금속 위를 맴돌았다. 이따금 고층에 서면 뛰어내리고 싶은 충동에 휩싸여 건물에서 투신하지는 않을까 걱정이 되곤 했다. 우리 모두 그런 기분을 이해한다. 손가락만 까닥하면 가위를 낚아채 에임스의 경동맥을 끊어버릴 수 있을 것 같은 기분 말이다.

슬론은 리걸 패드를 끌어당겼고, 식은땀이 맺힌 손가락이 종이에 들러붙었다. "한 시간 뒤에 보고 드리죠." 슬론이 말했다. 에임스 개릿의 사무실을 빠져나오는 그녀의 목소리가 어색하게 떨린 건 이번이 처음은 아니었다.

진술 녹취록

4월 26일

샤프: 성함을 말씀하세요.

진술자 1: 슬론 글러버입니다.

샤프: 글러버 씨, 직업이 무엇입니까?

진술자 1: 트루비브에서 변호사로 재직중입니다. 공식 직함은 북미 법무팀의 수석 부대표입니다.

샤프: 트루비브에 재직한 지는 얼마나 되었죠?

진술자 1: 십이 년쯤 됐습니다.

샤프: 상당히 긴 시간이네요. 대부분의 사람이 한 직장에 재직하는 기간보다 훨씬 긴 것 같은데, 트루비브에서 그렇게 오래 일한 이유가 뭐죠?

진술자 1: 저는 모두가 탐내는 자리에 있습니다. 사내 변호사인데다 보수까지 이렇게 좋은 자리는 쉽게 찾기 힘들죠. 트루비브 자체가 유명 기업이기도 하고요. 다들 죽도록…… 이런, 미안해요, 그런 뜻이 아니라 제 자리를 엿보는 사람이 아주 많을 거라는 얘기입니다.

샤프: 그럼 에임스 개릿은 어떻게 알게 되었습니까?

진술자 1: 에임스는 제가 잭슨 브록웰에서 이직할 때 저를 인터뷰한 트루비브의 임원 중 한 사람이었습니다. 그러니 그때 처음 만났겠네요.

샤프: 개릿 씨와는 긴밀하게 함께 일하는 관계였습니까?

진술자 1: 제휴 브랜드의 매각 건으로 협업했을 때가 처음일 겁니다. 그때 에임스는 이미 트루비브에서 일한 지 오 년쯤 됐고요. 에임스가 상대측에 보낼 실사 자료를 준비했고, 제가 그를 보조했습니다.

샤프: 당시 두 분의 관계를 묘사한다면요?

진술자 1: 괜찮았습니다.

샤프: '괜찮았다'는 게 무슨 뜻입니까, 글러버 씨?

진술자 1: 똑똑하고 야심이 큰 사람이라고 생각했습니다. 제게 매각 절차에 대해서도 많이 가르쳐줬고요. 서로 잘 지냈습니다.

샤프: 알겠습니다. 그럼 둘 사이에 불륜은 언제 시작된 거죠?

3

3월 20일

　우리는 『린 인』[*]을 읽었다. 그 책은 정말이지 이 도시에 사는 전문직 여성의 필독서였다. 친구가 조언을 구한다면 우리는 우정을 걸고 진솔하고 현명하고 간곡하게 말할 의무가 있었다. 친구야, 지금 네게 필요한 건 린 인이야.

　그래서 우리는 읽었다. 240쪽에 달하는 책을 끝까지. 형광펜으로 밑줄을 죽죽 그어가며 읽거나, 랜드로버를 몰고 유료 고속도로를 달리며 오디오북으로 들었다. 우리에겐 무엇을 잘못했고 어떻게 바로잡을 수 있는지 말해줄 사람이 필요했다. 연봉이 충분히 높지 않다거나, 승진이 충분히 빠르지 않다거나, 주변을 충분히 닦달하지 않았다는 사실을 상기해줄 사람이 필요했다. 우리는 커리어

---

[*] Lean In. 페이스북의 최고운영책임자 셰릴 샌드버그가 여성과 일, 리더십에 관한 경험을 담아 집필한 저서. '몸을 앞으로 기대다'라는 사전적 의미의 '린 인'은 기회 앞에서 움츠리지 않고 당당히 나아가는 적극적이고 진취적인 여성의 모습을 나타낸다.

에 대한 환상을 품었고, 여성 네트워크 행사에 참석했으며, 감수할 만한 커리어 리스크를 찾아다녔다. 지시 사항을 충실히 따랐고, 타이머를 십팔 개월에 맞춘 뒤 그때쯤이면 적극적으로 '린 인'하는 전 세계 여성들의 무게에 못 이겨 유리 천장이 산산조각나리라 기대했다.

그것이 통하지 않는다는 사실을 정확히 언제쯤 깨달았을까? 대통령 선거? 아니면 그 이전에? 현상황에서는 그 차이를 분간하기 힘들다. 온도계 없이는 미세한 기온 저하를 측정하기 어려운 것처럼. 그러나 샌드버그 말이 맞은 게 하나 있었다. 우리는 린 인을 해야 했다.

그래야만 귓속말을 들을 수 있으니까.

삼 분마다 시트러스향 방향제를 뿜어대는 자동분사기에 놀란 그레이스는 정신을 차리고 주변을 둘러보았다. 화장실 안. 변기 위. 아무 생각 없이 인스타그램 피드를 스크롤하는 중. 발목에 덜렁 매달린 속옷.

수면 부족. 그것이 바로 갓 엄마가 된 그레이스가 처한 상황이었다. 다들 금방 지나갈 거라고 했다. 머지않아 과거의 자신으로 되돌아간 기분이 들 거라고.

그레이스는 빌어먹을 과거의 자신이 제발 좀 서둘러 와줬으면 싶었다.

화장실 문이 활짝 열리더니 하이힐 두 쌍이 입장했다.

그레이스는 두루마리 화장지를 뜯거나 자리에서 일어나 자동 물 내림 장치를 작동시킴으로써 인기척을 할 수도 있었다. 하지만 그녀가 미처 움직이기도 전에 하이힐 한 쌍이 거울 앞에 서더니 말하기 시작했다. "대니엘이 그 스프레드시트인가 뭔가를 전달해줬어. 맙소사, 댈러스에 추잡한 놈이 그렇게나 많은 줄 누가 알았겠니?"

휴대폰을 보던 그레이스가 조심스럽게 고개를 들었다. 눈을 가늘게 떴다. 거울 앞에 선 하이힐을 확인하기 위해 고개를 기울였다. 예쁘지만 엄청나게 비싸진 않은 핑크색 하이힐. 아마 브랜드는 스티브매든일 것이다.

핑크색 하이힐을 신은 젊은 여자는 점심을 먹은 뒤 거울 앞에서 화장을 고치는 게 틀림없었다. 가죽 하이힐을 신은 다른 여자가 화장실 칸으로 들어가 걸쇠를 잠갔다. "나한테 말하지 그랬어. 난 사흘 전에 받았는데."

목소리를 분간하기가 어려웠다. (목소리는 속임수에 불과했다. 우리는 보컬 프라이와 업토크*의 시대에 살고 있다. 그리고 그런 말투를 쓰는 우리 자신을 혐오한다.) 화장실 수다는 동시에 일어날 수 없는 두 가지 행위의 결합이지만, 그레이스에게도 한때는 꾸역꾸역 같은 화장실에 들어가 수다를 떨면서 역겨운 변기 하나에 번갈아가며 쪼그려앉는 것이 친밀함의 척도라고 믿었던 시절이 있었다. 그 시절을 떠올리니 가슴 한편이 아릿하게 저리는 향수가 느껴졌다.

"환장하겠는 건 말이야," 가죽 하이힐이 말했다. "거기에 우리 아빠 친구 이름도 있다는 거야."

세면대에서 핑크색 하이힐이 답했다. "세상에." 콤팩트를 닫는 소

---

* '보컬 프라이'는 목을 긁는 듯한 저음의 소리, '업토크'는 말끝을 올리는 말투다.

리가 들렸다. "그 사람이 너한테, 그러니까 징그럽게 군 적 없어?"

그레이스는 자신의 리본 달린 페라가모 구두가 신경쓰였다. 둘 중 누구든 보려고 마음만 먹으면 칸막이 아래로 충분히 들여다볼 수 있었다. 구두를 벗어서 손에 들어야 하나? 그럼 너무 오버하는 걸까?

어찌할지 정할 수 없었던 그레이스는 아무것도 하지 않았다.

"아니, 그 아저씨는 항상 친절했어. 그런 친절 말고 진짜 친절. 확실해. 지난달에도 우리 가족이랑 같이 식사했는걸."

"너희 아빠가 그런 사람이라고 상상할 수 있겠니?" 핑크색 하이힐이 물었다. "난 문제는 그거라고 봐. 그러니까 그 사람들도 누군가의 아빠일 거 아냐. 네 메일함에서 그런 리스트를 발견했는데 거기에 네 아빠 이름이 있고, 그 옆에 '항문에 손가락을 넣어달랬음'이라고 쓰여 있다고 생각해봐. 그럼 너는 아빠 얼굴을 예전처럼 볼 수 있어?" 그레이스 생각에 핑크색 하이힐은 트루비브에서 일주일에 이틀 일하는 로스쿨 일학년 법률 인턴 같았다. 유명 로스쿨은 아니었던 걸로 기억했다. 이름이 올리비아였나? 소피아였나? 암튼 둘 중 하나였다.

"알았으니까 말조심해." 가죽 하이힐이 말했다. "마크 소울스는 존경받는 분이야. 내게 그런 이미지는 필요 없어." 그렇지, 저건 슬론이 작년에 채용한 젊은 기업법무 변호사 중 한 명인 알렉산드라 소울스의 목소리다. 그레이스는 알렉산드라를 좋아했다. 그리고 알렉산드라와 올리비아 아니면 소피아는 대학 동문이었던 것 같은데, 아닌가?

흥미로운 사실을 말하자면 그레이스는 오늘 뱅콜의 죽음 말고 다른 이야기를 하는 사람을 전혀 보지 못했다. 어쩌면 저 여자들은 너무 어리거나 그의 죽음이 신경쓰일 지위에 한참 못 미치는 것일 수 있다.

혹은 이게 더 큰 뉴스라고 생각하거나.

쟤들은 화장실 칸막이 아래를 반드시 확인했어야 한다.

"네 생각엔 진짜인 것 같아? 그러니까 그…… 항문 얘기도?" 올리비아-소피아가 분개하기보다는 호기심이 가득한 목소리로 물었다.

알렉산드라는 웃기만 했다.

올리비아-소피아의 구두코가 칸막이를 향했다. "너도 추가한 사람이 있니?" 그녀가 물었다.

그레이스는 변기의 물을 내리는 소리를 들었다. "아니…… 난…… 안 했어……" 알렉산드라가 대답했다. 장전된 총 같은 반응이었다. 그녀가 칸막이 문을 열고 나가자 경첩이 끼익 소리를 냈다. "너는?"

하지만 이번에는 손을 씻는 모양이었다. 쏟아지는 수돗물소리에 목소리가 묻혔다. 다음에는 핸드 드라이어가 작동했다.

그레이스는 관자놀이를 문질렀다. 퍼즐 조각을 맞춰보려고 애쓰는 중이었다. 그러니까 알렉산드라와 올리비아-소피아가 스프레드시트를 받았다. 그 안에는 무슨 리스트가 들어 있다. 저들의 말에 따르면 추잡한 남자들의 리스트다. 그 리스트가 그들 사이에서 돌고 있다. 심지어 의논까지 한다. (그레이스는 이제야 알았지만, 우리 가운데 상당수가 이미 그 리스트를 봤다. 이름을 추가한 이들도 있었다. 우리는 가짜 이메일 주소와 가짜 사용자명, 숨은 참조를 적극 활용했다. 점프슈트나 스플릿슬리브보다 더 빨리 지나갈 유행을 따르듯이 말이다.)

그때 갑자기 수돗물소리가 멈췄다.

"상관없어." 알렉산드라의 목소리였다. "어쨌든 그 남자가 한 짓이 누군가를 열받게 한 건 맞잖아. 그러니 자업자득이지. 그 남자들 전부 해고당해야 해."

그레이스는 움찔했다. 적법한 절차는 어쩌고 하는 생각이 든 순간 그녀는 성인군자인 척하는 로스쿨 학생이 된 기분이었다. 실제로도 그런 학생이었을 테고.

그렇게 알렉산드라와 올리비아-소피아는 화장실을 나갔고 그레이스는 그들의 나머지 대화를 엿들을 수 없었다. 닫힌 문 너머로 웅얼거리는 목소리만 들려왔고 그레이스의 곁에 남은 건 불안감뿐이었다.

돌이켜 생각해보면 그것은 줄곧 그레이스의 곁을 지키고 있었다.

4

3월 20일

우리는 시간이 없었다. 그 무엇도 할 시간이 없는 것 같았다. 시간이 돈이라면 우린 모두 파산 직전이었다. 이따금 〈뉴욕 타임스〉 베스트셀러 목록에서 『성공한 여자의 시간 활용법』이나 『타임 푸어』 같은 희망적인 제목의 책을 발견하기도 했다. 그러면 우리는 몇 주 동안 그 책을 돌려 보면서 최신 유행 다이어트를 따라 하듯 책에 나온 지침을 시도해보려 애썼다. 그러나 우리에겐—전문가들의 말마따나—제도적 걸림돌이 있었다.

먼저 우리는 남자 동료들에 비해 활용할 시간이 부족했다. 그건 그냥 팩트다. 아침에 머리를 말리는 데 삼십 분. 머리카락을 곧게 펴고 돌돌 마는 데 십 분. 화장에 십오 분. 장신구 착용에 삼 분. 옷 고르는 데 십육 분. 저녁에는 유산소운동에 사십오 분과 가끔씩 복근운동에 십오 분. 믿기 힘들거든 회사 홈페이지에 게재된 직원 명부의 사진을 검색해보라. 그러면 무슨 말인지 이해할 것이다.

규모의 경제적 측면도 있었다. 한정적인 자원인 시간을 누가 가장 효율적으로 활용해야겠는가? 우리 중 엄마인 자들이 가장 설득력 있는 주장을 내세운다. 애들을 생각해봐! 그럼 엄마가 아닌 나머지 우리는 어쩌란 말인가? 사무실에 앉아 있는 우리 귀에는 생물학적 시계가 째깍거리는 소리가 들린다. 시계는 그동안 우리가 몇 번의 데이트를, 몇 번의 우연한 만남을, 아이의 엄마가 되어주고 싶은 누군가를 만날 몇 번의 기회를 놓쳤는지 전부 세고 있다. 여기서 다들 넘어가는 상술이 치고 나온다. 누군가의 아내와 엄마가 되면 시간의 양은 급락할지언정 그 가치는 상승한다.

하지만 이건 고정비 공제를 따질 문제가 아니었다. 어쩌면 우린 체크무늬 옷을 입은 귀여운 아기 사진으로 연하장을 만드는 꿈은 애초에 포기하고 아예 아이 없는 삶을 선택한 건지도 모른다. 그러나 너무나 자주, 커리어를 위해 포기를 한 것 같은 기분이 든다. 혹은 커리어만을 위한 선택을 했거나. 자유시간은 모조리 포기해주시면 감사하겠습니다. 시간의 이러한 복잡성은 대학원에서 가르쳐야 한다. 교수로는 숀다 라임스*가 시간이 될지 모르겠다.

슬론은 너무 오랫동안 컴퓨터 모니터를 응시하고 있었다. 사무실 밖은 이미 해가 저물었다. 반짝이는 원형 전망대와 우아한 현수교가 수놓은 댈러스의 스카이라인이 드높은 옴니호텔의 현란한 전광판에 서서히 자리를 내주고 있었다.

그녀는 검은 마스카라가 번지든 말든 개의치 않고 눈을 비볐다. 로스쿨을 막 졸업하고 로펌에서 일하기 시작했을 때는 8-K 서류

---

* 미국의 유명 작가이자 텔레비전 프로듀서. 대표작으로 〈그레이 아나토미〉와 〈브리저튼〉 등이 있고 세 아이를 키우는 싱글맘이기도 하다.

검토에 정확히 얼마만큼의 시간을 할애했는지 알 수 있었다. 로펌 변호사일 때는 시간을 육 분 단위로 재야 했다. 하지만 그건 회사를 두 번이나 옮기기 전, 십 년도 더 된 시절의 이야기다. 그런데도 그녀는 여전히 말없이 시간 운용표를 작성하곤 했다.

0.1시간　쌀국수 먹기
0.2시간　남편과 딸에게 문자 보내기
0.1시간　허접한 타블로이드 웹 기사 읽기
4.5시간　언론 보도자료와 SEC 제출용 데이터 증거물 검토

그때 컴퓨터 스탠드에 올려둔 휴대폰이 진동했다. 남편 데릭이었다. 두번째 진동에 그녀는 전화를 받았다.

"살아 있었네!" 슬론은 남편의 목소리를 사랑했다. 부엌에서 아일랜드 식탁에 기대서 있을 남편의 모습이 머릿속에 그려졌다. 귀밑으로 조금 길게 자란 구릿빛 머리카락과 어깨에 축 늘어진 낡은 너바나 티셔츠. 처음 만난 날에도 입고 있었던 그 티셔츠는 슬론도 일주일에 한 번은 잠옷으로 훔쳐 입을 만큼 좋아하는 옷이었다.

부재중 전화가 네 통이나 와 있었다. "미안, 미안. 나 정말 최악이다. 새 마누라 얻을 생각은 안 해봤어?"

몇 년 전에 데릭이 제정한 규정에 따르면 슬론은 일하는 걸 가지고는 미안하다고 사과할 수 없었다. 그러나 그녀는 자신에겐 그 규정을 위반할 권리가 있다고 생각했다.

"걱정 말래도." 특유의 느긋한 태도로 남편이 대답했다. 그렇다고 그의 직업에 스트레스가 없는 것은 아니었다. 데릭은 중학교 교

사였고 사춘기 소년들은 악몽이나 다름없었다. 그러나 그건 종류가 다른 스트레스였고, 부부는 서로의 스트레스를 겨룰 필요성을 느끼지 못했다. "그냥 잘 있는지 확인차 전화했어. 아, 다음주 애비게일의 경보대회 신청서는 내가 접수했어. 피아노 발표회 참가비도 지불했고. 그러니까 그 둘은 당신 목록에서 지워도 돼."

"내가 목록 지우기를 얼마나 좋아하는지 당신도 알지?" 슬론은 제대로 읽으려고 이미 세번째 시도중인 문구를 눈으로 훑으며 말했다. 딸애의 신청서는 완전히 잊고 있었다. "고마워."

잠깐의 침묵이 흘렀고, 그 틈에 부부는 지난밤 다툰 사실을 떠올렸다. 결혼한 지 오래된 부부일수록 격렬한 언쟁을 하다가도 잠시 '중단'했다 나중에—되도록 슬론의 취침 시간 전에—다시 끄집어내기 십상이었다. 또 시작이었다. 어쩌다 생겼는지 방금 기억난 공동의 상처처럼 그 일이 다시 불거졌다.

"애비게일은 어때?" 슬론이 물어보기가 무섭게 데릭이 대답했다. "괜찮은 것 같아. 집에 온 이후로 계속 지켜보는 중이야."

다툼의 원인은 애비게일이었다. 요즘엔 늘 딸애 때문에 다퉜다. 슬론은 머릿속에서 남편의 목소리가 들리는 것 같았다. 이건 싸움이 아냐, 생각이 다른 것뿐이라고. 다 좋다. 하지만 슬론은 과장꾼이었고, 딸애의 일이라면 그래도 된다고 생각했다.

문제는 두 달쯤 전에 시작되었다. 애비게일은 부쩍 뿌로퉁해서 다녔다. 더는 인형을 가지고 놀지도 않았다. 그러다 슬론이 전혀 악의 없이 인형들을 치우라고 했을 뿐인데 애비게일이 대뜸—슬론이 순화한 표현에 따르면—자기가 죽어야 다들 행복해질 거라고 고함을 질렀다.

데릭은 슬론이 과잉 반응을 한다고 생각했다. 그는 중학교 1학년 학생들에게 영어를 가르쳤고, 그 말인즉 그가 아동 발달이라는 전문 분야를 독점적으로 연구했다는 뜻이었다. 하지만 슬론은 애비게일만 독점적으로 연구했다. 딸을 데리고 정신과 의사도 찾아가봤지만, 의사는 아동 발달에 있어 '죽음과 임종'을 깨닫는 단계는 지극히 정상적인 과정이라고 슬론을 안심시켰다. "거봐, 여보. 지극히 정상이라잖아." 집으로 돌아오는 길에 데릭은 본인도 심리학 박사인 것처럼 의사가 했던 말을 되풀이했다.

하지만 며칠 뒤에 그녀는 딸의 휴대폰 화면에 불쑥 떠오른 문자 메시지를 발견했다. 걸레. 나쁜 년. 쌍년. 한 단어 한 단어가 총알처럼 그녀의 가슴에 박혔다. 욕설이나 인기 경쟁 같은 온갖 세속적인 것에 대항해 지금껏 성실히 다져온 우리의 면역체계는 누군가가 자식을 비난하는 순간 순식간에 무너진다는 사실을 엄마가 되기 전까지는 아무도 말해주지 않았다.

슬론은 데릭의 면전에 대고 애비게일의 휴대폰을 흔들며 소리쳤다. "이래도 정상이야? 어디가 지그으으윽히 정상이라는 거야?"

물론 데릭도 상당히 억울한 면이 있었다. 그는 애비게일의 같은 반 친구 이름을 줄줄이 꿰고, 도넛 상자를 사들고 담임선생을 찾아가는 아빠였기 때문이다. 메시지를 읽은 그가 무서울 정도로 엄해져서 슬론은 사실 살짝 흥분되기도 했다.

그녀는 이 일을 문제삼아 학군을 고소하고 싶었다. 시정 조치. 적절한 보호. 그녀의 말을 심각하게 받아들이지 않는다면 법적 대응까지 하고 싶었다. 하지만 해당 학군에 데릭이 일하는 학교도 포함되어 있었고, 그건 남편이 '원만한 해결'을 바란다는 뜻이었다.

데릭은 정확히 그 표현을 써서 말했다.

그리고 학교장 면담에서 부부는 통일전선을 펼쳤고, 데릭은 바란 대로 총대를 멨다. 그가 고집한 일이었고, 슬론은 썩 달갑지는 않았다.

수화기 너머로 데릭이 까슬까슬한 턱을 긁는 소리가 들렸다. 더는 정적을 참을 수 없었던 슬론은 자판을 두드렸다. "슬론, 미안해. 내가……"

가벼운 노크 소리에 슬론은 의자를 틀었다. 문틀에 기대선 아디의 검은색 재킷과 바지가 평소보다 훨씬 구깃구깃했다.

"여보, 미안한데 이만 끊어야겠어." 남편의 한숨소리가 들리자 그녀는 죄책감이 들었다. "사랑해."

"일 너무 열심히 하지 마." 전화를 끊기 전에 남편이 당부했다. 슬론은 '그러다 신경쇠약 걸리겠어'와 같은 그의 말이 진심이며, 청색광이 수면을 방해한다는 기사를 읽었다면서 밤 열한시 이후에 노트북을 압수할 때와 같은 의도로 한 말이라는 걸 알았다.

슬론은 휴대폰을 키보드 옆으로 밀었다. "거기 오래 서 있었어?"

아디는 사무실 안으로 불쑥 들어와 손님용 의자 등받이에 손을 올리고 섰다. "너는 이제 퇴근해야겠다는 생각이 들 만큼은 서 있었지." 아디는 갈색 아코디언폴더를 슬론에게 건냈다. "웨이코 공장부지 조세 소송 건이야. 미안한데 이것도 좀 검토해줘. 기분이 나아질지 모르겠지만 난 구독박스 인수 건에 관한 세금 모델 검토는 아직 시작도 못했어."

슬론은 폴더를 책상 위에 내려놓았다. 툭. 그녀는 그동안 숨겨왔던─정말 아무것도 아니었던─사소한 비밀이 굉장한 골칫거리가 된 이후로 이 주 동안 내내 아디한테 말할 타이밍을 보고 있었다. 하지만 오늘은 누가 봐도 벌집을 들쑤실 만한 날이 아니었다. 변명처럼 들리겠지만 변명은 아니었다. 전략적인 차원이라고나 할까?

대신 슬론은 말했다. "영업팀은 오전에 업무를 종료하고 뱅콜을 애도하는 시간을 갖는다던데, 넌 그게 말이 된다고 생각하니?"

아디가 호들갑을 떨며 눈을 동그랗게 떴다. "잘 들어, 슬론. 그렇게 가볍게 여길 일이 아니야. 요즘 이십대의 감정 행사는 법적으로도 타당하다고." 그녀는 명상하듯이 합장을 했다. "걔들이 일을 하면서 동시에 감정도 느낄 거라고 기대하지 마. 공감의 리더십, 알겠니?"

아디의 최대 장점 가운데 하나는 슬론이 딱 필요로 할 때 적당히 싫은 소리를 해준다는 것이었다. 슬론이 평소 떠받드는 교리에 따르면 면전에 대고 쓴소리를 해줄 의향이 없는 여자들과는 진정한 친구가 될 수 없었다. 그건 피를 보지 않고 혈맹을 맺는 거나 다름없었다.

"아니 난 그냥, 정말 진심으로 사과할게." 슬론은 손바닥을 가슴에 대고 입술을 내밀며 최대한 송구한 표정을 지었다. 혹은 적어도 그런 표정이길 바랐다. 최근 들어 보톡스 시술을 시작한 탓에—어차피 마흔을 갓 넘긴 나이로 보일 뿐이었지만—자신의 얼굴이 언제 어떤 표정인지 도통 감을 잡을 수 없었다. "위에서 생각이 있으면 차기 CEO를 물색중이어야 할 텐데."

"생각이 있으면 자기들 스톡옵션 가격이나 걱정하고 있겠지."

"외부 인사를 영입할 것 같니?" 슬론이 물었다.

"난들 아니? 근데 아닐걸. 새 사람을 들이는 건 시간이 너무 오래 걸려." 아디가 한숨을 내쉬었다. "어쨌거나 마이클의 어린이집은 애를 늦게 데려가면 분당 1달러씩 추가 비용을 청구해. 그러니까 내 청구서는 이미……" 아디는 손목시계를 슬쩍 보았다. "수천만 달러가 넘었겠다."

"난 네가 수학을 잘해서 월급을 받는 줄 알았는데."

"맞아. 계산은 똑바로 했어. 증명할……"

둘의 대화가 뚝 끊겼다.

문 앞에 고이 접은 스웨터를 팔에 든 캐서린이 서 있었다. 그녀의 시선은 슬론과 아디 사이에 머물렀다. "괜찮으시면 오늘은 이만 들어가볼게요."

캐서린은 옆머리 한 움큼을 귀 뒤로 얌전히 넘겼다. 슬론은 이상하다고 생각했다. 캐서린의 머리칼은 넘기고 말고 할 게 없을 정도로 짧았기 때문이다. 그래서 있지도 않은 환각모毛에 손을 뻗는 것처럼 보였다.

화가 나는 게 마땅했지만 슬론은 사실 캐서린을 거의 잊고 있었다. 첫 출근한 그녀를 데리고 무엇을 어떻게 해야 할지도 몰랐다. 캐서린은 예뻤다. 슬론이 미워하지 말자고 계속해서 다짐해야 할 만큼. 나이가 들수록 어리고 예쁜 여자를 미워하고 싶어졌다. 지질한 충동이었고 애써 억누르고 있었다.

슬론이 피로한 미소를 지었다. "오, 그래. 가야지. 들어가요. 그리고 내일 나한테도 알려줘. 집은 괜찮은지. 침대는 어떤지. 베개는 푹신한지. 정말 사람들이 잠옷만 입고……" 그녀는 말을 멈췄다. 복도에 기다란 그림자 같은 게 보였기 때문이다. 그녀는 맨발로 일어서서 문 쪽으로 까치발을 하고 조금씩 다가가 캐서린 뒤쪽을 두리번거렸다. "뒤에 누가 숨어 있는 거야?" 슬론이 물었다.

에임스가 고개를 쑥 내밀면서 헛기침을 했다. "아니, 아니. 나야." 그는 아디에게 손을 흔들고 슬론한테는 고개를 까닥했다. "캐서린한테 술 한잔 사주기로 약속했거든. 환영도 하고 전 직장 이야기도 들어보고, 겸사겸사."

약속이라. 그 말이 슬론의 뇌리에 울렸다. 에임스의 입에서 나오니 아빠가 하는 말처럼 들렸다.

슬론은 뭔가 말해야 한다고 생각했지만 머리가 돌아가지 않았다. 너무 많은 일이 한꺼번에 일어난 날이었다. 데즈먼드가 죽었다. 아직 열두 시간도 지나지 않은 일이었다. 그의 몸이 차갑게 식지도 않았을 텐데 에임스는 지금 누군지도 잘 모르는—캐서린이라는—여자와 술을 마시러 간단다. 말이 되는가? 하지만 저 둘이 저기 서서 그녀의 대답을 기다리고 있었다. 그러니 잘못 들은 건 아니었다. 확실했다. 에임스가 캐서린을 데리고 술을 마시러 간다. 오늘밤에.

뜻밖의 기억이 떠올랐다.

트루비브로 이직한다고 잭슨 브록웰에 통보한 날, 그녀의 멘토였던 엘리자베스 모레티가 조용히 경고했었다. 잭슨에서 일한 이년 동안 엘리자베스는 정확히 두 번, 그렇게 평가하는 듯한 얼굴로 슬론을 따로 불러냈다. 그녀의 표정에 담긴 숨은 뜻은 이랬다. '내가 너보다 나이도 많고 현명하고 그동안 본 것도 좀 있어.' 그날 엘리자베스는 슬론을 쳐다보며 말했다. 에임스 개릿을 조심해. 그리고 별다른 설명은 덧붙이지 않았다.

트루비브에 온 첫날 슬론이 에임스와 자신 있게 악수할 때만 해도 그 말은 꽤 효과가 있었다. 하지만 육 개월 뒤에 둘은 섹스를 했다.

이제 에임스가 슬론을 보고 있었다. 아디도 그녀를 보고 있었다. 캐서린은 이게 무슨 상황인가 하는 표정으로 셋을 번갈아 보았다. 슬론은 자신의 책상을 바라보았다. 걸어야 할 업무 전화, 보내야 할 이메일. 그녀는 눈을 질끈 감았다. 뭔가 대단히 미련한 짓을 저지를 거라는 신호였다.

"좋은 생각이네요." 슬론이 말했다. "저도 핸드백만 챙기면 돼요."

에임스와 캐서린의 시선이 그녀를 향했다. 이런 젠장, 서커스에 끼겠다는 것도 아닌데 왜들 저러지?

에임스는 재밌다는 표정이었다. "자네는 일에 파묻힌 줄 알았는데?"

"돌아와서 다시 묻히면 되죠." 슬론이라고 선택적 기억상실을 활용하지 말란 법은 없었다.

에임스가 천천히 고개를 까딱거렸다. "좋아." 그가 말했다. "그럼 엘리베이터 앞에서 보지." 캐서린과 사무실을 나서면서 그는 문틀을 두 번 톡톡 두드렸다.

아디는 슬론을 향해 몸을 틀었다. "정말 이래야겠니?"

슬론은 손바닥을 쳐들고 천장을 올려다봤다. "당연히 안 이러고 싶지."

"그럼 왜 이러는지 말해줄래?"

"이유는 너도 잘 알잖아."

아디는 팔짱을 끼고 모르겠다는 듯 눈썹을 치켜올렸다.

"나도 몰라." 슬론은 짜증스럽게 대답했다. 그리고 문가를 가리키며 목소리를 낮췄다. "이번에는 도살장으로 끌려가는 희생양을 살

려보고 싶은가보지. 너도 봤잖아, 쟤 완전히 무방비인 거. 키 165센
티미터에 픽시커트 머리, 인형 같은 얼굴. 됐어?" 그녀는 핸드백을
집어 오른쪽 어깨에 멨다. "딱 한 잔만 하고 올 거야." 그녀는 아디
의 회의적인 얼굴에 손가락 하나를 들어 보였다.

"한 잔만이다." 아디가 마지못해 인정했다. "그럼 난 운명의 신
한테 네 행운을 빌어줄게."

슬론은 눈을 감았다. 피로가 몰려왔다. 환각주름이 미간을 파고드
는 것 같았다. 부탁이 아니라 원하는 기색만 내비쳐도 아디는 어린
이집이고 뭐고 함께 가줄 것이다. 그런 면에서 슬론은 운이 좋았다.

"네가 그래준다면 정말 큰 힘이 될 거야." 슬론은 발이 떨어지지
않는 듯 친구의 손목을 꼭 움켜쥐었다. 지난번 에임스 개릿으로부
터 한 여성을 구해냈을 때 그들이 나눠 마셨던 반쯤 남은 진 술병
이 아직도 서류 캐비닛 안에 있었다. 그때 구해낸 여자가 바로 슬
론이었을 뿐이다.

트루비브 사내 메신저

4월 21일 오후 4시 31분

수신자: 슬론 글러버
발신자: 〔차단됨〕

걸레.

나쁜 년.

쌍년.

5

3월 20일

엘리베이터에서 우리는 얼마나 말이 없었던가. 우리는 샴푸와 구강청결제 향기를 맡으며 엘리베이터에 올랐다. 발밑에서 부드럽게 밀어올리는 힘이 몸을 허공으로 띄우며 원하는 층까지 데려다주었다. 문이 열릴 때마다 각기 다른 세계로 향하는 출입구가 나타났다.

상대가 버튼을 누르기도 전에 우리는 서로가 속한 층을 구분해낼 수 있었다. 8층 마케팅팀? 대학원 진학을 고민한 뒤부터 이도 저도 아니게 돼버린 전前 치어리더의 무덤에 온 걸 환영한다. 12층 영업회계팀장? 휴대폰 화면을 톡톡 두드리는 그녀의 손에 갓 칠한 매니큐어와 어깨에 걸린 명품 가방이 눈에 들어온다. 그녀의 올해 실적이 정말 훌륭하다는 뜻이다. 제품 개발 코디네이터한테 안경을 어디서 샀는지 조용히 물어볼 수도 있다. 아님 우리 뒤로 들어와서 단호하게 15층 버튼을 누르는 검은색 정장을 입은 여자한테 자리를 비켜주든가.

하지만 우리가 서로에 대해 진정으로 아는 게 있을까? 강철과 비계가 우리 사이를 가로막고 있었다. 우리의 세계는 분리된 듯 보였지만, 가끔은 가까이 있다는 이유만으로 서로 만나게 되기도 했다. 뭐 그런 거라고 생각했었다.

우리는 그저 각자의 세계로 향하는 문을 두드렸을 뿐인데, 서로의 과거가 얽히고설켜 공동의 실타래를 짓더니 그것이 우리 목을 옭아매는 올가미가 되는 것까지 보게 되었다.

로살리타와 신입 청소원 크리스털이 15층 사무실 밖에 서 있었을 때 일어난 일도 그와 아주 비슷한 것이었다. "안에 누가 있어요." 화들짝 놀란 크리스털이 쉿 하는 소리를 냈다. 그녀는 불에 덴 사람처럼 문에서 홱 물러섰다. 느리게 한숨을 내쉰 로살리타는 짜증을 감추지 않았다. 보라고 낸 짜증이었다.

밤 아홉시 삼십분이었다. 로살리타와 크리스털은 함께 진공청소기를 밀고, 쓰레기통을 비우고, 탕비실 싱크대를 닦고, 화장실 휴지를 교체하며 어둠이 내린 사무층을 돌았다. 사무실 창문은 우주를 내다보는 납작한 블랙홀 같았다. 안에서는 번쩍거리는 센서등이 두 여자가 청소중인 사각의 공간을 밝게 비췄다. 여자들이 자리를 뜨면 조명이 깜빡하고 꺼졌다.

로살리타는 불빛이 거슬렸다. 조명이 켜지면 스포트라이트 아래 감시를 받으며 서 있는 기분이 들었다. 설상가상으로 갑자기 복도 끝에서 번쩍하고 불이 켜지기도 했는데, 그럴 때면 심장이 요동치고 바짝 얼어붙어서 누가 모습을 드러내는지 보고 있어야 했다. 아무도 나타나지 않더라도 여전히 일은 마무리해야 했기에 로살리타는 몇 초에 한 번씩 어깨 너머를 살피며 청소를 계속할 수밖에 없었다.

"나방이겠지." 그녀의 상사가 말한 적이 있었다. 그게 벌써 몇 년 전, 로살리타가 처음 청소일을 시작했을 때의 일이었다. 삼촌이 모는 찜통 같은 밴을 타고 여동생과 함께 밸리를 넘어온 지 몇 달밖에 안 됐을 때였다. 어느 순간부터는 다른 고민들이 불빛에 대한 걱정을 대신했다.

"호들갑 떨지 마." 로살리타는 크리스털에게 말하고 클립보드에 부착된 종이에 청소를 완료한 사무실은 가지런히 체크 표시를 했다. 시프트를 정하는 회의에서 그녀는 평소에 담당하던 층을 다시 배정받게 되어 기뻤다. 회사 중역 한 명이 사망했기 때문에 곧바로 그의 사무실을 청소하는 업무가 생겼는데, 로살리타는 그 일에 끼고 싶지 않았다.

"노크할까요?" 크리스털이 물었다.

로살리타는 크리스털을 쌩 지나쳐 열려 있는 문을 두 번 똑똑 두드린 뒤 대답도 기다리지 않고 사람이 있는 15층 사무실 안으로 신속하게 발걸음을 옮겼다. 그러고는 휴지통과 재활용품 수거함을 덥석 낚아채 복도로 가지고 나왔다.

이런 식으로 신입도 배우게 될 것이다.

로살리타는 까치발로 알짱대는 것이 눈에 띄지 않는 비결은 아니라는 사실을 배웠다. 그러면 되레 주목을 끌 뿐만 아니라 청소가 끝날 때까지 모두가 불편해진다. 투명인간이 되려면 속도와 목적이 관건이었다. 그 두 가지만 확실하면 청소원이 있든 말든 사람들은 마음 편히 일할 수 있었다.

로살리타는 바퀴 달린 대형 쓰레기통에 휴지통을 비웠다. 그러고는 새 비닐로 갈아 끼운 휴지통을 들고 다시 사무실로 들어갔다.

금발의 여자가 컴퓨터 화면 너머로 쳐다봤다. "잘돼가요?" 여자가 친근하게 물었다.

로살리타는 구석에 휴지통을 놓고 장갑 낀 손을 툭툭 털었다.

그녀는 이 발랄한 금발의 여자가 누군지 알아보았다. 슬론 글러버. 문밖에 걸린 은빛 명판에 여자의 이름이 쓰여 있었다. 그녀를 보면 세련되고 활기 넘치는 토크쇼 진행자가 떠올랐다. 만에 하나 실종이라도 되면 전 세계 언론이 발칵 뒤집어질 만한, 딱 그런 타입의 백인 여자였다.

"네." 로살리타가 대답했다. "그쪽은요?"

여자가 한숨을 내쉬며 의자에 기대앉았다. "'거지같다'가 스페인어로 뭐죠?"

거친 코웃음이 나왔다. 익숙하게 당하는 일에서 나온 반응이었다.

갑자기 슬론이 고개를 들었다. "이런, 미안해요." 그녀는 고개를 저으며 손가락으로 관자놀이를 눌렀다. 오늘은 그다지 생기 넘치고 발랄해 보이지 않았다. 붉게 충혈된 그녀의 눈이 로살리타의 눈에 띄었다. 컴퓨터 화면엔 일감이 아니라 인터넷 쇼핑몰이 떠 있었다. "난…… 그런 뜻이 아니라, 저 정말 형편없네요. 너무 무례했어요. 그런 지레짐작을 하다니." 슬론은 로살리타의 눈을 똑바로 바라보았다. "오늘 하루가 정말 기네요. 변명하려는 건 아니지만." 그녀는 때리려는 사람을 막아내듯 손을 치켜들었다.

로살리타는 슬론이라는 여자의 말이 끝날 때까지 참을성 있게 기다렸다. 여자는 할말도 많고 그 많은 말을 전부 한꺼번에 내뱉어야 하는 것 같았다. "데 미에르다." 로살리타가 말했다.

"뭐라고요?"

"거지같다. '데 미에르다'라고 해요." 로살리타는 미간을 찌푸리며 생각했다. "아니면…… '노 발레 미에르다'나 '데 푸라 미에르다'라고도 할 수 있어요. 맘에 드는 걸로 골라 쓰세요." 로살리타는 어깨를 으쓱했다. 슬론의 지레짐작이 불쾌해야 했더라도 로살리타는 그럴 필요를 느끼지 못했다. 로살리타의 머리는 색이 짙고 구불구불한데다 피부는 구릿빛이었다. 또 억양이 강한 말투를 썼다. 거기다 실제로 열두 살 때까지 멕시코 과나후아토에 살았다. 물론 로살리타도 스페인어로 말해보라는 요청을—대개 페티시가 있는 남자한테—받는 게 언짢았던 시절이 있었다. 하지만 그런 경우가 아니라면 다른 젊은 여자들처럼 심히 불쾌하게 받아들이지는 않았다. 그러기엔 감정 소모가 너무 컸다.

슬론이 감사의 미소를 지었다. "'데 미에르다'가 좋네요. 고마워요." 무심코 컴퓨터 화면으로 돌아갔던 시선이 다시 기억났다는 듯 로살리타에게로 향했다. 그녀의 미소가 흔들렸다. "정말 미안해요." 오 분도 채 지나지 않아 그녀는 또 사과했다.

로살리타는 자신이 무시당한 것을 알았다. 그러나 이미 몇 시간 전에 귀가했어야 하는 듯 보이는 슬론에게 굳이 따져 물을 생각은 없었다.

복도로 돌아간 로살리타는 클립보드를 들고 슬론 글러버의 사무실에 체크 표시를 했다. "냉장고에서 생수 한 병 꺼내서 글러버 씨에게 갖다드려." 로살리타는 크리스털에게 말했다. "다음 사무실은 내가 청소할게." 크리스털은 시킨 대로 따랐다. 크리스털은 어린데다 임신중인 것 같았다. 회사에서 준 헐렁한 폴로셔츠 아래 열심히 숨기고는 있었지만 로살리타는 알 수 있었다.

로살리타는 청소카트를 끌고 천천히 카펫이 깔린 복도를 조심스럽게 지났다. 이미 아주 여러 번 목격한 사람으로서 장담하건대 슬론 글러버는 취해 있었다.

아디 밸디즈

그래서…… 어떻게 됐어? 정보 좀 얻었어? 걔는 뭐래?

그레이스 스탠턴

뭐가 어떻게 됐냐는 거야? 무슨 얘기를 하는 거야? 누구 말인데?

아디 밸디즈

슬론이 어젯밤에 에임스랑 캐서린이랑 한잔했어. 어제 회의실에 앉아 있던 여자 말이야. 새로 온 변호사라나봐. 어제부터 출근. 에임스가 슬론한테는 상의도 없이 고용했대. 에임스답지.

그레이스 스탠턴

미안, 전혀 몰랐어. 술을…… 에임스랑? 정말?

슬론 글러버

미안! 미안! 나 왔어. 이제 사무실에 들어가는 중. 어쨌든…… 그래. 에임스랑 한잔했지. 별일 없었어. 매너 있게 굴던데. 캐서린 족보 있는 애더라. 웨스트민스터 도그쇼 같은 걸로 치자면 말이야. 하버드 로스쿨에 프로스트 클라인의 어쏘*였고 보스턴 출신. (말하자면 금수저?) '친근한 남부 스타일'은 아냐. 무슨 말인지 알겠어? 느슨해지려면 시간 좀 걸릴 거야. 제길, 난 도저히 이해가 안 돼. 참나, 티나 페이는 대체 얼마나 똑똑하단 거야?

아디 밸디즈

근데 비서들은 비어트리스의 모니터 앞에 모여서 뭐 하는 거야? 스프레드시트 어쩌고 하던데. 누가 엄청난 엑셀 프로젝트라도 맡은 거야?

그레이스 스탠턴

나도 잘은 모르는데 어제 일 년 차들이 스프레드시트에 대해 이야기하는 걸 들었어. 댈러스의 추잡한 놈들에 관한 거라나. 말한다는 걸 깜빡했다. 에너지바 가진 사람 있니? 배고파 죽겠어.

아디 밸디즈

없는데, 미안. 책상에 선칩은 있어. 가져다 먹어.

---

* 법무법인이나 법률사무소에 고용된 소속 변호사(associate lawyer)를 간단히 '어쏘' 혹은 '어쏘 변호사'라고 부른다. 대개 십 년 내외의 경력을 쌓고 능력을 인정받으면 파트너 변호사가 된다.

6

3월 21일

우리는 늘 완벽한 남자를 찾고 있었다. 심지어 종래의 이성애적 관계를 거부했던 우리 중 일부조차도 완벽한 남자라는 인류학적 유니콘 탐색에 매료되었다. 결혼했든 안 했든 우리 전부 완벽한 남자를 찾아 헤매거나, 혹은 이미 곁에 있는 남자를 완벽한 표본으로 만들어보려고 애썼다. 이 완벽한 표본은 다음과 같은 필수 자질을 갖추고 있었다.

그는 자신의 음식을 나눠주고 항상 디저트를 주문한다. 우리가 추천한 책은 다른 친구한테 물어보지 않고 바로 산다. 가르쳐주지 않아도 기저귀 가방을 쌀 줄 안다. 남부에서 자란 신사이지만 동부 해안 출신 어머니로부터 차분한 진보적 감성을 물려받았다. 만난 지 두 달 반 만에 "사랑해"라고 말해준다. 술을 마셔도 취하지 않는다. 세금 정산을 할 줄 안다. 우리가 벌레를 못 죽이거나 엔진오일을 교체하지 않아도 우리의 페미니즘적 이상에 트집을 잡지 않는다. 신발을 신을 때 굳이 앉지 않는다. 은퇴자금이 충분하다. 남성

호르몬 조절 피임법을 쓰자고 강력히 주장한다. 여자에게 브라질리언 왁싱은 필수라는 관점에 다소 거부감을 느끼지만, 그렇다고 어느 편에 서서 확고한 주장을 펼치지는 않는다. 민디 케일링의 유머가 통한다. 장식용 쿠션을 좋아한다. 우리가 돈을 더 많이 벌어도 개의치 않는다. 자기 또래 여자를 선호한다.

우리는 합리적이면서 비이성적이고 냉소적이면서도 순진했지만 항상, 항상 찾아다녔다.

물론 이건 완벽한 남자에 대한 이야기가 아니었지만 안타깝게도 아디 밸디즈는 데즈먼드가 갑자기 죽은 다음날, 자신의 휴대폰 알림이 번쩍일 때까지도 그 사실을 깨닫지 못했다. 데이트 앱에서 온 알림 메시지였다.

맙소사, 아직도 휴대폰 알림에 놀라다니. 아디는 허구한 날 진동하는 자신의 휴대폰을 보고 이혼녀용 섹스토이에 돈을 낭비할 게 아니라 휴대폰 진동이나 기다릴 걸 하고 후회했다.

그녀는 화면에 뜬 알림을 읽었다.

> 핫한 당신. 1개의 새로운 메시지가 도착했습니다.

글자 옆에 '불' 모양 이모티콘도 붙어 있었다. 데이트 앱은 그녀가 데이트하기엔 너무 늦었다는 사실을 깨우쳐주기 위해 고안된 것 같았다. 이제 바야흐로 이모티콘의 세상이었고 아디는 그 세상에 살았다.

그녀는 슬론보다 십팔 개월 먼저 트루비브에서 일을 시작했다. 그때도 여전히 회의적이고 무덤덤했지만, 그래도 옷은 훨씬 잘 입고 다녔다. 슬론은 자신의 찢어진 펜슬스커트와 아디의 비상용 반진고리가 아니었다면 절대 서로 친구가 될 수 없었을 거라고 말하고 다녔다. 하지만 아디는 그게 사실이 아니란 걸 알았다. 슬론은 사실 심혈을 기울여 친구를 골랐고, 바로 얼마 뒤에 안 사실이었지만 책상 서랍에 늘 비상용 반진고리를 보관하고 있었다. 그러나 아디는 그 사실을 안다고 슬론에게 말하지 않았다.

그때만 해도 세상이 훨씬 희망적이었다. 그것만큼은 아디도 인정했다. 가능성이 충만했고 웃을 일도 많았다. 지금의 새로운 아디, 즉 마흔두 살의 이혼녀가 되기 전까지는 말이다.

작년에 스타벅스에서 커피가 나오길 기다리다가 마침내 아디는 슬론에게 남편 토니와 갈라선다고 말할 용기를 냈다. 딴 여자가 내 남편이랑 잤나봐. 특유의 냉소적인 말투로 아디가 말했다. 그럼 이제 그 여자의 남자지 뭐.

슬론은 얼굴을 잔뜩 찌푸리고 아디 대신 역정을 냈다. 토니가 어떻게 그럴 수 있니? 마이클은 어쩌고? 집은 어쩌기로 했어?

아디는 곧바로 슬론을 돌아보며 바닐라라테를 건넸고, 딱 한 마디만 했다. "그만."

숨은 뜻은 분명했다. 아니, 넌 안 돼. 네가 시작하진 마.

그 이후로 둘 사이는 잠깐 서먹해졌다.

아디는 몇 년 전부터 슬론과 에임스에 대해 알고 있었다. 그녀는 슬론 같은 사람이 아니었다. 아디에게 절친한 친구란 한 사람이지 한 무더기가 아니었다. 슬론이 다른 절친 이야기를 할 때마다 아디가 별명을 붙인 것처럼 아디에겐 고등학교 절친, 대학교 절친, 로스쿨 절친, 어린이집 엄마 절친, 회사 절친이 따로 있지 않았다. 그러니 그 한 마디—"그만"—로 아디는 자신의 유일한 절친에게 아니, 그만 말해, 아니, 우린 그 얘기 그만할 거야, 아니, 내 남편이 보잘것없는 인간으로 전락한 것을 두고 네가 날 위로할 생각은 마, 하고 말한 것이었다.

이유는 둘 다 알고 있듯이 슬론 역시 '딴 여자'였기 때문이다. 물론 딴 남자와 그랬지만, 그게 뭐가 중요한가? 딴 사람은 하나의 카테고리였다. 아니, 한 무더기였다. 그리고 거기에는 연계된 죄책감이 있었다.

심지어 지금도, 머릿속으로 혼자 생각할 때조차도 아디가 이 이야기에서 자신이 맡은 역할을 어물쩍 넘겨버리는 것은 놀라웠다. 비밀은 이제 너무 깊이 파묻혀서, 그때의 기억을 건너뛰어도 그저 맥박이 살짝 빨라질 뿐이었다. 기억 속 빈칸. 거짓말.

하지만 이제 와서 무슨 문제가 되겠는가? 다 끝난 일이다. 다리 아래서 진을 나눠 마시며 그렇게 끝냈다. 그리고 육 주 전에 슬론은 아디가 매치닷컴에 가입해야 한다고 우겼고, 늘 그러듯 아디는 그 말을 들어줬다. 심지어 어느 저녁에 슬론이 일을 마치고 아디의 프로필을 직접 작성해, 다음날 아침에 집 앞에서 새로 뽑은 차를 공개하듯 아디 앞에 들이밀었을 때도 가만있었다. "데릭 말이 내가 너무 밀어붙인대." 슬론은 침대에 걸터앉아 남편 옆에서 친구의 프로필을 작성한 이야기를 아주 빠른 속도로 털어놓았다. "하지만 남편이 뭘 알겠어? 원래 그런 남자잖아." (그러게, 남자가 소개팅에 대해 뭘 알겠는가? 우리한테는 올림픽경기나 다름없지만, 남자는 대재앙을 앞두고 사재기하듯 독신 친구만 잔뜩 쟁여두고 사는데.)

아디는 이제 매치닷컴은 한물갔고, 자신은 이미 데이트 앱 세 개

를 번갈아 쓰는 중이라고 슬론한테 말해줄 만큼 마음이 모질지 못
했다. 하지만 슬론이 자신의 새로운—이혼한 지 벌써 십사 개월이
지났지만 여전히 새롭게 느껴지는—연애생활에 간섭하는 것에 대
해 내색은 안 했지만 감사하게 여겼다. 어쨌든 친구의 의견을 듣는
것은 좋은 일이었다.

아디는 책상 위에 휴대폰을 올려놓았다. 이메일을 보낸 남자의
섬네일을 보니 예감이 좋았다. 심장이 목구멍으로 기어올라오는
것 같았다. 이럴 때 기분이 참 좋았다. 조그만 선물 상자를 열어보
는 듯한 기분이었다.

안녕. 제 이름은 콜비입니다. 전 단순한 남자예요. 낚시를 좋
아하고 청바지만 입죠. 하지만 맹세코 직업은 있습니다. 흑연과
석재 같은 주거용 리모델링 자재를 판매합니다. 엄청 따분한 일
처럼 들릴 테니 적어도 지어낸 건 아니라고 믿어주시겠죠? 주말
엔 개를 데리고 화이트록 호숫가로 산책을 나갑니다. 넷플릭스
에서 독특한 드라마를 찾아 보는 것도 좋아하고요. 한 번 갔다
왔고, 아쉽지만 애는 없습니다.

저랑 만나보고 싶다면 연락 주세요.

이만, 콜비

추신: W/E, FFA

아디는 이메일을 처음부터 끝까지 두 번 읽었다. 평소에는 '시골
남자'한테 끌리지 않았지만 콜비의 직설적인 화법이 마음에 들었
다. 낚시를 배우는 자신의 모습을 그려보았다. 마이클도 좋아하지

않을까?

추신의 의미는 알 수 없었다. 요즘 온라인 데이트 세계에서는 그곳에서만 통용되는 언어가 따로 있었다. 아디는 첫번째 약자를 검색창에 입력했다. W/E.

곧바로 답이 나왔다. well-endowed(큰 거시기).

아디의 고개가 푹 꺾였다. 다 좋았는데, 콜비, 다 좋았다고. 극도의 실망감이 밀려왔다. 그녀와 슬론은 틈만 나면 밀레니엄세대를 비웃었지만, 온라인 데이트를 통해 아디는 적어도 요즘 애들에게 독특한 탄성이 있다는 사실을 배웠다. 그들은 어떤 것에는 별 영향을 받지 않았지만, 사실상 그 외 모든 것에는 완전히 열려 있고 취약했다.

어쨌거나 두번째 약자도 검색해보았다. FFA.

Fat Female Admirer(뚱뚱한 여자 애호가).

아디는 입술을 질끈 깨물었다. 그리고 바지춤으로 삐져나온 둥그렇게 말린 살을 슬쩍 내려다본 뒤 참고삼아 자신의 프로필 사진을 확인했다.

아디는 자신이 뚱뚱하다는 사실이 괴로운 게 아니었다. 그 사실을 모르고 있었다는 것이 괴로웠다. 자신도 모르는 새 변해버린 몸이 기척도 없이 불쑥 나타난 기분이었다. 그런 변화를 곁에서 감지하고 알려줄 사람 없이 내내 혼자였기 때문이다. 게다가 더 억울했던 건, 끔찍이도 잔인하게 느껴졌던 건, 아디가 이십대 때 이미 자신을 거쳐간 수많은 남자를 추리기 위해 온갖 고통스러운 데이트 의식을 마쳤다는 것이었다. 그 결과 그녀는 한 남자를 선택했고 그 역시 아디를 선택했으니, 그 말인즉 더는 살찌는 것의 옳고 그름에 대해 걱정할 필요가 없다는 뜻이었다. 적어도 누군가에게는, 그 한 사람에게만큼은 그런 것이 괜찮았기 때문이다. 그녀는 괜찮았다. 그러다 안 괜찮아져버린 것이다.

아디는 눈을 감았다. 떨쳐버리려고 애썼다. 그러나 온갖 상념이 방충망 틈새로 새어든 안개처럼 이미 자리를 잡았다.

그녀는 남편이 그리웠다. 혹은 기혼 시절이 그리웠다. 그 둘의 차이를 더는 구별할 수 없었다. 그녀는 샤워하는 남편과 주고받던 대화가 그리웠다. 함께 텔레비전을 보던 시간이 그리웠다. 그날그날 아들이 보여준 사소하고 웃기고 굉장한 일에 그녀만큼 관심을 보이던 세상에 하나뿐인 사람에게 모든 걸 공들여 세세하게 설명하면서 즐겁게 해주던 일이 그리웠다. 한밤중에 잠에서 깨면 곁에 누군가가 누워 있던 것이 그리웠다.

그냥 다 그리웠다.

사내 탕비실은 최근 초록색 무광 페인트를 칠하고 석재로 된 싱크대 벽과 매끈한 스테인리스 가전을 설치해 감각적인 리모델링을 마쳤다. 아디라면 그녀의 부엌에 절대 부리지 않을 호사였다. 하지만 회사 트루브는 일종의 심리적 강박이 있었다. 댈러스 지역에서야 좋은 회사 정도로 통했지만, 오스틴이나 포틀랜드 같은 지역에 있었다면 제대로 쿨한 회사로 인정받았을 것이다. 사내에는 직원의 건강을 위한 각종 그룹 클래스를 운영하는 멋지고 적당히 훌륭한 헬스장이 있었다. 어쨌든 스포츠 의류 브랜드 회사였으니까. 유지해야 할 이미지가 있었기에 건물 밖 흡연을 금지했고(흡연자는 위층 발코니를 이용해야 했다) 남자 직원에게는 정장 안에 드라

이핏 소재의 시그니처 셔츠를 입도록 권장함으로써 은근히 건강하고 세련된 분위기를 구축하려 했다. 그래서 테이블 축구대와 시리얼바 열풍에 환장하는 개방적인 콘셉트의 IT 기업 같은 회사가 전무한 댈러스에서는 나름 스포티하면서도 품위 있는 회사로 통했다.

아디는 찬장에서 머그잔을 하나 집어들었다. 작년에 회사는 큐리그 커피머신도 들여놓았고, 덕분에 아디는 피칸향 커피 캡슐을 골라 기계에 꽂을 수 있었다. (오, 커피 캡슐이나 손세정제 같은 공짜 비품도 감사한데 그것을 숨겨올 수 있는 핸드백까지 있어 얼마나 더 감사한가!) 마이클은 집에서 캡슐 머신을 작동하는 걸 좋아했다. 몇 주 뒤면 아들의 네 살 생일이었고 아디는 슈퍼히어로 콘셉트의 생일파티에 '꽂혀' 있었다. 하지만 자신이 종이상자로 가상의 도시를 만들 수 있는 그런 엄마인지가 의문이었다. 전남편의 새 부인 브레일리는 정확히 그럴 수 있는 타입의 여자였다.

어쨌거나 무슨 브레일리 같은 이름이 다 있을까? 심지어 어리지도 않았다. 서른아홉 살. 배신당한 부인으로서 아디는 전남편의 명청한 토끼 같은 새 마누라를 조롱할 자격이 있다고 느꼈다. 하지만 브레일리는 사모펀드 일을 했고, 어리지도 명청하지도 않아서 더 짜증났다.

브레일리가 생일파티에 올지도 모른다.

아디는 마이클의 생일이 오기 전에 파티에서 소개할 데이트 상대를 찾을 수 있을지 모른다는 희미한 희망을 품고 있었다. 데이트 상대를! 아들의 생일파티에 데려간다!

커피머신이 끙끙거리며 작동을 시작한 그때, 탕비실로 들어오는 캐서린이 보였다. 그녀의 자세는 흠잡을 데 없이 꼿꼿했다. 흠잡을 데 없이 곧은 자세가 픽시커트 머리를 하기 위한 필수조건인 걸까? 아디는 정중한 업무용 미소를 지으며 손을 흔들었다. "일은 할 만해?"

냉장고의 청백색 조명이 캐서린의 뺨과 코에 번졌다.

"아, 음, 그럭저럭요." 캐서린은 손을 뻗어 제로 콜라 캔을 집어들었다. "조금 다른 거 같긴 해요." 그녀가 말했다.

"그렇겠지." 아디는 트루비브에서 일하기 전은 이제 생각도 나지 않았다. 로스쿨에 다닐 때부터 그녀는 가능한 한 빨리 로펌에서 기업 법무팀으로 이직하고 싶었다. 시간당 수임제는 그녀와 맞지 않았다. "변화가 좋을 때도 있어. 적어도 여기엔 텍사스식 멕시코 요리가 있잖아."

"그럴지도요."

"애는 있어?" 아디가 물었다. 회사에서 아무리 괴팍하게 구는 위인일지라도 자녀 이야기를 물어보면 금세 인간적인 면모를 드러냈다.

캐서린은 탕비실 서랍을 하나둘 열어보면서 무언가를 찾았다. 뭘 찾는지 아디는 짐작이 가지 않았다. 그러다 캐서린이 멈칫했다. "그런 걸 물어봐도 돼요?"

"될…… 것 같은데, 안 되나?"

"아, 그렇다면, 아뇨. 없어요." 캐서린은 종이 냅킨을 찾아서 콜라 캔을 감싼 뒤 엉덩이로 살짝 밀어 서랍을 닫았다. "아직 결혼도 안 한걸요." 그녀가 아주 희미한 미소를 지었다.

아디는 헛기침을 했다. "나도 혼자야." 그녀가 말했다. "그럼 이제 서로 종교와 성적 지향만 파악하면 되는 건가?"

캐서린이 가늘게 뜬 눈을 감으며 미묘하게 웃더니 엄지로 머리를 꾹 눌렀다. "이런, 죄송해요." 그녀는 창피한 듯 고개를 저었다.

그때 캐서린의 뒤로 탕비실 문이 열리더니, 타일 바닥을 획획 스치며 중간중간 구두 굽으로 가볍게 바닥을 딛는 남자 발소리가 들렸다.

"숙녀분들." 에임스가 아디를 가볍게 지나쳐 대용량 동물 크래커 단지가 놓인 카운터로 향했다. 아디의 눈은 에임스 개릿이라는 인간의 가장 사소한 면까지 놓치지 않는 경향이 있었다. 가령 그의 손등에 돋아나기 시작한 회색 털이라든지, 턱과 목 사이에 접힌 늘어진 살 같은 것 말이다.

"세이버는 어땠나? 괜찮은 곳이지, 안 그래?" 그는 캐서린에게 물은 뒤 고개를 젖히고 호랑이와 코끼리 혹은 사자 모양 크래커를 입에 털어넣었다. "아디." 아디에게는 아는 척하느라 이름만 한 번 불렀다. "사실 거기 주인을 알거든." 그는 다시 캐서린을 쳐다보며 크래커를 씹었다.

"네, 자리 마련해주셔서 감사해요." 캐서린이 대답했다. "시간을 내주신 것도 감사했습니다."

세 사람 사이에서 에임스의 과자 씹는 소리만 요란하게 울려퍼졌다.

"전 아직 괜찮은 곳을 몰라서요." 캐서린이 공손하게 고개를 끄덕였다. 슬론의 말이 맞았다. 캐서린은 천성적으로 상냥하거나 활발한 타입은 아니었다. 그보다는 진지한 대우를 바라는 여자처럼 보였다. 그것이 예쁘고 어린 여자 특유의 문제라고 아디는 생각했다. 실제로는 외모 덕을 보고 싶으면서도 그 주변만 계속 파대는 것이다.

"나만 따라다녀." 에임스의 양쪽 눈가에 별 모양 주름이 균등하게 퍼졌다. "오늘 오후에 별일 없으면 내 사무실에 들르게. 다음 단계를 논의해보자고. 합류하고 싶다는 인수팀에 대해 얘기해보는 건 어때?" 그러고는 "자네는 커피가 다 된 것 같은데" 하고 아디에게 말한 뒤 냉장고에서 콜라 캔 하나를 꺼내들었다. 그의 휙휙거리는 구둣소리가 다시 한번 아디를 지나치다 아주 짧은 순간 멈췄다. "이 입에서 나온 나에 대한 말은 좋은 것만 믿으라고, 캐서린." 에임스가 웃음을 터뜨리며 문을 닫고 나간 후에도 탕비실에는 잠시 그의 웃음소리가 맴돌았다.

당황한 기색을 숨기는 데 전문가인 아디는 얼른 커피머신 쪽으로 시선을 돌렸다. 에임스는 아디의 피부 표면에 보이지 않는 두드러기를 남겼고, 떠나면서 침묵의 공백을 만들었다. "그럼," 아디는 공백을 채우고 평정을 되찾기 위한 의식적인 노력의 일환으로 말을 꺼냈다. "내 도움이 필요하면 주저 말고 얘기해."

나가려고 돌아선 아디가 머그잔에서 피어오르는 리본 모양 증기를 남기며 문을 향해 걸어갔다. 그녀가 문 앞에 선 순간 캐서린이 그녀를 불러 세웠다.

"그럼, 애드빌 있어요?" 캐서린이 물었다. "죄송해요. 편두통이 약간 있어서요. 종종 이러거든요. 혹시…… 주변에 진통제 구할 수 있는 곳이 있을까요?"

아디의 마음이 풀어졌다. 그녀도 십대 때는 종종 편두통을 겪곤했다. 악몽 같은 경험이었다. 거의 아무것도 할 수 없었다. 문득 생각해보니 어젯밤 한 잔 이상의 술이 오갔을 가능성도 있었다. 슬론에게선 사무실로 돌아왔다는 문자가 없었고 아디도 시간을 확인하지 않고 잠이 들었다.

슬론은 딱 한 잔만 마시겠다고 약속했었다.

아디는 캐서린을 자세히 뜯어보았다.

"찬장 왼쪽 상단에." 아디가 손으로 가리키자 캐서린은 손가락으로 이마를 누르며 깊은 안도의 한숨을 내쉬었다.

아디는 애드빌 약병의 어린이 보호 마개를 비틀면서 짜증스러운 표정을 짓는 캐서린을 잠시 지켜봤다. "캐서린," 에임스한테 넘어가기 전에 그녀를 빼내야 한다는 갑작스러운 충동을 이기지 못한 아디가 말을 꺼냈다. "다음주에 우리 아들의 네 살 생일파티를 하는데 슬론이랑 그레이스도 올 거야. 캐서린도 올래?"

진술 녹취록

4월 26일

샤프: 성함을 말씀하세요.

진술자 2: 에이드리아나 밸디즈입니다.

샤프: 트루비브에 재직하신 지는 얼마나 되셨죠, 밸디즈 씨?

진술자 2: 십삼 년쯤 되었습니다.

샤프: 대단하네요. 사건이 일어나기 전에 캐서린 벨하고는 얼마나 알고 지냈나요?

진술자 2: 대략 한 달 정도요.

샤프: 벨 씨의 첫인상은 어땠나요?

진술자 2: 꽤 호감 가는 사람이었어요. 밝고 젊고 패기도 있어 보였거든요. 대단히 상냥하고 활발한 타입은 아니었지만, 저도 그런걸요. 충분히 이해할 수 있겠다 싶었죠.

샤프: 그 한 달 동안 벨 씨와 친구가 되었다고 생각하십니까?

진술자 2: 그렇다, 아니다라고 말씀드리긴 어려울 것 같네요.

샤프: 설명하자면요?

진술자 2: 그때는 우리가 일종의 우정을 쌓았다고 생각했어요. 하지만 이후에 어떤 사실이 밝혀졌으니까요.

샤프: 좀 더 자세하게 말씀해주시겠습니까?

진술자 2: 그러죠. 캐서린이 거짓말을 했습니다.

7

3월 21일

점심시간이었다. 슬론은 조금만 더 지체했다간 아래층에서 트레이너 옥사나와 잡은 개인 트레이닝 시간에 늦을 터였다. 그녀는 사무실에 들러 운동 가방을 집어들었고, 아침 내내 캐서린에게 전달해야겠다고 생각했던 서류를 챙겼다. 같이 술을 마신 날, 캐서린은 일 이외에는 아무것도 생각할 수 없다는 듯 열정이 넘쳤다. 그동안 슬론이 맡아온 계약 건 일체의 아주 세세한 내용뿐만 아니라 슬론이 어떻게 커리어를 시작하게 되었는지는 물론 사내 법무 체계까지 속속들이 알고 싶어했다. 에임스에게도 똑같은 질문을 던졌고, 그는 승산이 없었던 거래를 9회 말에 극적으로 성사시킨 영웅담을 풀어낼 기회를 놓치지 않았다.

당신처럼 되고 싶어요. 술집을 나서는 길에 계산대에 놓인 민트사탕 두 개를 낚아채는 슬론에게 캐서린이 진짜 그렇게 말했나? 한 잔은 두 잔이 혹은 석 잔이 되었다. 왜 그렇게 많이 마셨을까? 에임스의 영향이었을 것이다. 게다가 캐서린의 잔뜩 기대하는 얼굴이 내내 너무 가까웠다. 슬론이 잘못 들었을 수도 있다. 하지만 굳이 되물어서 칭찬을 반복하게 하고 싶진 않았다. 그리고……

캐서린의 사무실은 비어 있었고, 슬론은 머리가 지끈거렸다.

그녀는 그레이스의 사무실 전면 유리벽 앞에 멈춰 섰다. 코너에 위치한 사무실은 예외였지만 건물을 보다 개방적인 공간으로 만든다는 구실로 고안된 유리벽 사무실은 사실상 직원의 프라이버시를 약화하려는 의도가 더 컸다. 그레이스의 사무실 문은 캐서린의 사무실에서 몇 발짝 떨어져 있지 않았다.

슬론이 노크하며 물었다. "오늘 캐서린 봤니?"

"아." 그레이스가 고개를 들었다.

출산휴가에서 복귀한 이후로 그레이스의 안색은 아프거나 지하 벙커에 사는 사람처럼 창백하고 혈색이 없었다. 하지만 슬론은 지적하지 않았다. 일전에 남편한테도 설명해줘야 했지만 여자한테 '피곤해 보인다'는 말은 형편없어 보인다는 말과 같았다. 그러니 하면 안 된다.

"에임스랑 있어." 그레이스가 다시 키보드를 두드리며 말했다. "애비게일은 잘 지내?"

슬론은 복도 끝에 있는 에임스 사무실의 굳게 닫힌 문을 쳐다보았다. 저 안에 캐서린이 있다.

둘이 뭘 하느라고? 그녀는 짜증이 나서 고개를 저었다. 별일 아니었다. 에임스는 상사였다. 그들의 상사. 그러니까 법무팀 소속 변호사 전체의 상사. 하지만 슬론은 문이 닫힌 공간 안에 에임스와 단둘이 있을 때 일어날 수 있는 일을 알고 있었다.

그녀는 다시 그레이스의 사무실 안으로 몸을 내밀었다. "미안,

방금 뭐랬지?" 슬론이 고개를 돌렸다.

"애비게일은 잘 지내냐고 물었어."

요즘 들어 슬론은 애비게일에 대한 말을 좀 아꼈다. 참나, 그레이스. 슬론은 속으로 이렇게 말하는 상상을 했다. 오늘 아침에는 처음으로 애가 나한테 눈을 굴리는 거 있지? 다른 것도 아니고 오트밀 한 그릇 가지고 말이야. 나한테. 믿어지니? 나같이 쿨하고 재밌는 엄마한테 그러는 게? 그러면 그레이스가 온화하게 웃으며 받아칠 것이다. 어머, 세상에. 애들은 참 빨리 큰다. 안 그러니? 그렇지 않았다. 애비게일은 빨리 크지 않았다. 되레 성장이 너무 더뎠다. 어떨 때는 고통스러울 정도로 천천히 크는 것 같았다. 애비게일은 십팔 개월이 돼서도 걸음마를 떼지 못했다. 열 살인 지금도 여전히 디즈니 채널을 즐겨 봤고, 장난감 베틀로 형형색색의 냄비 받침을 만들며 놀았다. 자주 공상에 빠졌고 땅바닥에 쭈그리고 앉아 막대기로 쥐며느리를 툭툭 건드리기도 했다. 그런데 학교에서의 그 끔찍하고 추잡한 문자메시지 사건 직후에 나타난 까칫하고 낯선 딸의 변화가 그저― 뭐?―우연이라는 걸 믿으란 말인가?

슬론이 과잉 반응을 하는 거라고 사람들은 말하고 싶어했다. 그럴지도 모른다. 하지만 부모가 된다는 건 그런 것이 아니던가? 따돌림을 금지해야 한다! 학교 폭력으로부터 자녀를 보호해야 한다! 액상 과당은 죄 없는 아이를 자다가도 죽일 수 있다! 세간에 떠도는 온갖 슬로건 가운데 하나를 콕 집어 그대로 따르는 것이 부모의 도리처럼 느껴졌다.

그레이스에게 전부 털어놓을 수도 있었지만 슬론은 그만두었다. 그레이스 스탠턴의 인생은 따돌림과는 거리가 멀었다. 중학교 때는 그야말로 학교 대표 미녀로 선발되기까지 했다. 그레이스는 좋은 사람이었지만, 다른 이도 아니고 그녀에게 애비게일의 이야기를 털어놓는 것은 딸을 배신하는 일처럼 느껴졌다. 아주 찰나의 순간일지라도 그레이스가 속으로 애비게일을 깔볼 거라고 생각하면 견딜 수가 없었다.

"우리 애야 잘 있지. 다음주에 피아노 발표회에서 바흐의 행진곡 라장조를 연주한대." 아니, 베토벤 사장조였나? "암튼 나는 약속이 있어서." 슬론은 뒤돌아서려다 잠시 주춤했다. "참, 넌 그 스프레드시트 못 받았니?"

그레이스는 손가락 관절로 눈가를 누르며 눈을 깜빡였다. "내 메일함에는 아무것도 없던데." 그녀가 하품했다. "여기저기 물어본다는 걸 깜빡했다."

"나도 아직이야."

"어쩌면 우린 이제 쿨하지 않은 나이가 됐나봐. 너무 노땅인 거지."

"그런 소리 마." 슬론이 말했다. "캐서린을 보면 내가 찾더라고 말해줘. 책상에 서류 놔뒀으니까 검토하고 코멘트 부탁한다고."

그레이스는 입술을 가늘게 꾹 다물고 팔을 들어 경례했지만, 그 팔마저 피곤해 보였다. 슬론은 머릿속 실행 목록에 그레이스의 상태 확인을 추가했다. 그저 친구로서. 어쨌거나 슬론은 에마 케이트의 대모였다. 그레이스에게 에마 케이트의 숨결에서 나던 아기 냄새가 그리워 죽을 지경이라고 말해야 한다. 애가 너무 커서 이가 돋아나기 전에. 엄마 앞에서 눈알을 굴리기 전에.

그러나 슬론은 자신이 머릿속 실행 목록을 실제로 수행하는 데 젬병이라는 사실을 알고 있었다. 그녀의 인생은 고급 차 바닥에 나뒹구는 빈 생수병과 같았다. 부엌의 아일랜드 식탁에 뜯지도 않은 채 쌓여 있는 우편물, 기껏 써놓고 부치지 않은 감사 카드. 이런 미완료 실행 항목으로 이루어진 폐기물은 이미 털어낸 뒤에도 스트레스로 재활용되어 마음속 여기저기에 쌓였고, 원인 불명의 불면증과 턱 여드름, 복부 팽만감을 일으키는 연료가 되었다.

쫙 펼쳐진 실내 트랙과 최신 운동기구, 다양한 색깔의 요가 매트를 겸비한 트루비브의 사내 헬스장은 건물 8층에 있었는데, 엘리베이터를 타고 그냥 지나치는 우리를 매번 비웃었다. 우리는 헬스장을 싫어했다. 동시에 사랑했다. 헬스장은 도피처였다. 그렇지만 피해 다녔다. 우리는 몸과 꽤나 복잡한 관계였지만, 한편으로는 우리 몸을 조건 없이 사랑한다고 주장했다. 몸매에 대한 걱정보다 훨씬 더 중요하고 나은 일이 있다고 장담했지만, 아이를 데리러 학교에 갔다가 룰루레몬 레깅스를 빼입은 날씬한 엄마의 요가로 단련된 몸매를 보면 조롱당하는 기분이 들었다. 그들의 몸매는 디톡스 주스와 테니스 클럽과 좌욕 요법의 산물이었다. 우리는 그것들을 동경했다.
그래서 우리도 일립티컬머신 위에서 땀을 빼고 10파운드짜리 아령을 들어올리며 그런 것에 목매기에는 너무 똑똑하다고 세뇌해왔던 몸매에 조금씩 가까워졌다. 레깅스를 입은 우리를 남자들이 쳐다보는 것도, 애초에 우리가 그러라고 그걸 입는다고 생각한다는 것도 우리는 다 알았다. 그러나 전신을 훑는 따가운 시선을 모르는 체했다. 겨우 한 세트 운동하고 십 분 넘게 음악 재생 목록만 만지작거리는 남자 동료가 "자세 좋은데"라고 한마디만 했으면 아령으로 그놈의 머리통을 후려쳤을 것이다.

슬론이 전자키를 키패드에 갖다대자 탈의실 문이 철컥 열렸다. 세면대 위에 걸린 평면 텔레비전에서는 〈4차원 가족 카다시안 따라잡기〉가 무한 재방송중이었다.

슬론은 밑단에 레이스가 달린 검정 스커트를 홀홀 벗어서 개인 로커 상단에 걸었다. 아침에 양치할 때 남편이 손가락으로 엉덩이를 더듬으며 칭찬한 스커트였다. 그다음엔 꽤 괜찮은 부부의 섹스를 했다. 신속하고 만족스럽고 간단명료한 섹스였다는 뜻인데, 둘 다 반쯤은 애비게일의 동태를 살피고 있었기 때문이다. 슬론은 아침 여덟시 이전에 오르가슴을 한 번 느끼고 딸을 합주부 연습실에 데려다주는 것까지 완료했다.

"슬론!"

그녀는 자신의 이름이 들리는 쪽을 돌아보았다.

타월을 휘감은 채 플립플롭을 신고 슬론을 향해 걸어오는 여자는 에임스의 아내 보비 개릿이었다. 보비는 목소리가 걸걸하고 텍사스가 아니라 오클라호마 출신임을 드러내는 특유의 느릿한 남부 억양을 구사했다. 아들 쌍둥이를 키우는 전업주부인 그녀는 남는 시간에 남의 일에 시시콜콜 참견하고 다니면서 대의를 위한 막대한 기금을 턱턱 마련해내는 통에 요란한 자선 사교 행사를 신랄하게 까대는 슬론 같은 사람들을 민망하게 했다. 보비 개릿은 곁에 있으면 즐거워지는 사람이 분명했지만 슬론에게만큼은 예외였다.

"에임스와 점심 먹으러 왔는데 그이가 잠깐 운동할 수 있게 해줬지 뭐야." 그녀의 피부에 격렬한 운동 뒤에 찬물로 샤워해서 생긴 얼룩덜룩한 붉은 반점이 보였다. "자기 잘 지내지?" 보비가 슬론의 팔을 살짝 밀쳤다.

"아, 저야 뭐 그럭저럭 지내죠." 슬론은 로봇처럼 대답했다. 둔한 로봇. 그렇게 말고는 보비를 어떻게 대하면 좋을지 몰랐다. 보비를 만날 때마다 슬론은 과거에 서로의 하반신을 밀착한 채 그녀 위에서 움직이던 에임스의 맨가슴이 떠올랐다. 그리고 곧바로 무언가 미묘한 것이 촉발한 수치심이 밀어닥쳤다. 자신과 보비 사이에 잔뜩 쌓아둔 거짓말이 튀어나오려고 씨름하는 것 같았다.

"우리 남편이 일을 많이 시켜?" 보비는 걱정스러운 눈으로 슬론을 쳐다보았다. "그이한테 꼭 한소리 할게. 자기도 남편이 있고 아이가 있는데. 맙소사, 남자들이 어떤 줄 알잖아. 꼭 말을 해줘야 안다니까."

탈의실에는 다른 여자들도 있었다. 맨발로 사뿐사뿐 걸음을 옮기고, 체중을 재고, 귓불에 귀걸이를 밀어넣는 여자들이. 그러나 보비는 사내 공용 공간에서 지켜야 할 무언의 규약을 감지하지 못했다. 슬론은 저편에서 떠들어대는 재수없는 카다시안 자매에게 소리 없이 감사 인사를 전했다.

"아뇨, 아니에요. 그냥 바쁜 시기라 그래요." 슬론은 트루비브 브랜드의 반바지를 입으며 말했다. "에임스 탓이 아니에요. 정말이에요."

에임스 탓인 적은 단 한 번도 없었다. 회사에 무슨 일이 생기면 그는 슬론에게 '비이성적'이라거나 '과민하다'거나 '터무니없다'거나, 심지어 저번에는 '호르몬 탓'이라고까지 했다. 웃긴 건 잠자리를 갖기 전에는 그의 입에서 한 번도 그런 말이 나오지 않았다는 사실이다.

보비는 손으로 입을 막았다. 손톱에 붉은 체리색 매니큐어가 완벽하게 칠해져 있었다. 그녀는 슬론의 팔뚝을 붙들며 말했다. "데즈먼드." 상심이 큰 듯 그녀가 눈을 감고 고개를 저었다. "그가 죽었다니 믿을 수가 없어. 자긴 괜찮아?"

"네, 괜찮아요."

"다행이네. 정말 우연하게도 어젯밤에 성경 공부 모임이 있어서 다 같이 그분의 남은 가족을 위해 기도를 올렸어."

슬론은 아침에 있었던 데릭과의 일을 떠올리려 애썼다. 그의 얼굴에서는 백단유 면도크림 향기가 났다. 이 자리에 그레이스가 있었으면 싶기도 했다. 이런 일에는 그녀가 슬론보다 훨씬 나았다. 무엇보다 그레이스는 슬론이 가족과 텔레비전 앞에 자리를 잡고 베이컨과 달걀로 차린 아침식사를 즐기는 일요일 오전에 교회에 나갔다. 그러나 슬론 역시 이따금 댈러스의 상위 중산층 기독교도 여성이 쓰는 독특한 언어를 접할 기회가 있었다. 그들의 말에 의하면 사람들은 언제나 '부름'을 받거나 누군가 '명하신' 일이 있거나 이런저런 일로 '기도'했다. 여러 해 전에 슬론은 업무 용어를 일상어에 통합하는 법을 배웠다. 그녀는 누군가와 '직접 연락을 취하'거나 '접촉을 시도하'거나 '특색을 더하'거나 보고서를 '소화해야' 했다. 그건 쉬웠다. 하지만 보비의 언어는 도통 늘지가 않았다. 이제는 조금 불리해진 기분까지 들었다.

"물어보고 싶은 게 있는데," 보비가 말을 꺼냈다. "밀 트레인*에

---

* 출산이나 수술, 질병, 장례 등으로 식사 준비가 곤란한 가정을 위해 주변 사람들이 순서를 정해 식사를 챙기는 일.

대해 들은 거 있어?"

"딱히 없어요. 하지만……" 슬론은 머뭇거리며 대답했다. "유
가족분들이 고마워하실 것 같네요."

보비가 손을 들었다. "그 일은 나한테 맡겨둬. 그리고 들어봐."
그녀는 사람이 적은 탈의실 구석으로 슬론을 끌고 갔다. 옆에 놓인
보관함에는 가지런히 접은 깨끗한 수건이 가득 채워져 있었다. 원
래 비밀 이야기를 자주 주고받는 사이인 양 보비는 슬론의 얼굴에
제 얼굴을 가까이 댔다. "에임스가 자기한테는 이미 말했을 테니
어쩌면 나보다도 먼저 들었겠지. 둘이 얼마나 끈끈한 동료 사이인
지 나도 알거든." 슬론은 나중에 아디한테 이 일을 전하면 얼마나
재밌어하며 웃어댈지 상상했다. "데즈먼드 후임으로 에임스가 최
종 후보에 든 모양이야. 어젯밤 늦게 이사회에서 연락이 왔어. 그
이라면 정말 훌륭한 CEO가 될 거라고 난 믿어."

에임스. CEO. 슬론은 정신이 늪으로 빨려들어가는 기분이 들었
지만 온 에너지를 집중해 차분한 표정을 유지했다. 과거에도 한두
번 단련해야 했던 기술인데, 가령 2천만 달러에 달하는 계약을 한
달 만에 거의 혼자 성사시키고도 지금 떠들고 있는 여자의 남편한
테 정식 변호사라기보다는 쓸 만한 섹스 파트너 취급을 받았을 때
도 이 기술을 썼다. 그해 노력의 대가로 슬론은 고작 냉동 햄과 회
사 로고가 각인된 크리스털 컵받침을 받았다. 나중에야 알게 된 사
실이지만 에임스가 그녀의 연말 보너스 승인서를 '깜빡하고' 제출
하지 않았기 때문이었다. 이를 따지고 들자 에임스는—그가 한 말
그대로 전하자면—잠자리로 고액 연봉을 받는 자리에 오르는 데
자신을 이용했으니 보너스 누락은 업보인 셈 치라고 말했다.

그것으로 끝이었으면 좋았으련만.

"솔직히," 보비가 말했다. "난 하늘이 우리를 돕는 것 같아. 그래도 자기가 보기에 승산을 높이려면 우리나 그이가 할 수 있는 일이 있지 않을까? 그 사람이 자존심은 또 세서 물어보진 않겠지만 그래도 슬론이 조언해주면 고마워할 거야. 지금은 그저 압박감이 너무 큰가봐."

"그렇죠, 네." 슬론은 물리적 거리를 두기 위해 뒤꿈치에 힘을 실어 뒤로 기댔다. 몸에 열기가 느껴졌다. "제 권한 밖의 일이긴 한데."

보비의 표정이 아주 미묘하게 얼어붙었다.

"하지만, 네, 당연하죠." 슬론이 급하게 덧붙였다. "제가 말씀드려볼게요." 빠져나갈 구실이 필요하다고 느낀 그녀는 핑계를 댔다. "보비, 실은 제가…… 곧바로 사무실에 가봐야 해서 이제 그만 가는 게 좋겠어요."

보비는 미백한 치아가 훤히 드러나는 환한 미소를 지었다. "그럼, 그럼. 당연히 가봐야지. 그나저나 오늘 자기 끝내준다." 뻔한 거짓말이었다. 슬론은 끝내주기는커녕 좋아 보이지도 않았다. 보비도 한 번 거짓말을 한 거라고 슬론은 생각했다. 그들 사이에 쌓인 거짓말을 전부 만회하려면 보비는 앞으로도 천 번은 더 거짓말을 해야 했다.

슬론은 운동 가방을 홱 낚아채 개별 탈의실로 들어갔다. 열이 날 것처럼 화기가 목을 타고 올라왔다. 그녀는 벽에 등을 기대고 맥없이 주저앉아 가쁜 숨을 몰아쉬었다. 빌어먹을 에임스가 트루비브의 CEO가 된다니—이 사태를 왜 예상하지 못했을까? 입을 틀어막은 주먹을 깨물었다. 슬론한테 문제될 일은 없을 것이다, 안 그런가? 그녀는 괜찮을 거라고 속으로 되뇌었다. 하지만 너무 억울했다. 슬론은 유치원생처럼 불평하고 있었다. 너무 불공평해! 그렇지만…… 인생은 불공평한 것이었다. 나쁜 짓을 저지르고 상을 받는 셈이었다. 그게 누구 잘못이던가? 슬론의 잘못이다. 그녀가 에임스를 위해 입을 다물어준 증인이었다. 에임스가 원 없이 못된 짓을 저지르고 다녀도 처벌받지 않게 내버려두기로 한 건 분명 슬론이었다. 그 못된 짓에 그녀가 당했지만 그녀만 당한 것은 아닐 것이다. 피해자가 더 있었다. 분명히. 확실히. 슬론은 데릭에게 전화를 걸까 하다—더 좋은 생각이 들어—엘리자베스 모레티의 번호를 눌렀다. 신호음이 울리자마자 엘리자베스가 전화를 받았다. "무슨 일이야, 글러버?"

잭슨 브록웰에 있을 때 엘리자베스는 회사 전체에 떠도는 가십을 전부 알고 있었고, 슬론은 본인은 안 그런 척하지만 입이 상당히 가벼운 그녀 앞에서는 말을 가려야 한다는 것을 본능적으로 깨달았다.

슬론은 눈을 감고 숨을 깊이 들이쉰 뒤 대답했다. "미안하지만 돈 되는 일은 아니에요." 슬론은 일어서서 잠긴 문에 등을 기대고 휴대폰을 감싸듯 어깨를 구부렸다. "엘리자베스," 목소리를 한껏 낮추고 그녀가 말했다. "스프레드시트에 대해 아는 거 있어요?"

"글쎄. 내가 딱 그거 안 쓰려고 법대 간 것 말고는 잘 모르겠는데." 수화기 너머로 엘리자베스가 자판을 두드리는 소리가 들렸다.

"무슨 남자들에 관한 스프레드시트라던데. 댈러스의 추저분한 남자들이라던가. 혹시……" 그때 휴대폰이 진동해 귀에서 떼고 알림 메시지를 확인했더니 배터리 잔량이 거의 없다는 내용이었다.
제기랄.

"아, 알아. 배드맨 리스트."

"배드맨?"

"그래. 댈러스 나쁜 놈 경계 리스트Beware of Asshole Dallas Men.
배드맨! 돌아다니는 걸 본 것 같아."

"어디서 구했어요?" 슬론은 휴대폰 화면을 두드려 훈계처럼 느
껴지는 메시지 알림을 껐다. 정신 차리고 살아!

"난 출처 공개는 하지 않는 거 알지?" 슬론은 전혀 모르는 사실
이었다.

그녀는 눈을 질끈 감고 손톱을 깨물었다. 이빨에 뜯긴 손톱이 점
점 들쭉날쭉해졌다. 그냥 한번 보고 싶은 것뿐이라고 슬론은 생각
했다. 잠깐만 휙 보는 거다. 그럼 답이 나올 것이다.

수화기 너머에서 엘리자베스가 무언가를 씹다 멈추는 소리가 들
렸다. 슬론은 과거의 멘토가 오후 간식으로 프레첼 한줌을 씹으며
말을 닮은 치아를 단련하는 모습을 상상했다. "나한테 구해달라는
거야, 슬론? 그 리스트를?"

"너무 어렵지 않으면요."

"나한테 맡겨. 근데 내가 줬다고 아무한테도 말하면 안 돼." 그
러고는 둘 다 말이 없었다. 엘리자베스가 다시 자판을 두드리는 소
리가 들렸다. "참!" 엘리자베스가 물었다. "뱅콜이 샤워하다 죽었
다는 게 사실이야?"

슬론이 트레이너를 만나기 위해 탈의실을 나오자 넥타이 위로

팔짱을 낀 에임스가 벽에 기댄 채 헬스장 입구에서 아내를 기다리고 있었다. 둘은 서로 눈이 마주쳤다. 입꼬리를 일자로 죽 당긴 에임스가 아는 척 미소를 짓는 듯했지만 실제로는 웃지 않았다. 이에 다시 어제처럼 슬론의 해묵은 분노가 뚜껑을 닫은 채 마구 흔들어 댄 탄산수처럼 부글부글 끓어올랐다.

그 일이 시작된 곳은 농구팀 매버릭스 경기의 박스석이었다. 그때만 해도 에임스가 지금처럼 높은 상사는 아니었던지라 그도 자신의 상사에게 부탁해 확보해야 하는 좌석이었다. 둘 다 상석에서 파는 크랩케이크나 카나페는 별로 좋아하지 않는 터라 핫도그에는 무슨 소스를 넣어야 하는가를 두고 열띤 논쟁을 벌이며 아래층을 헤매다 옥외 통로까지 나가버렸다. 슬론은 그때 바로 자신이 위기에 처했다는 사실을 깨달았어야 했다. 남녀가 핫도그 소스만큼이나 쓸데없는 일로 논쟁을 벌일 때 이유는 하나였다. 둘은 자고 싶은 것이다.

아래층의 거대한 인파와 함께 그들은 실제 경기 입장료를 지불하고 재입장해야 했고, 그 사실이 왠지 뿌듯하게 느껴졌다. 그때만 해도 에임스는 재밌는 사람이었다. 그걸 사람들은 이제 잊었다. 잘생긴 남자이기도 했다. 지금 생각하면 슬론은 속이 뒤집힐 것 같았다. 우여곡절 끝에 그들은 박스석으로 돌아왔고, 에임스의 손에는 바텐더를 꼬드겨서 산 샴페인 병목이 쥐어져 있었다. 슬론은 하도 웃어서 옆구리가 당겼다. 그녀의 손에서 얼마 전에 받은 약혼반지가 반짝였다. 그녀를 사랑하고, 신뢰하고, 앞으로 영원히 그녀의 경제적 능력을 필요로 할 남자가 준 반지였다. 슬론은 강해진 느낌이 들었다. 그래서 될 대로 돼라는 기분이었다.

물론 슬론이 미련했다. 자신이 처음이 아니었다는 사실을 나중에야 깨달았다. 이름을 전부 외울 수도 없는 여자들이 더 있었다. 슬론은 그저 입다물고 있는 게 현명하다는 걸 알았을 뿐이다. 어쨌든 그런 셈이었다. 피해는 고스란히 남았다. 슬론은 게임의 규칙을 따랐다. 그래서 그녀는 살아남았고, 게임판에서 자리를 지킬 수 있었다.

그러나 오후에 목격했던 닫힌 문과 그 저편 어딘가에 있었을 캐서린으로 인해 슬론은 십 년에 걸쳐 에임스라는 사람을 겪으며 당했던 일을 온몸으로 재경험하는 듯한 기분이 들었다. 슬론처럼 되고 싶다던 캐서린. 지금까지는 에임스가 선을 넘으면 데즈먼드를 찾아가 말할 수도 있다는 미묘한 암시를 줘서 그를 다시 고분고분하게 만들 수 있었다. 진짜로 찾아가진 않겠지만…… 찾아갈 수는 있었다. 하지만 이제 데즈먼드는 없었다. 그리고 세상은 불공평했다. 게다가 슬론은 그게 자신의 잘못인 것 같았고, 따라서 만일의 사태 역시 자업자득인 것 같았다. 승승장구하던 에임스가 이제는 꼭대기에 오르게 생겼는데 그녀는 보고만 있었으니까. 아무 말도 하지 않은 채.

이후 사십오 분 동안 슬론은 온 에너지를 스모 스쿼트와 데드 리프트, 버피와 워킹 런지에 쏟아부었고, 정해진 시간이 지나자 트레이너 옥사나가 여태껏 본 것 중에 제일 잘했다고 칭찬해주었다.

슬론 역시 기분이 한결 나아졌다. 전부 비우고 홀가분해진 기분. 이런 게 바로 우리가 운동을 사랑하는 이유다. 운동하는 동안은 다른 건 모두 잊을 수 있었다. 단 긴급한 현안, 즉 마음을 아프게 하는 일만 빼고.

물 한 병을 단숨에 들이켜고 샤워로 몸을 식힌 뒤 옷을 입고 나서야 슬론은 가방에서 휴대폰을 꺼내 이메일을 확인했다. 받은 메일함의 최상단에 볼드체로 제목이 적힌 엘리자베스 모레티의 이메일이 와 있었다. 배포용 이메일. 숨은 참조.

배드맨: 댈러스 나쁜 놈 경계 리스트. 나쁜 놈들, 조심할 것.

트루비브 직원 진술서

4월 13일

루시 데이비스: 당연히 그 스프레드시트가 발단이었죠. 그것 때문에 첫날부터 난리가 났어요. 솔직히 전 생각 있는 사람한테는 다 얘기했어요. 끔찍한 아이디어라고요. 사적 정의 뭐 그런 거잖아요. 근데 어디 제 말을 듣는 사람이 있나요? 없었죠. 그래서 어떻게 됐는지 보세요!

키스 트랜: 전 잘 몰라요. 그럴지도 모르죠. 만약 그 스프레드시트 때문이라면 요지는 그런 일이 누구한테나 일어날 수 있었다는 거잖아요. 전 그게 무서워요.

앤지 만: 네, 스프레드시트가 떠도는 건 모두 알고 있었어요. 거기 나온 이름과 관련 혐의도 심각하게 받아들였고요. 하지만 거기 이름이 올라간 우리 직원의 권리 역시 심각하게 고려했다는 점을 덧붙이고 싶네요. 모든 동전엔 양면이 있기 마련이니까요.

소피아 벤투라: 네, 다들 좀 미칠 지경이었죠. 누군들 안 그렇겠어요? 여기 리스트에 이 남자 이름이 있는데 이러이러한 끔찍한 짓을 했대, 근데 그 남자 사무실에, 그것도 혼자 들어가서 서류 정리를 원하는지 물어봐야 해, 뭐 이런 상황이었으니까요. 하지만 이렇게도 생각해볼 수 있었죠. 우리 회사만 그런 건 아니구나. 댈러스 전역에서 남자들 이름이 나왔잖아요. 근데 다른 데서도 전부 이렇게 물어보고 다니실 건 아니죠? 그죠?

알렉산드라 소울스: 저는 이 사태를 엑셀 파일 탓으로만 돌리지 말고 모두가 자신의 행동에 책임을 져야 할 때가 됐다고 생각해요. 제 말은, 우리 모두 성인이잖아요.

8

3월 23일

회사에는 남자들이 있었다. 그들은 우리와 나란히 앉아서 일했다. 인사, 회계, 감사, IT 부서에 포진한 그들은 우리의 위와 아래에 있었다. 그런 남자들과 우리 사이에는 보이지 않는 선이 존재했다. 그래서 우리가 서로를 알아볼 수 있었던 것이다. 회사가 전통적인 남학생 클럽의 영역이라면, 우리는 비밀 여학생 조직을 구성해 이에 대항하는 셈이었다. 우리는 비밀 악수법을 공유했고, 서로를 여성 전우로 여겼다.

물론 좋은 남자도 있다는 사실을 잊으면 안 된다. 그들은 우리의 농담에 웃었고, 기안을 작성할 때 우리에게 조언을 구했고, 우리가 엄마라는 사실을 핸디캡으로 여기지 않았고, 시간 집약적인 직업을 가진 아내가 있었고, 절반의 집안일을 소화했고, 행복한 결혼생활중이거나 게이였다. 그들은 여자 배우 주연의 리메이크 영화에 대한 불평으로 회의를 시작하지도 않았고, 출산휴가중인 우리한테 이번 딱 한 번만이라며 전화를 걸지도 않았다. 그러나 좋은 남자조차도—그런 남자일수록 더욱—선이 안 보이는 척했다. 전화로 통화할 때 단지 남자의 음성이라는 이유로 얼마나 존중을 받았는지. 큰 키와 풍채, 심지어 밤새 덥수룩하게 자란 수염만으로도 자신들의 의견에 우리에겐 허락된 적 없는 권위의 무게가 실리지 않았는지. 그런 차이를 일러주면 좋은 남자는 난처한 듯 겸손하게 손사래를 치며 부인했고, 우리가 자기보다 훨씬 더 똑똑하고 훌륭하다고 말했다. 그들은 우리의 동료였고, 심지어 친구가 된 이도 있었다.

그러나 선은 분명 존재했다. 착각이 아니었다. 우리가 제아무리 야한 농담을 쿨하게 받아쳐도, 발끈하지 않고 갈등 상황을 여유롭게 넘길 수 있음을 증명해도, 능숙하게 남자 동료를 모방해도, 회사의 남자들은 우리의 능력과 소속에 의문을 갖곤 했다. 그들은 우리를 꿰뚫어볼 수 있다고 생각했다. 우리를 다 안다고 생각했다. 우리가 예측 가능하다고 생각했다. 특히나 그레이스처럼 심중이 얼굴에 훤히 드러나는 여자는 더더욱 그렇다고 생각했다.

그레이스는 마지막으로 거짓말을 한 게 언제였는지 기억나지 않았다. 진짜 제대로 된 거짓말을. 오늘을 빼면 말이다.

"여보, 나 오늘 늦어. 밤새워야 할 것 같아. 미안해. 냉장고에 모유 유축해놓은 거 있어." 그녀가 말했다. 물론 남편은 그녀를 대신해 충분히 역정을 냈다. 어떻게 그런 일을 시킬 수가 있느냐? 정말 말도 안 된다. 갓난아기의 엄마라고 이미 설명한 거 아니냐?

사람들은 언제나 그녀가 이제 엄마라는 사실을 상기해주었다.

삼 주 전에 그녀가 안 되겠다고, 더는 한밤중에 일어나 수유를 할 수 없을 것 같다고, 차라리 애가 우는 소리를 듣고 있는 편이 낫겠다고 털어놓았을 때 남편은 그녀의 어깨를 살짝 주무르며 말했다.

"피곤해서 그래. 그래서 그런 생각이 드는 거야." 그러자 그레이스는 우리와 같은 생각을 했다. 우리의 짜증스러운 기분에 일일이 이유를 달아주는 남자가 곁에 있어 얼마나 편한가! 리엄은 그레이스의 관자놀이에 입을 맞춘 뒤 그녀에게 훌륭한 엄마라고 말해주었다.

그러다 딸 에마 케이트를—몇 주나 늦게—사 개월 차 건강검진에 데려갔을 때 담당 의사인 타나카가 리엄에게 번쩍거리는 재질의 팸플릿을 건넸다. 팸플릿에는 산후우울증을 경고하는 몇 가지 징후가 적혀 있었다. 지속적으로 슬픈 감정을 느낀다. 무력한 기분이 든다. 이유 없이 울음이 터진다. 식욕이 증가하거나 감퇴한다. 몸은 피로하나 불면 증세가 있다. 아기나 본인 혹은 누군가를 해칠 것 같아 우려된다. 흥미롭다고 그레이스는 생각했다. 매우 유익한 정보이긴 한데…… 자신은 해당 사항이 없다고. "엄마로 타고나신 분 같네요. 애가 정말 잘 크고 있습니다." 의사가 말했다. 그러니 정말 그런 거다. 모든 것이 제대로 굴러가고 있었다. 문제가 있었으면 의사가 눈치챘을 것이다. 타나카는 댈러스 최고의 소아과 의사였다. 그 점은 그레이스가 분명히 확인했다.

그 아이디어가 떠오른 건 일주일 전, 리엄이 대수롭지 않게 둘째는 언제 갖는 게 좋겠냐고 물었을 때였다. 남편의 말인즉슨, 그레이스가 영계는 아니라는 뜻이었다. 물론 그는 좋은 사람이었기에 훨씬 완곡한 표현을 썼다. 임신 기간 내내 리엄은 그레이스가 여전히 아름답다는 사실을 알려주기 위해 굉장히 공을 들였다. 그는 밤 열시에도 뛰쳐나가 밀크셰이크를 사오는 예비 아빠였다. 그의 노력에 훈장이라도 줘야 할 판이었다. 그런 야식 배달로 아내가 에마 케이트를 품었던 열 달 동안 리엄의 허리 둘레도 상당히 늘어났는데, 크로스핏 신봉자인 남편이 해준 일 가운데 가장 감동적으로 느껴졌다.

그랬던 남편이 둘째를 언급하자 그레이스는 까무러칠 뻔했다. 그들은 에마 케이트가 태어난 이후로 아직 섹스도 하지 않았다. 이미 몇 주 전에 의사가 '성생활'을 허락했지만, 그레이스는 아직 리엄에게 그 사실을 알리지 않았다. 어쩌면 그녀는 스스로가 생각하는 것보다 훨씬 더 능숙한 거짓말쟁이일지 몰랐다.

그녀는 이기심을 판단하는 임상 진단 같은 것은 없다는 걸 깨달았다. 하지만 그것이 자신의 병증인 듯하니 까짓것 직접 치료해보기로 마음먹었다.

그레이스가 예약한 호텔방은 하룻밤에 무려 650달러나 했다. 며칠 전 그녀는 우편함에 쌓인 짜증나는 우편물 가운데 '사전 승인'이라고 적힌 신용카드 발급 제안서를 잡아챘다. 그리고 회사에서 유축 시간을 틈타 신청서를 작성한 뒤 카드를 지갑에 끼워넣었다. 그 결정적인 배반의 순간 전날 밤에 딸아이는 여섯 번이나 잠에서 깼고, 그 전날 밤에는 일곱 번 깼다. 그녀는 알카에다 조직원의 입을 열게 한 것이 물고문이 아니라 잠 고문이라는 〈포스트〉의 기사를 읽은 적이 있었다. 단잠의 유혹. 충분히 이해가 됐다. 그레이스는 포기했다. 아기가 그녀를 무너뜨렸다.

그녀는 머리가 멍하고 앞이마가 지끈거렸다. 너무 피곤한 나머지 근래에는 계속 속이 메스껍고 반만 겨우 넘긴 아침식사는 명치에 걸려 넘어가지 않았다. 묵직하고 뿌연 피로의 더께 아래서 커피가 일으킨 불편한 각성만이 언뜻언뜻 느껴질 뿐이었다. 컵케이크보다 잠이 더 당기기는 처음이었다.

호텔은 근사했다. 인피니티 풀과 유명 셰프가 운영하는 레스토랑을 겸비했고, 로비에서는 무료 샴페인까지 제공했다. 그레이스는 쓸 거면 제대로 써야 한다고 생각했다. 기왕 지옥에 떨어질 거라면 홀리데이인보다는 비싼 데서 하룻밤을 묵어야 했다.

지난밤, 그레이스는 보송한 호텔 슬리퍼를 신고 사뿐사뿐 거닐며 생각했다. 그러니까 사람들이 이렇게 바람이 나는구나. 처음엔 하룻밤만이라고 속으로 다짐했다. 그러다 샤르도네 한 병을 땄을 무렵에는(이때도 인색하게 굴지 않고 룸서비스 메뉴에서 75달러 이상 가격대로 곧장 넘어갔다) 자신과의 부정한 밀회를 계속 이어나가기로 단단히 마음먹었다.

널 위해 남편과 헤어질 거야. 그녀는 아로마향 입욕제를 넣은 욕조에 대고 말했다. 같이 도망치자. 우린 영혼의 동반자야. 아직 젖먹이가 딸려 있긴 한데, 그 문제는 두어 달 안에 정리할게. 두고 봐. 약속할게. 사랑해.

아침에 눈을 뜨자 암막커튼의 가장자리로 굴절된 아침햇살이 새어들어왔다. 그레이스는 침대 시트를 콧잔등까지 끌어당겼다. 새것 같은 새하얀 시트에서는 프랑스제 고급 향수 냄새가 났다. 지난 새벽 두시와 세시 반, 그리고 다섯시에 일어나 기저귀를 갈고 우유를 먹였을 리엄이 그녀를 얼마나 그리워했을까 생각하니 발끝이 저릿저릿할 정도로 고소했다.

마침내 침대에서 일어난 그녀는 룸서비스로 버터와 살구잼을 곁들인 크루아상과 카푸치노 한 잔을 시켰다. 젖가슴이 아릿했다. 유방에는 알알이 작은 멍울이 생겼다. 멍울을 살짝 누르면서 그녀는 얼굴을 찡그렸다.

회사에는 늦어도 아주 늦은 터였다. 지난밤에 알람을 맞추지 않을 때만 해도 다 부숴버릴 거야 하는 심정이었다. 그러나 침대에서 일어나고 보니 반항심이 조금 사그라들었다. 몸에 딱 붙는 깔끔한 검은색 원피스를 입고 진주 장신구를 걸치니 뱃속에 신선한 어둠의 기운이 기름처럼 퍼져나가는 것 같았다.

그레이스는 딸 에마 케이트를 떠올렸다.

아이의 눈이 여전히 낯설었다. 쭈글쭈글한 외계인 머리에 둘러싸인 구슬 같은 두 눈. 그 눈이 그녀를 빤히 보면서 당연하단 듯이 한없는 사랑을 갈망했다. 안정적인 가정을 꾸린 삼십대 중반의 건강한 엄마에게서 태어난 아이로서는 합리적인 갈망이라고 그레이스는 생각했다. 에마 케이트는 계획에 없던 아이가 아니었다. 그레이스는 생리 주기를 정확히 계산하고 있었다. 딸을 낳는 것마저도 예정된 일이었다. 리엄은 비웃었지만 그레이스는 온갖 묘책을 꾀고 있었다. 그래서 가임기에 그렇게나 지독한 양의 분말 주스와 요구르트를 마셔댔던 것이다. 역시 딸을 낳은 슬론이 리엄보다 늦게 오르가슴을 느끼라고 충고했는데, 그건 좀 노력이 필요했다. 초음파 검사를 마치고 의사가 초음파 사진이 담긴 봉투를 건넸을 때 그레이스는 이미 딸이라는 걸 직감했다. 역시 딸을 원했던 리엄은 그녀가 소식을 전하자 눈물까지 보였다. 슬론과 아디한테 보라고 슬론의 책상 위로 초음파 사진을 쓱 내밀자 그들은 그야말로 소리를 꽥 질렀다. 음, 슬론이 소리를 질렀던 건 확실하다. 어쨌든 그들은 곧바로 아이들을 함께 키울 계획을 세웠다. 애비게일에게 베이비시터 일을 맡기고 마이클과 에마 케이트를 결혼시키자면서. 모든 것이 완벽했다. 그레이스가 계획했던 그대로였다.

그런데도 가끔씩 그레이스는 딸을 빤히 쳐다보면서 경고하고 싶었다. 너무 신나하지 마. 수많은 방증에도 불구하고 에마 케이트는 확실히 부모복을 타고난 아이는 아니었다.

아이에게 위로의 말을 하자면, 어차피 그레이스의 삶에도 들은 대로 이뤄진 건 아무것도 없었다. 대학 재학 시절 그녀가 다니던 캠퍼스의 트라이델타 회계 담당이었던 그녀는 졸업 이후로도 대규모 여성 공동체와 나누던 자연스러운 유대감을 그리워했다. 에마 케이트를 낳았을 때 남편과 행복의 눈물을 흘렸던 그녀는 속으로는 훨씬 더 기뻤다. 마침내 세상에서 가장 크고 중요한 여성 연대, 즉 엄마 모임의 입회 자격이 생긴 것이다. 그녀는 유모차를 활용한 운동 수업이나 아이와 함께하는 요가 클래스에 참여하는 상상을 했다. 4월에는 부활절 달걀 사냥을 나가고, 멋진 세례식 드레스와 교회 단상에 서서 보닛을 쓴 아기를 보듬은 자신의 모습을 상상했다. 완벽한 가족의 모습이었다.

그러나 그레이스는 사실상 모든 엄마에게서 떨어져 외따로 고립된 기분을 느꼈다. 교회에서 에나멜가죽 구두에 스타킹을 신은 귀여운 꼬마들을 보면서, 사랑스러운 그들의 손을 잡은 자애로운 엄마들의 행복한 표정을 보면서, 자신은 대체 뭐가 부족한 건지 찾아내려고 애썼다.

하지만 다 무슨 소용인가? 축 늘어진 거대한 유방과 출렁이는 뱃살, 질질 새는 요로, 다크서클, 산발적인 젖몸살, 짓무른 젖꼭지는 되돌릴 수 없을 것 같았다. 애를 데리고 집을 나서려면 준비하는 데만 족히 두 시간은 걸리는데다 샤워하러 슬그머니 욕실에 들어갈 때마다 째지는 울음소리를 들어야 했고, 테이블보가 깔린 레스토랑에서는 습진투성이인 말라깽이 아기를 데려온 자신을 더는 환영하지 않았다. 심지어 입가에 멀건 침이 줄줄 흐르는 에마 케이트는 잘 웃지도 않았다. 그레이스는 유대감을 느껴보고 싶었지만 가장 근접했던 경험은 딸이 자신의 손가락을 꼭 쥐었을 때뿐이었고, 그마저도 오래가지 않았다. 그녀는 가족이 늘어나면 행복도 커질 거라 믿었던, 모두가 말한 것처럼 이 모든 고생을 가치 있는 것으로 바꿔주는 연금술이 있다고 믿었던 자신이 미련하게 느껴졌다.

에마 케이트가 태어난 이후로 그레이스가 조금이라도 동질감을 느낀 엄마들이 있다면, 밴을 몰고 호수로 뛰어든 부류였다.

그녀는 어제 입었던 옷과 화장품, 세면도구, 수동 유축기로 빵빵해진 캔버스 토트백만 달랑 들고 있었다. 폭신한 침대와 잘 개어놓은 깨끗한 수건, 온갖 종류의 라바차 커피 캡슐을 마지막으로 둘러보며 더러운 기저귀로 꽉 찬 쓰레기통과 토사물로 얼룩진 쿠션이 기다리는 집으로 돌아갈 생각을 하니 두려웠다.

복도 끝에 늘어선 엘리베이터의 버튼을 누른 뒤 이동식 유리상자에 오른 그녀는 먼저 타고 있던 여자를 알아보고 깜짝 놀랐다.

"캐서린?" 공항이나 멀리 떠나온 휴가지 혹은 대형 마트에서 아는 사람과 마주친 것처럼 약간 즐거운 기분이 들었다. 그야말로 재밌는 우연의 장난이었다.

유리벽에 기대서 있던 캐서린은 얼어붙은 표정이었다. 누군지 이제 알았다는 기색이 그녀의 눈에 스쳤다. "안녕하세요."

"그레이스야." 캐서린의 인사에 그레이스가 재빨리 말했다. "미안. 근래에 새로 만난 사람만 천 명쯤 되지?"

"아뇨. 그게 아니라……" 캐서린은 말꼬리를 흐렸다. 그녀의 피부는 세안제 광고 모델처럼 말끔했고 머리는 단정하게 가르마를 타서 양옆으로 빗어내렸다. 귀에는 딱 붙는 스터드형 귀걸이를 하고 있었는데, 요즘 댈러스 여자들 사이에서 유행하는 켄드라스콧의 주렁주렁한 귀걸이와 비교하면 대담할 정도로 드물고 자기주장이 강한 스타일이었다.

로비에 다다른 엘리베이터에서 딩동 소리가 났다. 대리석 구조물에서 졸졸 흘러내리는 얌전한 물줄기가 비단잉어가 사는 푸른 웅덩이로 천천히 떨어졌다. 라스베이거스의 최고급 카지노를 닮은 중앙홀에서는 공기와 인공 향기가 끊임없이 재순환했다.

"여긴 어쩐 일이세요?" 캐서린이 물었다.

그레이스는 또 거짓말을 할까 생각했지만 금방 떠오르는 게 없었다. "하룻밤만 쉬려고." 그녀는 사실대로 말했다. "잠이랑 원수진 애를 낳았나봐." 집으로 돌아가 딸과 함께 잠 못 이루는 밤을 이틀만 더 보내고 나면 다시 하루하루 부딪히고 깨지다 피로의 수렁에 빠지리라는 사실을 그녀는 알았다.

캐서린의 입꼬리가 올라갔다. "주무기가 뭔데요?"

"기차 화통을 삶아 먹었나봐. 맨날 우는데도 속수무책으로 당하는 중이야." 그레이스가 잠시 머뭇거리는 사이 슬라이딩 유리문이 열리며 발레파킹 주차장과 그 너머의 시가지가 펼쳐졌다. 밖에는 작열하는 햇살이 내리쬐었다. "가끔은 너무하다 싶어서 내가 꼭 애를……" 그레이스는 몸서리쳤다.

"싫어하는 것 같다고요?"

"끔찍하지?" 말로만이 아니라 속으로도 끔찍한 기분이 들었다. 끔찍하고도 끔찍한 엄마가 된 기분. 하지만 그걸로는 충분히 끔찍하지 못한 것 같아서 더 최악으로 느껴졌고, 그 느낌마저도 마땅히 느껴야 할 최악의 기분에 미치지 못한 것 같았다. 애초에 엄마가 되기 싫었던 거라면—지금이야 속으로는 거의 인정하는 수준이지만—적어도 지금 기분이 낯설지는 않았을 것이다. 죄책감을 겨루는 올림픽이 있다면 출전해서 메달까지 노려볼 수 있을 지경이었다. 그러나 현실은 늘 피곤해서 그런 도전을 할 여력도 없었다. "남편한테는 말 안 했어." 그레이스가 멋쩍은 듯 말했다.

"집에 안 들어간다고요?" 캐서린은 인상적이라는 표정이었다.

약간 당혹스러워진 그레이스가 손바닥을 펴서 턱을 받쳤다. "아니, 그건 말했지. 근데……" 그녀는 한쪽 눈을 찡긋 감았다. "회사에서 철야한다고 했지 아마." 사실과는 너무 동떨어진 핑계라 우스울 지경이었다. 출산휴가에서 복귀한 이후로 그레이스는 슬론과 아디가 자신을 너무 살살 다루는 것 같다고 느꼈다. 그녀를 한시바삐 소중한 갓난아기 외계인인 에마 케이트가 기다리는 집에 못 가 안달난 엄마 취급하면서 긴급하거나 이해가 얽힌 업무에서 빼주었다.

"아." 고개를 끄덕이는 캐서린의 입매가 짓궂게 꿈틀거렸다. "비밀을 지켜드릴게요."

비밀이라는 짜릿한 단어가 그레이스의 애처로운 심금을 휘저었다. 비밀 공유는 경험상 대부분 새로운 우정으로 이어졌다.

"캐서린은?" 그레이스가 물었다.

"이사하려는 아파트가 입주 준비가 덜 됐어요. 새 건물이거든요. 아는 친구가 여길 연결해줘서 이사할 때까지 지내려고요."

"프레스콧에서? 멋지다."

"네, 맞아요. 근데 너무 꼭대기 층 방을 줬어요." 캐서린은 턱을 추켜올렸다. 프레스콧의 중앙은 거대한 구멍처럼 천창까지 뻥 뚫려 있었다. "전 고소공포증이 있거든요. 저 유리 엘리베이터 좀 봐요. 아래로 떨어져 죽을 것 같아요."

"그럼 우리집이랑 바꿀래?" 그레이스가 물었다. "내가 기꺼이 호텔에서 자줄 테니까 나 대신 우리 남편이랑 지내면서 내 딸이랑 취침 협상 좀 맺어봐. 슬론 말로는 네가 전문가라던데." 그레이스는 너무 애쓰는 인상을 주고 싶진 않았다. 이제 막 시작한 관계에서 칭찬은 되레 역효과를 낼 수도 있었고, 우정이라고 다를 건 없었다.

"협상이라면 아마도요." 캐서린이 대답했다. "근데 상대가 아이라면 전혀 아니에요. 솔직히 애들이랑은 사이가 안 좋아요."

그레이스는 산만하게 또다시 밖을 내다보았다. 현실이 그녀를 기다리고 있었다. 벌써 가슴이 갑갑하게 조여드는 것 같았다.

"자, 그럼," 잠시 뜸을 들이다 그레이스가 말했다. "우리 이제 가보는 게 좋겠어. 지금쯤이면 슬론이 이미 실종 신고를 했을지도 몰라. 몇 분만 더 늦으면 주 방위군이라도 부를 거야."

캐서린은 손을 뻗어 그레이스의 가방에서 분홍색 주차권을 빼냈다. "이건 가져가면 안 돼요. 그랬다간 위장이 들통날 거예요."

"위장?" 그레이스는 목걸이의 걸쇠를 잡고 돌려서 목 뒤의 움푹 팬 곳에 놓았다.

"남편한테요." 캐서린은 토끼처럼 콧잔등을 찡긋했다. 삼십대치고는 분명 귀여운 표정이었다. "회사에서 일한다고 했다면서요."

그레이스는 손목으로 이마를 눌렀다. "맙소사, 그렇지."

이제 두 사람의 말끝에 웃음이 묻어났다. 그레이스는 마음이 찌릿했다. 마침내 그녀의 플러그가 너무 멀리 떨어져 있던 콘센트에 닿은 느낌이었다. 캐서린한테 와인을 마시러 가자든가 하일랜드파크빌리지로 쇼핑하러 가자고 할 생각에 벌써 마음이 설렜다. 이래서 그레이스 주변엔 항상 여자 친구가 많았다. 그녀는 이런 데 재주가 있었다. 그 순간 머릿속이 명료해지면서 그동안 자신이 찾아 헤맨 건 다른 엄마들과의 유대가 아니었을지도 모른다는 생각이 들었다.

캐서린은 발레파킹 스탠드를 향해 앞장섰다. 따스한 바람이 불어왔다. 기름진 냄새가 언제나 오전 열한시 반부터 시작되는 고객과의 점심 약속을 떠올리게 했다. 호텔 정문에 잿빛 재규어가 세워져 있었다. 호텔의 소리 없는 광고 모델이었다.

주차장 방향으로 젊은 남자 둘이 뛰어가는 동안 캐서린은 팔짱을 끼고 인도 쪽을 두리번거렸다. "트루비브에 꽤 오래 계셨죠?"

그레이스는 주차직원에게 맡긴 걸 깜박하고 무심결에 자동차 열쇠를 찾았다. "육 년."

"다들 이렇게 친절해요?"

그레이스가 웃음을 터뜨렸다. "대개는 그렇지. 사람들이 다 좋아." 남부인의 친절함은 어디 내놔도 뒤지지 않을 정도였고, 그중에서도 그레이스의 가족은 최상위로 꼽혔다. "전에 있던 데는 안 그랬나봐?"

캐서린은 언뜻 어떻게 대답할지 모르겠다는 표정이었다. "꼭 그렇다는 건 아닌데, 그냥 새로 시작해보고 싶었어요." 그녀가 뭔가를 더 말하려고 했지만 주차직원이 끼익하는 소리와 함께 그레이스의 차를 앞에 댔다. 두 사람은 뒤로 물러섰고, 보호본능이 앞선 그레이스가 팔로 캐서린의 가슴팍을 감쌌다.

"미안." 그레이스는 뺨을 붉혔다. 꼭 카풀하는 엄마들이 할 법한 반응이었고, 그녀는 캐서린을—그것도 하버드 로스쿨 출신인 캐서린을—길을 건널 때 양옆도 살필 줄 모르는 어린애처럼 취급해버렸다.

"괜찮아요." 캐서린이 옷매무새를 다듬으며 대답했다. "전 직장 동료 같았으면 아마 절 떠밀었을 거예요."

그레이스는 말도 안 되는 생각에 웃음을 터뜨렸다. 그럴 리가.

해고통지서

1월 21일

캐서린 벨
매사추세츠주 보스턴시
윈저 스트리트 2337번지

벨 씨께,
귀하와 프로스트 클라인 앤드 로짓(이하 '프로스트 클라인')의
고용계약이 금일부로 공식 종료됨을 알려드립니다.

당사는 본 문서를 통해 귀하의 고용이 타당한 이유로 해지되었
음을 통지하는 바입니다.

귀하는 누적된 잔여 휴가 수당을 수령할 수 없습니다. 귀하의 의
료보험 효력은 금일로부터 0일간 유효합니다.

채용 시 귀하가 서명한 기밀유지협약을 참고해주시기 바랍니다.
상기 협약에 따르면 귀하는 회사의 영업 비밀, 관행 및 운영 수칙
을 외부에 일절 공개할 수 없습니다. 귀하가 고용 기간 동안 혹은
이후에 영업 비밀을 외부와 논의한 사실이 밝혀지면 프로스트 클
라인은 법적 조치를 취할 수 있습니다.

프로스트 클라인 앤드 로짓
경영 파트너
앨런 지글러

9

3월 23일

아침부터 회사 밖에서 일정이 있는 날은 생산적인 하루를 시작
할 수 없었다. 슬론도 잘 아는 사실이었다. 그러니 받아들이기로
했다.

아니 적어도 받아들였다고 생각했는데, 초파리가 까놓은 알처럼
읽지 않은 이메일로 가득찬 메일함이 눈에 들어왔다. 아직 오전 열
한시도 채 안 되었는데, 오늘 하루는 이미 망쳤다는 게 기정사실이
었다. 이쯤 되면 무슨 기록이나 다름없었다.

그녀가 앉아 있는 학교 행정실은 치즈 냄새가 진동했다. 의자는
너무 작고 각이 진데다 카펫 여기저기 숨어 있는 과자 부스러기를
외면하기도 힘들었다. 대기실과 업무 공간을 나누는 말편자 형태
의 리놀륨 데스크 너머에서 행정실 직원들은 스테이플러로 종이를
찍느라 바쁜지 전화벨소리는 들은 체 만 체했다.

무릎 위에 올려둔 가방을 꼭 움켜쥐고 앉은 슬론은 이미 꾸중을
들은 기분이었다. "잘 들어, 애비게일." 그녀는 스마트폰 화면을 꾹

꾹 눌러대는 딸에게 말했다. "넌 아무 말도 안 해도 돼. 물어볼 게 있으면 엄마나 아디 이모한테 귓속말로 해." 이번 상담은 애비게일이 실제로 참석하는 첫 미팅이었다. 슬론의 시간을 잡아먹는 일이기도 했지만 아이 역시 시간을 할애해야 했다.

애비게일은 아디와 눈을 맞추려고 슬론 너머를 기웃거렸다. "엄마가 그러는데 난 이모한테 아무 말이나 해도 되지만 이모는 안 된대요. 엄마한테도요. 이모는 제 변호사니까요."

"난 그렇게 말한 적 없어."

영락없는 열 살짜리인 애비게일은 지극히 평범한 소녀였다. 삐뚤빼뚤한 치아에 분홍색 아이스캔디 같은 입술. 콧잔등에 잘게 퍼진 주근깨는 대학에 가면 없어질 거라고 슬론은 경험으로 미루어 짐작했다. 아이는 초조한지 허공에 발길질을 해댔다. 새로 사준 컨버스 스니커즈는 열 살짜리에겐 사악한 가격이었지만 필수 학용품 목록의 '연습장'이나 '릴리퓰리처 보온병' 옆에 추가해도 될 정도였다. 애가 떼를 쓰면 슬론은 남편에게 파크시티스를 떠나 교외에 가서 살 거라고 맹세했다. 하지만 그러기에는—슬론의 직업 덕에 저금리로 대출받은—모기지가 문제였고, 그녀의 직장은 물론 세 가족의 휴대폰 약정과 자동차 할부금도 걸렸다. 그리고 무엇보다 데릭과 슬론이 진심으로 사랑하는 피어링스 레스토랑의 송어 요리를 포기할 수 없었다. 그러니 스니커즈 정도야 대수롭지 않은 문제라고 생각했다.

"그래 맞아, 애비게일." 아디는 슬론을 무시하고 말했다. "우리끼리 비밀 이야기 많이 하자."

"엄마 아빠가 둘이서만 속닥거리는 비밀 같은 거요!" 애비게일은 더 세게 발길질을 했다. "이제는 우리가 말해주지 말아요."

아디는 의자에 등을 기대며 미소를 지었다. "전부 다 들어봐야 겠는걸. 재밌을 것 같아."

"엄마 아빠가 보드카를 어디다 숨기는지 관심 있으면 물어봐." 슬론은 가방에서 립스틱을 꺼내 거울도 보지 않고 입술에 발랐다. "나 어때?" 슬론이 입술을 뻐끔거리며 아디를 향해 몸을 틀었다. 최근 들어 립스틱을 자주 덧바르지 않으면 입술 주변에 생기기 시작한 잔주름에 립스틱이 배어든다는 사실을 알게 되었다.

화장을 거의 하지 않고 심지어 새치도 그대로 두는 아디가 최고로 탐탁지 않은 표정을 지었다. 그녀의 전매특허 표정이었다. "우리가 너희 딸 학교에 와 있는 건 알지? 주디 판사*가 하루 쉬고 납신 줄 알겠네."

슬론이 고개를 까닥했다. "외부 변호사가 그러면 나 원래 안 참는 거 알지?"

그녀의 말은 농담이었지만 설득력이 없었다. 딸애가 걸린 이 일은 그 자체로도 중차대한 문제일 뿐만 아니라 슬론 역시 심각하게 받아들이고 있었다. 아주 심각하게.

학교장과 처음 대면한 자리에서 슬론은 애비게일만 그런 문자메시지를 받은 것이 아니라는 얘기를 들었다. 보아하니 같은 반 여자애들끼리 새로운 단어를 실험중인 모양이었다. 그나마 슬론한테는 작은 위안이 되었다. 다른 여자애들은 21세기 운동장 잔혹극쯤이

---

*동명의 모의 법정 리얼리티쇼에 출연하는 셀러브리티 판사 주디스 샤인들린을 가리킨다.

야 거뜬히 넘길 수 있다지만 그녀의 예민한 딸은 어떡하나? 로스쿨 시절에 불법행위 과목을 가르치던 교수에 의하면 '달걀 껍데기 두개골 원칙' 같은 것이었다. 누군가의 머리를 쳐서 두개골이 깨졌을 때 같은 세기의 타격에 다른 사람의 머리는 멀쩡하더라도 문제가 되지 않는다는 원칙이다. 쉽게 말하면, 중대한 부상을 당한 사람이 예기치 않게 허약한 사람이었다 해도 그 사실이 가해자의 과실을 상쇄할 수 없다는 뜻이다. 애비게일의 두개골이 바로 그 달걀 껍데기였다.

오늘은 후속 논의를 위한 자리였고, 중학교 학력평가 일정과 겹쳐 참석할 수 없게 된 데릭이 완벽한 대안을 제시했다. "아디랑 같이 가." 아디가 슬론보다는 훨씬 침착하게 대응할 거라는 조언에 슬론도 동의했다. 말린 장미와 스파이스 향의 훨씬 성숙한 여성을 위한 향수를 쓰는 아디와는 달리 자신은 아무렇게나 골라 그날그날 돌려 쓰는 샘플 향수로 인해 의도치 않게 경박한 분위기를 풍길 때가 있다는 사실을 슬론도 어렴풋이 인정하는 것처럼 말이다.

왼편에서 문이 활짝 열렸다.

"슬론 글러버 씨? 교장 선생님께서 기다리고 계십니다."

슬론은 너무 벌떡 일어난 탓에 현기증이 났다.

"진정해." 옆에서 아디가 속삭였다.

진정하기 위해 심호흡을 한 슬론과 그녀의 딸과 아디가 안으로 들어가자 운동장이 내다보이는 좁은 잿빛 사무실이 가득찼다.

슬론이 먼저 말을 꺼냈다. 거의 매번 그런 식이었다. "클라크 교장 선생님, 저희 변호사 아디 밸디즈예요."

클라크 교장은 자리에서 일어나 넥타이를 매만진 뒤 아디에게 악수를 청했다. 키가 큰 흑인인 클라크는 머리는 일부러 밀었지만 정교하게 다듬은 턱수염에는 새치가 몇 가닥 섞여 있었다. 슬론은 자신도 모르게 그의 왼손 약지를 살폈다. 임자 없음. 아디랑 이어주면 귀여운 커플이 되련만. 물론 슬론이 그에게 엄청 화가 나 있고, 고소하겠다고 협박하는 상황만 아니라면 말이다.

"이분까지 참석할 필요는 없을 것 같습니다만." 클라크가 말했다. "이번 기회에 서로 만나서 애비게일이 처한 상황의 진척을 의논하자고 마련한 자리일 뿐입니다."

모두의 시선이 의자 아래로 발목을 꼬고 앉아 있는 애비게일에게 향했다. 아이는 비 맞은 고양이처럼 초조하고 불편해 보였다.

아디는 의자를 당겨 앉았다. "그리고 학교측의 진척 사항도요. 그 부분을 간과할 순 없습니다."

슬론의 얼굴에 환한 미소가 퍼졌다. 시작하자마자 아디가 선제골을 따냈다. 그렇다고 슬론이 경쟁력 없는 선수란 말은 아니다.

"그렇습니다." 교장이 헛기침한 뒤 책상에 쌓인 서류 뭉치를 내려다보았다. 슬론 역시 종종 활용하는 시간 끌기 전략이었다. 눈을 내리깔고 종이를 뒤적이고 또 뒤적이고, 그다음에 아, 다들 오셨으니 이제 시작해볼까요? "그럼 제가 먼저 시작하죠." 교장이 말했다. "저희 학교에서는 최근 통지문을 배포해 학부모와 학생들에게 SNS 활동 제한에 대해 논의해달라고 부탁드렸습니다. 학부모에게는 자녀의 계정을 모니터하고 잠금을 설정해달라고 요청했고요."

아디가 리걸 패드를 꺼내 무릎 위에 올려놓았다. "구체적으로 어떻게 강제하실 거죠?"

교장은 막 말하려던 참이었다는 듯 고개를 끄덕였다. "고학년

학생의 경우 SNS상에서 비행이 적발될 시 댄스파티나 농구 시합 같은 사교 활동 기회를 박탈합니다."

"하지만 우리 애비게일은 고학년이 아니잖아요." 슬론이 불쑥 끼어들었다. "얘는 겨우 4학년이에요. 게다가 SNS 계정도 없고요."

"유튜브는 해요." 애비게일이 클라크 교장을 향해 어른같이 단호하게 고개를 끄덕이며 말했다.

"얘야, 그건 다르단다." 슬론이 반사적으로 대답한 뒤 생각했다. 정말 다를까? 애비게일의 유튜브 계정을 확인하자. 시청 목록도 훑어보고. 자신도 리걸 패드를 가져올 걸 하는 후회가 들었다. 칠칠치 못하게 그걸 깜빡하다니.

교장은 애비게일을 무시하고 말했다. "그렇죠. 그 점은 알고 있습니다. 그런 면에서 애비게일의 휴대폰 번호를 바꾸는 방안은 생각해보셨나요?"

슬론은 경멸에 찬 비웃음을 터뜨렸다. "그걸 방안이라고 말씀하시는 건가요? 왜 우리 딸이 책임을 져야 하죠? 우리가 왜요? 만약 그애들이 새 번호를 알게 되면요? 개들 휴대폰을 뺏어야 하는 것 아닌가요?"

"그 부분에 있어선 안전상의 문제가 있습니다. 요즘 학부모는 자녀가 휴대폰을 소지하는 편이 더 안전하다고 생각해요."

슬론은 그런 불량 청소년이야 한두 번 납치를 당한대도 아무렇지도 않을 것 같았다.

클라크 교장 뒤로 점심 도시락과 알루미늄 물통을 들고 뛰어다니거나 정글짐을 오르는 아이들이 보였다. "애비게일, 다른 일은 더 없었니?" 교장이 물었다.

애비게일은 허벅지 아래로 손을 집어넣고 앞뒤로 몸을 흔들었다. "모르겠어요. 어쩌면요." 애비게일이 기어들어가는 목소리로 순진하게 대답했다. "남자애 둘이 저한테 체육관 뒤로 가서 신발을 가져다달라고 했어요. 가봤는데 신발은 없었던 것 같아요." 아이는 어깨를 으쓱했다. 아이의 푸른 눈이 더욱 커졌다. "그래서 그냥 왔는데 걔들이 절 보고 웃었어요. 전 뭐가 웃긴지 모르겠는데. 그래서 엄마가 알려준 대로 큰 소리로 꺼지라고 소리질렀어요. 그랬더니 걔들이 저보고 미쳤대요."

슬론은 두 눈을 감고 마른침을 삼켰다. 이따금 슬론은 대형 마트나 영화관을 나오는 길에 주차장에 사람이 거의 없으면 애비게일에게 비명 지르기 연습을 시켰다. 데릭은 그런 연습이 애를 더 겁먹게 할 뿐이라고 했다. 하지만 그가 뭘 알겠는가? 남편은 소녀로 살아본 적이 없다. 반면 슬론은 경험이 있었고, 그러니 딸에게 행여 위험에 처하면 어떻게 해야 하는지 정확히 알려줘야 했다. 목청껏 비명을 지르라고 말이다.

그리고 이게 그 연습의 결과였다.

"이해가 안 돼요." 슬론이 말했다. "신발이라니? 걔네가 왜 신발을 가지고 우리 딸을 비웃은 거죠?"

태평하게 책상에 팔꿈치를 괴고 움켜쥔 주먹으로 입을 막고 쿡쿡대는 교장은 무언가를―대체 뭘?―숨기고 있는 듯했다.

"재밌는 일이 있으신가보죠, 교장 선생님? 저희도 알려주세요." 아디는 의자의 가장자리로 옮겨 앉으며 펜을 들었다.

그는 손가락을 펼치며 어깨를 으쓱했다. "애들 말입니다, 참 실없기도 하죠." 그의 시선이 아디와 슬론 사이를 오갔다. 둘은 잠자코 기다렸다.

"슬론이나 저나 실없는 이야기를 좋아합니다."

교장은 목덜미를 긁적이며 말했다. "말이 안 되는 건 압니다만, 남자애들이 그래요. 관심을 끌려고 그러는 거죠. 애비게일, 걔들이 그러는 건 네가 예뻐서야. 일종의 의식 같은 거라고 부를 수도 있겠네요. 예쁜 여자애를 보면 체육관 뒤로 가보라고 하는 거죠. 근데 막상 가보면 아무것도 없어요. 애들이 그렇죠." 입술을 꾹 다문 그는 애비게일을 보며 눈썹을 치켜세웠다.

"죄송하지만, 지금 뭐라고 하신 거죠?" 슬론은 자신이 또 호들갑을 떨며 눈을 깜빡거린다는 걸 알았다. 데릭은 정말 싫어하지만, 슬론 자신이 명백히 옳다고 생각할 때만 나오는 행동이었다. 아니면 대화 상대가 멍청하다 싶을 정도로 말이 안 되는 소리를 할 때나. "제 딸이 청소년 버전의 신고식 같은 걸 당했다는 말씀이신가요?"

어디 한번 들어보자는 표정인 아디의 시선도 굳어 있었다. (우리에게 너무 익숙한 논리였기 때문이다. 예쁘다고 해주는 걸 항상 고맙게 생각해.)

아디와 슬론의 시선이 마주쳤다. 십 년이 넘게 같이 일한 경험으로 그들이 얻은 게 있다면 개소리를 동시에 분별하는 능력이었다. 아디의 반응은 아주 미묘했다. 눈이 거의 알아볼 수 없을 정도로 번뜩이더니 고개가 아주 살짝 젖혀졌다. 어디 한번 얼마나 더 지껄이는지 들어나 보자.

"망신을 주는 게 칭찬이라는 겁니까?" 슬론이 교장에게 말했다. "다 그냥 재미있자고 그러는 거다?"

"엄마." 애비게일이 자리에서 벌떡 일어났다.

"무슨 생각을 하시는지 압니다. 하지만 장담컨대 악의는 없었을 거예요."

"오! 오! 장담하신다고요?" 슬론은 화가 나서 얼굴이 하얗게 질렸다.

옆에 있는 아디는 여전히 침착했다. 그녀가 나섰다. "제 고객이 지적하는 부분은 그 남자애들이 의도적으로 애비게일에게 창피를 줬다는 사실입니다. 그러고 나서 애한테 미쳤다고 했죠. 그게 왜 문제가 되는지 아십니까, 교장 선생님?" 아디는 대답할 틈을 주지 않았다. "그럼 어린 소년들은 아무 거리낌 없이 여자아이를 '미쳤다'고 해도 된다고 여기게 되고, 다른 사람들도 그 여자애의 말은 믿을 필요가 없다고 생각할 이유가 생기는 거죠. 신발 이야기를 지어낸 그 남자애들은 이 일이나 다른 일로 미쳤다는 말을 들었던가요?"

교장의 입가에 미소가 싹 가셨다.

아디가 계속했다. "그건 아닌가보군요. 더욱 심각한 문제는 학교측에서 이런 아이들의 행동을 단순히 귀엽게만 보는 겁니다. 실제로는 그것이 위험한 행동을 조장할 수도 있는데 말이죠. 이건 전혀 귀엽게 볼 사안이 아닙니다, 교장 선생님. 제 고객은 자녀의 안전과 행복에 대한 합당한 우려를 표명하는 겁니다."

"잘 알겠습니다." 교장은 이제 심각한 표정으로 대답했다.

슬론은 겨우 목소리를 가다듬고 가방을 챙겼다. 자리에서 일어서며 그녀가 말했다. "제가 애초에 학교 이사회와 이런 미팅을 갖는 데 동의한 건 실질적인 개선을 통해 추가적인 법적 조치까지는 취하지 않아도 되길 바랐기 때문입니다." 슬론은 손을 내밀어 의자에서 풀쩍 내려온 애비게일의 손을 잡았다. "하지만 이번 미팅은 완전히 시간낭비였네요. 다음 미팅에서는 좀더 진지한 접근을 부탁드립니다."

아디와 애비게일과 슬론은 뒤도 돌아보지 않고 순서대로 교장실을 나섰다. 슬론 이마의 혈관이 터질 듯 불거졌다.

"엄마." 햇빛이 아찔하게 내리쬐는 밖으로 나오자 애비게일이 슬론의 팔을 잡아당겼다. "엄마가 교장 선생님한테 소리질렀어요."

"소리지른 게 아니야." 그들은 이제 방문자 주차장 쪽으로 난 햇빛에 반짝이는 콘크리트 보도를 걷고 있었다. 멀리서 꺅꺅거리는 아이들의 고함소리가 허공에 울려퍼졌고, 아이들의 땀이 뒤섞인 습한 공기에서 축축한 냄새가 났다. "엄마는 큰 소리로 말한 것뿐이야. 그 둘은 다른 거야."

물론 슬론이 소리를 질렀을 가능성도 있었다. 하지만 독선은 객관적인 사고를 흐리게 하는 강력한 약물이다. 슬론은 남편에게 오늘 자신은 냉정을 유지했고 힘든 일은 대부분 아디에게 맡겼다고 말할 것이다. 아디가 굉장한 활약을 했다는 점에는 반박의 여지가 없었다.

"그래서……" 슬론이 애비게일과 아디를 향해 돌아섰다. "우리가 점심을 대접할까 하는데."

"실은," 아디는 포장도로에 반사된 햇살이 눈부셔 눈을 찡그렸다. "우버를 불러서 사무실로 곧장 돌아갈 생각이야. 오늘은 내가 애를 데려올 차례라 그전에 보고서를 전부 마무리해야 하거든." 그녀는 벌써 앱을 실행하는 중이었다.

슬론의 어깨가 축 처졌다. "알겠어." 어쩔 수 없이 수락했다. "하지만 난 분명히 제안했다." 그녀는 지갑에 든 구깃구깃한 지폐를 엄지로 넘기며 말했다. "내가 5달러에서 15달러 선에서 최고로 맛있는 점심을 대접하려고 했다는 사실만 꼭 기록해줘." 슬론은 아디를 끌어안았다. "그리고 괜찮으면 이 일은 애와 우리끼리의 비밀로 하고 싶어. 좀 민감한 문제라." 슬론은 스트레스로 인해 쿡 찌르는 듯한 통증을 느꼈다. 아디와의 우정에서 비롯한 비밀이 하나 더 늘어난 셈이다. 또다시 일과 사생활을 엮어버렸다. 슬론은 근처에 놓인 화분을 관찰하며 잎사귀 사이에 맺힌 작은 꽃봉오리 두 개를 뽑고 있는 애비게일을 쳐다봤다. 딸을 정말 사랑했지만 마음속으로는 친구가 훨씬 많은 딸을 상상했다. 왜 그런 끔찍한 상상을 했을까? 슬론이 최악의 엄마라서일까? "그리고 너도 회사 정책인지 뭔지 알잖아. 네가 우리를 '변호'한 사실 때문에," 슬론은 손가락으로 따옴표 표시를 했다. "그것 때문에 좀 복잡해질 수도 있어." 엄밀히 말해 트루비브의 변호사는 트루비브를 제외한 누구도 변호할 수 없었다. 회사에서 까다롭게 따진다면 사내 배임 방지 정책을 위반한 셈이고, 결과적으로 온갖 문제를 끄집어낼 수도 있었다. 물론 그럴 일은 없을 테지만. 미련한 규정이었다. 무단횡단 금지법처럼. "너도 무슨 말인지 알지?"

아디는 슬론의 어깨를 꽉 움켜쥐었다. "우리끼리 비밀, 알았어."

그 순간 슬론은 지금이 사소하고 진짜 아무것도 아닌 다른 비밀도 털어놓을 타이밍이라는 생각이 들었다. 하지만 마침 아디의 휴대폰 진동이 울렸고 그녀가 부른 우버 차량이 커브길에 멈춰 섰다. 솔직히, 배반이라고 할 것도 없다는 생각이 들었다. 굳이 말할 필요도 없는 일이다. 따지고 보면 국가안보를 위협하는 일도 아니지 않나. 아주 사소한 사교적 불륜이랄까? 아니, 뭐라니, 세상에, 불륜도 아니다. 플라토닉한 관계라도 불륜이 성립되는 것일까? 아마 아 닐 것이다. 애초에 슬론과 아디가 일부일처 방식의 우정을 맹세한 사이도 아니었다. 둘 다 서로 다른 친구가 있었다. 둘은 성인이었 다. 어쨌든 언젠가는 말할 기회가 있을 것이다. 혹은 아예 말하지 않는 편이 더 나을지도 모르고.

10

3월 23일

로살리타는 '밸디즈 씨께'라고 적은 편지 봉투를 아디의 키보드 위에 올려놓았다. 아디가 사무실을 비워 다행이었다. 이편이 더 간단했다.

아디는 로살리타에게 '프로 보노'로 해주겠다고 했다. 당시에는 그게 무슨 뜻인지 정확히 몰랐는데, 아들 살로몬의 도움을 받아 구글에 검색해보니 '무료'라는 뜻이었다. 로살리타는 공짜를 좋아하지 않았다. 아니, 믿지 않는다는 편이 더 맞았다. 마트 시식대에 놓인 참깨 치킨도 간편식을 사게 하려는 유혹에 지나지 않았다. 무료 시식은 그야말로 미끼였다. 로살리타는 걸려들 생각이 전혀 없었다. 그래서 처음엔 본능적으로 아디의 제안을 거절하자고 생각했다. 눈앞에 아른거리는 어린 아들의 일만 아니었어도 그렇게 했을 것이다. 하지만 그녀는 받아들이는 수밖에 달리 선택의 여지가 없었다. 그래서 청소일로 모은 몇 푼 안 되는 돈을 싹싹 긁어모아 달러 지폐로 편지 봉투를 채웠다.

더 큰 문제는 정확히 얼마를 지불해야 하는지 알아내는 것이었다. 이것 역시 인터넷에 검색해봤는데, 시간당 요율은 적게는 비싸고 많게는 눈이 돌아갈 정도로 고액이었다. 그만한 돈을 지불할 형편이 안 되는 로살리타는 적당하다고 생각되는 금액을 모았다. 구깃구깃한 지폐들을 편지 봉투에 넣어 얄팍하게 위장했다. 무모하게 그 정도 액수의 돈을 넘기자니 스크램블드에그를 휘젓듯 속이 뒤집혔다.

"여기서 뭐하나?" 뒤에서 들리는 남자 목소리에 로살리타의 전신이 움찔거렸다. 고개를 돌리자 이마 위로 흰머리 한 가닥이 흐늘거리는 남자가 서 있었다. 복도 맨 끝 사무실의 주인이었다. 로살리타의 팔뚝에 닭살이 돋았다.

"아무것도 아니에요." 그녀는 손깍지를 낀 손을 배에 얹었다. 시선을 허락하듯 가만히 서 있는 로살리타를 남자가 눈으로 샅샅이 훑었다. "청소중이었어요." 그녀가 말을 바꿨다. 남자는 사무실 안으로 들어오진 않았지만 그의 신체가 내뿜는 중압감이 그녀의 퇴로를 봉쇄했다. 고막에서 맥박소리가 둥둥 울렸다. 사실대로 털어놓을 수도 있지만 원칙적으로는 그가 상관할 일이 아니었다. 아니 상관이 있을지도 모르지만, 어쨌거나 이미 시작한 거짓말이니 끝까지 고수하는 수밖에 없었다.

로살리타는 뒤에 놓인 봉투를 떠올리며 남자가 책상 위를 좀더 유심히 살핀다면 그 봉투가 어떻게 보일지, 돈을 훔치려던 게 아니라 놓고 가려던 참이었다고 말하면 얼마나 우습게 들릴지 생각했다. 그는 믿지 않을 것이다.

"청소도구도 없이?" 그는 별다른 의도는 없다는 듯 귀 뒤를 긁적이며 물었지만 의도가 있는 질문인 게 뻔했다. 아니라면 굳이 물어볼 이유가 없었다.

로살리타는 온 정신을 한데 모아, 자신의 목소리에까지 피를 뿌리기 직전인 분노와 모멸감에 지혈대를 친친 동여맸다. 복도를 지나던 다른 남자가 곁눈질로 쳐다봤다. 그녀를 비롯한 청소원 전체가 위생장갑을 낀 손으로 책상 위나 아래에 놓인 여분의 신발이며 요란한 팔찌를 훔치지 못해 안달이 났다고 가정하는 사무실 분위기는 익히 들어 알고 있었다. 이전에 청소 파트너였던 라티샤가 위층 사무실에서 절도에 대비해 소지품은 안전하게 잠글 수 있는 곳에 보관하고 컴퓨터는 반드시 로그오프하라고 권장하는 쪽지가 돌고 있다고 말해준 적이 있었다. 유혹을 줄이기 위해 소지품은 보이지 않는 곳에 보관하세요.

세상에 맙소사, 유혹이라니.

"휴지통은 도구 없이도 비울 수 있어요. 나머지는 야간조에서 할 거예요." 더 설명할까도 했지만 남자가 그만큼 오래 들어줄지 의문이었다. 한 달에 한두 번 그녀도 주간조를 맡을 때가 있었는데, 그 시간대에는 최소한의 인원만 근무하며 간단한 청소를 했고, 매일 아침 최소 한 번은 꼭 어딘가에 쏟아져 있는 한 컵 분량의 커피를 치웠다. 이런 조우는 되도록 빨리 피하고 싶은 심정이었다.

그의 시선이 사무실 구석에 있는 휴지통에서 아디의 책상 앞에 서 있는 로살리타에게로 향했다. 그녀는 거짓말을 하고 있었고, 아마 둘 다 그 사실을 알았을 것이다. 장전된 권총처럼 그녀는 다음에 벌어질 일을 기다렸다. 일 초. 이 초.

만약에 다른 사람이었대도 그가 이렇게까지……

116

"무슨 일이시죠?" 남자 뒤에서 아디가 나타났다. 보통 때 같으면 로살리타는 아디를 보고 한시름 놓았을 것이다.

"별일 아냐." 그는 손으로 뺨을 쓸어내렸다. "그냥 확인차 둘러본 걸세."

"제 방을요?" 아디가 순진한 척 눈을 동그랗게 뜨고 물었다. 그녀는 남자를 지나쳐 사무실 안으로 비집고 들어갔고, 예의를 차리려던 그는 그녀의 큼지막한 가방에 떠밀려 본의 아니게 한쪽으로 비켜서는 꼴이 되었다. 그의 표정에 명백한 짜증이 묻어났다. 하지만 그는 잠자코 물러섰다.

잠시 가만히 서 있던 그는 로살리타를 향해 손바닥을 들어 보이며 말했다. "그럼 좋은 하루!" 그러고는 성큼성큼 제 갈 길을 갔다.

아디는 로살리타에게 묻지도 않고 사무실 문을 닫았다. "무슨 일이었어요?" 아디가 두 개의 손님용 의자 가운데 하나에 가방을 툭 놓으며 물었다.

로살리타는 볼품없는 노란색 폴로셔츠 자락을 손가락으로 비비 꼬았다. 옷 소재가 너무 거칠어서 피부를 자극했다. 하나로 묶은 숱 많은 머리칼이 등뒤에서 찰랑거렸다. "아무 일도 아니에요." 로살리타는 어른의 일을 봐버린 아이처럼 작고 하찮은 존재가 된 기분이었다.

"아무 일도 아닌 것 같지 않던데요." 아디가 회전의자에 엉덩이를 풀썩 내려놓았다. "미안해요. 날 찾아온 거예요?" 그러다 이내 책상 저편 키보드 위에 놓인 편지 봉투를 발견했다. 그녀는 봉투를 집어들었다. "이게 뭐예요?"

로살리타는 대답하지 않았다.

아디는 양손을 포개서 배에 얹었다. 봉투 안을 훑어보던 그녀의 입에서 긴 한숨이 새어나왔다. 내용물을 확인한 그녀는 봉투의 가장자리로 손바닥을 툭툭 치며 창밖을 응시했다.

두 여자가 이렇게까지 친분을 쌓은 건 보기보다 이상한 일은 아니었다. 둘은 수개월에 걸쳐 자연스럽게 친해졌고, 그 친분이 몇 년째 이어졌다. 처음 아디가 스페인어로 말을 걸었을 때 로살리타는 그녀가 레즈비언이 아닌가 걱정했다. 그러나 아디에게 어린 아들과 이제는 전남편이 되어버린 남편이 있다는 사실을 알고 자신이 나쁜 년처럼 느껴졌다. 데 돈데 에스 우스테드?* 아디가 처음 던진 그 질문으로 부모가 둘 다 의사인 아디가 매캘런 출신이라는 사실을 알게 됐다. 로살리타는 인접한 리오그란데시티에서 고등학교를 다녔다. 그들의 대화는 오 분을 넘기는 법이 없었지만 다른 성인과 스페인어로 말하는 것에는 특별한 매력이 있었다. 대개 청소원끼리는 건물 내 입주사 직원의 흉을 본다고 생각할까봐(실제로도 흉을 봤지만) 되도록 스페인어를 사용하지 않았다. 하지만 번역이라는 외겹을 거칠 필요가 없어지면 일터에서나 식료품점에서나 은행에서나 케이블 수리공과의 대화에서나 거의 모든 상호 소통에서 자신감을 잃었던 로살리타도 항상 자신만만한 아디 같은 사람 앞에서 똑똑한 원래 자신처럼 말하고 이해할 수 있어 큰 위안이 되었다.

아디는 다시 한숨을 내쉬었다. "로살리타, 이 돈은 받겠지만 대신 조건이 있어요." 그녀가 말했다. "우리 아들 생일파티에 살로몬

---

* '고향이 어디예요?'라는 뜻.

을 고용해서 도움을 받았으면 해요."

로살리타는 아디와 눈을 맞췄다. "얼마를 주실 건데요?"

"100달러요." 아디가 대답했다.

봉투에 넣은 것보다 많은 돈이었다. 인상을 찌푸린 로살리타는 아까 그 남자는 이미 잊은 뒤였다. "150달러." 그녀가 맞받아쳤다. 첫 제안은 넙죽 받아들이는 게 아니라고 가르친 건 로살리타의 엄마였다. 그녀의 왜소한 모친은 경미한 교통사고로 머리를 다친 이후 이른 치매가 발병해 호되게 병치레를 했다. 죽음에 이르기까지 몇 년 동안 로살리타가 받은 어머니의 사랑은 가시철사처럼 따갑기만 했다. 하지만 덕분에 굳은살이 박였다. 돌이켜보면 그녀의 인생에서 가장 중요한 기술을 제정신이 아니었던, 아주 제대로 미쳤던 엄마에게서 배웠다는 사실에 로살리타는 종종 놀라곤 했다.

아디가 뜸을 들였다. "125달러, 어때요? 거래 성립?"

"좋아요." 로살리타가 고개를 끄덕였다. "거래 성립."

아디가 손을 내밀었고, 로살리타는 속으로 간단한 거래라고 생각했다. 그때도 그렇게 생각했었다. 물론 당시에는 그녀의 생존이 걸린 문제였고, 그래서 사실과 숫자에만 집중하자고 자신을 몰아붙였다. 하지만 그 여파가 남았고, 오늘날까지도 그녀가 한 일 가운데 최악의 일이 되었다. 그 간단한 거래로 로살리타는 자신이 뼛속까지 냉혈한이라는 사실을 깨달았다. 그리고 그녀 자신과 아들이 그 무엇보다, 그 누구보다 우선이라는 사실도 깨달았다.

단지 돈 때문이야. 이번엔 그렇게 생각했다. 하지만…… 그때도 '단지 돈' 때문에 그런 거래를 했던 것이 아닌가?

11

3월 27일

데즈먼드 뱅콜의 장례식은 그가 죽은 지 일주일 만에 치러졌다. 그 일주일 동안 시간은 회사와 차 안과 가정에서 일상적으로 흐릿하게 흘러갔고, 긴급한 전화나 휘갈겨쓴 메모, 형식적인 회의가 간간이 끼어들었다. 슬론이 도착한 곳은 그야말로 명사의 모임이었다. 맥락 없이 얼굴만 어렴풋이 기억나는 사람들이 전부 검은색 옷을 입고 어슬렁거렸다. 교회 입구로 가는 지름길을 택했더니 잘 손질된 잔디밭에 하이힐 뒤축이 푹푹 빠졌다. 그녀는 장례식에 본능적인 반감이 있었다. 열다섯 살이 되던 해에 무려 세 번이나 장례식에 참석해야 했던 것이다. 할아버지 두 분에 이어 외할머니까지 같은 해에 세상을 떠났다. 그녀는 노인들과 악수하는 것이 싫었다. 노인들이 종잇장처럼 메마른 손바닥에 숨겨둔 두툼한 화장지 뭉치가 손에 닿는 것을 질색했다. 걷잡을 수 없는 눈물과 복받쳐오르는 감정이 눈에 보였지만 더 최악인 건 그런 것들을 그녀에게도 기대한다는 것이었다.

애비게일이 태어난 후에 슬론 부부는 유언장을 작성했고, 그녀는 부연 설명을 남겼다. 화장할 것, 제발. 유해는 티나 페이를 위한 기도를 올리며 뒷마당에 뿌릴 것. 그리고 그래, 까짓것, 하며 데릭에게는 아디와의 재혼을 고려해보라는 다소 고압적인 제안을 덧붙였을지도 모른다. 아디라면 애비게일의 교육을 진심으로 걱정해줄 뿐만 아니라 잊지 않고 점심 도시락을 챙길 것이며, 조금 잔인한 말이지만 외모로 슬론을 무색하게 할 일은 없을 것이다. 그런 것—티나 페이를 위한 기도와 가장 친한 친구와의 재혼—말고는 바라는 것 없이 수더분한 죽은 전처이자 엄마로 남을 생각이었다. 정말이다.

예배석에 앉은 슬론은 딱딱한 나무의자에 등이 배겨서 그레이스의 팔에 팔짱을 낀 채 입천장에 민트사탕을 붙이고 버텼다.

"마지막 노래다." 아디가 식순의 마지막 줄을 가리켰다.

"할렐루야." 슬론이 살았다는 듯 천장을 올려다봤다.

그레이스가 그런 둘을 쳐다봤다. "너희는 내가 죽어도 그럴 거니?" 그레이스가 속삭이며 둘을 꾸짖었다. 그녀는 꼬깃꼬깃하게 뭉친 화장지로 눈가를 연신 찍어대며 요란하게 훌쩍거리던 참이었다. 그녀의 울긋불긋해진 코끝이 보기 흉했다. 슬론은 그런 친구의 어깨를 쓰다듬었다. 아름다운 검은색 캐시미어숄을 어깨에 걸친 그레이스는 눈부신 금발을 말끔하게 뒤로 묶어 부피감 있게 감아올렸다. 늘 그렇듯 완벽한 코다다. 그렇지만 세상에, 요즘 들어 왜 이렇게 예민하게 구는 걸까?

"상황에 따라 다르지." 아디 역시 속삭였다. "구독박스 인수 건에 관한 규정 분석을 끝내기 전에 죽니, 아님 후에 죽니?" 아디는 시계를 보았다. "게다가 인간적으로 여기에 벌써 한 시간도 넘게 있었어."

"얘는 그냥 놀리는 거야, 그레이스. 당연히 가슴이 찢어지겠지."

그레이스는 슬론과 낀 팔짱을 풀고 가슴팍에 팔짱을 끼었다.

그레이스는 앞에서 맺음말을 하는 목사에게 시선을 고정하고 있다가 기도를 올리는 듯한 다른 문상객에 맞춰 고개를 숙였다.

"우린 일 년 내내 검은색 옷만 입고 다닐 거야." 슬론이 중얼거렸다. "맹세해." 그리고 예배석에 놓인 성경에 손을 올렸다. 교회라 이런 건 꽤 편했다.

그레이스가 턱을 치켜들었다. "바보처럼 굴려는 게 아니야. 알잖아. 충분히 일어날 수 있는 일이란 거." 그녀는 아디와도 눈을 맞췄다. "우리한테도 말이야."

"당연하지." 슬론은 친구를 살피며 부드러운 목소리로 대답했다. 자연스러운 일이지, 슬론은 속으로 생각했다. 첫애를 낳은 엄마는 자신의 죽음이 두려워지기 마련이다. "그래도 그런 일은 없을 거야."

웅장한 오르간소리가 예배당에 울려퍼졌고 슬론은 문상객들을 따라 자리에서 일어섰다. 그 바람에 원피스 안에 입은 얇은 검정 스타킹에 결혼반지가 걸렸다. 무릎 위까지 짧지만 심각하게 올이 나갔다. "제기랄." 그녀는 속삭였지만 생각보다 소리가 컸다.

"괜찮니?" 아디가 슬론에게로 몸을 틀었다.

"괜찮아." 여분의 스타킹은 없었다. 이대로 버티다 화장실에 가서 스타킹을 벗고 아침에 종아리에도 로션을 발랐기를 바라는 수밖에 없었다. 곁에 데릭이 있었으면, 그가 가만히 등을 쓸어줬으면 싫었다. 데릭은 손이 멋졌다. 농구공을 한 손으로 쥘 만큼 커다란 손. "그저 여기서 나가고픈 마음뿐이야."

바깥 날씨는 눈부시게 화창했다. 막 깎은 잔디에서 신선한 풀냄새가 풍겼다. 교회의 외관을 장식하려고 심어놓은 온갖 꽃들 사이로 진짜 나비가 펄럭거리며 날아다녔다.

문상객 무리가 소떼처럼 예배당을 빠져나오자 슬론의 귀에 동료끼리 나누는 인사가 들려왔고 악수하는 모습이 보였고 점심 약속을 잡는 소리가 들렸다. 그녀 역시 사람들과 어울려야 했다. 기회를 잡아라. 잔디밭에 다과 테이블이 차려졌고 사람들은 오렌지주스나 생수가 담긴 일회용 컵을 집어들었다.

"뭐 좀 먹을래?" 다과가 차려진 테이블로 향하던 아디가 물었다. 공짜 성찬의 유혹을 뿌리치지 못하는 그녀였다.

"고맙지만 난 됐어." 슬론은 속이 안 좋았다. 어딘가로 사라져버린 그레이스는 아마도 추도예배 이후 엉망이 돼버린 화장을 손보러 간 듯했다. 용케 눈물을 한 방울도 흘리지 않은 자신에 비하면 그레이스가 훨씬 더 나은 사람이라는 생각이 들었다.

그때 누군가 어깨를 두드렸다. 뒤돌아보니 엘리자베스 모레티가 그녀를 껴안으려고 팔을 이미 활짝 벌린 채 서 있었다. 풍성한 갈색 머리의 엘리자베스는 웃을 때 잇몸이 너무 두드러져 보였다. 하지만 그녀에겐 멋진 옷이 많았다. 오늘은 물결무늬 밑단을 댄, 값비싸 보이는 시프트드레스를 입었는데 몇 시간 전까지도 가격표가 붙어 있었을 것 같았다. "여기서 만날 것 같더라니."

엘리자베스가 트루비브의 일원이 아니라는 사실을 감안하면 말이 안 되는 소리였지만, 슬론도 어쩐지 자연스럽게 같은 생각을 했었다.

엘리자베스는 주위를 둘러보며 혀를 끌끌 찼다. 요란스러웠다. "비극이야." 그녀가 말했다. "그래도 식은 훌륭했어. 꽃장식도 죽여주고. 이런 실례, 불경하게. 근데 저 남자 보이니?"

슬론이 보라색과 주황색 팬지가 심어진 화분을 지나 참나무 그늘 아래서 대화중인 두 남자에게로 티 안 나게 시선을 옮겼다. 둘 다 사십대 초반으로 다행히 머리가 아직 벗어지진 않았지만 매끈한 복숭앗빛 살결이 본래의 헤어라인을 침범해 길을 넓히기 시작한 건 숨길 수 없었다.

"키 작은 쪽." 엘리자베스가 말을 이었다. "외부 영입 인사라 넌 잘 모를 수도 있어. 이름은 제이컵 쇼어야. 이 년 전에 잭슨 브록웰의 파트너가 됐어. 저 남자도 배드맨 리스트에 있더라. 난 내가 다 안다고 생각했어. 근데 아냐. 저 남자 이름 옆에 '자기 사무실에서 하계 어쏘에게 잠자리를 구걸함'이라고 적혀 있었어. 그걸 보고 돌아가시는 줄 알았다니까. 또 이런다. 주여." 엘리자베스는 첨탑을 올려다보며 성호를 그었다. "넌 이게 믿기니?"

믿기냐고? 슬론은 다정해 보이는 인상의 남자를 쳐다봤다. 친근한 얼굴. 인기 많은 체육 교사의 이미지가 떠올랐다. 근데 포식자라고? 전혀 그렇게 보이지 않았다.

"그래서," 엘리자베스는 콤팩트를 꺼내 안색을 확인했다. 태평하게. "그 남자는 리스트에 있었니?"

슬론은 선글라스를 깜빡한 자신에게 화가 났다. 해도 점점 쨍해지는데다 그녀는 포커페이스를 유지하는 데 젬병이었기 때문이다.

"제가 누굴 찾는다고 누가 그래요?" 목소리에 날이 서 있었다.

"경험에서 나온 추측이지."

아침나절의 뜨거운 햇살에 슬론은 땀을 흘렸다.

직접 그의 이름을 추가할 수도 있었다. 어차피 익명이니까. 인터넷 클라우드라는 막연한 공간에 떠도는 공유 문서일 뿐이다. 누구나 추가와 수정이 가능했고, 그녀도 마침 칼을 뽑아든 참이었다. 그런데 왜 망설이는 걸까? 도대체 왜?

"좋아, 좋아. 나한테는 말 안 해도 돼. 내가 상관할 일은 아니니까." 모든 일이 엘리자베스에게는 상관할 일이었다. 그녀는 톡 하고 콤팩트를 닫았다. "하지만 네가 추가해야 해. 누군가에게 도움이 될 수도 있잖아. 황소를 잡으려면 불알부터 공략해야 하는 거야." 그녀는 손을 둥글게 말아 쥐는 시늉을 했다. "내 말 무슨 뜻인지 알지?"

지금은, 그것도 엘리자베스와는 이런 이야기를 나누고 싶지 않았다. 그녀도 과거에 슬론만의 리스트에 이름을 올린 사람이 아니던가.

에임스 개릿을 조심해.

"엘리자베스, 미안해요. 스타킹에 올이 나가서요. 화장실에 가 봐야 할 것 같아요. 이만 실례할게요." 슬론의 말투가 너무 정중했다. 오늘 정말 왜 이러는 걸까? 이제는 그레이스와 아디마저도 행방을 알 수 없었다. 슬론이 장례식을 정말 싫어한다지만 이제 정신을 차려야 했다.

슬론은 엘리자베스를 껴안았다. 일하면서 알게 된 여자와 포옹하는 걸 반기진 않았지만 엘리자베스가 포옹을 좋아하는 사람이라는 사실을 아직 기억했다.

"매니큐어를 지워." 엘리자베스가 뒤에서 큰 소리로 말했다.

슬론은 뒤돌아보았다. "네?"

엘리자베스가 날카로운 시선으로 쳐다보았다. 그녀는 손을 둥글게 말아 확성기처럼 입에 댔다. "그래야 스타킹 올이 안 나가."

슬론은 감사의 표시로 손을 들어 보였다.

교회 안은 감사하게도 아까보다 훨씬 한산했고, 무리에서 떨어진 몇 사람만이 어슬렁거리거나 낮은 목소리로 대화를 나누고 있었다. 동쪽 건물 어딘가에 있다고 들은 화장실의 표지판을 따라 걸어가는 슬론의 구둣소리가 예배당에 울려퍼졌다.

그리고 모퉁이를 막 돌던 참에 그 장면을 목격하고 말았다. 스컹크처럼 흰 줄무늬가 있는 짙은 밤색 머리가 보이면 그녀는 늘 당장 하던 일을 멈췄다. 심장박동이 빨라졌다. 에임스는 기도하는 사람처럼 고개를 숙이고 있었다. 그러나 실은 캐서린 벨에게 이야기하는 중이었고, 그녀의 날씬한 등은 벽에 딱 붙어 있었다. 본능적으로 저 둘을 방해하자는 생각이 먼저 떠올랐지만, 업무 관련 상황에서 흔히 그러듯 온갖 곤란한 가능성이 머릿속을 떠돌기 시작했다. 그냥 지켜보기로 결심한 슬론이 모퉁이에서 한 발짝 물러났을 때 체내 경보가 울리는 것처럼 팔이 따끔거렸다.

에임스가 뭐라는 걸까?

하지만 굳이 정확히 알 필요가 있을까? 슬론은 자신의 스물여덟 살 자아를 캐서린의 입장에 대입해보고 '경험에서 나온 추측'을 해볼 수도 있었다. 두 사람이 얼마나 오래 저러고 있었는지는 알 수 없지만 대화는 일 분도 채 지나지 않아 끝났다. 가느다란 땀줄기가 브라 속으로 흘러내렸다. 그녀는 일정한 분노에 이르면 전혀 통제할 수 없는 강도로 콧구멍이 벌름댔는데, 지금 딱 그랬다.

슬론은 기다렸다. 그녀가 서 있는 복도를 향해 걸어오는 캐서린의 얼굴은 무표정했고, 슬론은 캐서린이 모퉁이를 도는 순간 깜짝 놀라는 척할 준비를 했다.

"아, 미안해요." 두 사람은 동시에 말했다. 하지만 그 틈에도 슬론은 캐서린의 눈을 읽으려 애썼다. 에임스가 개자식처럼 굴었을까? 아니면 둘의 대화는 지극히 평범했는데 슬론이 너무 확대 해석한 걸까?

그 빌어먹을 리스트. 에임스도 거기에 이름을 올려야 한다. 여자들이 조심할 수 있도록. 그런 사람이 CEO라니. 하느님 맙소사.

캐서린은 속눈썹에 걸린 머리카락을 쓸어넘겼다. 슬론은 미소를 지으며 뒤로 한 발짝 물러나 둘 사이의 사적인 거리를 확보했다. 캐서린은 사적인 공간이 중요한 사람으로 보였다.

슬론은 캐서린에게서 받은 첫인상을 종합하는 중이었다. 옷을 고르는 안목은 적어도 슬론의 기준에는 살짝 못 미쳤는데 이를 통해서도 그녀에 대한 뭔가를 추론할 수 있었다. 이를테면 그녀는 타인의 의견을 묻는 걸 좋아하지 않을 것이다. 사실 캐서린을 보면 왠지 모르게 애비게일이 떠올랐다. 어여쁜 외모 때문에 사회생활이 꼬여버린 타입. 예쁜 외모와 사회성 부족은 늘 함께 다닌다고, 그래서 문제가 된다고 생각하는 사람은 아무도 없을 것이다. 예쁜 사람들은, 이를테면 슬론의 딸처럼 금발에 푸른 눈의 소녀들은 고상한 척한다는 말을 들으려는 게 아니라면 내성적일 수 없기 때문이다. 예쁜 사람은 슬론처럼 행동하는 게 좋은데, 그녀는 예쁘면서도 수년간 수많은 사람에게 조언을 구해왔고, 무엇보다 백화점을 정말, 정말 사랑했기 때문이다. "이쪽이 화장실 맞아?" 슬론은 손으로 가리키며 물었다.

"네." 캐서린의 사과 같은 뺨이 눈에 띄게 발그레해졌다.

"스타킹이 못 쓰게 됐거든." 슬론은 이유를 댈 필요가 있는 것처럼 설명했다. "싸구려 창녀처럼 보이게 생겼지 뭐야."

캐서린의 입이 놀랐을 때의 '오' 모양이 되었다. "혹시 필요하시면 제 가방에 여분이 있어요." 그리고 가방을 끌어당기는데 슬론이 가볍게 그녀의 팔뚝을 잡았다.

"괜찮아. 그냥 휴지통에 던져버릴 거야. 어차피 딸이 스타킹을 신으면 할머니 같아 보인다고 했거든."

캐서린은 불투명한 검정 타이츠를 신고 있었다. 그래도 할머니 같아 보이지는 않았다. 오히려 그녀의 다리는 매력적인 실루엣을 뽐내고 있었다.

"생각이 바뀌면 저한테 말씀하세요." 캐서린이 정중하지만 무표정한 얼굴로 슬론을 지나치며 말했다.

"그럴게. 고마워." 슬론의 시선도 이미 캐서린을 지나쳐 동쪽 건물 복도에 홀로 있는 에임스를 향했다. 캐서린의 발소리가 멀어지자 안심이 되었다. 에임스는 한쪽 발꿈치에 체중을 실은 채 손가락으로 머리를 쓸어넘겼다. 그리고 남자화장실 문을 밀고 들어갔다.

일시적 정신이상. 슬론이 그 희귀한 장애를 겪은 것일지 모르나 법정에서 받아들여질 가능성은 희박했다. 어쨌거나 이 일로 법정에 설 일은 없을 것이다.

슬론은 에임스를 따라 남자화장실로 들어갔다.

"실례합니다." 에임스 말고 다른 사람이 있을 경우를 대비해 인기척을 냈다.

"사람 있습니다." 에임스의 목소리였다. 왼쪽에 하나 있는 화장실 칸은 문이 열려 있었고, 뒤돌아선 에임스 옆으로 줄지어 있는 소변기는 모두 비어 있었다.

고개를 돌린 에임스가 놀라서 눈썹을 치켜세웠다. 그의 이마 주름은 몇 해에 걸쳐 깊어졌다. (뒷방으로 밀려나지 않으려면 우리에겐 성형수술이며 필러 주입이 필수였지만, 남자는 나이를 먹으면 전보다 위엄 있게 보일 뿐이었다. 우리가 모른다고 생각하지 마시라.)

"슬론?" 바지의 금속 지퍼가 잽싸게 올라가는 소리가 들렸다. "여기서 뭐하는 거야?"

훌륭한 질문이다. 슬론은 여기서 뭘 하는 걸까? 충동적인 행동이라고 그녀는 생각했다. 남편은 그녀가 충동적인 면이 있다고 말했다. 이를테면 식료품점 밖에서 발견한 유기묘를 집으로 데려오고 나서야 남편이 고양이 알레르기가 있다는 사실을 기억해냈다. 아니면 모성에 따른 책임감 때문에 이러는 걸까? 그것도 아니면 개소리를 참아주기엔 이제 나이가 너무 많아서? 어쨌거나 슬론은 화장실에서 그녀의—제기랄 놈의—상사와 한판 뜨려는 중이었다.

슬론이 침착하게 말을 꺼냈다. "CEO 최종 후보에 올랐다는 소식 들었어요. 축하드려요." 하마터면 진심으로 들릴 뻔했다. 에임스가 입을 열기 전에 그녀가 덧붙였다. "참, 며칠 전에 보비와 마주쳤어요."

벽에 매립된 파이프를 지나 수돗물이 콸콸 쏟아졌다. 물소리를 빼면 고요해도 너무 고요했다. 슬론의 목소리가 화장실 안에 울려 퍼졌다.

에임스는 허리띠를 조절했다. 그런 그의 행동이 슬론은 정말 못마땅했는데 어쩔 수 없이 시선이 그의 사타구니로 향했기 때문이다. 다분히 의도적인 행동일지도 모른다.

"아내한테 들었어." 그 말에는 숨은 뜻이 있었다. 그래, 우리 부부도 대화란 걸 나눠. 귀띔해줘서 고맙지만 나도 그렇게 괴물은 아니라고. 그는 어깨를 으쓱했다. "일이 어찌되던 간에 먼저 제자리로 돌려놔야 할 일이 많지."

"하지만 가능성이 높다고 생각하는 거죠. 그래 보여요." 슬론은 거울에 비친 자신의 얼굴로 향하려는 시선을 붙들었다.

반쯤 웃는 얼굴. 깔끔하게 면도한 그의 뺨에 보조개가 움푹 팼다. "글쎄, 라스베이거스에선 항상 운이 좋은 편이었지."

"캐서린이랑은 뭐하는 거예요?" 슬론은 단도직입적으로 파고들었다. 좋든 나쁘든 그의 이름은 리스트에서 빠져 있었다.

"아, 왜 이래, 슬론." 그는 고개를 뒤로 젖히고 눈알을 굴렸다. 마치 십대 소년인 그에게 슬론이 방 청소라도 시킨 것처럼. "내가 하긴 뭘 한다고 그래. 어째서 그런 생각을 하지?"

슬론은 그동안 에임스를 폭발 가능성이 낮은 휴화산처럼 생각해왔다는 사실을 깨달았다.

"우선 저도 눈이 있어요. 귀도 뚫렸고. 그리고…… 관련해서 경험도 좀 있죠." 그녀의 눈빛은 평정을 유지했다. 역사는 무시 못한다고들 하잖아요. 그녀는 속으로 생각했다.

"제발 이러지 좀 마." 나왔다. 어린애 같은 짜증. 이 상황이 불편한 거다. "언제쯤이면 극복할 거야? 몇 년이나 지난 일이잖아." 그렇지 않았다. 불륜은 몇 년 전에 끝났을지 모르지만 이후로도 슬론은 계속 대가를 치르고 있었다. 에임스가 그걸 모를 리 없었다. 에임스 개럿이라는 문제가 동면에 들었다는 생각이 들라치면 그렇지 않다는 걸 그가 몸소 증명해주었기 때문이다. 예를 들면, 그들의 관계가 끝나고 삼 년이 지났을 때 슬론이 다 이겨놓은 것이나 다름없는 고액의 계약 건을 다른 변호사에게 넘기며 "이 사건으로 상대편 변호인과 안 잔다는 보장은 없으니까"라고 말했다. 애비게일을 낳고 오 년이 지난 뒤에는 무심코 슬론에게 정장을 입은 엉덩이가 아직은 봐줄 만하다고 말했다. 칠 년째 되던 해에는 술에 취해 "옛정을 생각해서" 딱 한 번만 자자고도 했다. 수십 개도 넘는 이런 사건이 그녀의 커리어 곳곳을 장식하고 있었다. 그리고 이제 또다른 증상이 재발하는 것이 느껴졌다. 새로운 사이클의 시작이었다. 이제 데즈먼드도 없으니 슬론은 그녀의—그녀들의—면역체계가 아예 무너지는 건 아닐지 걱정되었다.

"아내분이 승산을 높일 만한 조언이 있으면 부탁한다고 하더군요." 슬론은 천천히 말했다. "그래서 그러겠다고 약속했어요. 조언이 있으면 말씀드리겠다고." 에임스는 재밌는지 눈을 껌뻑거렸고, 슬론은 그런 그가 역겨웠다. "그러니 잘 들어요. 최종 후보로 남고 싶으면, 에임스, 당신 손과 안달난 거시기를 제대로 단속하는 게 좋을 거예요. 알겠어요?"

그는 코웃음을 치며 바지 주머니에 손을 찔러넣었다. "당신은 정말 믿을 수 없는 여자야, 슬론. 당신도 알지?" 슬론은 그의 말을 생각했다. 믿을 수 없다. 정말 그럴까? 비록 그런 뜻으로 한 말은 아닐지라도 에임스의 단어 선택은 정확했다. 지금껏 그가 그녀의 공간과 정신을 전용하는데도, 그 모든 불의와 모욕과 침해를 당하면서도 그녀를 가장 괴롭혔던 걱정이 바로 그것이었다. 아무도 자신을 믿어주지 않으리라는 것. 모든 게 그 짧고 어리석었던 불륜 때문이었다.

"진심으로 하는 조언이에요, 에임스." 슬론은 나가려고 돌아섰다. 할말은 했다. 행동도 보여줬다. 배드맨 리스트는 아니었지만, 그보다 직설적인 그녀만의 방법이었다.

"슬론, 나도 조언 하나 할까?" 화장실 문에 손바닥을 댄 그녀의 심장이 덜컹 내려앉았다. "잘 들어. 밀물이 들면 모든 배가 뜨는 법이야. 내가 CEO 자리를 제안받는다면, 그렇다고 꼭 그 자리에 오른다는 말은 아니지만 혹시나 그렇게 된다면, 대표 변호사 자리는 공석이 되겠지. 그러면 자네도—자네 말마따나—관련 경험은 충분할 것 같은데."

슬론의 몸이 얼어붙었다. 한편으로는 뇌물처럼 미심쩍게 들렸지만, 또 한편으로는 맞는 말이었기 때문이다.

이제 그녀는 화가 난다고 문을 쾅 닫거나 컵을 깨부술 나이는 지났다. 대신 그녀의 분노는 몸속으로 퍼져서 오장육부를 덜덜 떨리게 했다. 슬론은 소리 없이 밖으로 나왔지만 정신은 여전히 화장실에 남아 있었다. 에임스와 주고받은 대화로 머리가 콕콕 쑤셨다.

그래서 복도에 서 있는 보비 개릿을 곧바로 발견하지 못했다. 그녀는 양손에 물컵을 들고 슬론을 쳐다보고 있었다.

슬론은 보비를 보고 화들짝 놀랐다. 죄지은 사람처럼 움찔하면서. "저도 참, 잘못 들어갔지 뭐예요." 그녀는 머리를 매만지며 말했다. 당연히 에임스는 아내를 데려왔다. 벌써부터 트루비브 주식회사의 CEO 가족이 된 듯 굴었으니 말이다.

보비가 한 옥타브는 높은 소리로 웃는 사이 손에 든 일회용 컵에서 찰랑거리던 물이 그녀의 손가락으로 뚝뚝 떨어졌다. "난 남편을 찾고 있었어." 남편이란다. 에임스가 아니라 남편.

슬론의 상사.

"안에 계실지도 모르겠어요." 슬론이 말했다. "계신다면 금방 나오겠죠."

그러고는 여자화장실로 들어가 꼬리를 감춰야 했다. 그래야 한다는 걸 그녀도 알았다. 하지만 오늘은 이미 정신적인 한계에 다다랐고, 에임스의 결혼생활이야 그녀의 소관이 아니었다. 슬론은 다시 화창한 교회 경내로 빠져나왔다. 벌써 주차장을 나서기 시작한 차량의 전조등 불빛이 백주 대낮에도 눈부시게 깜빡거렸다. 아래까지 질금질금 내려온 스타킹 올은 이제 무릎을 내리지르는 흉한 흉터처럼 보였다.

슬론은 장례식이라면 질색이었다. 두 번 다시는 참석하지 않으리라 맹세했다. 단, 그녀는 생각했다…… 단, 에임스의 장례식은 예외다.

진술 녹취록

4월 26일

샤프: 글러버 씨, 당신은 에임스 개릿을 둘러싼 근거 없는 루머가 언제 어떻게 시작되었는지 압니까?

진술자 1: '근거 없는'과 '루머'라는 표현에 동의하지 않습니다.

샤프: 좋습니다, 그럼. 당신은 친구들과 에임스 개릿을 두고 사적으로 논의한 적이 있습니까?

진술자 1: 네, 있습니다.

샤프: 어떤 맥락이었죠?

진술자 1: 에임스는 우리 상사입니다. 매일 얼굴을 보는 사람이죠. 그러니 다양한 맥락에서 그의 이름이 나왔습니다.

샤프: 그에 대한 불만을 토로한 적도 있습니까?

진술자 1: 에임스에 대한 불만은 수도 없이 많았으니 네, 그런 적 있을 겁니다.

샤프: 얼마나 자주 불평했습니까?

진술자 1: 모르겠습니다. 따로 적어두진 않았으니까요.

샤프: 매달? 매주? 아니면 매일?

진술자 1: 모르겠습니다.

샤프: 본 수사의 일환으로 에임스 개릿의 수많은 지인과 동료와 대화를 나눴는데, 그들은 에임스를 전적으로 지지하며 그동안 그의 평판은 무결했다고 말했습니다. 수년간 그와 알고 지냈다면서 에

임스는 가정적인 남자이자 좋은 사람이라고도 했습니다. 대학이나 로스쿨, 직장에서 알고 지낸 여자들은 에임스 때문에 언짢았던 기억은 전혀 없다고 분명히 말하더군요.

진술자 1: 그런 논리는 성립이 안 돼요, 코젯. 살인자 주변에 살아 있는 사람을 전부 가리키면서 이 사람들은 안 죽였으니 그는 살인자가 아니라고 할 건가요?

샤프: 에임스 개릿을 살인자에 비유하는 겁니까?

진술자 1: 아니요.

샤프: 말이 나온 김에 묻겠습니다만, 최근에 살인 가능성을 염두에 둔 사건 수사와 관련해 조사를 받은 게 사실입니까?

헬렌 예: 이의 있습니다. 진술서상의 마지막 질문으로 넘어가시죠.

샤프: 진술자가 먼저 꺼낸 주제입니다.

진술자 1: 아시다시피 회사의 전 직원이 조사를 받았어요. 그런데 누가 누구를 죽였다는 이야기는 전혀 안 나왔죠? 그렇지 않습니까?

12

3월 28일

이제 겨우 3월이었지만, 스프레드시트는 우리 모두를 산타클로스로 만들었다. 우리는 리스트를 만들고 재차 확인하면서 누가 착한 놈인지 나쁜 놈인지 가려내려고 애썼다.

'새로 고침'을 클릭하며 새로운 이름이 뜨기를 기다렸다. 예상치 못한 이름이 뜨면 몹시 당황했다. 그 몇 주 동안 엘리베이터에 서 있다가도, 복합기에서 문서를 스캔하다가도, 영업 회의에 앉아 있다가도 투시력이 생긴 듯이 지켜보았다. 닫힌 문 너머, 지퍼 잠긴 바지 속까지 훤히 들여다보였다.

어떤 행동은 그냥 넘어갔다. 이를테면 추저분한 농담쯤은 받아줄 수 있었다. 하지만 자기가 개방결혼*중이라고 피력한다든지, 화장실까지 쫓아온다든지, 야한 문자를 보내놓고는 너무 취해서 기억이 안 난다고 발뺌한다든지, '싫다'는 말을 듣지 않는다든지, 싫

---

* 부부가 서로 합의해 다른 상대와 혼외 관계를 갖는 것을 인정하는 결혼 방식.

다고 했다는 이유로 분풀이를 한다든지, 우리 엉덩이를 더듬는다든지 하는 행동은 용납할 수 없었다. 우리가 당한 게 아니라는 사실에 감사했다. 설령 당했다 해도 우리만 당한 게 아니라는 사실에 역겨운 안도감이 들었다. 숙취로 구토만 해서 다행인 기분이 들 때처럼.

러닝머신에 기댄 채 리스트의 남자들이 왜 그런 짓을 하는지 분석하기도 했지만 늘 실패로 끝났다. 왜냐하면 우리는 남자가 우리에게 쓰는 시간보다 훨씬 더 많은 시간을 그들의 정서적 측면을 탐구하는 데 낭비했기 때문이다.

문제는 '왜'가 아니었다. 문제는……

"캐서린을 어떡하면 좋을까?"

슬론은 아디의 사무실에 노크도 없이 들어와 문을 닫은 뒤 쫓겨 온 사람처럼 닫힌 문에 등을 기대고 섰다. 아디는 재산세 분쟁과 관련해 노먼, 스틸 앤드 샌도벌의 삼 년 차 어쏘에게 보낼 이메일을 교정하고 있었다. 이 회사의 젊은 변호사가 하나같이 알레르기 반응을 보이는 업무가 바로 교정이었다. 다들 서두르기 바빴다.

슬론은 허공에 대고 킁킁 냄새를 맡았다. "여기서 맥도널드 냄새가 나는데. 아디, 제발 맥도널드에는 안 갔다고 해줘."

"좋아. 맥도널드에 안 갔어."

슬론은 휴지통 쪽으로 걸어가 두 손가락으로 패스트푸드 포장 봉투를 집어들었다. 출근길에 아디가 사온 소시지와 계란, 치즈 비스킷의 흔적이었다. 얼마나 맛있었던가. "널 어떻게 말리겠니." 슬론은 구깃구깃한 봉투를 휴지통에 던져버리고 아디의 책상 맞은편에 놓인 손님용 의자를 끌어당겼다.

"뭐라고? 좋은 아침이라고? 응, 너 편할 대로 앉으렴." 아디는 동요하는 기색 없이 말했다.

지구상의 다른 모든 여자와 마찬가지로 아디 역시 슈퍼모델 케이트 모스가 "날씬한 것보다 맛있는 건 없어요"라고 주장하는 짤방을 본 적이 있었다. 그리고 속으로 생각했다. 미안한데, 치즈케이크는 먹어보고 하는 소리니? 그러나 자신의 식습관에서 진짜 문제는 몸에 나쁜 음식을 좋아하는 게 아니라 싸구려 음식을 좋아하는 거라고 생각했다. 아디는 유기농이나 자유방목이나 농장사육 식재료를 충분히 살 수 있었지만 그저 원치 않을 뿐이었다.

"지금 완전 도덕적 딜레마에 빠졌어." 슬론은 아디의 책상 쪽으로 의자를 바싹 당겨 앉았다.

아디는 이메일을 한번 더 읽어본 뒤 '보내기'를 클릭했다. "네 도덕관은 꽤 유연하다는 인상을 받았는데." 정장의 팔꿈치 부분이 너무 닳아서 번들거리는 게 눈에 띄었다. 이런 부분에 좀더 신경을 써야 한다는 걸 그녀도 알았다. 그러나 아디의 어머니는 여자의 외모에서 피부만큼 중요한 건 없다고 늘 말했고, 아디는 피부가 고우니 그걸로 어느 정도 됐다고 여겼다.

"내 도덕관은 복합적이야. 유연한 거랑은 달라." 슬론은 두 손을 무릎에 올리고 허리를 꼿꼿이 세운 채 선생님에게 좋은 인상을 남기려는 학생처럼 앉아 있었다. 아디는 입술을 꼭 다물고 손가락으로 관자놀이를 눌렀다. "에임스를 봤어…… 장례식장에서 캐서린 주위를 얼쩡거리더라. 네가 날 버리고 간 그 장례식장에서 말이야."

아디는 펑거 샌드위치를 가지고 차로 피신했었다. 그녀는 사람이 많은 곳과는 맞지 않았다. 동네 산책을 나가서도 다른 사람에게 손인사를 할 일이 없도록 일부러 길을 건너고 막다른 골목은 아예 피해 다닐 정도였다. 그런 아디에게 슬론 같은 친구가 있다는 건 기적이었다.

"난 벌써 마이클 생일파티에 초대했어." 아디는 자동으로 따라 나올 자신의 행방에 대한 질문을 피하기 위해 주제를 바꿨다.

슬론은 인상을 찌푸리며 고개를 옆으로 까닥했다. "거참 너답지 않게 친절한 행동이네."

"그 말은 불쾌한데."

"어쨌든," 양손 끝을 맞댄 슬론은 늘 그러듯 지나치게 빠르게 말했다. "내가 에임스한테 따졌는데……"

"네가 뭘 해?"

"에임스한테 따졌다고." 그녀는 반복했다. "그랬더니 자기가 CEO가 되면 내가 당연히 대표 변호사 후보에 오를 거래." 그러고는 의자에 등을 기대면서 손바닥을 활짝 펼쳐 흔들었다. 대단한 폭로였다.

아디가 미간을 찌푸리며 고개를 살짝 저었다. "그렇겠지."

슬론은 신난 게 아니었다. "하지만 에임스가……"

"얼렁뚱땅했다고." 아디는 똑같은 상황을 이미 겪어본 듯한 기분이 들었다. 보라! 사무실 벽에 걸린 미술품도 전혀 바뀌지 않았다. 보라색 난초도 여전히 책상 위로 나른한 곡선을 그리고 있었고, 모퉁이에 놓인 자그만 고무나무도 잘 크고 있었다. 둘 다 그녀가 부지런히 물을 주고 가꾼 식물이었다. 토니의 사진은 사라졌다. 마술처럼. 토니의 사진이 사라진 사건에 대해 아디는 사실 그레이스를 의심하고 있었다. 하지만 대놓고 물어본 적은 없었다.

"맞아." 슬론은 다시 허리를 곧추세우고 앉았다. "난 정말 그 자리가 탐나."

"넌 자격이 있지."

슬론은 뒤로 빼지 않았다. (끔찍한 패션 트렌드처럼 가짜 겸손의 시대도 지나갔다. 하지만 우리는 여전히 업무적인 자신감을 보여야 할 때 소극적으로 굴었다. 스키니진이 유행할 때 우리가 어찌 감히? 했던 것처럼. 아니, 우리도 충분히 할 수 있다.)

"그러니까 내가 보기엔," 슬론이 계속했다. "선택지는 에임스를 해고시키거나, 캐서린한테 경고해주거나, 에임스를 죽이는 거야. 너라면 뭘 선택할래?" 아디는 별로 대답하고 싶지 않았다. "농담이야, 물론." 슬론은 불도저처럼 혼자 말하면서 흥분했다. 그런 슬론을 보고 아디는 말하는 행위만으로도 초조해질 수 있는지 궁금해졌다. "두번째 선택지가 그나마 덜 복잡해 보이지? 알리바이나 광적인 계략도 필요 없으니까. 내 생각엔 에임스가 접근하기 전에 우리가 먼저 선수 치면 문제 해결이야." 슬론은 보란듯이 두 손을 탁탁 털었다.

아디는 잠시 잠자코 있다 주먹 쥔 손으로 턱을 괬다. "나도 너한테 경고해주려고 노력했었는데." 틀린 말은 아니었지만 딱히 성의있는 노력도 아니었다. 당시만 해도 둘은 당일치기로 유방 낭종 제거술을 받고 서로 집까지 데려다줄 정도로 친한 사이는 아니었기 때문이다.

슬론은 콧방귀를 뀌었다. "넌 좀 늦었지."

상처를 주려고 한 말은 아니었으나 결과적으로는 상처가 되었다. 심하지는 않았다. 그보다는 수술 후 몇 년이 지나 무디게 느껴

140

지는 환상통 같은 거였다. 실제로 느껴지지만 실재하지 않는 그런 통증.

"너도 늦은 거면 어떡할래?" 아디가 물었다. "네가 하는 말이 전부 에임스 귀에 들어갈 수도 있어. 그런 각오도 돼 있는 거야?"

이번에 슬론은 콧방귀를 뀌지 않았다. 아디는 우리 모두 어느 정도는 깨우쳐야 하는 사실을 슬론에게 일깨워주고 있었다. 회사는 불신을 키우기에 완벽한 환경을 갖추고 있었다. 모든 비밀과 모든 도움 요청에는 맹목적인 믿음이 필요했고, 다들 잘못 믿었다 발등을 찍힌 끔찍한 경험이 있었다.

슬론은 목을 젖히고 견갑골의 뭉친 근육을 마사지했다. 하루종일 컴퓨터를 들여다보느라 자세가 엉망이었다. "캐서린을 떠볼 수도 있잖아." 목을 젖힌 탓에 목소리가 갈라져 나왔다. "우리 쪽으로 끌어오면 되지." 슬론은 스트레칭을 마쳤다. "정말로 캐서린이 에임스와 벌써 그런 사이라고 생각하는 건 아니지?"

아디는 곰곰이 생각했다. "아닌 것 같아. 어쨌든 아직은." 그녀는 사실상 슬론이 에임스와 관계를 갖기 시작하자마자 곧바로 눈치챘다. 사람은 교묘하게 굴수록 속이 더 뻔히 들여다보이는 법이다. 물론 캐서린이 신중한 타입일 가능성도 있었다.

슬론은 결심한 듯 입술을 꾹 다물었다. "리스트가 있잖아."

그녀는 '배드맨' 리스트가 첨부된 이메일을 곧바로 전달했었다. 그 이후로 첫번째 로펌에서 만났던 예전 동료부터 심지어 토니의 새 부인 브레일리한테까지 보냈다. 처음에 아디는 그 리스트에 별 관심이 없었다. 그냥 가십으로 치부하고 무시했다. 1990년대에 애들끼리 돌려보던 쪽지 같은 것으로 생각했다. 그녀는 늘 남의 일에 끼어들지 말자는 주의였다. 그러나 중년에 들어서면서 자신이 점점 꽉 막힌 사람이 돼간다는 뜨끔한 사실도 감안해야 했다. 어쩌면 리스트를 향한 그녀의 감정은 아이폰 소프트웨어를 최신 버전으로 업데이트하지 않을 때의 감정과 비슷한지도 모른다. 물론 업데이트가 형편없을 때도 있으니 그녀가 완전히 틀린 것은 아니었다.

"에임스는 없던데." 아디가 최대한 침착한 목소리로 말했다.

"수정하면 돼." 마치 회의중에 아이디어를 제안하는 듯한 말투였다. 에임스 문제는 수정한다.

"슬론." 아디가 한숨을 내쉬었다. 아마 그녀는 사람 간의 관계에서 한숨을 내쉬는 쪽이 항상 자신이라는 사실을 걱정했을 것이다. 주변인들이 아이디어랍시고 떠드는 말을 들어주며 일이 어긋날 수만 가지 가능성을 혼자만 보는 것이 마치 하늘이 그녀에게 내린 운명인 것처럼 말이다. 이 일은 누구든 한숨을 내쉴 만한 일이었다. 그러나 아디는 그 때문에 자신이 재미없는 사람으로 보일까봐 그게 더 걱정이었다. 어쩌면 토니가 그녀를 떠나 브레일리에게 간 것도 그것 때문일지 모른다. 아디는 늘 침착하고 냉정하고 깊은 한숨을 짓는 여자처럼 보였을 테니까.

"좋은 생각이지? 너도 인정해."

아디는 모호하게 고개를 까닥거리면서 머리로는 위험성을 평가했다. 입력 기록으로 슬론이 추적당할 수도 있었다. 방법은 아디도 모르지만. 명예훼손으로 고소당할 수도 있었다. 슬론의 말이 사실이 아닐 경우에 말이다. 슬론이 해고당할 수도 있었다. 그건 앞선 두 가지 위험이 먼저 현실화될 경우에 한해서다. 에임스의 인생이 망가질 수 있었다. "아주 나쁜 생각은 아니네."

"나만이 아니었어. 나보다 먼저 당한 여자들이 있었다고. 그 인턴도 그렇고, 그의 비서도, 맞지? 게다가 그런 일이 한두 번도 아니었잖아. 너도 기억하지, 그때……"

"기억나."

"좋아. 그럼 리스트에 에임스의 이름을 추가해야 한다는 걸 너도 알겠네." 슬론이 말했다. "쿨한 애들은 전부 뛰어들었다고."

"쿨한 애들이 옥상에서 뛰어내려도 따라 뛸래?" 아디가 물었다.

슬론이 입술 한쪽을 당겨올렸다. "아니, 미쳤니? 그럼 등을 떠밀어줄걸. 믿기지 않겠지만, 고등학교 땐 나도 그리 잘나가는 애는 아니었어."

아디가 눈을 굴렸다. "그 말은 절대 못 믿겠다."

"글쎄." 슬론의 시선이 둘 사이로 향했다. "상대적으로 말하자면 말이야."

바로 그 순간, 슬론의 머리 뒤로 아디의 사무실 앞을 지나는 에임스가 유리벽에 비쳤다. 새치가 있는 짙은 밤색 머리에 백발 한 가닥. 짙은 잿빛 슈트. 목 주변에 덥수룩한 수염. 늘어진 귓불. 재킷 뒷면의 주름. 손꿈치를 누르고 있는 손끝.

아디는 마지막으로 에임스가 그녀와 눈을 맞춘 게 언제인지, 그녀가 있는 쪽을 쳐다본 게 언제인지, 아디의 전신을 훑으며 불쾌하다는 표정을 짓지 않은 게 언제인지 기억나지 않았다.

제길, 알 게 뭐야. 아디는 생각했다. 에임스도 추가하자.

진술 녹취록

4월 26일

샤프: 글러버 씨, 그 리스트에 대해 말해줄 수 있습니까?

진술자 1: 무슨 리스트요?

샤프: 댈러스 나쁜 놈 경계 리스트요. 잘 아시리라 생각하는데요.

진술자 1: 제가 만든 리스트가 아닙니다.

샤프: 그렇다고 말한 적 없습니다. 단지 아는 것을 말해달라는 것뿐입니다.

진술자 1: 그냥 리스트였어요. 댈러스에서 일하는 남성과 그들의 직장 내 성적 추태를 묘사한 짧은 문구가 담긴 리스트.

샤프: 그 리스트가 좋은 아이디어였다고 생각하십니까?

진술자 1: 하나의 아이디어라고 생각했죠. 좋은지 나쁜지 결론을 내린 적은 없습니다. 리스트의 필요성을 느낀 사람들이 있었고, 다른 사람들이 거기에 응했다는 건 분명해 보였습니다.

샤프: 거기서 '사람들'이란 여성을 의미하는 겁니까?

진술자 1: 제가 마지막으로 확인했을 때는 여성도 사람이었는데, 지금은 아닌가요, 코젯 씨?

샤프: 어떤 남자를 리스트에 추가할지는 누가 결정한 겁니까?

진술자 1: 한 개인이 결정한 일이 아닙니다. 남성의 추태를 경험했거나 추태 사실을 알게 된 여성이 있다면, 그 여성이 그 남성을 추가할지 말지 선택할 수 있었습니다.

샤프: 그러니까 사실상 이 사건에서는 여성이 고소인인 동시에 재판장과 배심원 역할까지 맡았다는 말입니까?

진술자 1: 여긴 법정이 아닙니다. 법 위반 사안이 전혀 아니라고요.

샤프: 하지만 글러버 씨, 제가 마지막으로 확인했을 때는 실제로 법 위반 사안이었는데, 지금은 아닌가요?

샤프: 단도직입적으로 물어보죠. 그 리스트를 이용해 에임스 개릿을 궁지에 몰기로 결심한 게 정확히 언제입니까?

진술자 1: 그 리스트의 목적은 누군가를 궁지에 몰기 위한 것이 아닙니다. 리스트의 유일한 목적은 경고해주기 위한 것일 뿐입니다.

샤프: 글러버 씨, 기록을 위해 '근인'이라는 개념을 아는 대로 설명해주시겠습니까?

진술자 1: '근인'이란 법원이 부상의 원인으로 간주할 만큼 해당 부상과 충분한 관련이 있는 사건을 의미합니다.

샤프: 훌륭한 설명입니다. 그럼 근인의 존재 여부를 결정하는 기준에 대해 말씀해주시겠습니까?

진술자 1: 근인은 '시네 쿠아 논' 기준에 의해 정해집니다. 라틴어로 '~이 아니었으면'이라는 뜻이죠. 예컨대 'X가 아니었으면 Y는 발생하지 않았을 것이다'라는 게 기준입니다.

샤프: 글러버 씨, 이 사건의 경우 누군가가 사망했습니다. 그게 Y죠. 제 질문은 간단합니다. 당신의 행동이 아니었으면 누군가 죽었을까요?

13

3월 28일

테이블에 놓인 토르티야 칩에 제일 먼저 손을 뻗은 건 아디였다. 빈티지 부츠를 벽에 매달아 실내를 장식한 키치 스타일의 멕시코 음식점이었다. 천장에 매달린 색색의 조명이 반짝였다. 넥타이를 와이셔츠 사이에 끼운 남자들이 타코 접시에 코를 박고 있었다.

그레이스와 슬론, 캐서린이 테이블에 둘러앉아 있었다. 캐서린은 '대단히 열정적'이었다 할 만한 슬론의 점심식사 제안을 거절하며 점심을 싸왔다고 버텼지만 슬론이 되받아쳤다. "이의 있습니다. 본 건과 무관합니다." 이에 변호사식 개그라면 기본적으로 반대인 아디의 입에서 탄식이 새어나왔다.

"자," 슬론은 코팅된 메뉴판을 펼쳤다. "마르가리타를 시키기엔 너무 이른가?"

그레이스가 다리를 꼬았다. "우리집 규칙은 오전 열시만 넘으면 뭐든 괜찮다야."

슬론은 어려 보이는 웨이트리스에게 손짓했다. "여기 마르가리타 한 잔씩 주시고요, 또 뭐?" 슬론이 물었다.

"난 바로 가서 유축해야 해." 그레이스가 하품했다.

"전 마실게요." 여전히 흠잡을 데 없는 자세로 앉아 있는 캐서린은 당장이라도 시키면 머리 위에 접시를 올린 채 균형을 잡을 수 있을 것 같았다. 아디는 캐서린의 입이 꼭 허락을 맡으려는 것처럼 씰룩거리며 희미한 미소와 중립적인 표정 사이를 오가는 것을 보았다. 술은 그녀가 긴장을 풀고 있다는 신호일지 모른다. 행운을 빌자고! 아디는 슬론이 너무 큰 소리로 말하는 상상을 했다. 다행히도 미처 그런 생각은 하지 못한 모양이었다. 웨이트리스가 주문을 휘갈겨 적은 뒤 서둘러 자리를 떴다. "아기 때문에 엄마가 기분을 못 내네요." 캐서린이 그레이스에게 말했다.

그때 슬론이 테이블보에 손바닥을 올리며 눈을 부릅뜨고 발끈했다. "맙소사, 에마 케이트를 못 봐서 그래. 그애보다 예쁜 아기는 본 적이 없을걸. 기저귀 광고에 나가도 될 정도야. 그 정도로 귀여워. 막 질투가 날 만큼 예쁘게 생겼어. 하긴, 아기 싫어하는 사람이 어딨겠냐만."

그때 그레이스와 캐서린 사이에 의미심장한 미소가 오갔다. 그레이스는 캐서린을 향해 물컵을 살짝 들어 보였다.

슬론은 상체를 숙이며 손가락으로 그런 둘을 지적했다. "오호라, 두 사람 뭐야? 벌써 절친이라도 된 거야? 우리가 모르는 뭔가가 있는 거지? 빨리 불어."

그레이스는 새침하게 검은색 냅킨을 활짝 펼쳐 무릎에 얹었다. "무슨 말인지 하나도 모르겠네. 캐서린은 알겠어?"

"좋아." 슬론은 애먼 손톱을 들여다보았다. "둘이 그렇게 나온다 이거지? 나도 아디랑 비밀이 있어. 그치?" 아디를 향해 몸을 틀자 슬론의 포니테일이 어깨를 쓸었다.

아디는 물컵을 내려놓았다. "우리가 나이도 더 많으니까 비밀도 더 많겠지."

마르가리타가 나왔고 그레이스는 물컵을 들어올렸다. "다 같이 건배하자." 그리고 아디는 낙관적인 기분이 들어서였는지 그레이스가 몇 주 만에 가장 행복해 보인다고 생각했다.

슬론은 술잔 테두리에 뿌려진 소금을 핥았다. "그레이스, 넌 정말 완벽한 엄마야. 난 임신중에도 와인은 마셨던 것 같은데. 수유를 꼬박 삼 개월인가 하면서 술을 마시면 안 되는지도 몰랐어." 그러더니 술잔에 라임을 짜서 즙을 뿌렸다. "그래도 애비게일을 봐! 멀쩡하잖아!"

아디가 눈을 굴리며 토르티야 칩을 반으로 쪼갰다. "내가 뭐랬니? 통계치는 개인 수준에서는 아무 의미도 없다니까. 그 반대도 마찬가지고."

슬론은 테이블 건너편까지 손을 뻗어 살사소스에 칩을 찍었다. "아디는 안 그런 척하면서 맨날 나한테 수학을 가르친다니까. 난 수학엔 젬병인데." 슬론이 계속했다. "어디 보자. 그것도 있었고, 아 맞아, 미래를 위한 결정을 할 때 매몰비용에 연연하면 안 된다. 맞지? 맞지? 나도 꽤 하지, 안 그래?"

"누가 〈이코노미스트〉에 기고해보라고는 안 해?" 머리핀을 입에 문 그레이스가 삐져나온 머리카락을 쓸어넘기며 물었다. "그리고," 그녀는 능숙한 솜씨로 머리를 올려 핀을 꽂았다. "오늘 점심은 캐서린을 위한 자리야. 이제 주인공 말 좀 들어보자." 그레이스는 캐서린을 향해 상품을 소개하는 퀴즈쇼 사회자 같은 제스처를 했다. "캐서린, 우린 너에 대해 전부 알고 싶어."

"아니면 아무거나 하고 싶은 말을 해도 좋고." 아디가 말했다. 그녀가 보기에 캐서린은 자신처럼 약간—수줍은 건 확실히 아니다, 아디도 수줍음은 없었으니—과묵한 사람 같았다. 그레이스나 슬론같이 사교적이고 수다스러운 사람과는 주파수를 맞추기 힘들어하는 타입. 그 둘은 당연히 캐서린의 그런 성향을 눈치채지 못했다. 슬론은 모든 내성적인 사람의 내면에는 친구를 기다리는 외향적인 자아가 살고 있다고 믿었다. 진지하게. 실제로 그녀가 한 말이다. 동성애 전환 치료에 버금가는 헛소리였지만 그런대로 통하기도 했다. 그러나 효력이 아주 짧았다. 아디는 이해했다. 이 모든 게 위협적일 수 있었다. 친구 무리에 억지로 끼여서 잘 적응하는 인상을 내보이는 건 진 빠지는 일이다. 정작 본인은 남의 말을 듣느라 모든 에너지를 소모하기보다는 가만히 앉아서 칩이나 집어먹고 싶을 텐데.

그런 추측을 뒷받침하듯 캐서린이 슬론의 뒤통수 너머 어딘가를 잠깐 응시하다 다시 시선을 돌려 대화에 집중하는 모습이 아디의 눈에 띄었다. 캐서린은 두 손을 무릎에 반듯하게 올렸다. "오, 알겠어요. 그럼 어디서부터 할까요? 우선 저는 〈로 리뷰〉*의 에디터였어요."

"무려 하버드에서. 나도 들었어." 그레이스가 끼어들었다.

---

* 로스쿨 학생들이 발행하는 법률 간행물로, 주로 성적이 우수한 학생들이 에디터로 활동하며 졸업 후 중요한 경력으로 인정받는다.

캐서린의 입꼬리가 살짝 올라갔다. "네, 맞아요." 그녀는 한 음절도 허투루 발음하는 일 없이 정확하게 대답했다. "해외 유학 장학금을 받아서 옥스퍼드에서 공부했고, 또……"

슬론이 참을성 없이 주먹으로 테이블을 두드렸다. "아니, 아니, 그런 건 우리도 다 알아. 이제 재밌는 이야기로 넘어가자. 가족관계나 어디 출신인지 혹은 뭘 좋아하는지, 그런 걸 말해봐."

"너무 애쓰지 마." 아디가 말했다. "최대한 빨리 항복하는 게 최선이라는 걸 알게 될 거야. 제일 인간적인 선택지이기도 하고."

그때 웨이트리스가 식사 주문을 받으려고 오는 바람에 흐름이 끊겼다. 아디는 자신이 식당 안을 연신 훑으며 전남편을 찾고 있다는 걸 깨달았다. 그의 직장이 근처인데다 이곳이 점심식사 장소로 인기 있는 식당이었기 때문이다. 웨이트리스가 자리를 떴고, 아디도 다시 친구들에게 집중했다.

"좋아요." 캐서린이 계속했다. "저는 보스턴 출신이에요. 오남매 중 막내고요. 딸은 저 혼자예요. 전 직장에선 일 말고는 다른 걸 할 시간이 없었어요. 거의 아무것도요."

"난 아직도 로펌에서 일하던 시절에 대한 트라우마가 있어." 그레이스는 빨대로 물컵을 휘휘 저었다. 그녀는 립스틱이 지워지지 않도록 늘 빨대로만 음료를 마셨다. "과장하는 거 아니야."

캐서린의 시선이 이상하게 또 위를 향했다.

요리와 서빙에 필요하리라고 예상한 시간보다 당황스러울 정도로 일찍 음식이 나와 모두의 앞에 놓였다. 아디는 뜨거운 치즈와 할라페뇨 냄새를 들이마셨다.

"남자친구는 있어?" 물론 슬론만이 할 수 있는 대담한 질문이었다.

캐서린은 머뭇거렸다. "아니요."

"아니면 여자친구? 뭐 그런 건가?"

"아니요." 캐서린이 다시 대답했다.

"왜 물어보냐면 내가 온라인 데이트 프로필 작성에 좀 일가견이 있거든." 아디와 그레이스가 동시에 캐서린을 쳐다보며 티나지 않게 고개를 저었다—싫다고 해. "너희 다 보인다." 슬론은 한입 크기로 자른 엔칠라다를 입에 넣었다. 앞에 놓인 마르가리타 잔에는 어느새 얼음만 남아 있었다.

그날 점심은 여느 점심식사와 다르지 않게 흘러갔다. 캐서린은 샐러드를 깨작거렸고, 그레이스는 아침마다 젖이 얼마나 뭉치는지 샤워할 때 마사지해서 풀어줘야 한다고 말했다. 그리고 슬론이 휴대폰을 꺼내 문자를 보내는데, 캐서린의 포크가 쨍그랑 소리와 함께 접시 옆으로 떨어졌다. 아디는 음식을 씹다 말고 캐서린을 쳐다보았다. 아래턱을 내민 캐서린의 얼굴에 믿기 힘들다는 듯한 분노 어린 표정이 잠시 스쳤다.

"괜찮아?" 아디가 물었다. 그리고 곧장 고개를 돌려 캐서린이 보고 있던 슬론 뒤쪽의 바 상단에 걸려 있는 텔레비전을 보았다. 야구 경기가 무음으로 틀어져 있었다.

아디는 의자에 기대앉아 캐서린을 유심히 살폈다. 그녀는 얼굴을 붉힌 채 마르가리타를 한 모금 들이켰다. "죄송해요. 방금 건 오심이었거든요."

아디가 포크로 테이블을 내리찍으며 끼어들었다. "난 레인저스 팬이야." 아디는 야구를 사랑했다. 느긋한 경기 진행 방식도 좋았고, 겨자소스를 듬뿍 바른 핫도그를 먹을 기회인데다 잘 알지도 못하는 사람들을 향해 맘껏 소리를 질러도 사회적으로 용납되었기 때문이다. 슬론과 그레이스는 터치다운과 골의 차이도 잘 모르면서 트루비브의 사내 변호사직을 수락했지만, 아디는 실제로 스포츠를 즐겼다. 스포츠는 단순했다. 게다가 트루비브에서 직원에게 종종 무료 티켓을 제공하기도 했다. "레드삭스 팬이야?" 아디가 활짝 웃었다.

캐서린은 짧은 한숨을 내쉬며 손을 들었다. "들켰네요."

이때만 해도 모든 게 완전히 결백하고 동지애가 넘치는 듯 느껴졌다. 훗날 우리는 모든 순간이 그렇게만 느껴졌는지 반문하게 된다. 그 누구도 통제할 수 없는 사건의 영향을 받게 된 다음에 말이다.

수개월이 지나 이 순간을 돌아보면 많은 의문이 들 것이다. 어떤 낌새는 없었는지 찾을 것이며, 그런 낌새를 찾아낼 것이다.

"드디어 같이 야구 볼 사람이 생겼어!" 아디가 환호했다.

그리고 슬론이 말한다. "다들 한 잔씩 더 하자." 그런 다음엔 몸을 앞으로 숙이고 속삭인다. "캐서린, 배드맨 리스트 본 적 있어?"

14

3월 28일

'엉큼하다.' 참 변태적인 단어다. 포르노 단어. 그럼에도 불구하고 그레이스의 머릿속에 가장 먼저 떠오른 단어였다. 오, 그레이스, 너 참 엉큼하기도 하다. 그녀의 생각이 다른 사람의 귀에 들어갈 일은 없으니 얼마나 다행인가.

점심식사를 마치고 슬며시 수유실로 들어간 그레이스는 문을 잠근 뒤 걸쇠가 제대로 걸렸는지 두 번이나 확인했다. 그런 다음 안으로 들어가 하이힐을 벗어던졌다. 구석에는 그녀가 감춰둔 뚜껑이 달린 플라스틱통이 놓여 있었다. 통의 옆면에는 그녀의 이름이 매직펜으로 큼지막하게 적혀 있었다. 그녀의 작은 밀수품. 그레이스는 애정어린 손길로 통을 쓰다듬었다.

의도적으로 시작한 일은 아니었다. 호텔에서의 밀회, 아로마 요법과 룸서비스가 함께한 그 광란의 밤 이후 자연스럽게 따라온 일이었다. 그레이스는 통을 열고 자신의 보물을 하나둘 꺼내기 시작했다. 수면 안대, 프렌치 핸드크림, 캐시미어 양말, 실크 파자마 상하의 세트, 깨끗한 리넨 커버를 씌운 오리털 베개, 메리노 양모로 만든 보드라운 담요. 그레이스는 파자마로 갈아입고 지친 발에 캐시미어 양말을 신었다. 입에서 야릇한 신음이 새어나왔다. 수유브라의 패드가 젖어 축축했지만 그냥 내버려둔 채 가죽이 해진 소파에 다리를 죽 뻗고 누워 푹신한 베개를 소파 손잡이에 놓고 목을 받쳤다. 그러는 동안 분해한 유축기의 부품은 싱크대에서 비눗물 속을 둥둥 떠다녔다.

에마 케이트의 왕성한 식욕을 따라가려면 적어도 하루에 세 번은 젖을 짜야 했다. 그러던 어느 날 오후, 그녀는 그러든지 말든지 하는 생각이 들었고, 젖을 짜는 대신 낮잠을 자버렸다. 잠에서 깰 때 뺨에는 붉은 베개 자국이 생기고 입가에는 침이 말라붙어 있었지만 잠시나마 다시 인간으로 돌아간 느낌이 들었다.

그녀의 모유량은 벌써 줄기 시작했지만 이제는 일상이 되어버린 낮잠을 그만둘 수가 없었다. 매일 오후만 되면 그레이스는 굳은 의지로 다이어트를 시작했다 초콜릿 컵케이크 앞에만 서면 무너지는 스스로에게 실망하는 여자가 된 기분이 들었다. 수유실은 그녀의 초콜릿 컵케이크였다.

완벽주의자인 그레이스는 일탈 기술도 완벽하게 다듬어나가기 시작했다. 불과 몇 주 전까지만 해도 휴대폰 신호도 잡히지 않고 귀중한 시간만 잡아먹는 이 조그만 방에 갇혀 짜증만 냈는데 말이다.

너무 쉬웠다.

게다가 그녀는 자신의 권리를 잘 알았다. 트루비브는 에마 케이트의 출산 이후 일 년간 그녀에게 모유 수유를 위한 충분한 휴식시간과 전용 공간을 제공할 의무가 있었다. 트루비브가 그녀의 낮잠

시간을 허락할 의무는 없었지만 과연 정말 없을까? 아주 잠깐이라도?

그녀는 안대로 눈을 가리고 세상으로부터 단절되려 했다. 여기서 최고 장점은 아무도 그레이스 스탠턴이 거짓말은커녕 딸의 모유를 핑계삼아 모두를 속일 거라 의심하지 않았다는 것이다. 아무도 전혀 의심하지 않았고, 그레이스는 자신이 또 무엇을 속일 수 있을지 궁금해졌다.

진술 녹취록

4월 26일

샤프: 일전에 접수했던 고소장에 따르면 십 년에 걸쳐 성희롱을 당했다고 주장하셨습니다. 십 년이면 정말 긴 시간인데, 그동안 왜 아무 말도 하지 않으셨던 거죠? 그 기간 동안 어느 시점에든 문제를 제기할 기회가 틀림없이 있었을 텐데요. 최소한 한 번이라도. 하지만 저희는 글러버 씨의 인사 기록에서 성희롱에 대한 항의 사례는 전혀 찾아볼 수 없었습니다.

진술자 1: 제 직업과 향후 커리어에 대한 걱정이 컸습니다. 트루비브에서 보복을 당할까봐 두렵기도 했고요. 그리고 보시다시피 상당히 타당한 두려움이었다는 게 밝혀졌죠.

샤프: 글러버 씨, 그렇다면 주장하신 정보를 적어도 십 년 이상 묵인했다는 말인데 왜 이제 와서 공개하신 거죠?

진술자 1: 그동안 저는 순진하게도 제가 유일한 피해자라고 믿어왔습니다. 하지만 제가 당한 것과 똑같은 일이 눈앞에서 또 벌어지는 건 참을 수 없었어요. 양심상 더는 아무 말도 하지 않은 채 방관만 할 수 없었습니다.

샤프: 에임스 개릿은 트루비브의 차기 CEO로 내정되어 있었습니다. 그 사실을 알았습니까?

진술자 1: 네, 알았습니다.

샤프: 타이밍이 기가 막힌 양심이네요.

샤프: 최근 개릿 씨의 혐의 행위에 새로운 표적이 생겼다고 말씀하셨는데 정확히 누구를 두고 하신 말씀입니까?

진술자 1: 캐서린 벨입니다.

샤프: 에임스 개릿이 캐서린 벨에게 무슨 행동을 하는 걸 보셨습니까?

진술자 1: 에임스가 캐서린을 지목해서 그녀의 지위에는 어울리지 않는 과도한 관심을 보였습니다. 그리고 그의 사무실에서 비공개 회의를 하자고 불러들이는 것도 봤습니다.

샤프: 트루비브에는 비공개 회의를 금지하는 규정이 있습니까?

진술자 1: 물론 그렇지는 않습니다만……

샤프: 그러니까 종합해보면 글러버 씨는 에임스 개릿이 그의 부하 직원에게 관심을 보였고, 사무실에서 회의를 했다고 주장하시는 거네요.

진술자 1: 아니요, 코젯 씨. 문제는 그보다 심각해졌어요. 훨씬.

15

3월 29일

다음날 슬론은 아코디언폴더를 엉덩이에 얹듯이 들고 에임스의 사무실 밖에 서 있었다. 가볍게 노크한 뒤 문에 가까이 다가가 그가 통화중인지 귀를 기울였다.

그러나 곧바로 나무문 틈새로 에임스의 나직한 음성이 새어나왔다. "들어와요." 손잡이를 돌리자 안쪽의 잠금장치가 풀리면서 문이 열렸다. 전면 유리창을 완전히 뒤덮은 블라인드가 마거릿헌트힐브리지의 장관을 은은한 연회색으로 바꾸어놓았다.

에임스의 책상 뒤에 캐서린이 딱딱한 책상에 손을 올리고 상체를 숙인 채 서 있었다. 슬론은 거기서 캐서린을 보고도 그다지 놀라지 않는 자신이 더 놀라웠다. 캐서린의 눈은 에임스의 모니터에 나타난 무언가를 따라 움직이고 있었다. 슬론 역시 젊은 어쏘 시절에 수많은 파트너 변호사의 책상 뒤에서 같은 방식으로 훈련을 받았지만, 그와는 별개로 에임스는 전적이 화려했기에 이번 경우엔 경보를 해제할 수 없었다. 그래서 맥락이 중요하다고 하는가보다.

캐서린이 고개를 들었다. "안녕하세요, 슬론." 슬론은 그녀의 얼굴에 드러난 숨은 메시지를 읽어보려 했다. 하지만 캐서린의 얼굴에도 블라인드가 드리워져 시야를 차단했다.

슬론은 서두르는 기색 없이 책상 앞에 놓인 의자로 가서 앉았다. 그녀는 다리를 꼬았다. "구독박스 인수 건의 정보공개 청구서를 가져왔어요." 에임스에게 말했다. "밀어붙여야 할 것 같은 부분은 하이라이트 표시를 해뒀습니다. 한번 보시겠어요, 아니면 제가 그냥 진행할까요?"

에임스가 고개를 들지 않고 슬론을 쳐다보자 이마에 깊은 주름이 잡혔다. 입안에 든 계피사탕으로 그의 한쪽 볼이 불룩했고, 계피향이 공기 중에 퍼졌다.

누가 크고 못된 늑대를 무서워한다고 그래?* 슬론은 생각했다.

왜냐하면 캐서린의 표정은 알 수 없었지만 에임스의 얼굴은 단 하나의 표정만 짓고 있었기 때문이다. 그것은 권력이었다.

"다시 올까요?" 캐서린이 허리를 펴며 말했다. 그녀의 시선이 에임스와 슬론을 힐끗 스쳤다. 슬론은 짧은 머리 탓에 훤히 드러난 캐서린의 목덜미에 도무지 적응이 되지 않았다.

슬론은 에임스를 똑바로 바라보며 꼼짝하지 않았다. 에임스가 고개를 끄덕이자 캐서린은 책상 위에 흩어져 있던 리걸 패드와 펜을 챙겨 자리를 떴다.

벽에 걸린 사진 속의 유명 운동선수들이 미소를 지으며 그들을

---

* 동화 원작의 디즈니 애니메이션 〈아기 돼지 삼형제〉에 나오는 동요의 제목을 이용한 표현.

내려다보았다. 슬론은 얇은 카펫 위에서 하이힐 굽을 톡톡 굴렸다. 그녀가 앉은 의자는 회사 비품이 아니었다. 미드센추리 스타일의 쪽빛 가죽 의자. 편안했다. 아마 고가일 것이다.

침묵이라면 질색하는 슬론이 이번 침묵은 늘어지게 내버려뒀다.

에임스가 헛기침했다. "보내기 전에 내가 한번 보지."

슬론은 아코디언폴더를 무릎 위에 올려놓고 있었다. "캐서린은 무슨 일을 맡았죠?" 그녀가 물었다.

에임스는 의자에 기대앉아 엄지와 중지로 눈썹 주위를 문질렀다. "에드거 사용법을 가르치고 있었어." 그는 갑자기 피곤한 것처럼 대답했다. "규제 문제와 SEC 제출 서류도 좀 살펴보고." 그가 손가락으로 넥타이를 죽 훑다 셔츠 맨 윗단추 부근에서 넥타이를 고쳐 맸다.

"참 손수 챙기시네요." 슬론은 손톱으로 아코디언폴더를 두드렸다. 그녀의 손톱은 짧고 삐뚤빼뚤했다. 마지막으로 매니큐어를 바른 게 언제인지 기억나지 않았다. 딸 애비게일과 물을 뺀 욕조에 나란히 앉아 팔다리를 올리고 서로 손톱과 발톱을 대충 칠해준 걸 제외하면 말이다.

그가 깍지 낀 손을 배에 올렸다. 벨트 위로 살짝 튀어나온 지방이 그의 나이를 조금이나마 드러내주었다.

"캐서린이 사이버보안 위반에 관한 SEC 정보공개법 보고서를 작성할 거야."

"그레이스가 할 일 아닌가요?"

그는 양 손가락 끝을 맞붙였다 뗐다 했다. "그레이스는 신경 안 쓸걸. 출산휴가에서 복귀한 지 얼마 안 됐잖아. 내가 배려해준다고

해야지." 뿌듯한 모양이었다.

슬론은 상체를 숙인 뒤 무릎에 올린 서류 폴더에 팔꿈치를 대고 주먹으로 턱을 괴었다. "재밌는 게, 캐서린은 제 밑에서 일하는 줄 알았는데요?"

그는 고개를 들어 천장을 올려다봤다. 그래, 에임스, 티내줘서 고마워. 나 때문에 짜증난 건 알겠는데 나도 물러서진 않을 거야. "필요한 곳에 인력을 배치하는 거 아닌가, 슬론."

슬론은 눈을 가늘게 떴다. "신상품에서 손을 못 떼는 건 아니고요?"

그가 자세를 똑바로 했다. "사람을 물건 취급하는 게 누군데 그래."

"무슨 뜻인지 아실 텐데요."

"가서 미돌*이나 먹어."

슬론은 이를 꽉 물었고, 부정교합처럼 아래턱이 툭 튀어나왔다. 실제로 생리중이었기에 더 짜증이 났다. 매달 수행해야 하는 의무 가운데 우리를 가장 두렵게 하는 건 운영 데이터베이스 백업도, 감사 데이터 시트 제출도, 관리 패키지 업데이트 체크도 아니었다. 바로 생리였다. 제아무리 많은 광고에서 흰색 수영복을 입은 모델이 수영장으로 뛰어든대도 우리는 생리를 백조처럼 아름다운 것과 결부할 수 없었다. 한창때에 우리는 마지못해 몸에 충성했다. 그런 사실을 창피해하지 않아도 된다는 걸 알았다. 창피하지 않았다. 우리는 성인이었으니까. 그래서 암호화된 기밀을 전달하는 스파이처

---

* 생리통 완화제.

럼 탐폰을 카디건 소매 아래 은밀히 숨긴 채 화장실을 들락거렸던 것이다. 어떤 때는 가방 바닥을 샅샅이 뒤져 찾아낸 25센트짜리 동전을 이십오 년간 업그레이드하지 않은 것 같은 여성 위생용품 자판기에 넣기도 했다. 그리고 조절 불가인 호르몬을 조금이나마 조절해보고자 피임약을 먹었다. 책상 아래서 바지 단추를 풀었다. 탕비실의 타이레놀 약병을 흔들어댔다. 초콜릿을 먹었다. 그리고 전부 미신인 척했다. 우리에게 나팔관도, 생리 주기도, 유방도, 감정 기복도, 아이도 없는 척했다. 그리고 남자 동료가 우리한테 불알이 있다*고 하면 그걸 칭찬으로 여겼다. 그러니 이게 남자의 세상이 아니면 무엇이란 말인가!

"말이 나왔으니 말인데," 에임스는 소매를 팔뚝까지 걷었다. "보비는 자네가 떠났으면 해. 데즈먼드의 장례식에서 벌인 그 생쇼 이후로 말이야."

"생쇼가 아닌데요."

그는 어깨를 으쓱했다. "우리가 바람을 피우거나 피우려 한다고 생각하더군. 자세한 건 알고 싶지도 않지만." 그의 턱이 움찔거렸다. "중요한 건 이제 자네를 믿지 않는다는 거야."

슬론은 애써 웃었다. "믿지 말아야 할 사람은 당신 아닌가요?"

"여자들이란." 에임스는 깍지 낀 손을 머리에 대고 등을 뒤로 한껏 젖혔다. "어쨌든 잘 들어. 우리 거래는 네가 힘들게만 하지 않으면 내가 네 뒤를 봐주는 거였어. 잘 아는 줄 알았는데? 난 순전히 호의로 도와주는 거라고, 글러버. 우리한테 과거가 있지. 나도 알

---

* '배짱이 있다'와 같은 뜻이다.

162

아. 그걸 존중하려 노력중이고. 정말이야. 하지만 자꾸 이렇게 예전 일을 끄집어내면…… 나도 더는 보호해줄 수가 없어." 그는 괜히 책상 서랍에서 골프공을 꺼내 허공에 던졌다 받았다 했다. "널 늑 대 밥으로 던져주면서도 눈 하나 깜짝 안 할 거라고. 알아들어?"

슬론은 주위를 둘러보며 그녀가 있는 곳, 앞으로 자신이 머무르 기로 한 자리를 관찰했다. 책상 뒤에 앉은 저 남자의 자리. 그녀의 것이 될 자리. "우리 사이에 거래가 있는 줄은 몰랐네요." 그녀는 결론을 내렸다. "그런 거라면 전 더 큰 사무실을 원해요."

그는 의자를 삐거덕거리며 바로 세웠다. 골프공은 포스트잇 케 이스 위에 가만히 내려놓았다. 미소는 아니지만 그 비슷한 무언가 로 그의 뺨이 팽팽해졌다. 우스운 말장난이라도 들은 듯한 표정이 었다.

"그리고 고용 보장을 원해요." 그녀가 말했다. "바이아웃 조항 을 포함한 계약 기간을 보장해줘요."

에임스가 팔짱을 꼈다. 무엇 때문에 그를 좋아했더라? 슬론은 기억이 나지 않았다.

"제정신이야, 지금?"

슬론은 그의 말을 무시했다. "401(k)* 한도를 높여줘요. 두 배로."

그는 의자를 굴려 책상에 다가앉아 다리를 책상 아래 넣고 팔을 책상 위에 올렸다. 됐다. 협상할 준비가 된 것이다. 슬론은 에임스 를 너무도 잘 알았기에 불현듯 그가 머지않아 자신을 골칫거리로 여기게 될지도 모르겠다는 생각이 들었다.

---

* 봉급에서 공제하는 퇴직금 적립 제도 또는 적립금.

"자네를 잘 몰랐으면 협박하는 줄 알았을 거야."

"협상하는 거예요. 이렇게 하라고 가르쳐줬잖아요?"

그는 고개를 옆으로 돌렸지만 이 여자가 지금 뭐라는 거야 하는 표정에 맞장구를 쳐줄 사람은 아무도 없었다.

"내가 이미 말했잖아. CEO가 되면 내 후임 대표 변호사 자리에 추천해준다고." 그는 첨탑처럼 양 손가락 끝을 맞붙였다.

"그리고 전 저를 지킬 거라고 말씀드리는 거예요. 간단하죠."

그가 코웃음을 쳤다. "뭐로부터, 슬론? 갑자기 내가 귀신이라도 된 줄 아는 거야?" 그러더니 몸서리치는 시늉을 했다. 슬론은 하나도 재밌지 않았다. "우리가 같이 일한 지 십이 년쯤 됐나? 지금껏 잘해왔다고 생각하는데."

그녀는 그의 말이 사실일까 의문이 들었다. 에임스 시점의 인물이 주인공인 에임스의 삶을 다룬 소설에서라면 에임스 개릿은 그와 그녀가 '잘해왔다'고 생각할 수도 있었다. 그의 말이 완전히 틀린 건 아니었다. 그가 슬론의 화를 돋우거나 그녀의 권위를 무너뜨리거나 부적절한 코멘트를 날리거나 그들이 잤다는 사실을 일깨우지 않은 채 몇 주가, 심지어 몇 달이 흐르기도 했으니까. 슬론은 커리어의 대부분을 함께한 에임스에게 묘한 충성심이 있었다. 그런 그가 그들이 잘해왔다고 말한다. 잘해왔다고.

이따금 슬론은 생각하곤 했다. 에임스가 잘 몰라서 그러는 거야. 배드맨 리스트에 그의 이름을 추가하던 순간에도 그 생각이 번뜩 뇌리를 스쳤다. 직장 내 신체적 대인적 경계에 문제 있음. 부하 직원과 성적 관계를 원함. 성차별주의자임. 그녀는 그의 이름 옆에 그렇게 적었다. 그러고는 자신의 처사가 부당했던 건 아닐까 걱정했다. 그에게 방어할 기회를 주지 않아서. 그가 알고 그랬는지, 모르고 그랬는지 여부는 중요한데도 말이다. 하지만 이제야 정신을 차리고 보니 정작 무방비했던 건 그녀 자신이었고, 그 탓은 그녀에게 있었으며, 에임스는 물론 다 알고 그랬다는 사실을 깨닫게 된 것 같았다. 그의 나이 쉰이었다. 슬론은 '내 탓이오' 하는 마음으로 에임스의 이름을 리스트에 추가했다. 그러나 이제 에임스가 CEO가 될 경우를 대비해 그녀는 직장에서 잘리지 않고 새로운 모델이 그녀의 자리를 차지하지 않도록 조치를 취해야 했다. 그러니 에임스는 그 어느 때보다 곤란한 상황을 바라지 않는 이 시기에 슬론으로 인해 충분히 곤란해질 수 있다는 사실을 인지해야 했다.

"더 큰 사무실요, 에임스. 고용 보장과 401(k), 그리고 당신의 급여명세서를 원해요."

"내 급여명세서?" 그는 못 믿겠다는 듯 고개를 저었다.

"그래요. 내 자리에 있을 때 당신이 얼마를 벌었는지 당장 알아야겠어요. 그리고 현재 얼마를 버는지도. 그래야 내가 그 자리에 앉으면 얼마를 요구해야 할지 알 수 있을 테니까요."

그는 손가락으로 머리를 쓸어넘겼다. 슬론은―바르덴부르크증후군인가 하는 것의 증상인―저 흰머리를 흥미롭게 생각했던 때가 떠올랐다. 머리카락으로 누군가가 흥미로워지는 건 아니다. 개인 사무실이나 유명 인사와의 인맥 또한 마찬가지이고. 에임스는 그저 산토끼처럼 위에서 박아댈 줄만 알았던 것이다. "너희 여자들은 제도가 너희 엿 먹으라고 있는 줄 알지."

"당신이 그 제도야, 에임스." 슬론은 자리에서 일어나 그를 내려다보며 말했고, 원한다면 자신의 뾰족한 하이힐 굽으로 그의 눈구멍을 오차 없이 찌를 수 있겠다고 생각했다. "그리고 잊었을까봐 말해두는데, 엿 먹은 건 우리야."

슬론의 결정은 데릭과는 아무 상관도 없었고, 그 점에 있어서 슬론은 미안한 마음이 들어야 맞았다. 하지만 그저 전에는 에임스와 자고 싶었고, 이제는 자고 싶지 않은 것뿐이었다. 슬론은 이제 데릭과 결혼하고 싶었고, 에임스를 무슨 독감 바이러스라도 되는 양 털어버려야겠다고 결심했다. 그녀한테는 이미 끝이었다. 그래서 그만두고 싶었다. 그러한 의사를 주초에 에임스에게 전했다.

에임스의 반응은 좋게 말하면 냉담이었고, 나쁘게 말하면 분노였다.

"아, 그래. 이제 끝내고 싶어?" 이후로 그들이 대화를 나누던 중에 한번은 그가 말했다. "네 다리를 벌려 내 덕분에 원하는 자리까지 오르고 나니 이제는 끝내고 싶어졌다 이거지?"

"그 말은 부당해요."

"정말 그럴까? 트레드 옵스 계약 건에 참여한 변호사 가운데 네가 제일 어렸어, 슬론. 네 능력만으로 거기 들어갔다고 생각하는 거야? 참, 보너스 잘 쓰라고. 감사 인사는 됐어."

"우리 둘 다 성인이잖아요." 그녀는 그게 상관이나 있는 듯이 말했다.

그런 식의 대화가 일주일 내내 이어졌다. 끝이 없는 고리처럼. 그동안에 슬론은 자신이 잘하는 것인 일에 집중하려고 노력했다. 당시 스물아홉이었던 그녀는 에임스와 불륜을 저지른 스스로를 어떻게 벌하면 좋을지 몰랐다. 이미 토끼 한 마리를 손에 쥐고도 다른 토끼까지 잡으려 날뛴 자신을.

구차하게 굴지 말아요. 슬론은 대학교 때 남자친구한테 들었던 말을 에임스에게 그대로 했다.

오후 다섯시 반. 그녀의 직통전화가 울렸고 수화기 저편에서 에임스의 목소리가 들려왔다. "잠깐 사무실로 와주겠어?"

수화기를 내려놓은 그녀는 멍하니 책상을 바라보았다. 단지 이별일 뿐. 이별은 곤란하기 마련이다. 열여섯에 겪는 이별이나 서른이 다 되어 겪는 이별이나 마찬가지다. 그녀는 리걸 패드를 들고 에임스의 사무실로 향했고, 그는 친절하게 그녀를 맞이했다.

"문 좀 닫아줘." 그가 손으로 문 닫는 시늉을 하며 말했다.

슬론은 책상 앞에 놓인 의자에 앉았다. 미드센추리 스타일의 쪽빛 가죽 의자. 편안했다. 고가일 것이다.

에임스는 책상 옆으로 돌아나와 그녀를 마주보고 책상에 걸터앉았고, 무릎을 쫙 벌린 탓에 그녀의 시선이 그의 사타구니를 향했다. 그가 팔꿈치를 무릎에 댔다. "우리 괜찮은 거지?"

슬론은 마음을 놓았다. 그들은 성인이었다. "그럼요, 물론이죠. 괜찮아요."

"유감은 없는 거다." 그가 어린애처럼 눈썹을 치켜세웠다. 슬론은 어렴풋이나마 그가 다시 매력적으로 보일 수도 있겠다는 생각을 했다. 그렇다고 키스하고 싶다거나 그런 건 전혀 아니었다.

"당연하죠." 슬론은 그의 마음도 편해지길 바라며 미소를 지었다. "전 그냥 예전으로 돌아가고 싶을 뿐이에요."

그가 고개를 두 번 끄덕였다. "나도 그래. 원하는 바야."

그리고 그녀가 눈을 깜빡이는 사이 그의 손이 그녀의 허벅지를 짚었다. 입술이 그녀의 목에 닿았다. 손가락이 그녀의 머리카락을 헝클었다.

그녀는 숨이 턱 막혔다. "제 말은⋯⋯" 목소리에 숨소리가 섞여 나왔다. 섹시했을까? 맙소사, 그녀는 섹시한 소리를 낼 생각이 없었다. "에임스." 그녀가 말했다.

그는 그녀의 머리를 뒤로 젖혔다. 그의 입술이 장악한 그녀의 목에서 심장이 터져나올 듯이 고동쳤다.

"그만." 이쯤에서 그녀는 자신이 한 말이나 말한 방식에 오해의 소지가 없었음을 깨달았다. 그의 무게가 그녀의 허벅지를 무겁게 짓눌렀다. 넥타이가 그녀의 무릎을 훑었다. 축축한 혀가 그녀의 귓구멍으로 미끄러져들어왔다.

가슴속에서 쥐어짜낸 비명은 목에 걸려 나오지 않았다. 잠재의식 속에 아직 회사라는 자각이 있었다. 회사 안이다. 소란 피우지 말자.

슬론은 다리에 힘을 주고 의자를 힘껏 뒤로 밀쳤다. 스커트의 레이스 밑단이 뜯어지면서 찍 하고 옷이 찢어지는 소름 끼치는 소리가 났다. 하지만 그 덕에 그들의 몸 사이에 어느 정도 공간이 생겼고, 그녀는 상체를 숙여 그의 팔 아래로 빠져나올 수 있었다. 사무실 문을 확 열어젖힌 다음에는 뒤도 돌아보지 않았다. 그럴 필요가 없었다. 머리가 헝클어진 그의 모습이 어떻게 보일지 알았기 때문이다.

에임스의 사무실에서 슬론의 사무실까지 직선으로 곧게 뻗은 복도를, 슬론은 턱을 쳐들고 시선을 목표물에 고정한 채 널빤지 위를 걷듯 조심스럽고 위엄 있게 잰걸음으로 걸었다. 눈에서 눈물이 뚝

뚝 떨어졌다.

복도 저편에서 인쇄물을 확인하던 아디가 고개만 까닥했다 곧바로 다시 슬론을 쳐다봤다.

"슬론?" 아디가 곁으로 다가왔지만 슬론은 걸음을 멈추지 않았다. 멈출 수가 없었다. "괜찮은……" 슬론은 아디를 빤히 쳐다보며 그냥 지나쳤다.

순전히 관성에 의지해 사무실에 도착한 슬론은 익숙한 의자에 털썩 주저앉았다. 가슴에서 분노가 끓어올랐지만 너무 많은 다른 감정에 파묻혀 분출되지 않았다.

그녀의 사무실로 따라 들어온 아디가 책상을 돌아서 슬론의 의자 옆에 쪼그려앉았다.

"무슨 일이야?" 아디의 음성이 금방이라도 비를 뿌릴 천둥처럼 낮게 울렸다.

"아무것도 아냐." 슬론은 눈을 감았다. 가득 고인 눈물이 뺨을 타고 흘러내렸다.

그때 복도에서 발소리가 들렸고, 에임스 개릿이 문 앞에 나타났다. "슬론." 그의 목소리는 명령과 애원의 경계에서 비틀거렸다.

아디가 슬론의 책상 뒤쪽에서 천천히 몸을 일으켰다. 슬론은 친구의 그 눈빛을 죽는 날까지 잊지 못할 것이다. 그것은 악몽을 목격한 눈빛이었다. 그저 슬론의 악몽이 아니었을 뿐.

슬론은 책상을 돌아나가는 아디의 뒷모습과 아디를 보고 까딱거리던 에임스의 목젖을 잊지 못할 것이다. 그가 두 손을 들어올리던 모습을 잊지 못할 것이다.

"아디, 나는 그런 게 아니라……"

둘 사이에 대화는 없었다. 아니 있었나? 슬론은 그 부분은 기억나지 않았다. 단지 에임스가 물러섰던 것만 기억났다. 왠지 모르지만 아디의 힘은 에임스를 슬론의 사무실에서 몰아내기에 충분했고, 아디는 상사의 면전에서 문을 쾅 닫아버렸다. 그다음엔 정적이 흘렀고, 이후로 몇 달간 머릿속을 맴돌 의문이 떠올랐다. 그가 아내를 떠나려 했을까? 슬론을 사랑했을까? 아니면 싫어했을까? 그녀한테 무슨 일이 있었던 걸까? 그녀가 그에게 상처를 줬나?

그날 저녁에 아디는 슬론에게 독한 술을 건넸고, 슬론은 그것으로 끝이기를 바랐다.

하지만 더는 좋아하지 않는 남자와의 잠자리를 끝내는 데는 몇 단계가 필요했고, 마지막 단계는 십이 년이 넘게 끝나지 않을 수도 있었다. 하지만 슬론은 괜찮았다. 에임스의 말마따나 그들은 '잘해왔다'.

에임스는 그녀가 원하는 것을 줄 것이다. 하지만 정말 그걸로 충분할까?

16

3월 30일

우리는 회사에서 절대 울지 않았다. 거의 절대로. 물론 울 때도 있었지만 집에서 혹은 집에 도착하기 전에 차 안에서 선글라스를 쓴 채 주차장으로 들어가는 나선형 진입로를 서행하면서 울었고, 이유는 대부분 일 때문이었다.

모든 것이 일과 관련된 것이었고, 심지어 그렇지 않은 것마저도 일로 귀결되었다. 아이를 낳은 뒤에도 계속 일해야 할까? 가정을 꾸리는 것보다 직장에서의 성취를 우선해야 할까? 일을 충분히 하고 있는 걸까? 너무 많이 하는 것은 아닐까? 보수는 일하는 만큼 받고 있을까? 이번 주말에는 뭘 할까? 브런치를 먹으러 갈까? 아니면 일을 해야 할까?

로비로 향하는 엘리베이터를 타고 내려가는 동안 적어도 일주일에 한 번은 피할 수 없는 잡념의 소용돌이가 음습하게 몸속에 퍼져나갔고, 우리는 뭔가를 덜 끝냈다거나, 상황 대처가 잘못됐다거나, 제대로 망했다는 두려움에 서서히 사로잡혔다. 정확히 무엇을 잘

못했는지 콕 집어서 말할 수 있는 것도 아니었다. 설상가상으로 그렇게나 께름칙한 기억을 남긴 문제의 근원이 무엇인지 앞으로 사백팔십 분 동안 샅샅이 찾게 될 가능성까지 생겼다.

그러다 다음날 아침이 되면 우리는 다시 하이힐 바닥에 발꿈치 보호 패드를 끼우고, 봉사단 오찬 모임에 참가 신청을 하고, 늘 행복하고 즐겁고 만족스러운 체했다.

바로 그런 연유로 우리 중 누구도 뱅콕의 죽음이 갖는 의미를 제대로 인지하지 못했는지 모른다. 우리는 연신 미소를 가장하며 '행복과 즐거움과 만족'의 춤을 추느라 너무 바빴다. 속으로는 우리의 헛발질을 아무도 눈치채지 못하길 바라면서 말이다.

하지만 그런 식으로 평생 춤만 출 수는 없었다. 기가 찰 일은 이제 모두가 그런 우리를 기대한다는 것이었다.

그레이스가 마침내 회사에서 울음을 터뜨린 것은 말 그대로 엎질러진 우유 때문이었다. 그녀의 모노그램 토트백이 축축하게 젖은 걸 발견했을 때는 이미 늦었다. 펜슬스커트와 블라우스도 젖었지만 진짜 걱정은 그게 아니었다. 그레이스는 복도 한복판에 무릎을 꿇고 앉았다. 거친 카펫이 무릎뼈를 콕콕 찌르는 사이 그녀가 끄집어낸 지퍼백의 터진 틈에서는 모유가 조용히 줄줄 새고 있었다.

"안 돼, 안 돼, 안 돼, 안 돼." 그녀는 중얼거렸다.

그레이스의 두뇌는 마땅한 욕을 찾았지만 당장 떠오르는 것이 없었다. 대신에 손을 둥글게 말아 가방 밑을 받치는 동안 그녀의 심장도 찢겨서 피가 나는 것 같았다. 손바닥에 모은 모유를 고이 모셔 들고 탕비실 싱크대까지 갔지만 모유를 보관할 살균 용기가 없다는 사실을 곧바로 깨달았고, 그사이에 마지막 남은 몇 밀리미터의 모유마저 손가락 틈새로 모조리 흘러내렸다. 액체로 된 금이.

그걸로 끝이었다. 한 시간을 유축한 양이 그렇게 날아갔다. 신이시여, 제발 빌어먹을 제 가슴을 도려내 좀더 책임감 있는 자에게 하사하소서. 그녀는 지퍼백 제조사를 탓했다. 남편을 탓했다. 심지어 젖먹이 딸까지 탓했다. 그게 옳지 않다 해도 그녀는 개의치 않았다.

그레이스는 몽땅 외주를 주고 싶었다. 뭐라더라? 그래, 분유! 하지만 그렇게 하는 순간 에마 케이트는 소아당뇨에 걸리거나 끔찍한 알레르기를 일으킬 것이고, 그럼 의사는 그녀에게 묻겠지. 모유수유는 하고 계세요? 리엄은 그녀를 보면서 난 당신의 선택을 존중해라고 말할 테지만 속으로는 다른 여자와 아이를 낳을 걸 하고 후회할 것이다.

그레이스는 스테인리스 싱크대 가장자리에 팔꿈치를 괴고 양손으로 올림머리의 아랫부분을 박박 긁었다. 거울을 들여다보면 눈과 코가 분명 붉을 터였다. 회사에서 울면 이게 문제였다. 울음을 참으려 할수록 울지 않고는 못 배기게 되는 것이다.

"저기, 그레이스?" 뒤에서 에임스 개릿의 목소리가 들렸다. "이거 자네 가방인가?"

그녀는 어깨 너머로 간신히 턱을 틀었다. 전면에 그녀의 이니셜 자수가 놓인 축축하고 패씸한 토트백이 보였다. "네, 죄송해요."

잠시 둘 사이에 불편한 정적이 흘렀다. '일적으로 완전히 부적절한' 신경쇠약에 빠지기 일보 직전인 직원과 상사. 정말 잘했어, 그레이스. 너 혼자서 우리 여자들의 명분을 다 망가뜨렸네.

그녀와 에마 케이트가 하나에서 둘이 되기 전, 누군가가 "출산 후에 복직할 거예요?" 하고 물어오면 그레이스는 항상 속이 부글

부글 끓었다. 리엄한테는 아무도 물어보지 않으면서 왜 그녀에게만 물어보는 걸까? 하지만 보라! 그 이유가 여기 있다.

에임스는 뒤축에 체중을 실었다. 그의 바지 주머니에서 동전이 짤랑거렸다. "자네한테 필요한 게 뭔지 아나?" 그가 물었다. 잠, 그레이스는 속으로 곧바로 대답했다. 당연히 잠이지. "담배 한 대." 그가 말했다.

그녀는 싱크대를 등지고 돌아서서 손톱으로 눈꺼풀 아래쪽을 쓱 닦았다. "수유중이라 안 돼요."

"내가 보기엔 방금 끝낸 것 같은데. 이제 한 세 시간은 여유가 있지 않아? 그럼 괜찮아." 에임스는 재킷 안주머니에서 담뱃갑을 꺼내 모서리로 손바닥을 톡톡 쳤다. "내 말 믿어. 나도 절대 동시에 자는 법이 없는 아들 쌍둥이에다 엄마 되기가 무슨 스포츠 경기인 줄 아는 아내를 겪었어." 에임스는 목소리를 낮췄다. "순탄치 않았지."

그레이스는 축축한 스커트 자락을 만지작거리며 언제쯤 세탁소에 맡길 수 있을지 가늠해보았다. 아마도 다시 입기 전까지는 여유가 없을 것 같았다. 인터넷으로 새 스커트를 주문하는 게 더 쉬운 방법일 테고 심지어 하룻밤 새에 받아볼 수도 있겠지만 그레이스는—특히 그녀 자신에게—가정경제를 걱정하는 평범한 직장인으로 보이고 싶었다. 여자가 그레이스만큼이나 열심히 일하는 게 사회적으로 용납되는 이유가 딱 하나 있었는데, 바로 돈이 필요할 때였다. 그레이스가 천천히 숨을 내쉬며 진정하는 동안 에임스는 앞에 서서 기다리고 있었다.

대표 변호사와 독대할 기회는 매일같이 찾아오지 않았다. 설령 기회가 오더라도 그레이스는 어떻게 제안을 거절해야 할지 몰랐을 것이다. 그래서 줄줄 새는 지퍼백을 싱크대에 버려두고 토트백을 챙겨 에임스를 따라 18층 발코니로 올라갔다.

트루비브는 흡연자를 거의 멸종 직전인 공항 라운지와 똑 닮은, 폐암의 향취를 풍기는 작은 정사각형 모양의 발코니 우리로 몰아넣은 터였다.

사각의 옥외 공간에 건물 그림자가 드리워져 약간의 한기가 느껴졌다. 그레이스는 눈을 가늘게 뜨고 햇볕을 듬뿍 받는 도시 전경을 응시했다. 저 햇살을 조금만 나눠 가질 수 있다면 뭐든 할 수 있을 것 같았다. 출산 이후로 그녀는 계속 습하고 끈적이는 기분을 떨쳐낼 수 없었다. 오줌과 묵은 변과 토사물과 침과 모유가 뒤섞인 얇은 막이 아무리 씻어도 몸에서 벗겨지지 않았다.

에임스가 담배 한 개비를 꺼내 그녀에게 건넸다. 전에는 한 번도 피워본 적이 없었지만, 쇼핑몰 앞에서 얼쩡거리는 열다섯 살짜리도 할 수 있는 일이니 박사학위까지 있는 서른여덟 살의 그녀는 거뜬히 해낼 수 있을 것 같았다. 그녀는 영화에서 본 대로 손가락을 '브이' 자로 벌린 뒤 담배를 끼우고 입술에 물었다. 에임스가 엄지로 라이터를 켜자 불꽃이 일었다. 그녀가 불꽃을 향해 몸을 기울이고 담배 끝을 그슬렸다. 만족스러운 연기가 구불거리며 피어올랐다.

그레이스는 연기를 마시지 않게 조심하면서 담배를 한 모금 부드럽게 빨아들였다. 그사이 에임스는 능숙하게 입에 문 담배에 불을 붙였다.

진정 놀라운 광경이었다. 한 모금 만에 그의 몸이 눈에 띄게 이완되면서 어깨가 목 아래로 축 늘어졌다. 그는 곁눈으로 그녀를 보면서 눈썹을 치켜세웠고, 꼬드긴 게 민망한지 입술을 꿈틀거리며 웃었다. 그래, 할말이 없네.

그때 에임스는 아직 리스트의 존재를 모르고 있다는 생각이 그레이스의 뇌리를 스쳤다. 댈러스 전역에서 그는 모르게 그의 이름이 입에 오르내리는 걸 알면서도 이렇게 일대일로 마주보고 서 있자니 마음이 약간 불편했다. 그렇다고 직접 나서서 귀띔해줄 만큼 그녀는 어리석지 않았다.

에임스는 담배를 한 모금 더 빨아들이더니 입술 사이로 연기를 뿜어냈다. "전에 어머니가 쌍둥이를 봐준 적 있었는데 보비가 짜놓은 모유 젖병을 식탁에 온종일 올려놓고 깜빡하셨어. 그 바람에 전부 버려야 했지. 나는 보비가 어머니의 얼굴이라도 한 대 칠 줄 알았는데 대신 이 주 동안 어머니와 말을 안 하더라고. 때린 거나 마찬가지였지."

그레이스가 웃음을 터뜨렸다. 그 바람에 담배 연기가 코로 들어가 눈가가 다시 촉촉해졌다. "저라면 분명 한 대 쳤을 거예요." 그러다 왼손 약지에 있는 3캐럿짜리 다이아몬드가 눈에 들어왔다. 그 손으로 친다면 분명 피를 볼 것이다.

에임스는 얼굴을 찌푸렸다. "자네 정말 미칠 것 같은 기분일 거야, 안 그런가?" 그러고는 다시 한 모금 들이마셨다.

그레이스는 대답하지 않았다. 그녀의 콜한 구두 밑에서 발코니 바닥에 얇게 깔린 우둘투둘한 담뱃재가 느껴졌다.

"신경쓰지 마." 그가 말했다. "대답 안 해도 돼." 그러고는 난간에 담배를 톡 쳐서 재를 떨었다. 그레이스는 그를 그대로 따라 하다가 담뱃재가 스커트로 날린다는 것을 깨달았다. "보비는 맨날 울더군. 원래는 절대 안 우는 여자인데. 보비는 살아 있는 축하 카드 같은 사람이지. 언제나 햇살처럼 밝고 긍정적이야." 에임스는 미소를 지었고 그레이스는 그가 아내 덕분에 행복하다는 걸 알 수 있었다. 신선했다. 회사에서 다른 남자들 사이에 경쟁적으로 아내의 흉을 보는 이상한 유행이 돌고 있었기 때문이다. 제길, 나보고 애들이랑 디즈니랜드에 가재. 차라리 죽으라 하지. 퇴근하고 집에 갔더니 바지에서 지갑도 꺼내기 전에 애부터 넘겨주더라고. 버킨백까지 사다 바치려면 이십 년은 더 일해야 할 판이야. 뭐 그런 식이었다. 마치 고향에서 잘살고 있는 그들을 누가 납치해서 원치도 않는데 2만 5천 달러가 넘는 티파니의 쿠션컷 다이아몬드 반지를 사다 바치게 했다는 투였다. 누구한테 들으라고 저러는 것이며, 왜 자신이 형편없는 인생을 선택했다는 착각을 명예의 훈장쯤으로 여기는 걸까?

성공한 벤처 투자자인 리엄이 충분히 가족을 부양할 수 있는데도 (게다가 그녀에게 신탁기금이 있는데도 불구하고) 그레이스가 그토록 일에 집착하는 이유가 바로 그것인지도 모른다. 그녀는 그런 아내는 되고 싶지 않은 것이다.

"한밤중에 시체 도둑이 집에 들어와 아내를 딴사람으로 바꿔치기한 것 같았지." 에임스가 계속 말했다. "〈환상특급〉을 보는 것 같더라니까. 울어도 너무 울었어. 기분 나쁘게 듣지는 마. 자네가 몸으로 겪는 일을 난 절대 못한다는 거 알아."

그레이스는 가슴팍에 왼팔을 두르고 왼쪽 손목으로 담배 피우는 손의 팔꿈치를 받쳤다. 그녀에게도 담배 피우는 손이 생긴 모양이었다. 이미 몸속에 퍼진 니코틴 때문인지 머리가 무거웠다. 정수리 어딘가에서 시작된 가벼운 두통이 점점 심해졌다.

통증으로 인해 모유를 엎지른 데 대한 좌절감이 무뎌지자 이제는 여기서 에임스와 담배를 피우는 자신을 보면 슬론이 어떻게 생각할지 슬슬 걱정되기 시작했다.

"보비랑도 담배를 피우세요?" 다른 생각을 하려고 그레이스가 에임스한테 물었다. 그녀는 슬론을 떠올리고 싶지 않았다. 에임스가 시간을 보내고 싶어했다. 다름 아닌 그녀와. 특별한 대우를 받는 기분이었다고 인정한다.

"아내의 기밀은 발설할 수 없다는 법이 있는 걸로 아는데, 아닌가?"

"증거법 제504조요." 그레이스는 한번 들으면 절대 잊지 않는 기억력을 지녔다.

"보비는 내 노동자 계층 배경이 생각보다 별로인 모양이야." 그러면서 그가 윙크했는데 자못 느끼할 수 있는 제스처였음에도 찡긋거리는 그의 눈가에 생긴 주름과 미소가 한데 어우러져 꽤 보기 좋았다.

에임스를 알고 지낸 지 육 년째지만 사실 그레이스는 그를 싫어하지 않았다. 심지어 오늘 같은 일이 있기 전에도 말이다. 그와 슬론의 사이가 썩 좋지 않은 건 알고 있었다. 하지만 항상 분명하게 선을 긋지 못한 슬론도 어느 정도는 책임이 있을 거라 짐작했다. 그뿐만 아니라 실은 에임스가 특별히 끔찍한 짓을 했을 거라고는 생각하지 않았다. 그보다는 해석의 여지가 있어 보였다. 루머가 있긴 했다. 그래, 분명히 루머가 떠돌았다. 하지만 누구나 루머는 있지 않은가? 누구에게나 그들을 싫어하는 사람들이 있었다. 그레이스는 예외일지 몰라도 대부분의 사람이 그랬다. 물론 에임스가 까칫할 때도 있었던 건 인정하지만 소매를 팔꿈치까지 걷어붙이고 담배를 피우는 그는 대기업의 중역이었다.

그레이스는 난간으로 걸어가 가는 가로대에 팔뚝을 걸쳤다. 건물 아래 네모난 잔디밭이 미니어처 퍼팅그린처럼 보였다. 엄지만한 차들이 정지신호에 걸려 대기하다 서로 방향을 틀어 주차장으로 사라졌다. 콘크리트 바닥을 내려다보고 있자니 심장박동이 빨라졌다. 고층에서 아래를 내려다보면 떨어지는 생각을 하지 않을 수 없었다. 몇 분 전이었다면 건물에서 투신할 생각을 했을지도 모른다.

"자넨 괜찮을 거야." 에임스가 말했다. "괜찮은 주치의가 있겠지?"

"딸아이의 주치의는 댈러스 최고의 소아과 의사예요. 타나카라고." 혓바닥에서 축축한 종잇조각이 느껴졌다. 손톱을 깨물듯 담배 필터를 잘근잘근 씹었던 모양이다.

"내 말은, 자네 말이야."

그레이스는 난간을 등지고 섰다. "전 괜찮아요. 피곤한 것뿐이에요."

"그렇겠지." 그는 발을 끌면서 천천히 그녀 옆으로 다가와 부담스럽지 않은 간격을 두고 서서 난간에 팔꿈치를 기댔다. "보비는 산후우울증이었어." 그가 어깨를 으쓱했다. "쌍둥이를 출산한 경우에는 더 흔한가보더라고. 약물치료가 필요했는데 놀랍게도 그녀가 약을 챙겨 먹더라고. 솔직하게 말하지." 그가 말했다. "처음엔 밥 먹고 할일이 없어서 지어낸 헛소리라고 생각했어. 피곤한 걸 가지고 과장해서 하는 말이라고. 그래서 의사가 진단을 내렸을 때 나도 좀 조사를 해봤지. 심한 감정 기복, 불안감, 전신 피로, 자살. 이 모든 게 애를 낳아서 생기는 증상이야. 그럼 제도적 결함 같은데."

제도적 결함.

정말 그랬다, 그레이스도 인정했다.

"전 우울하다는 생각은 못해봤어요." 그녀가 고개를 갸우뚱했다. "오늘도 화사한 리베카테일러 옷을 입고 왔는걸요." 담배 연기로 인해 콧속이 건조하게 느껴졌다. 취약한 자신의 정신 상태에 대한 대화는 이제 피하고 싶었다. 걱정은 고맙지만 직장 상사에게 자신이 하룻밤만 더 지새우면 신경쇠약에 걸릴 지경이라는 인상을 남기고 싶지는 않았다. 그래서 잠시 기다렸다 다른 주제를 꺼냈다. "트루비브에서 좀 다르게 해봤으면 했던 일이 있으세요?" 그레이스는 남자들이 이런 식의 질문을 좋아하는 걸 알았고, 특히 이 경우에는 답변도 유익할 터였다. 에임스가 곧바로 고개를 들어 그녀를 쳐다봤다. "일적으로요, 제 말은."

그는 다시 난간에 기대 담배를 한 모금 피웠다. "딱히 없는 것같은데." 그는 담배 연기를 내뿜으며 왼쪽 뺨을 움직여 반쪽짜리미소를 지었다. "요즘에는 꽤 잘하고 있는 것 같아."

"그럼 저 같은 직원한테 조언을 하신다면요? 예를 들어 좀더 큰파트를 이끌고 싶다면? 전 정확히 뭘 어떻게…… 하면 좋을까요?"

그레이스도 살면서 야망을 내비쳤던 적이 몇 번 있었지만 그것은 주도州都를 달달 외운 귀여운 꼬마 숙녀가 벌이는 즉석 퀴즈 이벤트처럼 재미있게 받아들여질 뿐이었다. 아니면 갑자기 불어닥친돌풍이 그녀의 스커트를 들춰 야망이 드러나기라도 한 듯 그 자리에 있는 남자들을 흥분시키는 동시에 당황하게 하기도 했다. 어쨌거나 그레이스는 더는 신경쓰지 않았다.

에임스는 생각에 빠진 듯 고개를 끄덕이다 꽁초를 바닥에 던져버리고 손가락 길이의 새 담배를 꺼냈다. "좋아." 그는 불을 붙이지 않은 새 담배로 그녀를 가리켰다. "먼저 해야 할 일은 자네가 흥미로운 사건을 맡는 거야. 까다로운 사건이어야 해. 그래서 자네가 규제 계약만 할 줄 아는 건 아니라는 사실을 보여주는 거지. 내가 도와줄게." 그레이스는 일말의 가능성을 느꼈다. 기대하지도 않았던 작은 희망. 어쩌면 그녀는 머리사 메이어* 타입의 엄마일지도 모른다. 만성적인 과잉 성취자이자 엄마의 역할까지 덤으로 해내는 여자. "받은 메일함에 칭찬 폴더를 따로 만들어둬." 에임스가 담뱃불을 붙였다. "거기다 누군가에게 업무적인 칭찬을 받은 메일을 저장하게. 그리고 분기마다 그 폴더에 있는 파일과 해당 분기에 맡았던 업무를 정리해서 나한테 이메일로 보내줘."

"제 자랑을 하라는 말씀이세요?"

그는 엄지로 헤어라인을 긁적였다. "그냥 사례를 정리해두라는 거야. 자네가 왜 승진해야 하는지 보여주는 사례 말이야. 우선 그런 다음에 내년쯤 다음 단계를 논의하도록 하지."

그레이스는 미소를 삼켰다. 너무 뿌듯했다. 쬐금 덜 피곤해진 기분이 들면서도 한편으로는 딸애의 보모한테서 주워들은 게 분명한 '쬐금'이라는 표현은 이제 그만 써야겠다고 생각했다.

순간 짧은 정적이 흘렀고, 이어서 에임스가 물었다. "우리 애들 사진 볼래?"

"그런 얘긴 절대 안 하실 줄 알았어요." 친분이 별로 없는 사람들은 늘 그레이스한테 에마 케이트의 사진을 보여달라고 했다. 그

---

* 전 야후의 CEO이자 구글의 부사장을 역임한 미국의 여성 기업인.

녀가 엄마 노릇을 잘하는지 증거를 내놓으라는 듯이. 그 반대 입장에 서보는 것도 나름 괜찮았다.

에임스가 손가락 하나를 치켜들고 근처에 있는 재떨이에 담배를 떨어지지 않게 올려놓은 뒤 꼼지락대며 뒷주머니에서 지갑을 꺼냈다. "난 구식이야. 아직도 이런 데 사진을 넣고 다니는 게 좋더라고." 그는 지갑 속 투명 케이스를 넘기더니 지갑을 들어서 쌍둥이 아들이 학교에서 나란히 앉아 찍은 사진을 보여주었다. 환한 미소. 일란성은 아닌 게 분명했다. 한 아이는 머리가 붉은색이었고 다른 아이는 제 아빠를 닮아 짙은 밤색이었다. "둘 다 안 물려받았어." 그는 자신의 흰머리를 가리켰다. 근래에는 그도 새치가 꽤 늘어 전보다 훨씬 덜 눈에 띄었다. "바르덴부르크증후군 말이야. 확률이 반반이었는데." 그가 어깨를 으쓱거렸다.

그는 손가락으로 가죽 지갑을 펼쳐 들고 있었다. 사진 뒤에 번쩍이는 카드 하나가 그레이스의 시선을 붙들었고 그녀는 아이들의 외모를 칭송하는 척하며 더 가까이 다가가 살폈다. 얼굴을 가리는 머리카락을 뒤로 넘기면서.

"너무 잘생겼어요." 그녀는 몇 시간만 애들을 봐주기로 한 여대생 보모 같은 목소리로 말했다. 상단만 드러난 채 지갑에 꽂혀 있는 그 카드는 호텔의 카드키였다. 호텔 이름이 보였다. 프레스콧호텔.

그레이스는 자세를 바로 하고 미소를 지었다. 에임스는 지갑을 접어 다시 바지 주머니에 넣었다.

"나도 그렇게 생각해." 그가 칭찬에 화답했다. "그런데 객관적으로는 알 수 없잖아. 다들 자기 자식은 예쁘다니까."

그러더니 재떨이에 걸쳐놓았던 담배를 집어 한 모금 빨아들였다. 용처럼 하얀 연기를 내뿜으며 그가 부드러운 미소를 지었다. "생각해봤는데 말이야." 그는 꽁초를 떨구더니 검은색 가죽 구두로 비벼서 불을 껐다. "부탁 하나 해도 될까?"

17

3월 31일

로살리타는 아들의 침대맡에 앉았다. 겨드랑이 밑에 스파이더맨 이불을 끼우고 누운 살로몬에게서 아기 때부터 목욕시킬 때 쓰던 노란색 존슨앤드존슨 비누 냄새가 났다. "문제지는 다 풀었니?" 로살리타는 억지로 영어를 쓰려고 노력했다. 아이에게는 영어가 스페인어보다 훨씬 더 유용할 것이기 때문이었다. 모자 사이에 벌써 보이지 않는 소통의 장벽이 생긴 것 같아 그녀는 마음이 아팠다.

살로몬은 고개를 끄덕였다. 아이의 도톰한 뺨 위로 짙은 속눈썹이 커튼처럼 그늘을 드리웠다. 아이가 막 걸음마를 시작했을 때 로살리타의 삼촌과 숙모는 웃으며 살로몬이 그녀의 속에서 나왔기에 망정이지 안 그랬으면 제 엄마도 자기 아들이라는 걸 못 믿었을 거라고 말했다. 하지만 그녀의 눈에는 자신이 아들에게 물려준 작지만 중요한 흔적이 수없이 보였다. 일테면 윗부분이 편편한 귀, 아주 매운 음식을 잘 먹는 식성, 향기나는 비누에 보이는 알레르기 반응 같은 것이었다.

로살리타는 아들의 가슴께의 단단한 부위를 토닥였다. "정답은 다 맞혔어?"

아이가 다시 고개를 끄덕였고, 로살리타는 그런 아들을 엄한 눈초리로 쳐다보았다. "네." 살로몬이 큰 소리로 대답했다. 가끔씩 그녀는 아이가 타고난 난청이 아들에게서 빼앗아가려는 말들을 끄집어내야 했다. 말이 생떼같은 아들의 내면 깊숙한 곳을 아주 힘겹게 뚫고 나왔다.

아들의 언어치료와 그다음에는 값비싼 보청기 비용을 대기 위해 살로몬의 아빠에게 돈을 부탁하는 일이 결국에는 그리 고통스럽지 않았다. 로살리타는 자존심이 강했지만 자신의 행동을 단 하나의 기준으로 판단했다. 무엇이 아들을 위한 최선인가? 그래서 그런 부탁을 했던 것이고, 살로몬이 사립학교에 들어가면 또 부탁할 것이다. 그녀는 아들이 합격할 거라고 굳게 믿었다. 아들은 어떤지 몰라도 그녀의 목표가 그러했기 때문이다.

아들이 작은 손으로 종이를 가로지르며 글자를 빠르게 휘갈겨쓰거나, 미국의 역사를 알거나, 분수를 계산하는 모습을 볼 때면 놀라웠다. 그녀는 머리가 나쁜 편이 아니었지만 영어로 읽고 쓰는 법을 원 없이 배워볼 기회가 없었다. 빌딩 청소를 시작하기 전에 가정집 청소일을 했는데 집주인 여자는 일할 시간이 다 되어서야 빗자루가 어디에 있다거나 강아지 산책을 시켜줄 수 있느냐는 문자를 보냈다. 그럴 때마다 틀린 줄 알면서도 어떻게 고쳐야 하는지 모르는 엉성한 영어로 답장을 보내놓고 늘 창피했다. 그녀는 멕시코에서 중학교를 졸업했지만 국경을 건넌 뒤 미국에서는 고등학교를 마치지 못했다. 독서는 여전히 좋아했지만 그런 면은 그녀의 아주 사소한 부분이 되어버렸다. 자신이 청소하는 빌딩 사무실에서 일하는 사람들은 절대 볼 수 없을 부분일 터였다. 현미경으로 들여다보지 않는다면 말이다.

"보여줄 게 있어요." 살로몬은 이불 속에서 꼼지락거리며 발밑에 파묻힌 숨겨진 보물을 끄집어내리려고 했다. "아디 아줌마가 이걸 줬어요." 아이는 웃으면서 손바닥을 펼쳤고, 조그만 손바닥 위에는 금색과 파란색이 섞인 반짝이는 핀이 놓여 있었다. "비행기 조종사가 차는 핀인데 나한테 가지래요."

로살리타는 얼굴을 붉히며 손등으로 헤어라인을 쓸었다.

"언젠가 내가 조종사가 될 수도 있잖아요." 살로몬이 말했다. "그럼 나는 이미 이 핀이 있으니까 좋은 거죠."

"그럴지도 모르지." 로살리타는 차분히 대답했다. 그녀는 비행기를 타본 적이 없었다. 아디 밸디즈는 얼마나 자주 타는지 자기 아들을 위해 조종사 핀 따위를 따로 챙겨둘 필요도 없었다.

그럼 좀 어떤가. 로살리타는 속으로 생각했다. 그게 합리적일 뿐 아니라 진실이었다. 둘 사이에 경쟁은 없었다. 하지만 로살리타의 심술궂은 양심이 참지 못하고 지적했다. 애초에 너무 앞서 있는 아디 밸디즈와는 경쟁 자체가 되지 않는다고.

이제 일터와 아디라는 부분이 그녀의 집안에 들어왔다. 사소한 부분이었다. 그러나 전에도 사소한 부분이 로살리타를 무너뜨렸다.

"아니면 비행기를 만드는 사람이 될 수도 있잖니." 로살리타는 삼교대 근무를 위해 집을 나서는 게 아니라 이미 마치고 귀가한 사람처럼 급격히 피곤해진 목소리로 말했다. "그렇게 되려면," 로살리타는 이불을 아들의 턱밑까지 끌어올렸다 "공부를 열심히 해야 해. 그건 엄마한테 줘. 자다가 핀에 찔리면 안 되잖니."

아이는 엄마의 손에 핀을 넘겨줬다. 그것은 쓰레기에 지나지 않았다. 무게도 거의 느껴지지 않는. 하지만 그 하찮은 물건이 아들을 미소 짓게 했고, 그 사실이 로살리타는 두려웠다.

로살리타의 무게를 덜어낸 침대가 한숨소리를 냈다. 그녀는 방한구석에 놓인 달 모양 조명의 은은한 불빛만 남겨두고 불을 껐다. 그리고 잘 들리는 쪽의 귀를 베개에 대고 자는 아들이 못 들을 걸알면서도 속삭였다. "테 아모, 살로몬."*

출근한 로살리타는 트루비브 빌딩 건너편 공터에 차를 댔다. 청소원은 빌딩 주차장에 주차할 수 없었다. 이렇게 늦은 시간에는 주차장이 거의 텅텅 비는데도 말이다. 주차한 장소까지 거리가 있으면 들고 나갈 수 있는 어떠한 물건도 빼돌릴 수 없을 터였다.

카트에 청소도구를 가득 채운 로살리타와 크리스털은 엘리베이터를 타고 빌딩 척추를 따라 수직으로 올라간 뒤 한 사무층에서 내렸다. 인적이 끊긴 사무실이 너무도 적막해서 달에 착륙한 기분이들었다. 두 여자의 움직임을 감지한 조명이 탁탁 갈라지는 소리를 내며 깜빡거리다 켜졌고, 뒤이어 형광등에서 낮게 윙윙거리는 소리가 났다.

헐렁한 양말이 발목에 축 늘어진 크리스털이 텅 빈 안내데스크로 걸어가 갈라진 손톱으로 사탕 그릇을 휘저었다. 로살리타가 손사래를 쳤다. "왜요?" 크리스털은 손을 홱 걷어 가슴에 댔다.

---

* '사랑한다, 살로몬'이라는 뜻.

"우리 먹으라고 둔 게 아냐." 로살리타는 말하면서 클립보드가 매달린 카트로 발걸음을 옮겼다.

"세보기라도 한대요?" 크리스털은 굶주린 눈으로 사탕 그릇을 쳐다보았다.

"그럴지도 모르지."

크리스털은 더는 왈가왈부하지 않았다.

로살리타는 기계처럼 효율적으로 바닥 청소를 시작했다. 동쪽 화장실을 청소하던 중에, 크리스털이 화장실 칸에 들어가 허리를 숙이고 변기를 닦는 사이 호주머니에서 아들의 조종사 핀을 꺼냈다. 그 핀을 페이퍼타월 수거함에 떨군 뒤 새 비닐봉투를 갈아 끼웠다. 로살리타는 자신의 행동을 판단하는 기준이 단 하나뿐이라고 생각했다. 무엇이 아들을 위한 최선인가? 속으로는 그렇게 말했지만 그녀는 거짓말도 할 줄 알았다.

그들은 그렇게 15층 청소를 계속했다. 한밤중에는 시간이 다르게 흘렀다. 모두가 잠든 시간에 깨어 있다는 사실에 스릴도 느꼈지만 동시에 우울했다. 날카로운 불빛이 어둠을 갈랐다. 시간만이 유일한 사유의 대상이었고, 로살리타가 유일하게 생각할 수 있는 것도 시간이었다. 이 시간대에는 늘 살로몬을 출산한 직후의 나날이 떠올랐다. 아기를 품에 안고 깊은 어둠 속에서 딱히 볼 것도 없는 텔레비전을 한없이 응시하던 시간. 그러다 아침이 오면 여동생한테 전화를 걸어 간밤의 일을 소상히 보고했다. 아이가 얼마나 먹었는지, 몇 시간을 잤는지, 자신은 몇 시간이나 눈을 붙였는지, 그 소상한 내용을 기록하고 증인을 남겨야 할 것처럼 전부 얘기했다. 그 밤들의 기억은 그녀가 눈감는 그날까지 몸에서 절대 지워지지 않으리라.

이제는 아주 오래된 일처럼 아득하게 느껴지는 그 시절, 처음 모성이라는 거미집에 기어들어간 그녀는 모성이 자신에게 들러붙고, 머리에는 새치를 잣고, 살 속에는 푸르뎅뎅한 거미 혈관을 만들고, 치골 위로는 번질거리는 팽팽한 선을 그어놓도록 가만히 있었다. 이후로 점점 커지고 복잡해진 모성은 온갖 의무로 그녀를 더욱더 깊이 얽어넣어 명주실을 뽑아내다 결국에는 통째로 집어삼킬 것이었다.

크리스틸은 여전히 능숙하진 않지만 실력이 많이 늘었고 로살리타가 청소에 속도를 낼 수 있을 만큼 카트 정리를 잘했다. 이제 크리스틸의 임신은 확실해 보였다. 그녀는 이따금 배에 한가로이 손을 얹었고, 그럴 때마다 조그맣게 튀어나온 배가 로살리타의 눈에 띄었다. 아마 아들일 것이다. 복부를 빼면 크리스틸은 뼈와 가죽만 남은 야윈 모습이었기 때문이다. 로살리타 역시 그랬다. 그리고 그녀의 몸에는 햇살처럼 배꼽에서 갈라져나와 양 옆구리로 굼실대며 뻗은 진줏빛 강바닥이 생겼다. 몸은 기억했다.

로살리타는 슬론 글러버와 아디 밸디즈, 그리고 새로 온 캐서린 벨의 사무실에 놓인 파쇄기와 휴지통을 비웠다. 복도 끝에 다다랐을 때 모퉁이 사무실은 문이 닫힌 채 불이 꺼져 있었다. 그녀는 문을 두 번 두드린 뒤 안으로 들어갔다.

그것은 명백한 실수였다. 터져나오는 비명을 재빨리 삼켰다. 거칠게 씩씩거리는 숨소리. 로살리타는 짙은 짧은 머리의 여자가 입을 쩍 벌리고 자신을 쳐다보는 모습을 보았다. 야밤에 손전등 불빛을 받은 너구리처럼 열린 문 사이로 쏟아지는 빛줄기에 노출된 여자가 어둠 속에서 눈을 동그랗게 번쩍 떴다. 깜짝 놀란 로살리타는 숨이 턱 막혀 아무 소리도 내지 못했다. 그러고는 역시 정적의 순간이 이어졌다. 너무 고요해서 다 들렸다. 살끼리 부딪치는 소리, 옷 스치는 소리, 침 삼키는 소리, 남자가 기침하는 소리, 침과 머리카락과……

로살리타는 사무실 밖으로 물러서면서 문틀 모서리에 어깨를 아주 세게 부딪혔고, 핑 도는 눈물을 삼키려고 눈을 질끈 감았을 때 나중에 생길 멍 색깔이 눈꺼풀 안쪽에서 아른거렸다. 어깨를 움켜쥐고 허리를 숙인 채 물러서는 그녀의 짧은 비명은 심장에 갇혀 새어나오지 못했다. 얼얼한 통증이 번개처럼 팔꿈치까지 타고 내려갔다. 정신이 아찔하면서 사물이 두 개로 보였고 속이 뒤틀렸다. 그 와중에도 겨우 정신을 차리고 문을 닫았다.

카트 뒤에서 유리세정제를 총처럼 들고 서 있던 크리스털이 물었다. "괜찮아요?"

오장육부가 목구멍으로 몰려 올라왔다. "오늘밤에 이 사무실은 건너뛰자."

"왜요?" 크리스털은 로살리타가 본 것을 자신도 보려는 듯 닫힌 문을 뚫어져라 쳐다봤다.

로살리타는 침을 꿀꺽 삼켰다. 어깨가 아팠다. "안에 누가 있어."

"그렇지만 전에는……"

"오늘은 안 돼." 그녀는 문이 열리리라 예상했으나 아직까진 닫혀 있었다. 얼굴에서 열이 나는 듯했다. 그녀는 크리스털을 보지도 않고 말했다. "난 화장실을 좀 써야겠어. 넌 하던 일 계속하고, 이쪽 사무실들을 맡아줘."

귀가 울렸다. 로살리타는 손을 뻗어 손가락으로 벽을 짚으며 중심을 잡고 방향을 찾았다. 그렇게 화장실에 도착했다. 스위치를 똑딱 누르자 너무 밝고 부담스러운 조명이 켜졌다. 로살리타는 수도꼭지 위로 허리를 숙이고 하얀 도기 세면대에 몸을 지탱했다. 그녀의 짙은 머리카락 모근과 눈썹 모낭 사이사이까지 땀방울이 맺혀 반짝거렸다.

그녀는 숨을 헐떡이다시피 하며 서 있었다. 진흙탕 같은 갈색 눈동자에 그녀의 모습이 비쳤다. 얼굴에 찬물을 끼얹은 뒤 코와 턱을 따라 물줄기가 흘러내리도록 가만히 서 있었다. 그러고 나서 거울에 비친 제 모습을 피해 눈을 꼭 감고 속눈썹에 맺힌 물방울을 손으로 훔쳤다. 그녀는 알았다. 항상 몸이 더 오래 기억한다는 사실을.

18

3월 31일

슬론은 마트에 들러 아디의 아들 마이클의 생일 선물을 산 뒤 한 시간 전에 귀가했다. 생일파티가 내일이었다. 토요일. 불과 얼마 전까지만 해도 달력에서 지독히도 바쁜 금요일 옆에 천진하게 붙어 있었는데 어느새 살금살금 다가와 그녀를 따라잡았다. 벌써 생일파티 전날 밤이었으니 아디한테 털어놓기에 적절한 타이밍 같지는 않았다. 슬론은 업무 이메일을 쓸 때처럼 머릿속에 문자메시지를 떠올려보았다. 아디, 할말이 있는데 잠깐 얘기 좀 할 수 있을까?

전화를 걸 수도 있었다. 십대도 아니고. 하지만 그편이 더 좋을지 확신이 없었다. 질질 끄는 건 질색이었던 그녀가 아니던가?

슬론은 나름의 딜레마가 있었고, 거기에 대처하느라 맨발로 부엌에 서서 먹는 걸로 기분을 달랬다. 그때 두번째 도덕적 딜레마가 모습을 드러냈다.

애비게일의 휴대폰이 울린 것이다. 어쨌든 그렇게 시작된 일이었다. 물론 참견하려던 건 아니었다. 그저 좋은 엄마 노릇 좀 해보려던 것이었다. 그러자면 이것저것 참견하는 일이 숙제를 도와주는 것만큼이나 필수였다. 누구라도 동의할 것이다. 실제로 그렇다는 기사를 어디선가 읽은 것도 같았다. 염탐은 슬론에게 사랑의 표현이었다.

그러나 어느 정도의 이미지 쇄신은 필요해 보였다. 호기심. 그게 좋겠다. 듣기에도 훨씬 낫다. 그저 남편이 딸의 휴대폰은 어쩌다 들여다봤느냐고 물을 경우에 대비하는 것이다. 슬론은 어깨를 으쓱하며 대답할 것이다. 오, 내가 왜 그랬지? 그냥 호기심이 일었나봐.

데릭은 침실 문틀에 고정한 철봉에서 턱걸이를 하고 있었다. 크고 거친 그의 숨소리가 슬론이 서 있는 부엌까지 들렸다. 지금 그녀가 서 있는 바로 그 자리에 데릭이 지난주에 조명기구 두 개를 설치했다. 프랑스 뤼베롱에서 맞춤 제작한 프렌치 컨트리풍 샹들리에로, 지금은 아일랜드 식탁 위에 호사스럽게 매달린 그 조명이 머지않아 편지함에 당도할 신용카드 명세서를 예고하며 슬론을 약 올렸다. 그렇지만 얼마 전에 보자마자 오르가슴을 느꼈던 마놀로블라닉의 플라워 자수 메시 하이힐에 '투자한' 슬론도 떳떳한 건 아니었다. 아무리 그래도 좀 심했다. 결혼 전 슬론의 엄마는 부부가 결혼생활을 평탄히 유지하려면 비슷한 경제관을 가질 필요가 있다고 충고했다. 그래서 그녀는 자신과 데릭의 공통적인 고급 취향을 그들이 잘 맞는 증거로 여겼다. 몇 년 뒤에 그녀의 부모는 이혼했고, 슬론은 공통적인 고급 취향이란 하나가 아니라 둘이서 그녀의 봉급을 눈 깜짝할 새에 탕진한다는 뜻이란 걸 깨달았다.

아일랜드 식탁 위에 엎어놓은 애비게일의 휴대폰이 또 한번 진동하면서 5밀리미터쯤 움직였다. 밤 열시 반이다. 누가 딸애한테 문자를 보내는 걸까?

그러다 이런 생각이 들었다. 그녀는 애비게일의 엄마니까, 시기심 많은 여자 친구가 아니니까 궁금해할 것 없이 바로 확인하면 된다. 하나의 도덕적 딜레마가 해결되면서 내일 생일파티 전에 아디한테 털어놓아야 할 일에 대한 걱정은 서서히 뒷전으로 밀려나 스트레스로 적립됐다.

슬론은 딸의 휴대폰 비밀번호를 누르고 녹색과 흰색으로 정렬된 메시지 아이콘을 탐색했다. 바로 거기 있었다. 휴대폰 화면에 줄지어 있는 세 개의 새로운 문자메시지가 보였다.

슬론은 메시지를 한눈에 읽어내렸다.

그레이디 리드
네가 엄마한테 쪼르르 달려가서 우리 얘기 한 거 다 알아. 심지어 우리는 아무 짓도 안 했는데. 쿨하지 못하게. 고자질쟁이인 줄 알았으면 너한테 말도 안 걸었을 거야.

스티브 라이트너
그러게. 우리집에서 남자애랑 여자애들 전부 모이는 파티를 할 건데 울 아빠가 넌 이제 부르면 안 된대. 왜냐면 넌 고자질쟁이에 너무 예민하니까.

그레이디 리드
안됐다. 고자질게일.

동물적인 분노에 휩싸인 슬론이 끙 앓는 소리를 내며 화강암 식탁에 휴대폰을 쾅 내려놓았다. "거기 무슨 일 있어?" 침실에서 데릭이 외쳤다.

"괜찮아. 아무 일도 아냐. 미안." 딸의 휴대폰에서 본 것을 알리지 않는 결정은 신속하고 본능적이었다. 부당한 처사일 수도 있다. 부도덕하냐고? 어쩌면. 애비게일은 데릭의 딸이기도 하니까. 지분이 같은 셈이다. 하지만 연장전으로 우열을 가른다면 슬론은 당연히 아홉 달 동안 뱃속에 아이를 품고 다녔던 자신의 지분이 살짝 더 큰 것 같았다. 데릭은 확실히 배꼽 밑에 늘어진 캥거루 주머니 같은 건 없었지만, 완벽한 부부의 세계에서는 부모로서 느끼는 분노까지도 남편과 함께 나눠야 마땅했다.

하지만 그럴 수 없었다. 슬론은 데릭의 합리적인 성향을 감수할 수 없었다. 딸이 괴롭힘을 당하고 있었다. 이제 명백해졌다. 게다가 그레이디 리드는 슬론 글러버의 이름을 들먹였다. 그애는 '엄마'라고 했고, 그 '엄마'는 슬론을 뜻했다. 데릭이 아니었다. 그러니 슬론은 절벽에서 말로 설득당해 내려오는 상황을 감수할 수 없었다. 그녀는 화가 났다. 화를 내야 했다. 지금 이 순간 유일하게 합리적인 감정은 분노뿐이었다.

딸애의 사회적 지위가 위태롭게 흔들렸다. 아일라 롬바디는 애비게일과 더는 말도 하지 않을 거라는데, 그건 심각한 문제인 듯했다. 아일라가 같은 반 여자애들을 쿨하거나 쿨하지 않은 부류로 나누었고 애비게일은 쿨한 명단에 들지 못했기 때문이다. 그래서 그 끔찍한 문자를—걸레, 나쁜 년, 쌍년—받은 것이다. 쿨하지 않은 애들만 그 문자를 받았다. 어빙에서 마케팅 디렉터로 일하는 아일라의 엄마는 아일라와 그 친구들이 신세대적인 페미니즘을 보여주려 했다는 말로 학교를 설득하려 들었다. 여자애들이 거침없이 단호하고 강력하게 자기주장을 피력하려 한 것이라고. 단지 그들의 언어 표현이 호감 가는 여성적 내러티브에 어긋난다는 이유로 처벌받아서는 안 된다고 했다. 아일라 엄마의 손이 음식물 처리기에 빨려들어갔으면 하고 바란 슬론 역시 어쩌면 신세대 페미니즘을 표방한 것인지도 모른다.

애비게일의 휴대폰을 뒤집자 유리 스크린에 구불구불한 잔금이 가 있었다. 그녀는 눈을 감고 상기된 뺨의 열기가 가라앉을 때까지 심호흡했다.

조용히 침실로 들어가자 데릭이 페르시안 러그 위에서 웃통을 벗고 윗몸일으키기를 하고 있었다. 속 편해서 좋겠다. "데릭, 이메일을 받았어." 여느 기술과 마찬가지로 거짓말도 연습하면 늘었고 슬론은 남편을 속여본 경험이 있었다. 물론 자랑은 아니지만. 하지만 이번 거짓말은 데릭을 보호하기 위한 것이었다. 그에게 소시지가 만들어지는 과정까지 보여주지는 않을 참이었다. 그러니 굳이 따지자면 부부 공동의 짐을 혼자 짊어지기로 한 슬론은 되레 박수를 받아야 했다. 심지어 영웅이라고도 할 수 있었다. "오늘밤까지 마쳐야 할 일이 생겼네. 위층 서재에 있을게." 몸을 일으킨 데릭은 치아를 드러내며 훅 하고 숨을 내뱉었다. 고통스러워 보였다. 슬론은 데릭과 누가 먼저 포기할지 겨루는 치킨 게임을 하는 것 같았다. 그런 거라면 데릭이 먼저 포기해주길 바랐다.

"알았어. 나도 곧 잘 거야. 올라가는 길에 문단속 좀 해줄래?" 슬론은 고개를 끄덕였다. "그전에 잠깐……" 데릭은 그들의 캘리

포니아 킹사이즈 침대를 향해 눈짓했다. "……어때?"

"별로." 그녀가 대답했다. 여전히 스물다섯 못지않은 데릭의 몸을 감안하면 슬론은 남편의 신의를 걱정해야 맞지만 이유야 어찌 됐든 그리 걱정되지 않았다. 그동안 데릭이 그런 짓을 하고 돌아다녔다는 걸 알게 되면 솔직히 기분이 어떨 것 같아? 그레이스가 물어본 적이 있었다. 엿같겠지. 슬론은 대답했다. 하지만 난 극복할 거야. 마음속으로 그렇게 믿었다.

어떤 경우라도 야한 신음을 가장하면서 현 수준의 분노를 유지하는 건 불가능했다. 그래서 남편을 피해 위층으로 피신했고, 그녀의 분노는 부글부글 끓어오르기 시작했다.

컴퓨터 앞에 앉은 슬론은 내장 마우스로 회사의 원격 데스크톱을 탐색했고, 트루비브의 레터헤드가 박힌 문서 템플릿을 열어 수신란에 학교 이사회 위원의 이름을 입력했다. 애비게일을 그따위 비속어로 칭한 첫번째 문자메시지를 받은 이후부터 슬론의 머릿속에는 아이디어 하나가 계속 맴돌았다.

일 년쯤 전에 슬론은 한 남자애 때문에 반 친구들한테 사이버 따돌림을 당한 여자애가 욕실에서 목을 맸다는 기사를 읽은 적이 있었다. 꽤 낯뜨거운 뉴스였다. 부모라면 모두 놀라 자빠질 만한 뉴스. 치아교정기를 끼고 환하게 웃는 사랑스러운 소녀의 얼굴과 그녀의 침대에 놓여 있던 보송한 베개 사진이 삽시간에 퍼져나갔고, 다른 부모와 마찬가지로 슬론도 빌었다. 오, 제발. 우리 애한테는 이런 일이 안 일어나게 해주세요. 그게 핵심이었다.

하지만 심금을 울리며 사람들의 공감을 불러일으킨 이야기의 핵심 뒤에 숨은 실질적인 법률 이론이 슬론의 주의를 끌었다. 따돌림을 주도한 학생들은 소녀의 죽음에 대해 형사와 민사 책임을 모두 저야 했다. 그들에게 징역형이 선고되었다. 또한 소녀의 자살에 학교의 책임은 얼마나 되는지 논의가 이어졌다. 실제 결과와 실제 판례.

이것 봐요! 슬론은 PTA* 회의에 가서 머리 위로 노트북을 흔들고 싶었다. 내가 미친 게 아니라니까!

더이상 이대로는 안 된다. 그게 슬론이 이 문제를 바라보는 방식이었다.

모니터에 무수한 사례가 펼쳐졌다. 12세 레이니 프레스퍼는 온라인 따돌림 피해 사실을 호소한 지 몇 달 만에 투신자살했다. 결과: 가해자로 알려진 인물들은 피해자가 자살할 경우 형사 기소될 수 있다.

18세 잭슨 워럴은 여자친구로부터 일련의 문자메시지를 받은 뒤 일산화탄소를 흡입해 스스로 목숨을 끊었다. 그의 여자친구는 과실치사죄가 확정되었다.

15세 맷 레너드는 사이버 따돌림에서 벗어나려고 목을 매 자살했다. 결과: 괴롭힘으로 무고한 타인을 자살에 이르게 한 가해자를 사법기관이 기소할 수 있게 하는 법안이 통과되었다.

슬론은 검색에 검색을 거듭한 끝에 그 내용을 요약하고 종합해 하나의 변론을 완성했다. 이것으로 마침내 학교가 딸이 당한 일에 대해 어떤 조처를 하도록 설득할 수 있을지 모른다. 그녀가 변호사라는 사실을 좀 악용했대도 어쩔 텐가. 이건 딸의 일이었다.

---

* 'Parent-Teacher Association'의 줄임말로, '학부모-교사 연합'을 의미한다.

슬론은 타자 실력이 뛰어났다. 빠를 뿐만 아니라 아주 정확했다. 시간 가는 줄 모르고 키보드를 탁탁 두드리는 사이, 어느새 밤이 깊어 모뎀과 알람시계와 DVR 수신기가 뿜어내는 빨간색과 초록색과 노란색 별만이 그녀를 비추고 있었다.

슬론은 학교 이사회에 제출할 최종 결과물인 법률 보고서를 뚫어져라 쳐다봤다. 그녀가 인용한 판례는 흠잡을 데 없었다. 괴롭힘의 가해자나 그들의 괴롭힘을 묵인한 관련자가 피해자의 신체적 정신적 고통에 대한 법적책임을 질 수 있다는 의견에 중점을 둔 변론 역시 상당히 타당성이 있었다. 그러나 딱 한 가지 걸리는 것이 있었다. 작성자인 그녀가 바로 애비게일의 엄마라는 사실이었다.

애비게일과 아무 관련 없는 변호사가 작성한 것이라면 좀더 무게가 실릴 터였다. 외부 출처나 엄마가 아닌 다른 사람. 일테면…… 아디.

슬론의 손가락이 키보드 위를 맴돌았다. 일종의 예술적 허용 같은 거다. 하얀 거짓말, 정말로. 슬론이 부탁했다면 아디도 기꺼이 동의했을 게 분명하지만 시간이 생명인 이때에 하필이면 아디 아들의 생일이 바로 내일이었다. 그러니 귀찮은 일을 떠맡을 시간이 없을 거고, 정말이지 슬론의 제안이 딱히 그르다고 할 수는 없었다. 표절이라면 그르다. 하지만 이건 정반대였다. 슬론은 직접 작성한 보고서에 아디의 이름을 올리려는 것이다. 따지고 보면 고마워해야 할 일 아닌가? 피해도 없고, 반칙도 안 했고, 잘못될 일은 전혀 없었다.

슬론은 결정을 내렸다. 그녀는 보고서에 서명했다. 변호사 에이드리아나 밸디즈. 그리고 자리에서 일어나기 전에—인체공학 의자에 계속 책상다리로 앉아 있어서 무릎이 아팠지만—인터넷에서 이메일 주소를 검색한 다음 '받는 사람'에 주소를 붙여넣었다. 슬론은 타자를 쳤다. 필요 시 본 문제의 해결에 도움을 드리고자, 저희 변호사 에이드리아나 밸디즈의 의견을 보냅니다. 해당 주제에 관해 변호사가 작성한 법률 보고서를 첨부하오니 검토와 숙고를 부탁드립니다. 감사합니다.

진술 녹취록

4월 26일

예: 개릿 부인, 먼저 제 소개를 드리겠습니다. 제 이름은 헬렌 예입니다. 피항소인측의 변호를 맡고 있습니다. 제가 부인의 공식 면담을 진행할 겁니다. 진술은 부인께서 선서를 하고 제 질문에 답변하는 식으로 진행됩니다. 법원 서기가 저희의 대화 일체를 기록할 예정입니다. 서로의 역할을 방해해선 안 되고, 부인은 육성으로 답변하셔야 합니다. 그럼 시작하겠습니다.

예: 에임스 개릿 씨와 결혼한 지는 얼마나 되셨습니까?

증인: 다음달이면 이십칠 년이 됩니다.

예: 본인의 결혼생활에 대해 설명해주시겠습니까?

증인: 글쎄요, 그렇게 오랜 시간을 함께하면 매일같이 폭죽이 터지고 장미꽃길 같을 수는 없죠. 하지만 대체로 행복한 결혼생활이었습니다. 남편은 여전히 제 생일이 다가오면 항상 주말여행을 준비했어요. 기념일을 잊은 적도 없고요. 저녁에는 가족이 함께 식사했고 서로 대화도 나눴습니다. 애들에 대한 간단한 대화 말고 진짜 대화요. 남편은 제게 회사 이야기를 해줬고, 커리어에 대한 제 조언을 귀담아들었어요. 제가 수년 전에 일을 그만뒀는데도 말이죠. 그게 늘 고마웠어요. 물론 지난 몇 주간은 완전히 딴사람처럼 굴긴 했습니다. 우울해하고 감정 기복도 심하고 스트레스가 많아 보였어요.

예: 이유를 아십니까?

증인: 분명 배드맨 리스트 때문이에요. 그 거짓투성이 리스트요.

예: 좋습니다. 그럼 부인도 리스트를 보셨고 남편의 성함이 올라가 있는 걸 확인했다는 말씀입니까?

증인: 네.

예: 해당 리스트에 남편의 이름이 올라간 건 부당하다고 생각하시고요?

증인: 남편의 이름이 처음부터 있었던 게 아니란 건 알았어요. 하지만 그의 이름을 추가한 사람이 다름 아닌 슬론 글러버라는 사실을 알았을 때는 모든 게 다 설명되더라고요.

예: 글러버 씨의 문제는 잠시 접어두고, 한 여성이 성희롱이나 그 리스트에 명시된 여타 행위로 피해를 보았다고 주장할 때 그 동기는 무엇이라고 생각하세요?

증인: 유명세나 승진 혹은 경제적 이득을 노린 거겠죠.

예: 리스트는 익명이었는데요.

증인: 이제는 익명이라고 할 수 없잖아요, 안 그래요? 그렇게 익명을 원했으면 슬론이 왜 고소장에 자기 이름을 적어서 내 남편과 회사를 고소했겠어요?

예: 일리가 있는 질문이네요. 그럼 한번 알아보죠. 개릿 부인, 혹시 클래런스 토머스가 누군지 아십니까?

증인: 대법관이잖아요.

예: 토머스 대법관을 성희롱으로 고소한 여성의 이름을 아십니까?

증인: 들었던 것 같은데 지금은 기억나지 않네요.

예: 데이비드 레터먼 성희롱 사건의 피해 여성들은요? 빌 코즈비

사건은요? 그 여성들의 이름은 기억하십니까?

증인: 아니요, 모릅니다.

예: 빌 코즈비나 데이비드 레터먼, 클래런스 토머스 대법관 같은 남성이 개릿 씨보다 더 유명하다고 가정해도 무리가 없겠지요?

증인: 네.

예: 그렇다면 성희롱 피해를 주장했음에도 그 여성들의 유명세가 그렇게까지 널리 퍼진 것 같지는 않네요. 타이슨 그레인지는 누군지 아십니까?

증인: 농구선수죠. 레이커스 소속이고요. 사실 남편의 친구였던 걸로 알아요.

예: 맞습니다. 레이커스 소속이자 트루비브의 후원을 받는 농구선수죠. 애리얼 로페즈라는 이름도 들어보셨을 겁니다. 올림픽 은메달리스트 체조선수인 그녀 역시 트루비브가 후원했죠. 육 개월 전에 로페즈가 타이슨 그레인지를 성폭행으로 고소했습니다. 그다음에 어떻게 됐는지 아십니까?

증인: 아니요.

예: 제가 말씀드리죠. 타이슨 그레인지는 무사했습니다. 하지만 로페즈는 남편분의 회사인 트루비브의 후원 자격을 상실했죠. 그러니 경제적 이득이 크다고도 할 수 없겠네요. 게다가 말씀하셨다시피 타이슨은 남편분의 친구이기도 했고요.

증인: 그건 경우가 다르죠. 사과와 오렌지가 다른 것처럼요. 저는 성희롱으로 고소한 모든 여성이 경제적 이득이나 유명세를 원한다고 말한 적 없습니다. 저는 여자를 믿어요. 어쨌거나 대부분의 여자를요. 하지만 법에도 예외란 게 있잖아요. 여자가 고소했다고 해

서 무조건 전권을 위임할 수는 없지 않습니까? 여성의 한 사람으로서 말씀드리죠. '여자니까 무조건 믿어라'는 주장은 정말이지 터무니없어요. 이런 식으로 말해서 죄송하지만, 인기는 없을지라도 제 말이 사실이에요.

예: 그러니까 말씀하신 대로 슬론 글러버가 리스트에 남편의 이름을 올리고 성희롱 피해 사실을 주장했는데도 부인은 그녀의 말을 믿지 않는다는 거네요. 제 말이 맞습니까?

증인: 세상에는 뭐든지 딱지를 붙여야 직성이 풀리는 사람들이 있어요. 자기한테 피해자 딱지를 붙이는 것처럼. 제 말은 그게 슬론이라는 거예요. 단지 열 살짜리 딸이 생각보다 인기가 없다는 이유로 그 여자가 딸의 학교에서 벌인 일을 한번 들어봐요. 애들은 그냥 멍청하게 애들처럼 군 건데 슬론은 따돌림이라고 떠들어대며 전쟁을 선포했어요. 제가 자초지종을 들어봤는데 그게 무슨 따돌림입니까? 여기서도 똑같은 짓을 벌이는 거예요. 갑자기 '성희롱'이라고 떠들어대면서. 안타깝게도 내 남편—우리 가족—이 악의적인 따돌림의 희생양이 되었는데 그게 누구 덕인가요? 슬론이에요.

19

3월 31일

마이클은 아직도 팬티 기저귀를 차고 잤다. 아디에게 잠보다 소중한 건 거의 없었으니 한밤중에 애를 화장실에 데려가느라 계속 깨야 했다면 미처 포기할 준비가 안 됐던 그녀의 어떤 부분까지 희생해야 했을 것이다. 텔레비전에서 〈카3〉의 소음이 귓전을 울렸지만 볼륨을 줄이자니 리모컨이 몇 미터나 멀리 떨어져 있었다. 〈라푼젤〉을 지지하는 설득력 있는 주장을 펼쳤지만 결국 패배한 아디는 내일 있을 슈퍼히어로 콘셉트의 생일파티에서 빌딩으로 장식할 종이상자들을 이리저리 늘어놓은 채 고개를 들고, 말하는 자동차가 또 무슨 재주를 부리는지 지켜보는 중이었다. 팬티 기저귀에 스파이더맨 티셔츠를 입은 마이클이 주황색과 흰색 털실 방울을 흔들어대면서 "불이야!"라고 외치며 거실을 들락거렸다.

거실 바닥에 다리를 '브이' 자로 벌리고 앉은 아디의 가랑이 사이에 육류 포장용 백색 방습지가 널브러져 있었고, 방습지에 검정 매직으로 조그만 창문을 그리느라 아디는 등이 뻐근했다. 손에 묻은 매직은 몇 주간 지워지지 않을 것이다. 그래도 가치가 있었다. 땅콩버터와 딸기잼을 발라 방패 모양으로 자른 샌드위치는 쟁반째 냉장고 안에서 차갑게 식어갔다. 슈퍼히어로 마스크는 파티 테이블 위에 놓여 있었다. 아들의 또래 친구들이 지구를 지킨다며 헤집고 다닐 실물 크기—적어도 애들한테는 실물 크기—의 도시도 곧 완성될 예정이었다. 이쯤 되니 아디 자신도 무슨 슈퍼히어로가 된 듯한 기분이었다.

우리 대부분이 그렇듯 아디 역시 완벽주의자 병에 걸려 있었고, 듣자 하니 그것은 남자 한 명당 여자 스무 명꼴로 여자한테 더 흔한 질병이었다. 소셜미디어나 마트 계산대에 진열된 번지르르한 잡지를 매개로 전염되는 그 병에 열두세 살 무렵에 한번 감염되면, 제저벨닷컴*의 사설을 아무리 많이 읽고, 엉망진창이거나 막 나가는 여자 주인공이 등장하는 신랄한 로맨틱코미디를 아무리 많이 봐도 완치가 어려웠다. 우리는 가장이었던 아버지 세대의 입장을 이해하게 되었지만, 자녀를 위해서는 전업주부였던 어머니 세대가 확립한 교외의 자족적인 황금 기준을 따랐다. 또한 우리가 모든 걸 순조롭게 해내고 있다는 사실을 모두가 알아야 직성이 풀렸기에 아이의 도시락에 편지를 쓴 냅킨을 고이 접어 넣었고, 핼러윈파티를 열어 유령 모양으로 자른 스위스 치즈를 대접했다.

까놓고 말해 이게 성공이 아니면 무엇이 성공이란 말인가?

아디는 이렇게 어울리지도 않는 가정적 면모를 뽐내서 자신이 정확히 누구한테 무엇을 증명하려는 건지 정신분석적으로 연구해볼

---

* 미국의 페미니스트 뉴스 블로그.

필요성도 느끼지 못했다. 그녀가 다이어트 콜라를 벌컥벌컥 들이켜던 그때 초인종이 울렸다.

그녀는 발끈해서 현관문을 노려보았다. 마이클이 잘 수도 있으니 초인종은 누르지 말라고 토니한테 몇 번을 말했던가? 실제로 마이클이 자고 안 자고는 그녀가 짜증을 내는 데 있어 전제조건이 아니었다.

"마이클, 네 아빠 왔다." 큰 소리로 아들의 방을 향해 외치면서도 그냥 '아빠'처럼 포괄적인 표현 대신 '네 아빠'라고 말한 그녀 자신이 싫었다.

아디는 이혼에 서툴렀다. 하지만 그것은 딱히 필요에 대비해 준비해야 하는 생활의 기술이 아니었다. 불을 피우는 법이나 바느질처럼 말이다.

바닥에서 몸을 일으키자 관절이 백 년은 더 늙은 것처럼 뻐근했다. "갑니다, 가요." 그녀가 외치는 사이 마이클이 쏜살같이 그녀를 지나쳐 현관문에 먼저 당도했다.

"안녕, 아들." 토니는 마이클의 머리를 헝클어뜨렸다. 당연한 얘기지만 마이클은 아디나 토니를 전혀 닮지 않았다. 적갈색 머리칼에 얼굴은 주근깨투성이였으며 커다랗고 귀여운 귀에 허리까지 죽 뻗은 다리는 아디의 손목만큼이나 가늘었다. 토니가 떠났을 때 아디는 마이클까지 버려질까봐 걱정했었다. 그가 브레일리와 멋진 생물학적 가족을 만들어버릴까봐, 자신과 키웠던 마이클은 DNA로 끌어당기는 힘이 없어 전남편을 붙들지 못할까봐. 하지만 아디가 틀렸다. 틀려도 너무 틀려서 죄책감이 들 정도였다. 되레 토니는 마이클에게 두 배는 더 헌신했고, 그와 브레일리는 아이를 가질 생각이 전혀 없어 보였다.

입양아를 키우는 이혼녀가 되면 넌 어쩜 그렇게 네 아빠랑 똑같니라는 식의 짜증스러운 한탄을 할 일은 없을 줄 알았지만 그것도 틀렸다. 마이클은 많은 면에서 토니를 쏙 빼닮았고 그로 인해 형용할 수 없는 무언가가 아디의 마음을 흔들어놓았다.

"브레일리는?" 행여 마이클이 먼저 물었을 때 질투가 치솟는 익숙한 상황을 피하고 싶었던 아디가 서둘러 물었다.

"집에." 토니는 체크무늬 파자마 바지를 입고 있었다. 잠옷 차림으로 십 분을 운전해온 그가 현관 앞에 서 있는데도 아디는 전남편과 자신이 천생연분이 아니었다는 사실을 받아들여야 했다. "차에 풍선이 있어. 가져올게."

"내가 할래! 내가 할래!" 제 아빠의 다리께에서 방방 뛰는 마이클의 여린 머리카락이 너풀거렸다.

"넌 신발도 안 신었잖아." 토니가 말했다.

"바지도 안 입었고." 아디도 거들었다.

그러나 통할 리가 없었다. 토니는 미안하다는 듯 미소를 지었고 부자는 빨간색과 흰색 풍선으로 터질 것 같은 투명 비닐봉지 세 개를 들고 돌아왔다.

"고마워. 부엌 의자에 묶어두면 돼."

"와, 당신 정말 만반의 준비를 했구나. 애가 엄청 좋아하겠는데." 아디는 단지 자신이 떠난 사람이라는 이유로 자꾸 입발림 소리를 하려 드는 토니한테 진절머리가 났다. 그러나 정중하게 대꾸하는 것 말고는 달리 어쩔 도리가 없었다.

"응, 좋아하겠지." 그녀가 대답했다.

"네 살이라니. 언제 이렇게 컸지?"

"변하는 게 당연하잖아." 아디가 하려던 말은 어제 마이클이 영화 〈모아나〉의 주제곡인 〈You're Welcome〉의 랩 가사를 전부 따라 부르더란 말이었다. 우리 아들이 천재란 뜻은 아닐까? 이혼 전의 아디와 토니는 어린 마이클의 소소한 일상을 전부 기억해뒀다 이를 닦고 세수하는 동안 서로 신나게 공유했고, 나란히 침대에 누우면서도 아들 이야기를 했다. 그게 문제였을까? 아니면 이제는 브레일리와 그러고 사는 걸까?

아디는 군이 침묵을 깨려는 노력을 하지 않았고, 그건 이혼 전에도 마찬가지였다. 그들은 눈앞에서 노는 어린 아들을 지켜보았다. 그러다 마침내 토니가 양손으로 허벅지를 짚으며 일어났고 그의 무릎에서 친숙한 딱딱 소리가 났다. "그럼." 그가 말했다. 이제 가보겠다는 소리다. 이 조용한 선언에 아디는 아직도 적응이 되지 않았다. 토니는 떠난 사람이었다. 반면에 아디는 남은 사람이었다.

진술 녹취록

4월 27일

샤프: 밸디즈 씨, 일전에 파티를 언급하셨는데, 무슨 파티를 말씀하신 거죠?

진술자 2: 제 아들의 생일파티입니다. 아들이 네 살이 됐거든요.

샤프: 그 생일파티에 직장 동료들이 참석했다는 말씀이신가요?

진술자 2: 그렇습니다.

샤프: 누구누구였는지 여쭤봐도 될까요?

진술자 2: 슬론 글러버, 그레이스 스탠턴, 캐서린 벨이 참석했습니다. 돌이켜보니 캐서린까지 초대한 건 좋은 생각이 아니었지만요.

샤프: 왜 그런 말씀을 하시죠?

진술자 2: 그다음에 벌어진 일 때문이죠, 뭐.

20

4월 1일

우리는 말한다. 모성과 커리어의 조화로운 공존 가능성을 믿는 사람은 아무도 없다고. 둘은 되레 정반대로 작용하는 힘이었다. 우리는 몸을 늘리는 중세 고문기구에 매인 죄수였지만, 고문자를 선택하고 사랑할 수 있는 아주 드문 특권을 누렸다. 문제는 그 와중에 우리의 관절이 찢기고 갈비뼈 사이로 심장이 쏟아져나온다는 것뿐이었다.

우리는 한밤중에 희미한 목소리에 잠을 깼고, 비몽사몽으로 복도를 지나 우리가 내일 정오까지 보고서를 마감해야 하든 말든 개의치 않는 얼굴을 보러 갔다. 숨죽이고 아이의 열을 체크하면서 아픈 아이가 내일 일정에 일으킬 지각변동을 감지했고, 최후의 수단으로 친구와 가족에게 다급한 전화를 걸어 애를 좀 봐달라거나 누군가 아동보호국에 연락하지 않게만이라도 도와달라고 애걸했다. 그리고 아이한테는 "안 아픈 척해" 하고 당부한 뒤 어린이집에 보내 다른 애들까지 아프게 했다. 가는 게 있으면 오는 게 있는 모양

인지 우리도 콧물이 나고 머리가 아프고 입맛이 없었지만 괜찮다면서 스스로를 달랬다. 왜냐하면 무슨 일이 있어도 우리는 세상만사를 해결하는 일에 매여 있는 존재였기 때문이다.

이런데도 우리가 딱딱거리는 게 놀라운가? 우리를 그렇게 만드는 게 이 구조의 정확한 목적이 아니던가?

로살리타는 아들과 함께 그들의 인생이 이미 향하고 있는 두 방향을 대변하는 집으로 걸어갔다. 그녀는 언젠가 아들이 엄마를 자부심이 아닌 연민으로 회고하는 날이 오면 어떻게 대처해야 할지 벌써부터 걱정이었다. 결국엔 그런 게 엄마의 숙명이 아닐까 하는 생각이 들었다.

"아무도 없는 것 같은데요." 엄마를 따라 벽돌 길을 걷던 살로몬은 고개를 들어 모닝사이드 애비뉴에 있는 집을 유심히 살폈다. 로살리타는 인간미 없이 크기만 한 저택을 기대했지만 아디의 집은 담쟁이넝쿨이 뒤덮은 하얀 벽에 푸른색 테두리로 장식한 시골집 스타일의—아주 멋지고 거대한—전원주택이었다. 앞뜰에는 곰만 한 참나무가 심어져 있었고, 나무 그늘이 드리운 잔디밭에는 철제 벤치가 앉아줄 사람을 기다렸다. 로살리타는 이토록 사랑스러운 집에 사는 사람의 인생에 무슨 스트레스가 있을까 생각했다. 아디는 좋겠다.

"넌 일하러 온 거야, 살로몬. 일하는 사람은 적어도 십 분 전에 미리 도착해야 해."

현관문으로 다가서는데 살로몬이 초조한 듯 야구모자 챙을 만지작거렸다. "왜 그래야 하는데요?"

"왜냐면 넌 보탬이 되려고 온 거니까. 놀러온 게 아니라." 로살리

212

타는 춤추듯 몸을 썰룩대면서 아이를 놀린 다음 초인종을 누르라고 가만히 떠밀었다. "모자 벗으면 안 된다는 말 명심해야 한다, 우리 강아지." 아이가 초인종을 누르자 그녀가 서둘러 말했다.

"안에 사탕도 있어요?" 살로몬이 몸을 틀고 물으면서 모자에 손을 툭 얹었다.

현관문을 향해 다가오는 발소리가 점점 커졌다. "네 과자는 엄마가 따로 챙겨왔어. 넌 오늘 일하러 온 거야." 로살리타는 같은 말을 반복했다. "밸디즈 아줌마가 너한테 돈을 줄 거고. 와서 먹고 놀라고 돈을 주는 게 아니란다." 그녀는 아들의 목덜미를 꼬집었다.

"혹시 또 모르죠." 소년은 엄마의 손을 쳐내며 툴툴거렸다.

로살리타는 이 아름다운 집에 아들이 발을 들이기 전에 계획 자체를 재고해본 뒤 이제라도 그냥 돌아갈지 결정할 수 있는 시간이 몇 초쯤 있었지만, 이제 너무 늦어버렸다.

아디가 나타나 그들을 집안으로 들였고, 로살리타는 자신이 미련했다는 생각이 들었다. 125달러였다. 그것도 토요일에. 모든 게 좋았다. 그냥 좋은 게 아니라 훌륭했다.

실내에 들어서자 로살리타는 좀더 긴급한 걱정거리에 직면했다. 일테면 신발을 벗어야 하는지 같은 문제였다. 백인은 집에서 신발을 벗는다는 말이 어렴풋이 떠올랐다. 에어컨 수리 기사로 일했던 삼촌이 고객의 집을 방문할 때는 작업화 위에 폭신한 신발 싸개를 꼭 덧신어야 한다고 말한 적이 있었다. 이거야말로 잘못된 선택을 하면 제대로 체면을 구길 기회인 것 같았다.

그녀는 아디의 발을 힐끗 봤다. 아디는 납작한 슬립온 로퍼를 신고 있었고, 로살리타의 발을 신경쓰는 기색은 전혀 없었다. 그래서 로살리타는 계속 신발을 신고 있었고, 안으로 들어오라고 손짓하는 아디가 신발은 어쩌라는 말이 없길래 마음을 놓았다. 조금이나마.

"네 의상은 전부 준비해놨어. 손님방에 가서 갈아입으면 돼." 아디는 복도 끝을 가리키며 살로몬에게 말했다. "이제 굉장한 스파이더맨으로 변신하는 거야." 살로몬이 활짝 웃었다. 아이는 스파이더맨의 팬이었다.

"로살리타, 뭐 마실래요? 미모사? 콜라? 탄산수? 아이스티?"

로살리타는 아디를 따라 부엌으로 들어갔다. 아디의 집은 기대한 것보다 훨씬 깨끗했다. 15층에서 일하는 다른 여자들에 비하면 아디는 약간…… 나사가 빠진 사람 같았다. 옷 솔기에서 삐져나온 실밥 같은 사람. 그녀의 등뒤에 늘어진 머리카락이 제대로 빗긴 걸 한 번도 본 적이 없었다. 재킷은 소매가 너무 길었고, 품이 큰 바지는 의자에 닿는 면이 구깃구깃했다. 그러나 아디도 어떤 면에는 투자하는 게 보였다. 그녀는 멋진 핸드백을 들었고, 다른 여자들처럼 앞코가 뾰족한 위협적인 하이힐은 아니었지만 아름다운 가죽 구두를 신었다.

로살리타는 허리춤에서 양손을 공손히 쥐었다. "고맙지만 전 됐어요."

"이제 곧 다섯 살도 안 된 애들이 열 명이나 들이닥칠 텐데 해소할 거리가 필요하지 않겠어요?" 아디는 페이퍼타월로 아일랜드 식탁을 닦았다.

"괜찮아요."

아디는 얇은 입술을 다물고 고개를 끄덕였다. "나도 그래요. 계속 아이스티로 버틸 작정이에요. 생각이 바뀌면 맘껏 찾아 먹어

요." 그녀는 젖은 페이퍼타월을 쓰레기통에 던져넣었다. "참, 살로
몬은 수업을 잘 따라오고 있어요. 입학시험은 무리 없이 통과할 거
예요. 난 걱정 안 해요."

로살리타의 얼굴에 생기가 돌았다. 살로몬이라는 주제는 거절할
수 없었다. 과외수업의 시작은 이러했다. 자녀가 있어요? 잠깐씩 대
화를 주고받은 지 몇 달 만에 아디가 물었다. 로살리타는 어린 아
들의 총명함을 아디한테 자랑할 수 있어 정말이지 너무나 뿌듯했
고, 잠자코 듣고 있던 아디는 이후로 로살리타를 볼 때마다 물었
다. 살로몬은 잘 지내요? 그러면 로살리타는 잘 지낸다고 대답했는
데, 하루는 아들의 담임이 읽기 까다로운 필기체로 쓴 통지문을 보
내왔다. 소심하게 그 통지문을 아디한테 건네자 그녀가 해석해주
었다. 요지는? 살로몬은 학교를 옮길 필요가 있었다. 그 동네 학교
에서는 아이가 맘껏 잠재력을 펼칠 수 없었다. 담임이 보기에 살로
몬은 영재였다. 영재!

로살리타는 눈물을 흘렸다. 행복해서 우는 게 아니었다. 무력감
에 흐르는 눈물이었다. 며칠 뒤 아디는 자신의 책상 위에 로살리타
에게라고 쓴 포스트잇을 붙인 인쇄물 몇 장을 놓아두었다.

새로운 학교의 입학시험과 장학금 정보였고, 아디가 살로몬의
입학을 도울 수 있다고 했다.

"가능할까요?" 로살리타가 물었다. "애가 수학을 이해해요? 그
냥 외우는 게 아니고요?" 그녀는 손가락을 관자놀이에 살짝 갖다
댔다.

과외는 주로 로살리타가 살로몬을 데리고 반스앤드노블 서점에
가서 아디를 만나는 식으로 진행되었고, 그곳에서 아디는 휘핑크

림을 얹은 차가운 커피 슬러시를 주문했다. 로살리타는 복도를 서 성이다 여행 서적을 꺼내 보면서 평생 가볼 일 없을 장소를 여행하는 상상을 하며 시간을 때웠다. 이후로 아디에게 왜 자기들을 도와주느냐고 몇 번이나 물어보려 했지만, 내심 그녀의 아들이 전남편의 집에 갔을 때 홀로 집에 머물고 싶지 않아서일 거라고 짐작했다. 로살리타는 운이 없는 편이었지만, 아들을 나눠 가질 필요가 없다는 점에서는 운이 좋았다.

"오, 살로몬은 전부 이해하고 있어요. 그저 모든 단계를 적용하는 데 이따금 게으름을 피워서 탈이죠. 내가 늘 말해요. 수학은 노력의 흔적을 보여줘야 하는 과목이라고."

로살리타가 고개를 끄덕였다. "제가 집에서 타일러볼게요. 계속 말해야겠어요." 그런 다음엔 이 멋진 집이 아들을 통째로 삼켜버릴까 겁나는 듯 어깨 너머로 아이가 나왔는지 살폈다. 아이는 스파이더맨 전신 슈트를 입고 돌아왔다. 소년은 팔뚝을 내밀고 손바닥을 펼치며 상상의 거미줄을 내뿜는 포즈를 취했다.

아디가 손뼉을 쳤다. "완벽해. 살로몬, 이제 이 쟁반들을 뒤뜰로 날라주겠니?"

로살리타는 살로몬의 성취도를 좀더 물어보고 싶었다. 칭찬하는 말이 듣고 싶어서 유도신문이라도 할 판이었다. 그녀의 아들이 최고라는 그런 칭찬 말이다. 살로몬의 아빠는 잘난 게 전혀 없었지만 머리 하나는 좋았다. 살로몬이 제 아빠한테 물려받은 것 가운데 그것만이 로살리타의 유일한 위안거리였다.

얼마 지나지 않아 집이 꽉 들어찼다. 이후로 삼십 분 동안 엄마 아빠의 꽁무니를 따라온 꼬마들이 집안으로 우르르 몰려들었다.

로살리타는 핸드백을 손목에 걸고 부엌 한편에 참을성 있게 서 있었다. 그녀는 숨으려고도, 다른 손님과 어울리려고도 하지 않았다. 그저 올드네이비에서 산 데님원피스를 입고 슬립온 샌들을 신은 자신이 파티에 어울리는 의상을 고른 것 같아 기쁠 뿐이었다.

창밖으로 살로몬이 어린아이들에게 슈퍼히어로 마스크와 망토를 나눠주는 모습이 보였다. 어른에게는 직접 자기소개를 하기도 했다. 걸음마를 뗀 꼬마들에게는 스트레칭하는 법을 가르쳐주었다. 살로몬은 잘 어울렸다. 그녀가 바라던 바였다. 진심으로. 그런데도 불편한 기분이 드는 건 어쩔 수 없었다.

부엌의 구석자리에서조차 슬론의 등장은 놓치기 힘들었다. 그녀는 딱 붙는 파란색과 흰색 줄무늬 티셔츠에 스키니진을 입고 깜찍한 체크무늬 슬링백 웨지힐을 신고 있었다. 포니테일로 묶은 눈부신 금발이 그녀의 목덜미에 톡톡 부딪혔다. 그녀는 자기 가족의 등장을 알리기라도 하듯 큰 소리로 떠들면서 들어왔다. 양손은 어린 소녀의 어깨에 올려져 있었다. 남편인 듯한 남자가 뒤따라 들어오면서 현관문을 닫았다. "이것 좀 봐!" 슬론은 집을 한번 죽 둘러보더니 소리쳤다. "아디가 만반의 준비를 했어."

슬론의 딸은 고개를 들더니 엄마의 귀에 무언가를 속삭이고는 밖으로 뛰어나갔다. 로살리타의 눈이 소녀를 좇았고, 잠시 뒤 소녀는 살로몬을 발견했다. 다른 아이들보다 상대적으로 나이가 많은 두 아이는 함께 대장 노릇을 했다.

"당신 아들이에요?" 부엌을 가로질러 들어온 슬론이 유리잔에 샴페인을 따랐다. "여보, 뭐 마실래?" 그녀가 어깨 너머로 외쳤다. 그러나 그녀의 남편은 이미 애들과 다른 어른들이 모여 있는 밖으로 나간 뒤였다.

"네, 이름은 살로몬이에요."

슬론이 샴페인을 한 잔 가득 따른 탓에 유리잔 테두리에 샴페인 거품이 닿을 듯 말 듯 위태롭게 넘실거렸다. 로살리타가 보기에는 분명 넘칠 것 같았지만 다행히 넘치지 않았고, 슬론은 거기에 오렌지주스를 약간 곁들였다. "애들이 거의 동갑인 것 같은데, 우리 애비게일이랑 살…… 살로몬 말이에요." 슬론은 이름을 더듬었다.

"참, 전 슬론이에요. 우리 정식으로 인사한 적은 없죠. 근데 낮이 익어요. 어디서 봤더라……" 슬론은 허공에서 단어를 붙잡으려는 듯 손가락을 빙글빙글 돌리다 탁 튕겼다. "내 사무실!"

"로살리타예요." 그녀는 오른손을 내밀었다.

하지만 그때 새로 온 손님이 초인종을 눌렀고, 슬론은 차갑고 부드러운 손을 빼면서 현관 쪽을 돌아보았다.

"그레이스! 캐서린! 실례해요." 그녀는 사과의 의미로 한 손가락을 들었다. "잠깐만요." 웨지힐을 신은 그녀가 한 손에 샴페인잔을 들고 뒤뚱뒤뚱 걸어나갔다. "다들 왔네! 같은 차로 온 거야? 너희도 참."

여러 번의 포옹이 오갔다. 등은 꼿꼿이 세운 채 허리만 살짝 굽히고 목을 숙이는, 슬론 같은 여자들 특유의 포옹. 로살리타는 짧은 머리의―사무실에서 본 그 여자―캐서린을 발견하고는 재빨리 고개를 홱 돌렸다.

시선이 복도로 향하지 않도록 로살리타는 부엌을 둘러보며 고양이 모양의 쿠키 단지와 빈 과일 그릇, 책걸상을 본떠 만든 벽걸이에 걸린 아이의 책가방을 차례로 응시했다.

여자들이 마룻바닥을 가로지르며 요란한 발소리를 냈다.

"와인이라니!" 슬론은 와인병 목을 쥐고 있는 캐서린에게 말했다. "그것도 애들 생일파티에! 볼수록 마음에 들어."

슬론은 제집인 양 캐서린의 와인을 받아서 아디의 아일랜드 식탁에 올려놓았다. "들어와. 들어와. 난 로살리타랑 수다 떠는 중이었어." 슬론은 로살리타의 이름을 피에스타를 발음하듯이 발음했다.

"그레이스예요." 슬론보다 약간 더 젊고 아주 예쁜 금발의 여자가 로살리타에게 손을 내밀었다.

"안녕하세요." 로살리타가 말했다. "우리 아들이 파티를 도와주고 있어요." 그녀는 밖에서 아디의 아들을 업고 있는 살로몬을 가리켰다. 그는 꼬마들 사이에서 아주 인기였다.

"저는 갓난아기를 키워요. 이 기회에 한두 시간 도망 나올 핑계를 만든 거죠. 죄책감은 들지만……" 실제로는 죄책감을 느끼는 표정이 아니었다. 로살리타는 그레이스가 책상 아래 모셔둔 유축기를 봤기에 아기를 키우는 걸 알았지만 모르는 척했다.

살로몬을 낳은 이후로 로살리타는 아들에게서 한시도 떨어지고 싶지 않았다. 하지만 어쩔 수 없었다. 가끔씩 사무실 여자들이 출산 이후에 복직하고 싶어서 못 견디겠더라고 불평하는 소리를 들었다. 그러나 로살리타는 그들이 견딜 수 있다는 걸 알았다. 다들 견뎌냈기 때문이다.

캐서린도 로살리타를 본 게 분명했다. 그것만큼은 확실했다. 서로의 눈이 번뜩하고 마주친 순간, 공이 튕기듯 캐서린도 로살리타처럼 고개를 돌려 시선을 피했기 때문이다. 캐서린은 곧장 음료가 마련된 테이블로 향했고, "그레이스, 뭐 마실래요?"하고 물으면서 로살리타 쪽으로는 시선을 주지 않았다. 아무도 눈치채지 못한 듯했다. 캐서린은 오렌지주스는 건너뛰고 샴페인을 따른 뒤 밖으로 나가자고 제안했다. 그녀의 제안은 용케 로살리타만 쏙 빼놓았다. 그러나 로살리타는 봤다. 그녀는 늘 모든 것을 봤다. 이 경우에는 그날 밤 에임스의 사무실에서 그녀가 정확히 무엇을 봤느냐가 관건이었다.

21

4월 1일

샴페인 거품에 슬론은 곧장 취기가 올랐다. 그녀는 로살리타한 테 아들과의 플레이데이트를 제안해볼까 고민중이었다. 이름이 뭐 랬더라? 살…… 살…… 살 뭐였는데. 그래, 그러는 게 좋겠다. 그 녀는 술잔을 다시 입에 대며 한 손을 허리춤에 걸치고 생각했다. 근데…… 그러면 오픈 마인드라고 할까, 아니면 잘난 척하는 것처 럼 보일까? 로살리타의 아들을 애비게일과 놀게 해달라고 부탁하 면 말이다.

그러다 오픈 마인드일지 고민하는 것 자체가 실은 마인드가 닫 혀 있다는 반증이 아닌가 하는 의문이 들었다. 까다로운 문제였다. 슬론은 이런 도덕적 퍼즐이 딱 질색이었다. 그녀가 모든 사람을 좋 아하니 된 거 아닌가? 여태껏 제대로 말이 안 통하는 사람은 만나 본 적이 없었다. 하지만 아니, 그건 물정 모르고 하는 소리다. 혹은 슬론이—불쾌한 표현이지만—특권층이거나.

뒤뜰에는 햇살이 딱 적당한 온기를 내뿜고 있었다. 머리 위로 나

뭇가지가 살랑거렸고, 꽥꽥 소리를 지르며 종이상자로 만든 빌딩
을 못살게 구는 아이들의 모습은 마치 포터리반 키즈 카탈로그에
실린 스냅사진 같았다. 슬론은 플레이데이트를 둘러싼 복잡한 문
제는 나중에 걱정하기로 했다.

머릿속에서 샴페인 거품이 보글거리는 듯한 느낌이 정말 기분좋
았다.

슬론은 평소답지 않게 파티의 중심에서 멀찍이 떨어져 애비게
일이 로살리타의 아들과 슈퍼히어로 놀이를 하는 모습을 지켜보았
다. 이 특정한 맥락에서 두 아이의 비슷한 연령대가 상대적으로 중
요해졌다.

슬론은 딸의 휴대폰에서 문제의 문자메시지를 전부 지운 터였
다. 휙! 문제 해결! 그리고 보라. 그녀의 딸이 밖에서 즐겁게 놀고
있었고, 슬론이 그걸 가능케 했다. 애비게일의 참견하기 좋아하는
엄마가.

이메일로 보낸 법률 보고서가 약간의 이목을 끌긴 하겠지만 학
교에는 따끔한 가르침이 필요했고, 또 그랬다 한들 누가 슬론을 비
난하겠는가? 슬론은 엄마다.

그녀는 샴페인 한 잔 반에 풀어진 미소를 지으며 그레이스와 아
디와 캐서린이 데릭을 둘러싸고 서 있는 파티오로 돌아갔다.

"당신 이러다 여성호르몬 나온다." 슬론은 남편의 팔꿈치 안으
로 손을 넣어 팔짱을 꼈다. 닳아서 매끈해진 데릭의 폴로셔츠가 그
녀의 뺨에 닿았다. 데릭은 뒤뜰의 풍경과 잘 어울리는 아빠였다.
럭비공을 던져주고 아이들에게 목말을 태워주는 풍경에 잘 어울렸
다. 슬론은 학교 이사회에 보낸 이메일에 대해 데릭에게 말할지 말

지 여태 고민하고 있었다. 말하지 않는 쪽으로 마음은 이미 기울었다. 결국엔 남편의 고용주에게 공식적으로 항의한 셈이었고, 그러니 이 문제는 더더욱 그녀가 혼자서 처리해야만 했다. 그를 위해서도 모르게 두는 편이 나았다. 무죄. 어쨌거나 법률 보고서는 그의 영역 밖의 일이었다.

데릭이 머리를 기대자 그의 짧은 수염에 그녀의 머리카락이 걸렸다. "여태껏 숨을 참고 있었으니까 괜찮아."

슬론은 친구들을 향해 활짝 웃었다. "잘했어. 뭐 재밌는 일 있어?"

그레이스는 샴페인병 목을 쥐고 있었다. 그녀는 샴브레이 셔츠 자락을 에이라인 꽃무늬 스커트 안에 넣어 입었다. 애비게일을 낳은 이후로 슬론은 그런 코디는 쳐다보지도 않았다. 임신으로 20킬로그램이 넘게 찐 살은 비교적 단기간에 뺐지만, 몸매는 다른 이야기였다. 몸이 왼쪽으로 1센티미터 정도 틀어졌는데 출산 이후 일년이 되도록 원상 복귀되지 않았다. "난 그냥 캐서린의 잔을 채워주고 있었지." 그레이스가 정중하게 한쪽 발을 뒤로 빼고 무릎을 살짝 구부렸다. "캐서린의 뿌리가 점점 드러나는 것 같아." 그레이스의 눈썹이 장난스럽게 꿈틀거렸다.

캐서린은 샴페인을 벌컥 들이켰고, 슬론은 실눈으로 그런 그녀를 관찰했다. 아직 새치가 나기엔 이른 것 같은데.

"캐서린이 방금 내 파-티 플라타를 칭찬해줬어." 아디는 이쑤시개를 꽂은 과일과 치즈가 담긴 쟁반을 들어올렸다.

잠시 머뭇거리던 슬론의 눈이 동그랗게 커졌다. 너무 오버하는 것이지만 그녀는 개의치 않았다. "그동안 보스턴 억양을 숨긴 거야?"

거기에 샴페인 거품까지 더해 슬론은 알딸딸하게 흥이 돋았다.

너무나 완벽한 캐서린 벨. 발음의 대가. 슬론은 수박이 꽂힌 이쑤시개를 집어 입속에 톡 털어넣었다. "기숙학교나 뭐 그런 데 출신인 줄 알았는데?" 슬론은 수박을 우적우적 씹으며 말했다.

"그렇진 않아요." 캐서린이 샴페인을 한 모금 더 마시며 대답했다. "사우스보스턴에서 공립학교를 다녔어요."

"멀리도 날아왔네, 우리 도로시." 그레이스가 말했다.

"다-시." 캐서린이 재치 있게 맞받아쳤다.

"또! 또! 다른 것도 해봐!" 슬론이 손뼉을 쳤다. 그때 데릭이 그녀의 술잔을 홱 채갔고, 그녀는 못마땅한 듯 살짝 눈알을 굴렸다. 이런 샌님 같으니라고. 그렇지만 술잔이야 어디서든 새로 구할 수 있었다.

캐서린은 샴페인잔을 그레이스에게 내밀었고, 그레이스는 부드러운 공범의 미소를 지으며 술잔을 채워줬다. "운전은 내가 해야겠네."

캐서린이 슬론한테 손가락질을 했다. 캐서린의 손톱은 아이처럼 짧았다. 물어뜯어서 속살이 보일 지경이었다. "슬론 글러바-, 당신은 정말 끝내주게 스마-트해요."

날씨가 너무 좋아서인지 혹은 막 손질한 잔디의 향에 취해서인지 모르지만 슬론은 충동적으로 돌이킬 수 없는 결정을 해버렸다. 캐서린을 좋아하기로 말이다. 캐서린은 순진한 처녀가 아니었다. 개천에서 태어나 하버드 로스쿨과 대형 로펌 어쏘 타이틀로 치장한 용이었다. 즉 진취적인 여성이란 뜻이었다.

당신처럼 되고 싶어요. 캐서린이 했던—아마도 했던—말이 샴페인 거품과 함께 보글보글 떠올랐다. 아니, 잠깐, 당신이 되고 싶어요라고 했던가? 둘이 다른 걸까? 슬론은 감상적인 싸구려 죄책감이

빈둥거리며 그녀의 양심 어딘가를 짓누르는 기분이 들었다.

"좋아요." 데릭이 반쯤 차 있는 슬론의 잔을 야외 테이블에 내려놓으며 말했다. "내가 재밌는 질문을 할게요. 제리 존스와 빌 벨리칙* 중에 더 나쁜 놈은?"

"글쎄요, 누가 더 많이 이겼는지는 아는데." 캐서린은 한쪽 눈썹을 치켜세웠다.

"이런, 뜨끔해라." 데릭은 웃으며 손바닥을 덴 것처럼 흔들었다. 그는 댈러스 카우보이스의 진정한 팬이었다. 매년 그의 생일이면 슬론은 트루비브에서 필드석 티켓 두 장을 챙겼다. "어쩌다 빈타운**에서 여기까지 오게 됐어요?" 그가 물었다.

슬론은 한숨을 내쉬는 척하며 티 안 나게 테이블에 놓인 자신의 잔을 다시 들었다. "우리 남편 쿨한 척하는 것 좀 봐." 그녀가 데릭을 놀렸다.

캐서린은 다시 술잔을 기울여 단숨에 비웠다. "아, 회사에서 잘렸거든요."

그레이스는 냅킨으로 입술을 닦았다.

아디가 인상을 찌푸리자 이마에 주름이 생겼다. "잘렸다고? 프로스트 클라인에서?"

"넵."

슬론은 캐서린의 상사인 자신이 계속 들어도 되는 이야기인지

---

* 제리 존스는 미국의 억만장자 사업가로 NFL 소속 미식축구팀 댈러스 카우보이스의 구단주이고, 빌 벨리칙은 NFL 역사상 슈퍼볼 최다 우승 감독으로 현재 뉴잉글랜드 패트리어츠의 감독이다.
** 보스턴의 별칭.

확신이 없었다. 그러나 구제불능 참견쟁이인 그녀가 거부할 수 없는 이야기였다.

"악몽이었죠, 사실." 캐서린은 빈 술잔을 들여다보며 말했다. "안에 든 게 뭐죠?"

아디가 고개를 갸우뚱했다. "샴페인이야." 그녀는 천천히 대답했다.

"어쩐지." 캐서린이 자못 진지하게 고개를 끄덕거렸다.

"그래서, 어쩌다 그런 건데?" 그레이스가 물었다.

슬론은 현실감각이 흐릿해졌다. 지금 여긴 어딜까? 애들 생일파티를 하는 중이었고, 정오가 막 지난 시간 같았다. 데릭은 양해를 구하고 애비게일을 살피러 갔다. 그는 좋은 부모였다. 그걸 인정은 했지만 살짝 짜증이 났다. 남편보다는 그녀 자신에게.

아디는 귀를 기울이며 신발을 벗고 파티오 타일 위에서 잠시 발가락을 마사지했다.

"해고당하기 일 년 전에," 캐서린이 말을 시작했다. "전 직장에서 어느 공기업의 고용 평등에 관한 통계분석을 진행했어요. 근데 실제보다 훨씬 나은 분석이 나와버렸죠. 부서장이기도 했던 파트너 변호사가 잘못된 통계자료를 활용했거든요." 캐서린은 샴페인 잔의 손잡이를 잡고 나선형으로 돌렸다. "그 분석 결과를 인용한 의견서가 사용됐고, 공표됐고, 그다음엔 그걸 바탕으로 우리 로펌의 감독하에 대형 합병 건이 성사됐어요."

아디는 손으로 입을 틀어막았고, 그레이스는 입술을 맞부딪쳤다.

캐서린은 구두를 내려다보다 다시 고개를 들었다. 그녀의 얼굴에 알 수 없는 표정이 스쳤다. "전 원래 다른 부서의 일을 했는데 그해에 차출돼서 해당 합병 기업의 새로운 재정을 구성하는 일을 지원했어요. 그러다 통계분석에서 불일치하는 부분을 발견했고 파트너 변호사한테 보고했죠."

벗어놓은 구두를 찾지 못한 슬론은 맨발로 다리를 꼬고 팔꿈치는 꼰 다리 사이에 파묻은 채 발가락을 까딱거렸다. "당연히 그래야지."

슬론은 진짜 무서운 유령 이야기를 들으며 점점 무르익는 공포를 간접경험하는 기분이었다. 그녀가 잭슨 브록웰에 있을 때 이 년차 어쏘 변호사가 퇴직자 연금제도와 관련한 아주 중요한 문장을 기재하면서 실수로 부정어 하나를 빠뜨리는 바람에 회사가 수백만 달러의 추가금을 지불해야 했던 사건이 있었다. 슬론은 그 사건과 전혀 관련이 없었음에도 몇 주 동안이나 잠을 설쳤다.

"파트너 변호사는 저한테 정확한 통계를 바탕으로 금년 분석치를 새로 내라고 했어요." 캐서린은 계속 말했다. "아무도 읽어볼 일은 없겠지만, 누군가 읽는다면 그때 가서 오류를 밝히겠다고요. 저도 꺼림칙하긴 했죠." 그녀가 잠시 말을 끊었다. "그렇지만 그 사람이 부서장인데 어쩌겠어요. 그것도 프로스트 클라인의. 회사에서 물어보면 그때 우리가 실수를 인정하면 된다고 했어요." 그녀는 손가락으로 머리카락을 빗어넘겼다. "그런데 기업이 합병되고 생존한 자회사에서 새로운 보고서를 읽었고 문제의 불일치 부분을 찾아낸 거예요. 그리고 우리 로펌을 사기죄로 고소해버렸죠. 저는 괜찮을 거라 생각했어요. 파트너가 책임을 질 테니까. 끔찍한 일이었지만 책임은 그 사람이 져야 하는 거잖아요."

그레이스의 입이 떡 벌어졌다. 그녀는 동그랗게 만 손을 양쪽 귀에 댔다. 변호사들한테는 자극적이면서도 소름 끼치는 재앙 포르노 같은 이야기였다.

"파트너 변호사가 사측과 회의를 했는데 저는 그 회의에 참석하라는 말을 듣지 못했어요. 그래서 점심을 먹으러 나갔죠. 돌아왔을 때는 이미 경영 파트너와 부서장, 그리고 인사팀장이 회의실에서 저를 기다리고 있더군요. 그 자리에서 바로 해고당했어요. 고객이 저에 대한 조처를 요구했다는데, 그 파트너의 머리에서 나온 생각인 게 틀림없었죠. 너무 혼란스러웠어요." 그 순간이 떠오르는지 캐서린이 눈을 깜빡거렸다. 슬론은 속이 뒤집어지는 것 같았다. "저는 제 변호를 할 작정이었어요." 그녀의 눈동자가 초점을 잃고 흔들렸다. "하지만 파트너 변호사가 제 눈을 똑바로 보면서 탁자 위로 서류 하나를 내미는 거예요. 한 해 전에 나온 분석 관련 서류인데 그들이 제 사무실에서 찾아냈대요. 맹세코 저는 본 적도 없는 서류였어요. 그 서류가 문제의 통계자료였고, 파트너 변호사는 전부 제 책임이라고 했어요. 증권법에 따라 공기업을 대상으로 한 사기 혐의로 저를 형사고소하겠다고요. 그 자리에 있던 다른 변호사들도 그걸 바라는 눈치였고요. 그래서 떠난 거예요. 제가 할 수 있는 일이 아무것도 없었어요. 그들이 제 변호사 자격까지 박탈하겠다고 협박했으니까요." 그녀의 목소리가 잠겼다. "너무 무서웠어요. 살아서 거길 빠져나왔다는 게 아직도 믿기지 않아요."

"맙소사." 마침내 파티 플래터를 내려놓은 아디가 손을 털면서 말했다. "프로스트 클라인에 남아 파트너까지 됐으면 못해도 일 년에 75만 달러는 벌었을 텐데."

그것이 사내 변호사가 받는 일반적인 연봉과의 격차였다. 정확히 말하면 수십만 달러에 달하는 격차였다.

"그랬겠죠." 캐서린의 피부가 촉촉하게 빛났고, 슬론은 그것이 땀인지 술기운인지 아니면 뜨거운 햇살 탓인지 알 수 없었다. 캐서린은 군이 돈 때문은 아니라는 말로 문제를 포장하려 들지 않았다. (몇 년 전에 우리는 얼마나 더 적은 돈을 받고 있었는지, 따라서 성공으로부터 얼마나 뒤처져 있었는지 깨달았다. 그 이후로 '성공이 꼭 돈을 의미하진 않는다'는 말을 믿지 않았다. 그와는 정반대로 돈이 곧 성공의 척도라는 교훈을 어렵게 배웠다. 돈은 선택권이다. 돈이 있어야 다음 단계로 도약하기 위한 위험도 감수할 수 있다. 돈으로 모든 것을 살 수는 없다. 우리는 언제나 이 말을 듣고 살았다. 돈으로 시간을 살 수는 없다. 다 헛소리다. 케어닷컴과 인스타카트*가 이를 증명한다. 돈이야말로 우리가 좇는 목표다.)

그레이스는 넌더리가 나서 고개를 뒤로 젖혔다. "그 파트너가 누구였는데?"

"조너선 필딩." 캐서린은 망설임 없이 대답했다.

"와." 슬론이 입술을 삐끔했다. "그 사람 진짜 죽이고 싶었겠네."

"슬론." 아디가 주의를 주었다.

그러나 캐서린의 눈은 인정한다는 듯이 번뜩였다. "기회만 있었으면 그랬을 거예요."

"젠장." 아디의 시선이 뒤뜰로 향했고, 아이들 절반이 작은 손과 발로 종이상자 도시를 잡아뜯고 짓밟는 통에 폭동 지역이 되어가

---

* 전자는 유아와 고령자, 장애인, 주부, 환자 등을 대상으로 홈케어 서비스를 안내하는 회사. 후자는 식료품 구매대행 배달 서비스를 제공하는 업체.

고 있었다. 울타리 주변에 그 잔재가 쌓이기 시작했다. "난 이제 케이크를 내와야겠어."

"내가 도와줄게!" 슬론이 잔을 높이 들고 아디를 따라 부엌으로 갔다. 그들 뒤로 방충문이 탁 닫혔다.

아디가 냉장고를 열었고, 사교 모임에서 딱히 도움이 안 되는 슬론은 아일랜드 식탁에 기대섰다.

"캐서린이 오늘은 좀 흥분한 것 같던데." 슬론이 어깨 너머로 창밖을 보면서 속삭였다. "넌 진짜 그런 일이 일어났다고 믿니?"

"믿어." 아디는 냉장고 중간 선반에서 빨간색과 파란색과 흰색 크림으로 장식한 케이크를 꺼냈다. 그녀는 팔로 케이크를 받쳐들고 슬론이 기대서 있는 식탁에 조심스럽게 내려놓았다.

"늘 의심 많은 네 반응이 그게 다라고?"

아디는 서랍을 열고 초를 꺼내 케이크 둘레를 장식한 아이싱을 따라 꽂기 시작했다. "응, 그게 다야."

"남자가 실패하면 뭐라고 하지? 좋은 경험 했다?" 아이싱에 시선을 뺏긴 슬론은 파란색 소용돌이 모양의 크림을 손가락으로 찍어 먹어볼까 고민했다.

슬론은 성냥개비를 성냥갑에 대고 긁었다. 주홍빛 불꽃이 성냥머리에 일었다. 그녀가 성냥을 기울이자 불꽃이 양초의 심지와 만났고 곧이어 촛농이 케이크에 뚝뚝 떨어지기 시작했다. 슬론은 타오르는 불꽃이 손가락 끝에 닿기 직전에 불어 껐다. 한줄기 잿빛 연기가 피어오르다 허공에 흩어졌다.

"이 말은 해야겠어." 슬론이 말했다. "애들 생일파티에서 오늘처럼 취하기는 처음이야. 음, 애비게일의 첫 생일을 빼면." 그녀는 추억에 잠겼다.

슬론이 문을 잡아주자 케이크를 든 아디가 균형을 잡으면서 밖으로 걸어나갔다. 손님들이 일제히 "생일 축하합니다"를 외치기 시작했고, 슬론 역시 확신에 찬 목소리로 노래를 따라 불렀다. 빙 둘러선 얼굴 중에 로살리타의 얼굴이 보이지 않았지만 대수롭지 않게 지나쳤다.

노래가 끝나자 조각낸 케이크를 손님들에게 나눠줬다. 해가 중천에 떠오르면서 열기가 점차 견디기 힘들 만큼 뜨거워졌다. 아니면 부엌에 샴페인잔을 내려놓지 않았던 탓일 수도 있다. 어른들은 서로 어울리면서도 제시간에 파티를 빠져나가 볼일을 보거나, 야간 베이비시터를 맞을 준비를 하거나, 낮잠을 잘 기회를 엿보느라 가만있지 못하고 서성댔다.

슬론은 집으로 돌아가 트레이닝복으로 갈아입을 생각이 간절해 데릭을 찾은 뒤 아디에게 간다는 인사를 하라고 꾀는 중이었다. 그레이스는 이미 일회용 접시를 수거해 쓰레기봉투에 집어넣고 있었다. 슬론은 차라리 조금씩 돈을 모아 청소업체를 불러주는 게 훨씬 낫지 않을까 생각했다. 그럼 똑같이 고마워하지 않을까? 더 고마워하지는 않더라도 말이다.

잔디밭에서 민들레를 찾은 애비게일이 소원을 빌기 전에 보여주겠다며 슬론에게 왔다. 그다음에는 정말로 기억이 흐릿해져 누가 아디한테 "정말 멋진 생일파티였어요, 고마워요"라고 말했는지조차 가물가물했다. 그러다 브레일리와 토니가 슬론과 데릭 앞에 나타났고, 토니가 데릭에게 말했다. "다음달에 우리 클럽에서 스카치와 초콜릿 시음회를 하는데 관심 있으면 우리 부부랑 사인조로 참석할래요? 자세한 내용은 브레일리가 슬론한테 알려줄 거예요."

하필이면 그때 초콜릿이 당겼던 슬론이 열정적으로 고개를 끄덕였고, 곧 연락하기로 약속했다.

슬론이 고개를 돌렸을 때 직사거리에 있던 아디의 얼굴에서 표정이 싹 가셨다. "자세한 내용은 브레일리가 알려줄 거라는데?" 다른 질문은 없었다.

슬론은 손으로 이마를 짚으며 빌어먹을 샴페인 탓으로 돌리려 했다. 하지만 그 핑계는 집에서 데릭한테나 대야 할 것이다. 아디 밸디즈는 어떤 핑계도 들어줄 생각이 없는 게 분명해 보였으니까.

"그냥 한두 번 만난 거야." 아니면 서너 번. 슬론은 속으로 생각했다. 다섯 번이었을 수도 있다. "데릭이 장 보러 갔다가 토니와 우연히 마주쳤대." 슬론은 과장되게 놀랍다는 말투로 무슨 그런 우연이 있냐는 듯 이야기했다 "그때 토니가 클럽에서 같이 테니스를 치자고 제안한 거야. 데릭이야 늘 테니스를 치고 싶어했고, 너도 알다시피 내가 클럽 가입은 반대하잖니." 사실 슬론의 식탁에는 테니스 클럽 입회서가 놓여 있었고, 슬론은 아주 진지하게 가입을 고민하는 중이었다.

아디는 말 한마디 없이 파티 답례품 봉투를 나눠주면서 들었다.

슬론은 손짓까지 동원했다. "한번 그러고 나니까 또 한번이 되고 계속 그렇게 이어지더라고. 너한테 말하려고 했어."

아디의 입술이 바늘처럼 얇아졌다. "근데 주 오 일 동안 열 시간 넘게 같이 일하면서 아직까지 말할 틈이 없었니?"

문자메시지보다 더 나쁜 게 뭔지 알아? 이런 거야. 이게 훨씬 더 나빠!

한숨을 내쉬는 슬론의 어깨가 단번에 축 처졌다. "그러지 마. 네가 토니를 싫어하는 거 나도 알아." 아디가 날카로운 눈빛으로 슬론을 쏘아봤다. "하지만 데릭은 남자 친구가 거의 없잖아. 직장에도 여자만 잔뜩 있고. 게다가 초대를 받으니까 자기도 들뜬 모양이더라고." 데릭은 딸의 목덜미에 손을 얹은 채 울타리 문 옆에 서 있었다. 애비게일이 손에 든 답례품 봉투가 무릎께에서 흔들거렸다.

"나는 그냥 편들어주려고 그런 거야."

"누구를?"

슬론이 손가락을 들어 데릭을 가리켰다. 잠깐만.

"아디, 화내지 마. 제발." 슬론은 중년인 사람끼리는 서로에게 화를 내선 안 된다는 이상한 믿음이 있었다. 그래서 공기 중에 감도는 냉랭한 기운이 뜻밖이고 불쾌했다.

"화 안 났어."

"일부러 비밀로 하려던 건 아니었어." 그다음엔 슬론도 무슨 말을 하면 좋을지 몰랐다. 별것도 아닌 일로 티격태격하기에는 둘 다 나이를 먹을 만큼 먹은 것 같았기 때문이다. 안 그런가? 둘은 오랜 시간 친구이자 동료로 지내왔다. 게다가 무엇보다 그들은 커리어 우먼이었다. 드라마나 찍고 있을 시간은 없었다.

"슬론!" 데릭이 큰 소리로 불렀다.

"이제 가봐야겠어. 월요일에 다시 얘기하자. 그전에도 좋고. 언제든지 네가 좋은 시간에." 슬론은 데릭과 애비게일을 따라 울타리 문을 나서며 아디와의 일은 별것 아니라고, 다 괜찮을 거라고, 아디도 그녀를 탓하는 건 아닐 거라고 스스로를 설득하려 했지만, 어쩐지 거짓말이 통하지 않았다. 아디는 슬론에게 화가 나 있었다. 슬론은 꺼림칙한 기분이었다. 예쁜 신발을 신고도 말이다. 흥이 깨져버렸다. 데릭의 SUV에 오르자 두통의 기미가 이마를 점령하기 시작했다. 그녀는 창밖을 응시했다. 갑자기 날씨가 너무 더웠고, 새는 너무 시끄럽게 울었고, 윙윙대는 스프링클러는 쓸데없이 물을 너무 많이 뿌려댔다. 그녀에게는 다른 비밀이 또 있었다. 사랑하는 이들은 모르게 표면 아래 숨어서 잠자고 있는 비밀이. 그녀는 언제나 비밀을 지켜야만 아무도 상처받지 않는다고 믿어왔다. 그러나 어쩌면, 그냥 어쩌면 그것 또한 언젠가 그녀의 면전에서 폭로될 또 다른 거짓말일지도 모른다.

22

4월 3일

월요일이 되자 우리의 심경은 복잡해졌다. 죄책감과 두려움, 스트레스와 피로, 그리고 안도감이 한꺼번에 몰려왔다. 주말이 끝나갈 무렵 우리는 인터넷 서핑을 갈망했다. 방해받지 않고 온라인 쇼핑몰을 꼼꼼히 들여다보면서 회사에서 후원한 커피를 한잔할 여유에 군침을 흘렸다. 하지만 일요일에 최대한 많은 볼일을 해결해 둬야 한다는 사실을 알고 있었다. 욕실 전구도 교체해야 하고, 지난달부터 부엌 식탁에 그대로 놓여 있는 의료비 청구서도 지불해야 했다. 월요일이 되면 이제 여름방학을 기다릴 나이는 오래전에 지났고, 업무라는 단조로운 강이 사계절 내내 쉼없이 흐를 것이며, 주말만이 그야말로 유일한 휴일이지만 자유시간을 계획대로 활용하지 못한 우리는 다가오는 평일의 맹공에 맞서 마음의 준비를 단단히 해야 한다는 사실을 씁쓸하게 깨닫는다. 유일한 휴일을 뜻하지 않게 〈제인 더 버진〉을 정주행하며 허비한 탓이다. 월요일마다 우리는 신년 다짐과 똑같은 맹세를 반복했다. 앞으로는 더 건강하

게 먹고, 더 자주 운동하고, 일을 더는 미루지 않고, 애들한테 텔레
비전을 많이 보여주지 않겠다고. 그 맹세의 절반이 금요일 전에 깨
질 것이라는 본능적이고도 겸허한 직감 역시 월요일과 함께 찾아
왔다.

바로 그 월요일에 우리는 모니터의 전원 버튼을 누르고, 음성메
시지를 듣고, 이메일을 확인하고, 스테이플러에 심을 채우고, 포스
트잇에 메모를 휘갈기면서 발밑에 사방으로 금이 간 유리판을 딛
고 있다는 사실에 무뎌졌다. 이번 월요일이 딱히 여느 때보다 더
활기찬 분위기로 시작된 건 아니었고, 그렇다고 모든 게 정상인 마
지막 월요일이 될 거라는 조짐 또한 전혀 없었다.

그레이스 스탠턴의 서체는 매우 훌륭했다. 그녀는 고등학생 때
학교 대표 축구팀과 테니스팀 선수로 선발되기도 했다. 요리 실력
도 제법이었다. 텍사스대학 로스쿨을 다녔고, 수석은 아니었지만
상위 25퍼센트 안에 드는 성적으로 졸업했다. 냉장고도 늘 제때 청
소했다. 일주일에 책 한 권을 꼭 읽었다. 프랑스어도 할 줄 알았다.

요지는 그레이스 스탠턴은 못하는 게 없다는 뜻이다.

그런데 왜 월요일 아침부터 패배한 기분으로 책상 앞에 앉아 있
는 것일까?

설명할 수 없었다. 그녀는 친구에게 말하듯 자신에게 말을 걸었
다. 널 너무 몰아붙이고 있잖아. 넌 정말 훌륭해. 그러니까 별것 아닌 일
로 너 좀 그만 괴롭혀. 아무도 눈치채지 못할걸.

문제는 그녀가 친구한테 이런 말을 할 때는 진심이라는 것이다.

그레이스는 여성 중심 뉴스레터 '더 스킴'을 클릭해 그날의 주요

뉴스를 훑었다. 그다음에는 팔로우하는 인테리어 디자이너의 블로그를 기웃거렸다. 그러다 더는 시간을 허비할 수 없는 순간이 왔다.

다리 밑에서 미니 히터가 윙윙 돌아가는 사이, 그녀는 최신 규제 관련 업데이트의 개요에 관심을 돌리고 상정된 변경 사항 가운데 트루비브에 영향을 줄 만한 것이 있는지 살폈다. 그리고 그녀 대신 웨스트로* 검색을 맡아줄 외부 변호사에게 넘길 사안들을 정리한 워드 문서에 메모를 남겼다.

마침내 일의 흐름을 타게 되었을 즈음 문에서 요란하게 탁 치는 소리가 났다. 고개를 들자 문틀 안쪽을 움켜쥔 에임스의 손이 보였다. 그는 마치 지나가다 출구가 닫히기 직전에 문을 붙잡은 듯한 모습이었다.

에임스가 휘청하며 모습을 드러냈다. "안녕." 그는 하나, 둘, 셋의 리듬으로 손가락을 튕기더니 주먹으로 손바닥을 쳤다. 그녀의 아버지도 똑같은 행동을 할 때가 있었다. "지난주에 얘기했던 일을 처리할 시간이 있었나 해서 말이야." 그가 주말에 자라난 희끗희끗한 수염의 흔적이 아직 남아 있는 뺨을 긁적거렸다.

그레이스는 남자 직원이 자신의 사무실에 잠깐 들르는 일에 익숙했다. 이를테면 아디 같은 여자보다 자신에게 훨씬 더 자주 일어나는 일이라는 걸 알고 있었다. 그 때문에 살짝 짜증나는 것 이상의 피해를 보았다면 외모를 바꾸는 것도 고려해봤을지 모른다. 하지만 그녀는 여자가 장 보러 갈 때조차 하이힐을 신는 남부 지방 출신이었다. 해묵은 습관은 여간해선 없어지지 않았다. 없어지기

---

* 법률 전문 검색 엔진.

는커녕 아예 꿈쩍도 안 했다.

"사실 아직이에요." 그녀는 에임스의 스스럼없는 말투에 맞춰 대답했다.

에임스가 손으로 머리를 빗어넘겼고 그 바람에 흰색 앞머리가 잠시 모습을 감췄다. "그렇군."

그레이스의 손가락은 여전히 키보드 위를 맴돌았다. "그렇지만 해야 할 일 목록에는 올려놨어요." 에임스의 부탁을 잊거나 한 건 아니었다. 부탁을 들어주기 싫은 것도 아니었다.

싫을 이유가 뭐 있겠나? 그렇게나 사소한 부탁인데. 그녀는 에임스를 좋게 생각했고, 그도 그녀의 진가를 알아보았다. 그레이스는 에임스를 좋아해도 된다. 왜 안 되겠는가?

그녀는 상사를 향해 미소를 지으며 남자를 안심시키는 법을 떠올렸다. 정말이지 너무 쉬웠다. 따뜻한 미소와 가벼운 웃음이면, 짜잔, 어떤 남자라도 즉시 행복해졌다. 보라, 에임스에게도 벌써 통했다.

에임스가 팔짱을 낀 채 문틀에 어깨를 기댔다. "자네가 거북하다면 절대 부탁하지 않을 거야." 그는 손등으로 입을 가린 채 그녀를 주시했다.

"그럼요." 그녀는 키보드에서 손을 떼고 양손으로 무릎을 꾹 움켜쥐었다. "당연하죠." 그리고 속으로 에임스는 그녀가 그를 거북하게 하는 것도 절대 원치 않을 거라고 생각했다.

그녀는 거짓말할 수도 있었다. 그것도 선택지에 있었다. 하지만 과연 좋은 선택일까? 그럴 리가 없다.

"그나저나 난 가봐야겠어. 보상위원회 회의가 있거든." 순간 에임스가 보상을 언급한 것이 우연일까, 아니면 뭔가를 암시하는 것일까 하는 냉소적인 의문이 들었다. 그러다 위층 발코니에서 그가 얼마나 친근하게 그녀의 승진 계획을 논의했는지 떠올라 갑자기 미안해졌다. "참, 그리고 말이야." 그가 손가락을 튕긴 뒤 천장을 가리켰다. "일 끝내고 잠깐 발코니에서 볼까?" 그는 담배를 피우는 흉내를 냈다. "프로젝트 몇 개가 들어왔는데 자네가 먼저 보고 고르면 좋을 것 같아. 의견을 듣고 싶은 규제 문제도 좀 있고."

"제가 규제 문제를…… 얼마나 좋아하는지 아시잖아요." 그레이스가 말했다. 무의미한 업무 대화. 그녀는 그냥 받아줬다.

"그래서 내가 자네를 좋아하는 건 알지." 에임스가 윙크했다. "이따 연락하자고." 나가는 길에 그는 문틀을 톡톡 두드렸다.

그레이스의 모니터가 그새 잠들어버렸다. 그녀는 마우스를 툭 쳐서 잠든 모니터를 다시 깨웠다. 에임스와의 대화를 곱씹을수록 그가 부탁한 대로 하는 수밖에 다른 선택지가 없다는 결론이 나왔다. 하지만 그게 그렇게 나쁜 일일까? 거래라는 게 원래 뽑아낼 수 있는 건 최대한 뽑아내는 것 아닌가?

그레이스는 문제를 다른 각도에 놓고 스스로에게 물었다. 다른 선택지가 있었으면, 결과에 대한 걱정 없이 선택할 수 있는 여지가 있었으면 어떻게 했을까?

답은 아마 그대로일 것이다. 진정으로 그렇게 생각한다면 그걸로 위안을 삼아야 한다. 어쨌거나 에임스도 누군가의 아버지이자 남편이었고, 슬론과 복잡한 과거가 있는 남자이긴 했지만 그렇다고 괴물은 아니었다.

에임스가 나쁜 놈일 수는 있다. 당연히. 그레이스가 당한 건 아니지만 충분히 그럴 수 있다는 가능성은 인정했다. 그러나 그레이스는 슬론과 아디도 자신만큼, 이를테면 특정 부류의 남자에 대한 경험이 있는지 의문이었다. 정식 무도회에서 자라다시피 했고, 사교계 데뷔도 했으며, 여학생 클럽에서도 활동했던 그레이스는 삶의 기착지마다 마주한 남자들이 보여준 행동의 중심에 있는 보이지 않는 기반을 알고 있었다. 그건 자격이었다.

어쨌거나 자격은 그다지 추잡한 단어는 아니었다. 그렇게 생각하겠다면 어쩔 수 없지만. 자격이란 그저 가치 있는 무언가를 받아 마땅하다는 의미일 뿐이다.

그레이스는 자신이 더 많은 돈과 인정을 받아 마땅하다고 생각했다. 사실 그럴 자격이 있다고 믿었다. 그러기 위해서는 이 일이 그녀가 거쳐야 할 필수 관문은 아닐까? '아이 엄마' 이상의 그레이스가 되려면 말이다.

그녀는 빈 문서를 열고 왼쪽 상단 구석에 날짜를 입력했다. 잠시 망설여졌다. 그녀의 송곳니가 뺨 안쪽의 분홍빛 살을 깨물었다. 슬쩍 시간을 확인했다. 커서가 계속 깜빡였다.

그전에 계속 거슬리던 일 하나를 매듭지을 필요가 있었다.

"캐서린?" 그레이스는 캐서린의 사무실 안으로 고개를 빼꼼 들이밀었다. 삼면을 유백색으로 칠한 사무실 벽은 활기를 더해줄 사진이나 자격증 액자 하나 없이 고요하게 텅 비어 있어 공간 전체가 개성 없이 단조롭게 느껴졌다. 정신병원이나 다를 바 없었다.

"속은 좀 어때?" 그레이스가 불쑥 안으로 들어갔다.

"몸요? 괜찮아요." 캐서린은 잠시 눈을 감았다. "기분은 약간 굴욕적이네요. 네 살짜리 생일파티에서 숙취라니." 그녀가 콧날을 살짝 꼬집었다.

그레이스가 손사래를 쳤다. "뭐 어때? 나도 수유에서 벗어나 맘껏 술을 마실 날만 손꼽아 기다리는데." 그녀는 벌써 축축하게 젖기 시작한 가슴을 내려다봤다. 작은 감방에 갇혀 실험 기계 같은 유축기를 몸에 매달고 있어야 하는 공포의 유축 시간이 머릿속에서 조용히 카운트다운을 시작했다. 이제는 그 시간을 낮잠으로 채웠지만 그녀는 아직도 모유 유축에 매달렸다. 사실 모든 것에 매달렸다. 완벽하게 해내기 위해. 이번엔 살짝 삐끗한 것뿐이다. 그렇다고 에마 케이트한테 공갈 젖꼭지를 물리거나 한 건 절대 아니니까.

"#모유수유해방." 캐서린이 말했다. "이 문구로 티셔츠라도 제작해야겠는데요."

"저기." 그레이스가 손가락을 튕겼다. 에임스처럼 진짜로 손가락을 튕겼다. 그녀는 두 손을 꼭 붙잡고 자제했다. "실은 물어볼 게 있어. 아직 프레스콧에서 지내?"

"아뇨." 캐서린은 마우스를 밀치고 인체공학적으로 설계된 의자에 몸을 기댔다. 지난 주말에 캐서린의 거처 문제가 떠오르지 않다니 이상한 일이라는 생각이 들었다. "얼마 전에 업타운의 새 아파트로 이사했어요. 언제…… 시간 나면 한번 놀러오세요." 그레이스는 그제야 질문에 대답하는 캐서린이 자신을 쳐다보지 않는다는 걸 눈치챘고, 오해일 수도 있지만 숨도 쉬지 않고 말하는 것 같았다.

"나야 좋지." 그레이스는 서둘러 대답했다. 진심이었다. 캐서린이 얼핏 미소를 지었다. "그런데 실은 궁금해서 말인데, 그 방을 누가 알아봐줬다고 했지? 그…… 프레스콧 호텔방 말이야." 그레이스는 노골적으로 굴었다. 스스로도 노골적이라고 느낄 만큼. 하지만 무엇이 노골적이란 말인가? 숨기는 게 없으면 노골적일 것도 없었다. 마음이 놓였다.

캐서린은 모니터로 시선을 돌리며 의자를 책상 가까이 끌어왔다. "친구요. 왜요?" 그녀의 시선이 그레이스를 획 스쳤다 모니터로 되돌아갔다.

"아, 음. 아무것도 아니야." 그레이스는 타인의 사무실에서 탁 트인 전면 유리벽을 등지고 멀뚱히 서 있는 상황이 전혀 달갑지 않았다. "그냥 궁금했어. 나도 소개받을 수 있을까 해서. 혹시 모르니까. 물론 공짜는 없겠지. 친구 이름이 뭐야?"

캐서린의 시선이 모니터를 이리저리 훑었다. 입을 아주 살짝 벌리고 소리 없이 모니터에 뜬 무언가를 읽었다. "앨리스요." 그녀가 말했다. 그녀의 시선이 또다시 그레이스 쪽을 획 스쳤다. "앨리스 백스터."

"앨리스라." 그레이스는 캐서린의 말을 따라 했다.

"그런데 친구가 지금도 알아봐줄 수 있는지는 모르겠어요." 사무실을 나가려고 돌아서는 그레이스를 캐서린이 불러 세웠다. "한번 물어볼까요?"

"그럼 나야 좋지. 고마워."

그레이스는 유리에 비친 유령 같은 자신의 실루엣을 보면서 문을 나섰고, 잠시 후 그녀 역시 모니터 뒤로 몸을 숨길 수 있는 자신의 사무실로 돌아왔다.

앨리스 백스터. 캐서린의 말이 사실일까? 아예 단도직입적으로 물어보는 게 낫지 않았을까? 프레스콧호텔 비용을 내준 사람이 에임스 개릿이니? 아니, 그건 무례할 수도 있다.

그레이스는 남편한테 했던 거짓말을 떠올렸다. 밤새 일해야 한다는 말이 얼마나 쉽게 나왔던가. 어쩌면 여자들은 그저 타고난 거짓말쟁이인지도 모른다.

그레이스는 앉아서 잠시 생각했다. 페이스북은 트루비브 사내 컴퓨터에서 차단된 사이트였지만 휴대폰 앱으로는 실행할 수 있었다. 그녀는 캐서린의 이름을 입력하고 목록에서 캐서린의 계정을 찾아낸 뒤 친구 요청 메시지를 보냈다. 그리고 다시 업무에 집중한 지 십오 분 만에 휴대폰 알람이 울렸다. 그레이스가 캐서린 벨과 친구가 되었다는 알림이었다. 그들의 우정은 이제 공식화되었다.

그레이스는 검지로 화면을 터치해 캐서린의 친구 목록을 불러냈다. 목록은 짧았다. 그 또래의 여자치고는 매우 짧았다. 하지만 거기, 목록 맨 꼭대기에 그 이름이 있었다. 앨리스 백스터.

그레이스는 휴대폰을 내려놓았다. 됐네. 확인은 끝났다. 기분이 한결 나아졌다. 양심에 걸리던 것이 사라졌다. 그레이스는 새 워드 문서를 열고 화면 상단에 날짜를 입력한 뒤 곧이어 타이핑을 시작했다.

진술 녹취록

4월 27일

샤프: 성함을 말씀해주세요.

진술자 3: 그레이스 스탠턴입니다.

샤프: 스탠턴 씨, 직업이 무엇입니까?

진술자 3: 트루비브의 사내 법무팀 소속 변호사입니다. 주로 SEC 사안과 같은 규제 문제를 담당하고 있습니다.

샤프: 트루비브에서 일한 지는 얼마나 되셨나요?

진술자 3: 육 년쯤 됐습니다.

샤프: 보고 라인은 어떻게 됩니까?

진술자 3: 북미 법무팀의 수석 부대표인 슬론 글러버가 제 상사입니다.

샤프: 에임스 개릿은요?

진술자 3: 네, 그도 제 보고 라인에 있습니다. 회사의 대표 변호사니까요. 엄밀히 말하면 법무팀 전 직원이 그에게 보고를 한다고 볼 수 있습니다.

샤프: 개릿 씨를 잘 아십니까?

진술자 3: 업무적으로는 잘 압니다.

샤프: 스탠턴 씨, 에임스 개릿에게 성희롱을 당한 적이 있습니까?

진술자 3: 아니요. 저한테 사적으로 그런 적은 없습니다. 제 고소 내용은 민권법 제7조에 의거한 불안전한 근무 환경에 기반합니다.

샤프: 네, 고소하신 내용의 법적 기반은 잘 알고 있습니다. 제가 혼란스러운 부분은 사실적인 측면이에요. 스탠턴 씨, 앞에 있는 증거물 13호를 봐주시겠습니까?

샤프: 본 문서를 직접 작성하셨나요?

진술자 3: 네, 그렇습니다.

샤프: 기록을 위해 문서에 대한 설명을 부탁드려도 될까요?

진술자 3: 개인 추천서라고 할 수 있겠네요. 이사회에 보내는 추천서였습니다.

샤프: 누구를 위한 추천서요?

진술자 3: 에임스입니다.

샤프: 에임스 개릿을 트루비브의 CEO 자리에 추천하는 개인 추천서라는 말씀이신가요?

진술자 3: 네, 맞습니다.

샤프: 직접 작성하신 해당 문서의 내용을 인용하자면, "에임스 개릿은 줄곧 저의 멘토였습니다. 그는 명석하고 야망 있는 상사였으며 제게 사적으로나 업무적으로 문제가 생겼을 때마다 사무실 문을 활짝 열어주었습니다. 저는 에임스와의 관계를 소중히 여기며, 향후에 트루비브에서 그가 어떤 역할을 맡게 되든 그와의 관계를 이어나갈 수 있기를 희망합니다"라고 쓰셨네요. 불과―얼마 만이죠?―이 주 뒤에 고소한 남성에 대한 평가치고는 굉장한 극찬으로 들리는데요.

진술자 3: 이틀이든 이 주든, 그 사이에 무슨 일이 생겼고 애초에 제가 왜 그런 추천서를 쓰게 되었는지에 비하면 시간 자체는 중요하지 않은 것 아닌가요?

샤프: 추천서를 작성하신 이유가 뭐죠?

진술자 3: 압력을 느꼈어요. 그가 부탁한 추천서를 써줘야 제 커리어에 좋을 거라고 판단했습니다.

샤프: 그가 정확히 어떻게 압력을 가했습니까?

진술자 3: 제게 요청했습니다. 그는 제 상사였기 때문에 저는 그의 요청을 따라야 한다는 암시를 받았고요. 그에게 제 승진 궤도와 보상을 결정할 힘이 있었으니까요.

샤프: 압력을 느끼면 거짓말하는 습관이 있습니까?

진술자 3: 아니요.

샤프: 커리어에 도움이 된다면요?

23

4월 3일

아디는 오늘 업무에 집중하기로 맹세했다. 아침에 나선 그녀의
집은 토네이도가 휩쓸고 지나간 것 같았다. 지난밤 마이클은 토니
의 집에서 잤으니 아들 핑계를 댈 수도 없는 노릇이었다. 밤새 내
린 비로 뒤뜰에 만든 종이상자 도시는 짓뭉개져 갈색 종이죽이 되
었다. 상자를 따로 챙겨둘까 고민했을 정도로 그녀는 토요일 오전
의 생일파티가 뿌듯했다.

그러나 이제 파티는 끝났다. 전남편 토니는 그녀에게 "회복할
시간을 주겠다"며 마이클을 데리고 돌아갔다. 그녀에게는 파티의
성공을 함께 갈무리하고, 마이클의 귀여운 행동을 공유하고, 마이
클이 파티에서 가장 좋아했던 부분을 이야기하고, 걸음마를 할 때
부터 지금까지 여전히 '케이크 케이크'라고 부르는 초콜릿케이크
를 한입 가득 물고 있는 마이클의 사진을 보고 같이 웃을 사람이
아무도 없었다. 토요일 저녁부터 그녀는 (이혼한 이후에 친구들이
저 침대 팔아버려라고 했지만 팔지 않은) 킹사이즈 침대에 잔뜩 웅

크린 채 누워 있었고, 오늘 아침까지 제대로 옷을 챙겨 입을 생각도 하지 않았다. 오늘은 일터로 돌아가야 하는 음울한 월요일이었다.

이제 그녀는 국세청 의견서를 검토해야 했다. 해석이 필요한 언어가 있었다. 해결의 실마리가 보이는 문제들을 살펴봐야 했다. 아디는 생산적인 일에 정신을 쏟는 것을 좋아했다.

사무실 창밖에 잿빛 장막이 드리우더니 이내 빗물이 창문을 때렸다. 바람이 불면서 유리창에 산탄 총알을 퍼붓는 소리가 났다. 비가 오면 사무실의 기운이 자못 달라졌는데 오늘은 가라앉는 분위기였다. 안에 틀어박히게 만드는 고요한 기운. 천둥이 우르릉 칠 때마다 바닥이 떨렸다.

오전 열한시에 유선전화가 울렸고 시내 전화번호가 떴다. 아디는 수화기를 들었다. "에이드리아나 밸디즈입니다."

"밸디즈 씨," 수화기 저편에서 온화한 음성이 들려왔다. "저는 하일랜드파크 학군의 토냐 로클린이라고 합니다. 최근에 밸디즈 씨가 접수하신 괴롭힘 항의와 관련해 의뢰인인 애비게일 글러버 양과 공식 면담을 진행하려고 전화드렸습니다." 끝내주는군. 아디가 되도록 생각하지 않으려 했던 딱 그 일이었다. 환상적인 타이밍. 아디는 의자에 등을 기대고 수화기를 든 쪽의 팔꿈치를 손으로 받쳤다. "학교 정책상 저희는 신고를 받은 부당행위의 관련자 모두와 공식 면담을 진행해야 합니다. 신고자 가족의 변호사이니 밸디즈 씨도 물론 참석할 권리가 있고요. 참석 가능한 날짜를 알려주시겠습니까?" 답변을 기대하는 질문을 받는 동안 아디는 메모지를 찾아 책상을 뒤적였다. 메모지를 찾은 아디는 종이를 넘겼다.

그녀는 펜으로 종이를 툭툭 치며 분노를 삭였고, 그 바람에 잉크가 묻은 펜촉에 종이가 북북 긁혔다. "토냐 씨, 고맙습니다. 애비게일의 어머니와 먼저 상의하고 늦지 않게 다시 연락드릴게요. 연락처를 알려주시겠어요?"

토냐가 연락처를 알려주었고, 아디는 수화기를 내려놓은 뒤 접착 메모지를 뜯어 야무지게 반으로 접었다.

주말 내내 슬론은 다량의 문자와 음성 메시지로 아디의 휴대폰을 가득 채웠지만, 아디는 애써 무시했다. 슬론은 아디가 예상한 그대로였다. 슬론 부부가 아디의 전남편과 이어온 듯한 플라토닉한 관계에 대해 다 잊고 털어버리라며 아디를 달달 볶아댔다. 어서 빨리 화해하고 풀고 싶은 슬론의 성급함이 아디를 뒤끝 있는 사람으로 격하시켰다. 슬론은 할말이 있다고 했다. 그렇지만 아디가 무슨 말을 기대하겠는가? 슬론, 넌 내게 상처를 줬어. 그들은 유치원생이 아니었다. 토니는 성인이었고, 데릭과 슬론도 성인이었다. 원하면 누구와도 어울릴 수 있는 성인.

하지만 다 개똥 같은 소리였다. 슬론은 토니와 절대 어울리면 안되었고, 그 사실을 잘 알았을 것이다. 슬론은 마음이 불편해야 했다. 끔찍한 기분이면 더 좋고.

이미 그런 기분일지도 모르지만 말이다.

"네 거야. 받아." 아디는 직접 슬론의 사무실로 가서 토냐의 회신 연락처를 꼼꼼히 받아 적은 쪽지를 건넸다. "애비게일 일이야. 그리고 난 네 비서가 아니야. 진짜 네 변호사도 아니고." 그러니까 슬론은 토니의 일로도 모자라 법률 보고서에 멋대로 서명해도 되는 줄 알았던 모양이다…… 아디의 이름으로.

심지어 좋은 일도 아닌데.

어쩌면 조금은 좋은 일일지도.

진짜 문제는 그게 아니었다. 아디에겐 생각해볼 기회조차 주어지지 않았고, 무책임한 일처리는 아디가 딱 질색하는 것이었다. 슬론도 그걸 모르지 않았다.

슬론은 일어서서 조심스럽게 쪽지를 받아들었다. "오, 젠장. 아디, 정말 미안해. 이럴 필요……"

"어쩌겠니. 네가 내 상사인데." 실제로 이 말을 입 밖에 꺼낼 생각은 없었다. 너무 못됐다. 젠장. 못되게 말할 생각은 없었는데. 덕분에 속 좁고 쩨쩨한 사람으로 보이게 생겼다. 같은 이유로 아디는 토니한테 독한 말을 절대 하지 않았다. 그녀가 괜찮아 보일수록 토니의 마음은 더 불편해지리라. "너도 내가 애비게일을 예뻐하는 건 알지?" 손깍지를 낀 채 양쪽 엄지를 꼭 누르며 아디가 덧붙였다. 적어도 그 말은 진심이었다. 애비게일을 위해서라면 무슨 일이라도 했을 것이다. 슬론과 데릭이 어떻게 그토록 예쁘고 개성 있는 아이를 키웠는지 도무지 알 수 없었지만, 애비게일은 정말이지 굉장한 아이였다. 누구든 감히 그애를 건드리는 남자애가—혹은 여자애가—있다면 아디도 슬론 못지않게 바로 쫓아가서 때려눕혀줄 터였다.

"아디, 정말 미안해." 명품으로 보이는 기하학 패턴의 실크 블라우스를 입고 책상에 기댄 슬론은 흠잡을 데 없는 모습이었다. "적을 친구로 삼다니." 그녀가 침통한 표정으로 말했다.

"난 토니가 적이라고 한 적 없어. 문제는 네가 거짓말을 했다는 거야."

슬론이 손가락을 들어 지적했다. "꼭 그런 건 아니야." 아디가 눈썹을 치켜세웠다. "아니, 네 말이 맞아. 내가 솔직하지 못했어. 계속 너한테 말할 타이밍을 찾고 있었는데……"

"근데 말 안 했잖아." 아디가 슬론의 말을 끝맺었다.

"그래, 말 못했어." 슬론이 인정했다. "그렇지만 나는 아홉 달 넘게 세차도 못하고 있으니까." 슬론은 협상의 귀재였다. 언제나. 그녀는 늘 '웃는 낯에 침 못 뱉는다' 전략으로 사람을 자기편으로 끌어들였다. 한번은 그레이스가 슬론이 먼저 승진한 게 언짢지 않으냐고 물었지만 아디는 전혀 언짢지 않았다. 슬론의 직책은 뛰어난 사교성이 필요한 자리였고 아디는 무슨 수를 써서라도 사람들을 상대하는 일만은 피하고 싶었다. 자신에게 무슨 문제가 있는 건 아닌지 궁금하기도 했다. 실제 진단 같은 것. 이를테면 성격장애라든가. 그저 천성이 내성적이라는 말 대신 구체적인 진단이 받고 싶었다. 하지만 그러려면 잘 알지도 못하는 사람과 상당히 오랫동안 실제로 대화를 나눠야 했기에 아디에겐 불가능한 일이었다.

슬론은 의견을 펼치려는 듯 손바닥으로 책상을 짚었다. "근데 브레일리는 최악이더라."

"아니, 그렇지 않아." 아디가 응수했다. 감정 없이.

슬론의 입이 꿈틀거렸다. "맞아. 최악까지는 아니지. 전통적인 의미에서는. 그래도."

그래도, 뭐? 아디는 듣고 싶었다. 슬론은 말을 하다 마는 짜증나는 버릇이 있었다. 계속 브레일리를 만나고 싶은데, 그래도 아디를 생각해서 만나지 않겠다는 말일까? 아니면 아디의 처사가 부당하지만, 그래도 친구의 기분을 존중하겠다는 말일까? 그것도 아니면 아디의 전남편이 그 여자한테 갔지만, 그래도 아디는 여전히 그를 사랑한다는 말일까?

마지막은 분명 아디의 생각이었다.

지난밤 아디는 발신자 표시 제한으로 토니에게 전화를 걸었다. 그리고 휴대폰을 귀에 대고 누워 "여보세요? 여보세요?" 하는 토니의 목소리를 숨죽인 채 들었다. 그러다 전화를 끊고 또다시 전화를 걸어 귓가에 울려퍼지는 전남편의 목소리를 들으며 잠이 들었다.

"괜찮아." 아디는 손가락을 들어 보였다. 괜찮다.

"안 괜찮잖아."

그래. 안 괜찮았다. 하지만 아디는 슬론과 이 문제를 질질 끌고 갈 이유를 찾지 못했다. 다 잊고 넘어갈지 말지는 아디가 선택할 문제였지만, 논리적으로는 넘어가는 게 맞았다. 그녀와 슬론은 괜찮을 것이다. 결국에는. 대체로는. 그러고 보니 토니와의 관계도 그럴 거라고 믿었던 때가 있었다는 기억이 났다.

슬론이 한숨을 내쉬었다. "넌 한 번도 후회되는 일을 한 적이 없니?"

있어. 아디는 생각했다. 아니. 그녀가 후회했던가? 그래. 딱 한 번. 어느 쪽이든 슬론과 나눌—혹은 나눌 수 있는—일은 아니었다.

사무실로 돌아가는 길에 유리벽 너머로 키보드 위에 머리를 파묻고 일하는 캐서린이 보였다. 그냥 지나칠 뻔했지만 순간 무언가가 생각나 멈칫하며 침을 꿀꺽 삼켰다. 아디가 열린 사무실 문을 가볍게 두드리자 캐서린이 미소를 지으며 쳐다봤다. 캐서린이 쓰는 줄도 몰랐던 독서용 안경에 눈부신 모니터 화면이 쌍으로 비쳤다.

"캐서린." 아디는 애써 태연하게 말했다. 딱히 그녀의 장기는 아니었다. "갑자기 생각이 나서 말인데." 그녀는 통이 넓은 바지에 달린 커다란 호주머니에 양손을 넣었다. 젠장, 토요일에 캐서린한테 무슨 말을 한 거지? 그레이스는 유축을 해야 한다며 가버렸고, 맙소사, 아디는 슬론한테 너무 화가 났었다. 브레일리의 일로 뒤통수를 맞았는데, 자신이 쓴 것으로 되어 있는 법률 보고서가 첨부된 이메일까지 확인한 참이라 말 그대로 뚜껑이 열렸다.

아디는 어색하게 쭈뼛거렸다. "우리 아들 생일파티가 끝나고 나랑 했던 이야기 있잖아, 그러니까 슬론에 대한 거. 다른 사람들한테는 비밀로 해줄래?" 캐서린의 입가에 미소가 가셨다. "그냥……내가 화풀이한 거야."

24

4월 3일

 그 여자가 추파를 던졌어. 꼭대기까지 승진하려고 상사랑 잤던
여자야. 대학 때 친구가 그 여자랑 같은 로스쿨을 다녔는데 그때도
이런 짓을 하고 다녔대. 잠깐, 그 여자가 정확히 무슨 짓을 했다고?
 그녀가 감당하기엔 너무 벅찬 일이었어요. 먹잇감이 된 거예요.
사자 우리에 떨어진 어린 양이나 다름없었다고요. 그녀는 팜파탈
이에요. 불륜은 피할 수 없는 현실이었죠. 도덕적인 잣대로만 판단
하면 안 돼요. 우리가 순진한 거라고요. 수없이 많은 합법적 관계
가 회사에서 시작돼요. 이성끼리는 친구가 될 수 없나요? 그녀는
능력이 있어요. 그 여자는 자질 부족을 그렇게 메꾸려던 거야. 그
여자는 걸레야. 그녀는 놀림감이었요. 우리는 그녀를 좋아했어요.
동료로서는 좋아했지. 사적으로는 친구로 지내지 않았을 거야. 그
녀도 우리와 똑같은 여자였어요.
 이 난리 속에서 우리는 유리집에 사는 사람은 함부로 돌을 던져
서는 안 된다는 말을 듣곤 했다. 하지만 투명한 크리스털 회의실과

수천 개의 삭막한 유리 눈이 달린 건물의 진열대에서는 어떻게 행동해야 하는지 아무도 일러주지 않았다. 우리가 손끝으로 집어든 건 돌이 아니라 벽돌 모양의 날렵한 스마트폰이었다. 보고 보이는 것. 그것이 우리가 사는 특정한 유리집의 생리였다. 유리 우리에 갇힌 삶에 너무나 익숙해진 우리는 시야 반경을 벗어난 곳에서 일어난 일은 전부 불신했다. 우리의 넓은 오지랖은 어쩌면 생물학적 적응의 결과일지도 모른다. 지자생존知者生存.

우리가 평가할 자 누구인가? 아니, 평가해서는 안 되는 자 누구인가?

슬론은 엘리베이터의 흐릿한 금속 문에 비친 자신의 외모를 평가했다. 옥사나와의 개인 트레이닝 예약에 맞춰 가는 길이었다. 예약을 취소할까 적어도 한 번 이상 고민했다. 그러나 옥사나는 딱히 취소 같은 걸 받아주지 않았고, 운동이 도움이 될 수도 있었다. 기분이 몹시 엉망이었기 때문이다. 아디와의 일이 주된 요인이었지만 그게 다는 아니었다.

엘리베이터가 서서히 멈추고 금속 문이 열리더니 트루비브의 선임 회계사인 크리시 래드너가 회사에서 제공하는 물병을 들고 걸어들어왔다. 서로 친절한 인사를 주고받은 뒤 크리시는 슬론의 옆에 어깨를 나란히 하고 섰다.

"회계팀은 요즘 어때?"

체구는 작지만 배짱이 두둑한 크리시가 어깨를 으쓱했다. "똑같지 뭐. 법무팀은?"

슬론은 자세를 바꾸었다. "마찬가지야." 비록 모든 면에서 최악이긴 했지만 틀린 말은 아니었다.

크리시는 가볍게 콧방귀를 뀌었다. "나는 네가 어떻게 그런 남자 밑에서 일하는지 모르겠어." 그녀는 엘리베이터 상단의 계속 바뀌는 붉은 디지털 숫자를 처다보며 말했다.

"누구?" 슬론은 알아들었지만 모르는 척 물었다. 어떻게 그런 남자 밑에서 일하니? 위로보다는 비난으로 느껴지는 말이었다.

"에임스 말야. 다들 네가 언제쯤 리스트에 추가할지 궁금해했다니까."

슬론의 양쪽 입꼬리가 축 늘어졌다. "내가 그랬다고 누가 그래?"

크리시는 항복한다는 듯 물병을 들어올렸다. 그녀는 허튼소리를 하지 않는 스타일이었고, 그런 그녀와 사내 행사에서 마주치는 게 즐거웠다. 같은 부서에서 일했다면 둘은 분명 좋은 친구가 됐을 거라고 슬론은 생각했다. "어쨌거나 조만간 우리 모두 그 남자 밑에서 일하게 되겠네."

"그렇게 생각해?"

크리시는 펜슬로 그린 눈썹을 치켜세우며 물을 한 모금 마셨다. "나도 내가 틀린 거면 좋겠다. 근데 못 들었니? 아침에 이사회 회의가 있었는데, 듣자 하니 그가 꽤 적격인가봐."

크리시는 다음 층에서 내렸고 남겨진 슬론은 그 소식을 홀로 감내해야 했다.

지금껏 혼돈의 벼랑 끝에서 잘 버텨왔던 슬론은 갑자기 중심을 잃고 이번엔 진짜 나락으로 떨어질 것 같은 기분이 들기 시작했다. 물론 배후에서 끌어당기는 끈이 느껴진 건 어제오늘 일이 아니었다. 하지만 자신이 그 끈의 양끝을 꽉 쥐고 있다고, 필요하면 언제든지 제자리로 되감을 수 있다고 믿어왔다. 크리시가 전한 소식이 딱히 놀라운 건 아니었다. 하지만 슬론은 미처 준비가 안 된 기분이었다.

난생처음으로 그녀의 인생을 떠받들고 있던 사상누각을 보고 있는 느낌이었다. 슬론은 큐티클을 물어뜯으며 걱정했다. 그녀의 인생 전부가 산산이 부서질 것 같았다. 아디, 애비게일, 학교 이사회, 에임스, 커리어, 신용카드 대금, 해야 할 일 목록, 심지어 캐서린까지. 캐서린을 보면 무언가가 떠올랐다. 불편한 무언가가. 당신처럼 되고 싶어요.

하나만 건드려봐. 그럼 전부 무너진다!

8층에 내린 슬론이 전자키를 키패드에 대자 헬스장 유리문이 철컥 열렸다. 안내데스크에 이미 나와 기다리고 있던 옥사나는 그리 반가운 표정이 아니었다. 슬론은 늦었다는 사실을 까맣게 잊고 있었다.

"혹시나 해서 하는 말인데," 슬론은 머리카락을 쓸어 포니테일로 묶으며 말했다. "나 오늘 에너지바 하나밖에 못 먹었어요." 실은 아침에 하나, 점심에 하나 총 두 개를 먹었다. 그것이 건강에 좋다고는 하나 성인을 온전히 지탱할 수 있게 만든 식품은 아닐 것이다.

과거 옥사나는 종합격투기 선수였다. 그때는 여자끼리 우리 안에서 치고받고 싸우며 서로의 팔이나 코를 부러뜨리고, 상대가 죽을 때까지 옆구리를 발로 차다 같이 바닥에 데굴데굴 구르기도 했다.

"팔굽혀펴기 스무 개 실시." 옥사나는 그녀 앞의 바닥을 가리키며 말했다. 탈의실까지 가지도 못한 슬론은 여전히 꼭 맞는 맞춤 정장에 돌체앤드가바나 하이힐을 신고 있었다. 그녀는 머뭇거리다 옥사나가 손가락을 튕기자 그제야 순종적으로 가방을 내려놓고 헉

헉대면서 연신 팔굽혀펴기를 했다. 시간당 어마어마한 돈을 트레이너에게 지불하고 지각한 벌을 받는 대신 사관학교에 입교한 것처럼 말이다.

마지막 세 개가 남았을 때 옥사나는 슬론의 등뒤에 발을 대서 운동을 수천 배는 더 힘들게 했다. 땀에 전 슬론은 분한 기분이 들었다.

"스물." 슬론은 숨을 헐떡이며 외쳤다. 그리고 마침내 탈의실로 뛰어가 적절한 운동복으로 갈아입고 와도 좋다는 허락을 받았다. 단, 백이십 초 이내에 돌아오라는 전제가 붙었다.

슬론은 자기가 선택한 직업에 진지하게 임하는 사람을 좋아했다. 그녀의 눈썹을 다듬어주는, 자칭 비주얼 아티스트라고 주장하는 여자처럼 말이다. 그들에게선 진취성이 엿보였다.

그래서 한 시간의 트레이닝 동안 슬론은 옥사나의 세계에 완전히 복종하고자 했다.

탈의실에서 돌아왔을 때 옥사나가 오늘은 '하체의 날'이라고 말했고, 슬론은 죽었구나 싶었다. 아령을 들고 리버스 런지를 한 다음 바벨 스쿼트에 이어 더블 펄스 점프 런지. 첫 세트를 마칠 즈음 뱀독처럼 젖산이 퍼져 허벅지 근육이 찢어질 것 같았다.

"이렇게 못살게 구는데 내 다리는 왜 캐리 언더우드처럼 안 보이는지 도통 이유를 모르겠어요." 슬론은 숨을 헐떡였다.

옥사나가 껌을 씹다 풍선을 불어 탁 터트렸다.

"뭐예요, 지금?" 슬론이 불쾌한 표정을 지었다. "캐리 언더우드의 다리가 내 다리보다 훨씬 더 고생한단 말이에요? 나도 힘들어요, 옥사나. 이까짓 건 아무것도 아니라고 하지 마요. 그럼 너무 구식이니까."

"나한테 말 걸어서 운동 좀 쉽게 해보려고 꾀부리는 고객이 당신뿐일 것 같아요?"

"아니, 물론 아니죠. 그래도 내가 제일 티 안 나게 잘했을 것 같은데." 사실이었다. 슬론은 자신의 수다스러운 성격을 방패로 옥사나의 사도마조히즘에 맞섰다. 그게 아마도 심리상담사보다 개인 트레이너에게 더 많은 속 이야기를 털어놓게 된 이유일 것이다. 그것도 그렇지만 슬론이 상담사를 찾은 건 오 년 전에 딱 한 번뿐이었다. 그녀는 미용사처럼 트레이너에게도 무슨 말이든 해도 괜찮다고 생각했다. 그러나 지금은 다른 누구보다도 그녀 자신의 주의를 돌리고 싶었다. 슬론은 여전히 크리시가 한 말을 생각하고 있었다. 그러니까 에임스에 대해 생각하고 있었다.

"다음은 스모 스쿼트. 실시." 옥사나가 시계로 타이머를 설정했다. 시간을 얼마나 설정했는지 슬론한테는 절대 알려주지 않아서 환장할 노릇이었다.

"하나 물어보고 싶은 게 있어요."

옥사나는 짜증스럽게 깊은 한숨을 내뱉었다.

"미안, 스쿼트하면서 말할게요." 슬론은 두 다리를 활짝 벌리고 발레리나의 플리에 동작을 흉내내면서 화끈거리는 통증을 떨쳐내려 애썼다. 옥사나는 시계를 보고 있었다. "좋아요." 슬론은 숨이 차서 목소리가 제대로 나오지 않았다. "그러니까 내가 묻고 싶은 건," 가까운 곳에 땀을 뻘뻘 흘리며 탈장을 일으킬 정도로 케이블 머신을 당기는 남자가 있어서 그녀는 음성을 낮췄다. "여기 오는 남자 중에, 왜 있잖아요, 수작 부리는 사람은 없었어요?"

옥사나가 코웃음을 쳤다.

슬론은 계속 스쿼트를 하며 양손으로 허리를 감쌌다. 허벅지 안쪽이 슬슬 저리기 시작했다. "방금 건 '있다'는 코웃음이에요, '없다'는 코웃음이에요?"

"어떻게 생각해요?"

"있다."

갑자기 친절해진 옥사나가 스모 스쿼트는 그만하라고 했지만 대신에 워킹 런지를 시켰다. 그리고 슬론의 페이스에 맞춰 옆에서 따라 걸었다.

"비교적 무해한 남자들이 있죠." 옥사나가 말을 꺼냈다. "운동하는데 내 옆을 지나면서 조언이랍시고 수작을 거는 남자들요. 내가 겨우 크로스핏 수업 한 번 들은 남자의 의견을 귀담아듣기라도 해야 하는 것처럼." 그건 슬론이 크로스핏 수업을 들은 횟수와 같았다. 그녀는 쌕쌕거리며 공감했다. "하지만 좀 다른 부류의 남자도 있어요." 옥사나는 곁눈질로 슬론을 봤다. "'싫다'는 말을 들으면 그걸 '끈질기게' 혹은 '더 세게' 나가도 되는 기회로 해석하는 부류. 아니면 테드 토크 유튜브 영상을 보고 배운 회사생활 용어 가운데 하나를 갖다붙여서 재해석하거나. 그런 남자는 경계해야 할 타입이에요. 굉장히 보수적이고 잘나가는 사람들이니까. 내 인스타그램 DM까지는 물어보지도 마요."

"더러워요?" 슬론이 다리를 후들거리며 물었다.

"야외 축제의 간이 화장실보다 더요."

"알겠어요. 근데 그런 걸 그냥 참고 넘겨요?"

옥사나가 웃었다. "아뇨. 우린 꽤 체계적으로 대응해요, 진짜로.

여기 여자 트레이너만의 시스템이 있거든요. 먼저 우린 여자 접수원만 뽑아요. 꼭 여자로만. 그게 중요해요." 슬론은 안내데스크 뒤에 서 있는 붉은 머리의 어린 여직원을 힐끗 쳐다봤다. "어떤 고객이 문제를 일으키면," 옥사나가 계속 설명했다. "접수원한테 가서 전산파일의 고객 이름에 노란색 표시를 해달라고 부탁하죠. 그 고객이 저녁이나 이른 아침에 트레이닝을 요청하면 접수원은 여자 트레이너가 전부 예약돼 있거나 휴무라고 안내해요. 만일 문제의 고객이 통제 불능이면 빨간색으로 분류해요. 그런 고객의 경우 여자 트레이너가 전부 너무 바빠서 트레이닝 예약을 영영 못하죠."

"상당히 영리한 방법이네요."

"왜요, 누가 괴롭혀요?"

"기본적인 수법이죠. 들으면 코드 옐로 정도라고 할걸요." 슬론은 그 말이 사실이었으면 싶었다. 사실로 만들려고 무던히 노력한 기분이 들었다. 슬론은 에임스와 사무실에서 나눴던 대화를 잊으려 애썼다. 대화하는 내내 그와 캐서린 사이에 무슨 일이 있었건 상관하는 티를 내지 말자고 스스로를 다잡았다. 캐서린 이전에 수년 동안 분명히 일어났던 일 역시 마찬가지였다. 하지만 그건 집에 있는 빨래 바구니와 같았다. 아무리 자주 빨랫감을 꾹꾹 눌러놔도 어김없이 뚜껑 밖으로 넘쳐흘렀다. 그러나 슬론은 밀린 빨래를 무시하는 데 선수였다.

더 넓은 사무실. 더 높은 연봉. 더 많은 특전.

슬론은 아디처럼 문제를 대하려고 해봤다. 금전적 가치를 봐라. 금전과 가치를 보라고 했던가? 확신할 수 없었다. 하지만 그 차이가 중요할지 모른다는 생각이 들었다.

"좋아요. 그럼 이것만 기억해요. 손으로 어깨를 짚는다. 한 발을 앞으로 딛는다. 생각보다 더 높은 곳을 겨냥해야 해요." 옥사나는 허공에 대고 시범을 보였다. 무릎으로 불알을 가격한다.

"좀더 은밀한 방법을 찾고 있긴 하지만, 어쨌든 고마워요." 슬론은 진심으로 말했다.

몸을 씻고 다시 업무 복장으로 갈아입은 그녀는 사무실로 돌아왔다. 전화벨이 울리고 복사기가 종이를 뿜어내고 비서들이 타자를 치고 있었다. 모든 게 정상이었다. 단 하나, 에임스가 회사의 차기 CEO가 된다는 사실만 빼면.

직원 진술서

4월 13일

마빈 제퍼슨: 에임스는 타의 모범이 되는 남자였습니다. 누구든 그를 만나본 사람이라면 동의할 거예요. 그는 훌륭한 가정의 가장이었어요. 또한 회사를 위해 헌신했고요. 스톡옵션이 있는 직원은 전부 그에게 감사 인사를 해야 합니다. 정말입니다. 그의 이름이 세간에 떠도는 그 멍청한 리스트에 올랐다는 말을 들었을 때 저는, 글쎄요, 그 빌어먹을 리스트가 전부 순 엉터리구나 생각했습니다. 좋은 일을 하고도 벌을 받았다고 할 수 있겠네요. 에임스는 그런 일을 혹독히 당한 겁니다.

밥 로저스: 제가 궁금한 건, 여자들의 리스트는 어딨죠? 회계팀 여직원이 저한테 술 한잔하자고 했는데도 저는 경찰을 부르지 않았다고요. 그 여자가 저보다 일곱 살이나 많았는데도. 그건 원하는 관심이었겠습니까? 전혀 아니죠.

제인 스피비: 배드맨 리스트에 적힌 일들이 벌어지는 걸 몰랐다고 하면 패나 순진한 얘기입니다. 제 말은 저도 남자화장실에서 콘돔이나 여성 속옷을 본 적이 있어요. 특별히 에임스 개릿의 행실에 대해 알았느냐고요? 그건 말하지 않는 게 좋을 것 같네요.

조사이어 스위프트: 제 생각을 알려드릴까요? 아마 위에 있는 누군가가—에임스가 CEO가 되는 걸 바라지 않는 사람이—그 여자들한테 돈을 주고 리스트에 그의 이름을 올리라고 시킨 걸 거예요.

그 리스트 한 방이면 인생이 끝장나니까요. 그런 일은 생각보다 비일비재해요. 사내 스파이나 뒤통수치는 일 같은 거요. 그 사람들은 고액 연봉을 받는 지위에 있었잖아요. 그저 사람들의 커리어를 망치려고 그 리스트를 만들었다고 하면 너무 미친 소리일까요? 저는 더 깊이 파볼 필요가 있다고 봐요. 제 말 받아 적고 있어요?

25

4월 3일

이제는 너무 늦어버렸지만, 우리가 하려던 말은 건물에 불이 났는데 그저 "불이야!" 하고 속삭이고만 있을 사람은 아무도 없다는 것이다. 머리 위로 연기가 솟구치는데 책상에 가만히 앉아 부지런히 업무를 보면서 오타나 확인할 사람은 없다. 동료에게 방해되지 않게 숨죽인 목소리로 살짝 "살려주세요"라고 외칠 사람은 없다.

그런데 우린 왜 그랬을까?

쉿, 아무한테도 말하면 안 되는데…… 밖으로 새면 안 되는 말인데…… 아직 아무한테도 얘기 안 한 건데…… 너랑 나랑 둘만 알고 있어야 하는 건데……

어쩌면 우리와 가장 가까운 지인은 가까스로 대피했을지도 모른다. 지인의 가장 가까운 지인도, 또 그 지인의 지인도, 또 그 지인의 지인의 지인도. 하지만 귓속말은 퍼지는 데 한계가 있다. 그게 귓속말의 목적이니까. 모두가 듣지는 못하게 하는 것.

쉿, 건물이 불타고 있어.

로살리타는 왜 아들의 한쪽 귀가 들리지 않는지 도무지 이해할 수 없었다. 카펫이 깔린 바닥을 진공청소기로 청소할 때면 어린 아들의 머릿속에선 이 소리가 어떻게 느껴질까 생각하곤 했다. 조용한 소음, 언젠가 아들은 말했다.

그녀는 청소기 돌리는 날이 싫었다. 삼교대의 마지막 근무조인데도 두 시간이나 일찍 출근해야 했기 때문이다. 그래도 수당은 괜찮았다.

로비 청소를 마쳤을 때 그녀의 휴대폰 시계는 오후 일곱시 일분을 가리켰다. 전원 스위치를 끄자 진공청소기의 굉음이 사그라들었다. 로살리타는 엄지와 팔꿈치에 청소기 코드 줄을 둘둘 휘감았고 그 바람에 볼록 튀어나온 단단한 이두근을 보자 뿌듯했다. 근래에 그녀는 유튜브 영상을 보면서 운동을 따라 하고 있었다.

그녀는 다음 콘센트가 있는 곳으로 청소기를 밀고 가서 다시 플러그를 꽂았다. 크리스털은 출근하지 않았다. 로살리타에게는 짜증나는 일이었다. 크리스털의 몫까지 두 배로 일해도 일당은 두 배로 받지 못하는 이유가 컸다. 어리고 임신중인데다 오늘 일하러 나왔어야 할 크리스털을 걱정해야 하는 거라면 그녀는 굳이 그러지 않을 작정이었다. 어쨌거나 로살리타가 크리스털의 엄마는 아니니까.

복도는 거의 비어 있었고, 비서와 잡무원은 이미 퇴근해서 저녁을 즐길 시간이었다. 청소하는 동안 로살리타는 음정도 맞지 않는 노래를 흥얼거렸다. 흥이 나서가 아니라 지루하고 좌절감이 들어서였다. 행복한 시트콤 버전의 그녀라면 지금 이 일에 감사했을 것이다. 그러나 현실의 로살리타는 여덟 시간에서 열 시간씩 두뇌 회전을 멈추고 기계가 되길 요구하는 일이 어떻게 고마울 수 있는지 알 수 없었다. 심지어 기계도 아니다. 그녀가 해야 하는 일이란 진짜 기계를 앞뒤로 앞뒤로 연신 밀어대다 정신줄을 놓는 것이었는데, 통화중인 남자의 단호한 음성에 정신이 확 깼다.

닫혀 있던 로비 문이 양쪽으로 열리고 정장 바지의 안쪽 솔기를 맞부딪치며 남자가 다가오는 소리를 들었을 때 그녀 안에서 두 가지 충동이 서로 충돌했다. 몸을 숙이고 코드를 만지는 척할까, 아니면 가만히 있을까. 결과적으로 어중간한 자세가 되었다.

그녀는 조준선 안에 서 있었다. 룰 지역 출신 숙모 덕분에 로살리타는 '에'를 '아'로 발음하는 그의 특색 있는 말투에서 희미한 텍사스 서부 억양을 감지할 수 있었다. 남자의 목소리는 말을 하다 멈췄다 하는 대화의 리듬을 타며 점점 가까워졌다.

에임스 개릿. 그날 이후로 그녀는 그의 이름을 머리에 새겼다.

그는 휴대폰을 귀에서 확 떼더니 곧바로 화면을 두들겼다. 짙은 밤색 머리 사이로 구불구불한 흰머리가 보였다. 목덜미에는 면도날에 쓸려 피가 난 작은 상처가 군데군데 말라 있었다.

위층 사무실 직원들의 걸음 속도는 그들이 생각하는 자신의 중요도와 비례했다. 에임스가 걸어가면 그가 지나친 비서들의 책상 위에 아무렇게나 쌓인 종이 더미가 펄럭거릴 정도였다.

로살리타는 그가 자신을 못 본 채 지나쳐주길 바랐다. 하지만 앞길에 놓인 무언가와―혹은 누군가와―부딪히지 않으려고 그가 본능적으로 고개를 들었다. 옆으로 피하느라 바짝 달라붙은 벽에서 로살리타는 그녀의 팔뚝을 꾹 누르던 차가운 지문의 감촉을 느꼈다.

에임스가 그녀 바로 앞에 멈춰 섰다. 정장 바지 밑단이 그의 발목에 닿아 있었다. "아, 음." 그가 헛기침했다. 두 번. 그녀는 라이터의 부싯돌을 당기던 엄지손가락이 떠올랐다. "마침 잘됐네. 괜찮으면 지금 내 휴지통 좀 비워줬으면 하는데?" 그가 팔 전체를 휘두르며 '따라오라'는 제스처를 했다. "우버이츠로 점심을 시켜 먹었는데 코리안 바비큐 냄새가 진동해서."

괜찮으면?

겉치레 말이었다. 그 말이 선택의 여지와 예의가 있다는 착각을 불러일으켰다. 그날 그가 아디의 사무실에서 말을 걸었을 때 로살리타는 깜짝 놀랐다. 그날 일은 오늘 일을 위한 몸풀기였을까? 그게 뭐든 간에?

로살리타는 대답 없이 따라가 곧바로 휴지통이 놓인 책상 뒤쪽 구석으로 향했다. 등뒤로 철컥 문이 닫히는 소리가 온몸으로 느껴졌다.

그러나 굳이 문을 닫을 생각이 없었던 에임스는 문이 닫히든 말든 개의치 않았다. 그가 책상 위에 놓인 콜라 캔을 집어들더니 펑하고 뚜껑을 땄다. 고개를 젖히고 콜라 한 모금을 삼킨 그의 얼굴에 만족한 기색이 떠올랐다. 기분이 좋아 보였다.

"여기서 청소일을 한 지는 얼마나 됐지?" 그는 간만에 마주친 오래된 벗을 대하듯 물었다.

로살리타는 다리를 골반 너비로 벌린 채 꽉 찬 휴지통을 허리춤에 들고 서 있었다. 굉장한 힘의 차이가 드러났다. 한국 음식에 대해 잘 모르는 그녀는 휴지통에 뭐가 들었는지 알 길이 없었다.

"구 년요. 얼추." 그동안 배운 다른 영어 숙어처럼 '얼추' 역시 그녀가 즐겨 쓰는 표현이었다. 감잡다. 미처 알아차리기도 전에. 머리를 식히다.

인상적이라는 듯 에임스가 입꼬리를 축 늘어뜨렸다. 그리고 콜라 캔을 다시 입에 댔다. "내가 이 회사 CEO로 승진할 거라는 말은 아마 들었겠지. 최고 경영자 말이야." 그가 덧붙여 설명했다.

로살리타는 표정이 변하지 않도록 주의했다. "벽이 두꺼워서요." 그녀는 듣지 못했다. 그녀가 아는 한 위층 사무실의 직원들이 하는 일은 키보드로 헛소리나 두드리고, 스피커폰에 고함을 지르고, 종이를 뒤적거리는 게 전부였다. 사실상 그녀에게는 블랙홀이나 다름없는 세계였고, 그녀의 세계 역시 그들에게 마찬가지로 보일 거라 생각했다.

"데즈먼드 일은 안됐어." 에임스는 호주머니에 손을 찔러넣었다. "나 역시 상심이 컸지. 많은 고난을 함께했으니까." 그의 시선이 로살리타를 살폈다. 그녀는 이 만남에 자신은 받지 못한 사전 각본이 있다는 사실을 단번에 알아차렸다. 로살리타는 말없이 서 있었다. "그래서 청소원까지 문제를 일으키지는 않았으면 하는데. 무슨 말인지 알겠나?"

로살리타는 휴지통을 다른 손으로 바꿔 들었다. "왜 경영이 아니라 다른 데서 문제가 생긴다는 건지 모르겠네요." 로살리타는 차분하게 대답하는 자신의 목소리에 만족했다.

그리고 그 대답으로 자리를 뜰 수 있게 되리란 걸 알았다. 나가도 될 것 같은 분위기였다. 그는 필요한 말을 다 했다. 그러나 그녀는 아니었다.

그녀는 그의 책상 위에 놓인 어린아이 둘의 사진이 담긴 은빛 액자를 보았다. "아들들이에요?" 그녀가 액자를 집어들며 물었다.

둘 중 한 아이는 요상한 흰머리가 없다는 것만 빼면 에임스를 쏙 빼닮았다.

복도 끝에서 프린터가 덜거덕거리며 종이를 내뱉는 소리가 들려왔다. 에임스가 이번에는 한 모금도 들이켜지 않고 콜라 캔을 입에서 뗐다.

"그래."

"아직 기혼이고요?"

그의 눈빛이 날카로워졌다. "그래, 맞아."

그녀는 고개를 끄덕였다. 그들은 서로 마주하고 서 있었다. 로살리타와 에임스. 그의 손목에는 그녀의 팔에 한 뼘 너비의 상처를 냈던 바로 그—금은 줄—시계가 여전히 채워져 있었다.

"잘됐네요." 로살리타가 말했다. "아주 잘됐어요."

에이드리아나 밸디즈 신문 녹취록
제1차

4월 18일

재석:

말리카 마틴 형사

오스카 디아즈 형사

신문 기록

디아즈 형사: 본 신문은 댈러스 카운티 경찰 사건번호 14-83584에 따른 사망 사건과 관련해 진행됩니다. 신문 대상자는 에이드리아나 밸디즈입니다. 밸디즈 씨, 본 녹음에 앞서 저희와 4월 12일에 발생한 사건에 대해 대화를 나눈 바 있습니다. 그날 기억나는 일을 직접 말씀해주시겠습니까?

밸디즈: 그냥 평범한 날이었어요. 저는 아들을 어린이집에 데려다주고 여덟시 반에 회사에 도착했습니다.

디아즈 형사: 어디 어린이집을 다니죠?

밸디즈: 프레스턴센터에 있는 칠드런스 코트야드입니다.

디아즈 형사: 계속하세요.

밸디즈: 책상에 앉아 부동산세 현안을 처리하다보니 아침 시간이 훌쩍 지나갔습니다. 그래서 사무실에서 점심을 해결하려고 아래층에 있는 앨스 카페에 가서 샐러드와 크루아상을 사가지고 돌아왔습니다.

디아즈 형사: 그때가 몇시쯤이었습니까?

밸디즈: 정확하지는 않지만, 아마 열한시 반이나 사십오분쯤이었을 겁니다. 보통 그 시간에 점심을 먹거든요.

디아즈 형사: 요청시 영수증을 제출할 수 있습니까?

밸디즈: 아마 기록이 남아 있을 거예요. 아이패드 기계에 제 신용카드를 긁었거든요. 왜 카운터에서 계산할 때마다 팁을 달라고 하는 작은 기계 있잖아요.

디아즈 형사: 그렇군요. 저희가 알아보겠습니다. 계속하시죠.

밸디즈: 점심에도 내내 일만 했어요. 이맘때가 제일 바쁜 시기거든요. 여름 휴가철 전에 최대한 많은 일을 처리해야 해서요.

디아즈 형사: 그럼 오후 한시 삼십분경에는 어디에 있었습니까?

밸디즈: 그때는 급여 양식에 서명을 받으러 갔습니다.

디아즈 형사: 거기에서 본인을 본 사람이 있습니까?

밸디즈: 급여 담당자요. 그다음에 제 사무실로 돌아왔습니다.

디아즈 형사: 몇시에요?

밸디즈: 정확히는 모르겠습니다.

디아즈 형사: 확인해줄 사람이 있나요?

밸디즈: 그레이스 스탠턴이나 슬론 글러버요. 아마도.

디아즈 형사: 다른 사람은요?

밸디즈: 모르겠습니다. 아마도 제 비서인 애나 콜리온한테 물어보시면 될 겁니다.

디아즈 형사: 밸디즈 씨, 피해자를 마지막으로 본 게 언제입니까?

밸디즈: 디아즈 형사님, 피해자라는 게 정확히 누구를 지칭하는 거죠?

26

4월 3일

과거에 아디는 그것을 성장기의 한 단계라고 생각했다. 소라게처럼 혼자만의 세계로 도피해 제 살을 할퀴고픈 충동을 느끼는 단계. 항상 그런 식이었다. 고등학교 때 그녀는 학교에 일찍 도착해서도 선생님이 안으로 들어오라고 할 때까지 교실 밖에서 기다렸다. 급우들이 하나둘 등교할 즈음에는 책을 읽는 척하거나, 심하게는 눈을 초점 없이 이상하게 뜨고 몽상하는 척하면서 대화를 피했다. 매번 그런 건 아니었지만, 그런 기분이나 욕구가 위장병 바이러스처럼 불현듯 그녀를 덮쳤고, 그럴 때마다 아디는 잠자코 당하는 수밖에 없었다. 대학에 들어갔을 때 그 유별난 고통이 성장의 한 단계가 아니라는 것을 깨달았고, 대신 아버지로부터 유전된 질병이 틀림없다는 결론을 내렸다. 심신을 어느 정도 쇠약하게 할 뿐이지만 치료법이나 나아질 희망 따위는 없는 그런 질병.

그래서 텅 빈 엘리베이터에 올라타고 몇 초 뒤에 발소리가 들리며 열린 문틈으로 손 하나가 불쑥 들어왔을 때 그녀는 급격한 좌절감을 느꼈다. 심리적 위안을 줄 뿐인 '닫힘' 버튼도 아무 소용이 없는지라 이미 포기했다.

열리는 문 사이로 에임스가 어깨를 비집고 들어오다 안에 서 있는 아디를 발견했다. 둘의 유일한 공통점은 쌍둥이처럼 똑같이 지은 실망한 표정뿐이었다. 그는 인사랍시고 입을 반쯤 벌려 마른 한숨을 내쉬었고, 닫히는 문을 향해 돌아서며 눈치채지 못할 정도로 가볍게 고개를 내저었다. 아디는 경찰이 혈흔을 찾을 때 쓰는 자외선 랜턴을 떠올리며 경멸을 탐지하는 장비가 있다면 엘리베이터 안이 형광 범벅일 거라고 생각했다.

아디는 에임스 개릿의 뒤통수를 빤히 쳐다봤다. 그는 오른쪽 바지 주머니에서 손을 뺐다. 그의 검지가 '긴급 정지' 버튼 위를 잠시 맴돌았다. 그러더니 낮은 숫자 버튼부터 위로 죽 훑었다. 망설이는 모양이었다. 그런 뒤에 다시 호주머니에 손을 집어넣었다. 또 한숨.

불안감이 파도처럼 그를 훑고 지나가는 듯했다. 그는 바지 주머니에서 양손을 모두 뺐다. 고개를 숙이더니 왼손목을 움켜쥐었다. 체중을 이쪽 발에서 저쪽 발로 옮겼다. 한가운데 선 그와 엘리베이터 문이 너무 가까워서 구두코가 문에 닿을락 말락 했다. 아디는 엘리베이터 천장의 한구석을 힐끗 쳐다봤다. 카메라가 감시중이었다.

에임스에 관한 작은 단서: 그는 이제 분노를 잘 숨긴다. 그레이스나 슬론이 트루비브에 입사하기 전에 아디는 구매 거래 건에 대한 통화를 한 뒤에 스테이플러를 벽에 집어던지는 그를 목격했다. 나중에 젊은 어쏘가 그 일화를 경건하고 감동적인 어투로 옮기는 걸 들었는데, 이야기의 교훈이 자기 일에 그만큼 진지하게 임하는 에임스의 태도로 바뀌어 있었다.

하지만 최근 들어 그녀는 표면 아래 숨은 공격성을 느낄 수 있었다. 마치 끓기 직전인 수면에 손을 대고 있는 것처럼. 엘리베이터가 움직였고, 아래로 내려가는 동안 둘은 서로에게 아무 말도 하지 않았다. 마지막 순간에 결정을 내린 에임스는 8층 버튼을 누르고 엘리베이터 문이 열리기를 기다렸다.

"너희 전부 미쳤어. 그거 알지?" 문이 덜컹하고 닫히기 직전에 그가 말했다.

십오 분 후, 지로 샌드위치를 들고 탕비실로 돌아온 아디는 라크로이 탄산수를 찾아 뒤적거리는 캐서린을 발견했다. 캐서린은 뒤에서 문이 열리는 소리에 흠칫 놀라 뒷걸음쳤다.

"이런, 미안." 아디가 걸음을 늦췄다. "놀라게 하려던 건 아니었어."

캐서린은 가슴에 손을 얹고 안도의 한숨을 내쉬었다.

"괜찮아?" 아디는 눈을 가늘게 뜨고 그녀를 살폈다.

캐서린은 쓸쓸한 표정으로 차가운 캔을 목덜미에 댔다 다시 뺨으로 가져갔지만 아직 완전히 괜찮아 보이지는 않았다. "아니에요." 그녀의 목소리가 가라앉아 있었다. "혹시나 해서 그러는데 저기……"

27

4월 3일

"……에임스."

어떤 힘이 작용했기에 네 여자가 수유실에 모여 한 남자에 관해 논의하고 있는지 아디는 도무지 이해할 수 없었다. 그들 사이에서 남자의 존재감은 약을 바르지 않은 포진처럼 곪을 대로 곪아 터진 듯했다. 그녀가 아는 것이라고는 불과 몇 주 전에 자신이 정확히 같은 자리에 앉아 정확히 같은 남자에 관한 이야기를 했다는 사실 뿐이었기에 중력이나 뭐 그런 힘이 작용한 게 분명하다는 생각이 들었다. 심지어 블랙홀까지 그들을 덮쳤다.

슬론은 눈을 감고 서성거리다 엄지와 검지 끝을 동그랗게 붙였다. "잠깐, 잠깐, 무슨 일이 있었는지 정확히 말해봐." 그녀가 말했다.

숨쉬어. 아디는 캐서린한테 말해주고 싶었다. 숨쉬는 걸 잊으면 안 돼.

아디는 캐서린을 데려갈 안전한 장소가 필요했고 안전하게 타인의 의견도 들어봐야 했다. 수유실은 이제 밖에서 벌어지는 어떤 재앙에도 끄떡없는 어둡고 눅눅한 방사능낙진 대피소처럼 느껴졌다. ("저거 앤트로폴로지 향초니?" 안으로 들어왔을 때 슬론이 그레이스에게 물었다.) 그레이스는 잠시만이라도 가슴을 꺼내지 않기로 했다. 그편이 이야기를 듣기에도 훨씬 수월할 것이다. 아디는 이런 분야에—캐서린 위로하기—자신의 자질이 부족하다는 것을 인정하고 슬론을 끌어들이면서 그녀에게 받았던 상처는 잠시 넣어두기로 했다.

그렇게 네 여자가 한자리에 모여 해결이 불가한 문제의 해결 방안을 논의하게 되었다.

"제가…… 그의 심기를 건드렸어요."캐서린의 발언에서 씁쓸한 기색이 묻어났다. 하지만 그건 이미 들은 내용이었다. "제 생각엔 우리 관계의 성격이나 방향에 대해 서로 이견이 있었던 것 같아요."캐서린의 고백은 마치 혼자서 몇 번이고 되풀이해서 설명해본 것처럼 왠지 모르게 거침없는 느낌이 들었다.

"보아하니 우리 전부 벡델테스트*를 통과하기는 글렀네." 하이힐을 벗은 그레이스가 맨발로 타일 바닥에서 발레리나 스트레칭을 했다.

"좀전에 엘리베이터에서 에임스와 마주쳤어." 아디가 털어놓았다. "'너희 전부 미쳤어. 그거 알지?'라고 하던데." 그녀는 저음의 거친 목소리로 그를 흉내내며 말했다.

물론 아디는 그때 곧바로 그 말이 선제공격임을 알아차렸어야

---

* 1985년 미국의 만화가 앨리슨 벡델이 영화산업에서 성평등 지수를 가늠하기 위해 고안한 테스트.

했다. 에임스 같은 이들은 언제나 정장을 입은 따분한 가정주부가 할일이 없어서 회사 전화로 소문이나 퍼뜨리는 장면을 연상하도록 유도했다. 우리가 과민반응하는 거라고, 히스테리를 부리는 거라고. 히스테리라는 말마저도 '자궁'이라는 뜻의 라틴어 '히스테리쿠스'에서 유래한 것이었다. 실로 엄청난 시간과 단어가 여자를 불신하는 기술에 동원되었다. '나대다' '성마르다' '재촉하다' '드세다' 같은 단어가 선택적 난청을 정당화하기 위한 미묘한 평계로 활용되었다.

아디는 탕비실에서 마주친 캐서린의 얼굴에서 수년 전 슬론의 얼굴에서 본 것과 같은 표정을 보았다. 젠장, 나 이제 어떡하지?라고 그녀의 얼굴은 말하고 있었다. 모든 것이 다시 시작되고 있었다. 여태껏 경주를 뛴 줄 알았는데, 정신을 차리고 보니 사실은 러닝머신 위에 있었다는 걸 갑자기 깨달은 셈이었다.

"그렇지만…… 리스트 못 봤니?" 슬론이 조심스레 물었다.

다들 배드맨 리스트가 인터넷의 바다에 둥둥 떠 있는 소형 구명보트라도 되는 양 그것만 꼭 붙들고 있었다. 놀이공원 기구 앞에 붙은 고지문과 같은 원리였다. 탑승 주의. 안전요원 없음. 경고했으니 법적책임은 다한 것이다. 그런데 이제 와서 갑자기 얼마나 무책임한 처사였나 하는 생각이 들었다.

"읽었어요." 소파에 앉은 캐서린의 볼이 불룩하게 부풀었다. 그녀는 한쪽 발을 허벅지 아래 깔고 앉아 있었다. "저한테 보내주셨을 때. 근데 그걸로 뭘 해야 하는지는 몰랐죠. 에임스가 절 여기 취직시켜줬어요. 저도 그렇게 바보는 아니라고요." 캐서린이 어디 한번 반박해보라는 듯이 모두의 얼굴을 훑었다. "다들 제가 아무것도 몰랐을 거라고 생각하지는 않잖아요. 위태로웠다는 거 알아요. 저도 알 건 다 안다고요." 그녀는 하버드 학벌이나 〈로 리뷰〉 경력은 별것 아닌 스펙인 것처럼 말했다. "하지만 추천서 하나 없이 여기 왔어요. 설상가상으로 전 직장에서는 저를 못 잡아먹어 안달이었고요. 그때 보스턴의 한 술집에서 에임스를 만난 거예요. 그냥 저한테 관심이 있나보다 했죠. 하지만 지금 이 자리에 오기까지 저도 정말 엄청 노력했어요. 그리고 저는 새 출발을 해야 했고요. 퇴보하는 기분이 들지 않는 곳에서 말이에요. 말하고 보니 좀 그렇네요." 그녀는 소파 쿠션에 어깨를 기댔다. "하지만 전혀 안 그러는 여자가 있을까요? 도로 한복판에서 기름이 떨어졌을 때, 음, 갑자기 그럴 때는 도움이 필요하니까 약간…… 아시잖아요, 귀여운 척을 해도 그렇게 큰 잘못은 아니라는 거. 너무 그렇게 쳐다보지 마세요." 캐서린은 모두를 보면서 말했다. "다들 그러잖아요."

슬론은 고개를 끄덕였다. "여기서 너를 판단할 사람은 없어. 우리도 너와 다를 것 없으니까."

"어쨌든." 캐서린이 한숨을 내쉬었다. "일단 회사에 들어오면 천천히 거리를 두고, 그러다보면 아무것도 아닌 일이 될 거라 생각했어요. 에임스가 관심은 보였지만, 솔직히 호의적인 관심이라고 생각했어요. 저를 도와주면서 대가로 뭔가를 바란 건 아니니까 제가 통제할 수 있는 상황이었죠."

그레이스는 하이힐을 바닥에 떨구고 캐서린을 쳐다보았다. "그럼 프레스콧은?"

캐서린이 고개를 들어 텔레비전 앞에 서 있는 그레이스를 쳐다봤다. 검은색 화면에 슬론과 캐서린의 축소된 형상이 비쳤다. "에임스가 방값을 내줬어요." 그녀가 천천히 대답했다. "저보고 아무한테도 말하지 말라고 했죠. 미안해요. 회사에서 이주 경비를 지원해주진 않는데 자기 도움을 일종의 취업 패키지로 생각하라고 했어요. 그가 전부 법인카드로 결제했거든요. 제가 그레이스와 우연히 마주쳤다고 하니까 처음으로 약간, 모르겠어요, 움찔하는 것 같더라고요." 그레이스의 눈가가 팽팽해졌다. 그녀는 방어하듯 가슴에 팔짱을 꼈다. "하지만 맹세코 프레스콧에서는 아무 일도 없었어요."

"알았어. 그러니까 프레스콧에서는 아무 일도 없었다." 슬론이 허공에 대고 양손을 빙빙 돌렸다. 계속해봐. "그래서 무슨 일이 있었던 거야?"

침을 꿀꺽 삼키는 캐서린의 목구멍이 좁아졌다. "하루는 에임스가 퇴근하지 말고 남아서—뭐였는지 정말로 기억 안 나지만 어쨌든—자기 일을 도와달라고 했어요. 그래서 그의 사무실로 가서 몇 마디 주고받았는데 그가 약간……" 그녀는 마음의 눈에 뭔가가 보이는 듯 고개를 갸웃거렸다. "들이댔다고 해야 하나? 그리고…… 이건 좀 이상하게 들릴 수 있는데 사무실이 깜깜했어요. 밤에는 그래야 모니터를 볼 때 눈이 편하다고 말하더라고요. 그리고 계속 얘기하다 뭔가에 부딪힌 줄 알았는데, 근데…… 저한테 키스한 거였어요. 그러더니……" 불쾌한 기억 때문인지 그녀의 입술이 바르르 떨렸다. "처음에는 뭐랄까, 깜짝 놀랐어요. 좋은 쪽으로는 아니고. 그래서 피하려고 했어요, 왜 있잖아요, 자연스럽게. 그런데 에임스는 집요했어요. 그가 막…… 계속 막 그러니까 저도 애를 썼고, 어쨌든 그러다 제 손을 잡더니 자기…… 거기에 대더라고요." 그녀가 눈으로 말하는 걸 모두가 알아들었다. 캐서린의 문장에는 수많은 단어가 빠져 있었지만 아디는 무슨 말인지 완벽하게 이해했다. "그러던 중에 누가 안으로 들어왔어요. 그 청소원이."

아디가 눈을 깜빡거렸다. "로살리타?"

"확실하진 않은데, 그런 것 같아요. 모르겠어요." 캐서린은 무릎 위로 상체를 숙이고 머리를 감쌌다. "전 비교적 악의 없이 말했다고 생각했어요. '죄송하지만 같은 회사 사람과 이러고 싶지 않아요'라는 식으로. 그랬더니 에임스가 펜을 바닥에 집어던지면서 지금 장난하냐고 소리쳤어요. 그래서 자리를 피했어요. 나중에 서로 냉정을 되찾으면 수습할 수 있을 것 같아서요."

"네가 혹시 무슨 신호를 흘린 건 아닐까? 에임스가 오해할 만한……"

용케도 그레이스의 말투는 딱히 평가하는 것처럼 들리지 않았다. 그렇다고 편드는 것처럼 들리지도 않았다. "사내 불륜도 일어나잖아. 안 그래?" 그녀는 슬론을 쳐다보지 않았지만 차라리 대놓고 말하는 편이 나을 뻔했다.

"그레이스." 슬론이 홱 돌아봤다. "캐서린은…… 나도 모르겠다. 몇 살이지, 캐서린? 그게 중요하다는 게 아니라…… 캐서린이 그걸 몰랐겠니?"

그레이스는 반박하지 않았다.

슬론이 우리 모두가 믿는 무언가를 지적했기 때문이다. 바로 우리가 그 차이를 안다는 사실 말이다. 어떤 행위가 부적절한지 어떻게 알 수 있느냐고? 우리는 그냥 안다. 열네 살이 넘은 여자라면 누구나 그럴 것이다. 믿거나 말거나지만 우리는 화를 내고 싶지 않았다. 우리라고 한가하게 손가락이나 빙빙 돌리고 앉아서 화딱지나게 해줄 사람을 기다리는 건 아니었다. 실제로 화를 내지 않으려고 별의별 핑계를 다 댔다. 속는 셈 치고 받아주기도 해봤다. 하이힐을 신은 종아리가 섹시하니 어쩌니 하는 말을 들어도 선의로 받아들였다. 우리는 모래밭에 이건 되고 저건 안 된다고 확실하게 선을 그어놨으면 하는 심정을 이해했다. 그러나 그런 선은 존재하지 않았고, 어쨌든 우리가 그을 수 있는 선도 아니었다. 다만 일터로 나갈 때는 수없이 많은 테스트를 거쳐 검증된 우리의 잣대를 믿었다. 그러니 우리는 그 분야의 전문가라고 할 수 있었다.

"내 생각은 그래."

"미안해, 캐서린." 그레이스가 부드럽게 말했다. "난 그저 상황을 제대로 이해하려는 거였어. 나는 그냥…… 에임스의 그런 면을 본 적이 없거든. 다른 뜻은 없었어."

"그래서?" 아디가 물었다.

"그래서 에임스가 거절을 안 받아줬다는 거지." 슬론이 끼어들었다.

"처음에는 알아들은 줄 알았어요. 언뜻 보기에는 그냥…… 좋아, 일이 이렇게 됐으니 유감이지만—모르죠, 뭐—네가 흘린 거다." 캐서린은 그레이스를 쳐다봤다. "뭐 그런 소린 줄 알았어요. 그래도 우리는 성인이니까 괜찮을 것 같았죠. 그런데 에임스가 리스트에 대해 알아버린 거예요."

"잠깐, 뭐라고?" 슬론의 동공이 흔들렸다.

이런, 어쩌나. 아디는 생각했다. 딱 걸렸네.

"사실 오늘 알았나봐요. 그리고 제가 추가했다고 생각하더라고요." 캐서린이 말했다.

방안을 서성이기 시작한 슬론이 허리를 세게 움켜쥐는 바람에 그녀의 갈비뼈 아래가 홀쭉해졌다. "오, 제기랄." 그녀가 말했다. "제기랄, 제기랄, 제기랄." 그녀는 원을 그리며 빙빙 돌았다. 작디작은 애처로운 원이었다. 아디는 이 일에서 자신의 잘못이 정확히 몇 퍼센트일지 가늠해보았다.

"네가 추가한 게 아니잖아." 슬론이 말했다. "그렇게 말했니? 네가 추가한 게 아니라고?"

"당연히 말했죠."

"그랬더니 뭐래?" 아디가 나긋한 목소리로 물었다. 그들은 사실을 확인하는 중이었다. 그뿐이다. 다 같이 진상 조사의 임무를 수행하고 있었다. 조사. 이 방을 가득 채운 이들은 변호사였다. 그들이 받은 고등교육의 햇수를 모두 더하면 서른두 해가 넘었다. 그들의 목적은 뭐가 뭔지 파악해 동료가 해고당하지 않고 이 불쾌한 난관을 무사히 헤쳐나갈 수 있도록 돕는 것이었다.

'불쾌한'은 그다지 적절한 단어 선택이 아닐 수도 있었다.

캐서린은 팔짱을 끼고 다리를 꼬았다. 그랬더니 자세가 엉망이 되었다. 지금껏 캐서린의 완벽한 자세만 봐왔던 아디는 이것이야말로 특별히 눈여겨봐야 할 걱정스러운 증상처럼 느껴졌다.

"에임스는 제 말을 믿지 않았어요." 캐서린은 앞에 있는 사람들이 아닌 자신의 무릎에 대고 말하는 것 같았다. "저보고 거짓말만 한다더군요. 이 회사 사람들과는 몇 년을 같이 일했는데 제가 들어오고부터―모르겠어요, 음―저한테 헷갈리는 신호를 받았대요." 캐서린은 손가락으로 따옴표 표시를 하며 말했다. "그러더니 갑자기 전부 자기 잘못이라면서 자기 이름이 들어간 리스트가 돌아다니는 게 분명 우연은 아닐 거랬어요. 그가 한 말 그대로 말씀드리는 거예요."

슬론과 아디의 시선이 마주쳤다. 서로를 쳐다보다가 일어난 일이었다. 어제 아디의 사무실을 찾아간 슬론은 선언하듯 말했다. 올리브 가지로는 안 될 것 같아서 올리브 정원을 사줄까 해.* 어차피 그렇게 될 일이었지만 식전 빵을 나누다보니 상처도 더 빨리 아물었다. 그들은 다시 같은 편이 되었다. 경험 많은 오래된 동맹. 최고 중의 최고였다. 슬론은 아디의 절친이었다. 비록 아디의 마음 한편에서는 아직도 그럴까 하는 의구심이 들었지만, 진정으로 그러기를 바랐다.

사실 에임스는 꽤 타당한 추리를 했다. 슬론과 아디는 에임스와 십 년을 넘게 일했다. 그들이 왜 이제 와서 동시에 그에게 반기를 들겠는가? 더군다나 슬론의 승진 역시 따놓은 당상인 이 상황에서 말이다.

에임스는 그들을 과소평가한 것이다.

"이런," 그레이스가 말했다. "일이 어렵게 꼬였네."

"맙소사, 캐서린. 내가 좀더 단도직입적으로 경고했어야 하는 건데." 슬론이 빙빙 돌다 말고 말했다. "미안해. 난 그저……" 그녀가 고개를 저었다. "나도 무슨 생각이었는지 모르겠어. 내가 직접 에임스 얘기를 해줬어야 했어."

---

* '올리브 가지'는 화해와 평화를 상징하고, '올리브 정원'은 이탈리안 식당의 이름이다.

캐서린이 턱을 쳐들었다. "혹시 에임스의 이름을 추가하셨어요?" 수유실의 분위기가 잠시 얼어붙었다. 분노의 물결이 캐서린의 얼굴을 스쳤다.

"그래." 슬론이 대답했다. 아디에 대한 암시는 전혀 없었다. 아디도 공범이었다. 슬론을 말리지 않았으니까. 말리기는커녕 동조까지 했다.

"나도 당했어." 슬론이 인정했다. 캐서린은 슬론을 평가하고 있었다. 적어도 아디의 눈에는 그렇게 보였다. 나이를 따지고 미모의 우열을 가리는 것처럼. 한 명은 다른 한 명에 못 미쳤다. 하지만 그게 정말 외모만으로 일어나는 일일까? "오, 맙소사. 수년 전에, 백만 년 전의 이야기야." 슬론이 손사래를 쳤다. "그와 잠깐 만났었어, 사실대로 말하자면." 슬론 글러버의 공공연한 비밀은 바로 본인의 이야기였다. "하지만 우리 사이에는 아직도 오해가 좀 있어."

"그거랑 이건 다르지." 그레이스가 지적했지만 나머지 셋은 귀담아듣지 않았다.

캐서린은 고개를 젖히고 천장을 응시했다. "그럼 이제 어떡해요?" 그녀가 물었다. "제 커리어에 목숨이 아홉 개 달린 것도 아닌데. 두 개도 간당간당하다고요."

사우스보스턴에서 하버드대학까지 간 사람이 그건 심지어 고난축에도 못 낀다는 사실을 깨달은 기분은 어떨까?

"정식으로 고소하는 건 어때?" 슬론이 물었다. "우리가 전부 지지해줄 테니까. 그건 걱정 안 해도 돼."

그 말에 놀란 캐서린이 허리를 펴고 앉았다. "네? 아뇨. 됐어요. 아무한테도 말하지 마세요. 저랑 약속해줘요. 전 벌써 한 번 잘렸다고요."

아디는 가슴에 무거운 무언가가 철렁 내려앉는 느낌이 들었다.

"이 경우는 달라." 슬론은 캐서린에게 말했다. 아디는 가끔 슬론이 똑같은 말투로 애비게일을 타이르는 것을 들었다.

그레이스는 계속 지켜보고 있었다. "고소는 괜찮은 선택인 것 같아. 핫라인도 있는 것 같던데."

"제 말이 그의 말과 다른 것뿐이에요. 저는 뭐가 다른 경우라는 건지 모르겠어요."

"좋아……" 아디는 깔끔하게 커트한 슬론의 금발을 보고 있었다. "아디, 네 생각은?" 슬론이 아디를 향해 몸을 틀면서 물었다.

"지금으로선 나도 모르겠지만, 뭐든 말해보자면," 아디가 말했다. "여기서 일하던 데브라 기억해? 아마 너희가 입사하기 전일 거야. 슬론은 있었던 것 같지만, 다른 층에서 근무했어. 그녀가 상사 중에 한 명을 인사팀에 성희롱으로 신고한 적이 있어. 그러고 나서 몇 달 뒤엔가 구조조정 바람이 불었는데 규모가 작았어. 우스울 만큼 작은 규모였지. 그때 데브라가 잘렸어. 혼자만 당한 거야. 그렇게 처리하더라고."

여자만 잘린 사례는 더 있었다.

"우연이었을 수도 있잖아." 그레이스가 말했다. "그렇게 단정……"

"에임스가 CEO가 될 거야." 슬론이 그레이스의 말을 잘랐다. "이사회 회의가 있었는데 듣자 하니 거의 결정났나봐. 발표까지 나면 선택의 여지는 더 줄어들 거야. 아예 없을지도 모르지."

"그의 얼굴을 봤어야 해요." 캐서린이 이마로 흘러내린 머리카

락을 넘겼다. "제가 너무 멍청했어요." 캐서린은 이제 자책의 무대
로 자리를 옮겼다. 슬론 역시 지나온 궤적이었다. "완전히 예상 못
한 일도 아니었는데."

그게 무슨 말인지 아무도 캐묻지 않았다. 누군가 물어야 한다면
그건 슬론의 몫이었지만 그녀는 가만히 있었다. 어쨌든, 그들이 더
알 필요가 있을까? 어차피 캐서린을 믿거나 믿지 않거나 둘 중 하
나였다. 캐서린이 좀더 세세하게 상황을 설명하는 것을 듣고 어떤
행동이 정말로 문제가 있었는지 그들이 판단해야 할까? 아니면 누
구의 잘못인지라도?

아디와 슬론은 서로를 쳐다봤다. 아무리 바뀌어도 안 변하는 건 안
변한다. 어디서 나온 말이었더라? 노래? 그렇다면 아디는 가사가
틀렸다고 생각했다. 정확하게 고치자면, 바뀌지 않으니까 안 변하는
건 안 변한다.

슬론은 손깍지를 껴 뒷목을 받쳤다. "어쨌든." 잠깐의 정적이 흐
르는 사이 아디는 그들이 흩어져 현실로 돌아가야 할 때임을 깨달
았다. 이 모든 일이 벌어지고 문제가 되는 현실로. 저 닫힌 문 너머
의 세상은 그대로였고, 에임스도 그대로였다. "여기 모여 앉아 에
임스가 버스에 치이기만 기도할 수도 없는 노릇이잖아." 슬론이 말
했다.

하지만 맙소사, 아디는 생각했다. 그것 참 괜찮은 우연이 아닐까?

28

4월 3일

"당신 상사를 상대로 소송하겠다고?" 대화를 시작하기에 앞서 슬론이 두 손가락 높이*로 스카치를 따라주었지만 데릭은 쳐다보지도 않았다. 그들은 캘리포니아 킹사이즈 침대에 걸터앉아 있었다. 어떤 연유에선지 중요한 대화는 늘 침대 위에서 이뤄졌다. 다목적 침대. 광고 그대로다.

"그리고 트루비브도." 슬론은 했던 말을 되풀이했다. 그녀는 법률 지식이 부족한 남편을 위해 제대로 설명할 의무와 생색내는 것처럼 보이지 않을 필요성 사이에서 엄격하게 균형을 잡았다.

데릭은 고개를 젖혀 침대 쿠션에 기댔다. "오, 그럼 더 잘됐네."

"비꼬는 건 당신이랑 안 어울려." 슬론이 베개를 끌어안았다. 그녀는 엉덩이로 균형을 잡고 다리를 한쪽으로 모은 채 옆으로 누워

---

* 바닥에 놓인 술잔을 손으로 감쌌을 때 소지부터 검지까지 손가락의 개수로 잔에 든 술의 양을 가늠하는 표현.

있었다. 데릭은 러닝셔츠와 사각팬티 차림이었다. 한 시간 전에 애비게일은 이미 잠들었는데도 슬론이 '가족회의'를 요청한 이유는 데릭이 그 말을 좋아했기 때문이다. 그는 육아 오디오북에서 그런 말을 배웠는데 슬론이 좋은 부모처럼 보이기 위해 오디오북을 들었다면 데릭은 진짜로 좋은 부모가 되려고 들었다.

데릭이 고개를 들었다. 마흔이 넘은 남자치고 그의 머리숱은 훌륭했다. 슬론은 그런 남편을 보면서 여중생들이 뭐라고 숙덕거릴지 추측만 할 뿐이었다. "이 집을 봐, 여보." 그가 팔을 활짝 펼쳤다. 남편이 보라는 집은 솔직히 그렇게 큰 집은 아니었지만, 집에서 중요한 건 그들 말대로 첫째도 위치, 둘째도 위치, 셋째도 위치였다. "당신은 내가 한 달에 얼마나 번다고 생각해?"

슬론은 함정의 낌새를 맡았다. 그녀는 아내가 자신보다 세 배 넘게 벌든 말든 누가 지적하지 않는 한 전혀 개의치 않는 남자와 결혼했다.

"나 진지해, 슬론. 행여 일이 잘못되면 무슨 일이 벌어질지 생각해봤어? 만약에 에임스 말고 당신이 해고당하면 어쩔래? 조바심에 하는 말인데 돈은 땅 파면 나오는 게 아니라고." 그러면서 그는 목덜미를 주물렀다.

"꼭 그런 것처럼 펑펑 써서 그렇지." 슬론이 대꾸했다. "화장실까지 명품 타일로 리모델링할 필요는 없었잖아." 그녀는 남편의 가장 비싼 취미가 인테리어 디자인에 대한 은밀한 연모인 줄은 꿈에도 몰랐다. 하지만 이미 엎질러진 물이었다.

"집에 루부탱 구두를 다섯 켤레나 모셔둔 사람이 누군데?" 따지고 보면 슬론 입장에서는 불공평한 지적이었다. 루부탱 구두는 그녀가 번 돈으로 샀지만 화장실 타일이야 홈디포에서 사서 붙여도 상관없었기 때문이다. 물론 그렇게 말하지는 않았다. 만약 일하는 남편이 가정주부인 아내에게 했다면 끔찍하게 무례한 말이라고 생각했을 것이기에 슬론은 같은 기준을 적용해 말을 아꼈다. 돈은 부부 공동의 것이었다. 게다가 데릭의 말도 맞았다. 만약 그녀가 해고당하면 제일 먼저 차, 그다음엔 아마 휴가, 그리고 결국엔 집까지 줄줄이 날리는 도미노 재앙이 벌어질 것이다. 그녀가 출혈을 막을 방법을 찾아내지 않는 한 말이다.

하지만 회사란 모름지기 직원에게 대가를 지불해야지 대가를 치르게 해서는 안 된다. 슬론이 처한 현실상 에임스를 처리하고 싶은 마음이 있다면 지금이 유일한 기회였다.

그녀는 베개를 꼭 끌어안았다. "당신은 애비게일한테 어떤 모범이 되고 싶어?"

남편은 200달러짜리 핸드페인팅 쿠션을 대수롭지 않다는 듯이 가볍게 집어던졌다. "아무 모범도 안 보여주고 싶어. 애는 알지도 못하는 일이잖아. 세간의 이목을 끌려는 건 바로 당신이야." 슬론은 데릭을 쳐다보았다. "재판까지 가지 말고 그냥 합의해." 그가 말했다.

"그럴 수도 있겠지. 하지만 그러려면 먼저 소송을 해야 해. 소송 없이는 합의도 없으니까." 차분하고 이성적인 쪽이 되는 것도 기분이 꽤 괜찮았다. 더 자주 시도해봐야겠다. 남편의 고개가 힘없이 어깨로 축 처졌다. "내가 성희롱으로 고소하면 회사는 날 마음대로 해고할 수 없어." 그녀를 해고한다? 어림없는 소리. 그녀의 책임 권한을 줄인다? 승진에서 탈락시킨다? 형편없는 심리만 떠넘긴다? 그녀의 삶을 비참하게 만든다? 회사를 그만두고 싶게 몰아간다? 다 가능하지만, 너무 깊이 파고드는 건 현명한 태도 같지 않았다. "그러니까 단순히 항의만 하고 마는 것보다는 이편이 낫다는 거야. 에임스가 상대편 변호사한테 내가 너무 감정적이라 협상을 못한다고 했다는 얘기를 당신한테 했던가? '계약은 우리끼리 마무리할 테니까 자넨 이제 나가보게.'" 슬론은 대서양을 건너다 만 영국인 발음을 흉내냈고, 보통 때 같으면 남편은 피식 웃었을 것이다. "내 계약이었단 말일세, 데릭." 그녀는 더 오버했다.

"말한 적 있지. 사실대로 말하면."

"어쩌면 이 일로 돈을 벌 수도 있어." 그녀는 생각만 해봤던 그 아이디어가 언제 실현되기를 바라는 아이디어로 둔갑했는지 알 수 없었다. 아마 데릭을 설득하다 그랬을 것이다. 그녀는 그만큼 설득을 잘했다. "나도 에임스가 CEO가 되는 데 협조하려고 했어. 좋다 이거야. 그가 CEO가 되면 난 대표 변호사가 될 텐데 좀 참지 뭐. 그럼 내 연봉도 오르고 다 괜찮겠지. 하지만…… 하지만 여보, 안 괜찮으면 어떡해? 이렇게 해야만 에임스가 CEO가 되는 걸 막을 수 있어. 여전히 내게는 협상의 여지가 있는 공석이 생길 거고. 직장 내 보복 조치 금지법이란 게 있으니까 괜찮아. 무엇보다 그가 다른 여자들한테 위력을 행사하는 꼴을 안 봐도 돼. 전에 나한테 했던 것처럼 말이야. 우리한테 통제권이 넘어오면 우리가 상황을 통제할 수 있어. 지금은 에임스가 통제권자야. 전권이 그한테 있어. 무슨 말인지 당신도 알지? 그가 CEO가 되면 권한이 지금보다 열 배는 강해질 거야. 그러니까 발표가 나기 전에 내가—우리가—손을 써야 해." 그녀는 매트리스를 가로질러 남편에게 더 가까이

다가갔다. "당신도 내가 좋은 변호사라고 생각하는 거 맞지? 이럴 자격이 된다고 생각하지?"

"당연하지. 당신은 내 상위 5위 안에 드는 변호사니까."

그녀의 어깨가 살짝 처졌다. "5위까지 있어?"

데릭이 코웃음을 쳤다. "당연히 5위 정도는 있지. 날 뭘로 보고. 어디 보자." 그가 세기 시작했다. "조니 코크런, 존 애덤스, 로버트 카다시안, 슬론 글러버, 루스 베이더 긴즈버그."

슬론은 웃음을 터뜨렸다. "흥, 그러니까 나는 긴즈버그 앞이고 카다시안 뒤네." 다행히 아직 웃을 일이 있었다. 남편이 그중 하나였다. 슬론에게는 필요했다. 남편이 정말 필요했다.

"이봐, 내 리스트라고." 데릭은 구스다운 이불에 삐져나온 깃대를 잡아 깃털을 뽑았다. 둘 사이에는 공정한 싸움이 불가능했다. 슬론은 그동안 맺어온 거의 모든 관계에서 원하는 대로 행동했다. 데릭이라고 의견이 없어서 슬론의 말을 들어주는 게 아니었다. 그저 그녀를 사랑하기 때문이었다. 데릭은 슬론보다 더 좋은 사람이었고, 슬론도 그 점은 인정했다. 오직 그 점만이라면 말이다.

입꼬리가 괄호 모양으로 올라간 데릭의 뺨에 보조개가 패었다. "좋아." 그가 말했다. "좋다고. 꼭 그 길을 가야겠다면 어쩌겠어. 따라가야지. 당신이 우리집 대장이잖아."

슬론은 비꼬는 말로 듣지 않으려고 노력했다.

"고마워, 여보." 그녀는 미끄러지듯 침대에서 내려왔다. 늦은 시간이었지만 그녀는 여전히 퇴근할 때 차림 그대로였다. 정장은 여기저기 구겨졌고 치마 지퍼는 살짝 내려가 있었다. 슬론은 대체로 마음이 놓였다. 한편으로는 충동적인 패턴대로 행동하는 게 아닌가 걱정이 들기도 했지만, 그럴 때마다 에임스에 대한 소송은 몇 년에 걸쳐 고민한 숙원이라며 걱정을 잠재웠다. 그녀는 자신이 옳다는 걸 알았고, 자신이 옳은 편에 서 있을 때가 그 무엇보다 좋았다. 변호사가 된 데에는 그런 이유도 있었다.

그녀는 서랍장을 열고 타이 실크 잠옷 세트를 골랐다. 옷을 갈아입는 동안 데릭은 휴대폰을 들여다보고 있었다.

슬론은 심호흡을 했다. "당신한테 미리 말해두고 싶은 게 있어. 혹시 나중에 알게 될지도 모르니까." 칫솔에 파란색 치약을 한 줄로 짜면서 슬론이 말했다. 오 년 전에는 너무 시기상조인 것 같아서 꺼낼 생각도 못한 말이었다. 하지만 두 자리 햇수가 지난 지금은 전생에 일어난 일처럼 아득하게 느껴졌다. 그녀는 어느새 청혼을 받은 달이 3월인지 아니면 11월인지 같은 것도 헷갈리는 나이가 되었다.

"뭔데?" 데릭은 휴대폰에서 눈을 떼지 않고 물었다.

이때가 바로 돌이킬 순간이었다. 하지만 슬론의 시선은 데릭과 익숙한 그의 맨발과 길고 구부러진 그의 발가락을 향했다. 부부는 함께 범죄드라마를 보다 아이가 납치당했는데도 부모 중 한 사람이 자신의 불륜 사실을 숨기는 데만 급급한 장면이 나오면 서로에게 말했다. 부탁인데, 당신이 바람을 피우더라도 집안에 뭔가 더 중요한 일이 생기면 그냥 까놓고 말해줘!

슬론은 신식 남편을 둔 현대 여성이었다. 그녀는 자동차 딜러와도 직접 협상했다. 돈을 벌고 결정을 내렸다. 집안일 절반을 내려놓았다. 요리는 하지 않았다. 섹스는 했다. 그렇다고 그녀의 불륜을 이유로 다른 여자들이 이용당하거나 학대당하게 내버려둘 수는 없는 노릇 아닌가?

"에임스랑 전에 사귄 적이 있어." 그가 고개를 번쩍 들었다. 그녀가 얼른 손을 들고 말했다. "우리가 결혼하기 전이야."

남편은 어느 정도 수그러들었다. "결혼 전 언제?" 그는 변호사와 결혼한 사람답게 물었다.

슬론은 칫솔을 입에 물었다. "몇 달쯤 전에."

"그럼 우리가 사귈 때네." 데릭은 휴대폰을 내려놓고 모든 관심을 슬론에게 집중했다. 슬론은 그런 관심 없이도 살 수 있을 것 같았다. 이번만은.

"약혼했을 때일걸, 엄밀히 따지면." 그녀가 말했다.

"약혼했을 때라." 그가 반복했다. 그녀는 세면대에 양칫물을 뱉고 수돗물로 입안을 헹궜다. "그럼 에임스는 기혼이었고?"

당연히 에임스는 기혼이었다.

"당신이 청혼한 직후야. 그땐 내가 뭘 원하는지 확신이 없어서 가치관의 혼란을 겪었던 것 같아." 슬론은 딱지를 붙일 필요가 있다고 판단했다. 진단 같은 거였다. 그렇게 한번 딱지를 붙이고 나면 모든 사람의 지지를 받게 된다. 그러지 않으면 정신적 질환에 대단한 편견을 가진 지독히도 이기적인 사람으로 비칠 위험이 있기 때문이다.

"참 위로가 되는 말이네." 마침내 데릭은 협탁에 놓인 스카치잔을 들어 냄새를 맡은 뒤 한 모금 들이켰다. 스카치는 최상급이었다. 그럴 필요가 있을 것 같아 슬론이 신경쓴 부분이었다.

"미안한데 나한테 무슨 말이 듣고 싶은 거야?" 데릭의 말투에는 분명 날이 서 있었다.

그렇다면 좋다. 그녀는 생각했다. 더는 건들지 말자. 그녀는 당해도 쌌다.

슬론은 칫솔을 칫솔꽂이에 꽂았다. 대답을 시작하면서 미간을 찌푸렸지만 당연히 주름은 잡히지 않았다. "생각중이야." 그녀가 말했다. "티는 안 나겠지만. 왜냐면 불공정한 미적 기준 때문에 얼굴에 독을 넣었거든." 그녀는 손가락으로 조심스럽게 이마를 가리켰다. "이런 게 마비되는 느낌이구나."

말이 너무 많다. 말 돌리기는 그녀가 항상 쓰는 전략이라는 걸 데릭도 잘 알고 있었다. 슬론은 자신이 고백에 대한 남편의 반응을 정확히 예측하지 못했다는 걸 깨달았다. 그저 학창시절에 몰래 집을 빠져나가 맥주를 마시고 다녔다는 걸 마흔이 넘어서야 고백하는 딸에게 엄한 부모가 느끼는 실망감 정도를 표현하리라고 막연히 생각했었다. 그러나 데릭의 얼굴에 드러난 표정은 전혀 그게 아니었다. 그의 얼굴에서는 막상막하인 상처와 분노가 우위를 점하기 위해 처절하게 대치중이었다.

"정말 결혼 전이라고 할 수 있어? 생각해봐. 난 그게 결혼 서약을 한 이유니까." 이제 슬론은 사실대로 털어놓기가 두려웠지만, 원래 그녀는 결혼 전에야 뭘 하든 간에 괜찮다는 주의였다. 뭐랄까, 안 잡힌 물고기? 연습? 혹은 데릭을 만나기 전에는 늘 그런 생각으로 연애를 해왔는지도 모른다. "나도 결혼 서약을 한 다음에는 아무 일 없었어."

"제기랄, 고결도 하시네."

그들은 둘 다 욕을 했다. 단, 서로에게는 절대 한 적이 없었다. 그렇기에 슬론은 화가 나 마땅한 쪽의 역할을 맡지 않기 위해 엄청난 자제력을 발휘해야 했다. 하지만 화를 내는 쪽에 훨씬 더 소질이 있었다.

"데릭." 그녀는 손가락에 나이트크림 한 덩이를 묻힌 채 부부 욕실에서 나왔다. "십이 년이나 지난 일이야. 이해는 해. 그때 나는 어렸고 엉망이었고 멍청했어. 근데." 매트리스 스프링이 삐걱거렸다. 데릭은 베개 두 개를 집어들고 침대에 깔린 장식용 담요를 걷었다. 그리고 한꺼번에 옮기기 위해 담요를 팔뚝에 돌돌 감았다. "여보? 당신 어디 가?" 슬론이 거실로 그를 따라나왔을 때 데릭은 위층 손님방을 향해 계단을 오르고 있었다. "난 당신도 우리 편일 줄 알았어." 그녀는 나이트크림을 다리에 문질렀다. 한 덩이에 43달러나 하는 크림을 이렇게 낭비해버리다니 믿을 수가 없었다. 계단을 오르는 그녀의 발소리가 너무 크게 울렸다. 조심하지 않으면 애비게일이 깰 터였다.

데릭이 층계참 꼭대기에서 그녀를 내려다봤다. "그래. 나도 그게 우리가 서약한 이유인 줄 알았으니까." 그런 다음 그는 손님방으로 들어가버렸고, 슬론은 문이 잠기는 소리를 들었다.

계단을 내려가는 그녀의 발소리는 더 조심스러웠다. 그녀는 침대로 올라가 남편이 눕는 자리에 앉아 거의 손도 대지 않은 스카치잔을 집어들었다. 괜찮을 거라고 그녀는 생각했다. 둘 다 삼십대 초반일 적에는 비슷하게 싸운 뒤 문을 쾅 닫고 나간 다음 장문의 문자메시지를 속사포처럼 쏴대고—주로 슬론이—차를 몰고 나갔다 돌아와서는 아무 말도 않고 있다 다시 서로를 윽박지르곤 했다.

이제 침실에는 정적만이 감돌았다. 슬론은 남은 스카치를 입에 털어넣었다. 피트*의 구수한 풍미가 콧속을 가득 메웠다. 잠은 다

잤네. 그녀는 속으로 생각했다.

　그날 밤 슬론과 데릭은 드라마 〈오펀 블랙〉의 마지막 회를 보기로 했었다. 대신 슬론은 부엌에 가서 스카치잔을 다시 채웠다.

---

* 맥아가 발효할 때 발생하는 효소 물질.

진술 녹취록

4월 27일

샤프: 트루비브에서 얼마의 연봉을 받습니까?

진술자 1: 그게 무슨 관련이 있죠?

샤프: 이의가 성립되면 변호사가 법정에서 이의 제기를 할 것입니다. 트루비브에서 받는 연봉이 얼마입니까?

진술자 1: 기본급은 연간 31만 달러고, 추가로 상여금을 받습니다.

샤프: 본인이 미국에서 상위 1퍼센트 안에 드는 연봉을 받는 건 아십니까?

진술자 1: 다시 말하지만, 이 일과 무슨 관련이 있는지 모르겠네요. 제 경력에 비하면 지나치게 큰 액수도 아니고요.

샤프: 이 연봉으로 윤택한 생활이 가능했습니까?

진술자 1: 그건 상대적인 문제 같네요. 코젯 씨, 당신과 비교하면요? 어림없겠죠. 하지만 좀더 광범위한 기준을 적용하면, 네, 살 만합니다.

샤프: 그러니까 트루비브와 개릿 씨를 상대로 소송을 제기한 이유는 순전히 성희롱 때문이었겠네요. 제 말이 맞습니까? 돈을 벌려는 의도 같은 건 전혀 없었던 거죠?

진술자 1: 그걸 말이라고 하세요? 제 말은, 당연히 돈을 벌려는 의도 같은 건 전혀 없었습니다. 다만 해당 사안에 있어 사측이나 개인의 행동 변화를 끌어낼 가장 확실한 방법으로 회사에 보상금을 청구할 계획은 있었습니다.

샤프: 소송을 제기할 당시 본인의 그런 믿음에 변화를 줄 만한 과도한 경제적 압박을 받지는 않았습니까?

진술자 1: 특별히는 없었습니다.

샤프: 이상하네요. 여기 제가 글러버 씨의 신용평가 보고서를 보고 있는데, 보고서에 따르면 개인부채가 상당한데요.

진술자 1: 그건 꽤 당연한 것 같네요. 학자금 대출 칠 년에 주택 모기지대출, 신용카드 대금, 그리고 자동차 두 대의 할부금이 전부 합산된 금액입니다.

샤프: 그러니까 돈은 전혀 원치 않았다? 돈이 더 있으면 본인한테도 유용한 것 아닙니까?

진술자 1: 미안합니다만, 코젯 씨, 돈이 더 있으면 유용하지 않냐고요? 그렇게나 어려운 질문을 하고 트루비브에서 얼마를 받으시는 거죠? 저는 트루비브에서 계속 일하고 싶은 사람입니다. 말했다시피 여기서 연간 31만 달러를 받고 있고, 제 가족과 저는 일정 수준의 생활을 유지하길 원해요. 이번 소송으로 다만 얼마를 챙겨 조기 은퇴해서 프랑스 리비에라로 갈 생각 같은 건 전혀 없었다고요. 근데 이번 소송으로 코젯 씨가 어디에 별장이라도 마련하시거든 저한테도 꼭 엽서 한 장 보내주세요.

29

4월 3일

  그날 밤 일찍 귀가한 그레이스는 식탁에 핸드백을 내려놓았다.
이미 집에 돌아온 리엄은 식기세척기에 설거짓감을 넣고 있었다.
전자레인지가 윙윙 작동중이었고, 안에서 젖병 소독기가 빙글빙글
돌아가고 있었다. 젖병은—안에 물기가 송골송골 맺힌 채로—싱
크대 옆에 깔린 플라스틱 드라이매트 위에 차렷 자세로 세워져 있
었다. 그레이스의 이론에 따르면 리엄이 이토록 집안일을 잘 도와
주는 건 사실 그가 그만큼 돈을 잘 벌기 때문이었다. 그녀가 아는
커리어우먼들이 집안의 실질적인 가장은 본인인데도 남편이 장도
안 봐준다고 푸념할 때면 그레이스는 속으로 생각했다. 그건 그들이
위협을 느끼기 때문이야! 그것은 과거에나 지금에나 통용되는 이론
이었다.
  그레이스는 리엄에게 인사하고 거실로 가서 에마 케이트 옆에
무릎을 꿇고 앉았다. 베이비짐에 눕혀놓은 에마 케이트는 머리 위
에 매달린 장난감 모빌의 코끼리와 사자와 큰부리새에 온통 관심

이 쏠려 있었다. 그레이스가 손으로 작은 발을 움켜쥐자 아기가 발길질했다. 딱히 해줄 말이 없었던 그녀는 다시 부엌으로 돌아와 찬장에서 리츠 크래커 한 봉지를 꺼냈다.

그레이스는 여전히 하이힐을 신은 채로 화강암 아일랜드 식탁에 기대섰다. "당신은 내가 여태껏 한 번도 안 당한 이유가 뭐라고 생각해? 그러니까 성추행 같은 거 말이야." 그레이스는 사실 질문의 전제가 참인지도 의문이었다. 그녀 역시 거리에서 누군가가 휘파람을 불거나, 식당에서 줄을 서 있을 때 웃으라는 말을 듣거나, 미팅에서 남자들이 가슴만 뚫어져라 쳐다보는 일을 당한 경험이 있었다. 심지어 고등학교 때는 테니스 강사가 만원 버스에서 자기 무릎에 앉으라고 한 적도 있었다(그녀는 거절하고 대신 팀메이트의 무릎을 택했다). 그러나 그런 일로 트라우마를 겪은 적은 없었다.

리엄은 마른행주를 어깨에 휙 걸치고 식기세척기의 문을 닫았다. 키가 크고 체격이 좋은 리엄은 전직 밴더빌트 지역 대표 라크로스 선수였다. "당신은 수두를 앓은 적도 없잖아."

거실에서 에마 케이트의 옹알이 소리가 들려왔다.

"그렇게 무작위는 아닌 것 같아서 말이야. 나한테 면역력이 있는 것도 아닐 테고. 나쁜 년처럼 들릴 각오로 하는 말이야." 사실 진짜 나쁜 년일지도 모른다. "내가 좀 예쁘잖아. 그런 일을 당했다고 들은 여자들보다 내가 훨씬 예쁘다고."

리엄이 손을 내밀었고 그녀가 크래커를 건넸다. "그래서 지금 성희롱을 안 당한 게 불만이라는 거야?"

"그런 건 아니지만." 그럴 수도 있다. "난 그냥 이해가 안 돼서 그래."

"나도 몰라." 그때 전자레인지의 타이머가 울렸고 소독기를 꺼 내려 움직인 사람도, 실제로 꺼낸 사람도 리엄이었다. 그레이스는 하이힐을 벗었다. 타일 바닥의 냉기가 발바닥에 스며들었다. "당신 지금 나랑은 전혀 공통점이 없는 사람들의 머릿속을 들여다봐달라 는 거잖아."

그레이스는 남편의 말이 사실이길 바랐다. 그리고 믿었다. 그러 다 에임스의 아내 보비가 같은 심정이었을지 모른다는 사실이 마 음에 걸렸다.

리엄은 골똘히 생각했다. "아마 동물적인 본능 같은 걸 거야. 맹 수는 무리에서 가장 약한 놈을 공격하잖아. 가장 어리거나 가장 취 약한 존재를 말이야."

그레이스는 콧방귀를 뀌었다. 입 밖으로 크래커 부스러기가 뿜 어져나오는 바람에 둥글게 만 손으로 입을 가렸다. "이런, 미안. 내 기준에 슬론은 전혀 약하지 않은데?"

그녀는 까치발로 쪼르르 구석으로 가서 에마 케이트가 잘 있는 지 확인했다. 얼마나 좋은 엄마냐고 리엄이 말할 것이다! 딸은 입 으로 앙증맞은 주먹을 빠느라 조용했다.

"맞아." 리엄이 손가락 하나를 들어올렸다. "그렇지만 슬론은 불륜으로 취약해졌지, 안 그래? 에임스가 뭔가 약점을 잡았을 거라 고." 그레이스는 슬론의 불륜을 리엄과 공유해도 되는지 여부에 관 한 규칙은 몰랐다. 다만 성인으로서 판단할 때 배우자와는 친구의 비밀을 공유해도 괜찮을 것 같았다. 하지만 혹시나 자신이 틀렸을 경우에 대비해 친구들한테 직접 확인해본 적은 없었고, 그 사실만 으로도 그녀가 틀렸다는 방증이 될 수 있었다.

"그러니까 본인 잘못이라는 거네? 나는 성추행당할 만하지 않으니까 안 당한 거고?"

"아니지." 리엄이 입을 쌜룩거렸다. "내 생각엔 그냥 우발적인 범죄 같은 거야. 살인 사건의 피해자를 탓할 순 없는 노릇이잖아. 살인자는 그냥 안 들킬 것 같으면 저지르고 보니까."

"너무 음침하다."

"그나저나 우리 저녁은 시켜 먹어, 아니면 자기가 요리할 거야?"

슬론의 메시지가 도착한 건 밤 열시 직전, 리엄이 잠자리에 든 뒤였다. 그레이스는 밤 열시 반쯤에 이른바 '몽중 수유'를 시도하기 위해 깨어 있었다. 몽중 수유란 자는 아기를 완전히 깨우지 않고 가슴에 안아서 한 끼 수유량을 채울 때까지 젖을 물리면 아기가 밤새 통잠을 잔다는 그런 콘셉트였다. 그러나 현실에선 깨웠다고 잔뜩 골이 난 에마 케이트가 조그만 주먹을 불끈 쥐고 실눈을 뜬 채 엄마의 얼굴을 멀뚱멀뚱 쳐다보고만 있었다. 그런데도 그레이스는 방해받지 않고 온전히 잘 수 있는 여섯 시간의 유혹을 포기하지 못했다. 아직 한 번도 성공하지 못했다는 사실 따위는 중요하지 않았다.

그레이스는 출산 이후 늘어난 텔레비전 시청 시간과 더불어 줄어든 넷플릭스 추천 목록을 탐색하고 있었다. 그때 휴대폰의 진동이 울렸다.

슬론 글러버
소송할 거야. 공개적으로 나가야 보호받을 수 있어. 에임스가 회사를 차지하는 것도 막고. 캐서린이랑은 얘기했어. 무섭대. 전달: 프로스트에서의 일도 있고, 저도 책임이 있는 것 같아요. 이제 모른 척하는 것도 지친다! 이상.

그레이스는 같은 채팅방에 있는 아디의 반응을 기다렸지만 아무런 답변이 없었다. 분명 자고 있을 거라는 생각이 들었다. 자신도 자는 척하기로 했다. 그나저나 슬론은 정확히 무슨 말이 듣고 싶은 걸까?

잘한다, 파이팅!

오히려 그레이스는 슬론의 소송이 업무에 얼마나 큰 지장을 줄지 걱정하는 쪽이었다. 아무도 그런 걱정은 안 하는 걸까?

이십 분 뒤에 그녀는 늘 책상다리로 앉는 바람에 움푹 팬 소파에 자리를 잡고 U자 모양 쿠션을 엉덩이에 받쳤다. 칭얼거리던 에마케이트는 이제 젖을 빨기 시작했고, 그제야 그레이스는 협탁 위에 물 한 잔을 떠놓는 걸 깜빡했다는 사실을 깨달았다. 딸이 젖을 빨 때마다 타는 듯한 갈증이 몰려왔다. 정신을 돌릴 데가 필요했다. 텔레비전이 낮은 음향으로 틀어져 있었지만, 리모컨이 손에 닿지 않는 곳에 있었다. 그녀는 휴대폰을 집어들었다. 슬론의 문자가 여전히 화면에 떠 있었다. 그녀의 엄마가 문자메시지를 너무 자주 보낼 때와 같은 날 선 짜증이 밀려왔다.

그레이스는 자신에게 공감해줄 누군가와 대화하고 싶었다. 늦은 시간이었지만 연락처 목록을 스크롤하다 과거 여학생 클럽에서 가장 친하게 지냈던 에머리 비숍에게 전화를 걸었다. 둘은 여전히 해마다 프레더릭스버그에서 여자들끼리 휴가를 보냈다. 에머리는 휴스턴에 살았다. '집밖'에서 일하지는 않지만 에이즈 재단과 지역 극장의 이사회직을 맡고 있었다. 두번째 신호 만에 친구가 바로 전화를 받았다. "무슨 일 있어?" 성대결절과 희미한 남부 억양 탓에 언제나 목이 쉰 것처럼 들리는 에머리의 목소리였다.

"아니, 아니." 그레이스는 에마 케이트에게 들리지 않게 조용히 대답했다. "미안, 자고 있었어?"

"세상에, 아니지." 에머리는 야행성이었다. 대학 때는 자정에 두번째 저녁을 먹기도 했다. "에마 케이트는?"

"잘 있어. 지금 수유중이야." 텔레비전이 내뿜는 청색광이 아기의 머리 위에 너울거렸다.

"세상에." 에머리가 말했다. 그레이스는 친구의 모습을 떠올렸다. 탈색으로 옅어진 그녀의 금발은 터키석 장신구와 잘 어울렸다. "나도 그 시절이 기억나. 친구야, 절대 넷은 낳지 마." 그레이스는 휴대폰에 대고 미소를 지었다. 고등학교를 졸업한 이후에는 별일 없이 전화를 걸 수 있는 친구가 많이 남지 않았다. 에머리는 마지막 남은 그런 친구 가운데 하나였다.

"넌 여자들이 너무 예민한 것 같니?" 그레이스가 약간 뜸을 들이다 물었다.

에머리는 콧소리를 냈다. 수화기 저편에서 바스락거리는 소리에 이어 냉장고 문이 열리는 소리가 났다. "말하는 사람이 누구냐에 따라 다르지. 예를 들어 클라크가 나보고 너무 예민하다고 하면 불알을 따서 개밥으로 줄 거야."

웃음이 터진 그레이스는 딸이 젖을 빠는 힘이 사그라드는 듯하자 곧바로 웃음을 멈췄다. "우리 회사에 성추행당했다고 항의하는 여자들이 있거든. 정확히 그렇다고는 안 하는데 들어보면 그 말이야."

"아." 이번엔 서랍이 열리고 식기 부딪는 소리가 났다. "글쎄다. 모든 여자가 우리 같진 않잖아, 그레이스. 너도 알지? 우리 엄마가 늘 하는 말이 있어. 고등학교 졸업하면 진짜로 하나도 안 변한다."

"우울하네."

"어떻게 해서든 관심을 받아야 직성이 풀리는 여자들이 있잖아. 너희 회사 여자들이 관심을 받으려고 일부러 그런다는 말은 아냐. 자기도 어느 정도는 그런 일을 당했다고 믿는 거겠지. 안 그래?" 그레이스는 아무 말도 하지 않았다. "나도 클라크가 억울하게 그런 일에 휘말릴까봐 늘 걱정이야. 아니면 타일러나 메이슨이 커서 그런 일을 당하진 않을까. 그런 생각을 하면 무서워 죽겠어. 내가 우리 아이들한테 무슨 말을 해줘야 하니? 진짜 잘 알지 못하는 여자랑은 절대 단둘이 한방에 있지 마라? 그거면 될까?"

휴대폰을 귀에 낀 그레이스는 수유 간호사에게 배운 대로 새끼손가락으로 아기를 젖에서 떼어낸 뒤 반대편 젖을 물렸다. "음, 나도 모르겠어." 무심코 대답한 그레이스는 마이클과 그런 대화를 나누는 아디를 상상해보았다.

"클라크가 공군사관학교에 있을 때 한 사관생도가 퇴학당한 이야기를 해줬어. 어떤 여자가 부당한 행위를 당했다고 주장했기 때문이래. 그 여자들한텐 젊은 남자의 인생을 망가뜨릴 힘이 있었고, 그래서 그 힘을 쓰기로 했던 거지." 에머리는 이제 아이스크림을 먹는지 치아에 숟가락이 부딪히는 소리가 났다.

그레이스는 잠자코 듣고 있었다. 에임스의 아내 보비를 떠올리면서. 그러다 이런 생각이 들었다. 누군가 찾아와서 리엄이 여자들을 성추행했다고 말하면 어쩌지? 그때는 어떡하지?

그레이스는 수유를 마칠 때까지 열한 살인 타일러가 미식축구 팀에서 태클을 건 이야기며 메이슨의 축구, 애너벨의 발레, 핀리의 물리치료 이야기까지 에머리의 말을 다 들어주었다. 그러다 더는 눈을 뜬 채로 버티기가 힘들어져 친구에게 잘 자라는 인사를 한 뒤 꽁꽁 싸맨 에마 케이트를 한참 동안 토닥이다 전동 요람에 눕혔다. 요람은 아직도 위층 아기방이 아닌 아래층 서재에 있었다. 아기방은 여태 한 번도 사용하지 않았다.

그레이스는 에마 케이트가 우는 소리에 다시 잠에서 깼다. 아기가 우는 소리는 엄마에게 물리적으로 더 크게 들린다는 기사를 어디선가 읽은 적이 있다. 리엄은 여전히 한밤중이었다. 겨우 이십 분밖에 못 잔 기분이었지만 실제로는 세 시간이 지나 있었다. 그나마 좀 위안이 되었다. 곧 완전히 잠이 깬 그레이스는 젖을 먹이고 아기를 흔들어 달랬다. 딸의 눈이 감기고 볼살이 축 늘어진 뒤에도 계속 흔들고 흔들고 또 흔들어댔다.

그레이스는 허벅지 뒤에 붙은 휴대폰을 끄집어냈다. 손가락으로 밀어 화면을 켠 뒤 슬론에게 보낼 답장을 작성했다.

진술 녹취록

4월 26일

샤프: 당신이 꼭 에임스 개릿의 인생을 망치려고 그랬다는 뜻으로 한 말은 아닙니다. 그게 당신의 의도나 주된 목적이라는 뜻도 아니고요.

진술자 1: 〈포춘〉 선정 500대 기업의 대표가 못 된 것이 그렇게나 인생을 망칠 일인가요? 아니길 바랍니다. 그렇지 않다면 CEO 아닌 대부분의 사람은 어디 서러워서 살겠습니까?

샤프: 저는 이런 사안은 객관적으로 논의하기 힘들다는 말씀을 드리는 겁니다. 본 소송의 자극적인 세부 내용에 민감한 쟁점들이 깔려 있다는 걸 압니다. 혐의의 심각성을 약화하려고 이러는 것도 아니고요. 저 역시 여성입니다. 하지만 동시에 변호사이기에 변호사로서 사실에만 주목하려는 것입니다. 증거로써 말입니다. 사실 트루비브에서도 내사가 진행중이고, 관련해서 이 말씀은 꼭 드려야겠네요. 아직까지 에임스 개릿의 행실을 문제삼은 여직원은 아무도 없습니다.

진술자 1: 그러니까 이미 문제삼은 세 여성을 제외하면 그렇다는 말씀이시죠? 얼마나 더 나와야 충분하겠어요?

샤프: 그래요. 하지만 그 세 분은 동기가 복잡하죠. 글러버 씨, 그날 법적 조치를 취해야겠다고 결심한 이유를 자세히 설명해주시겠어요?

진술자 1: 캐서린이 우리한테 와서 에임스한테 성적 공격을 당했고, 그녀가 거절하자 업무적인 보복을 할 생각인 것 같다고 말했어요. 같은 날에 에임스가 아디한테 여자들이 전부 미쳤다고 말했고요. 마침내 뭔가가 맞아떨어진 기분이었죠. 지난 수년간 해온 대로 대응할 수는 없겠다는 생각이 들었어요. 내가 스스로 변하지 않는 한 아무것도 에임스의 행동을 변하게 할 수 없었죠.

샤프: 그래서 소송을 제기하셨고, 다음에 벌어진 일은 모두가 알죠.

진술자 1: 안다고요?

샤프: 비극 말이에요.

30

4월 6일

우리는 일하고 싶었을 뿐이다. 너무 많은 것을 바란 걸까? 우리
는 예정된 서버 중단과 의무적인 소프트웨어 최신 업데이트 교육
이 지겨웠다. 허구한 날 돌아오는 누군가의 생일도 약간 성가셨고,
이번달에는 팔레오 다이어트를 할 거라고 공공연하게 이야기했는
데도 돌아다니면서 케이크를 먹으라고 종용하는 사람들은 더 성가
셨다. 누가 그렇게 바이러스 이메일을 클릭하는지도 이해할 수 없
었다. 그로 인해 확산한 더 많은 이메일이 클릭을 멈추라고 닦달했
지만 업무를 시작하기 전에 아웃룩을 닫으려는 순간 모니터 오른
쪽 구석에 어김없이 새로운 이메일 알림이 떴다. (가만, 이메일 확
인은 업무가 아닌가?)

우리는 항상 작년과 금년과 내년의 수혜자 양식에 서명해야 했
고 그로 인해 피부양자의 사회보장번호를 기억해내는 능력을 시험
당했다. 대면 회의 요구는 억압의 수단이라는 걸 눈치채고 있었다.
우리는 교류의 65퍼센트를 줄이고 싶었지만 사실상 적어도 50퍼

센트는 늘려야 할 판이었다. 매일같이 우리와 업무 사이에 크고 작은 일이 백 개는 넘게 생겨났고, 그 종류도 부수적인 것부터 부도덕한 것까지 가지각색이었다. 그러니 우리가 일도 바빠 죽겠는데 웃으라는 말까지 듣고 싶지는 않다고 하면 다른 뜻은 없었다. 우리 그냥 일하게 해주라. 치마 길이가 어쩌고 하는 소리는 그만 듣고 싶다고 하면 다른 뜻은 없었다. 우리 그냥 일하게 해주라. 회사에서 우리 몸에 손대려는 사람은 제발 없었으면 좋겠다고 하면 다른 뜻은 없었다. 우리 그냥 일하게 해주라, 제발!

우리는 회사의 남자들과 같은 대우를 원했다. 이유는 사람들이 스마트폰을 사는 이유와 같았다. 삶이 더 편해지니까.

아디는 그날 아침따라 느려터진 네트워크 연결 상태와 씨름하다 사무실 창문을 지나치는 슈트 차림의 남자 둘이 에임스 개릿의 사무실로 향하는 걸 보았다. 슬론이 헬렌 예를 고용해 트루비브와 에임스를 상대로 소송을 제기한 지 만 하루가 지났고, 아디 역시 그 소송에 공동 원고로 이름을 올렸다. 언제라도 에임스가 차기 CEO로 발표될 가능성이 대두된 지금, 시간이 생명이었다.

슈트를 입은 남자들이 지나간 지 두 시간이 지났을 즈음 그녀의 모니터에 이십 분 뒤에 있을 인사팀 회의에 참석을 요청하는 메시지가 떴다. '수락'을 누르자 회의 일정이 그녀의 캘린더에 표시됐다.

아디는 싱글맘이었다. 그건 그녀가 잃을 게 가장 적다는 뜻일까 아니면 그 반대일까?

슈트를 입은 남자들은 에임스의 사무실에 사십오 분 정도 머문 뒤 떠났다. 아디는 그게 긴 시간인지 짧은 시간인지 확실히 알 수 없었다. 시계를 확인했다. 그녀에게 남은 이십 분은 길게도 짧게도 쓸 수 있을 것이다.

아디는 자리에서 일어나 문 뒤에 걸어둔 블레이저재킷을 들어 소매 부분에 팔을 끼었다. 엘리베이터 앞에서 슬론이 그녀를 기다리고 있었다.

"이제 시작이네." 슬론이 말했다. "준비됐니?" 아디는 결전의 날이 닥쳤을 때 외모에 온 신경을 집중하는 전략을 도저히 이해할 수 없었지만, 그것이 그날 슬론의 전략인 것만은 분명해 보였다. 그녀는 구김 한 점 없는 감청색 슈트에 새하얀 블라우스를 입고 머리카락이 한 올도 빠져나오지 않을 만큼 말끔한 포니테일을 나지막하게 묶고 있었다. 그녀가 선택한 슈퍼히어로 의상이었고, 덕분에 커리어우먼 버전의 원더 우먼처럼 보였다.

"너 혼자 감당하게 내버려두진 않을 거야." 일부는 맞는 말이었다. 아니 어쩌면 전적으로 맞는 말일 수 있었다. 완전한 진실은 아닐지라도 어쨌든 그게 아디가 하고 싶은 말이었다.

슬론이 엘리베이터 버튼을 눌렀고, 잠시 후 화장실에 갔던 그레이스가 등장했다.

"피 묻은 탐폰이라도 휘두를 사람이 필요하면 말해, 십오 개월 만에 생리가 터졌으니까." 그레이스가 말했다. 여자 셋은 비어 있는 엘리베이터 안으로 걸어들어갔다. "수유중에는 생리를 안 한다더니 난 왜 이렇게 재수가 없니?"

내가 필요할 거야.

슬론이 소송을 결심한 날 그레이스가 밤늦게 보낸 문자메시지였다. 그동안 아디가 얼굴에 대놓고 표를 냈든 말든 슬론은 아디가 그레이스를 오판했던 걸 그레이스도 알고 있었는지 궁금했다.

금세 도착한 엘리베이터의 문이 열리자 셔츠나 안경에 실제로는 없지만 왠지 겨자소스 자국이 묻어 있을 것 같은 타입의 대머리 남자가 입구에서 기다리고 있다 그들을 맞이했다. "앨 런킨입니다." 그는 세 여자와 번갈아가며 양손으로 악수했다. "이쪽으로 오시죠. 저희가 뭘 도와드릴 수 있는지 한번 봅시다."

슬론과 아디는 눈빛을 주고받았다. 인사팀이 자리한 9층과 법무팀이 위치한 15층은 정경에 물리적인 차이가 있었다. 마치 기차를 타고 뉴욕 맨해튼 어퍼웨스트사이드에서 출발해 아주 일부만 재개발된 퀸스 지역을 지나는 것 같았다. 9층 직원 대부분은 개인 사무실 대신 칸막이로 나눠진 업무 공간에서 일하고 있었다. 대다수의 직원이 젊은층이었는데 예외도 있었다. 자리 배치 때문인지 나이 많은 예외들은 꼽사리 끼어 있는 것처럼 보였다.

앨 런킨은 슬론 일행을 회의실로 안내했다. 그는 세 여자의 맞은편에 놓인 가죽이 갈라진 인체공학 의자에 앉아 머리 뒤로 손깍지를 꼈다. 와이셔츠의 겨드랑이 부분에 소금기어린 땀자국이 남아 있었다. "자, 그럼." 그가 코밑으로 시선을 내리깔고 탁자 위에 놓인 서류 더미를 눈짓으로 가리켰다. "이게 뭔지는 다들 아시겠죠?" 그가 턱을 아래로 내리자 목살이 접혔다.

슬론은 양손을 포개 탁자 위에 놓았다. "좋아요. 확실한 부분부터 먼저 해치우는 편이 최선이겠죠. 네. 저희 셋이 공동 원고로서 대표 변호사 에임스 개릿과 트루비브 주식회사를 상대로 민권법 제7조에 의거해 소송을 제기했습니다. 저는 트루비브에 재직중인 에임스 개릿에게 직접적인 괴롭힘을 당했습니다. 여기 제 동료인 아디와 그레이스는 가해자의 행동으로 인해 간접적이지만 부정적인 영향을 받은 고용인이기에 불안전한 근무 환경을 이유로 같은 주장을 제기하는 바입니다. 어떤가요? 서로 여러모로 시간을 절약할 수 있겠죠?"

"변호사시라 이거죠?" 런킨의 얇은 입술이 더 얇아졌다. "신선하네요." 그가 불쑥 자세를 고쳐 앉자 의자에서 삐걱거리는 소리가 났다. "그런데 말이죠. 회사에도 이런 사안을 처리하는 절차가 다 마련되어 있습니다. 그런데 소송이라니요? 그래요. 다들 변호사니까 이게 여러분의 방식인 건 알겠어요. 하지만 이러실 필요는 없습니다." 그는 뭔가 불쾌한 냄새를 맡은 듯한 표정을 지었다. "사실 내사가 이미 진행중입니다. 향후에는 전화로 이런 종류의 항의를 접수할 수 있는 핫라인도 개설될 거예요. 변호사나 소송에 따른 비용을 지불할 필요가 없도록 말입니다."

아디는 두 손으로 무릎을 꼭 쥐었다. 그녀는 회의실에 앉아 있는 기분을 설명할 수 없었다. 머리 위에선 아찔할 정도로 환한 조명이 빛났고, 눈앞에는 연필이 가득 꽂힌 머그잔이 놓여 있었다. "핫라인은," 그녀가 말을 꺼냈다. "보통 항의 접수자를 찾아내기 쉬운 편이죠. 굳이 컴퓨터 박사가 아니어도 접수자가 누군지 바로 추적이 가능합니다." 그제야 아디의 입에서 그녀다운 말이 나왔다. 심장박동이 거세지기 시작했다. 짐작건대 그녀의 심장은 내내 고동치고 있었을 것이다.

"우리 회사 정책상 항의를 접수하려는 직원은 일반적인 보고 라인을 건너뛰고 곧장 고위 경영진과 소통할 수 있습니다."

"저희가 항의하려는 사람이 바로 고위 경영진에 있습니다." 그레이스가 말했다.

앨은 두 손을 들어올렸다. 왁스를 칠한 공처럼 번들거리는 그의 이마에 반사된 형광등 조명이 이리저리 움직였다. "저희한테 뭘 바라시는 겁니까?"

한가운데 앉아 있던 슬론이 의자의 양쪽 팔걸이에 팔을 걸쳤다. "에임스 개릿을 당장 해고해주세요. 그게 시작입니다."

"말씀드렸다시피 지금 내사중입니다."

"내사가 얼마나 걸릴까요?" 아디는 '내사' 단계에서 너무 질질 끌어 사안에 관심을 보였던 사람들이 모두 의지를 잃고 떨어져나 갈까봐 걱정됐다. 그와 함께 머릿속에 무의미한 서류로 가득찬 아코디언폴더가 창고 바닥에 켜켜이 쌓여가는 이미지가 떠올랐다. 단지 일하는 방식이 다를 뿐인 인사팀 직원의 고된 노동을 감안하면 무례한 생각이었지만, 아디는 그런 편견이 있었고 특별히 버릴 생각이 없었다.

"확답을 드리기는 어렵지만 사흘에서 길어야 일주일 정도로 예상합니다." 앨이 어깨를 으쓱했다.

"좋네요." 슬론이 딱히 좋은 것 같지 않은 목소리로 대답했다. "그럼 후속 조치는 그때 듣기로 하죠. 그사이에 저희측 변호사가 연락을 드릴 겁니다."

저희측 변호사. 아디는 변호사가 아닌 사람이 그런 말을 하게 되면 얼마나 든든할지 상상했지만 그녀 자신은 커튼 뒤를 슬쩍 엿보면서 오즈의 마법사나 찾을 뿐이었다.

그들은 한꺼번에 자리에서 일어났다. 남부식 예절에 따라 앨 역시 발을 굴러 일어서려고 했지만 무릎이 탁자와 의자 사이에 끼는 바람에 휘청하면서 어색하게 엉거주춤한 자세가 되어버렸다.

"아디." 그가 바퀴 달린 의자를 밀어내자 의자가 벽에 탁 부딪혔다. 문 앞에 선 아디가 걸음을 멈췄다. "이렇게 다시 만나니 반갑네요. 오랜만입니다." 그가 목소리를 낮춰 말했다.

아디는 잠시 망설였다. "그러네요. 그때는 머리가 빠지기 전이었나봐요."

아디 밸디즈는 앨 런킨을 혐오했다.

직원 진술서

4월 14일

킴벌리 라이언스: 아뇨. 그 일이 일어났을 때 전 자리에 없었어요. 점심시간에 비서 당번을 서기 때문에 점심이 늦거든요. 그러니까 한 십오 분 전에 점심을 먹으러 나갔을 거예요. 죄송해요. 쉽지 않네요. 주변 사람이 죽는 걸 한 번도 본 적이 없거든요. 조부모님을 빼면. 그때는 너무 어릴 때라 기억도 잘 안 나요. 15층에서 일하는 사람 모두 충격을 받았을 거예요. 우린 가족이나 다름없으니까.

쿠널 아난드: 여자들이 미쳐가고 있었죠. 그걸 부정하면 거짓말이거나 정치적 올바름 흉내를 내는 거예요. 그 여자들은 남자의 눈물을 빼먹으려고 달려드는 목마른 미친 개 같았어요. 광견병에 걸리면 갈증이 난대요. 바이스랜드 채널에서 봤어요.

캐서린 벨: 전 입사한 지 얼마 안 됐어요. 사실 보스턴에서 와서 댈러스도 처음이고요. 첫인상이 좋지 않았겠다고 하시겠죠. 어쨌든 전 사내 정치에는 전혀 개입하지 않았어요.

앨 런킨: 제가 아는 한 난폭한 행동을 보인 사람은 없었습니다. 저희 인사팀에서는 특히 정신 건강 문제를 굉장히 심각하게 다루고 있습니다. 저희를 성인의 상담교사 정도로 생각하면 될 거예요. 그런데 살인이라뇨? 가당치도 않습니다.

31

4월 7일

슬론이 한 잔에 13달러짜리 메를로 와인을 홀짝이며 앉아 있는 술집은 검은색 가죽과 구리 금속으로 장식되어 있었다. 분위기가 고급스럽고 유혹적이었지만 이곳을 고른 주된 이유는—트루비브 회사 건물과 같은 블록에 있어서—가깝기 때문이었고, 어두침침한 조명 아래 그녀의 얼굴이 최소한 열 살은 더 어려 보인다는 사실도 한몫했다. 바 테이블 너머 술병들 사이로 그녀의 얼굴이 거울에 비쳤다. 플라스틱 마개가 꽂힌 술병들은 수염이 덥수룩하고 귓불이 늘어지게 피어싱을 한 바텐더가 타투가 뒤덮인 팔뚝으로 정교하게 주조할 술 한 잔을 약속했다.

슬론은 집에 갔어야 했다. 그녀의 휴대폰은 온종일 조용했다. 아침에 그녀가 눈을 뜨기도 전에 이미 집을 나선 남편은 아내의 문자 메시지를 모조리 무시했다. 슬론은 턱에 덕지덕지 여드름이 난 자존감 낮은 여고생으로 돌아간 기분이었다. 난데없이 잔인한 내면의 독백까지 휘몰아쳤다. 데릭은 너보다 훨씬 어린 여자를 만나고 다닐 거야, 슬론. 남자는 그게 되잖니. 너보다 예쁜 여자. 그런 애들이 밖에 널렸어. 게다가 덕분에 이제 양심의 가책을 느낄 필요도 없어졌네. 잘했어.

그럴지도 모르지. 하지만 애비게일의 엄마는 찾을 수 없을걸. 내면의 슬론이 쏘아붙였다. 나 같은 여자는 못 찾는다고.

"제가 한잔 사도 될까요?" 슬론은 놀라서 목도리도마뱀 같은 표정을 지었다. 옆에 앉은 남자는 겨우 이십대로밖에 보이지 않았다. 소년같이 앳되고 잘생긴 청년이었다. 말끔하게 면도한 얼굴과 마른 체형에 옆으로 빗어넘긴 짙은 밤색 머리는 숱이 풍성했다. 그가 입은 분홍색 반팔 셔츠는 딱히 애쓴 것 같지 않았지만 트렌디해 보였다.

자신의 잔에 와인이 벌써 두어 모금밖에 남지 않은 것을 깨달은 슬론은 살짝 놀랐다.

"저 결혼했어요." 그녀가 대꾸했다. 나이는 네 두 배는 될 거다. 굳이 그 말까지 보탤 필요성은 느끼지 못했다.

"그럼 '결혼할래요?'라고 묻지 않아서 다행이네요." 그는 바 테이블을 북을 치듯 두드렸다. "그랬으면 제대로 창피당할 뻔했어요." 남자의 뺨에 보조개가 팼고, 이유는 물론 보조개가 있기 때문이었다.

슬론은 주의를 딴 데로 돌렸다. 남자들이 그럴 때가 제일 싫었다. 술 한잔 사겠다는 말을 '나한테 관심 있어?'로 오해했다고 해서 뻔뻔하다거나 심하게는 분수를 모르는 여자로 취급할 때 말이다.

잠시 불편한 침묵이 흘렀다.

"슬론 글러버 씨 맞죠?" 슬론은 곁눈으로 남자가 오른손을 내미는 걸 보았다.

그녀는 천천히 고개를 돌려 반대편 구석에서 칵테일잔의 물기를 닦는 바텐더를 슬쩍 보았다. "그런데요?" 그녀는 대답하며 남자가 내민 손을 잡고 악수했다.

"〈댈러스 모닝 뉴스〉의 클리프 콜게이트입니다." 그는 매끈한 나무 테이블 위로 명함을 쓱 내밀었다. 그의 이름 아래 '기자'라는 단어가 눈에 띄었다. "잠깐 시간 좀 내주시겠어요?"

슬론은 잠자코 앉아 있었다.

"댈러스의 전문직 여성 사이에 떠도는 스프레드시트에 관한 기사를 쓰는 중입니다. 배드맨 리스트라고, 이미 들어보셨겠죠. 한자리하는 댈러스 남성들의 성적 착취 행태를 고발한 리스트입니다."

"재밌네요." 슬론이 술잔을 빙글빙글 돌리자 와인이 찰랑거리며 잔에 부딪혔다.

포켓 사이즈 수첩과 함께 미니 골프 점수를 기록할 때 쓰는 연필 한 자루가 등장했다. "하실 말씀이 있나요?"

"뭘 말이에요?" 그녀는 열심히 머리를 굴렸다.

"배드맨 리스트에 대해서요. 내용이라든가 유효성이라든가 도덕적 측면이라든가 뭐든 좋습니다." 남자는 테이블에 팔꿈치를 가볍게 얹은 채 손가락 사이에 연필을 쥐고 있었다. 슬론은 어렴풋이 이 남자와 자면 어떨까 하는 생각을 했지만, 말 그대로 스쳐가는 생각일 뿐이었다. 한창 원 나이트 스탠드를 즐길 법한 나이를 한 번도 해보지 못한 채 훌쩍 넘긴 터였다. 그게 슬퍼할 일인지 감사할 일인지는 알 수 없었다.

그녀가 와인을 한 모금 들이켰다. 잔이 거의 비었고, 한 잔 더 시킬지 말지 고민하던 차에 이제 술친구까지 생겼다. "왜 제가 할말이 있을 거라 생각하죠?"

"리스트에 에임스 개릿의 이름이 올랐습니다." 아직 학생티가 나는 클리프는 왠지 교사들의 귀염둥이였을 것 같았다. "얼마 전에 동료인 에이드리아나 밸디즈와 그레이스 스탠턴과 함께 그를 상대로 성희롱 소송을 제기하셨죠." 그는 연필 꽁무니로 보조개를 툭툭 쳤다. "그러니 당연한 추론이라고 해두죠." 물론 농담이었다.

"계속 추적했던 모양이네요." 그녀는 또 한 모금 와인을 들이켰다. 잔을 반납할 즈음에는 밑에 깔린 붉은 액체의 흔적이 너무도 미미해서 한 잔 더 주문했으면 술이 절박해 보였을 것이다. "미안하지만 저를 '전문직 여성'으로 보는 것 같지는 않네요." 그녀는 앉은 자리에서 몸을 비틀었다. 그 바람에 치마가 허벅지 위로 5센티미터쯤 말려올라갔지만 그건 순전히 사고였다.

에임스가 리스트에 대해—어떻게 알았는지 모르지만—알았고, 그러니 다른 누가 봤다 해도 이상할 건 없었다. 그래도 기자는 뜻밖이었다. 갑자기 슬론은 경주의 출발선 앞에 선 기분이 들었다. 막 신호총이 발사됐지만 얼마나 달려야 결승선에 도달할지 전혀 감이 오지 않았다.

"슬론, 벌써 삼천 명 이상이 그 리스트를 봤어요." 그가 성을 빼고 이름만 불렀다. 살짝 성질이 났다. "그 삼천 명이 전부 비밀을 지킬 거라고 생각한 건 아니죠?"

32

4월 11일

건물 지하에 위치한 하역장의 젖은 노면이 혀처럼 길게 뻗어 있
었다. 시멘트 동굴 같은 그곳에서 휘발유와 오래 묵힌 퇴비 냄새가
났다. 남자들이 짐수레를 이용해 음료수 캔이 든 상자를 트럭으로
날랐다.

"비품실 열쇠 좀 줘요." 로살리타가 작업반장에게 말했다. 크리
스털은 엘리베이터 앞에서 청소카트를 지키며 기다렸다. 그녀가
다시 일터로 복귀했다.

반장은 한쪽에 쌓아놓은 종이상자 더미에 구부정하게 앉아 클립
보드를 내려다보고 있었다. 노란색 폴로셔츠 아래 뱃살이 불룩했
다. 셔츠가 안으로 움푹 꺼진 부분이 배꼽의 위치를 알렸다. "뭘 달
라고 할 땐 말이야, 너도 주는 게 있어야지." 그가 고개를 들지 않
고 말한 뒤 그녀의 급료 지불 수표에 사인했다.

"원한다면야. 경고하는데 난 이빨을 써요."

"엿이나 먹어." 반장은 시멘트 바닥에 침을 탁 뱉었다. 그러고는

벨트 고리에 걸고 다니는 열쇠 꾸러미를 풀어 열쇠 두 개를 던져주었다. "뭐 훔칠 생각은 마. 확인할 테니까."

위층에 도착한 크리스털과 로살리타는 청소카트를 끌고 엘리베이터 턱을 넘었다. 쿵. 쿵. 쿵.

"반장이 나한테 빨아달라고 했어요." 크리스털이 고무장갑을 꼈다.

"그 인간은 아무한테나 그래. 그냥 무시하면 돼."

크리스털은 대답이 없었다. 그녀는 고무장갑의 손가락 끝을 집으면서 찬찬히 들여다보았다. 장갑이 너무 컸다.

글쎄.

로살리타는 작업반장 같은 남자도 한때는 배트맨과 장난감 자동차와 레고 같은 것을 좋아하는 어린애였을 거라는 생각을 하곤 했다. 그녀는 청소카트를 밀었다. 종아리에 힘이 불끈 들어갔다. 복도 중간에 카트를 세운 그녀가 크리스털에게 말했다. "금방 돌아올게."

"저 혼자 남는 거 싫어요. 알잖아요."

"말도 없이 안 나온 게 누군데 그래." 로살리타가 웃음을 터뜨리며 어깨 너머로 말했다. "그날 내가 누구랑 같이 있었을 것 같니?"

모퉁이를 돌아 비품실 겸 복사실 앞에 선 로살리타는 자물쇠에 열쇠를 꽂고 손잡이를 아래로 당겼다. 안에서—화학물질 냄새와 숲 향기가 뒤섞인—따뜻한 종이 냄새가 났다. 잠든 복사기가 푸른 불빛을 뿜어냈다. 머리 위에서 센서등이 깜빡거리며 켜지자 로살리타는 방을 가로질러 2단 캐비닛으로 향했다. 그녀는 무릎을 꿇고 캐비닛 문에 붙은 코팅 라벨을 읽었다. 그리고 펜 세 자루, 4색 형광펜, 메모지 한 묶음, 봉투 세 개, 공책 한 권을 챙겼다. 살로몬을 위한 것이었다. 이건 절도였지만 이 사무실에서 일하는 직원들도 똑같이 자녀의 학교 숙제를 위해 비품을 훔쳤다. 그리고 그들은 죄책감을 느끼지 않았다. 그러니 로살리타라고 죄책감을 느낄 이유가 없었다.

살로몬의 입학시험이 이틀 뒤로 다가왔다.

돌아온 로살리타는 청소카트 하단 선반에 비품을 실었다. "어디다 쓰려고요?" 크리스털이 물었다.

"네가 알 바 아니야." 로살리타는 카트에 매달린 클립보드를 확인했다.

"저는 대학에 안 갔어요." 크리스털이 학용품을 슬쩍 보았다.

"가는 편이 좋았을지도."

그들은 층을 오가며 어둠이 내린 사무실을 청소했다. 닫힌 블라인드의 살 사이로 도시의 불빛이 새어들어왔다. 유령 같은 두 여자의 실루엣이 유리 파티션을 넘어다녔다. 회의실을 청소할 때면 로살리타는 이따금 창밖을 내다보았고, 암흑에 휩싸인 건너편 건물에서 불이 켜진 큐브 모양 조명 한두 개와 진공청소기로 바닥을 밀거나 책장의 먼지를 떠는 사람을 발견했다.

그녀는 인적 없는 15층 사무실을 오가며 삶의 부수적인 흔적들을 관찰했다. 냄새의 변화, 책상 위에 버려진 그래놀라바 포장지, 지퍼가 열린 운동 가방. 그리고 에임스 개릿의 사무실 휴지통에는 걸쭉한 갈색 토사물이 바닥에 고여 있었다.

댈러스 모닝 뉴스 4월 11일자 기사

불명예 CEO 성희롱 혐의 받나?

댓글 보기

익명의 전 트루비브 직원

4월 11일 오전 6:26

트루비브에 성추행범은 이놈만이 아니다.

익명의 현 트루비브 직원

4월 11일 오전 6:31

수년간 에임스 개릿 밑에서 일했습니다. 그는 업적이 검증된 훌륭한 분입니다. 회사가 근래의 번영을 이룬 데는 아무런 대가도 바라지 않고 잠재된 법적 위험과 역경을 수없이 헤쳐나간 이분의 공이 큽니다. 이런 터무니없는 주장이 기사화되는 현실이 한심할 뿐입니다.

루스 맥너리

4월 11일 오전 6:36

그만. 여자 말 좀 믿어라. '회사에 헌신한 훌륭한 사람'이라는 변론은 안 통한다. 한참 전에 받았어야 마땅한 벌을 이제야 받는 거다.

익명 & 지겹다

4월 11일 오전 6:45

아직 아무 증거도 없다. 무고가 나올 때마다 여자를 믿기 더 힘들

어지는데, 사실을 요구하면 이상하게 우리만 나쁜 놈이 된다. 남성
들이여. 여기 강간당한 사람이 어딨나? 폭행당한 사람은? 없다. 그
런데 왜 아무도 반대 주장은 하지 않는가?

트루비브 직원

4월 11일 오전 7:01

익명 & 지겹다, 진심? 그래, 있다. 실제로 당한 사람이 있다. 그
게 사실이다. 그리고 강간을 당하지 않아도 폭행은 성립된다. 무슨
1950년대인 줄.

익명 & 지겹다

4월 11일 오전 7:02

거기 있었냐, 트루비브 직원? 무슨 일이 있었는지 넌 아냐? 모른다
고? 그럼 아는 척 좀 하지 마.

익명 피해자

4월 11일 오전 7:16

직접 나서서 에임스 개릿을 고발한 분들께 감사드립니다. 덕분에
트루비브에서 저를 성희롱했던 가해자의 이름을 밝힐 용기가 생겼
어요. 그의 이름은 러마 오닐입니다.

러마 오닐

4월 20일 오후 2:11

위 댓글에 대해 전해들었고, 나한테 이런 거짓 누명을 뒤집어씌운

사람의 신원도 파악했습니다. 예의상 친절을 베풀어 공개적으로 이름을 밝히진 않겠지만 즉각 법적 조치를 취할 예정입니다.

루스 맥너리

4월 11일 오전 7:35

@익명 피해자 믿어요. 그런 일을 당했다니 유감입니다.

익명 & 지겹다

4월 11일 오전 8:12

@루스 맥너리, 진심? 무슨 근거로? 이게 우리 나라 수준인가? 정당한 법 절차나 증거 같은 건 더는 상관없다는 건가? 왜 이렇게 명백한 명예훼손을 용납하지? 사람들의 인생과 커리어를 망치고 있다고! 어디 증거를 대봐. 문자나 이메일이나. 디지털 시대잖아. 이 여자들이나 네 주장이 사실이라면 증거를 보여주라고. 유죄 확정 전까지는 모두가 무죄야. 최소한 나는 우리 나라 헌법을 존중한다.

익명

4월 11일 오전 8:45

그곳에서 무슨 일이 있었는지 당신은 모르잖아. 아무도 몰라.

33

4월 12일

　소송을 제기한 이후 슬론은 더욱 자주 사무실 문을 닫아놓고 일하는 버릇이 생겼다. 밖에서 소란이 시작되면 그녀는 수도승처럼 사무실 안에 은둔했다. 실제로 소음이 고조되는 순간이 있었다. 웅성거리는 목소리. 그런 일이 종종 벌어졌다. 시니어 변호사가 IT 부서 직원에게 호통을 치거나, 누가 약혼을 하거나, 새로 태어난 아기를 동료에게 보여주려고 데려온 경우도 있었다. 그럴 때면 잠시나마 사무층에는 작은 소란이 일었다.

　슬론은 컴퓨터 한구석에 한동안 미뤄두었던 이메일 쓰기를 드디어 완료했다. 그런 다음 어쩐지 궁금한 마음에 사무실 밖으로 머리를 빼꼼 내밀었다. 비서 한 무리가 비어트리스의 데스크 앞에 모여 있었다.

　"무슨 일 있어?" 슬론이 물었다.

　아디의 비서 애나가 뒤를 돌아봤다. "건물에서 누가 투신했대요."

　사무실을 나온 슬론이 복도에 모여 있는 비서들 옆에 섰다. "투신했다고? 우리 건물에서?" 그녀는 손가락으로 바닥을 가리켰다. "누가 그래?"

15층 안내데스크 직원인 코리가 대답했다. "제가 19층에서 점심시간 당번을 섰는데 거기 안내 직원이 말해줬어요."

전화벨이 울렸다. 비어트리스는 점멸하는 수화기를 힐끗 본 뒤무시했다. 두 개의 회선에 불빛이 또 들어왔다. 곧이어 세 개로 늘어났다. 비어트리스는 모두 자동응답으로 돌려버렸다. 그러나 몇초 만에 모든 회선에서 빨간 불빛이 다시 깜빡거렸다. 그녀는 마지못해 수화기를 들었다. "여보세요?"

애나가 비어트리스의 데스크를 톡톡 두드렸다. "방금 문자가 왔어." 그리고 손가락 하나를 치켜들었다. 그 손가락이 스르르 내려가더니 그녀가 주먹으로 입을 틀어막았다. "19층에서 일하는 친구인 크리스틴인데, 얘 말이…… 얘가 듣기로는 에임스일지도 모른대요."

슬론의 입에서 꿈틀거리던 말이 거의 다 튀어나왔다. "누구? 잠깐만. 뭐라고?"

사이렌소리. 분명 사이렌이다. 점점 커지는 사이렌소리가 건물앞에서 소용돌이쳤다. 후끈거리는 열기처럼 모든 층을 타고 올라왔다.

코리가 무리를 빠져나와 빈 사무실로 들어갔다. 그리고 창문에 코를 박고 밖을 내다보았다. "아래 소방차가 왔어요." 그녀가 보고했다. 창문에 손자국이 남았다. "경찰차도 두 대 왔고요. 구급차도요."

비어트리스는 전화를 끊었다. 그녀의 입가가 괄호 모양으로 깊게 파였다. 전화벨이 울렸다. "보비 전화예요." 어느새 그녀는 이

빨로 손톱을 물어뜯고 있었다. 뺨이 씰룩거렸다. "받아요?" 비어트리스는 데스크 너머에 있는 슬론을 쳐다봤다. 슬론은 이마의 머리카락을 쓸어넘겼다. 그녀의 블레이저재킷이 엉성하게 치켜올라갔다.

"애나, 에임스 사무실에 가서 확인해봐." 슬론은 이미 동쪽 복도를 따라 서둘러 움직이고 있었다. "비어트리스는 잠깐 기다려." 그녀가 외쳤다. "그레이스? 아디?" 그녀는 둘의 사무실에 고개를 들이밀고 살폈다. 둘 다 비어 있었다. 그런 뒤 다시 비서들 사이로 돌아왔다.

"안 계세요." 애나가 무거운 표정으로 돌아왔다.

"아래 구급차가 왔다고 했잖아요. 살아 있는 건 아닐까요? 설마 돌아가셨을까요?" 창밖을 보던 코리가 고개를 돌려 모여 있는 이들에게 의견을 청했다.

"아직 에임스인지도 모르잖아." 슬론의 심장박동이 거세졌다.

"보비가 계속 전화해요." 비어트리스는 전화통에 놓인 수화기를 붙들고 있었다. "어떡해요?" 고통스러운 표정이었다.

슬론은 심호흡을 한 번 하고 잠깐 생각한 뒤에 자기 책상에 있던 휴대폰을 낚아채 재킷 주머니에 넣었다. "십 분만 줘." 그녀는 비어트리스에게 말했다. "내가 아래 내려가서 무슨 일인지 보고 올게. 그때까지는 대기해. 우선 아무것도 하지 말고. 금방 올 테니까. 알겠지?"

회전문 밖에서 적색과 백색 조명이 번쩍거렸다. 그녀는 건물 앞에 모여든 인파를 뚫고 앞으로 나아갔다. 검푸른색 유니폼을 입은 경찰관 둘이 구경꾼을 향해 손을 휘저으며 물러서라고 외쳤다.

슬론은 까치발을 하고 사람이 적어 더 잘 보이는 왼쪽으로 이동했다. 트루비브 건물의 모서리에서 몇 발짝 떨어지지 않은 보도 위에 흰색 시트를 덮어놓은 사람 형상의 둔덕이 보였다. 슬론은 그 주변을 유심히 살폈다. 그일까? 정말 에임스일까?

젠장.

슬론은 인파를 에둘러 더 멀리, 얼쩡거리는 사람이 거의 없는 곳으로 갔다. 모든 것이 어찌나 질서정연한지 놀라울 따름이었다. 거리와 그 거리를 차지한 사람들이 각자 절반만 활동하기로 합의한 것 같았다. 사이렌소리는 이미 그쳤다. 이제 소음의 가장 큰 요인은 도로를 달리는 자동차와 경찰관의 허리에 꽂힌 지지직거리는 무전기 소리였다.

옆으로 조금씩 움직이면서도 슬론의 시선은 줄곧 흰색 시트를 덮은 형체에 머물렀다. 심장이 목구멍까지 올라와 펄떡대는 것 같았다. 그녀는 한쪽 무릎 쪽으로 상체를 구부렸다. 그리고 휴대폰을 꺼내 에임스의 번호를 찾아 주소록을 스크롤했다. 시트를 덮은 형체에 최대한 가까이 다가간 슬론은 여기다 싶은 자리에서 전화를 걸었다.

숨이 멈췄다. 심장이 쿵 울렸다. 이윽고 쨍쨍한 마림바 벨소리가 미동 없는 흰색 시트 아래서 새어나왔다.

슬론이 너무도 잘 아는 그 휴대폰으로부터. 총알색 오터박스 보호 케이스에 단단히 감싸인 휴대폰은 무사했지만 주인은 무사하지 못했다.

끊어, 끊어. 슬론은 서둘러 휴대폰 화면의 붉은 종료 버튼을 눌렀다. 벨소리가—젠장할 벨소리가—멈췄다. 그녀의 위장이 쪼그라들었다.

에임스가 죽었다.

에임스 개릿이 투신했다.

그가 스스로 목숨을 끊었다. 바로 이곳에서.

슬론은 그의 밑에서 일했다. 그를 참았다. 그에게 화가 났다. 그를 상대로 소송을 제기했다. 오래전 일이지만 그와 키스도 했다. 그러나 솟구치는 연민에 목이 멘 이유는 에임스의 어린 두 아이가 떠올랐기 때문이었다.

맙소사, 에임스.

대체 왜?

34

4월 13일

제일 이상했던 점은 처음에는 거의 아무 일도 일어나지 않았다
는 것이다. 처음 몇 시간 동안 일어난 일은 마치 몇 장의 스냅사진
을 보는 듯했다. 암흑의 순간이 지나고, 카메라 셔터의 초점이 바
늘구멍 크기로 일그러졌다 다시 활짝 열렸다. 첫번째 블록버스터
급 사건은, 그러니까 말하자면 세계 최고 수준인 스포츠 브랜드 회
사의 대표 변호사가 본사 건물에서 투신한 뒤 발생한 첫번째 지각
변동은 그와 같은 층에서 일했던 직원들이 전부 홍수를 피해 달아
나는 개미처럼 뿔뿔이 흩어진 것이었다.

"실수하신 겁니다." 누군가 슬론에게 말했다. 순간 그녀의 심안
렌즈가 다시 열렸고, 초점은 두번째 블록버스터급 사건에 맞춰졌
다. 형사의 등장. "전부 내보내다니요. 누구 결정입니까?" 키가 작
은 디아즈 형사는 듬성듬성한 머리카락을 뒤로 말끔히 넘기고 뭉
툭한 콧수염을 기른 사내였다. 불룩한 하복부 밑에 매달린 권총집
은 총구 부분이 아래로 축 처져 있었다. 옆에 선 마틴 형사는 가슴

이 풍만하고 목덜미 부분에서 하나로 묶은 풍성한 자연 모발은 삐죽삐죽 뻗쳐 있었다.

이날 회사는 오직 기능성이라는 얄팍한 외피를 두른 채 굴러갔다. 직원들은 프린터에서 빨간 줄이 쳐진 문서를 꺼내들고 왔다갔다했지만 사실은 엿듣고 다니는 중이었다. 비어트리스는 삼사 초마다 데스크 너머를 흘끔거리며 슬론이 복도에서 형사를 맞이하는 모습을 지켜보았다.

"사무실로 들어와 앉으시죠." 두 형사에게 안으로 들어오라고 손짓한 슬론은 곧바로 책상에 지저분하게 쌓인 서류 더미가 너무 신경쓰였다. 그녀는 의자를 빼면서 동시에 키보드를 모니터 쪽으로 밀어 책상에 빈 공간을 좀더 확보했다. "앞선 질문에 답을 드리자면 누가 결정을 내린 건 아닐 겁니다. 아마 모두 자리를 비켜주려던 것 같아요."

디아즈 형사의 팔은 하도 두툼해서 가슴팍에 팔짱을 끼려면 모종의 기술이 필요했다. 끝부분이 휘어진 오클리 미러렌즈 선글라스가 그의 머리 위에 꽂혀 있었다. "직원들한테 자리를 지키라고 말해둘 수도 있었을 텐데요?"

"제가 개별적으로요?" 슬론은 곰곰이 생각했다. "그럴 수도 있었겠네요. 죄송해요. 저도 경황이 없었어요."

그레이스의 얼굴은 잿빛이었다. 계속 훌쩍였다. 그런 그레이스를 달래는 캐서린 역시 몸을 떨었다. 슬론의 감정은 에임스가 투신했다는 충격과 그런 그에 대한 분노와 그러한 결정에 자신의 책임이 있을지 모른다는 공포 사이를 널뛰듯 오갔다. 아디는 애써 슬픈 척은 하지 않았지만, 이 일로 모든 게 바뀌리라는 사실을 거의 바로 알아차렸다.

"에임스 개릿의 죽음은 어떻게 아셨습니까?" 마틴 형사의 엉덩이가 의자 팔걸이 밑으로 밀려나왔다. 그녀가 바지 주머니에서 수첩을 꺼냈다.

"죄송하지만 이게……" 슬론은 검은색 실크 옷감에 감싸인 팔꿈치를 책상에 올리고 손등으로 턱을 괬다. "여쭤보는 게 실례일지도 모르지만, 자살 사건에서도 통상 이러시나요?" 그녀는 마틴 형사의 수첩을 가리켰다. '자살'이라는 단어를 입 밖에 꺼내기가 힘들었다. 저속한 표현처럼 느껴졌다. 슬론은 대신해서 쓸 수 있는 뭔가 다른, 더 나은 표현이 없을까 궁금했다.

"저희는 모든 각도에서 수사하고 있습니다." 디아즈 형사가 대답했다. 기름진 땀방울이 송골송골 맺힌 그의 이마를 보며 슬론은 오래된 치즈를 떠올렸다.

"그 말씀은 그러니까…… 죄송해요. 제가 이런 용어에 익숙하지 않아서요." 슬론은 책상 서랍을 열고 리걸 패드와 파란색 볼펜을 꺼냈다. 그리고 엄지로 펜 끝을 딸각 눌렀다. "명색이 직업이 변호사인데 〈로&오더〉 같은 드라마도 거의 안 보고 살았네요." 초조한 웃음소리가 연이어 새어나왔다. 연애 초기에 남편이 그렇게 웃으면 나사가 풀린 사람 같다고 해서 잠재웠던 그녀의 틱 증세였다.

"그러실 필요는 없습니다." 마틴 형사는 시선을 내리깔았다.

"네?" 리걸 패드에 펜촉을 막 갖다대던 슬론이 고개를 들었다. "아." 그녀는 공손히 펜을 내려놓았지만 민망해진 손은 어찌할 바를 몰랐다.

"자살도 하나의 가능성입니다. 맞아요." 마틴은 말하며 수첩 상단에 날짜를 휘갈겨쓰고 그전에 적어놓은 슬론의 이름에 밑줄을 죽죽 그었다. 그것도 두 번이나. "또다른 가능성은 에임스 개릿의 죽음이 자의가 아닐 경우입니다."

슬론의 시선이 앞에 앉은 형사들에게 꽂혔다. "그렇지만 그가 건물에서 뛰어내렸잖아요."

"말씀드렸다시피 하나의 가능성 있는 시나리오일 뿐입니다." 마틴 형사가 꽤 매력적인 미소를 지었다.

그때 디아즈 형사가 상체를 앞으로 숙이고 팔꿈치를 무릎에 댄 채 양손을 비비적거렸다. "유서도 발견되지 않았고, 그 정도 지위의 남성치고는 생명보험금도 놀랄 만큼 적어요. 우리 일은 살인 가능성을 배제하는 것입니다."

대체 왜 마틴 형사는 이런 내용을 받아 적지 못하게 하는 것일까? "그러니까 그 말씀은, 뭐죠? 충동적으로 보인다는 뜻인가요?"

"어쩌면요." 마틴 형사는 메모를 계속했다. "그런 경우도 있으니까요."

"글러버 씨." 디아즈 형사는 셔츠 주머니를 뒤져 이쑤시개를 꺼내더니 이빨 틈에 찔러넣었다. "구두 뒤축이 끌린 흔적이 있고, 손에는 막 긁힌 자국이, 그리고 오른쪽 눈가에는 베인 상처가 있습니다. 극소량의 혈흔도……"

"아직 법의학 분석을 기다리는 중입니다." 마틴 형사가 고개도 들지 않고 끼어들었다.

"……고인이 투신 혹은 떨어진 그 발코니 근처에서 나왔고요. 이전에도 그런 상처를 본 적이 있습니까?"

슬론은 손깍지를 꼈다. "아뇨. 없어요. 실은 저희가…… 제가 에임스와 대화를 나누지 않은 지 적어도 며칠은 됐거든요."

디아즈 형사가 고개를 끄덕이며 깊은 한숨을 내쉬자 굵은 콧수염 몇 가닥이 파닥거렸다.

슬론은 입술을 오므린 채 의자 가장자리에 걸터앉아 있었다. 그래, 차라리 속시원하게 대놓고 물어보는 편이 나을지도 모른다. "지금 누가 에임스를 밀치기라도 했다는 말씀이세요? 말도 안 돼요."그러나 말은 그렇게 하면서도 머릿속에서는 일말의 의혹이 고개를 들었다. 1퍼센트의 그 무시 못할 가능성.

"대개 이런 문제는 며칠이나 길어도 두어 주 안에는 정리가 됩니다. 워낙 세간의 이목을 끄는 사건인 게 문제죠."

"말씀드렸다시피," 마틴 형사는 수첩 위에 펜을 내려놓았다. "철저히 수사할 필요가 있습니다. 표준 절차에 따라서."

"물론이죠." 슬론은 책상 밑으로 두 손을 내려 가만히 포개면서 머릿속으로는 이미 훌륭한 변호사답게 수많은 질문에 대한 예상 답안을 뽑아내는 중이었다. 훌륭한 변호사라면—아니 그 어떤 변호사라도—진실을 말할 의무가 있다. 하지만 모든 진실을 넙죽 내놓아야 한다는 필수조건 같은 건 없다. 그렇다면 그녀는 어느 정도의 진실을 말해야 할까? 애초에 그녀가 아는 진실이 전부이기는 할까?

이미 카메라 렌즈의 초점은 바뀌었고, 새로운 필터가 어제 일어난 모든 일에 색을 입혔다. 에임스가 최후를 맞기까지 그 몇 시간 동안 벌어진 일에 말이다. 에임스 개릿이 진정으로 사랑했던 단 하나가 있다면 그건 바로 에임스 개릿이었다. 무엇이 변한 걸까? 정녕 변하기는 한 걸까?

마틴 형사의 관심이 슬론을 향했다. "좋습니다, 슬론 씨." 그녀
가 말했다. "그럼 맨 처음부터 시작해보죠."

댈러스 모닝 뉴스 4월 18일자 논평
한 남성을 벼랑 끝으로 내몬 세 여자

페미니스트의 마녀사냥으로 첫번째 희생자가 발생했는데 대중의 격렬한 항의는 대체 어디로 사라졌단 말인가? 이 귀신 찾는 난리통에서 댈러스의 사냥꾼이란 자들은 고삐가 풀려 날뛰지만, 고대 살렘에서 그러했듯이 사냥의 선봉대는 어쩐지 명백하고 엄연한 진실이라면 치를 떤다(아마 그런 진실이 없거나, 있어도 여러 입에 오르내리면 곤란한 것인 모양이다). 대신 이들은 자신의 기분만 물고 늘어지며 혐의자를 탓하고 있다. 모든 것의 시작은 법률가 사이에 떠돌던 미확인 리스트였고, 그 결과로 한 남성이 18층 건물 아래로 곤두박질쳐 목숨을 잃었다. 놀라운가? 국민이 생명과 자유와 재산을 적법한 절차 없이 빼앗기지 않도록 나라가 나서서 보호한다지만, 실제로 이 도시에서 벌어지는 작태는 남자의 명예를 향한 맹공이라니 참으로 기가 막힐 노릇이다. 나라도 이 피해자의 탈을 쓴 가해자들이 정당한 법의 심판을 받는지 똑똑히 지켜볼 참이다.

35

4월 13일

에임스가 사망한 날 밤, 그레이스는 출산 후 처음으로 리엄과 잠자리를 가졌다. 그날 저녁 이벤트로 자신이 준비한 메뉴를 남편이 절대로 혼동하지 않도록 그녀는 검은색 레이스 슬립을 입었다. 오늘밤은 내가 책임질게, 자기야!

하필이면 상사가 죽은 날 아내가―드디어!―발정이 났다는 사실을 리엄은 전혀 이상하게 받아들이지 않았다. 의심은커녕 오히려 신나서 미끼를 덥석 물었다.

평상시였다면 그레이스는 남편과의 섹스가 좋았다고 말했을 것이다. 이십대 때 그녀는 한 번도 환상적인 섹스를 해본 적 없는 남자와는 결코, 절대로 결혼하지 않을 거라고 떠벌리는 친구들을 도무지 이해할 수 없었다. 자신은 환상적인 섹스를 한 번도 해본 적이 없는 것 같았다. 물론 섹스는 좋아했다. 아주 많이. 하지만 환상적이다? 그레이스는 누군가와 진정으로 사랑에 빠진다면 만난 지 두어 해 안에 서로의 만족을 위한 세부 사항을 조율할 수 있을 거라고 생각해왔다. 딱히 형편없는 섹스를 해본 것도 아니었다. 적어도 그건 사실이었다. 바로 이 순간까지는. 거칠게 헐떡거리는 리엄의 숨소리를 듣고 있던 그 순간 그레이스는 추수감사절 식탁에 오를 칠면조가 된 기분이었다. 누군가 내장 속에 뭔가를 자꾸 쑤셔넣고 있었다.

내가 오늘 무슨 짓을 했는지 말해줄까, 여보? 그레이스는 웃통을 벗은 남편을 쳐다보면서 물어볼까 생각했다.

섹스는 아팠다. 그러나 말없이 움찔거리면서 참아내는 수밖에 다른 방도가 없었다. 돌이켜보면 그것이 이 섹스의 핵심이었다. 그녀에게는 약간의 통증이 필요했다. 죄를 사해줄 성스러운 고통을 원했다.

다리 사이가 누군가 사포질을 한 것처럼 쓰라릴 때쯤 그레이스는 마침내 침대에서 미끄러지듯 내려와 젖은 타월로 몸을 닦았다.

리엄은 베개를 받치고 느긋하게 누워 있었다. 그의 어깨 밑으로 겨드랑이 털이 비죽 튀어나왔다. "당신 괜찮아?" 세면대에서 얼굴에 물을 끼얹는 아내를 보며 그가 물었다. 그녀는 서랍장에서 제이크루 커플 잠옷을 꺼내 입었다. "다…… 괜찮은 거 맞지?"

솔직히 남편의 말을 어떻게 받아들이란 말인가?

"당신 약간 정신이 딴 데 팔린 사람 같아 보여." 그는 구겨진 시트를 펴서 허리까지 덮었다. 당신 눈엔 내가 정신이 약간만 팔린 걸로 보여? 어머나, 세상에, 어쩜 그렇게 예리해?

그녀는 못되게, 다만 속으로 빈정거렸다.

"괜찮아." 그녀는 대답했다. "나 알잖아, 여보."

리엄은 좋은 남편이었다. 흠잡을 데 없는 패션 감각에 철마다 보석을 사다 바쳤고, 저녁도 손수 차렸으며, 매일같이 퇴근길에 전화하는 건 물론 마트에서 장을 볼 목록까지 받아 갔다. 이런, 남편을 편드는 그레이스가 또 나왔다.

리엄은 휴대폰을 꺼내 배에 받치고 들었다. 부부의 습관이었다. 그들은 잠들기 직전까지 휴대폰으로 업무 이메일을 확인했다. "당신은 대단한 사람이야, 알지?" 남편이 말했다.

거울을 보던 그녀가 뒤돌아봤다. "나 물 한잔 떠올 건데, 자기도 필요한 거 있어?" 그레이스의 말투가 평상시와 똑같았으니, 그녀가 사랑해 마지않는 남편 리엄이 더는 캐묻지 않았던 건 순전히 그녀의 잘못이었다. 다른 모든 것이 그러하듯이.

침실을 나서기 전에 그레이스는 협탁에 놓인 스탠드 조명을 끄기 위해 팔을 뻗은 남편의 어깨 근육이 깊게 패는 모습을 잠시 지켜보았다. 그리고 부부의 침실이 컴컴해졌다.

그녀는 슬며시 거실로 나왔다. 밤중에도 집안에는 인공적인 한기가 느껴졌고, 그녀의 팔에 오돌토돌한 닭살이 돋았다. 매달 나오는 전기 요금만 봐도 그 정도 사치를 누리는 그녀에게 불평할 권리 따위는 없었다. 그녀는 현관문 옆에 놓인 축 처진 핸드백을 발견했다. 그리고 핸드백 안주머니에서 말보로 담배와 라이터를 꺼냈다. 소리 없이 현관문을 열고 나와 포치에 걸터앉았다. 담배 필터가 입술을 지나 촉촉한 입속으로 들어갔다. 그녀는 담배 끝에 불을 붙이고 한 모금 들이마셨다.

그레이스는 뻐끔거리며 밤하늘과 이웃집 정원을 응시했다. 투광 조명이 고목의 줄기를 매력적으로 비추고 있었다. 회사 모니터에 뜬 에임스의 메시지를 보지 않았더라면 어땠을까 하는 생각이 들었다. 난 우리가 친구인 줄 알았는데.

어땠을까? 그래도 똑같았을까?

친구.

어쨌든 지금 이곳 포치에는 답이 없었다. 그레이스는 집 앞 도로까지 걸어나가 벽돌로 만든 우편함에 담뱃불을 비벼 끈 뒤 도롯가 수풀에 꽁초를 던졌다. 집안으로 들어온 그녀는 다시 세수하고 구강세정제로 치아와 혓바닥까지 구석구석 헹궜다. 리엄은 이불을 코까지 덮고 새근새근 잠들어 있었다. 그녀는 남편을 흔들어 깨웠다. "리엄, 리엄." 그녀가 속삭였다. "에마 케이트가 울어."

그는 어둠 속에서 눈을 끔뻑거리며 돌아봤다. "뭐?"

그녀는 듣고만 있었다.

"에마 케이트가 운다고." 그녀가 하품했다. "당신이 젖병 좀 물려줄래?"

리엄은 손목께로 눈두덩이를 문지르며 팔꿈치로 상체를 일으켰다. "젖병? 응, 젖병은 내가 할 수 있지."

"고마워." 그녀가 속삭였다. "냉장고에 새로 짠 모유 두 병이 있을 거야."

거짓말이다. 그레이스는 이미 사흘 전에 모유 수유를 중단했고, 액상 분유 한 상자를 방수포로 덮어서 차고에 숨겨놓았다. 다들 모르는 게 속 편해. 그녀는 생각했고, 본인을 위해서도 같은 말을 계속 되뇌었다. 그런 뒤에 그녀는 눈을 붙였다.

그게 이틀 전의 일이었고, 이후로 그녀는 침대를 나서지 않았다.

36

4월 14일

에임스의 몸이 콘크리트 바닥에 부딪힌 순간 분위기가 급변했
다. 제아무리 막강한 홍보 회사라도 에임스의 명예를 회복하는 데
있어 당사자의 죽음보다 효과적인 캠페인을 기획하지는 못할 것이
다. 아디는 꽤 일찌감치 그 여파를 실감했다. 바로 그의 사망일 다
음날 오후에 새파란 어쏘 변호사들과 마주쳤을 때였다. 하나같이
빳빳하게 다림질한 베이지색 면바지를 입고 아이비리그 조정선수
머리를 한 남자들이었다. 그들은 안내데스크에 놓인 사탕 그릇에
코를 박고 스키틀즈를 골라내면서 말했다. "그 여자들도 괴로워봐
야 해." 아디는 그들 가운데 하나가 말하는 걸 들었다. 정확히 누구
였는지는 아직도 모르지만.

그녀는 어쏘들 뒤에 딱 멈춰 서서 그들이 뒤돌아보고 눈치채기
를 기다렸다. "왜?" 그녀가 물었다. 그들이 나이가 더 있거나 고위
직이었다면 아디도 못 들은 척 그냥 지나쳤을지 모른다. "왜 내가
괴로워야 하지?"

그들은 그녀를 두고 한 말이 아니라고 애써 부정하지도 않았다. 그녀만 두고 한 말도 아니었지만, 그렇다고 인신공격이 덜해지는 건 아니었다. 그들의 태도에는 납득하기 어려울 정도로 미안한 기색이 없었다. 되레 가슴을 쫙 펴고 그녀의 면전에서도 똑같은 말을 했을 거란 듯이 나왔다. 앳된 얼굴의 한 어쏘가 그런 친구를 힐끗 쳐다봤고, 성기보다 두드러진 그의 목젖이 까닥거렸다. "죄송합니다." 마지못해 그가 중얼거렸다.

아디는 그들의 고환이 건포도처럼 쪼그라들 정도로 강렬하게 쏘아본 다음 돌아섰지만, 어쩐지 뒤에서 꾹꾹 누른 코웃음소리를 들은 것 같았다.

나중에 사무실로 돌아온 그녀는 '나쁜 년'이란 단어가 맵시 있게 타이핑된 종이를 발견했고, 그것이 아까 그 어쏘들 짓인지 아니면 회사 안에 자신을 싫어하는 사람이 많은 건지 궁금해졌다. 종이에 대해서는 아무한테도 말하지 않았다.

마치 그들이 사는 테라리엄을 누군가 톡 건드려 유리벽에 온통 금이 간 것 같았다. 에임스의 죽음으로 모두가 그를 옹호해도 된다는 허락을 받았다.

그 와중에 캐서린과 단둘이 마주친 것은 뜻밖의 행운이었다. 평소에 주고받던 단체 문자메시지가 뚝 끊기고 메신저 대화창은 텅텅 비었으며 일상적으로 오가던 사내 대화마저 중단된 터였다. 아디는 다들 글자로 주고받은 건 뭐든 장전된 총이나 다름없다는 사실을 직감하고 나한테 총구를 겨누지 말아줘 하는 심정이겠거니 생각했다. 변호사인 그들의 두뇌가 '법적책임'이라는 단어를 부르짖었다. 그래서 문자메시지는 더이상 교환하지 않았다.

아디와 캐서린은 동시에 각자 화장실 칸에서 나왔고, 손을 씻다 거울 속에서 눈이 마주쳤다.

"너한테도 경찰이 찾아왔니?" 아디가 물었다.

캐서린은 시선을 떨구고 흐르는 온수에 손을 박박 씻었다. 그녀의 엄지 주변이 붉게 물들었다. "네, 찾아왔어요."

"어떻게 됐어?"

아디가 세면대를 등지고 돌아서자 물기가 손에서 타일 바닥으로 뚝뚝 떨어졌다. 그녀는 고개를 숙이고 화장실 칸 아래를 전부 확인했다.

"저는 솔직하게 말했어요." 단어 하나하나에 같은 무게가 실렸다. "여기서 일한 지도 얼마 안 됐고 이런 일이 생겨서 정말 속상하다고요." 캐서린은 수도꼭지를 잠그고 페이퍼타월에 손을 뻗었다. 아디는 친구에게 캐서린을 묘사한다면 어떻게 표현했을까 궁금해졌다. 물론 그녀는 친구에게 다른 사람에 대해 떠들어대는 타입이 아니고, 슬론이나 그레이스 말고 다른 친구가 있는 것도 아니었지만 말이다. 아디는 자신과 친구들의 정신 공간을 꽤 널찍이 차지한 이 여자가 갑자기 처음으로 필터 없이 보이는 듯했다. 캐서린은 아디가 이전에 생각했던 성숙한 여성의 모습이 아니었다. 되레 메마르고 푸석한 팔꿈치에 하얀 상처가 난 앙상한 여자였고 이웃집 마당에서 발견한 경계심 많고 초조한 토끼 같았다. 아디는 손을 내밀어 그런 캐서린을 달래주고 싶었지만 그녀의 눈에는 캐서린을 지금 이 자리에 있게 한 들끓는 고집과 기세와 패기가 보였다. 그것들이 아직 사라지지 않았고, 그건 잘된 일이었다.

"그래서?"

"몇 가지 더 물어보고 갔어요." 캐서린의 치아 뒤에서 보이지 않게 움직이는 혀가 울룩불룩한 뺨의 움직임을 통해 드러났다.

여자의 인생에 화장실에서 진지한 대화가 오가지 않는 시기는 없는 듯했다. 아디는 어릴 때 유난히 여자화장실에 집착하던 남동생이 떠올랐다. 여자화장실은 어떻게 생겼어? 동생이 자주 물어봤고, 그러면 아디는 마치 외국이나 되는 양 그녀가 다녀본 화장실을 열심히 설명해줬다. 보통은 긴 라운지 소파와 탐폰 자판기, 핸드백 걸이가 있고, 가끔 진짜 멋진 데는 헤어스프레이랑 디오더런트스프레이도 있다고.

"에임스가 저한테 보자고 했어요. 그 일이 있기 전에." 캐서린의 말에 숨겨진 다급함에 페이퍼타월을 뽑던 아디의 손이 멈췄다. "제가 그를 찾는 걸 누가 봤을지도 몰라요. 경찰한테 얘기하면 어쩌죠?"

'전에'라는 표현이 필요에 의해 아디의 뇌리에서 떠나지 않았다. 아디는 급여 양식에 담당자의 서명을 받기 위해 위층에 올라갔었다. 마틴과 디아즈 형사에게도 그렇게 말했다. 그리고 15층으로 돌아왔더니 에임스가 이미 죽었더라고 말이다.

"상사를 찾는 게 범죄는 아니야." 아디는 페이퍼타월을 뜯었다. "또 누가 알지?" 아디가 차분하게 물었다. 하지만 속에서는 지진이 일어난 것 같았다.

혈관을 흐르는 피처럼 수돗물이 배관을 따라 건물이라는 거대한 유기체 곳곳으로 흐르는 소리가 배경음처럼 들렸다.

"그레이스요." 캐서린은 가느다란 목소리로 대답했다. "그날 아침에 그레이스를 봤어요. 에임스가 저를 보자 한다고 했더니 저한테 어떻게 할 거냐고 물어봤어요."

"알았어." 아디가 말했다. 그 사건 이후로 그레이스는 아프다며 이틀째 결근했다. 사건The Incident. 그것이 아디가 머릿속으로 이 일을 규정하기 시작한 방식이었다. 명사로서 그 단어는 단순히 일어난 일이나 해프닝을 뜻했지만, 형용사로는 떨어지거나 부딪친다는 의미가 있었다.

"소송을 취하할 거예요?" 캐서린이 거울에 비친 얼굴로 다시 주의를 돌렸다.

"나도 모르겠어." 아디는 솔직하게 말했다. "일단은 잠시 '중단' 하지 싶은데." 그들의 변호사 헬렌은 공식 항의서를 제출하고 청구 원인을 소명했다. 그리고 인사팀에 연락해 논의와 중재를 위한 시간을 잡았다. 그러던 차에 에임스가 18층 발코니에서 뛰어내렸고, 그 바람에 상황이 바뀌었다. 얼마나 바뀌었는지는 아디도 가늠할 수 없었다. "수사가 종료될 때까지 기다렸다 어떻게 진행하는 게 최선일지 궁리해봐야지."

저희는 모든 각도에서 수사하고 있습니다. 허리에 총을 찬 여자 형사가 파트너와 함께 아디의 사무실을 찾아왔을 때 말했다. 트루비브는 이름난 대기업이었다. 댈러스 사람들의 이목이 쏠릴 터였다. 따라서 아디는 왜 경찰이 그런 질문을 하고, 모든 가능성을 염두에 두고자 하는지 이해했다.

"가끔은 제가 저주받았다는 생각이 들어요." 캐서린은 거울에 비친 또다른 자신을—그게 누군지는 몰라도—쳐다보며 말했다. "순리대로라면 전 그냥 공장에서 일하거나 보스턴에서 햄버거 패티나 뒤집으면서 살아야 하는데 욕심을 내니까 하늘이 운명을 바로 잡기로 한 것처럼요." 목소리가 너무 높았다. 그녀는 손을 내리고 심호흡을 했다. "농담이에요." 이번에는 아디를 보며 말했다. "진짜 그렇게 생각했으면 여기 있지도 않았겠죠. 안 그래요?" 그녀의 표정이 바뀌었고, 마법처럼 다시 어여쁜 캐서린으로 돌아왔다.

"장담하는데 네가 걱정할 일은 없을 거야." 그것은 위안을 주는 말이었고, 아디 역시 그렇게 생각하기로 했다.

슬론 글러버 신문 녹취록
제1차(계속)

4월 13일

재석:

말리카 마틴 형사

오스카 디아즈 형사

신문 기록

디아즈 형사: 글러버 씨, 예전에 에임스 개릿과 관련하여 '차라리 그를 죽이는 편이 더 쉬울 거다'라고 말한 사실이 있습니까?

글러버: 정확히 그렇게 말한 기억은 없지만, 했다 해도 농담이었을 겁니다. 저희끼리 향후 진행 방향을 고민하던 차에—제 말은 성희롱 소송을 하냐 마냐 할 때에—논리적으로 봤을 때 이 방법보다는 저 방법이 더 간단할 수 있겠다는 취지로 언급했을지도 모르겠네요.

디아즈 형사: 평소에도 누군가를 살해한다는 농담을 하십니까? 하필 진짜로 죽어버린 사람을 말입니다.

글러버: 디아즈 형사님, 보시다시피 저희는 그를 죽이는 대신 소송을 택했습니다. 그 두 가지를 다 하는 건 사람을 두 번 죽이는 것 아닐까요? 실례해요. 말이 지나쳤어요. 그래도 제 말뜻은 이해하셨겠죠.

디아즈 형사: 모든 엘리베이터 안에는 방범 카메라가 설치돼 있습니다.

마틴 형사: 에임스 개릿의 사망 직후 당신은 엘리베이터를 탔어요. 사실 당신뿐만 아니라 그레이스 스탠턴과 아디 벨디즈, 캐서린 벨까지 전부 개릿의 사망 시간 즈음에 엘리베이터 안에 있었죠.

글러버: 그게 왜요? 여긴 회사잖아요.

37

4월 17일

　트루비브 건물 로비에 서 있는 여자는 원하는 것을 손에 넣는 데 익숙해지기 시작한 사람의 태가 났다. 키가 크고 늘씬했지만 딱히 모델급은 아니었고, 그럼에도 (영문 모르게 키 큰 여자를 두고 하는 말은 아닌) '여장부'나 '돌격기' 소리만 들어본 슬론보다는 훨씬 윗길이었다. 타고났을 리 없는 적갈색 머리는 프렌치트위스트 스타일로 올려 묶었고, 고대 그리스 조각상에나 어울릴 법한 콧날은 쭉 뻗어 있었다. 그녀보다 어려 보이는 삼십대 정도의 여자와 새치는 좀 있지만 잘생긴 남자가 값비싼 액세서리처럼 그녀의 양옆에 붙어 있었다.

　슬론은 양쪽 엄지로 휴대폰 문자메시지를 작성하는 그녀와 슬쩍 부딪혔다. "코젯?" 슬론은 여자의 팔꿈치를 가볍게 쳤다. "안녕, 여기 웬일이야. 우리가 보기로 했었나?" 머릿속에서는 이미 금주의 일정을 훑고 있었지만, 코젯과 만나기로 한 약속은 떠오르지 않았다.

코젯 샤프는 재킷 주머니에 휴대폰을 집어넣었다. 그리고 미소를 지으며 허리를 약간 숙여 슬론에게 볼 키스를 했다. "아냐, 아냐. 나도 방금 막 날아왔어." 뉴욕에서 방금 막 날아왔다는 듯이. 재킷 소매 아래로 다이아몬드가 뒤덮인 롤렉스 시계가 살짝 보였다. 슬론의 눈대중에 족히 4만 달러는 돼 보였다. 동행한 동료들한테 실례한다고 손짓하는 코젯에게서 손목에 걸린 다이아몬드만큼 묵직한 한기가 느껴졌다.

대학 동기인 코젯은 슬론의 대학 시절 절친이었던 제니와 친했다. 칠 년 전 코젯이 이 도시에 왔을 때 제니가 둘이 친해질 수 있게 커피 데이트를 주선했다. 이후 코젯은 트루비브의 외부 합병이나 인수 건의 상당 부분을 따내고자 열을 올렸고, 슬론은 에임스를 찾아가 코젯을 지원사격했다. 힘이 있을 때 다른 여자를 도와야 한다고 믿었기 때문이다. 이제 코젯은 〈포춘〉 선정 500대 기업의 제휴 파트너였고, 슬론은 뛰어난 사외 변호사를 얻었을뿐더러 크리스마스마다 최고급 뵈브클리코 샴페인 한 상자도 선물로 받았으니 서로 윈윈이었다.

슬론은 코젯이 볼일은 다 본 건지 찬찬히 살폈다. "슬론, 이사회가 성희롱 소송 건을 맡아달라고 전화했어."

항상 여자는 사과 먼저 하는 법이 없다!

"넌 소송 변호사도 아니잖아." 슬론이 대꾸했다.

"내 말이. 들어봐. 나도 그렇게 말했어. 하지만 우리 로펌이 크잖니. 그래서 다른 변호사와 팀을 꾸려 같이 왔어." 그녀는 핸드폰을 보고 있는 자신의 동료 둘을 향해 고갯짓했다. "트루비브도 우리라면 마음이 놓이나봐. 그래서 제휴 파트너 자격으로 회사와 상답하기 위해 온 거야."

"말이 되는 소릴 해. 지금 장난하는 거지?" 슬론은 정말이지 엄청난 자제력으로 간신히 욕을 참았다.

"생각해봐." 코젯이 가까이 몸을 숙였다. "개인적으로야 난 네 말을 믿는 쪽이지. 하지만 트루비브는 우리 로펌이나 특히 나에게 아주 중요한 고객이야. 사적인 악감정은 없어."

"여기 널 꽂아준 게 나야." 열기가 가슴팍으로 치밀어올라왔다. "네가 와서 도와달라고 손을 내밀었잖아. 법조계 여성끼리 뭉쳐야 하지 않겠니?" 슬론이 코젯의 다정한 말투를 흉내냈다. "정확히 네 입에서 나온 소리 같은데." 그녀는 고개를 삐딱하게 꺾고 코젯의 답변을 기다리면서 지금 코젯의 목을 비틀면 로비 반대편 부스에서 얼쩡거리는 보안요원이 얼마나 빨리 달려올지 생각했다. (생각만 했다.)

코젯은 슬론의 어깨를 꽉 움켜쥐었다. "다 기억하지. 나만 믿어. 이편에서 내가 도울 수 있는 일은 뭐든지 할게, 괜찮지?"

그러면서 과장되게 눈을 끔뻑거렸다. 데릭 말이 맞았다. 저러니까 별로 보기에 안 좋다. "음, 아니, 코젯. 하나도 안 괜찮아." 슬론은 어깨에 올린 손을 탁 잡아 자신의 몸에서 치워버렸다.

코젯이 한숨을 내쉬었다. 그녀의 아래턱이 점점 앞으로 나왔다. "나도 나름대로 대의를 위해 힘쓰는 거야. 나는 임원진 가운데 가장 젊은 파트너이자 여성이야. 그게 젊은 여성들에게 나름 괜찮은 메시지가 되지 않겠니? 그리고 내부에서 내 몫을 할 수도 있고. 힘이 있어야 영향력도 생기지." 코젯은 옷매무새를 다듬으며 허리를 꼿꼿이 세웠다.

"그 정도 억지 논리를 펴려면 네 정신도 준비운동 좀 시켜."

"난 그저 이 사단이 다 마무리되면 우리가 예전의 비즈니스 파트너 관계로 돌아갈 수 있길 바랄 뿐이야." 코젯이 미소를 지었다. "원한다면 여기보다 연봉이 더 높은 곳에 내가 널 꽂아줄 수도 있을지 모르지. 네가 날 도와줬듯이 말이야. 너도 훌륭한 변호사니까." 코젯은 슬론과 악수하는 대신 양손을 꼭 쥔 채 가볍게 묵례를 한 뒤 돌아서서 동료들에게 갔다. 그들은 엘리베이터 앞에서 코젯을 기다리고 있었다.

슬론은 코젯이 두어 걸음 내딛기를 기다렸다 뒤에서 외쳤다. "그럼 넌 나쁜 년이 되는 거야."

그녀의 말이 로비에 울려퍼졌고, 슬론은 코젯의 척추가 뻣뻣해지는 걸 본 것 같았다.

38

4월 17일

"코젯이 여기 있어." 슬론의 믿음에 따르면 진짜 친구는 노크하거나 초인종을 누르지 않는다. 진짜 친구는 다짜고짜 쳐들어와 냉장고에 든 아무 와인이나 마음대로 따라 마신다. 지금껏 슬론은 그러한 우정의 철학을 자유로이 적용해왔다.

"어디에?" 책상에 앉은 아디가 물었다. 모든 게 완벽히 정상이라는 듯 아무렇지 않게 주위를 어슬렁거리고 책상 앞을 지키는 그들의 모습은 조금 우습기까지 했다. 소송. 죽은 상사. 살인 수사. 이런 걸 감히 상상이나 했을까? 그런데도 띠어리 정장을 입은 그들은 진짜 중요한 것이나 되는 듯이 원고를 클라우드 서버에 저장하고 있었다.

그레이스는 예외였다. 그녀에겐 무슨 일이 있었던 걸까?

슬론은 15층에서 아디에게 할당된 비좁은 공간을 쉴새없이 서성거렸는데, 이번만큼은 그녀의 걸음 수 목표와 전혀 무관했다. "이 건물에. 코젯 샤프가 지금 우리 건물에 와 있다고. 너도 느껴저?" 그녀는 고개를 까닥해 천장을 가리켰다. "실제로 공기가 약간 냉랭해진 것 같아."

"그 여자가 여기 왜 왔는데?"

"내가 이유를 말해주지. 코젯이 성희롱 소송 건을 맡는대. 우리 성희롱 소송 말이야, 아디. 우릴 돕는 건 아니니까 오해는 마. 걔는 트루비브 편이야." 슬론은 허공에 손가락을 빙빙 돌리며 설명했다.

"와우."

슬론은 절굿공이로 짓이기듯 이를 갈았다. "코젯, 너마저?"

"하지만 그건……" 아디는 잠시 생각했고, 슬론은 아디가 이성적으로 나오리라는 걸 알았다. 슬론은 왜 저렇게 이성적인 사람만 곁에 두려고 고집할까? 큰 실수다. "어쩌면 회사가 이 일을 심각하게 여긴다는 증거 아닐까? 우리 주장을 말이야."

그 말에 슬론은 구석에 놓인 떡갈잎고무나무 화분 근처에 멈춰 섰다. "정말 그렇게 생각해?" 슬론은 되물으며 아디의 말을 곱씹었다. 아디는 어깨를 으쓱했다. 아디는 좋은 소식이나 나쁜 소식을 알릴지 말지 정할 때 남의 기분을 전혀 고려하지 않는 게 문제였다. 그녀에게 소식은 말 그대로 소식일 뿐이었다. 그 말인즉슨 그녀의 말은 신뢰할 수 있다는 뜻이었다. 아디는 정북을 가리키는 나침반과 같았다. 그런 그녀의 바늘이 이전에는 미처 보이지 않던 가능성의 방향을 가리킨 것이다. "네 말이 맞을지도 모르지." 덕분에 슬론은 어느 정도 진정이 되었다. "그럼 걱정거리 하나는 덜겠네." 그들의 눈이 마주쳤다. 의도치 않게 약간 인정해버린 셈이었다.

솔직히 말해서 슬론이 수사 자체를 걱정하는 건 아니었다. 아니면 '솔직히 말해서'가 거짓말쟁이만 쓰는 표현인 걸까? 앞으로는 그 부분도 염두에 둘 필요가 있겠다.

경찰이 와서 에임스의 물건을 수거해갔다. 그날 CSI 과학수사대가 에임스 사무실의 물건을 상자에 담을 때 슬론은 그들이 뭘 찾았을지 궁금했다. 회사 사람들은 다들 흥미진진한 단서 쪼가리라도 떨어지지 않을까 싶어 촉각을 곤두세웠고 덕분에 사무실 분위기가 활기를 띠었다. 마치 초대받지 못한 장례식의 운구 행렬을 다 같이 구경하는 꼴이었다. 그 쪼가리에 굶주린 정보 구걸자들이 보내는 메시지로 메신저 앱이 온종일 딩동거렸다. 경찰이 뭘 찾았대요? 유서가 발견됐대요? 그 여자들이 협박한 거 맞죠? 정말로 죽기 전에 발코니에 안녕이라고 새겨놨대요? 경찰이 왜 아직도 수사중인 거죠?

슬론의 동료 대부분이 같잖은 핑계를 대고 비서 데스크나 복사기나 화장실을 지나치게 자주 들락거리면서 에임스의 데스크톱 컴퓨터가 옮겨지고 벽을 장식한 유명인 사진 갤러리가 철거되는 광경을 구경했다. 그 사진 액자 중 하나에 에임스가 유서를 숨겼다는 가설이 인기였지만, 아직까지 나온 것은 없었다. 심지어 비어트리스조차 믿을 만한 정보를 확보하지 못했다.

아무도 모른다는 것, 그것이 바로 문제였다. 그가 뛰어내린 게 아니라면 누군가는 뭔가를 알아야 하는데…… 과연 누가? 슬론은 자신이 아는 가능성부터 하나씩 짚어보기로 했다.

캐서린이 어색하게 군다. 그런데 그렇다고 하기엔 또 너무 조금 어색하다. 어느 정도는 이 모든 사단의 시작이 자신이라고 여기는 모양이다. 에임스의 죽음은 소송 다음에 일어났고, 그 소송은 캐서린의 고백에 뒤따랐다. 그러니 맞았다. 기폭제는 캐서린이었다. 에임스의 사망일 이후로 그레이스는 하루도 출근하지 않았다. 그녀답지 않았다. 하지만 에마 케이트의 출산 이후로 줄곧 예민했으니 그저 자기보호 모드에 들어간 것일지도 모른다. 아니면 진짜로 아프거나. 그나마 아디는 전혀 동요하지 않는 평소의 아디처럼 보였다.

슬론은 실제로 무슨 일이 일어난 건지, 친구들이 알면서 말하지 않은 뭔가가 있는지 알아내고 싶었지만 어디부터 시작해야 할지 아직 정하지 못했다.

절대 놀라지 말 것. 변호사의 확고한 전략이었다. 상대편에서 무엇을 들이밀든 절대 놀라지 마라. 슬론은 이제 경찰은 물론 코젯과도 싸워야 했다. 그러니 솔직히 말해서 자신과 친구들을 지키기 위해 에임스가 죽기 전에 무슨 일이 있었는지 알 권리가 있는 것 아닌가?

'솔직히 말해서.' 또 나왔다. 별것도 아니면서 성가시게 하는 말.

슬론은 몸을 기대고 목소리를 낮췄다. "발코니에서 발견됐다는 혈흔은 어떻게 생각해?" 그녀가 속삭였다.

아디가 대답했다. "솔직히 말해서 나도 모르겠어."

39

4월 18일

　로살리타가 15층에 도착했을 때 아디는 통화중이었다. 로살리타를 발견한 아디가 잠깐 기다리라고 손짓했다. 잠깐만요. 아디가 입 모양으로 말했다. 들어와요, 들어와. 그녀가 요란하게 팔을 휘두르는 통에 로살리타는 선택의 여지가 없었다.

　"언제 복귀할 거야?" 아디는 전화기에 대고 말했다. 여기서 질문. 왜 멋들어진 사무실에서 일하는 사람은 아무도 휴대폰을 쓰지 않는 걸까? 책상에 붙은 명예훈장 같은 구불구불한 전화선이 목줄처럼 직원을 일터에 붙들어놓는 걸까? 기다림에 지루해진 로살리타의 머릿속에서 벽이 갈라지듯 생각이 제멋대로 뻗어나갔다. 듣지 않으려 했지만 그녀는 살로몬이 아니었다. 그녀의 양쪽 귀는 모두 멀쩡했다. "무슨 생각을 해야 할지 모르겠어." 아디가 한숨을 내쉬었다. 그리고 의자를 옆으로 돌리자 바지가 커튼처럼 무릎을 휘감았다. 다른 상황이었다면 로살리타는 잠깐 기다리라는 말에 짜증이 났을지도 모른다. 그녀의 시급이 말 그대로 더 낮기 때문에 자신의 시간은 변호사의 시간보다 덜 중요하다는 모욕으로 받아들였을 수도 있다. "아니, 소송을 후회하는 건 아냐, 소송은…… 맞아, 물론 운이 없었지. 하지만 그건…… 모르겠다…… 아마 그렇겠지, 궁극적으로는. 하지만 상황이 아직은 미묘해." 아디는 로살리타를 향해 미소를 지었다. "괜찮은 거지?" 로살리타는 자기한테 한 말인 줄 알았지만 입을 꾹 다물고 있었는데, 마침 아디가 계속 말했다. "네가 걱정돼. 목소리가…… 알았어. 이제 끊어야겠다. 잠은 잘 자니? 푹 쉬어. 안녕." 아디는 전화기를 덜거덕하고 내려놓았다.

"문제는 놔두면 불어나나봐요, 안 그래요?" 아디가 말했다. 로살리타는 그 말이 참인지는 몰라도 문제를 처리하지 않고 두면 다른 데로 옮겨간다는 건 알았다. 아디의 기대하는 표정을 보고 로살리타는 그제야 자신이 여기 온 이유를 기억해냈다. 정말 멋진 일.

"줄 게 있어요." 그녀는 소박한 갈색 종이봉투를 건넸다.

아디가 눈을 가늘게 뜨고 의심의 눈초리로 쳐다봤다. 전생에 그들은 자매였을지도 모른다. 최소한 사촌이라도. "다 합의된 줄 알았는데요." 그녀는 봉투를 받아들었다.

"타말레*예요. 친구가 진짜 잘 만들어요. 맛있을 거예요."

아디의 눈빛이 풀어졌다. 그녀는 봉투를 열고 뜨끈한 옥수수향을 들이마셨다.

"살로몬이 학교에 들어갔어요."

아디가 봉투를 구겨 닫으며 물었다. "그럼 합격한 거예요?" 그

---

* 옥수수 반죽 사이에 여러 가지 재료를 넣고 익혀 먹는 멕시코 전통 요리.

녀의 눈이 동그래졌다. 뺨에는 홍조가 피어올랐다.

고개를 끄덕이는 로살리타는 목구멍이 붓고 목이 멨다.

아디가 얼른 책상을 돌아나와 로살리타를 꼭 끌어안으며 이마에 입을 맞췄다. 로살리타는 잠자코 있었다. 덕분에 그러고 싶었던 열망이 조금 사그라들었기 때문이다. 포옹을 풀었을 때 아디는 눈꺼풀 아래 고인 눈물을 훔쳤고, 로살리타는 찡그린 표정이 그려진 우스꽝스러운 인형 같은 모습이었지만 눈은 행복에 젖어 반짝거렸다. "이번주에 들은 소식 중에 최고네요." 아디가 말했다. 어른이 되면서 소녀 때처럼 서로의 일에 진심으로 기뻐해주는 순간이 흔치 않아졌다. 로살리타는 고마운 마음이었다. "아니, 이번달에. 아니다, 올해 최고의 소식이 될 것 같아요."

에임스 개릿이 건물에서 투신한 지 며칠이 지났다. 지하 관리실 직원 둘이 소형 착암기로 그가 떨어진 자리의 보도블록을 파내고 회전 사일로를 이용해 새 시멘트를 부었다.

살로몬이 사립학교 입학시험을 통과하기 바로 전날의 일이었다. 그 두 사건이 로살리타의 머릿속에서 매번 연결되어 떠오른다는 것에 대해, 그게 왜 중요한지에 대해 로살리타는 아디에게 말하지 않았다.

그들 사이에 일어난 엄청난 사건에 비하면 아무것도 아니었지만, 어쨌든 할말을 다 하고 아디의 사무실을 나온 로살리타는 어둠이 내리길 기다리는 것 말고는 할 게 없었다.

로살리타는 평소와 다르게 불평 없이 크리스털을 데리고 일을 시작했다. 그날 밤 그녀는 각별히 더 효율적으로 각 층의 사무실을 청소해나갔고, 심지어 크리스털을 재촉할 필요도 전혀 없었다. 봉급날이었다. 적어도 전보다는 두둑해질 통장이 기다리고 있었다.

저녁 시간은 기분좋고 단조롭게 흘러갔다. 발밑에서 느껴지는 얇은 카펫. 깜빡거리며 잠에서 깨는 숨죽인 복도. 음정을 무시하고 혼자 흥얼거리는 크리스털의 콧노래. 혹은 아기한테 들려주는 자장가. 로살리타는 매번 살로몬에게로 귀결되는 자기만의 생각에 빠져 기분좋게 복도를 이리저리 오갔다.

그러다 19층에 마지막 남은 화장실을 청소하는데 남자 소변기에서 질척한 종이가 나왔다.

"이것 좀 봐요." 맨 구석에 있는 소변기를 닦던 크리스털이 배수구에 처박힌 또다른 종이를 발견했다.

로살리타는 콧구멍 끝이 치켜올라가는 느낌이 들었다. 그녀는 라텍스 장갑을 손에 끼고 장갑 끝에 들러붙은 부분까지 손끝을 야무지게 쑤셔넣었다. 그런 다음 처음 발견한 종잇조각의 모서리를 집어들었다. 종이에는 슬론의 웃는 얼굴이 오줌에 번진 잉크로 얼룩져 있었다. 회사 직원 명부에서 인쇄한 사진이었다. 종이 두 장을 더 끄집어냈다. 하나는 아기 엄마 그레이스, 나머지는 아디의 얼굴이었다. 소변기에서 하나둘 사진들을 건져올리는 로살리타는 얕은 물에서 죽은 채로 발견된 시신을 뒤집어 불어터진 피부와 입과 눈을 보기라도 한 듯이 침통한 표정이었다.

"이게 뭐예요?" 휴지통까지 들고 가는 동안 사진에서 오줌이 뚝뚝 떨어졌고, 그걸 피해 물러나며 크리스털이 물었다. 로살리타는 라텍스 장갑을 벗었다. 암모니아 냄새가 코끝을 찔렀다.

"조준 연습을 한 것 같은데." 로살리타는 샤워로 남자들의 추악함을 몸에서 씻어내고 싶었다. 아무도 안 볼 때 혹은 누가 보든 말든 개의치 않을 때 그들이 저지르는 짓거리를 머리에서 떨쳐버리고 싶었다.

로살리타와 크리스틸은 19층 화장실 청소를 끝마치지 못했다. 대신 청소카트를 끌고 엘리베이터에 올라 지하실로 내려갔다. 등이 쑤셨고, 소독제 때문에 손가락은 건조했고, 발은 욱신거렸다.

로살리타는 작업반장 앞에 섰다. "요새 위층에서 뭐 들은 얘기 있어요?" 그녀는 자신의 이름이 적힌 봉투를 받으며 물었다.

"나보다 열 배는 넘게 버는 놈이 뒈졌단 소리? 그거 말곤 없어. 관심도 없고." 로살리타는 남자의 사무실에서 본 토사물을 떠올리며 초기 징후를 발견한 게 그녀뿐인지, 그게 어떤 의미인지 생각했다.

그렇게 산만한 마음으로 급여 봉투를 받아들었다. 위층에서 무슨 일인가가 벌어지고 있었다. 그녀는 짧은 머리 여자와 죽은 남자가 뭔가를…… 뭔가를 하는 걸 목격했었다. 휴지통에서 토사물도 보았다. 최고층에서 일하는 남자들이 자기 밑에서 일하는, 로살리타가 아는 여자들의 사진에 소변을 본—아니 오줌을 갈긴—현장도 발견했다. 그 세 가지 사건이 발생한 시간 차가 너무 짧기에 서로 분명 연관이 있을 거라는 생각이 들었다. 하지만 어떻게?

로살리타는 집게손가락으로 봉투를 찢었다. 종이가 찢긴 자리 밑으로 아가미처럼 봉투의 속살이 벌어졌다. 그녀는 수표에 적힌 숫자를 읽고, 또 읽고, 또 읽었다. 수학은 늘 젬병이었다. 그래도 어쨌든 수표를 들여다봤고, 거기 쓰인 액수는 평상시 받던 급여의 절반도 되지 않았다.

40

4월 18일

사람들이 만성질환을 달고 살듯 우리는 죄책감을 떠안고 살아가지만, 장담컨대 우리의 질환이 훨씬 치료하기 힘들었다. 우리는 온갖 죄책감을 느꼈다. 워킹맘이라서, 아이가 없어서, 사회적 의무를 저버려서, 그럴 여유가 없는 걸 알면서도 초대에 응해서, 이미 이용당하는 걸 알면서도 일을 거절해서 혹은 거절하지 않아서, 월급 인상을 요구해서 혹은 정당하게 요구하지 못해서, 재택근무를 해서, 베이글을 먹어서, 천주교 신자라서 혹은 장로교 교인이라서 혹은 유대인이라서. 어느 하나 같은 죄책감이 없었다. 충분한 가책을 느끼지 못하는 게 또 죄책감으로 다가오니, 이런 도덕적 딜레마 속에서 하루하루를 살아내는 우리 능력이 대견할 지경이었다. 가끔은 그저 일하는 엄마라서 드는 죄책감을 덜어보고자 자진해서 연봉을 깎기도 했다.

그리고 끊임없이 자문했다. 이게 옳은 걸까? 전부 망치고 있는 건 아닐까? 우리는 말하고 싶었다. 모든 것에 비춰볼 때 상황은 변했고, 우리도 새로운 관점을 얻게 되었다고. 하지만 그 대신에 디오더런트를 덧발랐고, 제산제를 털어넣었고, 가짜 표정을 준비했고, 온갖 기술을 연마했다.

왜냐하면 우리가 알기로 우리 중 누군가는 진짜 유죄였기 때문이다.

"빵, 빵!" 슬론이 최신형 볼보 SUV의 차창을 내렸다. 그녀는 주먹으로 운전대 중앙의 폭신한 부분을 눌러댔고, 클랙슨에서는 몰랑한 아기 머리를 누르는 듯한 느낌이 났다. 자동차가 요란하게 빵빵거렸다. 슬론의 어머니는 늘 소리를 말로 흉내냈는데―똑, 똑, 빵, 빵, 쿵, 쿵―그럴 때마다 못 말린다는 듯이 눈알을 굴리던 슬론이 애비게일을 낳자마자 딸 앞에서 자기 엄마랑 똑같은 행동을 하기 시작했다. 그러던 것이 이제는 제2의 천성이 돼버렸고, 슬론은 그렇게 매일매일 자기 엄마처럼 변해가는 중이었다.

슬론은 그레이스와 리엄의 집 앞 자갈이 깔린 진입로에서 급하게 차를 세웠다. 진한 감청색 페인트가 칠해진 현관문이 열리고 그레이스가 포치로 나왔다.

하얀 파시미나숄을 섬세한 종이접기 작품처럼 어깨에 두른 그레이스는 두 팔로 몸을 감싼 채 서 있었다. "오늘은 출근할 컨디션이 아닌 것 같다고 했잖아." 그녀는 햇살이 눈부신 듯 눈을 가늘게 떴다.

슬론은 그레이스에게 에임스에 대한 소송에 함께해달라고 부탁한 적이 없었지만 그레이스의 입장에서는 에임스나 슬론이나 똑같은 직속 상사라는 점에서 일종의 압박감을 느꼈을지도 모른다는 걱정이 머릿속을 떠나지 않았다. 슬론은 그냥 걱정도 싫었지만 이렇게 계속 신경쓰이게 하는 걱정은 딱 질색이었다.

하지만 에임스가 죽고 이미 소송까지 제기한 상황에서 이제 그런 건 중요하지 않았다. 슬론은 그저 친구들을 한데 모아 품안에 끼고 지켜야 한다는 절실한 마음뿐이었다. 요 며칠간은 장대 위에 올라서 있는 기분이었다. 별안간 눈앞에 나타난 기둥 끝에—슬론과 아디와 그레이스와 캐서린—넷이 함께 위태로이 서 있었다. 한 발짝만 떼면 천길만길 아득한 콘크리트 바닥으로 떨어질 지경이었다. 누구 하나라도 떨어지면 전부 떨어질까봐 걱정이었다.

누구를 미는 것도 마찬가지였다.

"그레이스." 부르릉대는 낮은 엔진소리 너머로 슬론이 불쑥 모습을 드러냈다. "회사에 네가 없으면 안 돼. 이상하게 보인단 말이야."

그레이스는 따지려 들지 않았다. 그녀는 따지는 사람이 아니었다.

그레이스가 집안으로 들어가더니 핸드백을 가지고 다시 나왔다. 조수석에 올라탄 그녀는 가슴팍에 안전벨트를 매고 슬론의 옆에 가만히 앉아 있었다. 그녀의 손톱이 가죽 시트의 바늘땀 틈새에 걸렸다.

"하고 싶은 말 있니?" 슬론이 도로 쪽으로 차를 후진한 뒤 직진 기어를 넣으며 물었다. 그녀의 SUV는 하일랜드파크의 널찍한 대로를 향해 천천히 나아갔다. 텅 빈 교차로에서 완전히 정지하지 않은 차를 불러 세우는 것 말고는 경찰도 일이 없는 동네였다. 캐롤라이나헤레라, 펜디, 발렌시아가같이 멀게만 느껴지는 명품 숍이 늘어선 하일랜드파크빌리지를 지나서야 그레이스가 입을 열었다.

그녀는 전면 유리창을 뚫어질 듯이 응시했다. "나 괜찮아, 정말이야. 미안해. 너도 애비게일을 낳고 어땠는지 기억할 거 아냐." 기대와 비난이 담긴 그레이스의 시선이 아주 짧은 순간 슬론을 스쳤다. "에임스 일에 회사일까지 모든 게 한꺼번에 닥치니까 버거웠던 것뿐이야. 감당하기 힘들었어."

"책임을…… 느끼는 거니?" 다양한 뜻으로 해석될 소지가 있다는 걸 알면서도 슬론이 물었다.

"아니." 그레이스는 손을 가만히 두었다. "나도 모르겠어. 마틴 형사가 집으로 전화했어. 기분이 좀 그렇더라. 할말이 별로 없었어."

서로를 힐끗거리는 시선이 종잡을 수 없이 오갔다.

슬론은 운전대를 붙든 손을 휙 꺾으며 입술을 핥았다. "내 생각엔 네가 캐서린이랑 얘기해보는 게 좋을 것 같아." 그녀는 언제 누구와 할지 계속 저울질하며 준비해온 대화를 시작했다. 그레이스에게는 명목이 필요했고, 그들에게는 그레이스가 필요했다.

슬론은 이제 아디가 거짓말을 했다고 꽤 확신했다. 첫번째 거짓말은 트루비브가 그들의 요구를 들어줄 의향으로 코젯을 불러들였다는 것이었고, 두번째 거짓말은 다른 뭔가에 관한 것이었다. 아디가 "솔직히 말해서"라고 했을 때 슬론의 촉각이 발동했다. 누군가에 관한 뭔가를 아는 게 분명했다. 슬론은 그저 아디가 무엇을 왜 숨기는지 궁금할 따름이었다. 그래서 약간의 염탐을 한 결과, 급여 양식에 서명을 받았다는 말은 거짓이 아니라는 걸 확인했다. 따지고 보면 아디가 왜 그걸 가지고 거짓말을 한단 말인가? 슬론은 낸시 드루*라면 이제 어떻게 했을지 궁금했다.

낸시 드루는 어리잖아, 멍청아.

어쨌거나 그레이스의 말을 제일 먼저 들어보고 싶었다.

"그래." 목에 걸린 진주만큼이나 심플하고 우아하게 그레이스가 말했다. "나도 동의해."

그때 신호등에 빨간불이 켜졌고 둘은 잠시 말없이 앉아 있었다. 그러다 그레이스가 먼저 말을 꺼냈다. "에임스가 나를 조종하려고 했어. 네가 궁금해할지는 모르지만, 그게 내가 소송에 참여한 진짜 이유야. 날 멋대로 휘두를 수 있다고 착각하게 내버려두고 싶지 않았어."

슬론이 무거운 한숨을 내쉬었다. "어쩌다?"

그레이스는 소리 없이 웃으며 손톱 끝을 만지작거렸다. "에임스가 몇 번인가 발코니에서 담배를 피우자고 했어." 딸꾹질이나 소화가 안 될 때 나는 소리가 났다. "내 커리어에 진짜로 관심이 있는 것처럼 굴더라고."

세상에, 그레이스가 담배를? 그것도 에임스랑 같이 피웠다고? 슬론은 아주 조금은 친구를 평가하고픈—어쩌면 고소한—기분이 들었다. 데릭한테 말하는 상상을 했다. 당신은 믿어져? 완벽주의자 엄마 그레이스 스탠턴이 모유 수유중에 흡연이라니. 난 진짜 그런 짓은 안 했다. 자, 이제 누가 더 좋은 엄마야? 하지만 맙소사, 이건 친구인 그레이스의 이야기였고, 따지고 보면 슬론도 성모마리아는 아닌데다가 데릭과는 서로 말을 안 한 지 한참 됐으니 여러모로 흉보고 말고 할 게 없었다. 그런데도 자극적인 뉴스임은 틀림없었다. 그레이

---

* 1930년 미국의 출판인이자 작가 에드워드 스트레이트마이어가 처음 기획한 인기 추리물의 주인공. 당차고 똑똑한 여고생으로 수많은 미스터리 사건을 해결해나간다.

스와 에임스. 그리고 담배.

"어디서 피웠는데?" 슬론은 가볍게 물었다고 생각했다. 어느 정도는 가볍게 들렸을 거라고. 티 안 나게 물어보는 방법 따윈 없었다. 18층에서? 그 발코니 말이야? 오, 그때 수상한 거 못 봤니? 바람은 어땠어?

"발코니 흡연실에서." 그레이스가 구부린 손가락으로 입술을 꾹 눌렀다. "캐서린이 호텔에서 날 봤다고 에임스한테 말했다는 순간 깨달았어. 내가 얼마나 미련했는지. 얼마나 쉬운 표적으로 보였을까? 사탕발림으로 꾀자. 승진을 도와준다고 하자. 그럼 내가 홀딱 넘어가 자기편을 들 줄 알았겠지. 근데 슬픈 건 내가 진짜 넘어갔다는 거야." 입술에서 떨어진 그녀의 손끝에는 강렬한 붉은색 립스틱이 묻어 있었다.

슬론은 인상을 찌푸리면서 말했다. "에임스가 꼭 그 일 때문에 그런 거라고 볼 수는 없지. 진짜 네 가능성을 알아보고 도와주려 한 걸 수도 있잖아."

"그럴지도. 하지만 호텔 카드키를 봤어. 프레스콧 말이야. 에임스가 자기 애들 사진을 보여줬을 때. 그 프레스콧 호텔방에서 아무 일도 없었다고 해도 그는 무슨 일이 있길 바랐기 때문에 계속 그걸 들고 다녔던 거야. 그래서 그렇게 나한테 추천서를 써달라고 졸랐던 것 같아. 사람들은 좋은 사람을 이용하려고 들잖아."

"넌 프레스콧에서 뭐했는데?" 슬론이 물었다.

"잤어."

그들은 이제 존 F. 케네디가 암살당한 딜리 플라자를 지나고 있었다. 그곳을 지날 때마다 한 번도 피와 뇌의 이미지를 떠올리지 않은 적이 없었다.

"거기서 캐서린은 못 봤니? 발코니에서?" 아득한 질문인 건 알았지만 컴컴한 어둠 속을 헤매는 슬론은 뭔가가 걸릴 때까지 계속 더듬어보는 수밖에 없었다. 그녀는 가망 있는 유일한 사람이 그레이스일지 모른다는 사실이 탐탁지 않았다. 하지만 걱정할 필요는 전혀 없었는데 그레이스가 할말을 못해서 절절매는 걸 본 적은 없었기 때문이다.

"캐서린이 거기 갔을 리는 없을 거야. 걔는 높은 곳을 무서워해."

회사에 거의 도착했을 때 슬론은 또다른 생각이 떠올랐다. "그래서 뭐야? 잠수는 왜 탔는데?" 그녀가 물었다. "죄책감이 들었니? 뭐 때문에? 소송을 걸어서? 에임스를 믿어버려서? 이유가 뭐야?"

그레이스는 고개를 젖혀 시트에 머리를 기댔다. "지난 몇 달간 별의별 죄책감에 시달렸는데 뭐부터 시작하면 좋을까?"

슬론은 다 마신 다이어트 콜라 캔 두 개가 꽂혀 있는 컵홀더 너머로 손을 뻗어 그레이스의 손을 꼭 잡았다. "엄마가 된 걸 환영해." 그녀가 말했다. 그리고 물었다. "근데 결혼반지는 어쨌니?"

41

4월 18일

　캐서린의 사무실 앞에 선 그레이스는 무지막지한 유리벽을 방패 삼아 몸을 숨긴 채 잠시 머뭇거렸다. 그녀는 왼손 약지의 반지 자국을 만지작거렸다. 세정을 맡겼어. 슬론한테는 그렇게 둘러댔다. 따지고 보면 거짓말도 아니었다.

　그레이스는 사무실 안으로 슬며시 들어가 조심스럽게 문을 닫았다. 덕분에 걸쇠가 걸리는 순간 아주 미세하게 덜컥거리는 소리만 났다.

　"복귀하셨네요." 캐서린이 말했다.

　"응." 그레이스의 심장이 어느 리듬에 맞춰 뛰어야 할지 몰라 제멋대로 쿵쾅거렸다. 그녀는 캐서린에게 두 가지 부탁이 있었다. 문제는 어떤 걸 먼저 꺼내느냐였다. "캐서린, 우린 네가 거북해할 일은 절대 부탁하지 않을 거야." 시작부터 완전히 잘못됐다. 애초에 이런 식의 말이 이 추악한 사태를 초래했을 가능성이 높다.

　캐서린의 표정이 물음표로 바뀌었다.

중요한 건 그레이스가 일을 그르치지 않는 것이었다. 어떤 일도 그르쳐서는 안 된다. 하지만 며칠 동안 잠만 잤는데도 좀체 머리가 돌아가지 않았다. 맹세코 출산 이후에 그녀의 뇌에 해부학적으로 나 정량적으로나 뭔가 문제가 생긴 게 틀림없었다.

엄마가 된 걸 환영해, 슬론은 말했다.

이런 게 정말 모두가 그렇게 떠들어대던 '엄마의 뇌'라는 걸까?

"미안." 그레이스가 하던 말을 이어나갔다. "슬론과 아디와 나는 다음 단계를 구상중이야. 너도 알다시피 언론이나 트루비브 직원들 모두 사실을 왜곡하고 있잖아. 에임스가 무슨 성자였던 것처럼 굴고 있어. 트루비브가 뉴욕의 대형 로펌까지 끌어들였으니, 우리는 우리 이야기가 퇴색되지 않게 확실히 할 작정이야. 정황상 비난의 화살이 우리에게 향하는 것도 막을 생각이고. 그래서 말인데, 이제 에임스도 없으니 너도 네 이야기를 털어놓기가 한결 수월해졌을 것 같아."

그레이스는 '용감히'나 '강하게' 같은 말이 나오기 전에 멈췄다. 다행히도. 그동안 '기도해왔다'느니 '사명을 느껴서' 찾아왔다느니, 그녀의 엄마가 은근슬쩍 조종할 때 쓰는 말을 써보고 싶은 끈질긴 욕구도 용케 이겨냈다.

순간 캐서린이 턱을 이상하게 움찔거렸고 희미하게 펑 하는 소리가 들린 것 같았다. 그레이스는 자신의 입안에도 심리적인 생채기가 난 느낌이었다. "저는……"

"네가 그래준다면 우리에게 큰 도움이 될 거야." 그레이스와 캐서린은 정확히 동시에 말을 꺼냈는데 이런 경우 대개 그레이스는 서로의 말을 끊지 않으려고 주춤하며 예의를 차리는 상황을 피하기 위해 의식적으로 밀고 나갔다.

"무슨 말인지 알겠어요." 캐서린이 말했다. "저도 제 이야기를 나눌게요. 어려울 것 없어요."

두 사람 모두 에임스에게 이용당했다. 그들이 당한 일이 아무리 불쾌한 것이라 한들 둘 다 당했다는 점이 더 중요하게 여겨진다는 사실이 이상했다. 신고식의 논리가 그런 것인가보다고 그레이스는 생각했고, 그녀 역시 그걸 이용해 그들 모두에게 필요한 동의를 캐서린에게 얻어냈다.

그러나 아직 끝이 아니었다. 그레이스에게만 필요한 부탁이 하나 더 있었다. 매일 밤 건물에서 떨어진 그녀의 몸이 땅바닥에 짓이겨지기 직전에 겨우 눈을 뜨는 끔찍한 악몽에서 벗어나기 위해 필요한 것이었다.

"그러고 보니 요새 대화할 틈도 없었네." 그레이스가 말했다. 토리버치 시프트드레스에 붙은 태그가 등을 간지럽혔다. 캐서린의 커다란 갈색 눈동자는 바짝 경계 태세였다. "에임스는 만났어?"

에임스가 저를 보자네요. 캐서린이 말했었다. 당시 일주일째 아기와 수면 훈련중이었던 그레이스가 몹시 피곤해서 착각한 것일 수도 있었다. 아니면…… 그레이스가 편집증 증세를 보이는 걸까? "그냥 그때 네가 에임스를 찾아갔는지 궁금했어."

두 여자의 시선이 잠시 서로를 향했다.

"아뇨. 아니 제 말은, 찾아는 갔는데 안 계셨어요. 그래서 만나지는 못했어요." 캐서린이 힘없이 미소를 지었다. "아마 마지막에…… 마지막에 생각을 바꾸셨겠죠."

캐서린의 말이 진실일까? 사실은 뭔가를 본 건 아닐까? 뭘 아는 걸까?

"어쨌거나 잘된 일이네." 그레이스가 말했다. 둘 사이에 무거운 공기가 흘렀다.

캐서린이 손으로 머리를 빗어넘겼고, 그 순간 그녀의 검지 손톱 밑에 묽은 핏자국처럼 생살이 까진 붉은 상처가 난 것이 그레이스의 눈에 띄었다.

잠시 후 슬론과 아디는 캐서린과 그레이스를 만나 인사팀까지 캐서린을 배웅했다. 그레이스가 캐서린을 꼭 안아주었고, 캐서린의 앙상한 어깨뼈가 그레이스의 손바닥 안에 쏙 들어왔다. 그들은 할말이 많지 않을 때 친구에게 해줄 법한 말을 캐서린에게 해주었다. 괜찮을 거라고, 옳은 일을 하는 거라고, 그들이 곁에 있겠다고, 그녀가 대견하다고. 비슷한 일이 남자로만 이뤄진 친구나 동료 사이에서 같은 방식으로 펼쳐질 거라고는 상상하기 힘들었다. 그레이스는 희뿌연 유리문 뒤로 사라지는 캐서린을 지켜보았고, 셋은 잠시 대기하다 자신들이 더는 필요하지 않다는 확신이 들자 자리를 떠났다.

다 잘될 것이다. 그녀는 옳은 일을 하는 것이다. 그녀의 친구들이 곁에 있어줄 것이다. 하지만 엘리베이터에 오른 그레이스는 잿빛 금속 문에 비친 흐릿한 제 모습을 바라보면서 속으로 언제쯤이면 저 위층 발코니에서 자신이 에임스 개릿에게 마지막으로 했던 말이 떠오르지 않을지, 그런 날이 오기는 할지 생각했다.

세 시간 뒤, 아디와 슬론은 물론이고 그레이스까지 여태 아무 소식도 듣지 못했다. 하지만 그게 정상이라고, 이 상황에서 얼마나 상대적으로 정상인지는 모르지만 어쨌든 그렇게 자신을 안심시키는 건 어렵지 않았다. 이유도 델 수 있었다. 캐서린까지 증언자로 나서자 트루비브가 합의를 고려중인 것이다. 어쩌면 다른 여직원들도 자신의 이야기를 공유하겠다고 나설지 모른다. 어느 공영 뉴스 방송사에서 그런 일이 있었다는 얘기를 들었다. 산사태 효과. 어쩌면 이사회는 성희롱 소송을 마무리하기 전에 차기 CEO를 발표하려고 기다리는 걸 수도 있다. 좋은 소식으로 나쁜 소식의 충격을 완화하려고.

그러다 그레이스는 관리직원 둘이 캐서린의 사무실에서 상자를 실어나르는 모습을 보았다. 심장이 고동치기 시작했다. 똑, 똑, 똑, 누구세요? 그레이스?

서둘러 그 앞으로 갔다. "실례합니다." 그녀는 그들을 멈춰 세웠다. "지금 뭐하는 거죠?"

그들이 캐서린을 해고한 거다. 그레이스는 믿고 싶지 않았다. 그동안 회사에 맞서는 위험을 감수하지 않으려 했던 캐서린이 옳았다. 그녀는 슬론과 소송을 함께하거나 아예 침묵했어야 했다. 인사팀은 여러분의 친구가 아닙니다! 어디선가 그런 글을 읽었지만 사실일 거라고는 전혀 예상하지 못했다.

관리직원들은 천천히 카트를 멈추고 평대를 붙들었다. 이두박근이 그녀의 허벅지만한 직원이 그레이스를 돌아보았다. 위아래로 훑는 시선이 느껴졌다. "벨 씨의 소지품을 위층 임시 사무실로 옮기는 중입니다."

"위층요?" 그레이스의 얼굴에 드러난 걱정은 진심인 동시에 가장이었다. 긴장이 누그러졌다. 치솟던 죄책감이 이전 수준을 회복했다. 여전히 높지만 적어도 겪어본 수준으로.

"네."

"왜 위층으로 가는데요?" 그녀가 물었다.

남자가 헛기침했다. "앞으로 거기서 일하니까 그렇겠죠. 여기가 맞죠?" 그는 눈을 가늘게 뜨고 명패의 첫번째 글자를 손으로 문질렀다. 나머지 글자도 분명하게 적혀 있었다. 캐서린 벨.

"맞아요." 그녀가 대답하자 남자는 어깨를 으쓱하더니 다시 상자를 바닥에서 들어올렸다. 그레이스는 그들을 붙잡지 않았다.

그레이스가 자기 사무실로 돌아왔을 때 문 앞에 땀에 젖은 폴로셔츠를 입은 남자가 서 있었다. "그레이스 스탠턴 씨?" 주름이 잘잡힌 카키 바지를 입은 그의 이마가 번들거렸다.

"네, 전데요." 그는 허리춤에 서류 봉투를 들고 있었고, 이를 본 그레이스는 누군가 머리에 총을 겨눈 듯한 비현실적인 공포를 느꼈다.

"그레이스 마리 스탠턴 씨." 그가 서류 봉투를 내밀자 그녀는 뒤도 안 돌아보고 줄행랑치고픈 자기보호 충동을 느꼈다. "소환장입니다."

진술 녹취록

4월 26일

샤프: 성함을 말씀하세요.

증인: 캐서린 벨입니다.

샤프: 벨 씨, 직업이 무엇입니까?

증인: 트루비브 주식회사의 사내 변호사입니다. 주로 상법과 거래법을 담당하고 있습니다.

샤프: 에임스 개릿 씨를 아십니까?

증인: 네, 압니다. 트루비브에서 일을 시작하면서 만났습니다. 그분은 대표 변호사였습니다. 저는 그분보다 한 직급 아래인 슬론 글러버 씨는 물론 그분에게도 보고를 드려야 했습니다.

샤프: 개릿 씨의 인상은 어땠습니까? 같이 일했던 경험을 설명해주시죠.

증인: 정말 예리한 분이라고 생각했습니다. 그분이 보스턴의 한 로펌에서 일하던 저를 채용했고, 기회를 줘서 감사한 마음이었습니다. 제가 사내 변호사로 일해본 경험이 없어서 그분이 멘토를 자청하며 제가 빨리 적응할 수 있게 도와줬습니다. 변호사라면 흥미를 느낄 업무 과제를 내주고 지켜봐줬습니다. 그분이 회사의 차기 CEO가 될지도 모른다는 소식을 듣고 정말 기뻤습니다. 법무팀 입장에서도 순전히 잘된 일이라고 생각했습니다.

샤프: 그가 증인에게 원치 않는 접근을 시도한 적이 있습니까? 어

떤 식으로라도 증인의 몸에 손을 댄 적이 있었나요?

증인: 없었습니다.

샤프: 증인은 개릿 씨가 회사에서 다른 여성에게 그러한 접근을 시도하는 걸 본 적 있습니까? 그가 '성희롱'이라 할 만한 행동을 하는 것을 보셨습니까?

증인: 아니요.

샤프: 벨 씨와 생각이 다른 여성들이 에임스 개릿과 트루비브를 상대로 성희롱 소송을 계획했던 사실을 알고 있었습니까?

증인: 알았습니다.

샤프: 어떻게 알았습니까?

증인: 일을 시작할 때부터 슬론과 아디가 에임스를 싫어하는 건 꽤 분명해 보였습니다. 그레이스는 어떻게 생각했는지 모르지만, 어쨌거나 슬론이 리더였기에 우리는 그냥 따를 수밖에 없었습니다. 같이 싫어하거나 아니면 무리에서 나가야 하는 분위기였습니다. 편을 들지 않으면 반대편이 되는 것처럼 느껴졌어요. 무리에 끼려면 에임스에 대한 불평불만도 들어줘야 했습니다. 집단적 사고방식이었달까요? 슬론이 제 직속 상사였기 때문에 저는 그녀에게 잘 보이고 싶었습니다. 그래서 점심도 함께 먹고, 슬론과 아디와 그레이스와 어울렸는데, 입사한 지 얼마 안 된 제 눈에도 그들이 에임스에게 사적인 앙심 같은 걸 가지고 있는 게 분명히 보였습니다. 취미 같은 거였죠. 사실상 그 얘기밖에 안 했으니까요. 저도 여자의 편을 들고 싶어요. 정말요. 하지만 배드맨 리스트에 에임스의 이름을 추가했을 때 슬론은 정말 신나 보였습니다. 꼭 자랑하는 것처럼요.

42

4월 20일

왜 여자를 과소평가하는지 우리는 전혀 이해할 수 없었다. 고통으로 죄의 사함과 구원을 받고, 활짝 웃으며 번뇌를 견디는 와중에도 외과수술 집도의만큼이나 흔들림 없는 손길로 눈꼬리가 올라간 아이라인을 그릴 수 있는 우리 여자들을 말이다. 우리는 눈썹을 뽑고, 윗입술을 왁싱하고, 사타구니가 벌게지도록 면도를 하고, 겨드랑이에 칼날을 갖다댄다. 우리가 신는 신발은 발꿈치 살갗을 찢고 발바닥을 불구로 만든다. 우리는 진통과 출산과 제왕절개를 참으며 의사가 말 그대로 우리 내장을 끄집어내 옆에 놓인 선반에 올려놓는 모습을 마취도 않고 지켜본다. 우리의 얼굴은 산성이다. 이마에는 보톡스를, 입술과 가슴에는 필러를 주입한다. 귀를 뚫고, 다리를 압박하는 바지를 입는다. 지글지글한 햇볕에 피부를 태운다. 스피닝 운동으로 우리의 몸을 벌한다. 이 모든 작은 희생이 조금이라도 더 늘씬하고 여성스러운 몸매로 거듭나기 위한 것이었다. 인간종의 암컷. 더 연약한 성별. 그러한 희생이 은밀하게 우리의 속

살을 단련하고 외면의 날을 세웠다. 우리 여자들은 보기보다 강했다. 유일한 차이가 있다면 마침내 우리가 감추지 않기로 했다는 것이다.

아디는 괴로운 회의가 되리라는 걸 전적으로 예상했다. 탁자 건너편에 코젯 샤프가 앉아 있었다. 탁자 위에 양손을 포개고 앉은 그녀의 팔꿈치가 양옆으로 찌를 듯이 벌어져 있었다. 회의실에는 여덟 사람이 앉아 있었고 아디는 실내 산소 농도가 조금씩 낮아지는 게 실제로 느껴지는 것 같았다.

"불법 사망*이라니, 코젯." 슬론이 서류 더미를 손으로 내려치며 말했다. 그녀는 흥분하면 과하게 또박또박 발음하는 경향이 있었다. 회의실에 있는 사람들이 전부 영어를 제2언어로 사용하는 것처럼 말이다. "지금 우리한테 불법 사망 소송을 제기한다는 겁니까?"

분명히 밝히자면─그리고 사실상 어느 정도 공치사도 하자면─아디는 코젯 샤프를 단 한 번도 좋게 본 적이 없었다. 뉴욕 변호사들은 대체로 뉴욕 변호사가 아닌 이들을 모두 선천적인 저능아로 취급했다. 그들은 전화도 "너무 바빠서 이만!" 하면서 끊었다. 코젯 샤프에게는 두 가지 죄목이 있었지만, 지금 재판정에 서 있는 건 그녀가 아니었다.

"모두 한자리에 모여 대화할 기회를 갖게 되어 기쁩니다." 코젯은 예쁘다고 하기엔 눈 사이가 너무 가까웠다. 아디는 다른 여자의 외모를 지적질하는 편이 아니었고, 특히나 적절치 않은 때와 장소

---

* 영미법에서 인명의 사망을 초래한 과실이나 고의적 행동에 책임이 있는 사람에게 제기하는 법적 청구.

에서는 더욱 꺼렸는데, 상황에 따라 혹은 상대가 원인을 제공했을 때는 그걸로 기분을 풀기도 했다.

"왜 저희한테 소송을 제기하죠? 무슨 명목으로?" 그레이스가 차분하게 물었다.

맞소송은 사측이 성희롱 소송에 따른 합의금을 지불할 의사가 있기는커녕 도리어 회사와 유가족에게 에임스의 죽음에 대한 피해 보상금을 지불하라고 그레이스와 아디와 슬론에게 요구할 작정이라는 뜻이었다. 불법 사망이 인정되면 그에 따른 보상금은 상실한 인명의 실질적 가치에 기반해 책정된다. 그리고 에임스 개럿의 목숨은, 순화해 표현하자면 조금 비쌌다.

손해배상액은 그가 받은 교육과 훈련 비용, 남은 커리어에서 그가 수령했을 (인상률과 승진을 반영한) 급여, 스톡옵션과 보너스, 그리고 정신적 피해와 고통에 대한 배상금에 더해 트루비브가 차기 CEO를 잃은 데 따른 보상으로 원하는 금액을 얼마든지 청구할 수 있었다. 간단히 말해서 수천만 달러가 될 거라는 뜻이었다.

"트루비브 같은 기업을 대표해서 우리는 성희롱 피해 주장을 심각하게 받아들이는 바이지만, 동시에 무고를 손쉬운 돈벌이쯤으로 착각하는 여성들에게 굽실거리지 않을 계획입니다. 잘못된 선례를 남기게 될 테니까요."

아디가 소매를 걷어붙였다. "여기에 당신의 '우리'가 어딨다고 그래요? 코젯, 트루비브는 당신의 고객일 뿐입니다. 여기 우리가 트루비브의 일원입니다. 슬론과 그레이스와 제가요. 우리도 이 사안을 굉장히 심각하게 받아들이는 바입니다. 그런데 당신은 이 사안을 당신의 이름 한 줄 추가할 만한 기삿거리로 격하하려는 것 같군요."아디는 외부 변호사가 고객에게 자신을 끼워맞추면서 모두가 행복한 대가족인 양 굴 때가 제일 꼴 보기 싫었다. 뒤로는 이메일을 작성하는 시간까지 계산해 매 육 분 단위로 등골을 빼먹으면서 말이다. "에임스가 자기 가족을 뒤로하고 18층 발코니에서 뛰어내린 걸 가지고 왜 우리가 불법 사망 소송을 당해야 하죠?"

코젯의 왼쪽에 앉은, 얼굴이 동그랗고 하루만 더 야근했다간 과로로 죽을 것 같은 여자가 뭔가를 끄적거린 메모장을 코젯 앞으로 밀면서 그녀의 주의를 끌었다. 코젯은 죽 뻗은 콧날 아래로 시선을 내리깔며 고개를 끄덕였다. "지금으로선 그렇습니다. 그 가설을 바탕으로 저희도 대응중이고요."

"대관절 무슨 가당치도 않은 말인지." 슬론은 의자에 등을 기댔다. 시작부터 슬론의 입에서 남부 할머니 말투가 나오는 건 그리 긍정적인 신호는 아니었다.

"그리고 실례지만 어떻게 여자 셋한테 성인 남성의 자살 책임을 물을 계획인가요?" 그레이스의 질문에는 분노가 서려 있었다. 캐서린의 배신에 가장 쓰라린 상처를 받은 사람이 있다면 그건 그레이스였다. 캐서린이 트루비브의 증인으로 나선다는 얘기를 들은 이후부터 그레이스는 강철처럼 단단해졌다.

캐서린이 왜 그럴까? 내가 잘 말했는데. 자기 이야기를 털어놓겠다고 해놓고. 도대체 왜? 그레이스는 혼란스러웠다. 믿기지 않았다.

왜일까? 아디는 이유를 알 수 있었다. 트루비브에서 캐서린에게 뭔가를 약속했을 것이다. 캐서린은 겁을 먹었다. 그녀는 (레드삭스 팬인 걸 보면) 강한 팀만 쫓아다녔고, 그러니 자기 눈에 이길 것 같은 팀을 고른 것뿐이다. 아니면 뭔가 다른 이유가 있거나.

아디가 직접 캐서린과 대화했어야 했다. 아니면 애초에 끼워주지를 말든가. 하지만 전부 뒤늦은 후회였다.

"사실." 코젯이 칼을 꺼내듯이 말했다. "그 부분에 있어서는 아디와 슬론에게 감사를 표하고 싶어요." 슬론의 시선이 아디의 눈을 휙 스쳤다. 아디의 등이 아주 미세하게 펴졌다. "슬론의 딸에게 가해진 학교측의 부당한 대우에 대해 아디가 작성한 항의서를 참고할 수 있었습니다. 아주 훌륭한 보고서더군요." 코젯이 탁자 너머로 건넨 세 부의 동일 문서는 트루비브의 공식 레터헤드가 찍혀 있고 세번째 장의 서명란에 변호사 에이드리아나 밸디즈의 이름으로 서명된 법률 보고서였다. 물론 진짜 작성자는 슬론이었다. 아디는 아닐 테고, 저들에게 이 일을 알려준 건 분명…… 캐서린, 캐서린이 틀림없었다. 손가락으로 여기저기 불안한 선을 그으며 읽어내려가는 슬론의 심장이 고동쳤다. "레이니 프레스퍼 사건, 잭슨 워럴, 그리고 최근의 맷 레너드 법까지. 이 모든 사건에서 조직적인 괴롭힘으로 피해자를 벼랑 끝까지 몰아붙인 가해자에게 자살로 말미암은 피해자의 죽음에 대한 민형사상 책임을 물었습니다."

슬론이 코웃음을 쳤다. "이것 봐요, 코젯 씨. 그 사건들과 비교하는 건 적절하지 않죠."

당시 아디는 이 일이 별로 중요한 것 같지도 않았고, 캐서린 역시 한 다리 건너에 있는 사람 같아서 안심하고 털어놨던 거였다. 그렇게까지 흥을 볼 생각은 없었다. 하지만 이제 와 생각해보니 흥을 본 게 맞아서 얼굴이 화끈거렸다.

"아디의 항의서에 명시된 괴롭힘 가해자는 대부분 십대였습니다. 아이들은 자기 행동의 심각성을 인지하는 경우가 드물죠. 그저 행동의 결과만 어렴풋이 이해할 뿐입니다. 하지만 여러분은요?"

아디는 피가 끓는 분노를 느꼈다. "우리는 에임스를 괴롭힌 게 아닙니다." 억눌린 목소리였지만 작은 음성은 아니었다. 그런데도 탁자에 둘러앉은 좌중은 몸을 가까이 숙여야만 들을 수 있었다.

코젯이 눈썹을 치켜세웠다. "저희는 슬론이 에임스 개럿의 이름을 추가한 배드맨 리스트를 일종의 사이버 괴롭힘으로 보고 있습니다. 오늘 기준으로 해당 리스트는 소셜미디어에서 삼천 회 이상 공유됐어요. 실체가 없는 스프레드시트의 특성상 거론된 인물이 온라인상에서 공개 망신을 당하게 하는 것 외에 다른 용도로 사용할 수는 없겠죠." 코젯은 난 일류 로펌 소속이니 내 말이 다 맞아라는 투로 말했다. 트루비브는 벌써 돈을 좀 썼다. 그녀와 동료들은 이미 보수를 받았다. 그들은 진상 조사 단계를 넘어섰다. 논거를 정립하고 있었다. 그 말인즉슨 아디와 슬론과 그레이스는 이제 큰일이라는 뜻이었다.

"유사점은 이뿐만이 아닙니다." 코젯은 대단한 매물을 선보이는 부동산 중개업자 같은 어조로 말을 이어나갔다. "세드윅 사건과 마찬가지로 괴롭힘은 피해자인 여성이 가해자의 전 남자친구와 교제하면서 시작되었습니다."

"우린 중학생이 아니에요." 슬론이 침착하게 말했다.

"하지만 그와 비슷한 일이 일어난 것 아닙니까, 슬론 씨? 과거에 연인 관계였던 에임스가 한참 어린 여성인 캐서린한테 관심을 보이니까 화가 났던 거 아닌가요?"

아디는 평행우주에 들어온 것 같은 기분이었다. 아디에게 문제를 다르게 해결할 기회가 있었다면, 공개적으로 말할 기회가 있었다면, 이미 그 기회를 놓친 셈이었다. 이런 상황만은 절대로 피하고 싶었는데 결국 이렇게 돼버렸다.

"그나저나 딸은 좀 괜찮아요? 이렇게 돼버려서 여기 있는 분들도 다들 유감일 거예요." 코젯은 동정어린 얼굴로 동료들을 쳐다보며 동의를 구했고, 아디는 그레이스가 슬론의 허벅지를 움켜쥐며 진정시키는 것을 보았다. "그러나 유감스럽게도 아디에게 그런 사적인 법률 대리를 맡긴 건 중대한 사칙 위반이므로 간과할 수 없습니다. 일단 제가 트루비브에 본 건이 해결될 때까지는 해당 위반 사안에 대한 논의를 미뤄달라고 부탁했습니다만 사안의 심각성은 본인도 충분히 이해하리라고 생각합니다. 사실상 해고 사유지만, 이런 상황에서도 즉각적인 조처는 하지 않기로 결정한 트루비브의 관대함이 놀라울 따름입니다." 슬론은 마치 감사 인사라도 기다리는 양 두 눈을 끔뻑거리는 코젯을 쳐다보며 입술을 꾹 다문 채 아무 말도 하지 않았다. "좋아요. 됐네요, 그럼. 다들 스케줄을 확인하고 일단은 진술 일정부터 잡도록 하죠." 결국 포기한 코젯이 먼저 제안했다.

인질 협상과 같은 격렬한 분위기 속에 회의가 끝났다. 그레이스와 아디, 슬론은 엘리베이터에 올랐다. 문이 닫혔지만 아무도 버튼을 누를 생각을 하지 않았다.

"그러니까 네가 캐서린한테 애비게일 얘기를 한 거네." 슬론이 말했다. "법률 보고서 얘기도 했니?" 그녀는 짐짓 가벼운 목소리로 물었다.

"응." 아디가 정면을 보면서 대답했다.

"언제?"

"마이클의 생일파티가 끝나고였던 것 같아."

슬론이 고개를 끄덕이며 아래턱을 죽 내밀었다. "그래서 뭐 캐서린이랑 내 흉이라도 봤니? 네 상사 슬론은 짜증난다고? 네 친구 슬론은 끔찍하다고?" 슬론은 경박한 티를 팍팍 냈다. "왜 우리 일에 애비게일까지 끌어들였는지 모르겠다. 고객의 비밀 유지 의무, 애한테 네가 그랬잖아? 내 딸의 면전에서 누구에게도 말하지 않겠다고 말한 게 너 아니었니? 이제 그 보고서가 공식 기록으로 남을 거야. 법원에서 증거로 채택될 거라고. 사람들이 뭐라고 생각하겠니? 우리 애비게일이 진짜 자살 충동을 느꼈다고 생각할 거 아냐." 슬론은 거친 숨을 몰아쉬었다. "그애들이 우리 딸한테 얼마나 못되게 굴었는지, 애를 뭐라고 불렀는지 전교생이 알게 될 거야. 지금까지는 비교도 안 되게 힘들어질 거라고. 애비게일은 널 믿었어, 아디. 이제 내 직장까지 날아가게 생겼단 말은 할 필요도 없겠지."

아디는 방어적으로 나가면 안 된다는 걸 알았지만…… "내가 쓴 보고서도 아니잖아, 슬론. 네가 쓴 거라고. 심지어 나한테 물어보지도 않고. 내가 그런 식으로 일하지 않는 거 너도 알잖아. 애초에 네가 보고서를 안 썼다면 우리가 이럴 이유도 없었어."

"지금 그게 문제가 아니잖아." 슬론의 목소리가 약간 진정되었다. "넌 그럴 권리가 없어."

"그럼 너도 내 전남편이랑 어울릴 권리는 없잖아. 그리고 브레일리와도."

"난 네 흉이나 보려고 토니와 브레일리와 어울린 게 아니야. 널 욕하고 다니는 짓 따윈 안 했다고." 슬론이 톡 쏘아붙였다. "난 진짜 너를 좋아한단 말이야."

그레이스의 눈 밑을 따라 마스카라가 옅게 검은 선을 그리며 번져 있었다. 스프레이를 과하게 머금은 머리카락도 몇 가닥 귀 뒤로 삐져나왔다. "너랑 에임스 사이도 아는 것 같지?" 그레이스가 손가락 하나를 쳐들며 조심스럽게 끼어들었다.

"그렇게 쳐다보지 마. 그 일은 내 탓을 하면 안 되지." 아디가 말했다.

그녀는 그제야 엘리베이터의 스피커에서 생기 넘치는 〈Cheerleader〉의 라디오 버전 음원이 흘러나오는 걸 알아차렸다.

엘리베이터가 하강을 시작했고 빨간색 전자 점선이 모여 점점 작은 숫자를 만들다 붉은색 화살표로 바뀌었다.

슬론이 터무니없이 새빨간 펌프스로 바닥을 탁 찼다. "난 네 흉 같은 건 절대 안 봐, 아디. 그리고 나라면 이 일에 마이클을 끌어들이지도 않았을 거야. 무엇보다 네 직업을 위험에 빠트리는 일은 절대 하지 않았을 거라고. 넌 그 3연타를 친 거야."

"나도 남편을 두고 바람은 절대 안 피웠을걸."

"하! 그동안 말하고 싶어서 어떻게 참았니?" 슬론이 말했다. 악의 없이. 그것이 정반대를 가리키는 수많은 암시에도 불구하고 둘 중에서 슬론이 근본적으로 더 나은 사람인 이유였다.

슬론은 주머니에서 짤랑거리는 열쇠 꾸러미를 꺼냈다. 애비게일과 데릭이 애틀랜티스, 잭슨홀, 빅서 같은 가족 휴가지에서 사준 열쇠고리가 적어도 여섯 개는 넘게 달려 있었다. "이걸로 이제 공평해진 거지?" 슬론은 아디가 대답할 기회도 주지 않고 엘리베이터에서 내려버렸다.

로비는 크고, 공허하고, 사람의 마음을 불편하게 했다. 그레이스가 샐러드를—아니면 햄버거였나—사러 간다는 핑계를 댔을 때 아디는 굳이 그녀를 따라나서지 않았다. 주머니에서 메시지를 알리는 진동이 울렸고, 휴대폰을 꺼내자 화면에서 불꽃 모양 이모티콘이 이글거렸다. 그녀는 다짜고짜 엄지로 휴대폰 화면을 밀어 메시지를 열었다.

SMUalmm75: 안녕, 프로필이 맘에 드는데, 한번 볼래요?

43

4월 26일

그후로 그들은 캐서린을 보지 못했다. 그렇다고 그녀가 사라졌다는 뜻은 아니었다. 그녀는 유령처럼 그들을 따라다녔다. 그들의 상상 속에서 그녀의 존재감은 점점 커져만 갔다. 너무 갑작스레 종적을 감춘 탓이었다. 실체가 없었다. 꼭꼭 숨어버렸다. 대신 동기 자각, 뒷이야기, 속임수로 채울 빈 공간이 생겼다. 그녀의 부재로 그들의 평가에 의문이 생겼다. 그들은 스스로를 의심했다.

진술이 시작되었고, 형사로부터 마지막으로 연락을 받은 지 며칠이나 지났지만 슬론은 수사가 어디까지 진전되었는지 전혀 알 수 없었다.

슬론과 그레이스와 아디는 스콧, 와서스타인 앤드 매케너 로펌의 변호사 헬렌 예를 고용했었다. 사실 슬론이 사적으로 부탁했다. 일 년 전에 슬론은 헬렌의 아들이 잭슨 브록웰에서 인턴을 할 수 있게 연결해주었고, 덕분에 그는 이제 펜실베이니아대학 로스쿨의 신입생이 되었다. 사건을 수임할 때 헬렌은 성공보수를 약정하고 사건을 맡는 데 동의했다. 그 말인즉슨 그들이 보상금을 받으면 그녀가 40퍼센트를 가져간다는 뜻이었다. 선불금은 한푼도 지급할 필요가 없었지만, 상황은 이제 헬렌이 가져갈 돈 또한 한푼도 없을 것처럼 흘러갔고, 지금쯤 그녀는 아들의 법학 학위가 그만한 가치가 있는지 의심하고 있을지 모른다.

보아하니 트루비브의 전략은 원고인 여자들의—특히 슬론의—신뢰성을 조금씩 깎아내리는 것인 듯했다. 그녀들의 주장을 과민 반응으로 치부하기. 회사와 스프레드시트, 성희롱 소송, 그리고 에임스의 죽음 사이에 최대한 분명한 선 긋기. 비치된 카라페에서 미지근한 커피를 간간이 따라 마시며 슬론은 몇 시간 동안 입에서 나오는 모든 단어에 주의를 기울였다. 늦은 오후, 그날의 진술을 마친 슬론과 아디와 그레이스는 북적거리는 댈러스 시내의 수많은 샐러드 가게 중 하나를 골라 다시 모였다. 그렇게 모인 자리에서 슬론은 사기 진작에 힘썼다. 그녀는 진술 내용을 한 줄 한 줄 전부 복기했다. 그녀의 불륜은 이 일과 무관하다. 저들에게 유리하게 작용할 수 있는 그레이스의 추천서는 위계상 압력에 의해 쓰인 거다. 그들은 회사에 뼈빠지게 충성한 책임감 있는 장기근속 변호사다.

함께 보내는 이 시간이 편할 리 없었지만, 어쨌든 슬론의 어조에 가식은 없었다. 아디가 자신을 흉봤다는 사실로 인한 마음의 상처가 여전히 그녀를 무겁게 짓눌렀다. 자신은 사람들이 흉볼 만한 그런 존재였을까? 슬론은 걱정됐다. 데릭이 자신을 떠날 준비를 하는 건 아닐까 걱정됐다. (혼자 손님방에서 내내 대체 뭘 하는 걸까?) 직장을 잃을까봐 걱정됐다.

그래도 그렇지. "어떻게 우리가 한 일 때문에 에임스가 자살했

다고 몰아갈 수 있니?" 슬론은 앞에 놓인 적상추와 염소젖 치즈가
섞인 샐러드는 거들떠보지도 않고 말했다.

　하지만 그들의 대화는 언제나 캐서린으로 되돌아갔다.

44

4월 27일

진술이 시작된 지 사흘째 되는 날 집에 돌아온 그레이스는 보모에게 급여 수표를 써주었다. 그녀는 이민자 여성의 구직을 돕는 자원봉사센터를 통해 훌리에타를 소개받았다. 훌리에타는 그레이스와 거의 같은 나이였고 두 아이의 엄마였으며 영어를 어느 정도 알아들었다—이건 스페인어를 전혀 못하는 그레이스가 평가할 부분은 아니었다. 그레이스는 그 주에 보모가 일한 시간을 계산해 금액을 수표에 적으며 늘 그렇듯 찌릿한 죄책감을 느꼈다. 그레이스 같은 여자는 엄마로서 더 많은 시간을 원해야 했고, 훌리에타 같은 여자는 마찬가지로 엄마로서 더 많은 돈이 필요했다. 그 둘의 관계는 실제보다 훨씬 더 공생적으로 느껴져야 맞았다.

훌리에타가 돌아가고 리엄이 아직 퇴근하지 않은 집은 조용했다. 에마 케이트는 등을 대고 누워 천장에 달린 선풍기를 쳐다보면서 발길질을 했다. 텔레비전은 꺼져 있었다. 그레이스가 친구들이 알려준 '보모 계약서'라는 것에 훌리에타의 서명을 받아놓았기 때문이다. 듣자 하니 그건 엄마가 회사에 있는 동안 보모가 아이의 발달중인 두뇌를 텔레비전 전자파로 녹여버리거나 아직 배냇니도 돋지 않은 입속에 오레오 쿠키를 쳐넣는 걸 원치 않는다면 절대적으로 필수인 모양이었다. 집안 곳곳에 가정용 보안 카메라도 네대나 설치했는데 한 대당 가격이 199달러였고, 매달 사용료를 지불하면 하루치 영상을 되감기해서 보모가 딸애를 꼬집지 않았는지, 아이의 입에 대고 뽀뽀를 하지 않았는지 확인할 수 있었다. 아직 한 번도 확인한 적은 없었다. 그나마 그레이스는 훌리에타가 사전에 동의한 요구 사항을 모두 지키리라 믿었다. 하루에 적어도 십오 분은 클래식 음악을 들려줄 것, 낮잠 시간마다 적어도 책 두 권을 읽어줄 것, 절대 모유를 전자레인지에 데우지 말 것, 스페인어로 말할 것, 젖병을 소독할 것, 두 시간 동안 배를 대고 엎드려 있는 훈련을 시켜줄 것, 흑백 초점 책을 응시하도록 들고 있어줄 것.

그래도 여전히 형편없는 엄마가 된 기분이었다.

그레이스는 소파에 깊숙이 기대앉아 망설임 없이 텔레비전을 틀었다. 에마 케이트가 고개를 돌려 번쩍이는 화면을 응시했고, 그레이스의 머릿속에 타나카 박사의 팸플릿에 적혀 있던 문구가 떠올랐다. 두 살 미만의 유아에게 화면 시청은 절대 금물입니다!

누가 물어본다면 그녀는 거짓말할 것이다.

만약에 예전 생활이 그리워지면 어쩌지? 임신 사 개월 차에 접어들었을 때 리엄이 물었다. 그레이스는 어둠이 내린 동네를 산책하던 달콤한 자유가 그리워질 거라는 생각은 미처 하지 못했다. 그때 그레이스는 남편한테 되물었어야 했다. 만약에 아이를 사랑하는 만큼 일도 사랑하면 어쩌지?

몇 분 동안 그녀는 멍한 표정으로 대사를 외울 만큼 많이 본 〈프렌즈〉의 재방송을 또 틀어놓고 앉아서 머릿속으로는 몇 달 뒤에 아기가 조금 더 크면 이 짓도 그만두자고 되뇌었다. 소파 쿠션에 머리를 기대자 머리핀이 뒤통수를 찔렀다. 그녀는 최근 포터리반에서 천 달러를 주고 구입한 가죽 오토만 스툴에 맨발을 털썩 올려놓았다.

덕분에 생각났다. 에마 케이트의 대학 학자금 펀드도 들어놔야 한다.

그때 광고가 두 배는 더 시끄러운 음향으로 흘러나왔고, 그레이스는 도드-프랭크법*보다 훨씬 더 가혹한 제재가 필요한 규제 위반이라고 생각했다. 음소거를 누른 뒤 누워서 혀를 내밀고 침을 흘리는 에마 케이트를 향해 기어갔다. 딸의 정말 사랑스러운 부분을 하나 꼽으라면 그건 입냄새였다. 아기 입에서는 말로 형용할 수 없을 정도로 달콤한 냄새가 났다. 그녀는 딸의 얼굴을 코로 꾹 눌렀고, 아기는 허공에 발길질하며 방긋 웃었다.

에마 케이트는 리엄을 닮았다. 다들 그렇게 얘기했다. 그레이스는 어느 육아 도서에서 아기가 아빠를 닮는 건 친자라는 확신을 주기 위한 진화론적 적응의 결과라는 내용을 읽었기에 너무 기분 나쁘게 받아들이지 않기로 했다.

카펫에서 빠진 털이 그레이스의 검정 원피스에 달라붙었다. 바지를 입었다면 지금쯤 이미 갈아입었을 것이다. 에마 케이트는 주

---

* 2008년 미국 금융 위기의 재발을 막기 위해 오바마 행정부에서 통과시킨 금융 개혁 방안.

체할 수 없는 힘이 솟는지 등을 대고 누운 채 꿈틀거리다 한쪽 다리를 다른 다리에 얹었다. 집중하는 아이의 조그만 얼굴에 주름이 졌고 입술이 치리오 시리얼 모양으로 오므라졌다.

"그렇지." 그레이스의 입에서 자신도 모르게 나온 말이었다. 그녀는 에마 케이트가 발길질하고 허우적거리면서 원하는 대로 몸을 움직이려고 애쓰는 모습을 지켜보았다. 아직 몸을 가누지 못하니 얼마나 어려울까? 그레이스는 카펫 섬유를 한 움큼 움켜쥔 자신이 딸을 돕지 않으려 애쓰고 있다는 사실을 깨달았다. 도와주기 싫어서가 아니라 자그만 인간의 작은 승리의 순간을 응원하고 싶었던 것이다.

에마 케이트는 계속 꼼지락거렸다. 아이의 우주복이 반으로 접혔다. 그런 뒤에 아주 느릿한 움직임으로 딸은 뒤집기에 성공했다. 그레이스는 손뼉을 쳤다. 자신도 모르게. 그녀는 앙증맞게 승리를 자축하는 듯한 에마 케이트에게 갈채를 보냈다. 딸을 번쩍 들어 올려 빙글빙글 돌리며 외쳤다. "오구, 오구, 잘했어! 장하다! 우리 딸, 우리 챔피언!" 그녀는 아기 목소리로 속삭였다. 전에는 다른 엄마들이 일부러 들으라는 듯한 데시벨로 예뻐 죽겠다는 듯이 말하는 것보다는 그나마 덜 거슬린다고 생각했던 말투다. 오, 안 돼, 티미, 장식품은 눈으로 봐야지, 만지면 안 된단다!

그레이스는 딸애의 손에 손바닥을 맞대며 미니 하이파이브를 했다. 징크스를 만들고 싶진 않지만, 방금 딸애와 둘이서 남들이 '교감'이라 부를 만한 경험을 한 것 같았다(착각이야, 그레이스).

죄책감을 털어낸 그레이스는 드라마의 볼륨을 키우고 다시 소파에 편하게 늘어졌다. 이제 에마 케이트는 그녀의 어깨에 턱을 걸치고 있었다.

초인종이 울렸다. 그레이스는 아이를 토닥이면서 맨발로 현관문을 향해 가만히 걸어가 자물쇠를 풀었다. 문밖에 마틴과 디아즈 형사가 경찰서에서 지급받은 듯 똑같이 피로한 얼굴로 서 있었다.

생각나는 게 있거든 저희한테 연락주십시오. 마틴 형사가 말했었다.

물론 그레이스는 생각나는 게 있었다. 그녀는 생각하고 생각하고 또 생각했었다.

마틴 형사가 눈을 깜빡거렸다. 그녀의 눈꺼풀에서 파란색 아이섀도가 은은하게 반짝거렸다. 뒤로 묶은 갈색 머리는 솜사탕처럼 부풀어 있었다. "뭔가 관련이 있을 만한 것이 생각나셨다고요, 스탠턴 씨?"

그레이스 스탠턴 신문 녹취록
제1차(B)

4월 27일

재석:

말리카 마틴 형사

오스카 디아즈 형사

신문 기록

마틴 형사: 스탠턴 씨, 당신은 에임스 개릿의 죽음과 연관이 있을 만한 무언가가 기억나 저희한테 전화했다고 했습니다. 기록을 위해 그 부분을 다시 말씀해주시죠.

스탠턴: 에임스가 사망하기 직전에 캐서린이 제 사무실로 찾아와서 에임스가 보자고 한다고 말했어요.

마틴 형사: 개릿이 캐서린 씨를 보자고 한 이유가 무엇인지 아십니까?

스탠턴: 아뇨. 정확히는 모릅니다. 하지만 캐서린이 최근에 틀어진 두 사람의 관계에 관한 것이라는 투로 말했어요. 그가 추근거렸는데 그녀가 거절한 걸로 알거든요.

마틴 형사: 캐서린 씨가 그러한 접근은 전혀 없었다고 주장한 사실을 알고 계시나요?

스탠턴: 거짓말하는 거예요.

마틴 형사: 그러니까 캐서린 씨가 진실을 말하지 않았고, 개릿이 그

녀에게 성적으로 접근했다고 생각하시는 거군요.

스탠턴: 저는 캐서린이 우리 중 한쪽에 거짓말을 하고 있다고 생각해요. 당시에 저희한테 거짓말했거나, 지금 형사님들한테 사실을 말하지 않는 거죠. 어느 쪽이 더 가능성이 있다고 생각하세요? 특히나 그녀가 머물던 프레스콧호텔의 숙박비를 에임스가 계산한 상황이라면요. 그 말은 하던가요? 그뿐만 아니라 제가 그의 지갑에서 호텔방 카드키를 봤어요. 그때도 지갑에 있었는지는 모르겠네요…… 그가 죽었을 때 말이에요. 어쨌든 그가 가지고 있었어요.

마틴 형사: 처음엔 왜 저희한테 이런 정보를 언급하지 않은 거죠?

스탠턴: 그때는 생각이 안 났어요. 너무 많은 일이 일어났으니까요. 생각을 다잡을 새가 없었죠. 하지만 저희 변호사와는 공유했어요. 최근에. 적어도 에임스가 캐서린의 호텔방 비용을 계산했다는 부분은 말이에요.

마틴 형사: 그러니까 저희와 처음 만나 얘기한 이후에 캐서린 씨가 당신의 고용주인 트루비브의 편에 서기로 하고 당신과 동료들의 주장에 전적으로 배치되는 증인 진술을 한 타이밍과는 전혀 무관하다는 말씀이시군요?

스탠턴: 네. 상관없습니다.

마틴 형사: 그레이스 씨, 담배를 피우십니까?

45

4월 27일

슬론은 어두운 집에 들어갈 일이 거의 없었다. 가장 늦게 귀가
하는 사람만이 누릴 수 있는 소소한 특권이었다. 하지만 오늘 저녁
그녀의 집은 좀도둑을 쫓기 위해 방 몇 개에만 불을 켜놓고 휴가를
떠난 가족의 집처럼 활기라고는 찾아볼 수 없었다.

"애비게일!" 슬론이 외쳤다.

"위층요." 희미하게 딸의 목소리가 들렸다. 텔레비전 소리도 들
렸다. 슬론은 애비게일의 방을 투시할 수 있을 것처럼 천장을 뚫어
져라 쳐다보았다. 어린 소녀가 제 소유의 전자기기를 갖게 되었을
때 빠져들 만한 온갖 추잡한 것이 슬론의 엄마 뇌를 가득 메웠다.
아기용 보호장치가 아니라 '십대 소녀용' 보호장치가 있다면 집안
전체에 설치하고 싶은 심정이었다. 슬론이라면 면도기와 가위 같
은 날카로운 물건 일체와 변기, 휴지통, 소녀 잡지, 메신저 앱과 휴
대폰은 물론 알약과 술병, 카메라까지 모조리 치워버릴 것이다.

그녀는 블레이저재킷을 벗고 구두를 신발장 모서리 아래로 차버

렸다.

"우리 학군 교육감이 전화했어." 불쑥 들려온 목소리에 슬론은 불 꺼진 거실을 향해 휙 돌아섰다. 심장이 덫에 걸린 토끼처럼 펄쩍펄쩍 뛰었다.

"놀랐잖아." 그녀는 데릭에게 말했다. 남편의 검은 윤곽이 소파 위에 드리워져 있었다. 덧문 틈새로 새어든 가로등 불빛에 바다 유리 같은 초록색 맥주병의 가장자리가 빛났다. "교육감이 그러더라. 우리가 보낸 항의서 때문에 실망했다고."

"난 '우리'라고 한 적 없어." 화강암 아일랜드 식탁에 엉덩이를 기댄 채 슬론이 말했다.

"알면서 그래." 데릭은 맥주병을 입에 댔다. 맥주가 한두 병 들어가면 데릭은 남부 억양이 강해졌다. "교육감은 우리가 소송으로 위협하지 말고 마음을 바꿔줬으면 좋겠대. 우리 마음을 말이야. 우리가."

"당신은 애비게일이 받은 문자메시지를 못 봤잖아."

"아니, 나도 봤어." 그가 맥주병으로 그녀를 가리켰다.

"문자가 또 왔어."

데릭은 웃으며 소파에서 일어나 카펫 위를 서성거렸다. "그런데 당신이 그걸 숨겼고? 이런, 슬론, 너무 당신답지 않은걸."

슬론은 미끼를 물지 않을 것이다. "난 당신 손을 더럽히지 않으려고 그런 거야." 그녀가 말했다. "당신을 끌어들이지 않으려고. 그래서…… 내가 독자적으로 결정했어."

"거긴 내 직장이야, 슬론." 데릭이 가슴팍을 쳤다.

"나도 이해해."

"그러셔?" 그가 발을 틀어 슬론을 향해 돌아섰다. "난 또 당신이 나보다 돈을 더 많이 버니까 가족 중에 제일 중요한 사람인 줄 아는 가보다 했지. 독자적인 결정권자, 안 그래?"

"그렇게 생각하는 거 아니야."

"당신이 돈은 더 많이 벌지 몰라도 우리 둘 다 똑같이 힘들게 일하고 있어. 우리 둘 다 정규직이라고. 당신이야 다른 데서도 일할 수 있겠지." 데릭이 턱을 치켜들고 슬론한테 삿대질을 했다. "원하지 않더라도 그럴 수는 있어. 하지만 이 동네에 학군이 넘쳐나는 건 아니라고."

"당신을 해고하지는 않을 거야. 만약에 그러면……"

"만약에 그러면, 뭐? 뭐 중요하지도 않잖아?" 그가 손으로 얼굴을 쓸었다. 뒷마당에 딸을 위한 그네 세트를 조립한 그 손으로.

"당연히 중요하지. 미안해, 여보. 아까도 말했지만 난 정말 당신을 이 일에서 빼주고 싶었어. 문제는 항의를 했다는 사실이 아니야, 여보. 애초에 그런 일이 일어난 게 문제지." 왜 아무도 그 사실을 이해하지 못하는 것처럼 보일까?

"그래, 그렇겠지. 아디와 그레이스도 당신 덕분에 어떤 일에 휘말렸는지 잘 알기를 바랄게." 나왔다. 슬론의 가장 큰 두려움이 가장 사랑하는 이를 통해 모습을 드러냈다. 슬론은 대의를 위한 대표 잣감이 못 됐다. 되레 골칫거리였다. 메시지를 전달하는 특사로서 결함이 많다는 사실을 그녀 자신도 잘 알았지만 대안이 없었으니 아예 없는 것보다는 나을 터였다. 하지만 이제는 소송에 맞소송에, 어쩌면 더한 일이 벌어질 수도 있었다. 그녀나 그녀의 친구들 가운데 한 사람의 인생을 영영 바꿔버릴 진짜 파장이 일지도 모른다.

슬론은 이 파장이 어디서 어떻게 멈출지 알 수 없었다. 그저 에임
스가 죽은 이후로 시작됐다는 것과 남겨진 여자들이 그게 뭐든 간
에 전부 감당해야 한다는 것밖에는. 결국 슬론의 곁에 아무것도 남
지 않으면 어떡하지? 그녀에게 그보다 나쁜 일은 아무것도 없을 것
이다.

46

4월 28일

그 여자는 로살리타의 할머니가 "그럼 재산세는 어쩌누!" 하고 외칠 만한 집에 살았다. 로살리타의 가족이 이런 동네에 살지 못하는 이유가 단지 얼토당토않게 높은 세금에 돈을 낭비할 수 없기 때문이라는 듯이 말이다. 폐차 직전인 로살리타의 십 년 된 기아 자동차는 안 어울려도 너무 안 어울리는 동네였다. 도로 연석에 걸쳐 주차된 그녀의 차를 보고 이웃들이 경찰을 부르는 데 시간이 얼마나 걸릴지, 또 속도위반 딱지를 끊는 것 말고는 달리 할 일이 없는 하일랜드파크의 경찰이 신고를 받고 출동하는 데는 얼마나 걸릴지 의문이었다. 로살리타는 여자의 집을 쳐다봤다. 매력적인 하얀색 벽돌집이었다. 적갈색 화분에서 토피어리 식물이 쑥쑥 자랐고, 붉은 체리색 현관문은 철제 랜턴으로 장식되어 있었다. 널찍한 원형 진입로는 집에 딸린 세 칸짜리 차고 덕분에 심지어 놀고 있었다.

그럼 재산세는 어쩌누!

로살리타는 입을 꾹 다물고 천 시트 조수석에서 바닥이 튼튼한 핸드백을 집어들었다. 아이보리색 커튼이 창문을 가리고 있었다. 로살리타의 청바지는 스니커즈에 밑단이 밟혀 하얗게 풀린 축축한 실밥으로 바닥을 쓸고 다녔다. 청바지가 쓸리는 소리만이 그녀가 걸을 때 신발에서 나는 유일한 소리였다.

로살리타는 체리색 문 뒤에 있을 여자를 상상해보았다. 완벽한 하얀색 벽돌집에서 로살리타의 다리보다 더 자주 손질을 받는 식물에 둘러싸여 사는 여자. 그녀가 아침에 일어나 제일 먼저 하는 일은 아마도 양치질일 것이다. 섹스할 때는 일부러 큰 소리를 내고, 위아래 맞춤 잠옷을 입고, 건강과 요리 기사를 읽을 것이다. 로살리타는 그런 삶을 원치 않았지만, 이런 생각은 몇 달 전에 이미 연락을 끊은 남자에게 전화해 헤어지자고 말하는 것과 같았다. 애초에 그녀에게는 주어진 적도 없는 삶이었으니까.

로살리타는 사자의 입에 걸린 육중한 철제 문고리를 움켜쥐고 문에 쿵쿵 내리쳤다. 그리고 가만히 낮은 소리로 숫자를 세며 기다렸다. 다시 노크를 했다. 아무런 대답이 없자 이번에는 엄지로 초인종을 눌렀다. 초인종에는 길쭉한 스카치테이프가 붙어 있었다. 집안에 초인종소리가 울려퍼졌다. 로살리타는 초인종소리는 물론 뒤이어 걸어오는 발소리도 들을 수 있었다. 한가하게 위를 쳐다보던 그녀는 현관문 구석에 설치된 카메라를 발견했다. 어안렌즈에 비친 둥글게 왜곡된 자신의 모습이 어떨지 상상해보았다. 실화 범죄물의 첫 장면 같을 것이다.

문이 열렸고, 두 여자가 문 양쪽에 나란히 섰다.

"제 이름은 로살리타 기옌입니다. 드릴 말씀이 있어요." 그녀는 표면에 깔끔한 글씨가 적힌 봉투를 내밀었다.

주근깨로 뒤덮인 여자의 얼굴은 분홍빛이었다. 머리는 누군가가 끝을 갉아먹은 것 같았다. 그녀는 로살리타를 한번 쓱 보더니 조심스럽게 그러나 힘차게 문을 쾅 닫아버렸다.

47

5월 1일

소방차 진입로에 뉴스 중계차 두 대가 한가로이 주차되어 있었고, 카메라와 마이크 선을 연결한 여성 앵커 둘이 보였다. 여태껏 슬론이 본 여성 앵커는 지역에 상관없이 전부 댈러스 출신처럼 보였는데, 그중에서도 댈러스 뉴스 앵커가 단연 댈러스 출신다운 용모를 뽐냈다. 스프레이로 잔뜩 부풀린 머리와 분홍빛 입술, 4대 보석 중 하나의 빛깔인 맞춤 정장과 아기 사슴처럼 걷게 만드는 플랫폼 하이힐이 그들의 트레이드마크였다. 슬론은 〈투데이〉에서 여성 앵커들이 페이스북 단체방을 통해 텔레비전 방송용 정장의 세일 정보를 공유한다는 말을 들었을 때 솔직히 너무도 납득이 됐다.

데즈먼드가 죽은 지 두 달이 다 돼간다는 게 사실일까? "주주들은 '노코멘트'를 질색한다"는 말이 슬론의 머릿속에 아직도 생생하게 울려퍼졌다.

그녀는 핸드백에서 몰래 콤팩트 거울을 꺼내 치아를 확인했다. 슬론이 걸음을 내딛자마자 가장 가까이에 있던, 볼륨감 있는 검은 머리의 앵커가 그녀 앞을 막아서며 인터뷰를 시도했다.

"슬론? 슬론 글러버 씨?" 그녀는 둥근 마이크를 슬론에게 디밀었다. "당신과 공동 소송인들이 한 남성을 벼랑 끝으로 내몰았다는 주장을 어떻게 생각하십니까?"

"저는 건물에서 누군가를 떠민 적이 없습니다." 슬론은 시사하는 바가 크고—꿈 깨, 슬론—대담한 진술로 들리길 바라며 대답했다. 사람들은 대담한 쪽의 말을 들어줬다.

"비유적으로 여쭤본 겁니다." 앵커가 불필요하게 덧붙였다. 슬론은 건물 옆에 쭈그리고 앉아 있는 클리프 콜게이트를 발견했다. 그는 뺨이 움푹 패도록 전자 담배를 한 모금 깊이 빨아들인 뒤 서류 가방에 담배를 밀어넣었다. "글러버 씨?" 앵커가 그녀의 시선 안으로 몸을 내밀었다.

슬론은 다시 주의를 돌려 앵커를 똑바로 바라봤다. 그녀는 정말이지 마스카라를 너무 과하게 칠했다. 슬론이 지적할 정도면 진짜 심하다는 뜻이었다.

"답변하지 않겠습니다." 슬론이 말했다. "그러한 주장은 관심을 다른 데로 유도해 근본적인 문제에 집중하는 것을 방해할 뿐입니다. 진짜 문제는 피해 여성들이 사법제도 밖에서 보복의 두려움 없이 제대로 항의할 수 있는 실질적인 대안을 마련하지 않아 에임스 개릿 같은 남자들이 수년간 아무 거리낌 없이 그런 짓을 저지르도록 방치한 회사입니다."

"그럼 트루비브가 보복하는 거라는 말씀인가요?"

슬론은 곰곰이 생각했다. "상황이 이미 통제 불능이 돼버렸으니 왜 그렇게 됐는지 이유를 돌아볼 필요가 있다는 말입니다."

클리프가 턱을 들어 넌지시 그가 있는 쪽으로 오라는 신호를 보냈다. 검정 뿔테 안경을 쓴 클리프는 넥타이 없이 하얀 셔츠를 입고 있었다. 슬론은 그와 비슷한 경력의 또래 남자들 가운데 실제로 넥타이를 한 번도 매본 적이 없는 사람이 있을까 궁금했다. 모든 아이들이 스마트 기기와 함께 성장하는 시대에 접어들었으니 캐주얼한 업무 복장도 동일한 맥락에서 어떤 의미로는 중요한 측면이 아닐까? 슬론은 앵커한테 양해를 구하고 자리를 떴다.

건물 외벽에 기대서 있던 클리프가 벽에서 몸을 뗐다. 그의 손에는 포켓 사이즈 수첩이 들려 있었다.

"또 뭐예요?"

그는 회색 치노 바지 주머니에 양손을 집어넣었다. "후속 기사요." 그가 말했다. "당신의 전 직장 동료인 엘리자베스 모레티가 배드맨 리스트의 창안자라고 밝히고 나섰어요."

"모레티가 뭐요?"

클리프는 귀에 균형 있게 꽂고 있던 연필을 빼내 무언가를 적었다. "제 표정은 적지 말아요." 슬론이 수첩에 대고 손가락을 휘저었다.

그가 활짝 웃으며 윙크했고, 슬론은 이제 윙크하는 사람을 보고 에임스를 떠올리지 않는 게 가능할까 생각했다.

"잡지사에서 기사를 준비하고 있어요. 곧 그녀라는 게 밝혀질 겁니다. 엘리자베스는 기사보다 선수를 치려는 거예요. 그녀가 당신 얘기를 하더군요."

회사 건물 밖에는 이상하리만치 앉을 곳이 없다는 사실을 슬론은 이제야 깨달았다.

"그러니까 당신은 엘리자베스가 스프레드시트를 진두지휘했다는 사실을 몰랐다는 거죠?"

슬론은 말없이 그를 쏘아보았다.

클리프는 손바닥을 들어 보였다. "당신의 표정을 적는 게 아니에요." 애비게일이 유치원 정글짐에서 떨어졌을 때 이후로 이렇게 아찔한 적은 처음이었다. 당시 유치원에서는 딸이 응급실에 실려갔다는 이메일―세상에, 달랑 이메일―만 보냈고, 아이의 목뼈가 아니라 팔뼈가 부러졌다는 세세한 내용은 병원에 도착해 인내심 많고 유능한 의료진과 대화를 나눈 뒤에야 확인할 수 있었다.

머리가 빙빙 돌았다. 따지고 보면 이렇게 충격받을 일은 아닐지 모른다. 지금껏 벌어진 일을 생각하면 엘리자베스 모레티가 스프레드시트를 만들었다는 사실보다 훨씬 더 중요한 일은 차고 넘쳤다.

하지만 엘리자베스는 슬론한테 미리 귀띔해줄 수도 있었을 텐데.

"한마디하실래요?" 피를 볼 작정으로 날카롭게 깎은 연필심이 준비 태세를 갖추고 대기했다.

지금은 무슨 말을 한들 현명한 한마디가 나올 리 만무했다. 슬론은 숨을 깊게 들이마셨다. "오늘까지 이메일로 보내드리죠. 당신 명함 가지고 있어요."

클리프는 입꼬리가 축 처졌지만 연필을 뒤집어 뭉툭한 꽁지로 수첩을 툭 쳤다. "그것도 좋네요." 슬론은 자신이 조련사인지 광대인지 알 수 없는 이 서커스장에서 슬슬 빠져나갈 준비를 했다. "슬론, 댈러스 경찰에 있는 제 정보원과 얘기했는데," 슬론은 죽은 사람처럼 미동도 하지 않았다. "에임스의 죽음에 대한 새로운 정보를 입수했대요."

"에임스의 자살요." 슬론이 정정했다.

클리프는 거리 쪽으로 시선을 돌렸다. 햇살을 받은 그의 안경 렌즈가 번뜩였다. "죽음이라고 해두죠. 뭔가를 아는 사람이 나타났대요. 뭘 봤을지도 모른다더군요. 그 사람이. 모르죠."

"누가요?"

클리프는 연필로 관자놀이를 긁적였다. "나도 그것밖에 몰라요."

슬론은 다 부서진 크래커와 물티슈, 수표책, 유효기간이 만료된 신용카드가 들어 무거운 핸드백을 어깨에 걸쳤다. "그게 말이 돼요? 에임스는 발코니에서 투신했어요. 모두가 아는 사실이라고요."

당연히 그건 사실이 아니었다. 그녀조차도 알고 있었다. 그런데도 그렇게 말했던 건 그저 신이시여, 이보다 더 나빠질 수 있나요? 하는 심정에서였다. 그렇다고 도전은 아니었다.

따지고 보면 슬론은 좋은 사람이었다. 대체로. 친구도 있었다. 아주 많이. 그러니 그녀는…… 살인 수사의 중심에 있으면 안 되는 사람이었다.

그런데 왜 손수 만든 캐서롤을 들고 찾아오는 친구가 하나도 없을까?

"저 여인은 말이 너무 많구나."

"「햄릿」이군요." 슬론이 대답했다. "비극을…… 잘도 갖다붙이네요."

슬론은 회전 유리문을 밀고 들어갔다.

"메일 꼭 보내요!" 클리프가 손나팔을 입에 대고 뒤에서 외쳤다. "난 꽤 괜찮은 기자예요, 슬론."

그녀는 체중을 실어 문을 반대쪽으로 밀었고, 그 바람에 유리통에 완전히 갇힌 꼴이 되었다. "지금 그 말 형용모순이 아닌 거 확실해요?" 슬론이 큰 소리로 대꾸했다.

슬론은 옥사나가 들고 있는 펀치 패드를 주먹으로 힘차게 때렸다. 그로 인한 충격으로 어깨가 욱신거렸다. 잽, 크로스, 훅, 다시 잽. 이 동작, 저 동작. 훈련 패턴을 충실하게 따랐고 폐에 공기가 가득찼다.

주먹을 날릴 때마다 에임스의 이미지가 번뜩거렸다. 머리에서 새어나온 진홍빛 피가 허공에 튀고, 도로로 쏟아지고, 부러진 다리뼈 사이로 강이 되어 흘렀다.

슬론은 주먹을 더 세게 더 빨리 날렸다. 숨쉬는 것도 잊을 만큼. 포니테일 아래 두피가 땀으로 흠뻑 젖었다. 정말 그녀에게 책임이 있는 거면 어쩌나? 이 모든 게 슬론이 저지른 일이라면? 다시 주먹을 날렸다. 팔꿈치가 저렸다. 근육이 타는 것 같았다. 뭔가를 알거나 본 사람이 있다. 혹은 누군가를 봤거나. 그레이스일 수도 있다. 왜 에임스와 발코니에서 담배를 피웠다는 말을 하지 않았을까? 아디일 수도 있다. 급여 양식에 서명을 받으러 간 시간을 틀리게 말한 게 아닐까? 그랬다면 도대체 왜? 아니면 캐서린? 어째서 그렇게 갑자기 태도를 바꾼 걸까?

새로운 정보라는 게 도대체 무엇일까? 그것이 슬론을…… 겨냥할 수도 있을까?

옥사나가 잠깐 쉬자고 말했고 슬론은 그 자리에 주저앉았다. 머리를 무릎 사이에 파묻었다. 옥사나가 깨끗한 수건을 목에 둘러주자 슬론은 수건을 당겨 얼굴을 감쌌다.

"오늘은 노력이 가상해서 'A'를 줄게요." 옥사나가 말했다.

"점심으로 샌드위치를 먹었어요. 빵이랑."

그 말에 옥사나는 트루비브 브랜드의 스니커즈로 슬론을 쿡 찔러 플랭크 자세를 시키고 자신도 옆에서 같이 했다. 옥사나는 가학 사도마조히스트니까. 혹은 적어도 그런 이유일 것이다.

"우리 예약 목록에서 에임스는 코드 레드였어요." 상체가 반으로 쪼개질 것 같은 극심한 위기에 처한 슬론은 고개도 들지 못했다. "여자 트레이너는 아무도 그의 예약을 받지 않았죠."

밑에 깔린 요가 매트 위로 굵은 물방울이 떨어졌을 때 슬론은 그게 땀인지 눈물인지 분간할 수 없었다. 그저 차이를 구분하는 능력을 상실했다는 게 맞을 것이다. 사실상 그녀 인생의 모든 것이 통제 불능이 돼버렸다. 결혼생활과 딸은 물론 친구들과 일까지도. 소송을 제기할 때만 해도 그녀는 옳은 일을 하는 거라고 99퍼센트 확신했다. 하지만 남은 1퍼센트의 성가신 가능성 때문에 괜히 남의 일에 참견하는 건 아닐까 하는 걱정이 들었다. 실은 자신이 그저 심심한 중년 여성이라는 걸 아무도 모르게, 맞춤 울 정장과 그럴듯한 직함으로 그 무료함과 나이를 숨기고 있는 거면 어쩌나?

"다 잘될 거예요."

하지만 슬론은 오후 세시에 코코넛 바나나 향 태닝로션 냄새를 진하게 풍기는 사람의 말을 얼마나 신뢰해도 될지 알 수 없었다.

클리프,

이렇게 써줘요. "엘리자베스 모레티는 하나의 핵심 원칙에 따라 행동했다. 바로 아는 것이 힘이라는 원칙. 그녀는 우리가 알게 해주었다. 그녀의 힘을 우리와 나누었다. 우리는 이제 서로를 지키는 법을 알고 그렇게 서로를 지키고 있다. 그것이 그녀의 원칙이다." —슬론

그레이스 스탠턴 신문 녹취록
제2차

4월 28일

재석:

말리카 마틴 형사

신문 기록

마틴 형사: 그레이스, 에임스의 사망 당일에 그를 봤습니까?

스탠턴: 네, 봤습니다.

마틴 형사: 어때 보이던가요?

스탠턴: 안절부절못하고 불안해 보였습니다. 오해를 사고 있다고 생각했을 겁니다. 본인은 잘못한 게 전혀 없다는 식이었고, 제가 그 점을 이해해주길 바랐습니다.

마틴 형사: 그래서 이해하셨습니까?

스탠턴: 모르겠습니다.

마틴 형사: 무슨 뜻이죠?

스탠턴: 저는 혼란스러웠습니다. 이런 일은 사람들이 원하는 것처럼 흑과 백으로 나뉘는 게 아니니까요. 저는…… 저는 모르겠습니다. 당시에는 화가 났습니다. 에임스가 저를 조종한다고 생각했으니까요. 제가 부정행위를 그냥 넘어갈 타입의 여자가 아니란 걸 그도 알았으면 했습니다. 단지 그가 후회기길 바랐을 뿐입니다. 그렇게 고통을 받고 있는지는 몰랐습니다.

마틴 형사: 그를 더 몰아붙였다고 생각하는 일이 일어난 겁니까?

스탠턴: 네.

48

5월 2일

트루비브에서 다음날 아침 미팅을 원한다는 소식이 왔다. 전반적인 여론은 진술이 그다지 성과를 내지 못하고 있다는 것이었다. 그레이스는 출근길에 헬렌 예의 전화를 받았다. "내 생각을 말하죠." 헬렌은 단도직입적으로 말했다. "먼저 그들의 말을 들어봐야 할 것 같아요. 의중을 파악하는 거죠. 그럼 우리도 성급한 결정을 내릴 필요는 없어요. 하지만 먼저 그들 말에……"

"귀를 기울여야겠죠." 그레이스는 시내로 향하는 펄 스트리트 출구를 빠져나가면서 헬렌의 말을 끊었다. 아직도 핸즈프리에 대고 말하는 게 익숙하지 않아 그녀의 목소리는 거의 고함에 가까운 데시벨로 올라갔다.

"내 말이 그 말이에요."

그레이스는 사이드미러의 사각지대를 확인했다. "그런데 그 사람들은 우리 말에 귀기울여주던가요?"

그레이스는 메인 스트리트로 방향을 꺾어 공원을 지났다. 공원

한가운데에는 '안구 테러'로 불리는 높이 9미터의 안구 동상—붉은 모세혈관과 선명한 푸른빛 홍채, 믿기 어려울 정도로 거대한 크기가 시선을 잡아끌었다—이 세워져 있었다.

"무슨 말인지 알아요, 그레이스. 하지만 들어봐요. 변호사로서 내가 할 일은 당신들의 이익을 보호하는 거예요. 당신들도 전부 변호사지만, 만약에 의사였다고 생각해봐요. 본인의 심장수술까지 직접 할 수는 없잖아요, 안 그래요?" 피만 안 무서워했으면 그레이스는 의사가 됐을지도 모른다. 하지만 결국엔 이런 꼴이 되었다. "나는 장기적으로 당신들에게 최선인 방안을 조언해야 해요. 어쩌면 사측에서 전부 취하할 준비가 된 걸지도 모르죠. 희망을 갖자고요. 어차피 더 곤두박질칠 데도 없잖아요."

그러니까 그 짧은 최후의 순간 에임스는 이런 느낌이었겠구나, 그레이스는 생각했다.

곤두박질치는 느낌.

헬렌은 사무실에서 그들과 만났다. 20층 사무실. 그레이스는 상대를 쳐부수고 굶주린 개떼처럼 주는 대로 받아먹게 만드는 것이 헬렌의 일이라고 계속 되뇌었다. 하지만 이상한 낌새를 눈치채지 못한 고객에게 변호사가 좋은 조건을 확보한 것 같은 인상을 주는 건 고전적인 수법이었다. 그레이스는 회의 전에 헬렌과 코젯이 전화로 짧은 '대화'를 나누는 모습을 상상하고는 마음이 심란해졌다. 내가 한번 구슬려보죠.

헬렌이 들었으면 억울했을 수도 있다. 찔렸을 수도 있고.

그레이스는 아디 옆에 앉으며 '평소의 그룹'이 모였다고 생각했다. "기분은 좀 어때?" 그녀가 아디한테 속삭였다. 그레이스의 눈짐작에 아디는 자신도 모르는 새 적어도 3킬로그램은 빠진 것 같았다.

"괜찮아." 아디가 대답했다. "토니한테 어떻게 말해야 할지는 모르겠지만, 뭐."

"우리도 네 상……" 그레이스가 말을 꺼냈다.

"됐어."

그레이스도 답이 있는 건 아니었다. 그녀에게는 리엄이 있었다. 그러니 운이 좋은 편이었다. 원하지 않으면 그녀는 일하지 않아도 되었다. 그레이스의 아랫도리에서 에마 케이트가 미끄러져나온 순간 리엄이 그렇게 말했다. 사실 그녀가 집에 있기를 더 바랄지도 모른다. 젖병 씻는 과거의 리엄은 잊어라!

엄마들은 일할 필요가 있을 때만 일해야 했다. 그레이스도 알고 있었다. 그런 연유로 그들의 탄탄한 재정 상황을 외부에 절대 떠벌리지 않았다. 지금 포기하면 그녀는 커리어를 영영 포기하게 될 것이다. 다시 손에 낀 결혼반지를 빙빙 돌리는 그레이스의 눈앞에 미래가 훤히 보였다.

그때 슬론이 도착했다.

"와주셔서 감사합니다." 코젯의 혓바닥 뒤에서 민트사탕이 까닥거렸다. "짧게 하죠. 에임스가 사망했습니다." 그녀는 탁자 위에 손을 포갰다. "저희측에서 확보한 주요 증인이 선서한 뒤 자신은 에임스 개릿은 물론 어느 누구에게도 성희롱을 당한 바 없으며, 앞에 계신 세 분이 에임스에게 사적 앙심을 품고 있었다고 진술했습니다. 슬론과 에임스 개릿 사이에 실패로 끝난 애정으로 말미암은 일종의 군중심리 같은 거라더군요." 그레이스는 호텔방의 욕실 거울 앞에서 이 대목을 연습하는 코젯의 모습을 상상했다. "에임스가 유능하고 좋은 상사임을 기꺼이 보증한다는 그레이스의 진술을 통해서도 뒷받침되는 내용이고요. 아디 밸디즈는 동료와 나란히 승진하지 못한 사실이 언짢았던 것으로 보입니다. 소송을 제기한 시점이 에임스가 CEO로 임명되기 직전이었던 것으로 보아 회사를 꼼짝 못하게 하고 피해를 극대화할 의도였던 것 같고요. 이런 사실은 어느 하나 여러분께 유리하게 작용하지 않을 것입니다. 에임스 개릿은 앞에 계신 세 분의 근거 없는 비난과 망동 때문에 자살한 것입니다."

"전부 우리가 전혀 동의할 수 없는 억측이라는 것도 아시죠?" 슬론이 말했다.

그레이스가 가장 두려운 건 바로 이런 슬론이었다. 그녀는 회의실에 뛰어들어오지도 않았다. 오 분이나 늦어놓고 어떤 경솔한 변명조차 하지 않았다. 그녀는 말이 없었다. 너무 태평했다.

"알아는 두죠. 하지만 트루비브는 필요할 경우 이번 사안에서 끝장을 볼 각오가 되어 있습니다. 증인의 증언과 사실관계를 들은 주주들도 상당한 재판 예산을 편성해 지원하기로 했고요. 사실 그편이 재정적으로도 합리적이죠. 그전에 저희가 드릴 수 있는 제안은 다음과 같습니다. 스톡옵션을 포기하세요. 그리고 사임하세요. 법률 비용과 명예 실추에 따른 배상으로 트루비브에 5백만 달러를 지급하는 조건으로 합의하세요. 이 조건을 수용할 경우 트루비브는 여러분에게 추천서를 발급해드릴 것이며, 트루비브 직원이 사적으로나 공적으로 여러분을 비방하지 못하게 하는 기밀유지협약서에 서명할 것입니다."

"5백만 달러. 지금 우리한테 5백만 달러를 내라는 거예요?" 아디가 콧방귀를 뀌었다. "우리가 어디에서 5백만 달러를 마련할 거라고 생각하는 거죠?"

돈은 문제없이 마련할 수 있다고 그레이스는 나서서 말하지 않았다. 만약 그래야 한다면 말이다. 적어도 그녀의 몫이나 어쩌면 전액을 마련할 수도 있을 테지만, 그러려면 부모님을 찾아가야 할 것이다. 물론 딱히 탐탁한 대안은 아니었다. 무엇보다 '사임하세요'라는 대목을 들었을 때 그레이스는 간담이 서늘해졌다. 게다가 기밀유지협약서가 있든 말든 법조계 사람들이 누가, 무엇을, 왜 그랬는지 입다물고 있을 리 만무했다.

그녀의 손가락에서 다이아몬드 반지가 돌고 돌고 또 돌았다. 그동안 너무 멍청했다. 패착의 원인은 그녀 자신일 것이다.

"저희가 분할상환 계획을 세워드릴 수도 있습니다. 상환 완료 기한은 이사회와 논의해볼 문제인 것 같지만요." 코젯은 어깨 너머로 독자적 검토위원회에서 나온 이사회 임원을 슬쩍 쳐다봤고, 풍채 좋은 그 임원은 눈을 감은 채 얼굴을 찡긋했다. 그래, 그래, 그거라도 먹고 떨어지라고 해.

"보복성 처사입니다." 슬론이 말했다. "터무니없는 고액이잖아요."

"아뇨." 코젯이 차분하게 대꾸했다. 그녀는 이미 가방을 챙기고 있었다. "예방 차원입니다. 본 조건의 협상 기한은 내일까지입니다. 협상이 불발될 경우 트루비브는 여러분에게 맞소송을 제기할 계획이고요."

누구든 코젯 샤프의 살을 찢었다간 꽁꽁 언 혈관에 동상을 입을 게 분명했다. 이 회의실에 있는 누군들 찢어보고 싶지 않겠는가?

이윽고 회의실에는 그레이스의 팀만 남았다. 탁자 맨 끝에 앉은 헬렌은 입을 꼭 다물고 그들의 반응을 기다렸다.

"여자를 적으로 삼는 여자가 가는 지옥이 따로 있대." 슬론이 이를 갈았다.

"매들린 올브라이트가 한 말이지." 아디가 말했다.

슬론은 자리에서 일어나 창가로 가서 건물 정면을 내려다보았다. "그러니? 난 테일러 스위프트가 티나 페이한테 한 말인 줄 알았는데. 어쨌거나."

어쨌거나. 그레이스는 친구들을 향한 사랑과 그리움이 솟구쳤다. 어쩌면 이럴 때 사람들은 솟구치는 사랑과 그리움을 느끼는 건지도 모른다. 단두대에 목을 대고 누웠을 때 말이다.

"이제 불법 사망 소송에서는 벗어나게 될 거예요." 그건 그냥 소송일 뿐이었다. 형사상 책임으로 이어질 가능성은 없었다. 대중의 질타는 좀 따갑겠지만.

만약에 아이를 사랑하는 만큼 일도 사랑하면 어쩌지? 만약에 일을 아주 쬐끔 더 사랑하면 어떡해?

슬론이 뒤돌아섰다. "5백만 달러라고, 헬렌."

헬렌은 깡마른 여자였다. 그녀의 몸은 공간 절약을 위해 지방을 모조리 빼버린 진공포장팩 같았다. 그녀는 주말마다 믿을 수 없이 먼 거리를 취미삼아 달렸다. "너무 큰 액수로 들리는 거 알아. 하지만 에임스를 생각하면 사실 싼 거야." 에임스 목숨값에 세일이라니. 운수 대통인 날인가보다. "불법 사망 소송에서 지면 훨씬 많이 물어야 할 거야. 최소한―최소한―세 배는 더 큰 액수를 말이야."

"캐서린은요?" 그레이스가 최대한 감정을 자제하면서 물었다. 경찰에 증언한 이후로 그레이스는 경찰이 캐서린 때문에 에임스가 죽었다는 사실을 밝혀낼 거라는 희망을 품었다. 사악한 기분이었지만 진심이었다. 그레이스의 인생에서 지금이 신에게서 가장 멀어진 순간이었고, 캐서린을 십자가에 매단다 해도 그녀는 눈 하나 깜짝하지 않을 것이었다. 이제 캐서린이나 그녀는 어떤 면에서 둘 다 유다나 다름없었다.

"듣기로는 아마…… 승진할 것 같던데요. 미안해요. 나도 자세한 건 잘 몰라요." 헬렌은 숨을 깊이 들이마셨다. "로펌에서 성공 보수 약정으로 계속 여러분의 변호를 맡는 것을 반대해요. 미안해요. 마음은 계속하고 싶지만 이건 처음에 서명한 내용과 너무 달라요." 그레이스는 반응을 기대하며 슬론을 쳐다봤지만 그녀는 무표정이었다. "솔직히 어느 고위직 고용 전문 로펌에서 이 정도 변호를 무료로 맡아줄지 의문이네요."

아무도 말이 없었다. 그레이스가 두 친구와 함께하면서 겪어본 것 중에 가장 긴 침묵이었다. 둘은 그녀가 아는 한 가장 똑똑하고 유능한 여성이었다. 하지만 결국 중요한 건 지능이나 능력이 아니었다. 그것은 한 번도 중요한 적이 없었다. 그리고 바로 그것 때문에 그들은 망하기 일보 직전이었다.

49

5월 2일

끔찍한 미팅이 끝난 뒤 슬론은 자기 앞으로 온 음성메시지 두 개를 확인했다.

첫번째 메시지: 클라크 교장입니다. 애비게일과 관련해 일이 생겼습니다. 유감스럽지만 따님이 다른 학생을 때렸습니다. 신속히 학교로 와주시길 바랍니다.

두번째 메시지: 어머님, 한 시간째 연락중입니다. 가능한 한 빨리 학교로 와주셔야겠습니다…… 사건이 심각합니다.

사건! 심각!

이십 분 전에 도착한 메시지였다.

슬론은 커닝이나 말대답이나 그 어떤 평범한 잘못으로도 교장실에 불려가본 적이 없었다. 교사들은 슬론을 예뻐했다. 그녀는 학생회 부회장이었다. 선거운동 배지까지 만들었던 학생이었단 말이다.

반면 애비게일은 다른 학생을 때렸다. 날라리나 사람을 때리고 다닌다. 손이 젤리같이 진득거리고 손톱 밑에 때가 낀 꼬질꼬질한 애들이나 하는 짓이었다. 다른 사람들의 아이나 하는 짓이었다.

정신없이 차를 몰고 가는 동안 슬론은 별별 생각이 다 들었다. 그동안 딸이 괴롭힘의 가해자였던 걸까? 그래서 그런 문자메시지를 받은 건 아닐까? 오, 하느님 맙소사. 자기 아이가 강아지를 발로 차고 선생님이 안 보는 데서 친구를 꼬집는 줄도 모르고 '우리 애는 사랑스러운 천사'라고 철석같이 믿는 끔찍한 부모가 슬론이었던 거면 어떡하나? 이런 젠장, 이런 젠장.

애비게일, 너 그동안, 슬론은 애비게일을 보고 말할 것이다. 그동안 이러고 다녔던 거니?

행정실로 들어가는 쌍여닫이문 앞에서 슬론은 선팅된 유리에 비친 자신의 모습을 확인하고 엉덩이를 들썩거리며 치마를 바로 한 뒤 올라간 재킷의 밑단을 엉덩이까지 잡아내렸다. 유리창에 비쳐 왜곡된 그녀의 모습 뒤로 뛰어오는 데릭이 보였다.

"슬론." 데릭이 숨을 헐떡이며 말했다. "맙소사, 대체 이게 무슨 일이야?" 그가 손으로 슬론의 등을 짚었고, 그녀는 자기도 모르게 입을 움찔거렸다. "미안, 수업을 대신 맡아줄 사람을 찾느라 한참 걸렸어."

"아냐, 나도 미팅중이었어." 슬론은 동감하며 말했다. "소식 듣고 바로 오는 길이야."

데릭의 얼굴을 보니 마음이 더 무거워졌지만, 한편으로는 안심이 됐다.

그는 믿기 어렵다는 듯이 고개를 저었다. "우리 딸이 누굴 때리다니."

"우리 딸이 그랬대." 그녀가 동의했다.

부부는 손을 잡았다. 그러나 둘 다 손을 잡았다는 걸 인지하지 못했다. 그렇게 둘은 짝을 이뤄 교장실로 들어갔다.

모두가 그들을 기다리고 있었다. 교장실에 들어갔을 때 그들이 처음 들은 말이었다. 모두가 기다리고 있었습니다!

약간의 과장처럼 들렸다. 교장실에는 클라크 교장과 애비게일의 영어 선생님이 있었다. 이름이 뭐더라? 툴리? 털리? 데릭은 알 것이다. 그는 여전히 아내의 손을 꼭 붙잡고 있었다. 그리고 슬론이 이름을 전혀 들어본 적 없는 엄마도 있었다. 그녀는 셔츠 왼쪽 주머니에 동물병원 이름이 자수로 새겨진 수술복을 입고 있었다. 땀에 전 삐죽삐죽한 머리에 번쩍거리는 언더아머 스니커즈를 신은 남자애가 죽상을 하고 앉아 있었다. 소년의 오른쪽 콧구멍에 말라붙은 핏자국이 보였다. 그리고 그 옆에 애비게일이 있었다. 구석 의자에 쭈그리고 앉은 딸의 모습을 보자 슬론은 맥박이 멈추는 것 같았다. 부모를 보고 울음이 터진 딸의 어여쁜 주근깨투성이 얼굴을 타고 눈물이 줄줄 흘렀다. 데릭과 슬론은 딸에게로 가서 아이의 양옆에 나란히 섰다. 아이는 그들의 딸이었다. 누가 뭐래도 그들은 아이를 사랑할 것이다. 설사 아이가 누구를 죽였다 해도 말이다.

"이쪽은 스티브 라이트너입니다." 클라크 교장은 재판정의 증거물처럼 소년을 소개했다. 스티브 라이트너. 슬론은 문자메시지에서 봤던 그 이름을 기억하고 심장에 이가 돋는 것 같은 기분을 느꼈다.

"여기 애비게일이 영어 교실 밖에서 스티브의 코를 두 번이나 쳤습니다."

확실히 클라크 교장은 빼도 박도 못할 증거를 잡았다고 생각했다. 이것 보세요, 어머님. 애당초 따님은 순진한 애가 아니라고요.

데릭이 부서질까 겁난다는 듯 딸의 어깨에 아주 살포시 손을 얹으며 물었다. "그게 사실이니?"

애비게일은 훌쩍거리며 고개를 끄덕였다.

"애가 피가 났어요." 스티브의 엄마가 말했다. "코피를 줄줄 쏟았다고요." 근심 가득한 표정이었다.

슬론이 딸을 쳐다보았다. 날개가 생기다 만 것처럼 툭 튀어나온 깡마른 딸의 어깨뼈가 보였다. "애비게일, 왜 그랬니?" 그녀가 꾹 누른 목소리로 물었다. "왜 스티브를 때렸어?"

대단히 심각한 상황처럼 느껴졌다. 사형이 구형된 재판에서— 슬론이 너무 과장하는 것이지만—모두가 숨죽이고 배심원단의 평결을 기다리는 것처럼.

애비게일이 침을 꿀꺽 삼키더니 고개를 들었다. "스티브가 계속 제 팬티를 가지고 놀렸어요. 그레이디도 같이요. 가방에서 책을 꺼내려고 허리를 숙일 때마다 옆으로 와서 '할머니 팬티래요, 할머니 팬티래요' 하고 소리쳤어요." 애비게일의 뺨이 분홍빛으로 상기되었다. "놀릴 때마다 제 팬티 끝을 쿡 찌른 다음 애들한테 가서 제가 오늘 무슨 색 팬티를 입었다고, 오늘은 티팬티를 안 입었다고 말했어요. 제가 그만하라고 했는데 삼 일 동안이나 계속 그랬어요." 심지어 구부정하게 앉은 지금도 애비게일의 청바지 허리선 밑으로 속옷이 살짝 보였다. 보라색 면팬티. "그래서 제가 털리 선생님한테 가서 말했는데, 선생님이 무시하라고, 그러면 안 그럴 거라고 했어요. 그래서 무시하려고 했는데 쟤가 제 팬티를 잡고……" 애비게일은 고개를 떨궜다. "제 팬티를 잡고 위로 쭉 끌어당겼어요. 너무 아팠어요. 그래서 제가 뒤로 돌아서 음…… 음……" 애비게일의 눈에 다시 눈물이 가득 고였다. "제가 스티브를 때린 거예요. 두 번." 아이는 기어들어가는 목소리로 말했다.

슬론은 눈을 부릅떴다. "우리 애가 선생님을 찾아갔어요?" 그녀가 털리에게 물었다. 굳이 말하자면 데릭의 얼굴에는 대지도 못할 만큼 못생긴 남자였다. 이런 인간들 때문에 그녀의 예쁘고 착한 딸을 의심했다니. 슬론은 화가 나 미칠 지경이었다.

털리는 헛기침한 뒤 한쪽 발에 체중을 싣고 섰다. "아이들이 되도록 고자질하지 않도록 지도하는 편입니다. 스스로 문제를 해결하면서 더 나은 삶의 교훈을 배울 수 있거든요."

"오, 그러세요? 아, 그러시구나." 슬론은 팔짱을 꼈다. "그러니까 우리 딸이 성희롱을 당하고 선생님을 찾아갔는데, 유일한 어른이자 책임자이신 선생님께서 대단한 삶의 교훈이랍시고 그냥 무시하라고 조언하셨다?"

"자자, 너무 과장하지는 마세요." 클라크 교장이 축도를 올리는 목사처럼 두 손을 펼쳤다. 망할 놈의 하늘이시여.

털리는 귀 뒤를 긁적였다. "성희롱은 지나친 표현 같네요. 제 생각에는 그 정도로 심각하지 않았어요."

"좋아요, 그럼." 슬론이 고개를 돌렸다. "어디 한번 들어보죠. 스티브, 너는 무슨 교훈을 배웠니?"

스티브의 엄마는—염병할—적어도 부끄러운 줄 아는 모양이었다. "스티브, 어른이 물으면 대답을 해야지?" 아이 엄마가 말했다.

소년의 입이 붕어처럼 뻐끔 열렸지만 아무 말도 나오지 않았다.

"데릭?" 클라크 교장이 눈썹을 치켜세웠다. "자네는 할말 없나?"

데릭은 인상을 찌푸리더니 창가로 한 걸음 물러섰다. "아뇨, 이언. 저는, 음, 아내가 알아서 할 겁니다." 슬론은 벅찬 기분이 들었다. 실제로 심장이 팽창하는 것 같았다. 페미니즘을 이유로 구강성교를 거부한 지 한참 됐는데 이번에 다시 입장을 재고해봐야겠다.

"그럼 우리 애는 뭘 어떻게 해야 했을까요?" 슬론은 클라크와 털리에게 물었다. "남자애한테 그만하라고 의사 표현도 했고, 책임자도 찾아갔지만 도움을 거절당한 상황에서요. 학교측에서 제안하는 다음 행동 방침은 뭐죠?" 아무런 제안도 나오지 않자 그녀가 계속 말했다. "학교가 선호하는 여학생의 행동 방침은 뭐 그런 건가요? 그냥 받아들여라? 몸을 만지게 해줘라? 남자애가 밀치고, 붙잡고, 바지 안에 손을 넣어도 참고만 있어라? 왜냐면 남자애들은 장난이라고 생각하니까, 아무도 말리는 사람이 없으니까, 걔들이 그러고 싶어하니까? 여자애는 맞서 싸우면 안 된다는 거잖아요, 지금. 제가 제대로 이해한 거 맞죠?" 그녀의 눈이 격렬하게 깜빡거렸고 콧구멍이 벌름거렸다. 카메라가 없어서 얼마나 다행인가! 데릭이 보고 있고, 나중에 분명 한마디할 테지만. 그러나 데릭은 사실 다정하고 온화한 눈빛으로 그녀를 보면서 그녀의 말을 경청하고 있었다.

클라크 교장이 말했다. "저희는 그저 폭력이 절대 해답이 될 수 없다는 사실을 가르치려던 것뿐입니다."

"오, 네, 참 좋은 지적이네요. 그럼 어린 여자애가 당한 폭력은 이도 저도 아니라는 건가요? 대개는 괜찮은 그런 거요? 좋아요. 우리는 당해도 가만히 있으니까 그래도 된다는 거죠? 제가 보기엔 여기서 누가 폭력을 썼고 누가 정당방위를 행사했는지 대단히 오판하신 것 같네요. 애비게일, 가방 챙겨, 어서." 그녀는 반대편에 서 있는 두 남자에게서 시선을 떼지 않은 채 톡 쏘아붙였다.

애비게일은 의자에서 기어내려와 의자 밑에 둔 가방과 도시락가방을 시무룩하게 챙겼다.

데릭은 열린 문을 붙잡고 있었다.

"다시는 내 딸한테 손대지 마." 슬론은 손가락으로 스티브를 가리키며 말했다. "알겠니?"

스티브는 차마 그 대단한 스니커즈에서 시선을 떼고 고개를 들지 못했다. 눈이 얼얼할 것이다.

"안 그럴게요." 소년은 툴툴거렸다.

아스팔트가 깔린 야외 주차장은 고열에 달궈진 테플론 프라이팬처럼 뜨거웠다. 슬론은 방금 권투 시합에서 우승한 선수처럼 가쁜 숨을 몰아쉬었다. 그녀는 손으로 허리를 짚은 채 작은 원을 그리며 빙빙 돌면서 고동치는 목정맥을 진정시켰다. 그러다 팔을 마구 흔들었다. "까불고 있어." 이따금 그렇게 외치다 결국엔 진정하고 가족 옆에 섰다. 심장은 여전히 뜨거웠다.

"저한테 화났어요?" 애비게일이 물었다. 거북의 등껍질 같은 책가방이 아이의 자그만 몸에 비해 너무 크고 무거워 보였다.

"아니야." 데릭이 말했다. "아무도 너한테 화 안 났어." 그는 딸의 금발을 헝클어뜨렸다.

"하지만 제가 때렸잖아요." 애비게일은 확실히 짚고 넘어가야겠다는 듯이 말했다. 그리고 손을 뒤집어 분홍빛으로 부어오른 손가락뼈를 쳐다봤다.

"그건 네가 엄마의 성격을 닮아서 그래." 데릭이 말했다. "그런데 좋은 거야. 대체로는." 그가 손을 내밀자 애비게일은 무거운 책가방을 벗어 아빠한테 건넸다. 데릭은 딸의 가방을 어깨에 가볍게 둘러멨다.

애비게일은 찔리는 듯 멋쩍게 웃으며 한마디 덧붙였다. "아빠, 이제 걔가 안 그럴 것 같아요."

데릭이 웃었다. "나도 그렇게 생각해."

데릭은 그 어느 때보다 조심스럽게 슬론의 어깨에 손을 두르고 관자놀이에 키스했다.

슬론은 남편의 목에 코를 살짝 댔다. "데릭." 낮은 목소리로 그녀가 말했다. "데릭, 미안한데 정말 나쁜 소식이 있어."

캐서린 벨 신문 녹취록

4월 28일

재석:
말리카 마틴 형사
오스카 디아즈 형사

신문 기록

벨: 오빠 둘이 다 경찰이에요.

디아즈 형사: 잘됐네요. 그럼 순서는 다 아시겠군요.

벨: 정확히는 몰라요. 이런 일은.

디아즈 형사: 에임스 개릿이 사망 전에 벨 씨와 대화를 원했다고 최소 한 분이 저희한테 말씀하셨습니다.

벨: 그랬던 것 같아요. 정확히 기억나지는 않지만.

디아즈 형사: 개릿 씨가 18층 발코니에서 떨어지기 몇 분 전에 그와 대화를 나누었다는 말은 하지 않으셨잖아요?

벨: 할말이 있다고 하셨던 것 같은데 만나지는 못했어요.

마틴 형사: 왜죠? 당신과 개릿 씨는 사이가 좋았던 걸로 아는데요? 그게 개릿 씨와 트루비브를 상대로 한 성희롱 소송과 관련해 당신이 한 증언의 요지잖아요, 안 그렇습니까?

벨: 사이는 좋았습니다. 맞아요.

마틴 형사: 그럼 왜 그를 만나지 않았습니까?

벨: 찾을 수가 없었어요.

마틴 형사: 찾을 수가 없었다…… 그러니까 다시 정리해보죠. 에임스가 당신한테 대화를 요청해서 찾아갔더니 그가 자리에 없었다. 왜 그랬을까요?

벨: 제가 곧장 가지 않았거든요. 오라고 했을 때.

마틴 형사: 시간을 끌었던 겁니까?

벨: 아뇨, 시간을 끈 것은 아닙니다.

마틴 형사: 두 분 사이가 좋았으니까요?

벨: 아뇨. 제 말은 네, 맞아요. 사이는 좋았어요. 저도 왜 만나지 못했는지 모르겠어요. 분명히 당시에는 제정신이 아니셨던 것 같아요.

마틴 형사: 에임스를 어디서 만나기로 했죠?

벨: 잘 모르겠습니다. 확실히 말해주지는 않으셨던 것 같아요.

마틴 형사: 흠, 그것 참 이상한데요, 안 그런가요? 이상하다는 생각은 못했습니까?

벨: 깜빡하신 모양이라고 생각했습니다. 그럴 때도 있으니까요.

마틴 형사: 혹시 무슨 얘기를 나누려고 했는지 아십니까?

벨: 저도 모르겠어요.

디아즈 형사: 그레이스 스탠턴 씨 말로는 당신이 고소공포증이 있다는데, 사실입니까?

50

5월 2일

실패는 우리에게 사치였다. 각자의 실패는 우리만큼이나 서로 얽히고설켜 모두의 운명을 단단히 옭아맸다. 여성 감독의 영화가 흥행에서 참패하면 아무도 '여자' 영화는 보지 않았고, 여성 CEO 가 이끄는 회사의 주가가 폭락하면 모든 여자가 경영에 소질이 없 다는 소리를 들었으며, 누구 한 명이 무고로 걸리면 우리 모두가 거짓말쟁이가 되었다. 우리의 실패는 우리의 염색체 탓이었다. 주 식시장의 하락이나 홍보 전략의 실패나 그저 운이 나빴던 탓이 아 니었다.

단 한 번의 실수로!라는 말처럼.

아디는 소파에 드러누워 이것저것 주문한 음식 포장 용기를 뷔 페처럼 펼쳐놓고 패배자의 악취를 풍기며 드라마 〈커뮤니티〉의 과 거 방송분을 보고 있었다. 과연 '마지막 만찬'이라 부를 만한 식사 였다. 음식을 배달해 먹는 것도 오늘이 마지막 밤일지 모른다. 그 녀 안의 세금 전문 변호사가 참지 못하고 또 계산기를 두드려댔다.

오, 어찌 안 두드릴 수 있겠는가! 내일이 지나면 그녀는 160만 달러가 조금 넘는 빚을 떠안게 될 것이다. 상환 기간을 오 년으로 쳐도 매년 상환금은 그녀의 연봉을 훌쩍 넘었다. 30만 달러의 저축이 있으니 그걸로 첫해 상환금은 얼추 낼 수 있을 것이다. 이후에는 아마 집을 팔아야겠지. 그럼 두번째 상환금 일부를 충당할 수 있겠지만 마이클이 아파트에서 지내는 걸 좋아할 리 없다. 제 아빠와 새엄마의 멋진 단독주택에는 널찍한 뒷마당과 축구 골대와 수영장까지 딸려 있으니까. 아디의 집에 방문하는 게 의무가 되는 것도 시간문제였다. 그래, 마이클, 엄마 보러 가야지 하고 애를 타이르면서 토니는 좋은 사람이 된 기분을 느낄 것이다.

아디는 로펌으로 돌아가야 할 것이다. 그건 분명했다. 그녀는 로펌에서 일하는 것도, 청구 요건도, 대면 상담도 전부 싫었다. 파트너 승진 코스를 밟기에는 이미 나이가 너무 많았다. 세번째 해부터는 상환 능력이 안 될 것이다. 상환이 밀리고, 이자가 쌓이고, 재정적 구멍이 점점 커질 것이다. 구멍이 커지든 말든 아디는 콜라나 벌컥벌컥 들이켰다. 심지어 제로 콜라도 아니었다.

그때 탁자 위 햄버거 포일 포장지에 깔린 휴대폰이 진동했다.

한부모가 된 이후로 생긴 변화 가운데 가장 최악인 것은 바로 휴대폰 진동 불안증이었다. 이혼 전에는 토니가 예고 없이 전화를 걸어오면 아디의 첫 반응은 기쁨과 약간의 특별한 기분, 뭐 그런 거였다. 하지만 지금은 달랐다. 그녀는 이제 본능적으로 뭔데? 무슨 일이야? 하고 전화를 받았다. 발신자가 누구든 상관없었다. 하나만 잘못돼도 전부 잘못될 수 있었다.

하지만 이번엔 로살리타의 전화였다. 아디는 손에서 진동하는 휴대폰을 쳐다봤다. 실수로 건 걸지도 모른다. 아니면 살로몬의 입학을 두고 더 자랑할 게 남았거나. 어쨌거나 오늘밤은 자랑을 들어줄 기분이 아니었다. 그때 전화가 끊겼고 몇 분 뒤에 다시 진동이 울리기 시작했다.

"로살리타?" 아디는 손가락으로 폭신한 리모컨 버튼을 눌러 텔레비전 음향을 줄였다.

"아디? 아디예요?" 로살리타의 목소리는 조깅하는 사람처럼 들렸다. "살로몬의 장학금 지원 신청서 작성하는 것 좀 도와주세요. 제발요."

"네, 그럼요. 제가 도와드릴게요." 아디는 전화를 받은 것을 후회했다. 그럴 기분이 아니었다. "주말 전에 서점에서 만나요." 그때쯤이면 시간이 넘칠 것이다.

"아뇨, 지금요." 수화기 너머로 로살리타의 강한 억양이 들렸다. "지금 당장 와줘요. 어떻게 된 건지 이해가 안 돼요. 내가…… 마감일을…… 내가 혼동했어요. 시간이 더 있는 줄 알았는데. 모르겠어요."

아디는 손으로 얼굴을 쓸었다. 이미 브래지어도 벗었고 아직 디저트도 안 먹었는데. 로살리타의 절망적인 목소리만 아니었어도 그녀는 거절했을 것이다. 혹은 아디 자신의 소리 없는 절망이 소파 쿠션 속으로 깊숙이 스며들지만 않았어도. 그녀는 따뜻한 쿠키가 든 종이봉투를 둘둘 말아 핸드백에 넣었다.

"지금 가죠." 아디가 말했다. "주소 보내줘요."

51

5월 2일

성녀 아디. 토니는 그녀를 그렇게 불렀다. 칭찬은 아니었다.

로살리타가 사는 아파트 단지에 도착한 아디는 자동차 시동을
껐다. 그녀의 모습이 주변의 어둠에 침잠함과 동시에 그녀 안에서
삼엄한 경계등이 켜졌다. 아디는 손가락 사이에 길쭉한 열쇠를 끼
웠다. 일종의 호신술로, 정체불명의 이메일 주소들 사이에 끼어서
전달된 배포용 이메일에서 읽은 것이었는데, 입증된 바는 없지만
약간 도움이 되는 것 같기도 하고 굉장히 큰 용기를 주었기에 그대
로 따랐다. 그녀는 차창을 내다보며 주차한 곳에서 아파트 입구까
지의 거리를 가늠했다.

우리 신변의 안전을 둘러싼 이토록 본능적이고도 즉각적인 공포
가 생겨나기 이전을 떠올리는 것은 불가능했다. 이제 우리는 텅 빈
주차장을 가로지를 때마다 매번 어깨 너머를 힐끔거려야 했고, 차
밑을 살펴야 했고, 낯선 남자가 뒤에서 바짝 따라오면 신경을 곤두
세워야 했고, 또 그 사람이 갑자기 걸음을 멈추고 시간을 물어보면

화들짝 놀라야 했다. 이러한 공포가 우리의 전유물이라는 사실은 나중에야 깨달았다. 어린 시절 골목에서 함께 뛰놀던 남자애들과 달리 우리는 금기 설화에서 절대 벗어날 수 없었다. 우리 주변에는 언제까지나 사탕으로 유혹하는 낯선 어른이 서성거릴 테니까.

양옆을 살피며 차에서 내린 아디는 잰걸음으로 로살리타와 살로몬이 매일같이 오르내리는 철제 계단을 올랐다.

문을 두드리자 로살리타가 서류 뭉치와 안내서, 그리고 수심에 찬 얼굴로 아디를 맞이했다. 덕분에 한층 더 나이들어 보이는 로살리타의 실제 나이는 아디도 어렴풋이 짐작만 할 뿐이었다.

푹 꺼진 소파가 타일이 깔린 거실의 삼 분의 일을 차지하고 있었다. 소파와 아주 가까이 놓인 텔레비전은 아디와 토니였으면 '구식'이라는 이유로 이미 십 년 전에 내다버렸을 크기였다. 소파에 앉은 살로몬이 손을 흔들었다. 늦은 시간이었지만 아이는 잠옷도 갈아입지 않고 제일 좋아하는 모자를 쓰고 있었다. 매버릭스의 파란색 캡모자로, 챙은 초록색이고 카우보이모자가 걸린 커다란 'M' 자 로고가 그려져 있었다. 모자가 머리에 너무 커서 살로몬은 고개를 살짝 들고 텔레비전을 보고 있었다.

아이는 손을 들고 아디와 하이파이브를 했다. "수학에서 세 문제를 틀렸어요." 살로몬은 말하며 활짝 웃었다. "그래도 분수는 다 맞았어요."

"근데 하이파이브가 다야? 엄청난 소식 이후로 처음 만나는 건데? 나한테 해줄 다른 말은 없니?"

살로몬은 손으로 양볼을 누르며 아디를 올려다보았다. "저 합격했어요."

"당연히 그럴 줄 알았지." 살로몬에게 더는 과외수업이 필요 없다고 생각하니 아디는 마음 한구석이 욱신거렸다. 살로몬은 동그란 얼굴에 조용하고 사랑스러운 소년이었다. 『윔피키드』나 『와일드 로봇』 같은 어린이 그림책에 대한 그의 애정은 거의 만족을 모르는 수준이었다. 나중에 마이클이 크면 공유할 생각으로 좋아하는 책 목록을 부탁했더니 임무에 너무 심취한 살로몬이 촘촘한 칸에 빽빽이 적은 추천 목록을 두 장이나 가져다주었다. 아디는 그것을 침대 옆 탁자 서랍에 고이 모셔두었다.

로살리타가 안달하는 소리를 내자 아디는 살로몬의 모자에 올린 손을 거두었다.

"이거 보여요?" 로살리타는 아디를 데리고 부엌으로 들어갔다. 부엌에는 소형 식탁 위로 무난한 철제 조명이 매달려 있었고 튤립 모양 도자기 전등갓에서 은은한 불빛이 새어나왔다. 식탁은 서류와 뜯어진 봉투로 어질러져 있었다. "이해가 안 돼요." 로살리타가 서류를 획획 넘겼다. "나한테 뭘 원하는지 모르겠어요. 난 돈을 낼 수 없어요. 근데 뭘 더 알아야 한다는 거죠? 살로몬은 학교에 가야 하는데 난 돈을 낼 수 없어요."

로살리타가 좌절감을 푹푹 내뱉는 사이 아디는 눈앞에 놓인 과제를 살폈다. 그녀는 로살리타의 짜증이 자신이 이케아 가구를 조립할 때 느끼는 것과 비슷하려니 생각했다.

"알았어요." 아디는 번호로 표시된 기입란에 무엇을 적어야 하는지 설명된 안내서를 눈으로 훑었다. "해결할 수 있어요. 걱정하지 마요. 나랑 같이 하면 돼요." 아디는 손톱을 깨물며 집중해서 양식을 넘겨보았다. "우선 연방 소득세 신고서와 W-2* 양식, 여타 국세청 세금 신고서와 최근 급여명세서가 필요해요. 전부 가지고 있죠?"

로살리타는 손을 휘저으며 식탁 위에 나뒹구는 서류 더미를 뒤적거렸다.

아디가 식탁을 짚고 몸을 앞으로 숙였다. "걱정하지 마요. 내가 찾을게요." 살로몬은 천장을 향해 공을 던졌다 받았다, 던졌다 받았다 했다. 아디는 그것 역시 로살리타의 신경에 거슬린다는 걸 알 수 있었다. "차 한잔 마시면서 할까요? 아니면 커피도 좋고." 아디가 제안했다.

로살리타는 관자놀이에 헝클어진 곱슬머리를 매만졌다. "둘 다 내오죠."

마음 편하게 서류를 뒤적거릴 수 있게 된 아디는 해당 문서를 찾기 시작했다. 그리고 식탁 한쪽에 필요한 문서를 모아둘 공간을 만들었다.

공문서를 작성할 때는 가방끈이 길든 짧든 누구나 바보가 된 기분이 든다고 로살리타에게 말해줄 걸 하는 후회가 들었다. 하지만 가르치려는 듯한 인상을 주지 않고 그 말을 할 방법은 없었기에 아디는 마음을 편히 먹고 전혀 편하지 않은 나무의자에 앉아 알파벳을 하나씩 적어넣을 수 있게 나눠진 조그만 빈칸에 필요한 정보를 채워넣기 시작했다.

"살로몬의 아버지 이름이 뭐예요?" 아디가 어깨 너머로 물었다.

"아버지 없어요."

---

* 미국의 급여 및 세금 신고서.

아디가 의자에 앉은 채 몸을 틀었다. "정확하게 기입해야 해요."
로살리타의 주장은 생물학적으로 불가능했기에 아디는 가능한 한
조심스럽게 다시 물었다. 로살리타는 살로몬에게 눈짓을 했다. 아
까보다 띄엄띄엄 공을 던지는 아이는 엿들으려고 애쓰는 게 분명
했다.

"가서 만화나 봐, 살로몬." 허리춤에 손을 올린 로살리타가 소리
를 빽 질렀다. 여간해서는 겁을 먹지 않는 아디였지만, 어린애였다
면 그녀도 말을 안 듣고는 못 배길 것 같았다. 아디의 산만한 상전
인 마이클은 아직 흉내낼 수도 없는 고분고분한 태도로 살로몬은
엄마가 시키는 대로 소파에 가서 앉았다. 텔레비전 소리가 요란하
게 울려퍼졌다.

로살리타는 전기레인지에 찻주전자를 올렸다. "살로몬의 아버
지는 죽었어요." 그녀가 조용히 말했다.

"이런, 미안해요. 몰랐어요."

로살리타가 눈알을 굴렸다. "살로몬은 아버지가 누군지 몰라요.
하지만 내 생각엔…… 내 생각엔 그가 학비를 내줄 줄 알았어요.
가끔 얘기하면 도움을 줬거든요. 이것저것. 많이는 아니어도. 어쨌
든." 그녀가 어깨를 으쓱했다.

아디는 다시 고개를 돌려 양식을 살펴보았다. "사망에 체크하는
칸이 있긴 한데, 그래도 아버지의 이름은 적어야 할 것 같아요." 아
디는 식탁 밑에서 슬며시 구두를 벗었다.

로살리타가 미간을 찌푸렸다. 그리고 양손으로 행주를 팽팽하게
잡아당겼다. "아이의 출생신고서에도 그 사람 이름은 없어요. 우리
살로몬한테 땡전 한푼 남겨주지 않았다고요. 근데 내가 왜요?"

아디는 눈앞에 닥친 장애물을 감지하고 손을 들었다. "알았어요, 알았어. 그럼 됐어요. 그냥 빈칸으로 두고 무사히 넘어가길 바라야죠, 뭐."

아디는 종이에 적힌 다른 누군가의 인생 궤적을 찬찬히 좇으며 순서대로 정리하기 위해 애썼다. 그녀는 로살리타의 최근 석 달간의 급여명세서를 시간순으로 정렬했다. 그리고 오른편 흰색 빈칸에 적힌 액수를 확인했다. 그다음에 또다시 확인했다.

"로살리타." 아디가 고개를 돌리지 않은 채 손짓했다. "가장 최근 급여가 그동안 받았던 것보다 절반이 넘게 줄었어요. 이것 봐요." 그녀는 손가락으로 숫자 밑을 짚었다.

"아니에요. 괜찮아요."

아디는 급여명세서를 앞뒤로 뒤집어보았다. "액수가 왜 이렇게 깎였어요?" 아디는 이해가 안 된다는 듯 고개를 갸우뚱했다. "일하는 시간을 줄였어요? 앞으로 이만큼만 받기로 한 거예요? 아니면 그동안 이 액수를 받아왔던 거예요?"

"앞으로는 그만큼만 받게 될 것 같아요. 근데 괜찮아요." 로살리타는 재빨리 대답하고 휘파람소리를 내기 시작한 찻주전자 쪽으로 갔다.

"아뇨." 아디는 펜 꽁무니를 깨물면서 의자에서 몸을 뗐다. "뭔가 착오가 있는 게 분명해요. 금액 차가 너무 크잖아요. 내가 회계팀이나 인사팀에 얘기해볼게요. 이건 말도 안 돼요."

"아뇨, 진짜 괜찮아요." 로살리타가 마른행주를 어깨에 걸치고 선반에서 흰색 머그잔을 꺼냈다. "그게 맞아요."

"로살리타, 이건 심각한 문제예요. 이 돈으로는 생활이 안 될······"

로살리타가 빈 머그잔을 조리대에 올려놓았다. "당신은 부자잖아요. 내가 얼마로 생활할 수 있는지 당신은 몰라요. 짐작도 못해요. 살로몬! 실내에서 공놀이 좀 그만해!" 그녀가 꽥 소리를 질렀다.

"난 그런 뜻이 아니라······" 아디는 항복의 의미로 식탁에서 손을 떼 들어 보였다. 로살리타를 향해 의자를 돌렸다. "그런 뜻으로 한 말이 아니에요." 아디가 의자 깊숙이 앉았다. "내일이 지나면 당신이 생각하는 것보다 우린 공통점이 많아질 거예요. 부자? 아닐걸요." 아디는 옅은 미소를 지었다.

로살리타가 웃음을 터뜨렸다. 약간 매정하게 들리는 웃음이었지만 아디는 괜찮았다. 그 이유를 알았기 때문이다. 아디한테는 법학 학위라는 자산이 있었다.

아디는 핸드백에서 조금 부서진 쿠키를 꺼내 로살리타와 나눌 요량으로 펼쳐놓았다. 로살리타는 처음에는 손도 대지 않았다. "우리가 소송중인 거 알아요? 음, 그러니까 소송을 제기했어요." 아디는 스페인어 단어를 생각했다. "트루비브를 상대로 데만다 후디시알?"

로살리타는 입술을 굳게 다물었다. "어느 정도는요. 네. 나도······ 봤어요. 근데 왜요?"

"에임스 개릿을 상대로 한 소송이기도 해요. 그 죽은 남자 말이에요. 건물에서 뛰어내린. 성희롱 소송이에요. 그가 회사 여직원들을 추행했거든요. 옳지 않은 일이었고, 우리가 뭔가를 해야 한다고 생각했어요." 아디는 목소리를 낮추고 팔을 구부려 우스꽝스럽게 과거의 자신을 흉내냈다. 우리가 뭔가를 해야 해! 그들은 옳은 일을 했다. "아마 눈치챘겠지만 좋은 생각은 아니었나봐요." 그녀는 그렇게 믿었던 걸까? 돌이켜보면 최악의 생각이었다. 하지만 당시에는 똑같은 정보를 가지고 그게 옳은 일이라고 판단했다. 배드맨 리스트가 없었으면, 에임스가 죽지 않았으면, 그 둘 중 하나만 일어나지 않았어도 결과는 달라졌을지 모른다.

로살리타는 식탁으로 다가와 의자를 꺼내 앉고는 쿠키를 집어들었다. 쿠키 부스러기가 그녀의 무릎으로 떨어졌다. "나도 그가 자기 사무실에서 그 짧은 머리 여자랑 있는 걸 봤어요……" 로살리타가 몸짓으로 표현했다. "캐서린."

아디가 한숨을 내쉬며 고개를 내저었다. 증인이 있었다는 걸 이제야 알다니. 덕분에 덜 미칠 것 같아야 하나, 더 미칠 것 같아야 하나? "캐서린은 말을 바꿨어요." 아디는 눈썹을 치켜세우며 쿠키를 한입 베어물었다. "에임스와 아무 일도 없었대요. 우리가 질 거예요. 회사에서 다 뺏어가겠죠. 내일이 지나면 난 트루비브 직원도 아니에요." 이제야 모든 것이 실감나 아디는 미소를 지었다. "그래도 내 휴대폰 번호는 가지고 있어요. 필요한 일 있으면 연락하고요."

"안 돼요." 로살리타가 이맛살을 찌푸리며 고개를 저었다. "안 돼요. 그건 옳지 않아요. 어떻게…… 어떻게 당신한테…… 그럴 수 있죠?" 로살리타가 과장된 몸짓을 하며 흥분했다. "살로몬!" 또 고함을 질렀다. 두 여자의 시선이 표면이 우둘투둘한 천장에 공을 던지는 살로몬에게로 향했다. 아이가 던졌던 공이 손가락을 빗맞고 떨어졌다. 공을 잡기 위해 몸을 던진 아이의 머리에서 너무 헐거운 모자가 벗겨졌다.

52

5월 2일

그럼 여태껏. 처음 몇 분간 아디가 생각할 수 있었던 건 그게 전부였다. 어둠 속에서 차문이 닫히는 소리의 울림이 가시고 남은 정적이 그녀의 귓가에 맴돌았다.

아디는 등허리의 뻐근함을 풀어주는 카시트의 열선을 켜두곤 했는데 그날 밤엔 데워진 시트가 남긴 끈적한 땀 때문에 운전하는 내내 핑크플로이드 티셔츠가 몸에 철썩 들러붙었다. 밤 열시 반이었지만 아디는 슬론이나 그레이스 혹은 둘 다에게 전화해야 할지 고민했다.

팔 년의 세월이었다.

심지어 슬론 다음에 일어난 일이었다. 자세한 내용은 중요하지 않았다. 한 번, 두 번 혹은 세 번, 아니면 아무도 셀 수 없을 만큼 많았을까? 그들은 그저 바퀴에 달린 바큇살 같은 존재일 뿐이었다.

아디가 차창을 내리고 키패드에 주차키를 대자 차단기가 올라갔다. 그녀의 검은색 렉서스가 뒤뚱거리며 트루비브의 주차장 2층으로 올라가 두 개의 노란 주차선 사이에 미끄러지듯 멈춰 섰다. 리모컨의 '잠금' 버튼을 누르자 두 번의 경적이 콘크리트 기둥에 부딪혀 울렸다. 배경음악이 흐르지 않는 화물 엘리베이터 안에서 아디는 시멘트 수직갱도의 가장자리를 긁으며 도르래에 끌려올라가는 관 속에 있는 듯한 기이한 기분이 들었다. 그녀는 근무중인 보안요원에게 손을 흔든 뒤 로비를 가로질러 다시 사무동 엘리베이터에 올랐다.

산업용 냉방장치의 윙윙거리는 소리가 텅 빈 복도에 울려퍼졌다. 모퉁이를 돌았을 때 맥없는 갈색 머리의 젊은 백인 여자가 청소카트 위로 머리를 빼꼼 내밀더니 침입자가 아디인 걸 확인하고는 안도했다.

눈앞에 수영장을 마주한 어린애처럼 뛰지 않기 위해 마음을 다잡아야 했다. 기대감이 그녀의 걸음을 재촉했다. 복수할 기회. 자못 강한 표현일지 모르지만, 그것은 닿을락 말락 한 거리에 있었다.

로스쿨에 다니던 시절 아디는 화이트칼라 범죄를 수사하는 법과학 회계 분석가가 되고 싶었다. 실제 활동할 기회가 드물어 더 매력적인 직업처럼 느껴졌다. 그러나 학내에서 치러진 취업 면접 이후 한 달 뒤, 한 로펌에서 20만 달러에 달하는 연봉을 제시하며 입사 제의를 했다. 스물다섯이었던 그녀는 학자금 대출을 모두 갚은 뒤에 형법으로 방향을 틀어도 늦지 않을 거라 생각했다. 그리고 그렇게 대부분의 커리어 야망이 사멸한다는 것을 나중에야 깨달았다.

아디는 보안카드로 개인정보 파일 보관실의 문을 열었다. 조명 스위치를 켜고 문을 잠갔을 때 그곳의 방대한 정보를 전부 뒤져야 할 수도 있고, 그럼에도 불구하고 아무것도 찾지 못할 수도 있다는 생각에 허탈감이 밀려왔다.

길고 좁은 보관실의 양쪽 벽을 따라 베이지색 서류 캐비닛이 줄지어 있었다. 형광등 불빛이 멸균실 같은 분위기를 자아냈다. 이곳에서는 시간 가는 줄도 모를 것 같았다. 휴대폰 신호마저 뜨지 않았다.

개인정보 파일은 부서별로 정리되어 있었다. 청소원 파일은 오른쪽 뒤에서 세번째 캐비닛에 있었다. 알파벳 순서대로 찾아보기 쉽게 가지런히 정돈되어 있었다. 서류 관리가 아주 훌륭했다. 어쨌거나 상장기업다웠다.

아디가 훌륭한 변호사가 될 수 있었던 건 그렇게나 세심한 분석 능력 덕분이었다. (거울아, 거울아. 세상에서 가장 지루한 초능력이 무엇이니?) 유용한 능력이었다. 한 시간쯤 찾다보니 급여명세서와 W-2 양식을 하도 뒤적거려 손끝이 건조했다. 알루미늄 캐비닛에 등을 기댄 그녀가 주르륵 미끄러지면서 바닥에 주저앉았다. 이미 다 아는 사실을 타이핑하고 서명해서 확인해주는 문서가 그녀의 손에 들려 있었다. 아디는 왜 슬론이나 그레이스에게 전화하지 않았는지 이제야 깨달았다. 말하려던 것이 자신의 이야기가 아니었기 때문이다.

하지만 아디에게도 이야기는 있었다. 그녀의 이야기는 이렇게 흘러갔다.

호텔 바 한구석에서 피아니스트가 영화음악을 연주하고 있다. 몇 분 전에 그녀는 유리병에 5달러짜리 지폐를 넣으며 영화 〈쥬라기 공원〉의 주제곡을 연주해달라고 부탁했다.

"한 잔씩 더 할까?" 에임스가 바텐더에게 법인카드를 건네며 묻는다. 그들은 고가의 샴페인을 마시고 있었다. 고액의 계약을 성사시킨 참이다. 내일이면 그녀의 핸드백보다 비싼 숙취가 몰려올 것이다.

"금방 올게요. 댄한테 전화 좀 하고요." 그녀가 대답한다. "같은 걸로 주문해줘요."

아디는 양해를 구하고 로비로 나간다. 머리 위에 아이비가 자라는 지붕 모양 장식이 있다. 그녀는 남자친구에게 전화를 건다. "취한 목소린데." 그가 말한다.

"취했으니까 그렇지." 머리가 기분좋게 무겁다. 코끝이며 양볼에서 아무 감도 느껴지지 않는다. "좋은 소식! 나 이제 예전 삶으로 돌아가." 계약서에 서명이 끝난 순간 아디는 곧바로 온몸이 가벼워지는 느낌이었다. 두 달 동안 회의실에서 스티로폼 용기에 든 태국 음식만 먹은 게 아니라 디톡스 주스 다이어트를 마친 기분이었다.

"직접 보면 믿어주지." 댄이 웃는다. 그는 딜로이트 회계법인에 다니는 젊고 진지한 애널리스트로, 최근 들어 아디는 언제쯤 그가 자기 짝이라는 확신이 들지 궁금해지던 차였다.

"진짜야." 그녀는 확신을 주기에는 술에 너무 취한 사람이 잔뜩 심통을 부리는 말투로 고집을 부린다. "난 이제 새로 태어난 여자라고."

"축하해." 그가 대답한다. "맘껏 즐겨. 내일이든 언제든 나랑 사귀는 그 새로운 여자의 얼굴 좀 보여줘."

그녀는 바로 돌아와 샴페인잔을 든다. 바닥에 아직 남아 있는 기포가 빙글빙글 돌며 표면으로 올라온다.

"쭉 들이켜." 에임스가 말한다. "그러면 내가 방까지 데려다주지."

53

5월 3일

우리는 오랫동안 이 문제의 본질을 알고 있었다. 직장에서는 여자라는 사실 자체가 핸디캡이었고 그걸 만회해보고자 우리는 딱 맞는 해결책으로써 여성성을 지우려고 무던히 애써왔다. 우리는 메이크업과 로맨스 소설과 리얼리티쇼 〈진짜 주부들〉에 대한 관심이 스포츠와 수제 맥주와 비디오게임에 대한 집착보다 덜떨어진 짓이라는 데 동의하는 척했다. 우리는 판타지 풋볼리그 게임을 함께 했다. 더는 말끝을 올리지 않고 "있잖아"를 수시로 내뱉는 말버릇을 고치기 위해 스스로를 단속했다. 보다 '전문적인' 말투를 쓰겠다는 취지였지만 실제로는 좀더 남자같이 말하기 위한 노력에 불과했다. 성희롱은 여자한테만 일어나는 일이었기에, 믿거나 말거나지만, 성희롱을 당했다는 사실조차 인정하지 않으려 했다. 인정하면 우리가 여자라는 사실이 문제가 되니까. 그러니 이제 와서 목소리를 내겠다고 고집하는 것은 앞으로 다가올 미래의 단서이기도 했다. 앞으로 우리는 문제삼을 것이다.

마찬가지로 슬론이 날뛰지 않은 것도 단서가 되었어야 했다. 적어도 그건 엄청난 기적이나 다름없었다. 그녀는 회의실에 있는 누군가가 말해주길 기다렸다. 슬론, 어쩜 그렇게 침착해요? 어떻게 그럴 수 있어요? 오, 그건 그렇고, 당신이 다니는 미용실 번호 좀 알려줄래요?

하지만 그녀를 제외한 모두가, 심지어 그레이스마저도 배탈이 난 듯한 표정이었다. 슬론은 발칙하게 소화제라도 권할까 생각했지만 그러면 안 될 일이었다.

그들이 차지한 20층 회의실이 가장 중요한 회의실일 거라는 생각이 들었다. 그녀가 데즈먼드와 이사회 앞에서 법적책임에 관한 발표를 했던 곳도 바로 이곳이었으니까. 슬론은 자신이 법적책임이 되어버렸다는 사실을 깨달았다. 그에 대한 발표를 했을지도 모를 일이다. 그러고 보면 인생이란 참으로 웃긴 것이다.

바퀴가 달린 폭신한 가죽 의자가 매끈한 적갈색 타원형 탁자 주변을 왔다갔다했다. 탁자에는 코젯과 (실제 이름을 들어본 적 없지만 슬론이 멋대로 페기와 브래드라고 이름 붙인) 그녀의 두 심복, 덩치가 크고 안경을 쓴 독자적 검토위원회 위원과 앨 런킨, 헬렌예, 그리고 그레이스가 빙 둘러앉아 있었다. 한쪽 구석에는 줄기에서 거대한 잎사귀가 인상적으로 뻗어나온 탐스러운 떡갈잎고무나무 화분이 놓여 있었다. 자기 집 거실에서 같은 나무를 두 그루나 죽여본 슬론은 소매가로 못해도 500달러는 나가는 화분이라는 걸 알았다.

코젯은 다들 그렇게 시계를 본다는 양 요란하게 롤렉스 시계를 들여다보며 시간을 확인했다. 슬론은 롤렉스를 사는 거나 보트를 사는 거나 비슷할 거라는 생각이 들었다. 한번 구매하면 본전을 뽑기 위해 몇 번이나 썼는지 계속 세봐야 한다. "아디한테 연락 온 건 없었니?" 코젯이 브런치 약속에 늦는 친구를 같이 기다리는 것처럼 물었다. 먼저 미모사 한 잔씩 할까?

"금방 올 거야." 슬론은 손가락으로 탁자 표면을 두드리며 대답했다. 길어진 정적이 슬론의 대화 본능을 자극했다.

주의를 돌리기 위해 슬론은 코젯을 보며 이런저런 생각을 했다. 이를테면 코젯은 싱크대에 (아마) 절대 설거짓감을 남겨두지 않을 거라는 시시한 생각이었다. 짐작건대 그녀의 뉴욕 아파트는 풍수에 맞게 가구가 배치되어 있고, 새것이나 다름없는 침실 협탁 위에는 반쯤 읽은 곤도 마리에의 『정리의 기술』이 놓여 있을 것이다. 그녀의 집이 그토록 깔끔하고 지나칠 정도로 완벽하게 정리되어 있는 이유가 그녀가 일 년에 이천오백 시간을 청구하는 변호사라서가 아니라 그저 깨달음을 얻었기 때문이라는 듯이 말이다.

코젯이 테두리에 다이아몬드가 박힌 시계의 숫자판을 사무적으로 톡톡 두드리며 말했다. "아무래도 우리끼리 먼저 서류 작업부터 시작하는 게 좋겠어요." 그녀는 세 부의 문서를 앞으로 밀었다. 하나는 슬론, 하나는 그레이스, 다른 하나는 아디를 위한 것이었다. "저희가 미리 검토하고 합의 서류를 한데 모았습니다. 서명하실 부분에는 제가 노란색으로 표시해두었고요. 조금이라도 고통을 덜어볼까 해서요." 탁자 위로 몸을 숙인 코젯이 입술을 앙다물었다.

"친절도 하셔라." 그레이스가 민트사탕처럼 싸한 말투로 말했다.

코젯은 그걸 또 곧이곧대로 진짜 칭찬으로 들었는지 감사의 표시로 고개를 끄덕이며 얼굴을 찡긋했다.

'종이에도 천 번을 베이면 죽는다'는 속담이 있지만, 슬론은 종이로 천 번을 베어 사람을 죽이는 건 불가능하다는 글을 어디선가 읽었다. 하지만 백만 번이면 가능하지 않을까? 슬론은 생각했지만, 지금껏 일어난 일을 감안하면 그런 생각은 하지 않는 게 좋을 것이다.

"사실 말이죠, 코젯." 슬론이 말을 꺼냈다. "우리한테 그냥 소송을 취하해달라고 제안할 수도 있었을 텐데요. 그럼 우리도 진지하게 고려해봤을 거예요."

"그러게요, 슬론." 코젯이 펜 끝을 딸깍 누르며 대답했다. "우리가 옛정이 있는데. 하지만 이사회에서 선례를 만들어야 한다고 워낙 강력하게 밀어붙이기도 했고…… 솔직히 말하면 나도 동의하는 바예요. 그래야 어중이떠중이가 소송하겠다고 덤비지 못할 테니까."

"그렇죠. 선례." 그레이스가 어깨를 으쓱하더니 슬론을 보면서 찡긋거렸다. "말 되네요." 다른 상황에서라면 그레이스와 코젯은 자매처럼 보였을지도 모른다.

슬론은 속이 뒤집히는 액수의 현금은 물론 스톡옵션과 직장까지 넙죽 내놓게 생긴 여자 둘이 속눈썹 하나 까딱하지 않는데도 아무런 의구심을 품지 않으려면 얼마나 자신만만한 대장부여야—우리는 이 단어를 싫어했다—하는지 생각했다.

그때 아디가 회의실 문을 열었다. 그녀는 등으로 문을 받치고 말했다. "죄송해요. 저희가 늦었죠."

코젯은 슬쩍 눈길만 보냈다가 아디에 앞서 들어오는 로살리타와 살로몬을 보고 고개를 들었다. "저기요." 그녀가 탁자를 두드렸다. "지금은 비공개 회의중입니다. 아직 안 끝났어요. 청소는 나중에 부탁합니다." 코젯은 손가락에 침을 발라 앞에 놓인 서류를 넘겼다.

"안녕하세요, 샤프 씨." 로살리타가 탁자 앞에 섰다. "제 이름은 로살리타 기엔입니다. 얘기를 나누는 동안 제 아들 살로몬은 복도에서 기다리게 하죠. 살로몬, 이리 와. 예의를 지켜야지. 자, 실내에서는 모자를 벗는 거야."

소년은 모자를 벗었다. "안녕하세요." 살로몬이 회의실 바닥을 보며 웅얼거렸고, 좌중의 시선이 귀까지 빨개진 소년에게 향했다.

마치 보이지 않는 원자폭탄이 터진 듯한 분위기였다. 조용하게 점점 퍼져나가던 불길한 파장이 결국 낙진 반경에 있던 모든 이의 얼굴색을 바꿔놓았다. 소년의 검은 머리 사이에서 한 줄의 은빛 모발이 밝게 빛났다.

폭발을 예상했던 슬론조차 숨이 멎을 뻔했다.

"코젯." 아디가 살로몬을 회의실 밖으로 안내하는 사이 슬론이 먼저 시작했다. "당신만 아니었어도 우리가 친구의 이야기까지 밝히는 일은 없었을 거예요."

코젯의 입술이 벌어졌고 상어 이빨처럼 새하얀 치아가 드러났다.

슬론은 내심 기대했던 짜릿한 승리감이 느껴지지 않아 놀랐다. 보다 지배적인 감정은 뼛속 깊이 악화되는 피로와 우울감이었다. 그건 1차대전이 제일 좋아하는 전쟁이라고 말할 때 실은 그냥 흥미로운 전쟁이라는 뜻인 것과 같은 이치였다. 아무도 제일 좋아하는 전쟁 따위는 없었다. 로살리타의 경우도 마찬가지였다. 슬론은 이전에는 슬쩍 보고 말았던 그 여자를 계속 뚫어져라 쳐다보지 않을 수 없었다. (적어도 마이클의 생일파티에서 슬론은 로살리타한테 잘해줬다. 그 점은 인정해줘야 한다.)

게다가 물론 이건 로살리타에게 일어난 일이었다. 그것도 그 거대한 책상과 쪽빛 가죽 의자가 놓인 에임스의 사무실에서. 슬론은 생각하면 할수록 에임스를 죽이고 싶었다. 근데 이제 뭐.

로살리타는 입술을 꼭 다물고 있는 코젯에게 얇은 서류 폴더를 내밀었다. "오늘 제가 여기 온 건 팔 년 전에 이 건물에서 에임스 개릿한테 성폭행을 당했기 때문입니다. 그는 저도 원한 줄 알았다고 했지만, 저는 원하지 않았습니다. 절대 원한 적 없습니다." 슬론은 로살리타의 기분이 어떨지 상상해보았다. 이런 회의실에서 이런 사람들을—이사회 임원, 뉴욕 변호사, 인사팀 직원—앞에 두고 그냥 말하는 것도 아니고 그런 단어들을 차례로 나열해야 하는 기분이. 에임스 개릿한테 성폭행을 당했다고.

하지만 그녀는 전혀 고통스러워 보이지 않았다. 되레 완벽하리만치 침착했다. 강단 있는 여자였다. 그녀는 이미 팔 년 전에 〈포춘〉 선정 500대 기업의 CEO였던 데즈먼드 뱅콜 앞에서 같은 말을 한 적이 있었다. 그러니 연습을 했던 셈이다. 다른 사람들과는 다르게.

"에임스 개릿이 살로몬의 아버지입니다." 로살리타가 설명했다.

아디가 끼어들었다. "바르덴부르크증후군에 대해 들어보셨나요? 유전적 증후군이죠. 치명적인 질환은 아니지만 앞머리의 변색이나 부분적인 난청을 동반합니다. 대부분 아시리라 짐작하지만 에임스가 바르덴부르크증후군을 앓았습니다."

"그러니까 기엔 씨가 개릿 씨와 합의하에 관계를 가졌을 수도 있는 거죠." 코젯은 얼마나 명백한 사실이냐는 듯 좌중을 빙 둘러보았다. 하지만 물속으로 걸어들어가는 그녀에게 구명구를 던져주는 사람은 없었다.

"합의된 관계인데 트루비브가 임금을 갑자기 두 배로 인상해줬다고요?" 그레이스가 물었다. "합의된 관계인데 사건 직후 청소원 한 명의 전례 없는 임금 인상에 데즈먼드 뱅콜이 직접 서명했다고요? CEO가 청소원의 임금까지 살필 만큼 한가하지는 않은 걸로 아는데요. 안 그래요?"

슬론은 데즈먼드의 이야기를 듣고 한동안 서글펐다. 적어도 그는 다르다고 생각했기 때문이다.

"거기다," 아디가 쐐기를 박았다. "그러한 임금 인상이 이루어진 시점과 살로몬을," 그녀는 목소리를 낮췄다. "임신한 시점을 둘러싼 회사의 과거 자료를 살펴보면 트루비브가 런다이내믹스 인수건을 마무리짓기 직전이었다는 사실을 알 수 있습니다. 당시 에임스 개릿이 주도했고, 아시다시피 트루비브에 굉장한 수익을 안겨준 인수 건이었죠."

로살리타는 의자를 당겨 앉은 뒤 손깍지를 꼈다. "저는 아들을 정말정말 사랑합니다." 그녀는 좌중의 얼굴을 하나하나 훑었다. "그래서 지금까지 아무 말도 하지 않은 거예요. 그런데 아디와," 그들은 서로 시선을 주고받았다. "아디와 대화한 뒤 결심했어요. 나서서 제 이야기를 하기로. 제 영어 실력 때문에 이분들이 대신 말한 거예요. 하지만 오늘 제가 여기 온 건 무엇이 중요한지 알기 때문입니다. 무엇이 옳은지도 알고요. 당신이 하는 일은 옳지 않아요, 샤프 씨."

슬론은 갑자기 목구멍이 부어오르는 것 같았다. 에임스가 로살리타를 깔아뭉개려고 했다면 그는 실패했다.

코젯은 하고 싶은 말을 해도 될지 내면적 갈등을 겪는 것처럼 보였다. "돈을 받고 싶으니까 나선 거겠죠." 결국엔 내뱉었다.

그 말에 심지어 앨 런킨도 움찔했다.

"그래요. 돈을 받을 수 있으면 좋죠. 물론이에요. 하지만 이분들은 진실을 말하고 있어요. 진실을 말한 대가로 이분들이 직장과 돈과 모든 것을 잃게 내버려둘 수는 없어요. 제 진실이기도 하니까요." 로살리타가 주먹으로 가슴을 쳤다. 슬론의 눈에 눈물이 고였다. 젠장.

슬론은 탁자 너머로 합의 서류를 돌려주었다. "그런 의미에서 별도의 시간을 들여 서명할 자리에 표시까지 해준 노고는 감사드리지만, 저희도 여기서 멈추진 않겠습니다. 언론과는 이미 접촉했어요. 혹시 아직도 저희한테 그―뭐였죠?―혐의를 씌울 생각이 있다면요."

슬론이 페기라고 이름 붙인 여자가 이때다 싶은지 끼어들었다. "당신들은 회사의 기밀유지 의무가 있습니다." 그녀는 코젯에게 허락을 구하듯 옆을 힐끗거렸다. "아무 말도 할 수 없어요. 중대한 계약 위반이라고요."

"맞아요." 코젯이 서둘러 덧붙였다. "계약 위반이에요."

그때 로살리타가 손을 들었다. "전 아니에요."

아침 일찍 로살리타는 클리프 콜게이트와 통화했다. 이번에는 그들이 서사를 주도할 차례였고, 로살리타가 흐름을 바꿀 것이다. 게다가 클리프에게도 꽤 괜찮은 특종일 것이다. (고맙다는 말은 됐어.) 그는 신중을 기해 품위 있는 기사를 쓰겠다고 약속했다. 그러니 그가 본인 입으로 말한 대로 꽤 괜찮은 기자라는 걸 믿어보는 수밖에.

"좋아요, 그럼. 이젠 여러분께 맡길게요." 그레이스가 말했다.

슬론이 무거운 표정으로 고개를 저었다. "홍보팀에겐 악몽 같겠어."

정말이지 코젯은 이제 끈 떨어진 연이었다. "물론 저희가 트루 비브에서 여론에 최대한 잘 대처할 수 있게 조언할 것입니다. 그 부분은 문제없습니다."

슬론이 잠시 뜸을 들였다. "아니, 난 너희 로펌이랑…… 너를 말한 건데, 코젯. 역시 법조계 여성끼리 뭉쳐야 하는 거더라." 그녀가 말했다. "조언 고마웠어."

54

분홍 선 두 줄. 변기에 앉은 로살리타는 팬티를 발목까지 내린 채 점점 짙어지는 두번째 선을 보고 있었다. 진단 결과는 의심의 여지가 없었다. 그녀는 임신했다.

전에도 겁이 났던 적이 있다. 당시 사귀던 남자친구한테 전화를 걸어 생리가 늦어진다고 털어놨을 때였다. 게슴츠레 눈을 뜨고 임신진단기를 빛에 비춰 흰 막대기에 팬 회색 표시창에 선이 나타날 기미가 있는지 들여다보면서도 마음 한구석에는 진짜 임신한 건 아닐 거라는 확신이 있었다. 그저 남자친구의 반응이 궁금했고, 며칠 동안 그와 가정을 꾸리는 상상에 훌쩍 어른이 된 것 같은 로맨틱한 기분을 즐겼을 뿐이었다.

그러나 이번에는 눈을 게슴츠레 뜰 필요가 없었다.

로살리타는 진단기를 지퍼백에 넣고 단단히 봉했다. 투명한 비닐에 오줌방울이 맺혔다. 그녀는 천주교 신자였지만 그것이 낙태하지 않은 유일한 이유는 아니었다. 앞으로 아홉 달 동안 아기의 아버지는 그녀의 불룩해지는 배와 불어나는 몸, 그리고 풍선처럼 부풀어오르며 세상 밖으로 나오려는 존재의 모습에 잔뜩 겁을 먹을 것이다. 로살리타가 말 한마디 하지 않아도 자신이 무슨 짓을 저질렀는지 똑똑히 기억하게 될 것이다.

그날 밤 이전에 그는 실크 넥타이를 매고, 스컹크처럼 요상한 흰 머리가 한 가닥 나 있고, 팔뚝에 남성적인 털과 말아올린 소매에 가려 잘 보이지 않는 색 바랜 푸른색 문신이 있고, 휴지통에 빈 담뱃갑을 잔뜩 버려놓는 남자에 불과했다. 그날 밤 이전에 그녀는 투명인간 취급을 받는 게 싫고, 남자들이 블라인드에 낀 먼지를 떨고 쓰레기통을 비우는 자신을 사람이 아니라 기계 보듯 쳐다보는 걸 질색하는 여자였다. 그러나 그날 밤 이후로 그녀는 다시는 투명인간이 될 수 없었다. 눈에 띄지 않기를 갈망하게 되었다. 그러나 언제나 벌거벗은 기분이었다.

남자는 밤이면 밤마다 늦게까지 남아서 일했고, 그런 밤이 너무 자주 겹쳐 그녀와 그가 동일한 시간에 근무하는 것 같은 착각이 들 정도였다. 그는 사무실 소파에서 곤히 쪽잠을 잤고, 로살리타는 그런 그의 모습에 적잖이 깊은 인상을 받았다. 사무실 소파라니!

'인수'라는 단어가 오갔고 '10억 달러'라는 소리도 들은 것 같은데, 로살리타는 어떻게 10억 달러가 걸린 일을 담당하는 사람이 어디서든, 심지어 사무실 소파에서도 편하게 잠을 잘 수 있는지 놀라울 따름이었다.

서로 말 한마디 나눈 적 없지만 처음에 로살리타는 그런 동지애에 끌렸다. 기간이 길어지면서 복사실을 왔다갔다하고 자판을 치며 초밥을 입에 쑤셔넣는 위층 변호사의 수도 현격히 줄어 매일 밤 그 남자만 제일 늦게까지 남게 되었다. 그런 날이 열흘 혹은 그보다 조금 더 이어졌다. 한번은 그녀를 발견한 그가 고개를 들고 걸걸한 목소리로 "잘돼가요?" 하고 묻고는 기어이 웅얼거리는 대답을 받아낸 일도 있었다. 또 전면 유리창 앞에 서서 쪽빛 하늘을 갉아먹은 빌딩 숲 너머로 한없이 펼쳐진 밤하늘을 응시하는 그의 모습을 그녀가 지켜본 날도 있었다. 그저 거기 서서 가만히 바라보는 그를.

그 일이 있던 밤, 텅 빈 복도에 목소리가 오갔다. 소리가 고조된 과정이 있었다 해도 로살리타는 듣지 못했다. 그녀의 귀에는 음향을 최대로 맞춘 전축의 전원이 켜진 것 같았다. 그 소리에 신경이 곤두서서 서둘러 음향 조절기를 반대로 돌려야 할 것 같았다. 로살리타가 고개를 숙이고 일렬로 늘어선 사무실을 청소해나가는 사이 그녀의 파트너는 같은 층 반대편 사무실의 어딘가로 모습을 감췄다.

엿들었다는 사실을 부정할 수는 없지만 그게 그녀의 귀가 하는 일이라 어쩔 수 없었다. 밤중에 개 짖는 소리를 안 들을 수 없듯이 두 남자가 언쟁하는 소리 또한 듣지 않을 수 없었다. 어쨌거나 그녀는 남자—그녀의 남자(로살리타는 그를 그렇게 생각하게 되었다)—와 상사인 듯한 다른 남자 사이에 오가는 말을 전혀 이해할 수 없었다. 내일이면 혹은 한두 주가 지나면 다 잊어버릴 얘기였다. 그 오랜 시간 일만 했는데 상사한테 고함을 듣는 남자가 로살리타는 불쌍했다. 아마 그게 문제였을 것이다. 충동적으로 느낀 연민. 이후로 그녀는 그날 밤 남자가 그녀의 얼굴에서 본 것이 뭐였을까 늘 궁금했고, 연민이었을 거라고 추측했다. 상냥한 연민을 의도했던 그녀의 눈빛이 그의 눈에서는 비열한 무언가로 전이되었다. 들러붙을 무언가를 찾아 혈관을 떠도는 암세포처럼 그런 비열함이 그의 마음속에 이미 내재해 있었다고 그녀는 생각했다. 그의 기저질환이었다고. 만약 그가 자신을 보고 있는 그녀를 발견하지 못했다면 그것은 어디로 튀었을까? 만약에 그가 내면에서 들끓는 굴욕감을 느끼지도, 그 굴욕감을 그녀에게 떠넘기겠다는 운명적인 충동에 따라 행동하지도 않았다면 어떻게 되었을까?

숲에서 나무가 쓰러졌는데 아무도 듣지 못했다면……

백만 불짜리 질문입니다!

로살리타는 텔레비전에서 그런 문구들을 들었다.

상사가 자리를 뜨고 십오 분쯤 지났을 때 로살리타는 고개를 숙인 채 그의 사무실로 들어갔다. 다시 십오 분 뒤, 그의 사무실을 나온 그녀는 진짜 투명인간인 것과 투명인간이 된 것 같은 기분의 차이를 알게 되었다. 팔뚝을 따라 하얗게 긁힌 자국이 붉게 부어올랐다. 앞으로 아홉 달이 지나면 긁힌 자국은 흉터가 되어 그녀의 사타구니 사이에서 보드라운 새살로 돋아날 것이다.

그사이에 그녀는 그의 사무실 앞에 내걸린 은색 명판에 적힌 이름을 외운다. 그가 생각했던 그런 여자가 아니었던 그녀는 무료 법률 상담소에 전화를 걸어 핫라인에 대해 듣는다. 그녀는 회사의 CEO를 만난다. 그녀는 그 남자—그녀의 남자—가 회사에서 중요한 인수 건을 맡고 있다는 말을, 그녀의 주장뿐이고 증거가 없다는 말을, 주주들이 거세게 들고일어날 거라는 말을 듣는다. 그리고 그녀에게 이제껏 받아본 적 없는 큰 선택권이 주어진다.

잘못된 시간에 잘못된 장소에 있었다!

새로 배운 문구.

팔 년 뒤 그녀는 그의 죽음보다 그의 돈을 더 원하게 된다. 어쨌거나 그는 결국 죽어버린다. 그녀는 그의 부인이 사는 집을 찾아간다. 그러고 싶은 유혹을 수없이 느꼈어도 전에는 결코 하지 않았던 일이다. 그녀는 문전박대를 당하고 꺼지라는, 닥치라는 말을 듣는다. 어쨌거나 그녀는 그 둘 중의 하나를 선택할 것이다.

55

5월 3일

"안녕, 캐서린." 아디가 바지 주머니에 손을 넣은 채 문 앞에 서 있었다.

20층 임시 사무실에 있던 캐서린이 고개를 들었다. 더 높은 층의 개인 사무실. 위로 올라갔네, 아디는 생각했다. 그녀의 시선이 사무실 벽과 유리창, 그리고 캐서린 뒤로 드리운 블라인드를 죽 훑었다.

"안녕하세요."

아디는 다른 상황에서 캐서린을 만났다면 어땠을까 상상해봤다. 면접 같은 데서 말이다. 캐서린을 보고 어떤 생각이 들었을까? 그녀를 채용했을까? 답을 찾을 수 없었다. 이미 그들 사이에 너무 많은 일이 일어난 탓이다.

"합의 제안을 거절했다고 말해주려고 들렀어." 어조도 없이 딱 사실만 말했다. 편견 없는 뉴스 출처처럼. 아직도 그런 게 존재하는지 의문이지만.

캐서린은 혀끝으로 윗입술을 슬쩍 핥았다. "그게 현⋯⋯"

"상황이 좀 바뀌었거든." 아디가 캐서린의 말을 잘랐다. "곧 새로운 제안이 올 거야. 빠르면 오늘 중으로. 게다가 상당한 제안이 될 거야."

캐서린이 아디를 보며 눈을 깜빡거렸다. 완벽하게 뻗은 기다란 목에 붉은 반점 세 개가 번져나가기 시작했다. 도덕적 다툼에서 지는 편에 서 있기란 쉽지 않은 일이었다. 특히나 안전한 승리를 위해 자신의 일부를 팔아 우위에 있는 실용적인 편을 선택한 경우에는 더욱 그랬다. 캐서린의 입이 놀라서 동그랗게 벌어졌다.

"왜 그랬니? 왜 거짓말했어?" 아디는 참지 못하고 물었다.

캐서린이 거친 한숨을 내쉬었다. "전…… 저는 뻔하다고 생각했어요. 거리를 둘 필요가 있었어요."

아디가 팔짱을 꼈다. "무엇으로부터? 우리로부터?"

"아뇨." 캐서린은 관자놀이를 문질렀다. "그것만이 아니에요. 그냥 모든 것에서요. 멀어지고 싶었어요…… 그때 일어난 일에서요." 그녀는 손을 휘두르며 말했다. 아디는 잠자코 들었다. "이해해줄 거란 기대는 안 해요." 캐서린이 말했다. "프로스트 클라인에서는 저 자신을 지키지 못했어요. 그래서 어떻게 됐는지 봐요. 게다가 이번에는 그때보다 잃을 게 훨씬 많았다고요. 저는 해야 할 일을 했을 뿐이에요. 저만을 위해서가 아니에요. 제 입장에서는 에임스와 좋은 관계를 유지하는 편이 더 나은 선택이었어요."

아디는 침착했다. 아디가 가진 또하나의 능력이었다. "프로스트 클라인에서는 널 지켜줄 사람이 없었으니까 그랬겠지. 그리고 넌 그냥 너 자신만 '지키지' 못한 게 아냐. 우리까지 망치려고 했어, 캐서린."

"아니에요." 캐서린은 시선을 떨구고 고개를 저었다. "아니에요. 사적인 감정은 없었어요." 본인의 이야기에서 악당을 자처하는 사람은 아마도 없을 테지만, 아디는 이제 캐서린이 얼마든지 이야기를 지어낼 수 있는 사람이라는 것을 알았다. 그저 그녀가 줏대가 없는 건지, 계산적인 건지, 거짓말쟁이인 건지, 아니면 때에 따라 그 셋 모두가 될 수 있는 건지 알 수 없을 뿐이었다. "제가 부탁한 것도 아니잖아요. 전 회사에 소송해달라고 부탁한 적 없다고요. 아시겠어요? 싫다고 똑똑히 말씀드렸어요." 너무 흥분한 캐서린은 뒤통수를 문질렀다.

"알았어." 아디가 대답했다.

캐서린의 시선이 기다란 속눈썹을 지나 아디에게로 향했다. "처음부터…… 처음부터 작정하고 가서 그런 말을 한 건 아니에요." 아디는 미동도 없었다. "그때 증언하러 갔을 때 제가 입을 열기도 전에 코젯이 먼저 맞소송을 할 거라고 말했어요." 캐서린은 이제 속삭이고 있었다. "그리고 경찰이 에임스와 대립각을 세운 사람들을 예의 주시하고 있다고. 그러니 저보고," 그녀는 피식 웃었다. "정직하게 말하는 게 좋을 거라더군요. 이곳에서는 장래가 밝지 않냐면서. 전 직장에서 문제가 있었던 걸 이미 알고 있었어요."

"그래서 우리 뒤통수를 칠 수밖에 없었다는 거니?"

"아니면 절 가만두지 않았을 거예요. 또다시. 제 이름이 신문에 실려 더럽혀졌겠죠. 다시는 변호사 일을 할 수 없었을지도 몰라요. 몇 년간은 인터넷에 제 이름을 검색해도 제가 얼마나 뼈빠지게 노력했는지는 알 수 없게 되었을 거라고요. 〈로 리뷰〉의 에디터였던 것도, 얼마나 높이 올라갔는지도. 그저 남자를 성추행으로 고소했고, 그래서 그 남자가 죽었다는 사실만 알게 되겠죠. 코젯이 뭐라고 했는지 모르잖아요. 경찰이 저를 샅샅이 뒤졌을 거예요. 저는 그런 사상누각의 중심에 설 생각이 없었어요." 아디는 생각했다. 넌 그 중심에 서지 않았을 뿐만 아니라 누각을 무너뜨릴 바람이 된 거야. "경찰이 저를 신문했다고요, 아디."

"알아." 아디는 거의 꿈쩍도 하지 않았다. "나한테도 그랬어."

"당신 이름이 이미 기록에 있었어요. 에임스가 죽기도 전에."

에임스가 죽기 전에. 그럼 됐다.

"그럼 왜 경찰한테 말하지 않았니? 왜 전부 털어놓지 않은 거야?"

캐서린은 침묵했다.

"에임스는 좋은 사람이 아니었어." 아디가 말했다. 에임스에 대한 아디의 기억은 로스앤젤레스에서의 계약을 마무리하고 복귀한 지 하루인가 이틀 뒤에 그의 사무실에서 나눴던 대화가 거의 전부였다. 대화다운 마지막 대화이기도 했다. 구매자의 후회, 그는 그렇게 매도했다. 오기를 부리는 거라고. 그가 전화하지 않아 심통이 난 거라고. 단지 원 나이트 스탠드였다고. 다들 그러고 다닌다고. 그의 말이 맞았다. 사람들은 그러고 다녔다. 하지만 아디는 그런 사람이 아니었다. 아디는 알았다. 똑똑히 알았다. 자신이 술을 마셨고 심지어 인사불성이 됐다는 사실을. 하지만…… "우리 잠깐 솔직해질까?" 에임스가 말했다. "거울을 좀 봐, 아디. 내가 너랑 못 자서 안달났을 것 같아? 네가 원하지 않았으면 난 아무 짓도 안 했을 거야. 네가 그렇게 대놓고 꼬리만 안 쳤으면. 술을 몇 잔이나 시켰지? 원치 않았으면 그냥 먼저 갈 수도 있었잖아." 일련의 수치심이 수년간 아디를 따라다녔던 이유는 그녀가 그의 말을 믿어서가 아니었다. 아무짝에도 쓸모없는 앨 런킨 이외에는 아무에게도 그일을 말하지 않아서 에임스로 하여금 그녀가 그 말을 믿었다고 착각하게 만들었기 때문이었다. 수년에 걸친 경험의 눈으로 아디는 책상 너머에 앉은 캐서린을 바라보았다. "가끔은 좋은 사람이 되려고 노력했을지도 모르지." 아디는 계속 말했다. "상황이 받쳐줄 때나 너무 어렵지 않을 때는 말이야. 하지만 그는 좋은 사람이 될 수 없었어."

거의 알아볼 수 없을 정도의 끄덕임.

"어쨌든." 아디는 손을 털었다. "너한테는 직접 말해주고 싶었어."

"그렇지만," 억지로 침을 삼키는 캐서린의 목구멍이 움츠러들었다. "다 끝난 게 아니에요. 아직 남았잖아요." 그녀가 살짝 쉰 듯한 목소리로 말했다.

"그건 나도 몰라." 아디는 천천히 창문 쪽으로 걸음을 옮겼다. 거대한 유리 구멍. 아디는 블라인드를 걷어올렸고, 캐서린은 움찔했다. "하지만 에임스와 그렇게 사이가 좋았다며. 근데 뭘 걱정하니?"

발진처럼 붉은 반점이 캐서린의 턱까지 스멀스멀 기어올라왔다. "제가 에임스를 만난 걸 경찰이 알아요."

"네가 에임스를 만났으니까."

"아디, 저 어떡하면 좋아요?" 캐서린이 명치에 손을 얹고 애원했다. 이미 할 만큼 해준 거 아닌가?

아디가 어깨를 으쓱했다. "기다려봐야지."

아디는 캐서린의 얼굴에서 희망을 보았다. 또다시 살려달라고 애원하는 저 어여쁜 얼굴에 번지는 환한 기대감. "아디, 전……"

"캐서린." 아디가 말을 끊었다. 그녀는 옳은 선택을 했기 때문이다. 결과가 어찌되든 상관없이 후회하지 않을 선택지를 골랐다. 그녀는 친구들을 선택했다. 그리고 이제 캐서린은 자신의 선택을 감당해야 한다. 그 선택에 후회가 있든 말든 아디가 신경쓸 일이 아니었다. 유일하게 신경쓸 일은 둘 사이에 생겨버린 비밀뿐이었다.

"우린 이제 친구 아니야."

56

5월 4일

다음날 로살리타는 일터로 돌아왔다. 분무기와 라텍스 장갑, 새 쓰레기봉투와 화장실의 빈 휴지걸이가 기다리는 곳으로. 건물 내부의 콘크리트 공간으로, 그 동맥인 층과 층을 잇는 텅 빈 복도로. 십 년을 한결같이 해온 일이었다. 여기서는 지난 스물네 시간 동안 무슨 일이 있었는지 아무도 몰랐다. 그녀는 일에 빠져들었다. 그녀의 일이었고, 그래야 했기 때문이다.

크리스털과 함께 사무실을 하나씩 청소하고 완료 표시를 해나가는 동안 밤의 숨결이 그들을 에워쌌다.

이따금 로살리타는 크리스털에게서 어린 날의 제 모습을 보았다. 이를테면 크리스털이 몸을 틀면서 휴지통을 집어들 때나 이런저런 상념이 떠올라 자기도 모르게 눈알을 굴릴 때. 그 모습을 보면서 로살리타는 벌써 마음이 물러진 건가 하는 걱정이 들었다. 성공은 사람의 마음을 물러지게 했고, 그녀는 이겨도 아주 크게 이긴 터였다. 살로몬과 함께 트루비브에 대항해 얻어낸 승리였다. 그런

데도 일터로 돌아왔건만, 차이가 벌써 모습을 드러내기 시작했다. 이유는 분명했다. 로살리타는 여기 있을 필요가 없었다. '필요'란 단어만 지워도 모든 것이 바뀌었다.

"예정일이 언제니?" 회의실 유리창을 닦으면서 로살리타가 처음으로 물었다. 크리스털의 임신은 이제 모르는 게 이상할 정도였다.

크리스털은 곧바로 대답하지 않았다. 그녀는 까치발로 서서 유리창을 닦는 중이었다. "8월요." 그녀가 발꿈치를 내리면서 살짝 휘청거렸고 로살리타는 잡아주고픈 욕구를 애써 눌렀다. 크리스털은 미소를 짓더니 멋쩍어했다. "제 생일도 8월이에요. 그래서 아기도 제 생일에 태어났으면 좋겠어요. 그럼 멋질 거예요. 제가 이제 스무 살이 되거든요. 정확히 스무 살 터울의 모녀가 되는 거죠." 크리스털이 활짝 웃자 삐뚤빼뚤한 치아가 훤히 드러났다. 로살리타는 여태껏 그걸 못 봤다.

로살리타는 유리세정제를 창문에 분사했다. 스무 살이구나. "그럼 딸이야?"

크리스털은 다시 창문을 닦고 있었다. "네. 임신 사 개월일 때 의사 선생님이 말해줬어요."

"출산 준비는 다 했니?" 로살리타가 물었다. 일정한 직업을 갖는 건 크리스털에게 좋은 일이었지만 임신한 걸 알았다면 작업반장은 그녀를 고용하지 않았을 것이다. 로살리타는 반장이 크리스털의 임신 사실을 눈치채고 그녀를 해고하지 않기를 바랐다. 그런 일이 이곳에선 종종 일어났다.

"대충요. 실은, 아뇨. 준비 못했어요. 애아빠가 아직 결정을 못했거든요. 그러니까 아기가 태어나도 곁에 있을지 말이에요. 그래서

저도 어디서 지낼지 고민하는 중이에요." 크리스털은 로살리타를
쳐다보지 않으려고 애쓰면서 말했다. 로살리타는 자신의 배가 점차
불러오고 사람들의 시선이 ─매번 너무도 뻔하게─ 그녀의 왼쪽
약지로 향할 때마다 고개를 더 빳빳이 쳐들고 다녔던 기억이 떠올
랐다. "걱정 마세요. 어쨌든 아기는 낳을 거예요. 저는 가족이 없거
든요." 크리스털은 배를 문질렀다. "근데 이제 생겼어요."

로살리타는 청소카트 뒤에 걸어둔 쓰레기봉투에 페이퍼타월을
던졌다. "나도 아들을 혼자 키웠어. 할 만해. 넌 잘할 거야." 물론
아무도 장담할 수는 없었다.

크리스털은 볼 안쪽을 깨물었다. 로살리타도 저 시절을 지나왔
다. 혼자서. 아무런 확신도 없이. 계속 화가 난 채로.

로살리타는 한숨을 내쉬었다. "주소 적어줘." 그녀가 말했다.
"저 클립보드에. 내 아들이 아기 때 쓰던 물건을 가져다줄게. 젖병
이랑 우주복, 흔들침대랑 장난감을 아직 가지고 있어. 진짜 많아.
넌 봐도 못 믿을걸. 다 필요할 거야." 로살리타는 언젠가 또 아기를
원할지도 모른다는 생각에 살로몬의 물건을 하나도 버리지 않고
보관해왔지만, 그런 날은 왔다가 다시 가버렸다.

크리스털은 고개를 저으며 사양했다. "아뇨." 대답이 쏜살같았
다. "됐어요. 헌 물건은 사양이에요. 전 불우이웃이 아니라고요."

로살리타는 크리스털에게 다가갔다. 그들의 사적인 공간이 불쾌
할 정도로 맞붙었지만 로살리타는 뒤로 물러서지 않았다. "그만둬.
내 말 알아들어? 그런 짓은 그만두라고. 앞으로는 도와준다는 여자
가 있으면 빼지 말고 도움을 받아. 알았어?"

크리스털이 곁눈으로 로살리타를 흘끗 쳐다봤다. 로살리타는 눈

썹을 치켜세우고 전혀 물러설 기미 없이 떡 버티고 서 있었다. 크
리스털은 마지못해 고개를 끄덕였다.

57

5월 18일

"세상에, 얼마 만이야." 슬론은 빈 의자에 무거운 핸드백을 떠맡기듯 내려놓았다. 이 레스토랑에 특별한 것이 있다면 그것은 플랜테리어였다. 적갈색 화분에서는 포도 넝쿨이 탐스럽게 흐드러졌고, 다육식물이 원목 선반을 장식했다. 테이블 중앙에 놓인 수공예 도자기 머그잔에는 미니어처 난초가 하얀 꽃을 피웠다. 그야말로 핀터레스트용 사진이 쏟아질 법한 곳이었고, 사진의 모티브가 너무도 수월하고 자연스러워 보여 누구나 따라 할 수 있을 것 같지만 아무도 따라 할 수 없고 슬론은 따라 하고 싶지도 않은 그런 분위기였다. "못 본 지 한참 된 것 같아." 슬론은 아디와 그레이스를 차례로 껴안은 뒤 장인정신이 담긴 위시본 체어에 털썩 앉았다. "너무 좋아서 손 떨리는 것 좀 봐. 진짜로. 내 손 좀 봐." 슬론은 손바닥을 폈고, 그녀의 손이 실제로 약간 떨렸다. 저혈당 때문인지도 모르지만.

"겨우 나흘 됐잖아." 아디가 작은 나무판에 종이를 꽂아 만든 약식 메뉴판을 보다가 고개를 들었다.

"그러니까 제일 오래 못 본 거잖아. 그때 이후로……" 슬론이 팔을 저었다.

"내 출산휴가 말이지?" 그레이스가 거들었다.

"그렇지." 슬론은 고개를 끄덕이며 앞에 놓인 메뉴판을 들고 와인 목록을 훑었다. 뭔가 차갑고 산뜻한 화이트와인이 좋을 것 같았다. "너희 없이는 하루도 못 사는 거 알잖아." 슬론은 진녹색 멜빵 외에는 온통 하얗게 차려입은 웨이트리스를 손짓해 불렀다. "저는 스타몽 샤르도네 한 잔 주시고요, 너희는 뭘로 할래?"

"같은 걸로 부탁해요." 그레이스가 대답했다.

"저도요."

슬론이 눈썹을 치켜올렸다. 이 버릇을 고치려고 다음주에 보톡스 시술을 예약해놓은 참이었지만 오늘 하루쯤이야…… "그럼 한 잔씩 주세요. 고마워요." 슬론은 땅딸막한 메이슨자에 담긴 미지근한 물을 한 모금 마셨다. "그레이스, 너 달라 보인다. 드디어 수유에서 해방된 거야?"

그레이스는 칼라가 반듯한 꽃무늬 셔츠원피스를 입고 있었다. "굳이 알아야겠다면, 맞아." 물론 슬론은 항상 알아야만 했다. "이젠 공갈 젖꼭지도 허락했어."

"신문에 날 일이네." 아디는 손가락으로 애피타이저 목록을 훑고 있었다.

"그러지 마." 그레이스가 흰색 냅킨을 무릎에 두르며 말했다. "나한텐 힘든 결정이었다고."

"당연하지." 슬론은 허리를 굽히고 오버사이즈 선글라스를 핸드백에 집어넣었다. "자, 이제 말해봐." 그녀가 테이블에 팔꿈치를 올리고 몸을 가까이 기댔다. "네가 짐을 챙기러 갔을 때도 걔가 거기 있었니?"

"모르겠어." 그레이스의 시선이 슬쩍 개방형 주방 쪽을 향했다. "실은 확인해볼 생각을 못했어."

그렇다. 그날 이후로 캐서린과 얘기를 나눈 사람은 아무도 없었다. 슬론은 그들의 삶에서 그토록 깨끗하게 지워져버린 캐서린이 애초에 존재한 적도 없는 사람이라고 생각했을지도 모른다. 캐서린의 등장과 함께 모든 것이 변하기 시작했다는 사실만 아니라면 말이다. 사흘 전 슬론은 그레이스와 아디에게 전화를 걸어 에임스의 사망이 자살로 공식 종결되었다는 소식을 알렸다. 살인으로 추정할 만한 근거가 충분치 않았던 모양이었다. 마틴 형사가 고맙게도 직접 전화로 알려주었다. 슬론이 그토록 기다려왔던 그 소식은 엇갈린 반응을 낳았다. 코젯처럼 그들이 너무 갔다고, 부당했다고, 어느 정도는 에임스의 죽음에 책임이 있다고 생각하는 사람들도 있었으니까. 합의 계약서와 헬렌 예의 로펌에서 처리중인 고액의 일시불 합의금 수표에도 불구하고 말이다. 여담이지만 우리의 변호사 헬렌은 이제 기쁜 마음으로 40퍼센트를 챙길 수 있게 되었다 (짜증나게도!).

"데릭이 돌아왔어." 슬론은 단번에 쏟아내지 않으려고 와인이 나올 때까지 기다렸다 말을 꺼냈다.

"산에서?" 아디가 메뉴판을 접시 위에 내려놓았다.

"애팔래치아산맥이야. 턱수염도 길렀더라."

"그래서?" 그레이스가 재촉했다.

"그래서 일주일 동안 등산하고 콩 통조림만 먹다가—부정 탈까 봐 말하지 않으려 했는데—암튼 데릭이 그랬어, 다시 잘해볼 생각이 있다고." 슬론은 그가 진심이길 바랐다. 그녀는 남편이 안쓰러웠다. 소송이 합의로 끝나고 로살리타의 이야기가 신문에 보도되면서 인터뷰 요청과 토크쇼와 팟캐스트 출연 제의가 쇄도했고, 심지어 구애의 손길을 뻗는 출판 관계자까지 있었다. 사람들은 이제 '끔찍한, 영웅적인, 고통스러운, 용기 있는' 같은 형용사를 즐겨 썼다. 그리고 그 한복판에 부정한 아내에게 평화롭게 시위하고픈 남편 데릭이 있었다. "참," 슬론이 막 생각나서 덧붙였다. "학교에 애비게일의 친구가 생겼어. 이름이 로티 실버먼이래. 우리집에 정확히 세 번 놀러왔으니 친한 게 맞는 것 같아. 로티라니, 이름도 근사하지 않니? 사실 그앨 보면 네가 떠올라." 슬론은 아디를 보면서 말했다. 검은색으로 차려입은 아디는 레스토랑의 산뜻한 인테리어와는 전혀 안 어울렸지만, 그게 바로 아디였다.

"무슨 뜻인지 물어보고 싶지도 않다." 아디가 의자에 삐딱하게 앉았다.

"난 알 것 같은데." 그레이스가 와인을 죽 들이켰다.

좋은 와인이었다. 슬론은 와인을 좀 알았다. "좋아, 얘들아." 그녀는 찬김이 서린 와인잔을 들어올렸다. "건배하자. 우리의 첫번째 회식을 위하여." 그들은 잔을 부딪쳤고, 심지어 건배를 질색하는 아디도 빼지 않았다. "중요한 일부터 처리하자. 어떤 사무실을 얻어야 할까? 시크한 남부 스타일? 아니면 미드센추리? 근데 그 스타일을 아직도 쳐주나?"

아디가 가방에서 다이어리 수첩을 꺼냈다. 작은 가죽 제본 다이

어리를 늘 챙겨 다니는 파트너가 있다는 사실에 슬론은 듬직하고 똑똑해진 기분이 들었다. "중개인이 보내준 업타운 사무실을 몇 개 봤어." 아디가 말했다. "난 좋긴 한데, 다들 정말 업타운이 괜찮은 거야?" 슬론이 말하려고 입을 열자 아디가 펜촉으로 그녀를 가리키며 제지했다. "〈Uptown Girl〉 부르지 마."

그럴 거면 솔직히 거길 뭐하러 가나?

"알았어. 로살리타한테는 일자리를 제안할 거야? 어떻게 해야 맞는 건지 모르겠어. 제안을 받아들일지도 의문이고, 또……"

"할 거야." 아디는 접시 주변에 나이프와 포크를 바르게 정돈했다. "일자리를 제안할 거야. 꼭 청소일일 필요는 없어. 하지만 뭐든지 꼭 제안해야 해. 나도 로살리타가 어떻게 나올지는 모르겠지만."

합의금은 셋이 아니라 넷으로 분할될 것이다. 그들 가운데 유일하게 로살리타만 아직까지 트루비브에 남았다. 그녀는 배를 버리기 전에 통장에 들어온 돈부터 확인하고 싶어했다. 처음 슬론이 고집스럽게 그 모든 일을—배드맨 리스트부터 성희롱 소송까지—밀어붙인 이유는 트루비브에서의 미래를 꿈꿨기 때문이었다. 하지만 그런 말을 듣고 그런 일을 당하고 보니, 불법 사망 혐의를 씌워 그녀의 인생을 망치려 하고 그들 모두를 파괴하려 했던 회사를 위해 더는 일할 수 없었다.

그레이스가 아랫입술을 깨물었다. 그녀는 엄지와 검지로 와인잔 손잡이를 잡고 빙빙 돌렸다.

"알았어. 뭔데?" 슬론이 물었다. "왜 그렇게 조용해? 미드센추리가 싫은 거지, 맞지?"

그레이스는 숨을 들이쉬었다. "있잖아," 그녀는 무릎 위에 얌전히 손을 포갰다. 슬론은 뒷목이 싸해지는 느낌이 들었다. "분위기를 망치고 싶은 건 아니야. 그냥 난…… 다들 변호사 사무실을 개업하는 일로 들떠 있는 건 아는데, 난 그냥…… 내가 할 수 있을지 모르겠어. 지금 당장은 말이야." 그녀는 손가락 두 개로 미간을 꾹 눌렀다.

"뭐?" 아디가 의자를 앞으로 끌면서 물었다. 그 바람에 조용한 레스토랑 안에 시끄럽게 끼익하는 소리가 울려퍼졌다. 점심을 먹던 여자들이 돌아봤다.

그레이스는 순간 안절부절못하는가 싶더니 이내 침착해졌다. "나도 너희랑 함께하고 싶어. 정말이야. 근데 파트타임으로 시작하는 건 어떨까? 얼마간 쉬었다 말이야." 이번에는 와인을 벌컥 들이켰다. "내 자리 없이 진행해야 된대도 이해할게. 지금 새로 약을 먹기 시작했거든. 건강을 좀 살펴야 할 것 같아." 그레이스는 교통경찰처럼 팔을 이리저리 휘두르며 빠르게 말했다.

슬론의 입이 떡 벌어졌다. "너 죽니? 그런 거야? 혹시 유방암이야?" 그녀는 마음을 굳게 먹고 물었다. "유방암이지, 그렇지?"

"아니, 아냐, 맙소사. 그런 거 아니야. 나…… 나 산후우울증이야." 그레이스는 마치 '나병'에 걸렸다는 고백을 하듯 나직이 속삭였다.

"오, 자기야." 슬론은 아디와 시선을 주고받았다. 그녀는 친구를 애칭으로 잘 부르지 않았지만 가끔은 그래야 하는 순간이 있었고, 지금이 바로 그런 순간이었다. "왜 우리한테 말하지 않았어?" 그렇게 물으면서 속으로는 딴 데 정신이 팔리지 않았다면 알아차렸을까 자문했다.

"그냥 내 얘기 같지 않았어. 그래서 아닌 줄 알았지. 근데 실은 에임스가 알려줬어."

에임스. 충격이었다. 슬론은 너무 정신이 팔려 몰랐던 사실을 에임스가 알아채다니.

"어쨌든 미안해. 난 그저……"

"제발." 슬론이 끼어들었다. "제발 언제든지 네가 준비됐을 때 돌아와."

그들은 마음이 한결 편안해졌다. 슬론은 모든 것이 착착 제자리를 찾아가고 있다는 느낌이 들었다. 그녀는 '하늘의 계시다' 혹은 '모든 일에는 이유가 있다'는 말처럼 우주가 무슨 금발머리 중년 여성의 속사정까지 일일이 신경쓴다는 듯한 개념을 경멸했지만, 이번만큼은 그녀도 일이 순리대로 돌아가고 있다고 말할 수 있었다.

"고백하는 분위기인 것 같아서 하는 말인데……" 아디가 자세를 고쳐 앉았다.

슬론의 눈빛이 날카로워졌다. "너 누구 만나지? 그럴 줄 알았어. 감이 오더라니까."

아디가 한쪽 눈을 찡그렸다. "뭐? 아니야. 데이트하는 건 맞지만. 실은 오늘 저녁에."

"이봐, 이봐."

"오, 괜찮은 사람이야?" 그레이스가 물었다.

"몰라, 나도 아직은 몰라. 인터넷에서 만난 사람이야. 난…… 아니, 그게 아니라 내가 할 말은 따로 있어." 아디는 잠시 허둥거리더니 금세 중심을 찾았다. 슬론은 물어보고 싶은 질문이 열댓 개는 됐다. 하지만 당장 질문을 퍼부을 만큼 눈치가 없지는 않았다. "너희한테 꼭 해야 하는 말이야." 그레이스와 슬론이 기대어린 표정으로 기다렸다. "다 같이 겪은 일을 생각하면 너희도 알아야 할 것 같아…… 내 말은, 너희도 알겠지만 나랑 에임스 사이가 별로였잖아. 근데 사실 일이 좀 있었어. 에임스한테 성폭행당했었어." 아디는 의자에 기대앉았다. 받아들일 시간을 주면서.

"잠깐만, 뭐?" 그레이스의 어여쁜 푸른 눈이 가늘어졌다.

"에임스가 성…… 날 강간했다고. 이 말을 하는 데 이렇게 오래 걸렸다는 게 좀 부끄럽지만, 그래도 너희는 알아야 할 것 같았어. 그리고 미안해, 슬론. 어떻게 말해야 할지 몰랐어. 그때 내가 더 강력하게 경고해줬어야 했는데."

"뭐…… 언제? 뭘?" 슬론은 눈을 뜨고도 보이지 않는 무언가에 시야도, 혼란도, 분노도 전부 가려져버린 기분이었고 진정할 곳을 찾았지만 안타깝게도 그런 곳은 없었다.

"그때 난 취했어." 아디가 입 밖으로 소리 내어 말했다. "인사불성으로. 네가 회사에 들어오기 직전에 내가 로스앤젤레스에 갔다 왔던 거 기억하니? 그 끔찍한 피터 계약 건을 마무리짓고 돌아왔던 것 말이야. 다들 그 얘기만 했었잖아. 암튼 그때 에임스랑 같은 호텔에 묵었어. 사실 이 년 전엔가 매트릭스 밴드에 공을 들일 때 너랑 같이 묵었던 호텔이야."

"천장에 담쟁이넝쿨이 있던 그 호텔?"

"응, 거기."

슬론은 이런 시답잖은 정보는 좋아하지 않았다. 갑자기 속이 메스꺼웠다. 식당 안이 빙글빙글 도는 것 같았다.

"어쨌든 다 기억나는 건 아니야. 난 그냥 과거는 뒤로하고 전부 잊어버리고 싶었어. 우리 아빠가 비밀을 지키는 가장 좋은 방법은 비밀이 없는 척하는 거라고 자주 말하셨거든……"

"그리고 내가 에임스랑 잔 거네?" 슬론은 거의 소리를 지르다시피 했다.

아디가 식당 안을 슬쩍 훑었다. "슬론. 알아. 나는……"

"그렇지만…… 아디, 그럼 날 정말 싫어했을 거 아냐." 슬론이 끼어들었다.

그 말에 아디는 진심어린 웃음을 터뜨렸다. "노력은 해봤지." 그녀가 인정했다.

"아니, 진짜로." 슬론은 테이블 모서리를 붙잡고 가슴을 내밀며 아디에게 쉭쉭거렸다. "틀림없이 날 싫어했겠지."

슬론은 뭔가가 올라오는 것처럼 얼굴이 화끈거렸다. 물 한 잔이 더 필요했다. 아디가 자신의 것을 밀어주어서 슬론은 그 물을 마셨다.

갈증이 가시자 슬론은 무거운 표정으로 앉아 있었다. 그 말을― 아디의 말을―꺼내기까지 들인 노력의 무게가 마음을 무겁게 짓눌렀고 극심한 피로가 뼛속까지 스며들었다. 심지어 그녀가 한 말이 아니었는데도 말이다.

"조금 복잡해." 아디가 말했다. "난 네가 에임스를 곧바로 싫어했으면 했어. 당시에 내가 너무 싫어하던 사람이니까 다른 사람도 그럴 거라 생각하면서. 근데 몇 달이 지나고 나니까 나만 별종인가 싶더라고. 다 오해였나 싶기도 하고. 게다가 네가 친구하자고 끈질기게 따라다녔잖아."

"안 그랬거든." 슬론은 냅킨으로 입술을 두드리다 입 주변에 분홍색 얼룩을 남겼다. "알았어, 인정할게. 그랬던 것 같네." 그녀의 미소가 흔들렸다. "그럼 나중에는 왜 말 안 했니? 캐서린 때라도 말할 수 있었잖아."

"너무 늦은 것 같았어. 이제 와 말해서 무슨 도움이 되겠나 싶었지. 다른 일도 있었고."

머뭇거리는 아디의 미간이 찌푸려졌다. "그레이스, 괜찮니?"

오, 맙소사. 불쌍한 그레이스. 그녀는 울고 있었다. 우는 게 당연했다. 그녀에게는 너무 버거운 이야기일 테니까. 호르몬에 산후우울증까지. 이런 이야기를 듣게 해서는 안 됐다. 13세 이하 청취 불가! 그레이스 앞에서는 13세 이하 청취용으로 조정해서 말해야 했다.

"난 괜찮아." 아디가 그레이스를 달랬다. "정말이야." 그 말이 정말인지 슬론이 어떻게 알겠는가? "왜 이렇게 속상해해?"

"왜냐면 에임스가 너한테 그런 짓을 했으니까. 그리고 내가 죄책감이 드니까. 그런데다 죄책감이 드는 것에 또 죄책감이 들어." 그레이스는 울음을 참으려 했고, 그 모습이 너무 고통스러워 보였다. "에임스가 죽었고, 그런 얘기까지 들었으니 난 기뻐해야 맞는 거지? 안 그래?" 그녀는 주먹으로 코를 누르고 있었다. 셋 중에서는 분명 그레이스가 에임스를 싫어하고 캐서린을 믿는 걸 가장 힘들어했지만 어쨌든 그녀가 해냈다는 게 중요했다. 그녀는 친구들을 믿었다. 그런데도 자신을 너무 다그치고 있었다. "사실은," 그레이스가 말했다. 침을 삼키는데 목구멍이 아파 보였다. 그녀는 눈을 감았다. "내가 에임스를 죽였어."

58

5월 18일

그레이스가 에임스를 죽였다. 아디가 잘못 들은 걸까? 그레이
스. 그레이스가 에임스를 죽였다니. 슬론은 고래처럼 와인을 뿜었
고, 아디는 슬론에게 오버하지 말라고 할 수 없었다. 그레이스가
에임스 개릿을 죽였다고 자백했으니까. 물론 전혀 사실이 아니었
다. 그레이스가 제정신으로 하는 소리일까?

"왜 그런 말을 해?" 아디가 머뭇거리며 물었다.

와인에 두 배나 빨리 취하기라도 한 듯 그레이스의 눈빛이 몽롱
했다. "왜냐면 내가 죽였으니까. 에임스를 마지막으로 본 사람이 나
야." 그녀가 말했다. "내가…… 음……" 말이 서글픈 신음처럼
나왔다. 싸울 의지를 상실한 동물 같았다.

"그레이스, 말이 안 되잖아." 슬론은 그레이스에게 가까이 다가
가려고 테이블보에 상체를 딱 붙였다.

"아니." 그레이스가 말했다. "그래야 말이 돼." 그녀는 턱을 당
기고 잠시 진정하는 시간을 가졌다. "에임스가 날 위하는 척하면서

속였다는 게 너무 분했어. 어쩌면 날 속일 수 있다고 생각한 것 자체가 내 자존심을 건드렸는지도 몰라. 어쨌든 여기까지는 슬론한테도 한 얘기야. 근데…… 근데 그날 아침에—그가 죽은 날 말이야—말도 안 되는 메시지를 보내서 날 또 낚으려고 하는 거야. 난 우리가 친구인 줄 알았는데. 에임스가 한 말이야. 내가 해야 할 말 아니니? 그래서 따지러 간 거야." 그레이스는 고개를 젖히고 잠시 천장에 노출된 목재 들보를 올려다봤다. "사무실에 갔는데 에임스가 없길래 발코니에서 담배를 피우는구나 싶었어. 맹세코 난 그냥 내 생각만 말하고 올 작정이었어. 정말 그랬는데, 그럴 생각이었는데, 담배를 피우니까 마음이 차분해졌어. 그러니까, 몸은 덜덜 떨리는데 기분이 괜찮았어. 강해진 느낌. 너희는 언제나 꿋꿋하게 자기방어를 잘하잖아. 그래서 나도 그래보고 싶었어. 그저……"

아디가 웃음을 터뜨렸다. "진심이야? 방금 내가 한 얘기를 듣고도? 정말 그렇게 생각해?"

그레이스는 진지했다. "응. 그렇게 생각해." 그 말에 아디는 입술을 꾹 깨물었고, 그녀답지 않게 심장에 찌릿한 통증을 느꼈다. 이제 그들은 서로를 보는 시각이 예전과 달라졌고, 그건 선물이었으니까. "어쨌든 내가 말하고 있는데 에임스가 내 담뱃불로 불을 붙이려고 나한테 기대는 거야. 그래서—모르겠어—경악했던 것 같아. 소름이 끼쳤어. 몸에서 이상한 경련이 일었고, 어떻게 했는지 모르겠는데 내 반지에 그의 눈썹이 걸렸어. 반지의 프롱 하나가 헐거웠거든." 그레이스는 자연광을 받아 왼손에서 환하게 반짝이는 눈부신 다이아몬드를 유심히 살폈다. 아디는 반지를 끼었던 때가 그리웠다. 결혼반지를 팔아버린 그녀는 괜히 그랬다고 후회하고 있었다. "맙소사, 근데 얼굴에서 새빨간 피가 나는 거야." 그레이스는 당시를 떠올리며 손으로 얼굴을 감쌌다. "정말 뚝뚝 떨어졌어." 그리고 아디는 궁금했다. 그레이스가 이마에 베인 상처를 정말로 봤을까? "에임스가 엄지로 피를 닦고 난간에 문지른 다음 나한테…… 나한테 그랬어. 나쁜 년이라고. 아무도 나한테 나쁜 년이라고 한 적은 없었어. 적어도 면전에서는. 그땐 나도 무슨 생각이었는지 모르겠어. 딴사람이 된 것 같았어. 눈앞이 깜깜해지더라. 그래서 나도 받아쳤지. '지옥에나 떨어져.' 누가 그런 말을 하니? 그것도 발코니에서." 그레이스는 눈 밑으로 흘러내린 눈물을 닦았다. "거기서 대화하는 우리를 캐서린이 봤을까봐, 내가 에임스를 때리는 걸 봤을까봐 겁이 났어. 그런 뒤에 난 내려왔고, 그다음은 어쨌든 너희도 다 아는 얘기야."

아디는 다음에 일어난 일을 알았다. 하지만 그레이스가 아는 것과는 달랐다.

그레이스가 말하는 동안 슬론은 와인에 손도 대지 않았다. "그걸 네 탓으로 돌릴 순 없어, 그레이스." 슬론이 말했다. "에임스가 머릿속으로 무슨 생각을 했는지 어떻게 알아."

"슬론 말이 맞아."

"진짜야, 내가……"

"에임스를 마지막으로 본 사람은 네가 아냐." 아디가 말했다.

슬론의 시선이 곧바로 아디를 향했고, 슬론의 얼굴에 떠오른 의문은 분명했다. 대체 그날 18층에서 무슨 일이 있었던 걸까?

아디는 그날 자신에게, 자신으로 인해 무슨 일이 일어났는지, 또 자신이 아니었으면 무슨 일이 일어났을지 분명히 알고 있었다. 우연히 엘리베이터에서 마주친 캐서린이 18층에서 내리는 걸 본 이후에 일어난 일이었다.

아디가 아는 사실은 이러했다. 급여 담당자가 오후 한시 삼십분 경에 아디가 급여 양식에 서명을 받았다고 확인해줬다. 하지만 그는 정확한 시간을 확인한 바 없었다. 어쨌든 덕분에 그녀가 에임스의 사망 직후에 엘리베이터를 탔던 이유가 설명되었고, 용의선상에서 완전히 배제될 수 있었다. 한편 아디는 급여 담당자에게 서명을 받은 시간이 한시 이십오분에 가깝다는 사실을 알았다. 그러니까 오 분이 비었다.

아디가 다시 모습을 드러내기 전, 그 사라진 오 분 사이에 무슨 일이 있었던 걸까? 아디는 발코니를 서성이며 담배를 피우는 에임스의 모습을 떠올렸다. 이제는 몇 년이나 지났지만 이미 본 적이 있었기에 어렵지 않게 떠올릴 수 있었다. 그녀는 에임스가 자신의 행위를 정당화하며 상대가 원치 않았다면 절대 안 했을 거라고 캐서린에게 말하는 모습을 상상했다. 아디도 들어본 적이 있는 말이었다.

캐서린이 엘리베이터에서 내리는 순간 아디의 마음이 동요했고, 갑자기 슬론이 떠올라 아디는 인생을 뒤바꾼 결심을 했다. 캐서린을 따라 18층에서 내린 것이다. 양심을 달래야 했다. 그냥 확인만 하자. 점점 높아지는 에임스의 언성을 따라간 아디는 유리 슬라이딩도어 너머로 지켜보았다.

에임스가 손으로 자신의 얼굴을 쓸었다. 캐서린은 그를 밀치고 지나가려 했지만 에임스가 팔로 그녀를 막았다.

그때 귀싸대기가 올라갔다. 충격. 찌릿한 전율. 돌아가는 에임스의 턱을 따라 아디의 턱도 움찔했다. 캐서린의 손이 독사처럼 바람을 갈랐다.

만약 슬론이 혐의를 받았다면, 혹은 그레이스나 심지어 캐서린이 받았다 해도 아디는 이렇게 말했을 것이다. 모든 것이 너무 순식간에 일어났다고. 늦었든 말든 경찰서로 찾아가 전부 털어놓았을 것이다.

하지만 그런 일은 일어나지 않았다. 대신 그보다 훨씬 더 음흉한 일이 일어나 그레이스가 혼자서 끙끙대며 자책하고 있었다. 그래서 문제는 이제 아디가 어떻게 해야 하느냐가 되었다.

"네가 에임스를 봤니?" 슬론이 물었고, 이제 레스토랑 안에는 그들의 테이블만 존재하는 느낌이 들었다. 그레이스도 눈물을 멈추고 빤히 쳐다보았다.

"나만 본 게 아니야." 아디가 천천히 대답했다.

그때 웨이트리스가 식사 주문을 받으려고 다가왔다. 아디는 아무것도 모르는 진녹색 멜빵의 여자에게 자신들이 어떻게 보일지 생각해보았다. 나쁜 소식은 기묘하게도 그것을 전달하는 사람에게는 전혀 새로울 것이 없게 돼버린다. 그래서 아디는 슬론과 그레이스를 위해 폭로라는 색을 입혀 말하기로 했다. 그녀는 말할 내용을 추렸다. 세심하게.

아디는 메밀 면과 숙주나물을 곁들인 무지개송어구이를 주문했다. 그러는 동안에도 슬론과 그레이스는 숨죽인 채 웨이트리스가 떠나기만 기다렸다. 아디는 물잔도 채워달라고 할 참이었다.

"그게 무슨 말이야?" 그레이스는 십자가 목걸이를 움켜쥐었다.

"에임스가 캐서린한테 보자고 해서 캐서린이 찾아갔어. 그 사실을 알았을 때 난 당연히 걱정이 됐고."

아디는 이런 흥미로운 얘기를 들은 적이 있었다. 여자는 끊임없이 폭력을 두려워하며 세상을 살아가지만, 남자가 가장 두려워하는 것은 조롱이다.

"내가 에임스를 만난 뒤인 거 확실해?" 그레이스는 이마를 찌푸렸다. 그녀의 얼굴에 새로운 표정이 떠올랐다. 희망어린 표정이.

사실 아디가 바라는 만큼 순식간에 일어난 일은 아니었다. 에임스가 캐서린의 목을 조르고 그녀의 속눈썹 위로 침을 튀기면서 고함을 지른 건 분명했지만 무슨 말이었는지 아디는 기억나지 않았다. 발코니의 시멘트 난간까지 내몰린 캐서린의 눈이 궁지에 몰린 사슴의 눈처럼 툭 불거졌다. 화기가 치솟은 에임스의 얼굴은 보라색으로 변했다.

칼날이 바람을 가르는 소리와 함께 유리 슬라이딩도어가 열렸다.

"에임스!" 아디는 그의 셔츠 칼라를 붙잡아 당기며 그의 팔꿈치를 붙들었다. 지금 제정신으로 이러는 걸까? 아디는 에임스가 어떤 인간인지 충분히 알면서도 그에게 또다시 놀랐던 기억이 났다. 아, 이 인간은 이런 짓도 할 수 있구나 하고 말이다. 캐서린은 손으로 기도를 감싼 채 허리도 펴지 못했다.

그리고 다음 순간 아디의 내면에서 폭발이 일었다. 그녀는 에임스가 최후에 본 것이 무엇인지 궁금했다. 맹목적 분노, 드러난 이빨, 호기심, 냉담한 의도, 아니면 갑갑한 좌절감. 그녀가 그의 눈에서 본 것은 증오와 육욕적 분노, 그리고 '감히 네년이' 하는 배신감이었다. 아디는 갈등했다. 자신을 잡은 그의 팔을 느꼈다. 자신의 힘과 그의 힘이 동시에 느껴졌다. 본능적인 예의가 둘의 힘을 최대치까지 끌어올리진 않았다.

그때 아디의 뇌리를 스치는 깨달음이 있었다. 이제 이전으로는 되돌아갈 수 없다.

돌이킬 수 있는 순간은 이미 지났다. 아디가 에임스를 캐서린한 테서 떼어놓은 그 순간에.

아디는 그를 다시 밀어버렸다. 이번에는 어깨를 이용해 그의 가슴팍을. 놀란 에임스가 끙 하는 신음과 함께 비틀거렸다. 그는 한쪽 발만 땅에 디딘 채 중심을 잡기 위해 안간힘을 썼다. 그러다 말 그대로 그의 무게가 사라졌다.

사라진 그는 허공에서 팔을 뒤로 허우적대고 있었다.

캐서린은 에임스가 발을 디뎠던 자리에 무릎을 꿇고 앉아 숨을 헐떡이고 있었는데, 그때 보고도 못 믿을 정도로 불가능한 일이 일어났다. 빳빳한 검은색 바지 정장을 빼입은 캐서린이 에임스가 땅에 디딘 다리를 잡아…… 들어올린 것이다.

캐서린은 그를 난간 밖으로 던져버리려 하고 있었다. 그의 무게 중심을 들어올려서.

아디는 캐서린이 자신과 같은 계시를 받았음을 알았다. 이제 되돌아갈 수 없다.

고마워, 아디가 속삭였다. 무릎을 짚고 숨을 고르던 그녀의 이마에 땀방울이 맺혔다.

그날의 진실은 에임스가 제정신을 차릴 수도 있었다는 것이다. 혹은 아디가 그의 셔츠를 붙잡고 그를 끌어당길 수도 있었고. 아니면 마지막 한 방으로 밀어버리거나.

다 끝난 뒤, 그들은 계단으로 내려왔다.

"백 퍼센트 확실해." 아디가 말했다.

그레이스는 무슨 말을 하려다 말았다.

"아." 슬론이 한 말은 그게 전부였다.

폭탄은 터졌고, 전혀 예상치 못한 방향으로 튕겨나간 무수한 탄피가 이런저런 파괴를 낳았다. 부수적인 피해가 상당했다.

이 이야기를 충분히 되짚고 나면 결국엔 아디 자신도 에임스가 직접 뛰어내렸다고 믿게 될 것이다. 슬론은 테이블 너머로 팔을 뻗어 그레이스와 아디의 손을 꼭 잡았고, 아디는 남자들이 조금 안됐다는 생각이 들었다. 그들은 평생 이렇게 서로의 손을 잡을 일이 없을 테니까.

에필로그

우리는 비밀을 나누는 존재로 길러졌다. 우리의 일등 디오더런 트 브랜드는 말하지 않겠다고 약속했다.* 우리가 보는 잡지 표지에 는 깨끗한 피부와 윤기나는 머릿결과 날씬한 각선미와 긴 오르가 슴의 비밀이 담겨 있었다. 엄마들은 비밀 재료가 들어간 요리법을 전수했다. 여성성 신화에서 제2의 물결이라 일컫는 우리의 페미니 즘조차 의도적으로 (현명하게) 비밀이라는 베일에 싸인 듯했다.

우리의 오랜 신조는 비밀을 지키는 것이었다.

그래서 지켰다. 여러 세대에 걸쳐. 예로부터 전해내려오는 민간 요법에 따라 우리는 서로에게 생리통 완화법을 알려주었고, 뚜껑 이 없는 음료에서 눈을 떼지 말 것, 머리를 포니테일로 묶지 말 것, 모르는 사람에게 문을 열어주지 말 것, 남자와 단둘이 한방에 있지 말 것을 경고했다. 우리의 전략은 피해 다니고, 지뢰 표시를 하고, 서로 같이 다니는 것이었다. 그래야만 아무도 폭탄을 맞지 않을 테 니까.

---

* 디오더런트 브랜드 '시크릿'을 가리킨다.

우리를 지켜준 건 그런 경고뿐만 아니라 경고조차 비밀에 부칠 수 있었던 우리의 능력이었다. 적진에서 은밀히 작전을 수행하는 비밀요원처럼 우리는 발각되면 안 됐다. 그런데도 발각될 위험을 감수했다. 목소리를 낮추고 서로에게 접근해 우리가 아는 것을 전달했다. 우리는 노력했다. 우리의 친구들이 전부 무사하길 바랐기 때문이다.

우리는 친구가 그깟 놈은 차버리길 바랐다. 더는 3킬로그램 감량에 목숨을 걸지 않았으면 했다. 그 원피스가 잘 어울린다고, 꼭 사라고 말해주고 싶었다. 면접에 가서 본때를 보여주길 바랐다. 집에 도착하면 잘 도착했다고 문자를 보내주길 바랐다. 우리의 눈에 비친 똑똑하고 용감하고 재밌고, 사랑과 성공과 평온을 이룰 자격이 있는 사람이 그녀의 눈에도 보이길 바랐다. 누구든 그녀의 앞길을 가로막는 자는 우리가 처단하려고 했다.

그러다 궁금해지기 시작했다. 귓속말로 우리는 누구의 비밀을 지켜주고 있었던 것일까? 우리, 아니면 그들? 우리의 침묵은 궁극적으로 누구의 이익을 보호하기 위한 것이었을까?

서서히 그 답이 보였다. 우리가 팬티스타킹을 벗고, 연봉 인상을 요구하고, 분홍 모자를 쓰고 확성기를 들고서 가두시위를 벌이기 시작하면서. 디지털 플랫폼을 개설하고, 〈시녀 이야기〉를 보고, 현실적인 체형의 광고 모델을 기용하라고 요구하면서. 우리의 자리를 차지하면서.

우리는 귓속말에 신물이 났다. 그도 그럴 것이 애초에 우리는 무엇을 숨기려 했나? 우리는 모두 할말이 있었다. 나서서 할말을 하면 피해를 볼까? 어쩌면. 하지만 그들 역시 피해를 면치 못할 것이다.

그러니 우리 중 누군가가 나서서 말한다면 그건 결코 그녀만을 위한 것이 아니다. 우리 모두를 위한 것이다. 그녀는 오히려 희생을 자처한 것이다. 우리가, 우리의 목소리가, 우리의 이야기가 불을 지핀 장작불에 땔감이 더해졌다. 그리고 우리는 불길에 부채질을 한다. 널리널리 진실을 퍼뜨리기 위해. 합창소리에 목소리를 더한다. 몽땅 타서 잿더미가 될 때까지. 필요하다면 세상을 쑥대밭으로 만들 각오도 되어 있다. 바닥부터 다시 시작하면 되니까.

우리의 유산은 우리의 언어다. 소리질러라. 모두가 들을 수 있게. 믿어달라고 탄원하는 건 끝났다. 속는 셈 치고 믿어달라고 사정하는 건 끝났다. 허락을 구하는 것이 아니다. 무대는 우리의 것이다.

이제 들어라.

이 책이 존재할 수 있게 도와준 놀라운 인맥 네트워크가 내 곁에 있었기에 나는 행운아다.

먼저 진정한 신사답게 내게 은유의 문을 열어준(그리고 잡아준) 에이전트 댄 라사르에게 진심을 담아 "고마워요"라고 외치고 싶다. 수없이 많은 독서와 메모와 전화와 이메일로 그는 이 책에 필요한 적임자를 찾아주었고, 그 점에 한없이 감사하는 바다.

물론 그 적임자 중 한 사람은 친애하는 편집자 크리스틴 코프라슈다. 그녀는 세상에서 가장 친절한 방법으로 가장 예리한 질문을 던졌고, 책의 맨 첫 장부터 서사가 어떻게 매듭지어져야 하는지 알았으며, 그 끝을 향한 여정에 길잡이가 되어주었다. 마찬가지로 플랫아이언북스와 인연이 닿아 에이미 아인혼과 어밀리아 포산차 같은 뛰어난 이들과 협업할 기회를 얻게 된 것도 행운이라고 생각한다. 더불어 브린 클라크, 로버트 밴콜켄, 낸시 트라이펙, 캐서린 터로를 비롯한 맥밀런의 식구들에게 감사한다.

나의 영화 에이전트 데이나 스펙터의 조언과 노고에도 깊이 감사한다. (그녀와 댄은 가공할 만한 위력의 팀이었다.) 내 책의 편이 되어준(그리고 내가 실수로 애스토리아로 직진했을 때도 참을성 있게 대해준) 존 베이커에게도 고맙다.

전 세계에서 『위스퍼 네트워크』의 집을 찾아준 해외 판권 에이전트인 마야 니콜리치와 페기 불로스 스미스에게도 감사를 표한다. '전 세계'라는 말이 나왔으니 하는 말이지만 스피어북스와 해셋북 그룹의 오스트레일리아 지사에 특히 큰 은혜를 입었다. 나의 응원단이자 능력 있는 편집자 캐스 버크와 로버트 왓킨스, 리베카 손더스, 매디 웨스트, 에드 우드, 루이스 뉴턴에게 감사 인사를 전한다.

내 원고를 읽고 의견을 들려준 나의 지지자이자 멋진 친구 웬디 퍼슈, 줄리아 조너스, 에밀리 오브라이언, 리사 매퀸과 조이스 매퀸, 샬럿 황, 로리 골드스타인, 샤나 실버. 이들이 없었으면 내가 무엇을 할 수 있었을지 모르겠다. 게다가 여성 연대를 몸소 실천하고 여성(그리고 책!)을 지지하는 여성들과 함께 북클럽을 하게 되어 이루 말할 수 없는 영광이었다. 나의 리서치에 응해준 제러미 코피와 엘리자베스 스토크, 휴 M. 플렉스에게도 감사한다. 자신의 이야기를 공유해준 수많은 여성들에게도 감사 인사를 빼놓을 수 없다. 집필 과정에서 일종의 '위스퍼 네트워크'가 형성된 기분이었고, 나 역시 기꺼이 린 인을 하고 귀기울일 기회를 즐겼다.

내가 글을 쓸 시간과 공간을 허락해준 친절하고 훌륭한 변호사들과 함께 일하고 있다는 말을 빠트리면 직무유기다. 그들에게도 감사한다.

그리고 마지막으로 남편 롭에게 가장 큰 감사 인사를 전하고 싶다. 파트너의 전폭적인 지지가 없다면 워킹맘이 되는 건 불가능에 가깝다. 그의 끊임없는 노력 덕분에 내 꿈에 가까워질 수 있었다.

독자에게

내가 처음 위스퍼 네트워크의 혜택을 누린 건 한 로펌에서 하계 어쏘로 일할 때였다. 로펌의 사내 행사에서 나보다 나이가 훨씬 많은 파트너 변호사가 내게 불편할 정도로 과도한 관심을 보였다. 다른 어쏘들은 자리를 떴지만 파트너 변호사와 그의 친구들은 내게 계속 바에 남을 것을 권했다. "몇 살이지?" 그들이 물었다. (당시 나는 스물넷이었고 그들의 나이는 마흔이 넘었으니 원한다면 계산을 해봐도 좋다.) "연상인 남자도 좋아하나?" 곤란한 상황이었다. 하계 어쏘는 보수가 높은 인턴직으로, 다들 정규직을 노렸기에 인맥이 관건이었다. 하지만 그 순간 나는 타깃이 된 기분이었고, 그들이 바라는 대로—가정한 대로—'살갑게' 굴어야 할 것 같았다. 그런 순간이 닥치면 우리 모두가 그러하듯이 어색한 미소와 가짜 웃음으로 버텼다. 자리를 뜨고 싶었지만 일자리를 원했다. 그리고 그 남자의—뭐랄까?—비위를 맞추고 싶었달까? 적어도 거절당한 느낌은 주고 싶지 않았다.

하지만 내게 진정으로 강한 인상을 남긴 건 그 남자들이 아니라 한 여성이었다. 그녀는 당시의 내게는 없었던 사회성 기술을 발휘해 품위 있게 나를 그 상황에서 빼내주었다. 매력적인 남부 억양을 구사하는 그녀는 환한 미소를 지으며 무리에 자연스럽게 섞이더니 내 어깨에 팔을 두르고 속삭였다. "어서 가봐. 여긴 내가 처리할 테니까." 그래서 나는 그녀의 말대로 그녀에게 맡기고 떠났다. 다음 날, 그날 일을 대충 전해들은 시니어 어쏘가 내게 인사팀에 얘기하고 싶은지 물었다. 내 대답은 "절대 싫어요!"였다. 물론 그의 행동은 나빴지만—미안한데—그 힘있는 파트너가 내 채용 여부에 영향력을 행사할 수 있었다. 나중에 안 사실이지만 곤란을 겪은 젊은 여성이 내가 처음은 아니었다. 하지만 경험 많은 여성의 친절한 개입 덕분에 나와 내 경력은 무사할 수 있었다.

내가 기억하는 한 상황은 늘 비슷했다. 수년 전 대학생 시절에 나는 남자 조정팀에 소속된 유일한 여자 팀원이었다. 내 포지션은 콕스웨인이었는데, 말하자면 노잡이들에게 소리를 질러서 배를 조정하는 역할이었다. 팀에서 유일한 여자였기에 나는 팀 분위기에 적응해야 한다는 생각에 사로잡혀 있었다. 그 무엇도 내 신경이나 심기를 건드릴 수 없었다. 뭘 그런 걸로! 난 달라! 하루는 팀원이 다 같이 모였다. 그중 한 남자애와 몇 주째 신경전을 벌였던 걸 인정한다. 그는 알 수 없는 이유로 내게 화가 나 있었다. 그때 내가 피자를 집으려고 팔을 뻗었는데—키가 195센티미터인—그가 내 턱을 발로 세게 차서 내 이빨이 탁 하는 요란한 소리와 함께 부러졌다. 그의 웃음은 정말 잔인했다. 모두가 놀랐지만 아무 말도 하지 않았다. 무엇보다도 나는 심한 굴욕감을 느꼈다. 눈물이 핑 돌

았지만 머릿속에는 '여자애'처럼—감정적으로—굴지 말자는 생각
뿐이었다. 어울릴 수 있는 여자여야 한다는 생각에 그만큼 절박하
게 매달렸던 것이다. 그래서 나는 조용히 자리에서 일어나 다른 방
으로 갔고, 그 일에 대해서는 일절 언급하지 않았다. 수많은 여성
이 크고 작은 상황에서 그런 역학적 긴장을 마주한다는 사실을 그
때는 잘 몰랐다. 나를 비롯한 모든 여성이 직장생활을 하면서 비슷
한 상황에 직면했다. 분위기 맞춰! 소란 일으키지 말고!

삼 년 전에 나는 아기를 낳았다. 엄마가 되면서 집에서나 직장에
서나 완전히 새로운 도전이 펼쳐졌다. 출산 후 십이 주 만에 나는
회사에 복귀했다. 복귀한 첫날, 신임 파트너가 내게 야근을 시켰
다. 저녁 일곱시경에 이제는 진짜 집에 가서 갓난아기한테 젖을 먹
여야 한다고 말했더니—세 아이의 아빠이기도 한—그가 "딸이 몇
살인데?" 하고 물었다. "오, 이제 삼 개월 됐어요." 내가 대답했다.
그랬더니 그는 "그럼 진짜 갓난쟁이도 아니네"라고 했다. 어쨌든
간에 애는 먹여야 한다고 설명하자 그는 내게 너그러이 이십 분을
주었다. '모유 수유'가 내 젖을 먹인다는 뜻인 게 명백한데도 말이
다. 그날 밤 남편이 삼십 분을 운전해서 아기를 데려왔고, 나는 회
사 주차장에서 딸에게 젖을 먹였다.

이것들이 내가 호숫가를 산책하거나, 점심을 먹거나, 북클럽에
가거나, 운동하면서 친구들과 나누는 대화의 주제다. 나는 늘상 이
런 대화를 나눈다는 걸 깨닫게 되었고, 『위스퍼 네트워크』를 쓰기
시작했다. 이야기가 살을 더해가면서 이 책은 나나 소설 속 등장
인물뿐만 아니라 훨씬 더 많은 여성이 이구동성으로 외치는 목소
리를 담아야 한다는 걸 깨달았다. 그래서 로스쿨 시절 제일 친했

던 친구한테 전화를 걸었고, 그녀는 감사팀 핫라인이 종종 불평 신고를 역추적해 신고 접수자를 찾아낸다는 이야기를 해주었다. 다른 친구는 육아휴직을 끝내고 돌아왔더니 그녀가 자리를 비운 사이에 아무도 도와주지 않아서 이천 통이 넘는 이메일이 쌓여 있었다고 했다. 불임으로 고통받던 변호사 친구는 남성 파트너 변호사로부터 여자는 애가 생기는 순간 회사에서는 쓸모없어진다는 말을 직접 들었다고 한다. 이 모든 이야기가 책 속에서 '우리'라는 화자가 되어 직장여성의 경험을 들려준다. 여기서 성희롱은 분명 하나의 소재이지만 유일한 소재는 아니다.

이 책을 쓰면서 나는 성희롱 문제에 대한 우리의 인식이 변하고 있다는 사실에 낙관적인 기대를 품게 되었다. 흥미롭게도 이 책의 초고를 마무리할 때쯤 친한 친구가 전화를 걸어 자신의 성희롱 신고를 도와줄 만한 변호사를 추천해달라고 부탁했다. 그녀는 회의실에서 일어난 일 때문이라며 자세한 내용을 언급하지는 않았지만 내가 누군가를 소개해줄 수 있기를 바랐다. 말하기 부끄럽지만, 나의 첫 반응은 정말 해야겠니?라고 묻는 것이었다. 기분이 끔찍했다. 변호사로서, 그리고 작가로서 성희롱에 대해 어떻게 목소리를 낼 수 있을지 고민하며 수많은 시간을 보냈기 때문이다. 그러나 동시에 친구의 안위가 걱정되었고, 목소리를 낸 대가가 클 수 있다는 사실을 알고 있었다. 특히 지지기반이나 표면상의 보호장치가 없거나, 사회적 소외계층인 여성의 경우에는 더욱 그러했다. 하지만 세상은 변하고 있다. 천천히, 고르지는 않지만 분명히 변하는 중이고, 나는 그러한 변화가 다수의 용기 있는 여성이 더는 속삭이지 않기로 결심한 덕분이라고 생각한다.

여성들과 그들의 이야기를 공유하면서 『위스퍼 네트워크』의 집필은 위스퍼 네트워크를 구축하는 일종의 장이 되었다. 앞으로도 참신한 방법으로 위스퍼 네트워크를 확장해나갈 독자들과 이 책을 나눌 수 있기를 고대한다.

챈들러 베이커

옮긴이 **이동교**
국민대학교 국어국문학과와 이화여자대학교 통역번역대학원 한영전공 번역학과를 졸업
했다. 현재 전문 번역가로 활동하고 있으며, 옮긴 책으로 『나의 삶이라는 책』 등이 있다.

문학동네 세계문학

위스퍼 네트워크

초판 인쇄 2021년 6월 15일 | 초판 발행 2021년 6월 25일

지은이 챈들러 베이커 | 옮긴이 이동교

기획 이현자 | 책임편집 윤정민 | 편집 류현영 이희연
디자인 강혜림 이원경 | 저작권 김지영 이영은
마케팅 정민호 정진아 김혜연 정유선
홍보 김희숙 김상만 함유지 김현지 이소정 이미희 박지원
제작 강신은 김동욱 임현식 | 제작처 영신사

펴낸곳 (주)문학동네 | 펴낸이 염현숙
출판등록 1993년 10월 22일 제406-2003-000045호
주소 10881 경기도 파주시 회동길 210
전자우편 editor@munhak.com | 대표전화 031) 955-8888 | 팩스 031) 955-8855
문의전화 031) 955-8896(마케팅) 031) 955-2634(편집)
문학동네카페 http://cafe.naver.com/mhdn | 트위터 @munhakdongne
북클럽문학동네 http://bookclubmunhak.com

ISBN 978-89-546-8038-7 03840

잘못된 책은 구입하신 서점에서 교환해드립니다.
기타 교환 문의 031) 955-2661, 3580

www.munhak.com